ANNE PRETTIN

Der Ruf des Eisvogels

Weitere Titel der Autorin:

Die vier Gezeiten

Über die Autorin

Anne Prettin ist eine Hamburger Autorin und schreibt Reden für Auftraggeber aus Politik, Wirtschaft und Wissenschaft. Sie ist verheiratet und lebte mit ihrer Familie in Neuseeland, als ihr Debutroman – DIE VIER GEZEITEN – entstand. Für ihren neuen Roman hat sie sich von der Geschichte ihrer eigenen Familie inspirieren lassen.

ANNE PRETTIN

Der Ruf des Eisvogels

ROMAN

Lübbe

NACHHALTIG PRODUZIERT

Die Bastei Lübbe AG verfolgt eine nachhaltige Buchproduktion. Wir verwenden Papiere aus nachhaltiger Forstwirtschaft und verzichten darauf, Bücher einzeln in Folie zu verpacken. Wir stellen unsere Bücher in Deutschland und Europa (EU) her und arbeiten mit den Druckereien kontinuierlich an einer positiven Ökobilanz.

Bei diesem Buch handelt es sich um ein fiktives Werk. Der Verlag übernimmt keinerlei Haftung für die Wirksamkeit und Wirkweise der im Buch erwähnten Kräuter und Pflanzen. Ebenso übernimmt der Verlag keinerlei Haftung für die beschriebenen Behandlungs- und Therapiemethoden, deren Anwendung ausschließlich Ärzten vorbehalten ist.

FSC www.fsc.org MIX Papier | Fördert gute Waldnutzung FSC® C014496

Vollständige Taschenbuchausgabe
der bei Bastei Lübbe erschienenen Hardcoverausgabe

Das Zitat auf Seite 241 stammt aus »Medea« von Euripides in der Übersetzung von J.A. Hartung.

Textredaktion: Dr. Ann-Catherine Geuder, Lübeck
Umschlaggestaltung: Sandra Taufer, München
Einband-/Umschlagmotiv: © Olga Korneeva / shutterstock; pansuang / shutterstock; Wilde Mae Studio / Creativemarket
Satz: Dörlemann Satz, Lemförde
Gesetzt aus der Adobe Caslon
Druck und Verarbeitung: GGP Media GmbH, Pößneck

Printed in Germany
ISBN 978-3-404-19220-5

2 4 5 3 1

Sie finden uns im Internet unter luebbe.de
Bitte beachten Sie auch: lesejury.de

In Erinnerung an meinen lieben Vater

Jochen Prettin

Ein Arzt, ein bisschen so wie Pa

Paul Celan: »Stimmen, ins Grün / der Wasserfläche geritzt. / Wenn der Eisvogel taucht, / sirrt die Sekunde: …/«

1. April 1925

Ginsterburg

Das Unglück war genauso plötzlich da wie das Glück.

In dem Moment, in dem Olga ihren ersten Schrei tat, um das Leben zu begrüßen, tat Elli Blume ihren letzten, lautlos, das eingefallene Gesicht wie in stummer Anklage zu ihrem Mann gedreht. Otto hatte dabei zusehen müssen, wie ihr Atem flacher und flacher geworden war. Wie ihre Arme herabfielen, während ihre leeren, bernsteinfarbenen Augen offen standen wie die einer Puppe. Doch er weigerte sich einzugestehen, vor sich und der Welt, dass er es verpfuscht hatte. Dass seine Frau tot war und der Vorwurf in ihrem letzten Blick ihm galt. Wie vielleicht auch das erste Wimmern seiner Tochter, die er wenige Minuten zuvor für tot gehalten und auf der Fensterbank abgelegt hatte, ohne sie ein einziges Mal richtig zu betrachten. Und die nun, von der Aprilsonne beschienen, langsam zum Leben erwachte. Als mutterloses Kind.

Doch Dr. Otto Blume achtete nur auf seine Frau, die still in der Lache ihres eigenen Blutes lag. In ihren Augen sah er nicht ihr Ende. Nicht einmal die Verzweiflung darüber, dass er als Halbgott in Weiß ihre Sorgen weggelächelt hatte, als sie ihn nach sechsunddreißig Stunden Wehen, zehn davon Presswehen, mit inzwischen brüchiger Stimme angefleht hatte, endlich seinen Vater oder die Hebamme zu holen, oder doch wenigstens das Kind, notfalls mit der Zange. Zwischen zwei Schlucken Tee hatte er sie gefragt, was falsch daran war, auf die Kräfte der Natur zu setzen, und, nachdem sie sich noch mehr krümmte, versichert: »Vertrau mir, die Kinder kennen den leichten Weg raus!«

»Nimm doch die Zange«, hatte Elli noch einmal gerufen und

den Kopf hin und her geworfen. Auf ihn hatte ihre wiederholte Bitte wie eine Ohrfeige gewirkt. Wie ein Eingriff in seinen Hoheitsbereich. Er war Arzt und sie Patientin, eine Trennung, die er schon aus professionellen Gründen vollziehen musste.

»Zange, Zange«, hatte er verärgert gesagt. »Ich weiß schon, was ich tue.«

Als sie stöhnend geflüstert hatte, dass sie Angst um das Kind habe, dass sie diese beißenden Krämpfe von der Geburt ihres Sohnes her nicht kenne, hatte er ihr zu guter Letzt seinen eigenen Schmerz entgegengehalten. Der leichte Oberschenkeldurchschuss bei Pierrefonds an der Westfront vor sieben Jahren durch einen Briten, sein Schmerzbarometer, das ihm zuverlässig half, »den Peinpegel seiner Patienten« einzuschätzen. »Da haben wir 1918 in Frankreich ganz andere Dinge erlebt«, hatte er sie erinnert, nicht zum ersten Mal, und endlich vertraute sie auf seine Erfahrung, so kam es ihm zumindest vor, und ließ ihn schweigend gewähren.

Und ja, er behielt tatsächlich recht, das Kind fand den Weg heraus, auch ohne Zange. Nur dass Otto den Preis dafür nicht zu kennen schien. Es war, als wäre er plötzlich taub für alle Warnsignale, das viele Blut, die fahle Gesichtsfarbe und den langsam eintretenden Tod.

Seine Frau starb nicht und schon gar nicht unter seinen Händen. Sie war doch alles, was er liebte, die zarte, warmherzige Gutstochter aus der Nähe von Lübeck, die er bei einer Bootsfahrt kennengelernt hatte, damals auf der Trave, als sie mit ihrer Kamera Fotos von ihm und seinem Freund gemacht hatte. Seine Elli, die er erst um die Bilder, dann ein paar Wochen später um ihre Hand gebeten und mit nach Ginsterburg genommen hatte. Seitdem hatten sie sechs wunderbare Jahre miteinander verbracht, und Elli hatte die schönsten Momente auf Bildern festgehalten, so wie am Anfang.

Unruhig schaute er sich um. Da fand sein Blick ihre Leica,

dieses kleine moderne Spielzeug, das er ihr für stolze 270 Mark zur Geburt ihres vierjährigen Sohnes Karl geschenkt hatte. Gleich nach der Geburt sollte Otto ein Foto seines zweiten Kindes schießen, das hatte sie sich gewünscht. Doch für solche Sentimentalitäten blieb jetzt keine Zeit. Erst einmal musste er sich um diesen Notfall auf der Liege kümmern, denn hier war schnelles Eingreifen vonnöten … Aber er würde die Situation schon in den Griff bekommen, dessen war er sich sicher.

Womöglich hätte seine Frau, die ihn aufrichtig geliebt hatte, sein Verhalten sogar verstanden, hätte sie geahnt, was hinter seiner Verweigerung steckte – wie verhasst ihm diese Zange war, die ach so sichere Naegele-Zange, die wie eine Mahnung aus dem offenen schwarzledernen Geburtshilfekoffer neben ihm ragte. Es war ja nicht so, dass ihm ihr Gebrauch nicht in den Sinn gekommen wäre. Aber schon beim Gedanken an das Instrument fingen seine Finger an zu brennen.

Elli wusste nichts über sein unrühmliches Ende in der Rostocker Frauenklinik, wo er als junger Assistenzarzt als große Nachwuchshoffnung gegolten hatte. Zumindest bis zu seiner verhängnisvollen praktischen Prüfung ein Jahr vor Karls Geburt im Jahr 1920.

Unter den Augen des Chefarztes und der Kollegen hatte er viermal die Zange angesetzt und vergeblich versucht, das Köpfchen mit den metallenen Zangenblättern zu packen. Die brüllende Gebärende, vielleicht auch die dreifache Verantwortung für Mutter, Kind und Examen hatten ihn so verunsichert, dass er, aus einem unerklärlichen Impuls heraus, den noch nicht verknöcherten Schädel viel zu fest zusammendrückte, als er ihn endlich zu fassen bekam, fast so, als wollte er eine Nuss knacken. Der Anblick des malträtierten Schädels verfolgte ihn bis heute. Dass das Baby überlebt hatte, wenn auch schwerbehindert, rettete ihm die Approbation, nicht aber seinen Ruf in der Klinik. Seine Karriere als Gynäkologe war vorüber gewesen, ehe sie richtig begonnen hatte.

»Herrje, Sie Stümper, Sie haben ein vollkommen gesundes Kind zum Krüppel gemacht«, hatte der Chefarzt ausgerufen. »Lassen Sie sich nie wieder in der Nähe einer Gebärenden blicken! Seien Sie froh, dass es lebt.«

Er war aber nicht froh, nicht über das Überleben dieses Kindes, dessen Leben niemals wirklich eines sein würde, noch über das seiner Tochter, deren Stimme und Gesichtsfarbe jetzt immer mehr an Kraft gewann.

Wie oft hatte Elli den Kopf darüber geschüttelt, dass ihr Mann in seiner eigenen Welt lebte. Darüber, dass sich seine Mundwinkel immer tiefer eingruben. Wieder und wieder hatte sie ihn ermahnt, doch auch einmal zu lächeln, nicht immer alles so furchtbar ernst zu nehmen. Sicher hätte er ihr zugelächelt, vorhin, als sie ihn lang ansah und ihm schwach die Hand drückte, hätte er gewusst, dass es das letzte Mal sein würde. Vielleicht hätte er ihr gesagt, was er vorher nie hatte sagen können: dass er sie bewunderte für ihre Geduld mit ihm. Dass er sie brauchte. Aber die letzten Male sind tückisch, man erkennt sie meist erst, wenn es zu spät ist – sofern man sie nicht wie Otto selbst dann noch mit der Kraft eines Verzweifelten zu ignorieren beschließt. Eigentlich war er als Arzt besser als irgendwer sonst mit den Vorboten des Todes, auch mit dem Tod selbst vertraut. Doch er hatte entschieden, dass seine Frau erst tot war, wenn er, kraft seines Amtes, ihren Tod auch feststellte.

Und solange er dies nicht tat, setzte er alles daran, dass sie ihn wieder anlächelte. Rasch krempelte er die Hemdsärmel hoch und beugte sich über seine Frau. Die Ursache für den Blutschwall war ihm sofort klar: Uterusatonie. Die Gebärmutter zog sich nicht mehr zusammen. Sicher waren ihre Muskeln nach den langen Wehen ebenso erschöpft wie Elli selbst, die keinen Laut mehr von sich gab. Mit der linken Hand massierte er ihr Herz, mit der rechten die Bauchdecke, um die Blutung zu stoppen. Aber bei jeder festen Bewegung schoss das Blut wie eine Fontäne aus ihr.

»Elli«, rief er und legte die Hände fest um ihr Gesicht. »Schau mich an!« Er gab ihr zwei kräftige Ohrfeigen und hörte nicht, dass das Mädchen auf der Fensterbank immer lauter brüllte. Nahm auch nicht wahr, wie die Tür aufging und sein Vater, der gerade von der Geburt bei Ellis Freundin Ira zurückkehrte, entsetzt aufschrie.

Plötzlich aber spürte er eine Hand auf seiner Schulter. »Hör auf, Otto, hör auf! Das bringt nichts mehr!«

Doch er machte weiter, kniete sich jetzt auf seine Frau und massierte mit beiden Händen wie besessen ihr Herz, bis sein Vater seine Hand fortzerrte und ihn Ellis schweigenden Puls fühlen ließ. »Schluss damit, mein Sohn. Siehst du es denn nicht? Sie ist tot, Otto! Tot!«

Da ließ Otto ab von ihr, taumelte kraftlos zurück und ließ sich auf die Knie fallen. Es gab nichts mehr, was er noch tun konnte. Er hatte versagt.

Wie durch einen dichten Nebel hindurch hörte er seinen Vater oder sein Gewissen sprechen, so genau wusste er es nicht. *Herrgott, warum hast du nicht die Zange genommen? Du hättest die Zange nehmen müssen. Dann würde Elli noch leben.*

Warum? Otto rappelte sich auf. Warum hatte nicht sein Vater die Geburt seiner Enkelin übernommen? Dann hätte Otto an seiner Stelle das Kind von Ellis Freundin Ira auf die Welt bringen können, und alles wäre gut ausgegangen. Nach bald dreißig Jahren als Landarzt und mehr als tausend Geburten, eine davon in der Pferdekutsche, hätte Albert Blume doch am Morgen sehen müssen, in welchem Zustand seine Schwiegertochter gewesen war! Noch dazu war er mit der Zange versierter als sonst irgendwer. Aber Elli hatte Vertrauen in ihren Mann gehabt und darauf bestanden, Otto an ihrer Seite zu haben. Wie hätte er ihr diesen Wunsch abschlagen können? Wie seine eigene Befähigung in Frage stellen sollen, vor seiner Frau?

»Sieh nur«, sagte Albert, der auf einmal mit dem brüllenden

Bündel auf dem Arm vor ihm stand. »Du hast ein kleines Mädchen. Sie lebt. Und wie sie lebt! Das ist mal eine uckermärkische Naturgewalt – robust, kräftig und zäh. Eine echte Blume!«

Als Otto das hörte, drehte er sich weg von seinem Vater und diesem fremden kleinen Wesen, er fühlte sich auf einmal so unsagbar müde und schwach, fragil. Er stierte an ihnen vorbei zum offenen Medikamentenschrank – und schlug entsetzt die Hand vor den Mund. Da saß der kleine Karl im Schrank und sah mit aufgerissenen Augen zu seiner Mutter. Tränen rannen lautlos über seine geröteten Wangen.

Schlagartig fuhr Otto herum zu seinem Vater. Sie warfen sich einen Blick zu und schwiegen, auch das schreiende Bündel verstummte plötzlich.

»Pa«, flüsterte der Junge nach einer Weile in die Stille hinein. »Kommt Mutti jetzt unter die Ulme, wie das Vögelchen?«

Gerade erst eine Woche war es her, dass die hochschwangere Elli gemeinsam mit ihrer ebenso hochschwangeren Freundin Ira dieses Vogeljunge, das aus dem Nest gefallen war, am Schwanensee bestattet hatte.

»Ich, ich …«, setzte Otto an, verstummte aber, als er die flatternden Augenlider seines Sohnes sah. Ein letzter Blick auf Elli, dann stürzte er zur Tür hinaus. Erst als er draußen war, auf den umliegenden Feldern, weit weg vom Haus, machte sich sein Schmerz Luft, in einem lauten, gellenden Schrei.

29. März 1991

Plön

»Omama, bist du da?« Saras Stimme durchschnitt die Stille, in die sich Olga seit ein paar Tagen zurückgezogen hatte. »Ich bin's, Sara!« Olga hörte das Klappen einer Tür.

Olga mochte es nicht, wenn sie überrascht wurde, erst recht nicht, wenn dadurch ihre Pläne durchkreuzt wurden. Für heute hatte sie vor, runter zum See zu gehen und dem Seeadlerpärchen, das sie wochenlang bei ihren Balzflügen und dem Horstbau beobachtet hatte, mal wieder einen Besuch abzustatten. Es waren die ersten Frühlingstage, und sie wollte mit ihrem Kajak rüber zur Insel paddeln und sehen, ob die Vögel mit dem Brüten begonnen hatten. Gerade hatte sie sich in der Küche eine Kanne Espresso aufgesetzt, zum Wachwerden, als sie durch die offene Tür ihre Enkelin vernahm. Sie blickte aus der offenen Balkontür zum See hinunter und seufzte.

»Das höre ich, mein Herz. Was machst du denn hier?« Müde sah sie ihrer Enkelin entgegen, die soeben in die Küche trat.

»Dich zu eurem Geburtstagswochenende abholen«, erwiderte Sara und gab ihr einen Kuss auf die Wange.

»Müsstest du nicht in Hamburg sein, in der Uni?«

»Es sind Osterferien. Hast du etwa euer Muttermahl vergessen, Omama?«

Sara liebte Rituale, die wiederkehrenden Momente zwischen Becki, Olga und ihr, bei denen sie alle drei zusammenkamen und sie sich als Teil einer Familie fühlte. Der gemeinsame Geburtstag ihrer Mutter und ihrer Omama gehörte, schon seit sie denken konnte, zu den heiligen Bräuchen des Jahres. Er wurde immer mit einem opulenten »Muttermahl« gefeiert, wie alle Frauen der

Familie Meier/Bley das Ehrenessen nannten. »So alt bist du nun auch wieder nicht!«, fuhr sie fort.

Im Gegensatz zu deinen zwanzig Jahren doch schon im Rentenalter, dachte Olga und umfasste das Gesicht ihrer Enkelin. »Natürlich habe ich das nicht vergessen, mein Herz«, log sie und zog sie an sich. »Aber so früh?«

Wie hatte sie das nur vergessen können? Das Alter, fragte sie sich, oder doch nur die viele Arbeit? Eigentlich wollte sie längst kürzertreten, um endlich mehr Zeit für sich zu haben. Sie hatte sich auch schon um eine junge Gynäkologin gekümmert, die in einem Jahr ihre Nachfolge antreten würde und bereits ein paar Stunden in der Woche aushalf. Doch in der Praxis war der Teufel los, es war, als würden sich die Hälfte ihrer Patientinnen neuerdings nach der Brutzeit der Seeadler richten und im Frühling ihre Kinder zu Welt bringen. Erst gestern Nacht war sie zu einer Geburt in die Klinik gerufen worden, in der sie Belegbetten hatte. Sie hatte keine drei Stunden geschlafen.

»Ich hab dir doch gestern auf den Anrufbeantworter gesprochen, dass wir dich früher abholen«, sagte Sara mit unüberhörbarem Vorwurf in der Stimme. »Hast du den etwa nicht abgehört?«

»Ach, Sara, du weißt doch, dass ich dieses Monstrum nicht bedienen kann.«

Olgas Tochter Becki hatte ihr den Anrufbeantworter zu Weihnachten geschenkt, kurz nachdem die Mauer zwischen Ost- und Westberlin gefallen war. »Falls deine Ostverwandtschaft anruft und du nicht da bist«, hatte sie schmunzelnd gesagt, obwohl sie wusste, dass sie keine Verwandten mehr im Osten besaßen.

Sara lachte. »Du willst nur nicht, so ist das«, sagte sie. »Du weißt, wie man einen Wehenschreiber bedient, da wirst du doch vor so einem kleinen Gerät nicht kapitulieren.«

Olga seufzte. Ihre Enkelin kannte sie einfach zu gut. Vom ersten Moment an hatte sie auf Kriegsfuß mit diesem hässlichen elektrischen Ding gestanden. Schon das fieberhafte rote Blinken, ein Sinnbild der Ungeduld, trieb Olga den Puls nach oben. Sie war doch keine stumme Empfängerin, die auf Knopfdruck einfach nur hinnahm, was irgendeine Stimme ohne Gesicht ihr mitteilte oder auftrug! So wie bei diesem wildfremden Anwalt aus Berlin, der ihr in den letzten Wochen ganze fünf Mal auf diese Teufelsmaschine gesprochen hatte, wegen irgendeiner »fantastischen Grundstücksangelegenheit in der ehemaligen DDR«. Anfangs mit einer hellen, einladenden Stimme, die keinen Zweifel daran ließ, dass er fest mit ihrem Rückruf rechnete. Dann, nachdem sie seine erste Nachricht ignoriert hatte, in einem Tonfall, der zunehmende Ungeduld und Verärgerung verriet. Eine einmalige Gelegenheit, die er nur persönlich mit ihr besprechen könne! Gestern dann hatte er die Katze aus dem Sack gelassen und sie zu einem Treffen in ihre Geburtsstadt Ginsterburg beordert, und sie hatte unwillkürlich an ihren Großvater denken müssen. Die Stimme, hatte er immer gesagt, ist die Visitenkarte eines Menschen. Kurzentschlossen hatte sie alle Anrufe gelöscht.

Sara legte ihr den Arm um die Hüfte. »Das wird ein tolles Ostern, Omama, glaub mir! Eine Riesenüberraschung.«

Olga schüttelte den Kopf. »Danke, mein Herz, aber du weißt doch, dass ich mir aus Überraschungen nichts mache.«

»Aber doch aus uns! Wie sagt Becki immer: Reisen ist das beste Heilmittel gegen Kummer. Auch gegen Geburtstagskummer.« Sara musterte sie prüfend. »Du hast noch nicht gepackt, stimmt's?«, sagte sie auf halbem Weg zur Schlafzimmertür, während aus der Küche das laute Zischen der Espressokanne zu hören war. »Wir müssen uns beeilen! Becki wartet unten, und Geduld ist nicht ihre Stärke, wie du weißt.«

Ach ja, Becki! Sie war für den Kurzurlaub extra aus der Bretagne angereist, wo sie derzeit die mittelalterliche Bibliothek eines Rathauses restaurierte. Na, dann …

Olga trat ans offene Fenster und blickte auf die Straße, wo

ihre Tochter wild gestikulierend mit dem Fahrer eines grünen BMWs diskutierte, der ihr offenbar den Parkplatz vor der Tür weggeschnappt hatte. Hätte Olga in den letzten Nächten nur ein bisschen mehr geschlafen und weniger gegrübelt, hätte sie sich kein schöneres Geburtstagsgeschenk wünschen können, als vier volle Tage mit ihren Mädchen zu verbringen.

»Du trinkst in Ruhe deinen Espresso, und ich packe«, sagte Sara und schickte sie mit einem Blick zurück in die Küche. Folgsam goss Olga die braune Flüssigkeit in die hellblaue Tasse, die Becki ihr aus Italien mitgebracht hatte. Mit der Tasse in der Hand ging sie auf den Balkon und blickte zum See. Wind schraffierte das Wasser, und es sah aus, als würde das Schilf tänzeln. Von Weitem glaubte sie den langen Hals und den gelben Schnabel eines Graureihers zu erkennen, der sich auf seine Beute ins Wasser stürzte. Sie holte tief Luft und nahm einen Schluck. Sie liebte den nussigen, milden, leicht sauren Geschmack, seit sie ihn vor fünfunddreißig Jahren in der Nähe von Mailand das erste Mal auf der Zunge gespürt hatte.

Olga ging zur Schlafzimmertür und beobachtete im großen Spiegel ihre Enkelin, wie sie ein paar Sachen zusammensuchte. Sara war Becki wie aus dem Gesicht geschnitten. Der gleiche olivfarbene Teint, die gleichen großen grünen Augen. Die dicken rotblonden Haare zum lockeren Zopf gebunden. Und der Verstand genauso scharf wie die Worte, dachte Olga.

Auf einmal spürte sie, wie ihr die Knie wegknickten.

»Sara, mir geht's nicht so gut«, setzte Olga zu einer schwachen Entschuldigung an. »Ich war bis heute Morgen in der Klinik. Wie wäre es, wenn deine Mutter und du allein verreist …«

Ein Hupen übertönte ihre letzten Worte. Sie blickte aus dem Fenster und sah, dass Becki noch immer mit ihrem Wagen mitten auf der engen Straße stand, hinter ihr ein Opel, dessen Fahrer abwechselnd hupte und sie anbrüllte.

»Kommt ihr endlich?«, rief sie von unten und zündete sich

eine Zigarette mit einer Ruhe an, die im Gegensatz zu ihren Worten stand. »Der Herr wird ungeduldig.«

»Omama, wer ist Charlotte Gustavson?«, hörte sie auf einmal Sara fragen.

Olga fuhr herum. Ihre Enkelin stand mit dem Kuvert in der Hand vor ihr. »Willst du ihn nicht öffnen?«

»Das ist Geburtstagspost«, sagte Olga schärfer als beabsichtigt und entriss ihn ihr. Ein kurzer Schwindel erfasste sie, und sie lehnte sich an die Tür.

Seit dieser Brief vor zwei Wochen eingetrudelt war, hatte sie keine Ruhe mehr gefunden. Die geschwungene Handschrift auf dem Umschlag war ihr vertraut wie die eigene. Ihr war schier die Luft weggeblieben, als sie sie erkannt hatte. Als wäre auf einmal die Vergangenheit wie eine gewaltige Woge in ihr Leben gerauscht. Eine Woge, die sie zu überrollen drohte.

Lotte lebte also noch immer in Schweden, wie ihr der Poststempel verriet.

Aber warum jetzt, nach so vielen Jahren? Sie strich sanft über das Papier des Umschlags und die vertraute Schrift. Das »O« in Olga war zu einer Blume stilisiert, in Anlehnung an ihren Mädchennamen Blume.

Wieder spürte Olga einen Druck in der Magengegend, einen unbestimmten Schmerz, der sich darin ballte. Wie lange hatten sie nichts voneinander gehört? Mehr als dreißig Jahre! Sie atmete tief ein und fand ihr Gleichgewicht wieder.

Als sie die entsetzte Miene ihrer Enkelin bemerkte, bemühte sie sich um einen sanfteren Tonfall. »Entschuldige, mein Herz«, sagte sie und fügte hinzu: »Das Gehupe da draußen macht mich ganz nervös.« Sie legte den Brief auf das Tischchen neben der Tür.

»Und dein sechsundsechzigster Geburtstag, stimmt's?«, erwiderte Sara und ergriff ihre Hände. »Du wirst sehen, wir drei werden eine tolle Zeit haben!«

Olga nickte matt. Vielleicht tat ihr eine kleine Atempause gut. Immer noch besser, als weiter um diesen Brief herumzuschleichen. Sie schnippte mit den Fingern, als könnte sie die Gedanken an Lotte und ihren Bruch damit aus der Welt schaffen, und sagte: »Worauf warten wir?«

1. April 1938

Ginsterburg

Olga reibt sich die Augen und blinzelt in die Dunkelheit. Durch den Vorhang schimmert der See wie eine silberne Scheibe. Wenn sie sich aufrichtet, kann sie bis zur Mohninsel sehen. Eilig springt sie aus dem Bett, schiebt die Gardine beiseite und öffnet das Fenster, wie jedes Jahr am 1. April. Und wie jedes Jahr an diesem Tag hält sie trotz der Zweifel, die mit jedem Geburtstag wachsen, nach einem Eisvogel Ausschau, nach einem Gruß aus dem Jenseits. Aber am wolkenverhangenen Himmel kann sie heute nicht mal den Mond ausmachen. Und in den Ästen der Weide am See, auf die ein schwacher Lichtstrahl fällt, zwitschert auch kein Vogel.

»Mama, ich bin jetzt dreizehn«, flüstert sie in einem letzten Versuch. Aber niemand antwortet.

Sie seufzt und lässt sich zurück ins Bett fallen. Später dann, denkt sie und schließt die Augen. Sie hat noch jedes Jahr einen Eisvogel entdeckt, so selten man sie auch zu sehen bekommt. Der beste Beweis dafür, dass die Seele ihrer Mutter nicht verschwunden ist, sondern in ihm wohnt, in ihrem Seelenvogel, auf ewig und drei Tage. Das zumindest behauptet ihr Großvater, den sie wie ihr Bruder Karl Pa nennt, seit sie sprechen kann. Pa ist von der Unsterblichkeit der Seele überzeugt. Er hat den Bericht eines amerikanischen Arztes studiert, der seine sterbenden Patienten vor und nach ihrem Tod gewogen hatte. Genau einundzwanzig Gramm weniger wogen die Entseelten, was bedeuten muss, dass sich der unsterbliche Kern im Moment des Todes verstofflicht und davonmacht.

»Stell dir vor, mein Gänseblümchen«, sagte Pa zu ihr, als er ihr das erste Mal davon erzählte, »einundzwanzig Gramm, ungefähr so viel wie eine lütte Eisvogeldame!«

Er erzählte ihr auch, wie er am Tag ihrer Geburt einen kleinen Eisvogel mit einem ungewöhnlichen braunen Fleck im Nacken neben ihr auf der Fensterbank hocken gesehen hatte, der kaum, dass Pa ihn erblickte, auch schon aus dem offenen Fenster hinaus in den Himmel flatterte. Zufall? Eher göttliche Fügung, oder warum sonst hatte ihnen just an Olgas fünftem Geburtstag genau dasselbe Vögelchen einen Besuch abgestattet? Zutraulich wie ein dressierter Wellensittich hatte sich der sonst so scheue Vogel auf das Sims gesetzt, keinen halben Meter von ihr entfernt, bevor er zum Sturzflug ansetzte, um mit seinem dolchigen Schnabel Beute aus dem Wasser zu ziehen.

Der zarte, mutige Vogel, so nah, war bis heute ihr Bild vom Glück. Von diesem Tag an hatte Pa sie an jedem ihrer Geburtstage zum »Muttermahl« ins Gasthaus Meier nebenan geführt, eine Feier zum Andenken an ihre Mutter. Und ihren Tod. Höhepunkt ist eine Torte, die geziert wird von einem blauen Vogel mit schokoladener Markierung am Genick.

Olga ist sich nicht sicher, wie viel von dem, was Pa erzählt, stimmt und was seiner Fantasie entspringt. Ob es die unsichtbaren Fabelwesen überhaupt gibt, mit denen er ihr Leben bevölkert. Die Seejungfrau, die im Schwanensee wohnt und ihre Familie beim Schwimmen, Paddeln und Segeln beschützt, solange sie ihr abends ein paar Scheiben Brot hinstellen. Oder die Elfen, die die vierhundertjährige Zauberulme zwischen ihrem Haus und dem der Meiers nebenan bewachen, um mit ihrer Kraft Olgas Welt in einen sicheren Ort zu verwandeln.

»Das ist so wahr, wie ich dein Pa bin«, sagt er immer, sobald sie Zweifel anmeldet. Sie versteht, dass er ihr auch auf diese Weise zeigen will, dass zum Leben mehr gehört, als man mit bloßem Auge sieht. Dass es Magie gibt.

Und was ist schon Wahrheit? »Das, was nützt«, sagt Mamme.

Mamme heißt eigentlich Ira und ist die beste Freundin von Olgas Mutter gewesen. So wie ihre Tochter Charlotte die von Olga ist.

Beim Gedanken an Lotte, wie Charlotte von allen gerufen wird, fällt Olga plötzlich ein, dass sie vergessen hat, ihr zu ihrem dreizehnten Geburtstag eine kleine Widmung in das Tagebuch zu schreiben, das sie selbst für sie gebastelt und gebunden hat. Aus ihrer Nachttischschublade zieht sie das Büchlein heraus, streicht über den moosgrünen Samteinband und überlegt kurz, ehe sie den Füller ansetzt. *Für Lotte, meine Allerbeste*, beginnt sie, hält aber mit einem Mal inne. Lotte ist viel mehr für sie als eine Freundin, wo sie doch aus derselben Brust getrunken, in derselben Wiege geschlafen und sogar in derselben Stunde ihren ersten Schrei getan haben. Ein vom Schicksal geknüpftes Band fürs Leben und die Ewigkeit, unvergänglich, überirdisch und heilig, wie Lotte es gerne ausdrückt. Olga grübelt lange und denkt dann: Schweundin! Ja, genau, das trifft es viel besser. Vielleicht fühlt sich ihre andere beste Freundin Annemie, die darunter leidet, nie die erste Geige zu spielen, dann auch nicht länger auf den zweiten Platz verwiesen. Perfekt! Freundin und Schweundin, zwei unterschiedliche Gattungen, die sich nicht ins Gehege kommen und darum auch nicht länger eifersüchtig aufeinander sein müssen. Olga lächelt zufrieden, als sie die ersten Buchstaben schreibt.

Auf dass nichts und niemand unser Band jemals trennt, endet sie ihren Eintrag und malt ein Herz darunter. Sie weiß, Lotte wird sich darüber besonders freuen, weil aus Olga poetische Sätze normalerweise nicht hinausfließen wie der Tee aus einer leckgeschlagenen Kanne.

Pfeifengeruch steigt ihr plötzlich in die Nase. Sie riecht den Tabak, noch bevor Pa die Türklinke herunterdrückt. Die vielen gemeinsamen Lehrstunden im Wald, in denen sie von ihrem Großvater im Riechen, Schmecken und Hinsehen geschult wird, zahlen sich aus, ihre Sinne schärfen sich.

»Ist hier denn schon wer wach?«, ruft Pa und steckt den Kopf durch die Tür.

Olga muss grinsen.

»Ich will der Erste sein, der meinem Gänseblümchen zum Geburtstag gratuliert.«

Sie schaut an ihm vorbei durch die Tür. Wann war er jemals nicht der Erste? Normalerweise folgt ihm ihr Bruder Karl, aber der ist gerade in einem Zeltlager mit der HJ. Vermutlich ist er ganz froh, nicht mit ihr feiern zu müssen. Schließlich ist es auch der dreizehnte Todestag seiner Mutter.

»Sehe ich da etwa zwei Mundwinkel hängen?«, sagt Pa, als könnte er sich ihre getrübte Feierlaune nicht erklären.

»Ach, Pa«, beginnt sie leicht beklommen, doch er unterbricht sie.

»Papperlapapp!« Er lässt ihre Nöte nicht gelten. »Freu dich, dass du Geburtstag hast. Wenn du dich nicht freust, hast du schließlich trotzdem Geburtstag.«

Das ist so typisch für ihn. Wenn er das Leben schon nicht ändern kann, dann nimmt er es wenigstens mit Humor.

»Deine Mutter hat dir ihr Leben geschenkt. Kein Opfer«, fügt er hinzu, »sondern ein Liebesdienst. Verstehst du? Also hör auf, Trübsal zu blasen!«

Mit diesen Worten setzt er sich auf die Bettkante, umfasst ihr Gesicht. Dann küsst er die Sommersprossen auf Olgas Wangen und lässt etwas in ihrem Ohr verschwinden.

»Simsalabim, mein Gänseblümchen!«

Sie muss lachen und zieht ein Markstück hervor.

»Von deinem Vater soll ich dir alles Gute ausrichten. Er schafft es wohl nicht«, sagt Pa und erhebt sich mit einiger Anstrengung.

Er will nicht, denkt Olga und schwört sich, niemals so zu werden wie er, so abweisend und gefühllos.

»Deine Mutter hat 1918 die Spanische Grippe überlebt, aber

dich, Olga, dich hat sie nicht überlebt«, hat er ihr neulich zugezischt, nachdem sie versehentlich Kralle auf die Pfote getreten war, seinem ungestümen Zwergschnauzerwelpen. Und dich?, ging ihr durch den Kopf. Hat sie denn dich überlebt? Du bist doch Arzt!

Olga erinnert ihn noch immer an das, was er vor dreizehn Jahren verloren hat, das weiß sie. Allein durch ihren Anblick weckt sie die Wut in ihm jedes Mal aufs Neue.

Also verschanzt er sich lieber fünfzig Kilometer entfernt von ihr in seiner Zweitwohnung in Schwedt, wo er als Amtsarzt im Gesundheitsamt in der Abteilung für Seuchenbekämpfung arbeitet. Was er dort genau tut, weiß Olga nicht, so wie sie überhaupt nur wenig weiß über ihn. Denn selbst wenn er zu Hause ist, verkriecht er sich meist im Arbeitszimmer hinter seinen Akten oder auf dem Friedhof und schert sich nicht um sie. Vermutlich sind die Stunden in Schwedt, weit weg von ihr, seine einzig sorglosen. Aber was soll's, denkt sie und verscheucht das dumpfe Gefühl, allein gelassen worden zu sein. Eigentlich mangelt es ihr an nichts, weder an Mutterliebe noch an Vaterliebe. Sie hat Mamme, die ihr fast wie eine eigene Mutter ist, sie hat die Mamsell, die ihr heißen Kakao macht und ihr vorsingt, wenn sie sich das Bein aufgeschlagen hat, und sie hat Pa, der mit seiner Wärme und seinem unverwüstlichen Humor hundert abwesende Väter aufwiegt. Von all den Menschen, die sie umgeben, ist er derjenige, dessen Meinung ihr am meisten bedeutet. Olgas Herz glüht vor Liebe zu ihm. Ihr Bruder Karl sagt immer, sie klebe an ihm wie eine Briefmarke.

»Soll ich dir erzählen, was deine Mutter an ihrem Geburtstag am liebsten gemacht hat?«, fragt ihr Großvater.

Olga schüttelt den Kopf. Der Gedanke an das, was sie hätte haben können, macht sie nur traurig. Und zum ersten Mal dämmert ihr, dass auch ihr Vater nicht nur wütend ist, sondern vor allem eins: traurig.

»Weißt du, mein Kind«, sagt Pa, als hätte er ihre Gedanken

gelesen, »es gibt zwei Sorten Mensch. Die, die darüber reden, und die, die es nicht tun. Beides ist in Ordnung.«

»Danke«, erwidert sie und senkt den Blick. »Hast du mir etwas mitgebracht?«

»Tut mir leid, aber der Ofen ist aus. Bäcker Zapfen liegt mit der Grippe flach«, erwidert er mit ernster Miene und geht zur Tür. Doch seine Mundwinkel haben gezuckt, das hat sie deutlich gesehen. Sie weiß, er will sie nur ärgern – um nichts in der Welt würde er sie um den Apfelkrapfen bringen, in dessen butterweicher Mitte er den Bäcker jeweils eine Kleinigkeit verstecken lässt, ein Briefchen, ein Bonbon, eine Goldmünze.

»Oder meinst du etwa diesen allerbesten der weltbesten Zapfenkrapfen hier?«, fragt er und holt von draußen einen dampfenden Teller herein. Der süße Geruch zieht ihr tief in die Nase, und ihr läuft das Wasser im Mund zusammen.

»Mmh! Wie der duftet!«, jubelt sie.

Pas Gesicht, eine zerklüftete Landschaft mit tiefen Gräben um den Mund, mit Narben und Falten, die von der Nase aus wie weit verzweigte Wege auseinanderlaufen, wird ganz weich. Als Olga noch kleiner war und auf seinem Schoß saß, ließ er sie die Wanderpfade seines Lebens auf seinem Gesicht mit ihrem Finger nachfahren. »Gezeichnet von der Natur, im wahrsten Sinne!«, sagte er mit einem donnernden Lachen.

Wie ihr seine Züge doch Vertrauen einflößen, denkt sie, als sie in den Krapfen beißt und darüber vergisst, dass sie sich doch mit der Zunge vorsichtig vom Rand zur Mitte vortasten muss, hin zum versteckten Schatz. Ohne nachzudenken, schluckt sie den Bissen hinunter.

»Mach langsam …«, erinnert Pa sie noch, aber da beginnt sie schon zu würgen. Etwas steckt in ihrer Luftröhre fest. Olga versucht zu schlucken und Luft einzusaugen, doch sie röchelt nur und bekommt keine Luft. Ein Schauer von Panik und Schmerz läuft ihr über den Rücken. Sie ist sich sicher, sie erstickt.

So ist es also zu sterben, denkt sie seltsam ruhig. An meinem Geburtstag.

Dann wird alles schwarz.

29. März 1991

Unterwegs

Hügelige Wiesen, Laubwälder, Seen, die in der Sonne schimmerten. Vom Beifahrersitz aus ließ Olga die vertraute Landschaft an sich vorbeiziehen wie das Geplauder von Sara und Becki. Die Natur erwachte aus ihrem Winterschlaf. Die Veilchen und die Schneeglöckchen blühten auf einmal, die Bäume trieben kräftig aus, Gänse zogen nach Norden. Auf einer lichtgrünen Wiese grasten Pferde, und Olga erhaschte einen Blick auf ein riesiges verblasstes Plakat, von dem ihr Helmut Kohl wie ein Heilsbringer entgegenlachte, um zur ersten gesamtdeutschen Wahl im Dezember 1990 aufzurufen. Das war jetzt schon ein Vierteljahr her, und er hatte noch immer gut lachen. Zumindest auf der Wiese zwischen Bösdorf und Eutin. Vielleicht ließ man ihn mit Absicht hängen, um daran zu erinnern, dass er bleiben würde, ob man wollte oder nicht. Statt der vollmundig versprochenen blühenden Landschaften in den neuen Ländern blühten Arbeitslosigkeit und Verbitterung, und die Montagsmarschierer, die lange pausiert hatten, gingen wieder auf die Straßen, diesmal gegen Kohl und Konsorten. Erst gestern Nacht hatten sie in Berlin ein Gebäude der Treuhand in Brand gesetzt, um dagegen zu protestieren, dass das Volkseigentum verhökert und die Interessen des kleinen Mannes verkauft wurden. Das Klima wurde rauer.

Aber heute wollte Olga nicht an den Kanzler denken, den sie nicht gewählt hatte, und auch nicht an die DDR, in der sie nie gewesen war. Lieber schaute sie aus dem Fenster in den tiefblauen Himmel. Die Sonne, die ihr durch das geschlossene Fenster über die rechte Wange wanderte, wärmte bereits. Seit sie vor dreißig Jahren nach Plön gezogen war, hatte es kaum einen Geburtstag gegeben, an dem sie nicht mit eingezogenem Kopf und beißenden Ohren am See entlangspaziert war. In diesem Jahr war es anders.

Es war Karfreitag, und nach dem langen Winter sehnte sich anscheinend jeder nach Wärme und salziger Meeresluft. Auf der Straße Richtung Ostsee herrschte reger Verkehr, darunter viele Autos aus Nordrhein-Westfalen.

Der Stau störte sie nicht, er gab ihr Zeit zum Nachdenken. Zeit, um sich ein wenig Ruhe zu gönnen. Ihr war es egal, wohin die Reise ging, solange das monotone und gleichmäßige Dröhnen des Motors nur seine sedative Wirkung auf sie entfaltete.

Olga schloss die Augen und hoffte auf ein wenig Schlaf. Die vielen wachen Nächte und wirren Träume der letzten Wochen zerrten an ihren Nerven. Vielleicht würde sie ja hier im Auto Ruhe finden. An kaum einem anderen Ort fühlte sie sich so entspannt und sicher. Als wäre der metallene Kasten ihr persönlicher faradayscher Käfig, der ihr erlaubte, die Welt samt ihren Unwettern aus sicherer Entfernung zu betrachten, ohne sie hereinlassen zu müssen. Eine ihrer frühesten Erinnerungen war, wie ihr Großvater sie in seinem schwarzen Wagen mit den braunen Ledersitzen auf den Schoß genommen und ihr mit Engelsgeduld erklärt hatte, wozu die verschiedenen Instrumente dienten. Auf freier Strecke hatte er sie dann irgendwann mit einem Mal aufgefordert, das Steuer zu übernehmen, hatte das Lenkrad losgelassen und gerufen: »Keine Angst, Gänseblümchen, hier bist du sicher!«

Er ließ sie immer häufiger fahren, las Zeitung oder tat zumindest so, während sie den Wagen ganz allein einen einsamen Waldweg entlangsteuerte. In diesen Momenten fühlte sie sich so verbunden mit ihm, der Welt und der schönen Natur um sie herum, dass sie sich schwor, später einmal selbst einen Wagen zu besitzen. Als hätte das Gefühl mit dem Gefährt zu tun.

Es hatte noch einmal fast zwanzig Jahre gedauert, ehe sie den Schlüssel für einen blauen Käfer in der Hand hielt. Ihre erste

Reise damals führte sie nach Ischia. Noch heute überlief es sie heiß und kalt, wenn sie nur daran dachte. Sie war niemals so glücklich gewesen wie auf der Insel, aber auch niemals so einsam und verlassen, als sie bitterallein die Rückreise angetreten hatte.

Wohin die Reise wohl heute ging? Sosehr Olga ihre Mädchen auch drängte, die beiden hatten es ihr nicht sagen wollen. Vier Tage würden sie von zu Hause fort sein, so viel zumindest hatten sie verraten. Vielleicht ging es nach Amsterdam? Olga hatte neulich in einem Telefonat erwähnt, dass sie das Van-Gogh-Museum gerne einmal sehen würde …

Sie lächelte. Ja, es war die richtige Entscheidung gewesen, mit ihnen wegzufahren. So würden sie endlich wieder etwas Zeit füreinander haben. Becki sah sie nur noch zwei-, dreimal im Jahr, und seit Oktober, seit Sara in Hamburg Medizin studierte, bekam sie auch ihre Enkelin nur noch ab und an zu Gesicht, wenn sie an den Wochenenden Hendrik besuchte, ihren Freund.

Ein Hupen riss Olga aus den Gedanken. Verschwommen sah sie, wie ein silberner Audi sie überholte.

»Wie bitte?«, hörte sie Becki sagen. »Aber dafür bin ich doch nicht auf die Straße gegangen!«

»Wofür bist du nicht auf die Straße gegangen?«, fragte Olga. »Dass dich andere Autos überholen?«

»Ach Quatsch, Mami«, sagte Becki und klopfte aufs Lenkrad, als sie erneut ein Wagen überholte und knapp vor ihr einscherte. »Dafür, dass Sara ihre Freiheit gegen Sklaverei eintauscht.«

»Was soll das denn jetzt heißen?« Durch den Rückspiegel sah Olga, dass Sara genervt dreinschaute.

»Dass sie freiwillig hinab in den Chauvi-Muff der Fünfzigerjahre klettert und mit ihrem Freund zusammenziehen will, Mami, mit gerade mal zwanzig!«, schimpfte Becki entnervt.

Wieso denn auch nicht, dachte Olga, aber sie hütete sich, das laut auszusprechen. Wenn es nach Becki ging, sollte Sara sich erst mal selbst entdecken, allein, ohne einen Mann an ihrer

Seite. Hendrik begann zum Sommersemester sein Jurastudium, und da Hamburgs Zimmermarkt leergefegt war, suchte er Unterschlupf in Saras WG in Ottensen, bis er etwas Eigenes gefunden hatte.

»Chauvi-Muff? Im Ernst? Soll er etwa vor der Mensa campieren? Außerdem hast du doch noch nie mit einem Mann zusammengelebt!« Sara wirkte gekränkt. »Und wer sagt, dass ich ihm die Hemden bügle? Was für ein Quatsch!«

»Hab ich wohl«, sagte Becki und drehte sich kurz nach hinten, wo Sara auf der Rückbank einen Pullover für Hendrik strickte. »Mit Bernd zum Beispiel, mit dem hab ich in Freiburg zusammengewohnt. Aber da war ich schon fünfundzwanzig und hatte einen Beruf.«

»Ha! Sechs Monate, dann hast du meinen Vater rausgeschmissen«, parierte Sara und zwinkerte Olga über den Rückspiegel zu. Als Becki und Bernd sich getrennt hatten, kurz nach Saras Geburt, war sie zurück nach Plön und Bernd nach Boston gezogen, um eine Professur für Gender Studies in Harvard anzunehmen. Becki hatte da bereits als Steinmetz gearbeitet, als einzige und erste Frau in ihrem Betrieb, und sich noch dazu als Restauratorin ausbilden lassen. Sie träumte davon, mit Sara im Gepäck durch die Welt zu ziehen und da zu arbeiten, wo ihre geschickten Hände gebraucht wurden. Doch dann musste Sara zur Schule, und Becki wurde es schnell zu eng in Plön, wo sie nach der Trennung von Bernd in einem Steinmetzbetrieb eine Anstellung bekommen hatte. Eine Weile lebten sie zu dritt in Olgas Wohnung, bis Becki den Auftrag bekam, in Verona eine Kirche zu restaurieren. Es folgten Tempel, Bibliotheken und Schlösser in Avignon, Toulouse, Palermo und Kairo, und irgendwann war sie mehr unterwegs als zu Hause. Wie selbstverständlich war es Olga, die von da an Saras Erziehung übernahm. Nach Jahren in der Frauenklinik in Lübeck hatte sie kurz nach Saras Geburt eine Praxis für Gynäkologie und Geburtshilfe an der Nikolaikirche übernommen, mit Seeblick, und ihr Vorgänger war glücklich, sie an vier Nachmittagen zu unterstützen. In den ersten Jahren arbeitete sie deshalb nur halbtags, und wenn Sara aus der Schule kam, war sie für sie da. Vielleicht um wiedergutzumachen, dass sie so wenig Zeit für Becki gehabt hatte, als diese klein war.

Vor ihnen leuchteten Bremslichter auf, während Becki in ihrer Tasche nach etwas kramte.

»Becki, sieh nach vorne!«, rief Olga aus.

Ihre Tochter sah hoch und trat gerade noch rechtzeitig auf die Bremse. Der Gurt schnitt in Olgas Schulter, als sie ruckartig nach vorne schnellte.

»Ganz genau, Schatz«, sagte Becki ungerührt, ohne sich um Olgas Stöhnen zu kümmern. »Mehr Zeit brauchte ich auch nicht, um festzustellen, dass Männer fürs Zusammenleben völlig ungeeignet sind.« Ein Lächeln huschte über Beckis Gesicht, und sie drückte den Zigarettenanzünder im Armaturenbrett.

»Immerhin hast du ihn geheiratet«, setzte Sara nach und ließ das Strickzeug sinken.

»Da hast du es.« Becki seufzte schwer. »Liebe macht unselbstständig und unemanzipiert, zumindest die bürgerlich kapitalistische Liebe. Ein Blick in Bernds Augen hat gereicht, um das wilde Mädchen in mir zu zähmen und Jahre der Emanzipation zunichtezumachen. Ich hatte halt gehofft, liebe Sara, dich zu mehr Eigenständigkeit erzogen zu haben.«

»Omama hat mich erzogen, nicht du«, sagte Sara.

»Autsch.« Becki blickte erstaunt auf. »Das tat weh.«

»Die Wahrheit?« Sara beugte sich vor und kniff ihrer Mutter leicht in die Wange, wie sie es schon als Kind getan hatte. »Oder meine Hände?«

»Beides!«, sagte Becki theatralisch und tastete in der Ablage vor dem Schaltknüppel nach ihrem Etui.

»Warte«, kam Olga ihr zuvor und reichte ihr eine Zigarette.

»*Ein* Beinaheunfall reicht.« Dann drehte sie sich leicht nach hinten um.

»Mach deine eigenen Erfahrungen«, sagte sie zu Sara. »Und wenn es nicht klappt, dann klappt es nicht. Wichtig ist nur, dass du weißt, wer du bist und was du willst. Damit du frei wählen kannst, mein Herz.«

»Konntest du das denn, Omama?«, fragte Sara, mit einem Mal ernst. »Frei wählen?«

Olga überlegte. »Manchmal ja, häufiger jedoch hat das Leben für mich entschieden. Oder die Männer. In meiner Generation hatte der eigene Wille einer Frau durchaus seinen Preis. Ich habe es versucht, Sara, immer wieder, aber ich bin oft an Grenzen gestoßen.«

»Scheiß auf die Grenzen«, rief Becki empört aus und zog an ihrer Zigarette. »Die wollen mir heute noch alle verpassen! Nur weil ich nicht dem Rollenklischee entspreche und Dinge tue, die angeblich nicht ›in meiner Natur liegen‹. Deshalb bin ich doch noch lange keine Rabenmutter, Sara! Und wenn Bernd, nur weil er ein Mann ist, einfach so nach Amerika abhaut, um der Welt das weibliche Geschlecht zu erklären, dann … ja, dann ist das eine tolle Leistung! Dabei weiß er noch nicht mal, wo genau das sitzt.«

»Becki!«, rief Sara empört, und Olga dachte nicht zum ersten Mal, dass sie sich nie daran gewöhnen würde, dass Sara ihre Mutter beim Vornamen rief. »Wer bitte will das wissen?«

Durch den Spiegel sah Olga, wie Sara sich den Rauch von ihrem Gesicht wegwedelte. »Kannst du das Fenster öffnen? Es stinkt.«

Becki stöhnte und öffnete das Fenster.

»Genau das meine ich«, sagte sie. »Vergiss die Grenzen. Verweigere mir den Respekt. Auch wenn ich mich schon fragen darf, in welchen Zeiten wir leben, wenn die Mutter ihrer Tochter sagen muss, dass sie spießig ist.«

Als kleines Kind hatte Sara gedacht, dass jede normale Familie so aussah wie ihre: Omama, Sara, manchmal Becki. Doch je älter sie wurde, desto mehr stellte sie ihr gemeinsames Konstrukt in Frage. Olga erinnerte sich noch gut daran, wie Sara sie manchmal traurig gefragt hatte, warum es in ihrer Familie keine Männer gab, die blieben, warum es nicht ihre Mutter war, die ihr die Schulbrote schmierte, und warum sie ihren Vater nur einmal im Jahr sah, wenn er sie in seinen Semesterferien besuchte. Sie kannte diese Art von Fragen bereits von Becki und auch von sich selbst. Bei ihrer Tochter war es dieser flehentliche Blick gewesen, mit dem sie sie damals angesehen hatte, noch Monate nachdem Olga ihren zweiten Mann verlassen hatte. Becki fand es ungerecht, ihr auch den zweiten Vater zu nehmen, selbst wenn sie zu ihm und seiner neuen Familie bis heute ein inniges Verhältnis pflegt.

Sie selbst hatte sich als Kind oft gefragt, warum sie nie eine Mutter gehabt hatte. Ihr Großvater hatte die mütterliche Rolle übernommen, und es waren die Mamsell und Mamme, die ihn dabei so gut es ging unterstützten. Ganz gleich, wie sehr diese drei Menschen sich um sie bemüht hatten, sie litt darunter, anders zu sein. Wie oft hatte sie sich insgeheim gewünscht, in einer Familie wie der von Lotte aufzuwachsen. Wenn sie diese Gedanken aussprach, hatte Pa natürlich sofort den blumschen Hauspoeten parat. »Gänseblümchen, selbst wenn Tolstoi behauptet, dass alle glücklichen Familien einander gleichen und jede unglückliche Familie auf ihre eigene Art unglücklich ist, darf ich doch anmerken, dass auch das Glücklichsein durchaus verschiedene Ausprägungen hat.« Am Ende hatte sie mit ähnlichen Worten versucht, Becki und Sara zu erklären, dass jede Familie anders war und ihre ganz eigene Art der Zufriedenheit besaß.

Sara zog es dennoch zu Hendrik, und Olga war überzeugt, dass es an seiner tolstoischen glücklichen Familie lag: eine jüngere Schwester, einen Vater, der sich abends nach der Arbeit an den gedeckten Tisch setzte, und eine Mutter, die halbtags arbeitete und den Rest ihrer Zeit darauf verwendete, es ihrer Familie heimelig und schön zu machen. Wenngleich sie dafür auf vieles verzichtete …

Sara atmete tief aus. »Vielleicht geht heute auch alles: Kinder, Familie und Karriere.« Sie strich sich eine Haarsträhne hinters Ohr. »Oder, Omama?«

Olga sah Becki an. »Nicht einfach, aber möglich, würde ich sagen.«

»Unsinn, Mami«, widersprach Becki. »Wir können zwar alles haben, aber leider nicht gleichzeitig. Wenn man das erst mal verstanden hast, ist man frei, glaub mir.«

»Frei wovon?«, fragte Sara betont beiläufig. In ihren Worten schwang Enttäuschung mit, wie so oft, wenn sie auf das Thema zu sprechen kamen. Darüber, dass Becki nicht wusste, wie man das machte, Mutter sein, oder es gar nicht wollte, weil ihr Bedürfnis nach Freiheit immer größer gewesen war.

»Nur Schnecken bleiben immer in ihrem Zuhause«, hatte Becki einmal zu Sara gesagt, als diese – damals erst acht – ihre Mutter zum Bleiben hatte bewegen wollen. »Aber du und ich, wir sind kleine Stieglitze, und du weißt ja, wie elend sich Wildvögel in Käfigen fühlen.«

Olga war bei diesem Ausspruch zusammengezuckt. Wie konnte Becki ihrer Tochter nur sagen, dass sie es zu Hause nicht aushielt! Aber es war zwecklos gewesen, sie darauf anzusprechen, genauso zwecklos, wie ihr die Flügel stutzen zu wollen.

Becki warf Sara durch den Rückspiegel einen ernsten Blick zu.

»Frei von Zwängen und Erwartungen, wie die Männer auch«, antwortete sie.

Olga stutzte. Wie kam ihre Tochter nur darauf, dass Männer frei waren? Auch sie wurden von Zwängen und sozialem Druck in Rollen gepresst, mussten sich Vorstellungen und Erwartungen unterwerfen, auch wenn es andere waren. Doch es hatte keinen Zweck, mit Becki zu diskutieren, wenn sie in kampfeslustiger Stimmung war wie jetzt gerade – fast immer also. Und erst recht nicht, wenn sie hinterm Steuer saß.

Doch darum scherte Sara sich nicht, sie bohrte immer weiter, auch das kannte Olga zur Genüge.

Seufzend ließ Olga sich wieder in den Sitz sinken und lauschte dem Klang der Stimmen, die ihr so vertraut waren. Kurz die Augen schließen, dachte sie. Nur für ein paar Minuten.

Eine Hand berührte sanft ihre Schulter. »Aufwachen, Mami! Wir sind gleich da«, vernahm sie Beckis Stimme.

Sie hatte geträumt, irgendeinen schönen Traum, das wusste sie noch, irgendwas von einem See … Ja, sie war über einen See gepaddelt … Doch jetzt war sie wach, und der Nacken tat ihr weh.

Wo waren sie?

Sie blickte hoch und sah an den vorbeiziehenden Bäumen, dass sie immer noch fuhren.

»Schau mal auf das Ortsschild«, sagten Sara und Becki dann plötzlich wie aus einem Mund.

Mit einer vorsichtigen Bewegung drehte Olga den Kopf nach rechts und erblickte zunächst nur eine Reihe von Ginsterbüschen, die den Straßenrand bewucherten. Dann rückte ein gelbes Ortsschild in ihr Gesichtsfeld. Olga fuhr erschrocken hoch. Ginsterburg? Sie fasste sich an den Hals, das Atmen wurde ihr schwer.

»Wo sind wir?«, presste sie hervor, als könnte ihre Frage die Antwort verändern. Doch es dröhnte so laut in ihren Ohren, dass sie eh nichts verstand. Das Einzige, was sie wahrnahm, waren Beckis sich bewegende Lippen, das immer greller werdende Gelb des Schildes und der scheinbar hinter ihm emporwachsende Kirchturm der Dreifaltigkeitskirche, in der sie getauft und konfirmiert worden war.

Sie rang nach Luft, versuchte, ruhiger und tiefer zu atmen, so wie Pa es immer zu ihr gesagt hatte, wenn der Sturm in ihrem Kopf wütete und sie ohnmächtig zu werden drohte.

Ganz ruhig, Gänseblümchen, atme, atme …

1. April 1938

Ginsterburg

Olga öffnet die Augen, und durch das geöffnete Fenster fallen die ersten Sonnenstrahlen des Tages weich auf ihr Gesicht. Sie liegt auf dem Boden, die Beine mit einem dicken Kissen hochgelagert. Pa beugt sich über sie und hält ihr Essigäther unter die Nase.

»April, April? Seit wann mundet dir Goldschmuck mit Edelstein, noch dazu ungesüßt, mein Gänseblümchen?« Er drückt ihr etwas in die linke Hand. »Deine Aprilscherze waren auch schon besser. Der ist nicht zum Runterschlucken, sondern zum Herzeigen und Angeben.«

»Ich habe ihn verschluckt?«, fragt sie und betrachtet ihr Geschenk. Es ist ein Ring, mit einem roten Rubin in der Mitte.

»Nicht ganz, zum Glück! Mit ein paar kräftigen Schlägen zwischen deine Schulterblätter habe ich ihm Beine gemacht, das kannst du mir glauben. Der Ring ist aus deinem Mund geschossen wie die Luft aus Goebbels Hintern.«

Olga richtet sich auf und spürt nun am ganzen Rücken einen dumpfen Schmerz.

»Aua«, sagt sie und streicht über den Ring. Sie kennt ihn. »Der gehörte Babuschka, oder?«, fragt sie leise und streift ihn sich über den Ringfinger der linken Hand. Ihre russische Großmutter Irina hatte ihn bis zu ihrem Tod nie abgelegt, er war so etwas wie ihre Krone gewesen, die sie und vor allem ihren Mann jeden Tag an ihre aristokratische Herkunft erinnern sollte. Ihre Familie hatte geglaubt, die Revolution würde nach wenigen Monaten scheitern, deshalb waren Schmuck und Erinnerungen das Einzige, was ihre Eltern auf die Flucht vor den Bolschewiken von Sankt Petersburg nach Ginsterburg zu Albert und ihr mitgenommen hatten.

Doch ihre Eltern und Erinnerungen waren geblieben, und so ließ Babuschka ihre Enkelkinder jeden Sonntag an ihren alten Geschichten teilhaben. Meist saßen sie und Pa sich dabei in den großen Ohrensesseln gegenüber, während Olga und Karl zu ihren Füßen Platz nahmen, ganz dicht beim knisternden Feuer. Mit einer lustigen Mischung aus Deutsch und Russisch erzählte Babuschka dann von der herrlichen Aussicht aus ihrem Palastzimmer bis ans finnische Ufer und von Leo Tolstoi, der gelegentlich bei ihnen zum Tee gewesen war, um mit ihrem Vater, einem Offizier der Kaiserlich Russischen Armee, Schach zu spielen.

Während Pa tat, als würde er Zeitung lesen, hörte er seiner Frau Irina mit stillem Lächeln zu. Nie vergaß sie, von den Bällen bei ihnen zu Hause zu berichten, auf denen sie mit stattlichen Offizieren getanzt hatte. Kaum erwähnte sie jedoch den tanzfreudigsten aller Offiziere, stand Pa auf, verbeugte sich vor ihr und wirbelte sie durchs Zimmer.

»Wie tanzt der stattliche Gatte mit seiner wunderschönen Gattin?«, fragte er seine Frau nach einer Weile immer.

»Besser als der stattlichste Offizier«, gab sie ihm zur Antwort. Und sie lachten sich an wie zwei Jungverliebte.

Zum Ritus am Ende der Erzählstunde gehörte es, dass Olga auf Babuschkas Wunsch hin aus einem der vielen Bücherregale im Kaminzimmer einen Band von Tolstoi heraussuchte, aus dem ihr Bruder vorlesen sollte. Am liebsten hatte sie *Anna Karenina*, weil ihre Heldin, wie Babuschka schwärmte, den Mut besaß, sich ihrer Zeit zu widersetzen, selbst wenn sie dafür ins Verderben rannte. Nach der Lesestunde ließ die Großmutter sich und ihrem Mann von der Mamsell einen Sherry einschenken und sprach abschließend einen Toast zum Sonntag: »Auf dass unsere Kultur nicht genauso schnell untergehen möge wie das Zarenreich. *Sa Sdarówje!*«

Das alles wiederholte sich jeden Sonntag bis zum plötzlichen Tod ihrer Großmutter vor vier Jahren, als sie vom Mittagessen aufstand, schwankte und tot umfiel. Doch sosehr Pa auch unter dem Tod seiner Frau leiden mochte, hatte er dennoch in den Jahren seines Witwerdaseins weder seine Liebenswürdigkeit noch seinen Humor verloren. Warum ist ihr Vater so anders, denkt Olga. Warum ist er so kühl, so schroff?

Pa steht auf und stopft seine Pfeife. »Rubin steht für die reine Liebe«, sagt er und gibt ihr einen Kuss. »Darum ist er das perfekte Geschenk für meine allerliebste Enkeltochter.«

Für seine einzige. Sie spürt, wie ihr Tränen über die Wangen laufen. Weil ihr der Schreck noch in den Knochen sitzt, weil sein Geschenk und seine Worte sie so rühren.

Da formt Pa seine Hände und Finger zu einem Reh und lässt den Schatten über die weiße Zimmerwand springen. »Seit wann können Gänseblümchen weinen?« Er schlägt einen hohen kratzigen Ton an, wie immer, wenn er das Schattentier spielt. »Sie können doch nur den Kopf hängen lassen.«

Also lässt er Dr. Kitz mit hängendem Kopf über die Wand schlurfen, was so komisch aussieht, dass sie lächeln muss.

Pa ist oft zu Späßen aufgelegt und überzeugt, dass Lachen das Einzige ist, was wirklich gegen Angst und Schmerz wirkt.

»Bin ich nicht zu groß für Dr. Kitz?«, fragt Olga und ist froh, dass sie es nicht ist. Sie wischt sich die Tränen weg und lehnt den Kopf zufrieden an Pas Brust. Dr. Kitz taucht immer dann auf, wenn sie sich wehtut.

Als Olga noch nicht in die Schule ging, hatten sie und Pa auf einem Waldausflug ein wenige Wochen altes, von seiner Mutter verlassenes Rehkitz gefunden. Sie nahmen den Findel mit nach Hause, zogen ihn mit Hand und Flasche auf und tauften ihn Dr. Kitz, weil die Kinder in der Praxis, wenn sie das Reh im Garten herumspringen sahen, augenblicklich ihre Schmerzen vergaßen. Nach seiner Auswilderung blieb der gute Geist von Dr. Kitz als Schatten zurück und muntert seitdem die jungen Patienten auf, wenn kein gutes Zureden, keine Salbe oder Arznei mehr zu helfen scheint.

Doch so gern Olga sich von Dr. Kitz auch trösten lässt, will sie ihrem Pa doch zeigen, dass sie kein Kind mehr ist. Mit betont sachlicher Stimme fragt sie: »Stridor durch Fremdkörperaspiration?« Sie spielen dieses Spiel oft, nur handelt es sich dann um Diagnosen von Pas Patienten, nicht um ihre eigene.

»Da lobe ich mir die professionelle Neugier meiner kleinen Wissenschaftlerin«, sagt er amüsiert. »Wer klug fragt, soll auch kluge Antworten bekommen. Also« – er räuspert sich – »der Fremdkörper drückt auf die Nervengeflechte in der Schleimhaut von Rachen und Kehlkopf und löst einen Reflex auf den Vagusnerv aus. Du kannst nur froh sein, dass ich keinen Luftröhrenschnitt gemacht habe. Fachbegriff dafür?«, spielt Pa weiter.

»Tracheotomie«, kommt es wie aus der Pistole geschossen. Ihr Hunger nach Wissen ist unstillbar, und seit sie angefangen hat zu fragen, füttert er sie mit sämtlichen medizinischen Häppchen, nach denen sie verlangt.

Luftröhrenschnitte sind Pas täglich Brot, besonders wenn die Grippe wütet oder die Wespen ihr Unwesen treiben. Sie muss ihm oft die Petroleumlampe halten, wenn er die Klinge ansetzt. Da geht es um Sekunden, sonst ersticken die Patienten oder erleiden einen Hirnschaden. Einmal waren sie auf dem Wochenmarkt, als sich jemand an einer Nuss verschluckt hat. Weil ihr Großvater sein Operationsbesteck nicht zur Hand hatte, griff er auf sein Taschenmesser zurück, mitten auf dem belebten Marktplatz, und setzte schräg neben dem Kehlkopf einen kleinen Schnitt, damit die Wunde nicht so blutete. Pa sah aus wie ein Irrer, der jemandem vor aller Augen die Kehle durchschnitt. Bei dem Anblick wäre sie trotz starker Nerven fast umgekippt. »Merk dir«, hatte er ihr danach gepredigt, »dass du die Wunde offen halten musst, zur Not mit einer Erbse. Entscheidend ist, der Patient kriegt Luft.«

Nun nickt er anerkennend. »Sa-gen-haft! Jetzt musst du die Tracheotomie nur noch am lebenden Objekt hinbekommen.« Er sieht sie mit einer Mischung aus Stolz und Bewunderung an.

»Kein Problem«, erwidert sie mit dem Selbstbewusstsein einer erfahrenen Operateurin. An ihrer Käthe-Kruse-Puppe Maja hat sie den Luftröhrenschnitt als kleines Mädchen oft geübt. Ihre Freundinnen schlossen Olga irgendwann vom gemeinsamen Puppenspiel aus, weil sie fanden, Maja sähe aus wie eine Vogelscheuche, so übersäht von Fäden, Knoten und Nähten, wie sie war. Olga akzeptierte das ungerührt. Denn als Patientin vollbrachte Maja sowieso wertvollere Dienste, selbst wenn es zu Lasten ihrer Schönheit ging. Inzwischen spielen Lotte und Annemie genauso wenig mit Puppen wie sie. Dafür kümmern sie sich um ihre eigene Schönheit, denkt Olga seufzend.

»Im Wort Geburtstag steckt Geburt«, sagt Pa nun. »Da wäre es doch nur recht, wenn wir zusammen das Baby derer Hochwohlgeboren von Hettersdorf auf die Welt bringen.«

Olga hört ihr Herz schlagen. Eine Geburt!

Pa hat sie schon in die Praxis oder auf Hausbesuche mitgenommen, kaum dass sie laufen konnte. Als sie groß genug war, um über den Behandlungstisch zu schauen, durfte sie ihm Schere, Tupfer und seine Pfeife reichen, Gips anrühren für die vielen Brüche und Arzneien vom Apotheker holen. Inzwischen legt sie selbstständig Verbände an, öffnet Eiterbeulen und zieht unter seinen wachsamen Augen Fäden, neulich sogar einen Zahn. Das war, als der große, kräftige Bäcker Zapfen eines Nachts geklingelt und sich jammernd die Wange gehalten hatte. »Zu viel Krapfen, Herr Zapfen?«, hatte Pa gescherzt, um ihn abzulenken, während er den Zahn mit Hebelinstrumenten lockerte. Um dann stillschweigend an Olga zu übergeben, die den nurmehr an Fleischfäden hängenden Zahn mit der Zange aus dem Kiefer zog. Seitdem drückt der Bäcker ihr jedes Mal etwas Süßes in die Hand, wenn sie an seiner Backstube vorbeiläuft. Olga hat schon viel erlebt, aber eine Geburt … Das übertrifft all ihre Erwartungen.

»Jetzt gleich?«, fragt sie, weil ihr einfällt, dass sie dann die

Schule verpassen würde. Sie zieht die Mundwinkel nach unten. »Du weißt doch, dass Fräulein Witte mich auf dem Kieker hat.«

Ilse Witte, die neue Lehrerin, ist nach den Weihnachtsferien als Ersatz für Dr. Pfitzer gekommen, der von einem Tag auf den anderen verschwunden war. Wie die Familie Liebermann aus Lottes Nachbarhaus. Auf der Straße hat Olga Leute munkeln hören, dass der Pfitzer, der Kommunist, endlich im Lager sei bei den Liebermanns, wo die Spaltpilze, das bolschewistische Judengesocks, auch hingehörten. Sie hofft, dass sie sich irren, denn das, was ihre Freundin Annemie über die Lager erzählt hat, klang schaurig. Ihr Onkel war in so einem gewesen und ist klapperdürr und stumm wieder herausgekommen. Olga hofft, dass die Liebermanns mit ihren niedlichen dreijährigen Zwillingen tatsächlich noch rechtzeitig zu Verwandten nach England gezogen sind, wo die Menschen sie wie Menschen behandeln und der Vater wieder als Richter arbeiten darf. Aber warum sollte Mamme, die mit Elsa Liebermann befreundet ist, sie anlügen? Nachdem Olga ihr verängstigt berichtet hatte, was auf der Straße so getuschelt wurde, hatte Mamme ihr einen Brief von Elsa aus England gezeigt.

Von Dr. Pfitzer glaubt Mamme leider nicht, dass er sich retten konnte. Er ist so ein feiner, gütiger Mensch. Die Witte dagegen ist klein, hager wie ein Gerippe und schrecklich griesgrämig. Sie verkündet Hitlers Worte wie das Evangelium. Der Führer hier, der Führer da. Hinter ihrem Rücken nennen sie sie »Ilse Bilse keiner willse«, weil sie so unbeliebt ist.

Bei Dr. Pfitzer gab es keine Rohrstockhiebe, keinen morgendlichen Fahnenappell oder Nazilieder, und statt »Heil Hitler« durften sie weiterhin »Guten Morgen« sagen. Außerdem kümmerte es ihn nicht, ob Olga mit links schrieb. Bei Frau Witte dagegen setzt es für den kleinsten Verstoß sofort den Rohrstock. Sobald Olga die Hände verwechselt, gibt es kurze scharfe Hiebe auf die Fingerspitzen der »bösen Hand«, bis sie blutet.

»Wer den deutschen Gruß macht mit der bösen Hand, ist ein Übel für Führer, Volk und Vaterland.« Um dieses Übel auszurotten, ist Frau Witte neulich extra in Pas Praxis gekommen und hat ihn aufgefordert, Olgas linke Hand einzugipsen. »Früher wurden linkshändige Frauen als Hexen ja noch auf dem Scheiterhaufen verbrannt.«

Pa hat scharf entgegnet: »Heute landet man noch für weit weniger auf dem Scheiterhaufen. Zum Beispiel für Führerbeleidigung – oder was glauben Sie, würde der Führer davon halten, wenn er wüsste, dass Sie gute deutsche Kinder mit blutenden Händen den Hitlergruß machen lassen? Das ist ja fast so, als wollten Sie insinuieren, dass Blut an seinen Händen klebt!«

Frau Witte ist bleich geworden und hat mit einer gestammelten Entschuldigung die Praxis verlassen. Seitdem verteilt sie nur noch Kopfnüsse oder lässt Olga Schulstunden in der Ecke verbringen, mit dem Gesicht zur Wand.

»Für den Verräter haftet die Sippe. Das kennen wir ja zur Genüge«, erwiderte Pa, als sie ihm von den Schikanen erzählte. Darum solle sie sich nun erst recht nicht in die Knie zwingen lassen.

»Das Fräulein kann warten, das Baby nicht«, sagt Pa jetzt.

Olga ist viel zu aufgeregt, um ihm zu widersprechen. Die erste Geburt seit ihrer eigenen, die sie miterleben wird.

1. April 1938

Gut Hettersdorf

Aus der Wärme der Küche, wo die Mamsell ihnen ein paar Stullen für die Fahrt geschmiert und Olga fest an ihre Brust gedrückt hat, treten sie aus der Blume-Villa in die eisige Kälte des Aprilmorgens hinaus. Es ist sieben Uhr. Die aufgehende Sonne hat den Grauschleier über dem Schwanensee gelüftet und dessen graublaues Wasser rosaorange eingefärbt. Olgas Brust wird von einem Gefühl des Glücks durchströmt, als sie einen mächtigen Seeadler entdeckt, der mit ausgebreiteten Schwingen durch die Lüfte gleitet, keine zehn Meter weg von ihnen.

Im Gasthof Meier nebenan sieht sie Licht. Ob sie wohl schon den Tisch eindecken für das Muttermahl am Nachmittag? Sicher, wo Lotte und sie doch die Kinder der Meiers – ihre Freundin Annemie und ihren ein Jahr älteren Bruder Gero – dazu eingeladen haben.

Der Wind, der die Wolken weggepustet hat, bläst ihr die Haare in die Augen. Sie rennt zur Zauberulme, die hoch über die Dächer wächst, und umarmt sie, wie jeden Morgen. Vater Meier hat letzten Monat eine Terrasse in den Kronenansatz gebaut, zu der eine hölzerne Wendeltreppe hinaufführt und auf der er, sobald es das Wetter zulässt, den Gästen sein berühmtes Spezial Hell sowie Kaffee und Kuchen servieren will.

»Willst du mir auch gratulieren?«, fragt sie die Ulme und schaut hoch, ob sie doch noch einen Eisvogel in ihren Ästen sieht. In der Ferne hört sie plötzlich seinen Ruf, ein raues *khrit-rit-rit*. Sie schließt die Augen und drückt beide Arme gegen den Stamm.

»Danke, Mama, für meinen Geburtstag!«

Da spürt sie, wie der Vogel ganz nah an ihrem Gesicht vorbeifliegt.

Als Olga die Augen wieder öffnet, ist er weg. Dafür sieht sie einen Jungen, der mit der flachen Hand über den schwarzen Kühler von Pas Horch streicht, der neuen Limousine frisch aus den Zwickauer Werken. Als sie sich ihm nähert, erkennt sie ihn. Von ihrem Fenster aus hat sie ihn gestern auf einem Gilu paddeln gesehen. Beim Anblick der langen, schmalen Faltboote aus der Schneider-Werft erfasst sie diese unerklärliche Sehnsucht, die sie den ganzen Winter hindurch, wenn diese zusammengepackt im Bootshaus oberhalb des Sees lagern, begleitet wie ein Schatten. Und auch gestern hat sie den Blick kaum abwenden können. Mitte April beginnt die Saison, sie freut sich schon darauf, ihren Zweier zusammenzubauen und mit Lotte endlich wieder durchs Wasser zu gleiten. Ihr Trainer hat am Ende der letzten Saison gesagt, dass sie inzwischen gut genug seien, um an Regatten teilzunehmen.

»Warum umarmst du Bäume?«, fragt der Junge lachend und gibt ihr die linke Hand. Sein Atem zieht wie eine Wolke an seinem Mund vorbei.

»Und warum gibst du mir die böse Hand?«, fragt sie schnippisch zurück.

»Böse?« Er betrachtet seine Hand. »Was an dieser Hand ist böse? Eva wurde aus der linken Rippe Adams erschaffen, das Herz schlägt links, und der Mond dreht sich linksherum um die Erde.« Er tippt sich mit dem linken Zeigefinger unters Auge, und sie lächelt ihn an. Sie denkt, dass dies das Netteste ist, was jemals über die böse Hand gesagt wurde.

»Und damit befindet ihr beide euch in bester Gesellschaft«, sagt Pa, als er zu ihnen stößt und, den linken Arm an den Bauch gelehnt, einen Diener macht. »Goethe, Mozart und Beethoven, alles Linkshänder.«

»Du also auch.« Der Junge blickt Olga interessiert an. »Ich bin übrigens Fritz.«

Dann streichelt er erneut die Motorhaube. »Das ist ein Horch 830, nicht wahr? Mit so einem fahre ich bis nach Rom, irgendwann.«

»Der Junge hat Schneid, und er versteht etwas vom Träumen, das gefällt mir«, sagt Pa, als er den Motor startet.

Mir auch, denkt Olga, aber das sagt sie nicht.

Sie winken Fritz und fahren rumpelnd über die einsame Pflasterstraße entlang des Schwanensees, vorbei an in Nebel getauchten Feldern, Mooren und vereinzelten Häusern. Als einziger Arzt weit und breit versorgt Pa nicht nur Ginsterburg, sondern auch die umliegenden Dörfer, die Gehöfte und Güter. Denn das nächste Krankenhaus in Schwedt ist fast eine Stunde entfernt. Zufrieden lässt sich Olga in das Polster sinken, den Blick nach draußen gerichtet. Wenn sie mit Pa im Auto unterwegs ist, sind sie ganz allein auf der Welt. Kein Patient, mit dem sie ihn teilen muss, nur er und sie. Es gibt nichts Schöneres.

Als sie den Schwanensee hinter sich gelassen haben, folgen sie schweigend der Ucker bis in die Heide hinein. Lichtgrüne Maisfelder erstrecken sich bis vor die waldigen Hügel zu ihrer Linken. Der Dauerregen der letzten Woche hat die Wege in zähen Schlamm verwandelt, und das dreckige Wasser spritzt die Räder hoch. Doch Pa lässt sich davon nicht stören.

»Sa-gen-haft«, sagt er. Er löst die Hände vom Steuer und klatscht dazu rhythmisch in die Hände. »Buschwindröschen, ein einziger weißer Blütenteppich!«

Das sind die Momente, vor denen ihr Vater ihn immer warnt. Er werde noch einen schlimmen Unfall bauen mit seinem Überschwang, hat er neulich geschimpft, nachdem Pa sein altes Auto fast in den See gesteuert hatte, wäre es nicht von der Ulme aufgehalten worden. Zum Glück war ihm bis auf eine Prellung an der rechten Hand nichts zugestoßen.

»Sa-gen-haft«, wiederholt Pa und kurbelt das Fenster runter. »Riechst du, wie die Erde aufatmet?«

»Das Leben riechen«, nennt er das. Um sich an die Komplexität der Dinge heranzutasten, gäbe es nichts Besseres, als seine Sinne zu schärfen und allzeit auf Empfang zu stellen. Augen, Ohren und Nase sind für ihn wie ein Stethoskop, mit dem er den Herzschlag der Natur hört.

Olga kurbelt das Fenster herunter und hält die Nase in den Fahrtwind. »Du meinst das waldige, pilzige, feuchtmoderige Moos?« Schließlich weiß sie, was er hören will. »Du redest von der herben, erdigen, holzigen Kiefer?« Sie ruft in den Frühling: »Oder vom süßen, weichen, lieblichen Veilchen?« Sie zieht den Kopf zurück und blickt ihn fragend an. »Ich leide doch nicht an Anosmie«, fügt sie grinsend hinzu.

»Das ist mein kleines Naturkind«, sagt er zufrieden, und sie lehnt sich glücklich an ihn, atmet seinen Geruch nach Pfeifentabak und Kernseife ein, so vertraut und heimelig.

Neulich hat er ihr nach einem Patientenbesuch erzählt, dass eine Anosmie, also eine Riechstörung, als Frühsymptom von Morbus Parkinson auftritt. Genauso wie ein wackliger Schritt, zitternde Hände oder steife Muskeln. Sie vergisst nichts von dem, was er ihr erklärt. Sie hatte ihn gefragt, warum die deutsche Sprache das Wort »blind« und »taub« kannte, aber keines hatte für »nicht riechen können«.

»Weil das so entsetzlich ist, dass es dafür keine Worte gibt. Die Olfaktorik verbindet uns mehr als alle anderen Sinne mit der Welt.«

Besonders für einen Menschen wie ihn, denkt Olga, der bei allem, was er tut, seine Sinne wie eine Fledermaus auf Hochfrequenz ausrichtet, als könnte er durch die Art, wie er das Leben betrachtet, der Welt mehr Farbe, Geschmack und Melodie verleihen.

»Je gründlicher du hinhörst, hinschaust oder hinriechst, umso mehr nimmst du wahr«, wiederholt er immer und immer wieder sein Credo und warnt genauso oft davor, dass eingetrübte Sinne, wie er sie derzeit gehäuft diagnostiziert, zu eingetrübtem Intellekt, verzerrter Wahrnehmung, Stumpfsinn und mangelnder Urteilsfähigkeit führen.

Er bremst und steigt aus. »Lass uns ein bisschen Capsella bursa-pastoris sammeln für die gebärende Baronin.« Er zieht seine braunen Lederschuhe aus und hängt sie sich über die Schulter. Am liebsten geht er barfuß. So kann er besser spüren.

»Hirtentäschel, nicht wahr?«, übersetzt sie. »Gegen Uterusblutungen.«

»Und für die Gebärmutterkontraktion und den Milchfluss«, ergänzt er.

Seit sie klein ist, geht sie mit ihm Gesundheit pflücken. Schließlich dienen ihm alle Wiesen und Matten, alle Berge und Hügel als Apotheken, so hat zumindest der große Paracelsus es behauptet. Fichte, um die Heilung von Brüchen zu beschleunigen und Schwellungen zu reduzieren, Weide, um den Blutdruck zu senken, Zeder gegen Hitzegefühle und alles Grün dieser Welt gegen Verstimmungen. Bereits mit vier Jahren konnte Olga das Wiesenschaumkraut von der Schafgarbe unterscheiden. »Die Natur hilft sich selbst und Ihnen«, sagt Pa gerne zu seinen Patienten, mit diesem geduldigen, zuversichtlichen Lächeln, wenn sie den Mut verlieren.

Mit wachsamem Blick streifen sie nun durchs hohe Gras, steigen über Pfützen und morsche Baumstämme. Olga schaut auf den Boden, aus Angst vor Kreuzottern. Wie gefährlich sie sind, ist ihr aufgegangen, als Pa vor einem halben Jahr ins Nachbardorf zu Gabriele Klingbein gerufen worden war. Da hat sie gesehen, wie ihr sonst so bedächtiger Großvater in Windeseile das Gift mit dem Mund aussaugte und die Wunde so weiträumig ausschnitt, dass ein riesiges Loch im Bein klaffte. Und selbst jetzt noch muss die arme Frau liegen und sich versorgen lassen. Aber zumindest hat sie überlebt.

Hinter den Bäumen am Waldrand entdecken sie schließlich

die kleinen weißlichen Blüten. Olga bückt sich und pflückt eine Handvoll Hirtentäschel.

Zurück am Wagen setzt Pa sich auf den Beifahrersitz, und Olga übernimmt auf sein Kommando hin das Steuer. Als sie auf der schnurgeraden Kopfsteinpflasterstraße angelangt sind, die zum Gut führt, ermuntert er sie, das Tempo zu erhöhen.

»Geht das noch schneller?«, fragt er augenzwinkernd. »Nicht dass die Baronin das Kind ohne uns bekommt.«

Sie spürt die Sonne auf ihrem Gesicht. Es ist, als würde ihr die Wärme und Helligkeit durch jede Faser wandern, um sie von innen her anzuknipsen.

»So sieht meine Lichtgestalt aus«, sagt Pa, als könnte er Gedanken lesen. Schon immer meint er, sie sei von der Sonne geküsst. Schließlich haben warme Sonnenstrahlen damals Olgas Lebensgeister geweckt, als sie halbtot auf der Fensterbank lag. Vielleicht, denkt Olga, verlangt deshalb ihr Körper seitdem danach wie ein Verdurstender nach Wasser.

»Und die fliegt jetzt zur Sonne!«, ruft sie fröhlich aus. Als sie noch einmal mehr beschleunigt, hat sie das Gefühl, aus ihrem Körper herausgetragen zu werden. Eine Geburt, sie würde an ihrer ersten Geburt teilnehmen! Olga fängt laut an zu lachen.

Kurz bevor die Allee eine Biegung macht, tauschen sie die Plätze. Soll ja nicht jeder sehen, dass der Doktor seine Enkelin fahren lässt.

Am Ende der Straße steht geöffnet ein großes, schmiedeeisernes Tor, dahinter erhebt sich auf einer Anhöhe das prächtige gelbe Gutshaus Hettersdorf. Pa stimmt mit der Hupe ein langes Blöken an, um seine Ankunft anzukündigen, bevor er sich zu ihr dreht. »Gleich heben wir ab«, sagt er. Der feuchte Kies springt hoch, und er steigt so auf die Bremse, dass der Wagen ins Rutschen gerät, bevor er zum Stehen kommt.

Mit großen Schritten läuft der Gutsverwalter auf sie zu. »Die Herrschaften warten schon!« Er scheucht die Gänseschar davon, die mit lautem Geschnatter über den Hof watschelt, und geleitet sie ins Haus.

Fünf Mädchen, die Kinder des Barons von Hettersdorf, stehen in identischen blitzsauberen gelben Kleidern wie die Orgelpfeifen in der Halle und grüßen sie schweigend, die Hände hinterm Rücken verschränkt.

»Gestriegelt und gezähmt, die Bande«, flüstert Pa Olga zu.

Im Auto, als sie vor Nervosität an ihren Nägeln kaute, riet er ihr lachend, ihre Hände bei den von Hettersdorfs gut zu verstecken. »Sonst baden sie die noch in Zwiebelsaft wie die Hände der Töchter. Eine bewährte Sitte, um den Adelssprösslingen das Nägelkauen abzugewöhnen. Das Leben hinter den Zugbrücken ist erbarmungslos!« Beim Anblick der fünf Mädchen weiß sie, was er meint.

Der Verwalter führt sie in ein Zimmer, so groß wie ein Tanzsaal, Dutzende deckenhohe Regale vollgestopft mit Büchern. Aus einem Ledersessel erhebt sich ein großer Mann, tadellos gekleidet in Gehrock und gewienerten Schuhen. Er streckt Pa die Hand hin. »Dr. Blume, wie gut, dass Sie da sind. Diesmal verhelfen Sie mir endlich zu einem Sohn, versprechen Sie mir das! Du bist aber groß geworden«, sagt er zu Olga gewandt.

»Gewachsen wie Kraut nach einem warmen Regen.« Pa zwinkert ihr zu. »Und neunmalklug, obwohl sie ein Mädchen ist. Oder weil sie ein Mädchen ist.«

Pa versteht nicht, warum alle Welt sich Jungen wünscht. Überhaupt hegt er moderne Ansichten für jemanden seiner Generation und will, dass Olga später zur Universität geht und wie ihr Bruder Medizin studiert. Sie bewundert ihren Großvater dafür, wie standhaft er seine Meinung vertritt.

Im Zimmer der Wöchnerin riecht es süßlich, wie nach Fruchtwasser, denkt Olga. Und tatsächlich fragt Pa, noch während er sich seinen Kittel anzieht: »Wann ist die Fruchtblase geplatzt, verehrte Baronin?«

Die Baronin richtet sich mit schweren Bewegungen auf. »Heute Morgen um fünf.«

»Sehr gut, nicht geschwollen« sagt er, nachdem er sich ihre Knöchel angesehen hat. »Und Kontraktionen? In welchem Abstand?«

Im Mundwinkel hängt seine Pfeife, als er das Nachtkleid hochschiebt und ihren Bauch abtastet. Olga fällt auf, dass der Bauchnabel sich nach außen wölbt.

»Alle drei Minuten«, stöhnt die Frau.

»Dann wird es aber höchste Zeit«, sagt Pa und lacht Olga kurz zu, während er mit Daumen und Zeigefinger seiner rechten Hand das Köpfchen des Babys misst. »Gleich haben Sie es geschafft«, sagt er dann.

»So schnell?« Sie windet sich ächzend hin und her, woraufhin Pa Olga bedeutet, die Hand der Baronin zu nehmen.

»Die erste Geburt dauert zwanzig Stunden, die sechste zwanzig Minuten«, sagt er und Olga wundert sich, mit welcher Seelenruhe er eben noch mit ihr Kräuter gepflückt hat. »Der Muttermund ist vollständig geöffnet.«

Und dann geht es Schlag auf Schlag. Die Baronin drückt so fest zu, dass Olga aufschreien will vor Schmerz. Eine Presswehe folgt auf die nächste, und währenddessen brüllt die Gebärende, als würde ihr Leib in zwei Teile zerrissen. Das zur Fratze verzerrte Gesicht macht Olga Angst. Kein Wunder, dass der Graf seine Frau so nicht sehen will.

Plötzlich schiebt sich ein Gesicht vor Olgas Augen, und sie denkt, dass es das Gesicht ihrer sterbenden Mutter sein könnte. Sie weiß nicht mehr, wer da vor ihr liegt, und ihr wird ganz kalt. Erschrocken lässt sie die Hand los, schließt die Augen und hält sich die Ohren zu. Doch die Qualen, die die Baronin erduldet, dringen trotzdem zu ihr durch. So also hat ihre Mutter die letzten Minuten ihres Lebens verbracht. Unter solch unvorstellbaren Schmerzen.

»So lasst mich doch sterben! Ich kann nicht mehr!«, brüllt die Frau nun.

Meinetwegen?, fragt Olga sich. Alles vermischt sich auf einmal miteinander, Blut, Tränen, Fruchtwasser, Stimmen, Schreie und der Vater, der ihr von irgendwo zuflüstert, dass sie Unglück bedeutet, immer und immer wieder.

Die Stimme ihres Pas wird lauter, und Olga beginnt nun selbst zu brüllen, um sie zu übertönen, so laut, dass selbst die Baronin verstummt und sie angsterfüllt anstarrt.

Olga wird schwarz vor Augen. Dann kippt sie um.

29. März 1991

Ginsterburg

Vorsichtig öffnete Olga die Augen und blinzelte. Sie wusste nicht, wo sie war, nur dass sie in einem Bett lag und sich ein fremder Mann über sie beugte und ihren Puls fühlte. Er hatte ein freundliches, glattrasiertes Gesicht, und seine Augen leuchteten wie sein weißblonder Schopf. »Können Sie mich hören? Können Sie mich verstehen?«, fragte er und berührte ihr Handgelenk. Olga nickte.

»Es ist alles gut«, sagte er beruhigend. »Sie sind in einer Pension in Ginsterburg.«

Langsam kehrte die Erinnerung zurück. Das Ortsschild, die Luft, die nach Frühling roch, die Straße, die ihr so vertraut war. »Sieh dich nicht um, bleib nicht stehen, ein sauberer Schnitt eitert nicht!« Diesen Satz hatte sie sich damals eingeschärft, als sie genau an dieser Stelle, auf dieser Straße in den Rückspiegel schaute und sah, wie Ginsterburg immer kleiner wurde, bis es ganz aus ihrem Sichtfeld verschwand.

Seitdem hatte sie sich in ihrem Leben nicht umgesehen. Immer einen sauberen Schnitt gemacht. Und nun war sie wieder hier und das gleiche unheilvolle Gefühl wie damals zurück.

Sara strich ihr über die Schulter. »Du bist im Auto kollabiert, da haben wir den Notarzt gerufen«, sagte sie, während Becki nervös im Zimmer auf und ab ging.

»Wie geht's dir, Mami?«, fragte sie.

Olgas Stirn pochte und schmerzte. Sie betastete die Narbe über der rechten Augenbraue, ein unfreiwilliges Andenken an ihren Abschied aus ihrer ersten Heimat vor fast fünfzig Jahren, die jetzt auf einer ordentlichen Schwellung thronte.

»Sie haben sich dabei den Kopf an der Scheibe verletzt. Ich

kann nicht ausschließen, dass Sie eine Gehirnerschütterung haben«, sagte der Mann und stellte sich als Dr. Zapfen vor.

Ginsterburg auf ihrer Stirn. Eine Wunde, die, solange sie verblasst, vergessen, verdrängt gewesen war, nicht wehgetan hatte.

»Leckren Apfelkrapfen gibt's nur beim Zapfen!«, murmelte Olga in sich hinein. Wie viele Jahre hatte sie nicht daran gedacht, an das kleine, warme Stück Krapfen, das ihr der Bäcker mit den hellen Haaren und dem hellen Lachen jedes Mal durch das Fenster herausgereicht hatte, wenn sie nach der Schule daran vorbeigekommen war. »Für die Blume.« Aber nach der Flucht war keine Zeit geblieben für Erinnerungen, kein Raum, und der Hunger nach Süßem war ihr auch vergangen.

Benommen setzte Olga sich auf, und Sara stopfte ihr ein Kissen in den Rücken. Warum hatte sie ihr bloß nachgegeben und sich auf diese Überraschungsfahrt eingelassen?

Olga ließ den Blick durch den Raum gleiten, auf der Suche nach etwas, das sie wiedererkannte. Obwohl sie noch nie hier gewesen war, kam ihr alles seltsam vertraut vor. Auf dem Tischtuch eine Vase mit Narzissen. Die Auslegeware auf dem Boden, die aussah, als wäre sie seit den Siebzigern nicht erneuert worden. Und an der Wand mit Blümchentapete ein verblichenes Bild vom Schwanensee.

Aus der dunkelbraunen Schrankwand drang leises Brummen. Vermutlich war dort ein Kühlschrank versteckt. Ob sich darin jetzt, da es keine Mauer mehr gab, wohl Coca-Cola befand? Was würde sie für einen Schluck davon geben!

»Wie fühlen Sie sich?«, wollte der Arzt wissen. Nicht nur der Name, auch die Haarfarbe, die warmen braunen Augen und das kantige Kinn erinnerten sie an den alten Bäcker.

»Eingesperrt. Als würde ich in einer Röntgenröhre liegen und nicht mehr rauskommen«, antwortete sie.

»Hatten Sie schon öfter solche Ohnmachten?«, fragte er, während er ihren Blutdruck maß und das Herz abhorchte.

»Nein, noch nie«, log sie und vermutete, dass ihr Körper kollabiert war, als ihr Kopf vor alten Bildern überlief. Pa meinte, sie sei gleich nach ihrer Geburt zum ersten Mal bewusstlos geworden, weil sie sich so erschreckt hatte. Ob vor dem Tod ihrer Mutter oder dem Leben an sich, sagte er nicht. Auch später verlor sie immer wieder mal das Bewusstsein, wenn sie sich zu sehr fürchtete. Wenn es ihr nicht gelang, dem Schatten, vor dem sie sich ängstigte, auszuweichen. Zum Glück war das lange nicht mehr der Fall gewesen. Sie hatte gelernt, damit umzugehen, mit den Schatten und den Gedanken.

Ein unerträgliches Gefühl der Trauer walzte durch ihren Körper. Olga hustete. »Ich möchte nach Hause, jetzt sofort.«

Sie spürte, wie ihr Blutdruck in den Keller rauschte, als stiftete die Erinnerung ihr Inneres dazu an, die Ohnmacht zu wiederholen. Doch diesmal war ihr Wille stärker, und sie schaffte es, sich achtsam zurückzuatmen.

»Sie sollten das im Krankenhaus abklären lassen. Eine Ohnmacht ist lediglich ein Symptom. Dahinter könnte eine ernsthafte Störung der Herzfunktion oder eine neurologische Erkrankung stecken.«

»Mir geht es gut«, unterbrach Olga den Arzt. »Ich habe in den letzten Tagen kaum geschlafen und so gut wie nichts gegessen. Dann die ungewohnte Hitze so früh im Jahr, das ist zu viel für meinen alternden Biorhythmus.«

Sara gab ihr einen Schokoladenriegel aus ihrer Tasche, ging zur Schrankwand, öffnete ein paar Türen, bis sie den Kühlschrank fand. Daraus holte sie – ja! – eine kleine Flasche Cola. »Genau die richtige Mischung, um wieder zu Kräften zu kommen, Omama.«

»Wir haben in Schwedt ein renommiertes Krankenhaus, das Klinikum Uckermark. Wenn Sie möchten, schreibe ich Ihnen eine Überweisung«, versuchte Dr. Zapfen es noch mal. »Ein Schellong-Test zur Abklärung der Kreislauffunktionen wäre …«

»In der Bahnhofstraße?«, unterbrach sie ihn mit vollem Mund. Die Schokolade tat gut.

Er sah sie fragend an. »Ach, Sie sind von hier?«

Sie schüttelte den Kopf. »Aus Plön.«

Sara stand jetzt neben dem Bett und reichte Olga die geöffnete Flasche, während Becki das Fenster aufriss. Es zwitscherte in den Bäumen. »Aber deine Familie stammt doch von hier«, wandte ihre Tochter ein, und an Dr. Zapfen gewandt: »Mami ist das erste Mal seit dem Krieg wieder hier. Sie musste fliehen.«

Der Arzt sah zwischen Olga und Becki hin und her. »Sie sind von hier, aus der DDR?«

»Die gab es damals noch nicht«, antwortete Olga, nachdem sie einen Schluck aus der Flasche genommen hatte. »Sie können ganz unbesorgt sein. Ich brauche Ihre Hilfe nicht mehr.«

Er blickte sie nachdenklich an. »Trotzdem empfehle ich Ihnen Bettruhe. Ein Blick auf Ginsterburg reichte offenbar aus, um Sie direkt aus dem Sitz zu befördern. Sie haben einen erhöhten Herzschlag und einen viel zu hohen Blutdruck. Ich kenne diese Symptomatik besser, als mir lieb ist, und ich stelle sie in letzter Zeit gehäuft fest bei …« Er räusperte sich und blickte wieder zu Becki. »Es mag Ihnen seltsam vorkommen. Aber seit der Wende kehren mehr und mehr Ehemalige zurück. Ein paar von ihnen sind mit identischen Kreislaufbeschwerden zusammengebrochen.«

»Und was hat das zu bedeuten?«, fragte Sara.

»Dass es sich um so eine Art wiederaufgeflammte Nostalgia handeln könnte«, erwiderte er mit einer Leidenschaft, als wäre das sein Forschungsgebiet. »Früher befiel sie Menschen, die mit dem Leben in der Fremde nicht umzugehen wussten und auf Entwurzelung und Heimweh mit Symptomen wie erhöhtem Herzschlag, Schlaflosigkeit, Blässe, fehlendem Appetit und Ohnmachten reagierten. Selbst im Zweiten Weltkrieg sind US-Militärärzte angewiesen worden, bei Soldaten auf diese Heimwehsymptome zu achten.«

Becki, die sich auf die Fensterbank gesetzt hatte, sah ihn fragend an, während Olga nicht wusste, ob sie lachen oder weinen sollte. »Das meinen Sie jetzt nicht ernst, oder?« Ihre Stimme zitterte. »Wenn ich etwas nicht bin, dann pathologisch heimwehkrank. War ich nie und werde ich nie sein.«

Was hatte sie mit diesen Nostalgikern zu tun, die Kaffeefahrten zurück in ihre verlorene Heimat und in ihre vergessene Kindheit machten und sich wunderten, dass sie Bluthochdruck kriegten vom vielen Kaffee und von den romantisierten, beschönigenden Erinnerungen. »Ich wollte ja noch nicht mal herkommen«, sagte sie. In die ehemalige DDR, die ihr stets fremder gewesen war als jedes andere Land. Nicht mal, als Sara auf ihrer Abiturfahrt kurz nach der Grenzöffnung nach Berlin gereist und ihr ein bunt bemaltes, eigenhändig herausgehauenes Mauerstück mitgebracht hatte, war die Neugier in ihr gewachsen. Sie weinte Ginsterburg keine Träne nach.

»Man liebt halt den Ort, wo man Kind war, und fürchtet zugleich die schönen Erinnerungen. Sie sind hier aufgewachsen und mussten fliehen«, sagte Dr. Zapfen und stellte sich neben Becki ans Fenster. »Je länger die Menschen weg sind, umso schlimmer wird es bei manchen mit der Sehnsucht.« Er machte eine kleine Pause, ehe er weitersprach und sie dabei mit forschendem Blick taxierte. »Einigen wird schwindelig, wenn sie über die Brücke von heute nach damals gehen.« Sie fragte sich, ob er nicht besser hätte Psychiater werden sollen, so wie er ihr Innenleben auskundschaftete. »Aber sie tun es trotzdem, sie holen bestimmte Lebenssituationen ins Bewusstsein zurück, weil sie den Schmerz loswerden wollen.«

Bei seinem letzten Satz pochte Olga das Blut in den Ohren. Jetzt sollte sie also auch noch absichtlich in Ohnmacht gefallen sein?

»Was für ein Unsinn«, murmelte sie.

Becki blickte Olga an. »Solange man alles verdrängt und sich gegen jegliche Erinnerungen betäubt, heilt man jedenfalls nicht.« Die ungewohnte Schärfe überraschte Olga.

»Es geht also ums Heilen, ja?«, fragte sie ironisch in die Runde. Dr. Zapfen nickte und sah verlegen zu ihrer Tochter hinüber, sagte aber nichts.

Wenn dieser glücklich Spätgeborene nur einen Schimmer von dem Leid hätte, das sie gesehen hatte, von Anna und Tadeusz und den armen Frauen in Kühlungsborn, dann würde er nicht so sprechen. Reinszenieren, um zu heilen! Das sollte man mal Überlebenden eines Konzentrationslagers vorschlagen.

Sie schüttelte den Kopf. »Junger Mann, Dinge und Orte gehen verloren. Ihnen nachzutrauern ist reine Zeitverschwendung. Genauso, wie wieder herzukommen! Dafür bin ich nicht sentimental genug.«

Sie hatte nie an Dingen gehangen, nur an Menschen.

Becki setzte sich neben sie auf die Bettkante und nahm ihre Hand.

»Mami«, sagte sie, jetzt mit ungewöhnlich sanfter Stimme, »wir dachten halt, es wäre eine schöne Idee, dass du uns die Orte deiner Kindheit zeigst und uns dabei ein bisschen was erzählst. Wir konnten ja nicht ahnen, dass dich das so mitnimmt. Sonst hätten wir doch nie ohne dein …«

Olga entzog ihr die Hand. »Ich habe nichts erzählt, weil es nicht viel zu erzählen gibt. Das meiste habe ich längst vergessen. Und überhaupt.« Sie blickte erst Sara an, dann Becki. »Warum interessiert euch das überhaupt?«

»Weil das auch mit uns zu tun hat«, sagte Sara zähneknirschend. »Dass du kaum was erzählst, das ist doch nicht normal! Man vergisst doch nicht einfach, wer man mal war!«

Olga schloss die Augen. Es wurde still im Zimmer, bis Dr. Zapfen sich räusperte.

»Aber man verdrängt«, sagte er sanft. »Bis die Verteidigungslinie bröckelt, weil der schlafende Riese geweckt wird und …«

Sie presste die Lippen zusammen. *Der schlafende Riese.* Was kam als Nächstes?

Leckren Apfelkrapfen gibt's nur beim Zapfen, ging ihr plötzlich wieder durch den Kopf, und bei dem Gedanken an das intensive Aroma der saftig süßen Butter-Apfelfüllung lief ihr diesmal das Wasser im Mund zusammen. Ein paar Monate vor ihrer Flucht war sie mit Pa zur Geburt des Zapfen-Enkels gewesen. Olga wusste das noch so genau, weil sie damals die Eisvogelstunde verpasst hatte.

»… kurzum, der auslösende Stressor könnte das Ortsschild gewesen sein«, endete der Arzt. »Ihre Tochter sagte, dass sie bei seinem Anblick in Ohnmacht gefallen sind.«

Olga presste sich die Handflächen auf die Augen.

»Irgendeine Katastrophe gibt es doch immer im Leben«, sagte sie scharf. »Ich korrigiere Sie nur ungern, aber was sie als Nostalgia diagnostizieren, ist eine ganz normale vasovagale Synkope, die bei Stress ausgelöst wird. Das war der Wiedersehensschock, nichts weiter.«

»Gut«, gab er klein bei. »Vielleicht haben Sie recht. Und Sie verstehen offenbar etwas von Medizin. Ich spritze Ihnen eine halbe Ampulle Akrinor. Damit sollten Sie erst mal wieder auf die Beine kommen.«

»Wenn Sie mit Kanonen auf Spatzen schießen wollen, bitte. Ein paar Tropfen Korodin scheinen mir allerdings besser zu sein als so ein starkes Sympathomimetikum«, sagte Olga bestimmt. Auch medizinisch lebten die Ostdeutschen anscheinend im Tal der Ahnungslosen.

»Meine Oma ist selbst Ärztin«, erklärte Sara und holte die kleine Flasche, die Olga immer dabeihatte, aus ihrer Tasche. »Genau wie mein Großvater und mein Urgroßvater es waren. Dr. Albert Blume, sagt Ihnen der Name etwas?«

Er sah sie überrascht an. »Natürlich, Dr. Blume! Er ist eine Legende in Ginsterburg. Wissen Sie, dass meine Eltern ihm zu Ehren ein kleines Stutenreh in der Bäckerei verkaufen, das Dr. Kitz heißt? Ein süßes Trostpflaster für die Kinder. Selbst in meiner Praxis kriegen die Kleinen statt eines Kekses ein Stutenreh.«

Olgas Herz machte einen Satz. Hatte Dr. Kitz sie also alle überlebt! Der Gedanke, dass Pa eine Art Vermächtnis in Ginsterburg hinterlassen hatte, rührte sie.

»Im Ernst?«, fragte Becki und wandte sich mit funkelndem Blick an Olga. »Mami, du hast doch immer Fingerspiele mit Dr. Kitz gemacht, wenn Sara sich wehgetan hat.«

»Wie Dr. Blume für die kranken Kinder, die zu ihm kamen«, fügte Dr. Zapfen hinzu. »Das erzählen mir jedenfalls meine älteren Patienten.«

Sara formte ein Reh mit den Händen.

»So, jetzt aber schnell wieder auf die Beine, sonst mache ich dir welche«, ahmte sie Olgas helle Dr.-Kitz-Stimme nach.

Becki und Dr. Zapfen mussten lachen.

»Dann sind Sie tatsächlich der Enkel vom alten Bäcker Zapfen«, sagte Olga. »Jochen, nicht wahr?«

Er machte ein überraschtes Gesicht. »Sie erinnern sich an mich?«, fragte er. »Na, wenn man in dieser Stadt hellblond und fast zwei Meter groß ist, dann muss man ja mit den Zapfens verwandt sein«, beantwortete er ihre Frage und wandte sich lächelnd zum Gehen. »Ich schlage vor, dass ich morgen wieder nach Ihnen sehe.«

»Ich bezweifle, dass ich dann noch da sein werde«, entgegnete Olga, woraufhin ihr Becki und Sara einen enttäuschten Blick zuwarfen.

In der Tür drehte er sich noch mal um. »Wissen Sie, dass Ihr Großvater mich auf die Welt gebracht hat?«

Nein, das war ich, dachte sie.

1. April 1938

Ginsterburg

Als Olga in die Klasse kommt, hat es schon geläutet. Es ist kurz nach neun Uhr. Alle stehen auf ihren Plätzen und grüßen mit erhobener Hand: »Heil Hitler!«

In der kleinen Schule sind Schüler von der fünften bis zur neunten Stufe in einem Raum untergebracht. Fräulein Wittes Lider zucken, als sie sie erblickt. Wie angewurzelt bleibt Olga an der Tür stehen und spricht tonlos mit: »Händchen halten, Köpfchen senken – immer an den Führer denken. Er gibt euch euer täglich Brot und rettet euch aus aller Not.«

Mit einer ungeduldigen Geste bedeutet die Lehrerin den anderen, sich zu setzen, während sie Olga zu sich ans Pult zitiert, mit dem Gesicht zur Klasse. Olga entdeckt den Neuen, Fritz, er sitzt in der hinteren Reihe neben Annemies Bruder Gero.

Seine blauen Augen blitzen, und er zieht schelmisch einen Mundwinkel hoch, als er sie anlächelt und sich mit dem linken Zeigefinger unters Auge tippt.

»Und wo kommt das verehrte Fräulein Blume jetzt her?«, fragt die Lehrerin. »Aus dem Bett?«

Olga überlegt angestrengt. Die Bilder der letzten Stunden fluten ihren Kopf und machen das Denken schwer.

»Ich habe ein Kind geboren«, antwortet Olga schließlich und hört, wie die anderen loslachen.

»April, April!«, tönt es aus der letzten Reihe.

Bei dem Gedanken daran, wie sie versagt hat, kommen ihr auf einmal die Tränen. Sie presst sich beide Handballen auf die Augen. Rudolf ist ein kerngesunder Junge und die Baronin wohlauf, und dennoch lässt sie das Gefühl nicht los, dass sie es beinahe vermasselt hätte, wie, das weiß sie auch nicht. Was befürchtest du denn, was hätte passieren können?, wollte Pa auf dem Rückweg wissen, als sie im Auto von Weinkrämpfen geschüttelt wurde. »Hattest du Sorge, dass die Baronin statt des langersehnten Erbens doch wieder nur ein Mädchen gebiert, und das nur deinetwegen?«

Olga wusste es nicht.

»Oder glaubst du, die Baronin wäre gestorben wie deine Mutter, einzig aus dem Grund, weil du im selben Raum warst?«

Ja, wollte sie schreien und schüttelte doch den Kopf.

Er ging vom Gas, nahm ihre Hand und sagte, dass die erste Geburt die schwierigste sei und sehr viele junge Ärzte schon die Fassung verloren hatten angesichts der Kräfte, die dabei frei würden.

Aber Olga wusste es besser. Sie brachte Unglück. Niemals würde sie Ärztin werden. Wie denn auch? Ärzte retten Menschen und bringen sie nicht schon in der allerersten Lebensminute um.

Jetzt, vor der Klasse, wischt sie sich die Tränen weg. »Ich habe bei der Geburt der Baronin von Hettersdorf geholfen und …«

Fräulein Witte schneidet ihr das Wort mit einem scharfen »Genug« ab. Sie wendet den Blick zum Rohrstock, als würde sie nichts lieber tun, als ihn zum Schwingen zu bringen. »Schäm dich!«

Olga senkt kleinlaut den Blick. Immerzu soll sie sich schämen. Wenn Olga die Füße nicht dicht genug zusammenhält, wenn sie stotternd eine Antwort herauspresst oder der Rock nicht züchtig die Knöchel bedeckt.

»Setzen!«, befiehlt die Witte ihr.

Später wollen sie mit den Proben für *Die wilden Schwäne* von Hans Christian Andersen beginnen. Das Stück haben sie noch mit Dr. Pfitzer einstudiert. Seit Generationen führt jede Klasse am Ende des Schuljahres am Schwanenseeufer ein Schwanenmärchen auf. Schon ihr Vater spielte einen von Grimms sechs Schwänen und ihr Bruder Karl das hässliche Entlein. Pa sagte dazu einmal: »Schwäne verpflichten.«

Olga freut sich wie verrückt, dass sie die Hauptrolle spielen darf, Prinzessin Elisa, die ihre in Schwäne verwandelten Brüder rettet. Sie kennt jede Zeile auswendig und hofft, Fräulein Witte damit beeindrucken oder wenigstens milde stimmen zu können.

»Wer von euch spielt die Elisa?«, fragt diese nun in die Klasse und geht die Bankreihen ab. Olgas Finger schnellt hoch. Die Lehrerin kommt einen Schritt näher und blickt sie kopfschüttelnd an.

»Seit wann haben Prinzessinnen rote Haare?«, fragt sie.

Olga guckt sie verwundert an. »Ich … ich …«

»Kein Wort mehr«, erwidert die Lehrerin scharf. »Du bist die Hexe.«

Sie hört leises, schadenfrohes Lachen hinter sich und den geflüsterten Satz: »Rote Haare, Sommersprossen sind des Teufels Artgenossen.«

Vor Scham läuft Olga rot an und wirft Frau Witte einen hasserfüllten Blick zu. Wenn ich eine Hexe wäre, würde ich dich jetzt totzaubern, denkt sie und ballt die Hände zu Fäusten, um nicht zu weinen. Wie aus der Ferne hört sie Fräulein Witte säuseln: »Aber du, Charlotte, wer, wenn nicht jemand wie du mit diesen wunderbaren langen blonden Haaren, wäre die perfekte Elisa?«

Lotte, die neben ihr sitzt, entfährt ein Freudenschrei, bevor sie sich besinnt und Olga schuldbewusst anblickt.

»Ist schon gut, Lotte, du bist eine tolle Wahl«, flüstert Olga und drückt ihre Hand. Wie sie dieses Fräulein Witte hasst. Warum lässt der liebe Gott nur die Guten sterben?

Lotte strahlt ihn an. Sie ist fest entschlossen, Fritz so schnell wie möglich ihren ersten Kuss abzutrotzen. Notfalls mit schwedischem Zauber. Denn in der Heimat ihres Vaters trägt man das beschwiegene Quellwasser nicht nach Hause, sondern lässt es auf den Liebsten regnen, um ihn auf ewig an sich zu binden. Olga ist skeptisch, ob das bei dem gefühlsblinden Fritz helfen wird.

Bisher hat er Lotte auflaufen lassen, als würde er gar nicht verstehen, was sie von ihm will. Oder als würde er mit ihr spielen, denkt Olga, verdrängt diesen Gedanken aber rasch wieder und richtet ihre Aufmerksamkeit stattdessen auf Gero.

Im Vergleich zu Fritz wirkt er so empfindsam, dabei ist er, was die physische Konstitution angeht, inzwischen der deutlich Stärkere. Olga, die nach dem langen Winter aus der Form ist, aber im Juni die große Gilu-Regatta fahren will, trainiert regelmäßig Fartlek mit ihm, eine sehr effektive schwedische Ausdauertechnik, die Lottes Vater ihnen gezeigt hat. Jeden Morgen holt Gero sie ab, und dann laufen sie eine Stunde in wechselndem Tempo den See entlang. Schnell, langsam, schneller. Es ist eigentlich unmöglich, dass er den Schmerz der Kinderlähmung nicht spürt, aber Annemie meint, dass er ihn unterdrückt wie seine Gefühle. Olga glaubt eher, dass ihn der Schmerz stärkt. Nur so hat er es bis zum Oberscharführer der HJ gebracht, aus der Fritz vor einem Jahr mit Schimpf und Schande rausgeflogen ist, nachdem er dem Bannführer nach einer Wette den Schlips abgeschnitten hatte. Olga versteht ihn.

Sie selbst konnte sich nie recht begeistern für den BDM, und zum Glück hat Pa, der ihre Skepsis teilt, ihr Fernbleiben immer damit entschuldigt, dass sie ihm gerade am Wochenende bei den Patienten aushelfen muss. Dank der rezidivierenden Gallenblasenentzündung des Ortsgruppenleiters Tezlaff, der sich auf Pas Geheiß für sie verwandt hat, kam sie damit bis zum Schluss durch und ist anders als Annemie und Lotte auch nicht in die Nachfolgeorganisation »Glaube und Schönheit« eingetreten, in der man ihre Freundinnen zu attraktiven, heiratsfähigen Damen erzieht. Keine von beiden hat Abitur gemacht und will studieren. Was vor allem Lotte will, ist eine Familie. Und darum macht sie gerne mit. Bei Annemie verhält es sich etwas anders. Sie ist vor allem dabei, um ihrem Vater keinen Grund zur Klage zu geben. Deshalb gibt sie das brave deutsche Mädel, das die Gäste im Meiers bezirzt und es immerhin so weit gebracht hat, dass sie Schaftführerin geworden ist. Auf die Frage, ob sie stolz darauf sei, hat sie Olga mit leisem Spott geantwortet: »Die beste Tarnung ist Anpassung, also die, die man nicht sieht. Ich komme von zu Hause weg, das ist alles, was zählt.«

Anpassung ist das Letzte, was Fritz will. Er eckt schon allein aus Freude am Anecken an. Darum überrascht sie Fritzens Mangel an Feingefühl auch jetzt nicht. Sie ärgert sich nur darüber, dass er ihre Müdigkeit überhaupt erwähnt, als wäre die Nacht nicht für sie beide verstörend genug gewesen. Noch nie hat sie ihn so außer sich gesehen. Und sie ärgert sich auch, dass er sie immer wieder Wicca nennt, obwohl sie nicht mehr an diesen verhexten Geburtstag erinnert werden will. Eine Wicca sei letztendlich eine mutige Kriegerin, hat er ihr gesagt, als sie ihn einmal darauf angesprochen hat, und mutig, das sei sie doch wirklich.

Na gut, denkt sie, hier kommt die mutige Kriegerin. Sie stupst Lotte verschwörerisch an, und bevor die Jungen reagieren können, bespritzen die beiden sie mit dem Wasser aus ihren Krügen. Fritz, der gerade im Begriff war, seine Schnürsenkel zuzubinden, faucht wie eine Straßenkatze, und die Mädchen rennen lachend davon. Olga fühlt sich wie befreit. Etwas von der Leichtigkeit in ihr ist zurückgekehrt.

Ungestört von weiteren Jungsmanövern passieren sie die alte Textilfabrik von Ignatz Rosenbaum und den rasmussschen Gemüsegarten. Wenn sie mit Gero morgens um den See rennt, sieht Olga die Karawanen von ausgemergelten, zerlumpten Fremdarbeitern denselben Weg laufen, von ihrer Baracke in die Fabrik. Wieder denkt sie an das, was Adam erzählt hat: dass sie beim Schneider noch Glück haben, weil er dafür sorgt, dass sie keinen Hunger leiden, und ihnen eine warme Unterkunft bietet. Und sie denkt an das, was Fritz gesehen hat. Beim Reichsarbeitsdienst haben sie gerade ein neues Massenquartier für die neuen Fremdarbeiter gebaut, weil die Röste wächst. »Zugige Fenster, unbequeme Pritschen und weitere Arrestzellen. Dafür müssen sie von ihrem Hungerlohn auch noch Miete zahlen. Das nennt man wohl moderne Zwangsverwertung!«, hat er gespottet.

Sie schüttelt den Kopf. Warum hat sie sich bisher so wenig Gedanken über diese Dinge gemacht?

Lotte hakt sich derweil munter bei ihr unter. Wenn sie wüsste, worüber ihre Schweundin gerade nachdenkt, würde sie zu pfeifen beginnen. Das macht sie immer bei solchen Themen. »Was geht uns dieser Krieg an, Olga, wir sind jung! Pfeifen wir doch auf diese Schwarzmalerei.« Und pfeift sie buchstäblich weg. Manchmal beneidet Olga sie darum und wünscht sich, ihre Grübeleien abstellen zu können, aber es gelingt ihr nicht.

Sie kommen zu der großen Wiese, von der aus man einen Blick auf den See und die Stadt hat. Die Dunkelheit stört Olga nicht, denn sie kennt jeden Pfad, jeden Stein und Baumstumpf. Sie weiß, welche Löcher bei Regen zu Pfützen werden, welche bei Hitze den Staub sammeln. Und sie kann dem Lauf des Rinnsals blind folgen, der die Wiese in zwei Hälften teilt. Vorsichtig gehen sie über die wackelige, noch morgentaunasse Planke, als ihnen eine dunkle Gestalt entgegenkommt. Lotte klammert sich an Olga. »Nicht dass es einer von diesen Fremdarbeitern ist.«

»Lotte!« Olga ist entsetzt. »Warum sagst du so etwas?«

»Du hörst doch selbst die Geschichten«, verteidigt ihre Freundin sich.

»Dumme, unwahre Geschichten«, gibt Olga zurück, als neben ihnen Annemie auftaucht, mit einem vollen Krug in der Hand.

Sie sieht hübsch aus mit ihrem langen welligen Haar und der kleinen Stupsnase im schmalen Gesicht.

»Ach, du warst der dunkle Geist«, sagt Lotte. »Wir hatten schon Angst.«

»Du hattest Angst!«, widerspricht Olga scharf und wendet sich an Annemie. »Wo warst du? Wir haben auf dich gewartet.«

Annemie seufzt und sieht sie verklärt an. »Ich habe meinen ersten Kuss bekommen«, haucht sie schließlich.

»Was?«, platzt es aus Olga und Lotte gleichzeitig heraus.

Lotte schüttelt den Kopf, als glaube sie der Freundin nicht. »Eine bessere Ausrede fällt dir nicht ein, warum du uns versetzt hast?«

»Doch, doch! Und er hat geschmeckt wie Honig …«

»Karl?«, fragt Olga erstaunt und verwirft den Gedanken sofort. Er hat doch eben noch nach ihr gefragt.

»Falsch geraten«, antwortet Annemie.

»Wer?«, fragt Lotte. Etwa der schmucke Wehrmachtsoffizier, der Urlaub in der Pension am Marktplatz macht und jeden Abend bei den Meiers isst und trinkt? Annemie macht immer so ein Geheimnis um alles. Aber sie hat ihnen erzählt, dass ihr Vater stolz darauf ist, den Leutnant zu Gast zu haben, und dass er sie gebeten hat, sich um ihn zu kümmern, weil er doch bald zurück an die Front muss. Den dritten Tag in Folge leistet ihm »das liebreizende deutsche Fräulein«, wie er sie nennt, beim Essen Gesellschaft. Heimlich haben Lotte und Olga sie gestern durchs Fenster beobachtet. Mit dem vielen Silber auf der Brust glänzt er zwar wie ein Weihnachtsbaum, aber er sieht schon auch ausgesprochen stattlich aus.

»Kann dein Bruder Karl etwa so küssen?« Sie nimmt ihren Schal ab und reckt ihren Hals nach vorne. Da sehen sie es, ein großer roter Fleck gleich neben dem Kehlkopf. Lotte schaut sie entgeistert an. »Herrje, wann bin ich endlich dran?«, jammert sie.

»Manche Männer brauchen eben einen Stups«, sagt Annemie leicht von oben herab, als wäre sie mit einem Mal viel älter als ihre Freundinnen. »Wenn du den Funken entzündest, dann brennt das Feuer rasch lichterloh. Das verspreche ich dir.«

»Wie meinst du das?«, fragt Lotte.

»Na, küss du ihn halt einfach, Dornröschen, oder willst du warten, bis du hundert bist?«

Olga holt tief Luft. »Hast du es etwa so gemacht?«

Annemie nickt vielsagend und wirft ihnen wieder diesen durch und durch erfahrenen Blick zu. »Um dich von einem Mann berühren zu lassen, musst du ihn berühren«, fügt sie geheimnistuerisch hinzu.

Olga staunt. So lebenskundig kennt sie Annemie gar nicht. Heißt das, dass der Kuss vor dem Verlieben kommt? Oder dass der Mann schneller entbrennt? Sie traut sich nicht nachzufragen. Ist es tatsächlich möglich, dass ein einziger Kuss einen direkt in die Welt der Erwachsenen katapultiert? Dann will sie so schnell wie möglich einen Kuss.

30. März 1991

Ginsterburg

Das große Schild über der Tür war so verwittert, dass von *Zum Gasthaus Meier* nur noch »eier« übriggeblieben war. Dafür rostete auf dem Dachfirst stolz der alte Wetterhahn und hängte seine Fahne nach dem Wind, wie die vergangenen dreihundert Jahre auch. So überlebt man, dachte sie. So hat es schon Vater Meier gehandhabt, der erst als Nazi und später in der SED Karriere machte.

»Das nenn ich mal moderne Gleichberechtigung. Im Osten legen sogar die Hähne Eier«, sagte Becki und lächelte schief. »Das muss ich unbedingt Sara zeigen.«

Mit dem Rücken zum See standen sie vor dem Meiers und musterten das Gebäude. Olga sah ihrer Tochter an, dass sie über den Zustand ebenso erschrocken war wie sie selbst. Aus dem unverputzten Fachwerk bröselte der Mörtel, die Fensterläden hingen lose in den Angeln, und durch die kaputten Scheiben wucherten Pflanzen nach außen. Was war nur aus diesem Ort geworden, dachte Olga, an dem sie früher alles gefeiert hatten, was es zu feiern gab. Fünfzig Jahre war das jetzt her, ein halbes Jahrhundert. Aber nicht nur schöne Momente hatte sie hier erlebt, rief sie sich in Erinnerung. Hier hatten auch die schlimmsten Katastrophen ihren Anfang genommen.

Am Himmel zogen Kraniche in Keilformation vorüber. Es verlangte ihr einiges an Selbstbeherrschung ab, nicht in Tränen auszubrechen.

»Was für ein verlassener Ort«, flüsterte Becki, die in dem warmen, indirekten Licht des Morgens beinahe ebenso verloren wirkte.

Olga legte den Arm um sie und betrachtete die gesplitterten Panoramafenster der Veranda rechts vom Eingang. Früher, wenn im Sommer die Sonne geschienen hatte, war die aufschiebbare Glaswand zum See hin geöffnet worden. In Gedanken war sie wieder zehn und übte mit Annemie das Küssen hinter Glas. Die eine vor, die andere hinter der Scheibe, drückten sie beide ihre Münder so oft daran, bis sie anhand der feuchten Ränder, die sie hinterließen, wussten, wie sie einen idealen Kussmund zu formen hatten. Wie wütend der Meier geworden war! Als die Sonne ihre Glasküsse an den Tag brachte, beschimpfte er sie beide als sittlich verkommen und verdonnerte sie dazu, den Scheiben mit Fensterleder und Zeitung zu Leibe zu rücken, bis sie kussfrei glänzten. Am nächsten Tag konnte Annemie kaum sitzen, und Olga wusste warum. Zehn Schläge mit dem »Liebmacher«, wie ihr Vater den Teppichklopfer nannte, und seine Tochter hatte erst mal genug vom Küssen. So was kannte Olga von zu Hause nicht. In der Schule ja, da gab es Kopfnüsse oder Stockhiebe auf die Finger, aber weder Pa noch ihr Vater erhoben jemals die Hand gegen sie.

»Ich habe das Gefühl, dass dieses Haus nur auf mich gewartet hat«, sagte Becki mit rauer Stimme. »Auf eine neue Generation Meier.«

In diesem Moment hörte Olga ein hohes, durchdringendes, gedehntes *tiet*. Ihr Herz begann zu klopfen, und sie blickte zur Trauerweide, zum See. Der Ruf des Eisvogels, dachte sie. Und da schoss er schon wie ein Blitz im orangetürkisenen Federkleid hinab ins Wasser.

Und wenn der Eisvogel ruft nach dir,
dann fliege ich stehenden Fußes zurück zu dir.

Stehenden Fußes.

Der Widerspruch hätte sie gleich stutzig machen sollen. Natürlich war Fritz zurückgekommen, nur um dann wieder wegzuflattern. So wie jetzt der Eisvogel, der plötzlich wieder auftauchte und seine zappelnde Beute hart gegen einen Ast schlug, bevor er weiter zum Nest in der Uferböschung flog, keine zehn Schritte von ihnen entfernt. Sie räusperte sich, rührte sich, blinzelte, als wäre sie gerade aus einem Traum aufgewacht. Wie lange hatte sie keinen Eisvogel mehr gesehen?

Der Schwanensee flimmerte wie auf einem Werbeplakat. Die knorrige Trauerweide am Ufer, die sie als Mädchen von ihrem Zimmer und der Kronenterrasse aus hatte sehen können, warf ulkige Schatten auf das Wasser, das sanft ans Ufer plätscherte. Ihre Blätter raschelten leise im Wind. Früher hatten vor der Gaststätte Ausflugsdampfer angelegt und Sommerfrischler hergebracht.

»Was für eine einmalige Aussicht«, schwärmte Becki.

Olga nickte. »So schön, dass sogar der Kaiser sie gerne genoss – und ein Spezial Hell aus der Brauerei dazu, so erzählte man sich zumindest.« Bei dem Gedanken an das Bier und zu welchen folgenschweren Streichen es während des Krieges geführt hatte, sank ihr der Mut.

Wie sollte sie Becki jemals davon erzählen?

Ihr Blick fiel auf die Zauberulme mit der Blume-Villa dahinter. Ein Frösteln überlief sie, und sie fragte sich, ob Orte ein Gedächtnis haben konnten, ob alles, was dort je geschehen war, auf immer eingraviert blieb. Überlebensgroß und mächtig stand der Baum da, wie eine düstere Erinnerung an alles, was sie verloren hatte. Die hölzerne Wendeltreppe, die früher um den Baum herum in die Krone zur ausladenden Terrasse geführt hatte, gab es nicht mehr, ebenso wenig wie die Kronenterrasse selbst, auf der sie mit Fritz den Sonnenaufgang betrachtet und nach dem Eisvogel Ausschau gehalten hatte.

Vermutlich war das Holz in irgendeinem Ofen gelandet und zu Asche geworden. Wie ihre Erinnerungen.

25. April 1943

Ginsterburg

Am Nachmittag sitzen sie im Gasthaus Meiers an der langen Tafel vor der Fensterfront: Lotte und ihre Eltern, Pelle und Mamme, so elegant wie immer, Olgas Bruder Karl und sogar Otto, ihr Vater, der vor seinem Spezial Hell hockt und seinen Zwergschnauzer Kralle mit Kuchenstücken füttert, statt sich am Gespräch zu beteiligen. Graue Strähnen durchziehen seine schwarzen Haare und seinen Schnäuzer, fast wie bei seinem Hund.

»So ist es fein«, säuselt er, und die Zärtlichkeit, mit der er seinen Hund anspricht, geht Olga durch Mark und Bein. Sie ist ihr fremd, so wie auch er ihr fremd ist.

Ihr Vater stülpt ihrem Leben etwas Schweres über. Wenn er in Schwedt ist, ist alles so leicht. Pa meint, dass Otto vor dem Ersten Weltkrieg anders war, geradezu amüsant, und dass er ganze Runden unterhalten konnte. »Er wäre ein guter Vater, wäre er nur anders«, versuchte er sie einmal zu trösten, aber das ist kein Trost. Die Dinge sind nicht anders, und er auch nicht. Im Gegensatz zu Pa. Olga hört sein kräftiges Lachen bis zu ihrem Tisch. Sie schaut durch die Flügeltür. In dichtem Gedränge stehen die Gäste vor der Bar und warten geduldig darauf, dass der Meier, der wie ein Derwisch von Tisch zu Tisch eilt, ihnen einen leeren Sitzplatz zuweist. Mittendrin ihr Großvater beim Ausschank, umringt von fünf Singkameraden: den Ginster Lerchen oder was von ihnen übriggeblieben ist. Es sind die kriegsuntauglichen, kümmerlichen Überreste des einstmals fünfzehnköpfigen Chors, der auch heute unter großem Applaus den Ostertanz eröffnet hat. Vielleicht liegt das ja am Spezial Hell, das im Gegensatz zu anderen Lebensmitteln noch immer in Strömen fließt.

Nur mit Spezial Hell brechen die Sorgen schnell, steht schließlich in großen Lettern an der Wand.

Dass die Bierfrage eine Kriegsfrage ist, weiß auch der Führer, und darum haben die Meiers auf eine persönliche Aufforderung Hitlers hin die Braukapazitäten so gesteigert, dass ein guter Teil an die Front geht und der Rest die Moral der Heimattruppen hebt. Stolz haben sie Hitlers Brief sogar gerahmt an die Wand gehängt, für alle zu sehen.

Pa hebt das Glas und prostet ihnen quer durch den Saal zu. Sie lächelt und denkt, dass er sich seine Lebensfreude selbst nach der dunkelsten Nacht noch bewahren kann. Ihr gelingt das nicht. Wenn sie an Onkel Schneider und die anderen denkt, sieht sie überall Grau, wo gestern noch leuchtende Farben waren.

»Und ihr, wo sind eure Tanzgalane?«, fragt Mamme, als die Kapelle erneut aufspielt. Olga sieht die Leute auf die Tanzfläche gehen und zuckt mit den Schultern. »Mir ist nicht nach Tanzen.«

»Schätzlein«, sagt Mamme zärtlich und drückt sie fest an sich. »Du machst schon den ganzen Nachmittag ein Gesicht wie sieben Tage Regenwetter. Sag, welche Laus ist dir heute über die Leber gelaufen?«

»Keine Laus«, antwortet Olga und bemüht sich um ein Lächeln. »Nur sieben Tage Regen.«

Seit Wochen hängen dichte Wolken über dem See. Und seit Wochen geht Olgas erster Blick, sobald sie ins Freie tritt, zum Himmel. Wenn es nicht regnet, ist es so neblig und klamm, dass die Feuchtigkeit durch jede Pore dringt. Der Winter, dieses endlos lange Warten, ist in einen endlos trüben Vorfrühling übergegangen. Die Dunkelheit ist kaum auszuhalten, und selbst das Lokal wirkt trotz der vielen Fenster und Lichter düster und kalt. So schön es sich hier auch sitzt: Bei so einem Wetter pfeift die Kälte durch die bodentiefen Fenster und es wird nicht richtig warm, trotz des Kachelofens, der in der Raummitte bullert.

Lotte schmiegt sich an ihren Vater. »Nicht sieben Tage Regen«, widerspricht sie. »Sondern ein Haufen Rüpel, die uns mitten im heiligen Schweigeakt des Osterwassertragens erschreckt haben. Vorbei ist es mit der puren Schönheit.«

Olga sieht sie an und denkt, dass ihre Freundin sowieso schon die pure Schönheit ist. Anmutig wie Mamme mit den vollen Lippen, der feingeschnittenen Nase und dem langen, dichten blonden Haar. Und trotzdem wirkt sie unschuldig wie ein Kind, was ihren Reiz beim anderen Geschlecht noch steigert. Kaum ein Mann, der sich nicht nach ihr umdreht und Stielaugen kriegt. Mit ihrem mageren, festen Körper ist Olga dagegen deutlich mädchenhafter, das hat sie schon oft gedacht, wenn sie morgens vor dem Spiegel stand.

Pelle wuschelt Lotte durch die Haare und nimmt einen Schluck Bier. »Vielleicht habe ich ja ein anderes Zaubermittel.« Er zieht eine Tüte Karamellen aus der Tasche und verteilt sie auf dem Tisch. »Direktimport aus Schweden. Wenn die euch kein Lächeln auf eure hübschen Gesichter zaubern, dann weiß ich auch nicht.«

Karl greift sofort zu. »Was ist eigentlich mit Annemie?«, fragt er und lässt den Blick suchend durch den Raum streifen.

»Sie kommt, genauso wie die Sonne«, versichert Mamme. Und wenn sie das sagt, dann wird es auch stimmen. Zu ihr geht Olga, wenn sie Herzens- und Frauenangelegenheiten plagen. Obwohl die Rasmussens Geld für einen ganzen Stall voller Mamsellen hätten, kocht und backt Mamme am liebsten selbst. Häufig assistiert von Lotte, die ebenfalls ein Händchen für alles hat, was die Sinne erfreut. Für ihre Freundin ist ein Kuchen erst ein Kuchen, wenn er wie ein Gedicht schmeckt.

Mamme hat immer eine wohlriechende Suppe auf dem Herd oder einen Kuchen im Ofen. Aus den Früchten aus ihrem riesigen Garten kocht sie Marmelade oder macht Schnaps oder Likör daraus. Olga liebt den Moment, wenn sie Mammes Haustür öffnet und das Treppenhaus vom Duft nach Wrukeneintopf mit Steckrüben erfüllt ist. Wie sie sie umsorgt, tut gut, aber immer auch ein bisschen weh. Soviel sie auch isst von Mammes leckerem Eintopf, richtig satt wird sie nie. Sie ist eben Lottes Mutter, nicht ihre, denkt sie traurig, als just die Wolkendecke aufreißt und die Sonne hervorbricht. Ein paar Sonnenstrahlen, die durch die Fenster hereinfallen, wärmen Olgas Rücken. Sie atmet tief ein, als würde sie jeden Lichtstrahl einzeln inhalieren, damit er ihre Fasern mit Zuversicht erfüllt. Sofort ist die Müdigkeit der kurzen Nacht vergessen, die Schwere, die sie am Vormittag begleitet hatte, etwas leichter. Wie sehr sie diese heilsame Wärme braucht, das Licht. Anders als Karl, der sich genervt die Augen beschirmt und ausgiebig gähnt.

»Immer noch frühjahrsmüde, Karl?«, fragt Otto scharf. »Oder wie sonst lässt sich erklären, dass du vorgestern deine Prüfung verschlafen hast, mitten am Tag?« Er hebt den Kopf und fixiert seinen Sohn.

Karls Züge verdüstern sich. Olga, die weiß, dass er das Examen nicht verschlafen, sondern die Aufnahmeprüfung in Königsberg absolviert hat, legt ihre Hand auf seine, aber die Miene ihres Bruders hellt sich erst auf, als Annemie sich mit einem Tablett voller Osterbrause an ihren Tisch gesellt und ihm zulächelt, wobei sich in ihren Wangen Grübchen zeigen. Karl sagt immer, dass ihre Grübchen ihn noch um den Verstand bringen.

»Herrje, Otto«, sagt Pelle, nachdem sie alle einen Schluck gekostet haben. »Weißt du noch, wie wir in dem Alter waren? Du hast doch bestimmt auch mal eine Prüfung verschlafen nach einer bierseligen Nacht. Und trotzdem ist aus dir noch was geworden.« Er lacht schallend los. »Lass die jungen Leute das Leben genießen, solange sie noch können! Und das sollten wir auch tun.« Er dreht sich zu Mamme. »Wollen wir tanzen, meine Schöne?«

Als sie Arm in Arm zur Tanzfläche schlendern, fragt Lotte Olga leise:

»Wo bleiben eigentlich Fritz und Gero?«

Olga zuckt die Achseln und sieht sich nach ihnen um.

»Wenn Gero nach seiner Schwester kommt, dann ist er bei seiner heimlichen Geliebten«, entgegnet sie trocken und nickt in Annemies Richtung, die jetzt wieder neben Adam steht und Bier zapft. Adam hilft an den Wochenenden und Feiertagen im Meiers aus, meist spült er das Geschirr hinten in der Küche, weil Vater Meier seinen Gästen »das Slawengesicht« nicht zumuten will. Olga und Adam lächeln sich in stillschweigendem Einvernehmen zu, als sich ihre Blicke treffen. Er sieht müde aus. Die gestrige Nacht bei Schneider hat sich als Schatten unter seine Augen gelegt.

Annemie blickt Olga fragend an. Was denn?, würde Olga am liebsten erwidern. Darf sie Adam, nur weil er Pole ist, jetzt nicht mal mehr freundlich zulächeln? Quer über den Ausschank beginnt Annemie nun mit dem Leutnant zu schäkern. Selbst von ihrem Tisch aus sieht Olga, wie ihre Freundin ihre grünen Augen so weit aufreißt, dass der Leutnant wie gebannt ist.

Lottes Räuspern reißt sie aus ihren Gedanken, und Olga wendet sich wieder ihr zu. Ihre Freundin schiebt ihr einen Bierdeckel rüber.

»Olga von der Wolga«, beginnt Olga zu lesen.

»Liebe bringt Licht
Wie ein Reim dies Gedicht.
Ein Kuss oder zwei
Und schon werden es drei!«

Grinsend hält Lotte die Hand ans Herz. »Wenn du erst mal auf den Geschmack kommst, wird Gero dich um den Verstand küssen«, sagt sie theatralisch.

»Lotte! Bitte!« Doch sie merkt, wie sie eine große Zärtlichkeit für ihre Freundin überkommt.

Olga von der Wolga, so beginnt Lotte immer diese Reime, die sie vor ein paar Jahren zu dichten begonnen hat, mit lustigen

Zeichnungen versehen. Gereimte Zeugnisse ihrer Zuneigung. Olga hat sie alle aufbewahrt und säuberlich in ein Buch geklebt.

Lotte seufzt. »Liebe ist alles, sagt das Herz.«

»Und der Verstand?«, fragt Olga zurück.

»Glaub mir, der verliert gegen die Liebe. Immer!«

Olga glaubt eher, dass Lotte noch immer diese furchtbaren Liebesromane aus Mammes Bibliothek liest, wenn sie behauptet, bei Fritz' Anblick walle eine heiße Woge von Zärtlichkeit in ihrem Herzen auf, die ihr Innerstes in Brand setze. Was für ein Kitsch.

Sie versucht nachzuspüren, ob sie selbst vielleicht etwas Ähnliches für Gero empfindet. Ja, sie ist immer wieder ganz hingerissen von seinen Grübchen, wenn er lacht. Genauso wie von den feinen Falten um seine grünen Augen, den gleichen wie Annemies, und der Strähne, die sich manchmal aus seinem zurückgekämmten blonden Haar freikämpft. Doch berührt er damit ihr Innerstes oder setzt es gar in Brand? Und was ist das eigentlich genau, das Innerste, die Seele? Wie schwer sie ist, weiß sie längst, sie hat das Gewicht eines kleinen Eisvogels. Wo aber liegt sie, wie gelangt man dorthin, und was bringt sie zum Schwingen? Müsste sich ihr Gefühl für Gero nicht anfühlen wie die Klänge einer Bachkantate, die sich vom Magen her ausbreitet und durchgräbt zum tiefsten Kern ihrer selbst? Müsste sein Anblick sie nicht rühren wie der eines frisch geborenen Kätzchens, das von seiner Mutter zärtlich angestupst wird? Doch sosehr sie auch in sich hineinhorcht, sie verspürt nichts dergleichen.

Was hatte Annemie heute früh gesagt?

»Um dich berühren zu lassen, musst du ihn berühren.«

Ja. So Gott will, brennt es dann auch in ihr lichterloh …

»Ach, Lotte.« Sie schmiegt sich an ihre Freundin. »Ich hab dich furchtbar lieb.«

»Ich dich auch.« Lotte legt einen Arm um sie. »Weißt du, ich glaube, Vati passt der Fritz nicht. Er will mich lieber mit einem

Schweden verkuppeln. Die sind jedenfalls neutral, sagt er. Gestern meinte er, wenn wir im Sommer erst mal dort sind, würde schon eine ganze Horde Heiratskandidaten auf mich warten.«

Früher ist Olga jedes Jahr mit den Rasmussens auf Öland gewesen, wo sie ihr Sommerhaus haben. Aber seit der Krieg ausgebrochen ist, war sie nicht mehr dort. Zwar ist das Land offiziell neutral, doch wohlgesinnt sind ihnen die Skandinavier deshalb noch lange nicht. Wenn es nach Pa geht, soll Olga diesen Sommer wieder mitfahren, die Nachrichten von der Ostfront beunruhigen ihn, aber sie hat nach dem Abitur inzwischen so viel in seiner Praxis zu tun, dass sie kaum Zeit für einen Urlaub hat.

Olga registriert den verärgerten Blick ihres Vaters, er mag es nicht, wenn geflüstert wird. Sie tut so, als merke sie nichts. »Dein Vater macht nur Spaß, wie immer. Was sollte er gegen Fritz haben?«

Jetzt räuspert Otto sich laut. Lotte spricht dennoch weiter.

»Dass er aus der HJ geflogen ist, dass er ständig Ärger macht und man so wenig über seine Familie weiß. Und« – sie stockt – »dass er vielleicht von zweifelhafter Herkunft ist.«

Olga muss schlucken. Sie selbst weiß mehr, als ihr lieb ist, zumindest, was seinen Onkel angeht. Aber Lotte hat recht. Viel wissen sie nicht über Fritz. Über seine Eltern hat er ihnen nur erzählt, dass sie aus Neustettin stammen, mehr nicht. Ein paar Mal kam seine Mutter ihn besuchen, aber vorgestellt hat er sie ihnen nie.

»Können wir den Platz tauschen?«, reißt Karl sie aus den Gedanken. »Die Sonne blendet.« Er wirkt angespannt.

»Was bist du nur für eine Mimose, Karl.« Ihr Vater schüttelt missbilligend den Kopf. »Taugst weder zum Studium noch zum Frontdienst.« Verächtlich verzieht er den Mund. Dabei kräuselt sich die Narbe, die quer von seinem linken Mundwinkel zum Ohr verläuft. Als Student hat er sie sich bei einer Mensur eingefangen, der zweite Tapferkeitsausweis neben dem Oberschenkeldurchschuss, den er im Ersten Weltkrieg erlitten hat. Offenbar ermächtigt ihn das zum Richten über Mut und Feigheit anderer Menschen.

»Gerade die Unfähigen sind zu allem fähig«, pariert Karl und mustert ihn. »Oder wie heißt der Spruch genau, Vater?«

Olga wundert sich. So angriffslustig kennt sie ihren Bruder gar nicht. Vielleicht ist es so etwas wie vorauseilender Widerstand, um sich für die kommende Auseinandersetzung um seine Zukunft ohne Medizin zu stählen.

Otto fixiert Karl, als wolle er ihn hypnotisieren. Er fühlt sich herausgefordert, so viel ist klar, aber was in aller Welt meint Karl damit?

»Fähig wozu?«, fragt er verächtlich. »Dumme Entscheidungen zu treffen oder deinen Vater anzulügen? Von wegen ›Prüfung verschlafen‹.« Er wirft ihm ein Telegramm zu, quer über den Tisch, und nimmt einen Schluck Bier. »Was hast du dir bloß dabei gedacht?«

Karl liest das Telegramm und springt jubelnd auf, wirbelt die verdutzte Annemie, die gerade die leeren Gläser abräumen will, herum.

»Famos, so furchtbar famos! Annemie, ich werde Jagdflieger!«

»Entschuldige, Karl«, sagt sie lachend und macht sich los. »Aber den ersten Tanz habe ich schon meinem Herrn Offizier versprochen.«

Olga freut sich über Karls Freude, doch dann wird ihr mit einem Mal bewusst, was das bedeutet. Ihr Mund wird ganz trocken, ihre Hände zittern. Angst keimt in ihr auf. Es ist, als müsse sie sich über Pest oder Cholera freuen. Denn ob er nun als Sanitäter an die Ostfront abkommandiert wird oder in der Luft Pirouetten dreht – beides ist schrecklich gefährlich. Es kommen nur wenige in einem Stück wieder, das weiß sie.

»Wie kannst du es wagen, dich da hinter meinem Rücken zu bewerben?«, tobt Otto. »Was hast du dir nur dabei gedacht?«

30. März 1991

Ginsterburg

Die Magie war zurück. Olga stand am Ufer des Schwanensees und schaute auf die Mohninsel. Von all den vielen Seen der Uckermark war dieser der schönste. Zwischen den Ufern, die an manchen Stellen steil wie Wände anstiegen, breitete sich der See, gesäumt von Ulmen und Weiden, ovalförmig aus. Er war so groß, dass man nicht das gegenüberliegende Ufer sehen konnte. Von Osten wehte eine frische Brise und schraffierte das Wasser so, dass es aussah, als würden kleine glitzernde Frühlingselfen auf seiner Oberfläche Ballett tanzen. Olga sog die kalte, klare Morgenluft genüsslich ein. Ja, sie würde diesem Tag die Stirn bieten. Durchhalten. Nach einer unruhigen Nacht hatte sie beschlossen, wenigstens einmal zum See zu gehen, zu ihrem See. Zum Glück hatte sie, als sie aufgewacht war, ein leichtes Beruhigungsmittel genommen, zusammen mit einem Glas Wasser. Dann war sie leise aus dem Hotelzimmer geschlichen und über die große Wiese, auf der vereinzelt Liegestühle neben kleinen Tischchen standen, hinunter zum Ufer getrottet.

Aus dem Schilfgürtel, der im Winter zuerst zufror, hörte sie den Ruf eines Graureihers. Sie schirmte die Augen gegen die aufgehende Sonne ab und wartete darauf, dass er auf seinen langen dürren Stelzen aus dem Schilf herausstakste. Doch statt des Reihers glitt eine Schwanenfamilie aus den Gräsern, wie in einer perfekten Choreografie. Die eleganten und stolzen Eltern vornweg, die hübschen Jungschwäne hinterher. Im See hatte es schon in ihrer Kindheit nur so von Schwänen gewimmelt, weil ein paar frühe Naturschützer, darunter ihr Großvater, ein Verbot erwirkt hatten, Schwaneneier zu sammeln. Nur während der

Kriegsjahre, als der Hunger kam, hatte sich kaum mehr einer daran gehalten.

Jetzt tauchten die weißen Vögel fast synchron ihre langen Hälse ins Wasser. Sie sahen aus wie eine Kette schneebedeckter Eisberge. Eine heile Familie, dachte Olga, als die Tiere ihren Weg gemeinsam fortsetzten, und musste an die Auseinandersetzung zwischen Mutter und Tochter denken, gestern im Auto. War es nicht das, wonach ihre Mädchen insgeheim suchten?

Vor dem Schlafengehen hatte Becki ihr einen weiteren Grund für die Reise verraten. Sie hatte heute Vormittag einen Termin mit einem Anwalt, offenbar derselbe, der auch Olga angerufen hatte. Er hatte sie mit der Aussicht hergelockt, Beckis Erbe zurückzubekommen, das Gasthaus Meier. Der alte Meier hatte seine einzige Enkelin Becki als Erbin eingesetzt, ohne sie je wirklich gekannt zu haben.

»Ein wunderbares Ensemble aus dem Jahr 1739 mit Denkmalstatus. Eine zweigeschossige Gaststätte, ein Kontor und Brauhof, ein Anwesen, das nur darauf wartet, wieder zum Leben erweckt zu werden!« Als hätte er gewusst, dass sie Restauratorin war.

Becki hatte seine unangenehm süßliche Stimme so lustig nachgeahmt, dass Olgas ganzer Ärger über ihre Eigenmächtigkeit verflogen war.

Bei Olga selbst hatte seine Rattenfängermethode nicht verfangen. Wenngleich Karl und sie die rechtmäßigen Erben der Blume-Villa waren, hatte sie bis zu seinem Anruf nie auch nur einen Gedanken an dieses Vermächtnis verschwendet.

»Ich bringe Ihnen Ihre alte Heimat zurück«, hatte der Anwalt bei seinem letzten Anruf geflötet. »Die Villa am See der angesehenen Ärztefamilie Blume, Frau Dr. Bley. Sie gehört zu Ihnen und Ihrer Familie, Sie müssen nur noch zugreifen.«

Fast fünfzig Jahre weg von der Landkarte, ihrem Kopf und Herzen entschwunden – und nun sollte sie ihr Erbe zurückbekommen, einfach so?

Offenbar hatte er die Grundbücher Ginsterburgs gründlich durchforstet und sämtliche Alteigentümer im Westen ausfindig gemacht, samt Informationen zu ihren Biografien, damit sie mit seiner geschätzten und ganz und gar selbstlosen Hilfe Restitutionsansprüche anmelden konnten.

Dabei wollte sie ihr »Erbe« doch gar nicht zurück …

Sie schaute über die mit Löwenzahn und Gänseblümchen übersäte Wiese, die sich bis zum Ufer hinabzog, und wandte ihren Blick hoch zur Pension auf dem Hügel, einem lang gestreckten, hässlichen Plattenbau in gelblichem Rauputz, in dem ihre beiden Mädchen noch schliefen. Dort hatte früher das verwitterte, hölzerne Bootshaus der Ginsterburger Rudergesellschaft gestanden.

Noch immer war sie unschlüssig, ob sie Becki zu diesem Termin am Mittag begleiten sollte. Was, wenn sie nach dem Spaziergang einfach abreiste und diesen unsäglichen Ausflug in die Vergangenheit abbrach, selbst wenn sie damit ihre Mädchen enttäuschen würde?

Sie bückte sich nach ein paar Gänseblümchen. Und dachte an Pa, der sie immer so genannt hatte, seit ihr als Kind zwei kleine Graugänse auf Schritt und Tritt gefolgt waren und sie als leibliche Mutter betrachtet hatten.

Mit Daumen und Zeigefinger fuhr sie über ihren weichen Stängel. Was würde er tun? Sachte strich sie über die schmalen weißen Blütenblätter und begann sie auszuzupfen, eines nach dem anderen. »Soll ich bleiben? Soll ich gehen?«

Was würde eine gute Mutter tun? Im Christentum galt das Gänseblümchen als Symbol der Mutterliebe, weil es der Legende nach aus den Tränen Marias entstanden war, die sie auf der Flucht nach Ägypten geweint hatte. In der nordischen Mythologie, der Olga sich verbundener fühlte, war sie der Göttin Freya geweiht und ein Symbol für Fruchtbarkeit und Neuanfang. Und doch hatte man vor zweihundert Jahren leidenschaftlich versucht, die weißgelben Blumen auszurotten, weil ein Extrakt aus ihnen für Abtreibungen verwendet wurde.

Als würde dieses kleine Blümchen für all die Fragen stehen, mit denen sie sich herumgeschlagen hatte, seit sie auf der Welt war. Wenn es nur so einfach wäre, dachte sie. Fruchtbarkeit, Mutterliebe und Frausein bedeuteten schließlich nicht automatisch, auch Kinder gebären zu können, zu wollen oder zu müssen. Als Gynäkologin kannte sie viele Frauen, für die das Mutterwerden zur größten seelischen Belastung wurde. Frauen, für die es zu spät, zu früh oder zu riskant war, ein Kind zu bekommen. Frauen, die bereits Mütter waren oder es niemals werden wollten. Frauen, denen es lange Zeit verboten gewesen war, sich auf legale, ungefährliche Weise gegen ein Kind zu entscheiden. Oder für ein Kind, dachte sie und blickte in die Richtung der alten Datsche, als die Erinnerung an Anna sie schmerzhaft durchzuckte.

Gehen, bleiben, gehen? Sie zupfte die letzte Blüte und ließ das Blumenorakel sprechen: bleiben. Und der Nostalgia Lügen strafen. Vielleicht war es gut so, schon um ihren Mädchen nicht das Gefühl zu geben, dass sie eine konfuse, neurotische Frau war, die Angst vor ein paar Erinnerungen hatte.

Sie folgte ein Stück dem überwucherten Trampelpfad, der sich am Ufer sanft entlangschlängelte und einmal um den See führte, und setzte sich dann auf einen langen Holzsteg.

Ihre Finger und Füße fühlten sich taub an, sie fror. Ohne nachzudenken, zog sie Schuhe und Socken aus und ließ die Beine vom Steg baumeln. Während sie ihre Zehen nach kneippscher Art ins klare Wasser tauchte, rieb sie sich die Hände warm und genoss die Weite, Einsamkeit und Stille, die nirgendwo sonst von so beruhigender Tiefe war. Die in sich fließenden übersatten Grün- und Blautöne von Himmel, Wasser, der großen Wiese und dem Buchenwald dahinter, die im besonderen Licht der Uckermark schärfer und klarer aussahen als irgendwo sonst …

Als wären auf einmal all die anderen Gewässer nur ein Abklatsch dessen, was dieses hier ihr bot. Was für ein Postkartenidyll!

Diese Vertrautheit, das alte Kindheitsgefühl von Geborgenheit und Freiheit, machte ihr Angst. Sofort beschwor sie das trübe Licht im Winter herauf, wenn es tags kaum hell wurde und sie sich weit weggewünscht hatte, irgendwohin, wo die Sonne schien und es nichts gab, was ihre Tage verdüstern konnte.

Es verblüffte sie, wie die Sinneseindrücke von Nase, Augen und Ohren mit einem Mal die alten Erinnerungen wiedererweckten. Und wie sich hier an diesem See, kaum dass sie hinspürte, der Blick weitete für das, was der Welt und ihr passierte. Es war, als hätte jemand ohne Olgas Zutun ihre Sinne laut aufgedreht wie die Musik im Radio. Sie dachte an ihren Pa und wie er sie gelehrt hatte, ihre Beobachtungsgabe, Wahrnehmung und Intuition zu verfeinern. Nie würde sie den Schmerz in seinen Augen vergessen, als er ihr gesagt hatte, dass seine Sinne schwinden würden. »Ich sterbe vor dem Sterben.« Und so war es dann gekommen: Er hatte die letzten Wochen als Toter gelebt.

Plötzlich hörte sie seine Stimme von irgendwoher. *Gänseblümchen, spürst du denn nicht, wie du lebst?* Sie atmete ein paar Mal tief durch und schloss die Augen. Natürlich, sie lebte.

Nach einem Moment der Stille öffnete sie die Augen wieder und drehte den Kopf. Ein Stück weiter das linke Ufer entlang lag noch immer das Strandbad, allerdings ohne die blau-weiß gestreiften Umkleidehäuschen. Der kleine Strand lief so flach in das Wasser hinein, dass fast jedes Ginsterburger Kind dort schwimmen gelernt hatte. Unbewusst strich sie sich über die Beule am Kopf und erschrak vor dem Schmerz. Ihr fiel ein, was der Arzt und Psychoanalytiker Georg Walther Groddeck einmal gesagt hatte: dass jeder Schmerz eine Rückkehr in die Kindheit bedeutete. In ihrem Kopf drehten sich auf einmal Bilder wie ein Ventilator, so als hätten sie all die Jahre nur darauf gewartet, sich in Bewegung zu setzen. Ihr Pa, der in seinem gestreiften Einteiler knietief im Wasser stand und mit dem Fernglas den Flug der Wildgänse beobachtete, die zwischen den Wolken verschwanden. Ihr Vater, der niemals nur einen Fuß ins Wasser setzte, sondern vor dem Strandbad mit gesenktem Kopf auf und ab lief, während sein Zwergschnauzer Kralle nicht von seiner Seite wich. Lotte, Annemie und sie auf sonnengewärmten Handtüchern, mit einem heimlich entwendeten Liebesroman aus der Bibliothek von Mamme, aus dem sie sich mit übertrieben schmachtenden Stimmen abwechselnd vorlasen. Obwohl sie die einzelnen Bilder im Laufe der Jahre bewusst hatte verblassen lassen, kamen sie jetzt wie auf Knopfdruck zurück, schärfer und klarer, als sie sie mit einer Kamera hätte festhalten können. Dr. Zapfen hatte recht: Man liebte den Ort, an dem man Kind gewesen war, vielleicht weil man da noch unschuldig gewesen war.

Und ihr erstes Leben war lange Zeit ein glückliches gewesen. Warum sollte sie den Mädchen nicht den Ort zeigen und ihnen von ihrer Familie, ihren Freunden erzählen? Das große Leiden hatte ja erst begonnen, als ihre Kindheit gestorben war.

1. April 1938

Ginsterburg

Ja, må hon leva. Ja, må hon leva.
Ja, må hon leva uti hundrade år.
Ja, må hon leva. Ja, må hon leva.
Ja, må hon leva uti hundrade år.

Olga und Lotte sitzen in der Mitte der Tanzfläche auf zwei Stühlen im Saal des Meiers, um sie herum ihre Freunde Gero, Annemie und der Neue sowie Pa und Lottes Eltern. Lauthals lassen die Anwesenden die zwei Mädchen hochleben, gleich viermal, wie es in Schweden Sitte ist. Bis auf Fritz sind alle textsicher. Von klein auf singen sie ihnen gemeinsam beim Muttermahl das Geburtstagslied aus Pelles Heimat. Pelle hat mal wieder Tränen in den Augen. Er ist jedes Jahr aufs Neue gerührt, wenn in Ginsterburg ein bisschen schwedische Folklore einzieht. Olga linst zur Tür, immer wieder. Im Stillen hofft sie, dass ihr Vater doch noch kommt. Alle sagen, dass der dreizehnte Geburtstag ein besonderer ist, das offizielle Ende der Kindheit. Kann er nicht auch das Ende von Vaters Gleichgültigkeit sein?

Lotte steht auf und zieht Olga hoch. Sie fassen sich an den Händen und tanzen im Kreis, während die anderen ein vierfaches Hurra schmettern.

Das sind die Momente, die Lotte aufsaugt und Olga aushält. Denn sie mag es nicht, wenn alle Blicke auf sie gerichtet sind. Ihre Freundin dagegen blüht auf, wenn alle um sie herum für sie singen und klatschen. Sie strahlt, ihr blondes, glattes, glänzendes Haar weht, und das Gesicht schimmert rosig, während Olgas bestimmt mal wieder rot leuchtet, so grell wie ihre Sommersprossen. Frau Witte hat recht, Lotte ist die perfekte Prinzessin Elisa. Sie hingegen wäre in jeder Beziehung eine Fehlbesetzung. Sie versucht, Fritz' Blick aufzufangen, aber auch er hat nur Augen für Lotte, so wie Gero. Diese ganz besondere Verbindung zwischen Fritz und ihr, die sie schon bei der ersten Begegnung zu spüren geglaubt hat, gibt es wohl nur in ihrem Kopf. Olga schaut zu Lotte und wird ihren düsteren Gedanken zum Trotz von einem warmen Gefühl durchströmt. Die Innigkeit, die zwischen ihnen herrscht, verdrängt jedes Gefühl von Eifersucht. Lotte ist für die große Bühne geschaffen, und Olga gibt sich gern mit der Rolle der Nebenfigur zufrieden.

Als sie sich wieder an den Tisch im Gastraum setzen, drückt Mamme Lotte und ihr ein Geschenk in die Hand, eingepackt in Wachspapier und mit einer gelben Schleife verziert. Olga ist die einzige Blume, die noch hier ist. Ihr Pa musste vor der Bescherung aufbrechen, weil plötzlich die Apothekersfrau schreiend in die Runde platzte, um den durchbrechenden Blinddarm ihres Mannes zu vermelden. Letzte Woche war es ein seltsames Flattern in der Brust, angeblich ein stiller Herzinfarkt, und davor eine eingebildete Gallenkolik. »Klarer Fall von Morbus Clinicus«, diagnostizierte Pa. »Als Apotheker macht er jede Krankheit seiner Kunden einmal in Gedanken durch.« Ihr Großvater ist überzeugt davon, dass eingebildete Krankheiten Boten der Seele sind, die sich melden, wenn etwas grundsätzlich schiefläuft, und nimmt sie genauso ernst wie echte. Beim Apotheker vermutet Pa als Ursache die Ehe mit dieser reizlosen Xanthippe, die ihn leider nicht aus dem Haus treibt, sondern nur in Krankheiten.

Und trotzdem lässt Pa alles stehen und liegen, selbst die leckere Eisvogeltorte an ihrem Geburtstag. »Denn was wäre ich für ein Arzt, Gänseblümchen, wenn es wider Erwarten doch mal ernst würde?«

Sie kennt das schon und versteht, dass er vierundzwanzig Stunden im Dienst ist. Und dennoch verletzt es sie.

Beim Auspacken lässt Olga sich Zeit, während Lotte das Geschenk bereits aufgerissen hat und jetzt vor Freude aufschreit. Sie hält ein Armband mit Anhängern in der Hand. »Sieh nur, auf dem Anhänger sind unsere beiden Namen eingraviert«, ruft sie und zeigt es Olga. Einen Augenblick später betrachtet Olga eine exakte Kopie davon, ebenfalls mit Gravur.

Mamme umarmt die beiden von hinten. »Das hat mein Großvater meiner Mutter und Tante zur Konfirmation geschenkt – und jetzt geht es mit neuem Anhänger an meine beiden liebsten Mädchen.« Sie stockt. »Ihr wisst vielleicht, dass am dreizehnten Geburtstag besondere Erbstücke an die nächste Generation weitergegeben werden.«

»Als Symbol, dass die Reise des Lebens weitergeht«, ergänzt Pelle und lächelt seine Frau liebevoll an.

»Nur nicht herunterschlucken, Olga, sonst kann die Reise schnell zu Ende sein.« Lotte lacht. Die anderen stimmen ein. Am lautesten lacht Gero über ihren Witz. Olga hätte ihnen die Geschichte mit dem Ring nicht erzählen sollen.

Mamme wartet, bis das Lachen abebbt, und sagt: »Meine Mutter würde sich freuen, wenn sie wüsste, dass du ihr Armband trägst.«

Olga steigen die Tränen in die Augen. Sie erhebt sich und umarmt sie ganz fest. Das war das Netteste, was sie ihr hat sagen können. Als Mammes Mutter noch lebte, hat Olga viel Zeit auf ihrem Schoß verbracht. Marie Kramer liebte es, Olga die dicken Haare kräftig durchzubürsten und zu Zöpfen zu flechten, und war felsenfest davon überzeugt, dass Rothaarige keine Schmerzen empfänden, weil Olga immer so ruhig blieb und nicht wie Lotte gleich aufschrie, sobald es ziepte. Aber Olga empfindet durchaus Schmerz, gerade jetzt schmerzt sie der Gedanke sehr, dass sie das Armband nicht verdient. Denn was geschieht, wenn Mamme noch ein Kind bekommt? Von Lotte weiß sie, dass sie sich sehnlichst weiteren Nachwuchs wünscht und oft traurig ist, weil es nicht klappt. Sie rückt von Mamme ab und beginnt herumzudrucksen. »Ich weiß nicht, ob ich das annehmen kann …«

»Das wagst du nicht!«, unterbricht sie Lotte dramatisch und legt ihr das Armband an. Dann kritzelt sie etwas auf einen Bierdeckel, während alle gespannt abwarten. Anmutig und bühnengerecht wie die Dietrich erhebt Lotte sich:

»Olga von der Wolga«
unsere Freundschaft gedeiht wie dein Name.
Blume, so schön und rein, das Gegenteil von der Apothekersdame!
Soll unser Bund für immer blühen.
Den Duft der Ewigkeit versprühen.

Dann drückt sie Olga einen Kuss auf die Wange. »Olgachen, unser Schicksal wird auf immer verknüpft sein wie die Glieder unserer Armbänder.«

Spätestens jetzt hat Olga vergessen, dass Lotte kein echtes Wort des Bedauerns über die Lippen kam, weil sie und nicht Olga nun die Elisa spielt.

»Bist du dir sicher?«, fragt sie und zuckt verlegen mit den Schultern.

»Wir sind uns alle sicher«, sagt Mamme an ihrer statt. »Du bist doch die zweite Tochter, die ich mir gewünscht habe.«

»Und die Schwester«, setzt Lotte nach und streicht über den Einband des Buches, das Olga ihr geschenkt hat, »die ich nicht lieber haben könnte. Meine allerliebste …«

»Schweundin«, sagt Olga unisono mit ihr, und beide lachen.

1. April 1938

Ginsterburg

Vor einer halben Stunde sind Lottes Eltern aufgebrochen, nun gehen Olga und ihre Freunde wieder und wieder ihren Plan durch. Sie sieht auf die Standuhr und hält den Atem an. Es ist fünf Minuten vor fünf. Wenn Annemie und Gero sich nicht täuschen, kommt in genau fünf Minuten Fräulein Witte zur Tür herein und bestellt einen Kräutertee und ein Meiersches Spezial Hell. Sie ist ein Gewohnheitstier und nimmt jeden Nachmittag um dieselbe Zeit am selben Tisch Platz.

Als Olga zur Tür linst, sieht sie Gero und Fritz aus der Küche hinter dem Ausschank kommen. Sie nicken ihr zu, das verabredete Zeichen, dass alles vorbereitet ist, wenn die verhasste Lehrerin gleich ihren Denkzettel bekommt. »Wicca«, formt Fritz mit dem Mund und hält sich den Finger unter das linke Auge.

»Wicca«, so hat Fritz sie auch genannt, als er ihr und Lotte vorhin nach der Schule gefolgt ist, zusammen mit Gero und Annemie. Das altenglische Wort für Hexe! Ja, auch ohne in den Spiegel zu schauen, weiß sie, dass sie nach diesem entsetzlichen Morgen aussieht wie eine Hexe mit ihren unbezwinglichen Locken, die sich aus jedem noch so fest geflochtenen Zopf stehlen. Deshalb hat ihr die Witte ja auch die Rolle übertragen …

Der Gedanke an Fritz sticht. Wicca. So hässlich findet er sie also?

Doch dann muss sie lächeln. Denn er hat noch mehr gesagt, hat ihr einen Vorschlag gemacht, der wirklich ungeheuerlich ist. »Hey, Wicca«, rief er. »Eine derartige Sauerei wie das, was die Witte heute verzapft hat, verdient eine angemessene Reaktion.

Was hältst du davon, wenn wir der Schnepfe einen Rausch verpassen? So einen echten Liebesrausch.«

Und dann erzählte er von dem Rezept einer Hexe in einem englischen Theaterstück von Shakespeare. »Die haben dann ihre Besenstiele damit eingerieben und konnten hinterher auch ohne Besen fliegen … auf die Männer.«

Lotte und Annemie prusteten vor Lachen, offenbar glücklich, Teil des Komplotts zu sein – auch wenn sie weiterhin nicht miteinander redeten. Annemie ignorierte Lotte ostentativ, seit sie bei der Probe zum Stück die Elisa mit einer Verve gespielt hatte, als hätte Andersen ihr die Rolle eigens auf den Leib geschrieben. »Lotte glaubt, dass sie die älteren Rechte hat, wie bei allem«, hatte sie Olga zugezischt, als sie den Klassenraum verließen. Was sollte Olga dazu sagen? Sie hasste diese Streitereien zwischen ihren Freundinnen, auch wenn sie Annemie insgeheim recht gab.

»Himmlisch, die Witte im Liebesrausch«, frotzelte Annemie und zeigte Olga einen Kussmund.

»Und wie sollen wir das machen?«, fragte Olga.

»Wir mischen eine Salbe aus Krötenfett und Stechapfel«, schlug Fritz vor.

»Genau«, pflichtete Annemie ihm bei. »Und die legen wir ihr als Geschenk verpackt vor die Tür.«

»Versehen mit dem wunderbaren Liebesbrief eines unbekannten Verehrers, den natürlich ich schreibe«, sagte Lotte. »Damit sie schon ohne Salbe wie von Sinnen ist.«

»Ich fürchte, das wird nichts«, mischte sich Gero ein. »So spröde, wie die Ilse ist, landet das Geschenk ungeöffnet in der Tonne.« Er erinnerte sie daran, dass sie noch jedes Helle und jeden Kräutertee zurückgegeben hatte, die ihr ein Verehrer auszugeben versuchte, wenn sie nachmittags im Meiers saß. »Ilse Bilse, keinen willse«, reimte er um.

»Darf sie doch auch nicht, die muss doch wegen des Zölibats für immer Fräulein bleiben«, meinte Annemie.

»Das könnte ich mir nun wirklich nicht vorstellen«, sagte Lotte entrüstet.

Doch Olga hörte schon gar nicht mehr zu. Ilse Bilse … »Genau, das ist es«, rief sie. »Ilse Bilse … Bilsenkraut!«

Sie wusste von Pa, dass es Nachtschattengewächse gab wie Bilsenkraut, Tollkirsche und Stechapfel, die einen, als Tee zubereitet, ganz wirr im Kopf machten. Sie wusste, wo sie sie finden konnten. Und sie wusste, dass die Witte jeden Nachmittag im Meiers Tee trank.

»Oder aber ein Spezial Hell«, fügte Gero hinzu und erzählte, dass viele Bierbrauer früher Bilsenkrautsamen verwendet hatten, um ihre Getränke berauschender zu machen.

Doppelt hält besser, entschieden die fünf und gingen mit Olga in den Wald, um schwarzes Bilsenkraut zu pflücken.

Das Bilsenkraut ist in den Spezialtee »Witte« und das Spezial Hell gemischt worden – jetzt muss die Lehrerin nur noch zur Tür hereinkommen. Olgas Hände sind ganz schwitzig vor Aufregung. Hoffentlich hat sie die Dosis richtig berechnet, hoffentlich … Lotte stupst sie an. »Sieh doch nur«, sagt sie, als sie zu den Jungen hinter der Theke deutet. »Wie verwegen Fritz aussieht mit dieser verwuschelten Mähne! Wie ein Prinz aus der Großstadt.«

Olga stöhnt. Lottes neueste unsterbliche Liebe in einer langen Reihe unsterblicher Lieben? Für diese Schwärmereien hat Olga jetzt keinen Sinn. Jede Sekunde kann Frau Witte durch die Tür treten. Lotte frotzelt immer, Olga schwärme für das Innere der Menschen, Niere und Leber, sie hingegen für das Äußere, Augenfarbe und Grübchen. Aber Olga lässt sich ihre Liebe für die Medizin nicht ausreden. Für Lottes Art der Liebe hat sie noch Zeit, wenn sie erwachsen ist.

»Gib mir mal den Griffel rüber«, sagt Lotte mit glühenden Wangen und schlägt das Buch mit dem samtenen Einband auf, das Olga ihr schon in der Schule überreicht hat. Schwärmerisch sieht sie ihre Freundin an. »Du und dieses wunderbare Buch, ihr seid meine Zeugen!«, sagt sie theatralisch und beginnt zu schreiben. Flüsternd lässt sie Olga an ihren geheimen Plänen teilhaben: »Liebes Tagebuch, feierlich erküre ich Fritz Schneider zu meinem Prinzen und verspreche ihm mein Herz und meine Hand.«

»Du willst ihn heiraten?«, fragt Olga entgeistert und verspürt einen Stich. Vielleicht weil er mit seinem dunkelblonden Flaum über seiner Oberlippe nicht aussieht wie jemand in heiratsfähigem Alter. Vielleicht aber auch, weil er der erste Junge ist, den sie irgendwie mag.

»Falsch«, entgegnet Lotte. »Ich *werde* ihn heiraten!«

Bevor Olga protestieren kann, umfassen sie zwei Arme.

»Wen will unsere Prinzessin Elisa jetzt schon wieder heiraten?«, fragt Annemie und lächelt schmal, als sie zu ihnen auf die Bank rutscht.

»Den Neuen«, flüstert Olga und zieht eine Augenbraue hoch.

»Der mir ohne Zweifel mein Herz geraubt hat«, säuselt Lotte.

Olga hat keine Lust, über Fritz nachzudenken. Das verwirrt sie nur. Schließlich gibt es Millionen Dinge, die spannender sind. Wie ein Herz funktioniert, zum Beispiel. Die Vorstellung, dass der Muskel pro Minute fünf Liter Blut durch den Körper pumpt, um den Organismus mit Sauerstoff und Nährstoffen zu versorgen, versetzt sie in weitaus größere Aufregung als das verwuschelte Haar eines Linkshänders.

»Und was ist mit Rudi oder Berti?«, fragt Annemie übertrieben gelangweilt.

»Die sind inzwischen im Königreich der Verflossenen«, sagt Olga lächelnd. »So wie auch Franz, Robert und Karl.«

Lotte zieht einen Flunsch. »Ihr werdet schon sehen!«

»Erst mal müssen wir heil wieder aus dieser Sache herauskommen«, sagt Annemie und spricht damit aus, was auch Olga die ganze Zeit schon denkt.

Lotte schaut sie ängstlich an. »Meinst du, da kann was schiefgehen?«

»Allerhand sogar.« Olga merkt, wie ihre Freundin es genießt, Lotte zu verunsichern. »Sie könnte tot umfallen, den Tee vom Apotheker analysieren lassen und, und, und …«

»Wollen wir das Ganze nicht doch besser abblasen?«, fragt Lotte, jetzt fast starr vor Angst.

Annemie sieht sie scharf an. »Du fürchtest doch nur, dass jemand anders dann die Elisa spielen darf«, sagt sie frostig.

»Auf dich können wir jedenfalls nicht zählen, du kommst nur als Prinz in Frage«, pariert Lotte gallig.

Der Satz sitzt wie eine Gräte im Hals. Olga blickt Annemie an, die Mühe hat, ihre Tränen zurückzuhalten. Sie sieht tatsächlich aus wie ein Junge. Es ist erst wenige Wochen her, dass Annemies Vater beim Mittagessen ihren Kopf gepackt und die langen kastanienbraunen Haare abgeschnitten hat, nur weil Annemie aus Versehen das Zopfende in die Suppe gefallen war.

Annemie und Gero tun ihr leid. Lieber hat sie einen abwesenden Vater als so einen strengen und abscheulich ungerechten, wie der Meier einer ist. Und bei der Stiefmutter Marianne mit dem geflochtenen Gretchenkranz ist nur die Frisur lieblich, der Rest ist hart wie eine Muschelschale. Besonders Gero behandelt der Meier wie ein Nichts. Warum nur? Wegen der Kinderlähmung mit vier Jahren, seit der ein bisschen hinkt? Vater Meier verlangt doch allen Ernstes, sein Sohn solle mehr gegen sich selbst und seinen Schmerz ankämpfen. »Damit ihn zumindest die HJ nimmt«, hat Annemie erzählt, und dass er jeden Tag nach der Schule um den See rennen und dabei die Krämpfe, die wirklich schlimm sind, ohne einen Mucks aushalten muss. »Na, mein Jung, geht doch«, hat der Meier neulich zu ihm gesagt, als Olga gerade bei ihrer Freundin gewesen war und Gero von seinem Lauf wiederkam. Tatsächlich scheint es geholfen zu haben. Denn seit Kurzem schlüpft Gero, der vor ein paar Wochen vierzehn geworden ist, mit Stolz in das Braunhemd mit der Hakenkreuzbinde, in die schwarzen Hosen und die Marschstiefel der HJ.

Gero, da ist sich Annemie sicher, würde alles tun, um vor seinem Vater bestehen zu können. Wie viel Schmerz der Mensch aushält, denkt Olga, für einen freundlichen Blick, überhaupt einen Blick.

Olga streicht Annemie übers Haar. »Siehst so modern aus wie die Riefenstahl. Wirst sehen, in ein paar Wochen wollen alle deine Frisur. Selbst die Witte«, fügt sie hinzu und lacht.

Lotte nickt. »War nicht so gemeint. Der Bubikopf steht dir.« Sie reicht Annemie die Hand zur Entschuldigung. Eigentlich mögen sie sich, das weiß Olga. Nur wenn sie zu dritt sind, beargwöhnen Lotte und Annemie einander, als würden sie stets um den rechten Platz neben ihr rangeln. »Ich bin nur so nervös, ob das alles klappt.«

Annemie schlägt ein und lächelt schon wieder. Lotte kann man einfach nie lange böse sein.

Als Lotte und Annemie sich jetzt darüber streiten, wer hübscher ist, Prinz Fritz oder Olgas Bruder Karl, für den Annemie seit Neuestem schwärmt, öffnet sich die Tür, und Ilsebilse tritt ein. Gleich dahinter kommt Olgas Vater, mit seinem Hundewelpen Kralle an der Leine.

Olga erstarrt.

Sie weiß nicht, wer oder was sie mehr verunsichert.

Ihr Vater lässt den Blick schweifen und entdeckt sie. Was macht er hier? Ihr Herz hüpft vor Freude, gleichzeitig springt es ihr vor Angst fast aus der Brust.

»Ich dachte, du musst in Schwedt bleiben«, sagt sie mit zitternder Stimme, als er vor ihrem Tisch steht, und schielt zur Witte. Sie fragt sich, was sie machen soll. Kann sie Gero und Fritz ein Zeichen geben, den präparierten Tee und das Bier wegzuschütten? Ihr Vater ist Arzt, er wird sofort merken, was mit der Witte los ist, wenn die Kräuter wirken.

Plötzlich zieht er eine Kamera aus der Manteltasche. »Die möchte ich dir geben«, sagt er so leise, dass sie ihn kaum versteht. »Von deiner Mutter. Sie würde es an deinem dreizehnten Geburtstag so wollen.«

Ihr Herz macht einen Satz. Woher weiß er das? Weil er am Grab mit ihr spricht? Er kümmert sich aufopferungsvoll um ihre letzte Ruhestätte, verbringt ganze Sonntagnachmittage dort. Sie fragt sich immer, was er mit ihr bespricht und warum er mit den Toten redet, aber mit den Lebenden nicht.

Hin und wieder schleicht sie sich in Vaters Zimmer und stöbert herum. Sie hofft, etwas Interessantes zu finden, etwas, das ihn ihr näherbringt, seine Gedanken. Sie kennt jedes Buch in seinem Regal, weiß, dass er Schellackplatten hortet, besonders Opern, ohne je einen Ton aus seinem Grammofon vernommen zu haben, und dass er regelmäßig Veronal einnimmt, ein Schlafmittel, das abhängig und müde macht, und dass er Gutachten über den Gesundheitszustand der Menschen in seinem Bezirk verfasst. Nur was er denkt, was er über sie denkt, das weiß sie nicht.

Olga kennt die Kamera. Sie hat sie vor ein paar Jahren in seiner Schreibtischschublade entdeckt und sich gewundert, warum er sie nie benutzt. Auf die Idee, dass sie ihrer Mutter gehört haben könnte, ist sie nicht gekommen.

»Ich habe es nicht eher geschafft«, sagt er beinahe entschuldigend und gibt ihr die Kamera, wobei er kurz ihre Hand streift, eine intime Geste, die sie von ihm nicht kennt. »Aber dafür habe ich einen neuen Film einlegen lassen.«

Was hat er nicht eher geschafft – zum Muttermahl zu kommen oder ihr die Kamera zu geben?

»Entschuldigt, der Hund muss raus«, sagt er, als Kralle winselt, und verlässt ohne ein weiteres Wort das Meiers. Den ganzen Tag, die ganzen Jahre hat sie sich ihn herbeigesehnt, und jetzt, wo er kommt, ist sie froh, dass er wieder geht. Es ist ihr zu viel, nicht nur wegen der Witte. Sie spürt noch die Berührung seiner Hand und will nicht darüber nachdenken, was die Kamera ihrer Mutter bedeutet hat, was sie von nun an für sie bedeutet oder ihren Vater. Es geht alles so schnell, sein Auftritt, das Erbe, das Großwerden. Rasch legt sie die Kamera auf den Tisch.

Annemie betrachtet sie. »Famos, eine echte Leica!«, sagt sie, nimmt sie hoch und richtet sie auf Olga. Bevor sie etwas entgegnen kann, klickt Annemie drauflos. Das Surren, als sie den Spannhebel dreht, klingt laut in Olgas Ohren.

»Was tust du da?«, fragt sie, als Annemie jetzt in den Raum knipst, wo die Witte sitzt.

»Unser Geheimnis für die Ewigkeit bewahren.«

So hört sich das also an, denkt Olga, als Annemie erneut den Spannhebel dreht und Gero dabei zusieht, wie er zum Tisch der Witte geht. Wann immer um diese Zeit Vater Meier sich vor dem Abendbetrieb ausruht, schlägt die Stunde seines Sohnes. Er macht einen Diener und stellt den Tee vor ihre Lehrerin, dann gesellt er sich wieder zu seinen Freunden an den Tisch. Von Annemie weiß sie, dass er es schon jetzt kaum erwarten kann, die Nachfolge seines Vaters als Brauer und Wirt anzutreten.

Gemeinsam warten sie ab. Sie sind zu nervös, sich weiter zu unterhalten, deshalb beginnen sie ein Würfelspiel. Olga schielt immer wieder zur Witte, versucht, jede ihrer Bewegungen zu deuten.

Zehn Minuten vergehen.

Was, denkt sie wieder, wenn sie zu wenig Samen oder Blätter verwendet hat? Immer noch besser als zu viel. Die richtige Dosis ist heikel – schon ein paar Samen zu viel können tödlich sein.

Plötzlich steht die Witte abrupt auf und torkelt in ihre Richtung. Ihr Kopf schlenkert hin und her wie bei einer Puppe, und selbst aus der Entfernung kann Olga sehen, dass ihre Pupillen sich geweitet haben. Ihr wird ganz kalt. War die Dosis doch zu hoch? Die Lehrerin bleibt stehen, sieht kurz aus dem großen Panoramafenster der Veranda, dann dreht sie sich zu ihnen um. Ihr Gesicht verzieht sich plötzlich zu einer schiefen Grimasse, und sie beginnt zu pfeifen.

»Frauen, die pfeifen, und Hühner, die krähn, denen soll man beizeiten den Hals umdrehn«, flüstert Gero den Freunden zu, während Annemie Fotos von der Witte schießt.

Olga rutscht das Herz in die Hose, und sie bedeutet ihrer Freundin aufzuhören. Doch die nimmt sie gar nicht wahr.

Mit einem Mal bekommt sie Mitleid mit ihrer Lehrerin, die jetzt auf einen Tisch steigt, ihren Rock wie ein Kabarettmädchen lüftet und zu singen beginnt, als sei sie Zarah Leander und die Gäste ihr begeistertes Publikum. »Kann denn Liebe Sünde sein«, haucht sie in ihre rechte Faust und dreht sich zum Bild des Führers, das über dem Tisch an der Wand hängt. »Darf es niemand wissen, wenn man sich küsst …«

Sie sind zu weit gegangen, das ist Olga jetzt klar.

Langsam geht sie auf die Witte zu und reicht ihr die Hand, um ihr herunterzuhelfen. Doch die schaut sie gar nicht an, sondern brüllt: »Ich kann fliegen!« Sie streckt die Arme seitlich aus und fällt rückwärts vom Tisch, bleibt unten liegen, mit weit aufgerissenen Augen.

Sie ist tot, denkt Olga.

30. März 1991

Ginsterburg

In der Ferne sah Olga einen einsamen Ruderer. Sie kniff die Augen zusammen und versuchte auszumachen, um was für einen Bootstyp es sich handelte. Ein Gilu?

Als sie dem Boot hinterhersah, empfand sie plötzlich einen Anflug von Wehmut. Sie schlotterte am ganzen Körper, als ob die Kälte bis in ihr Innerstes vorgedrungen wäre, und eine bizarre Art von Sehnsucht ergriff sie, nach dem, was einmal gewesen war. Nach Fritz. Rasch wandte sie den Blick aufs rechte Ufer. Ob es die Faltbootwerft vom Schneider noch gab?

Robert Schneider, Fritz' Onkel, hatte hier die Ginsterburger Lumpenkreuzer bauen lassen, kurz »Gilus«, wie man die schmalen Faltboote nannte. Während des Kriegs waren keine mehr produziert und die meisten der Mitarbeiter an die Front berufen worden. In den Hallen waren dann stattdessen wasserdichte Mäntel für die Wehrmacht genäht worden, von Zwangsarbeitern aus Polen. Doch wer noch so ein Gilu besaß, schipperte damit trotzdem über den See. So wie Lotte und sie, die im »Zweier ohne« noch mitten im Krieg erfolgreich an Regatten teilgenommen hatten. Bis zu jenem Tag, an dem sie nicht nur ihr erstes Rennen verloren hatten, sondern auch ihre Freundschaft und so vieles mehr. Erst lange nach dem Krieg, als sie nach Plön gezogen war, hatte sie sie sich erstmals wieder aufs Wasser getraut. Eines Tages, als sie wieder einmal alte Träume heimgesucht hatten, war sie im Morgengrauen hinunter zum See gelaufen, keine zwei Minuten von ihrer Wohnung entfernt, und hatte eine Gruppe von drei Frauen dabei beobachtet, wie sie ihren Kajakvierer ins Wasser ließen. Als die vierte Frau nicht auftauchte, bot Olga zu ihrer eigenen Überraschung an, für sie einzuspringen. Das vergessene Vergnügen, als ihr Paddel ins Wasser tauchte und sich mit denen der anderen zu einem fließenden Zusammenspiel verband, all das grüne, blaue und rosafarbene Leuchten um sie herum in der aufgehenden Sonne und der Moment, als ihr Körper die Arbeit übernahm und ihr Kopf ruhte, war wie ein Wiedererwachen und genau das, was sie brauchte, um das Scheitern ihrer zweiten Ehe als Neubeginn zu begreifen. Ihr war es vorgekommen, als hätte sie durch das Paddeln ihren eigenen Rhythmus wiedergefunden. In all den Jahren, die folgten, hatte sie das halbstündige Training am frühen Morgen nur dreimal ausfallen lassen. Als Becki zum ersten Mal unter Liebeskummer litt, als Sara eingeschult wurde und als das Mädchen mit neun Jahren die Windpocken bekam.

Sie erhob sich und lief ein Stück am See entlang, die Schuhe in der Hand. Zwei Männer standen abseits und rauchten. Von weitem glaubte sie ihren Großvater zu sehen, die gebückte Haltung, der lange, dunkle Mantel. Sie sah schon Gespenster.

Im Näherkommen nickte sie den Männern zu, doch die tauschten nur vielsagende Blicke und schauten weg. Hinter ihnen stand der alte Zeitungskiosk. *Wessis raus!* war in weißer Farbe daran gemalt. Sie verspürte einen Stich. Ob damit auch sie gemeint war? War sie durch ihre Flucht zum Wessi geworden? Vermutlich ja. Schließlich hatte sie von Beginn an in der BRD gelebt. Was, wenn sie als Wossi das schlimmste Übel war? Nicht mehr eine von ihnen, sondern eine Fahnenflüchtige, gesättigt, weitgereist und die Taschen voller Geld, die erst zurückkam, als die Gefahr vorüber war, um Land und Immobilien zurückzufordern.

Sara hatte sie als kleines Mädchen mal gefragt, wer sie sei. Bevor sie etwas entgegnen konnte, hatte ihre Enkelin schon selbst die perfekte Antwort gefunden, die frei von allen Zuschreibungen war. »Ich bin immer ich, und du bist immer du!«

Gerade als Olga zu dem Schluss kam, dass sie sich tatsächlich weder für das eine noch für das andere hielt, sah sie im Seepark einen Gärtner, der ein Beet harkte. Doch auch er blickte durch sie hindurch.

War es, weil schon ihre Kleidung sie als Wessi brandmarkte? Oder lag es an der Beule auf der Stirn, an der Narbe, die sich wie zum Zeichen ihrer Schuld zu einem großen Wulst nach außen gewölbt hatte?

Sie stützte sich auf eine verwitterte Holzbank. Tief ein- und ausatmen, befahl sie sich, um ihre Gedanken zur Ruhe zu bringen. Da sah sie Becki auf sich zukommen. Als der Gärtner nun doch interessiert aufblickte und beim Anblick ihrer Tochter ein Lächeln über sein Gesicht flog, musste sie schmunzeln.

»Da bist du ja, Mami.« Becki gab ihr einen Kuss auf die Wange. »Danke, dass du geblieben bist.« Sie reichte ihr eine kleine Papiertüte und ließ sich auf die Bank fallen. »Die hat Dr. Zapfen vorbeigebracht. Er kommt später noch mal, um deinen Blutdruck zu messen.«

»Und wo ist Sara?«, fragte Olga und nahm neben ihr Platz.

»Telefoniert mit Hendrik und will gleich für irgendeine Anatomieprüfung lernen, unsere kleine Streberin.«

»Wer Ärztin werden will, muss büffeln können«, entgegnete Olga mit einem wissenden Lächeln. Sie betrachtete den Krapfen in ihrer Hand und dachte, dass sie nie wieder etwas so Leckeres gegessen hatte. Langsam biss sie hinein und ließ sich die kristallene Süße auf der Zunge zergehen. Wie hatte sie diesen Geschmack vermisst! Mit einem Seufzen streckte sie die Beine aus.

»Und gute von schlechter Medizin unterscheiden können.« Becki lachte. »Direkt aus dem Ofen, das Wundermittel. Sara und mir hat er auch welche mitgebracht.«

Ihre Augen glänzten, wobei Olga sich nicht sicher war, ob in Erinnerung an den Geschmack des Krapfens oder an Dr. Zapfen. Mit seinen braunen Augen und der großen Statur passte er definitiv in Beckis Beuteschema.

»Wie hast du mich gefunden, mein Schatz?«

»Nicht überall, wo du bist, ist Wasser, Mami, aber wo Wasser ist, da bist du.« Becki legte ihr den Arm um die Schultern und drückte sie. »Meistens jedenfalls. Juckt es dich nicht schon wieder in den Fingern?«

»Und ob«, sagte Olga und lachte. »Es wird höchste Zeit, dass mein Kajak wieder Wasser unter den Kiel bekommt.«

Olga hatte das flüssige Element von klein auf geliebt. Im und besonders auf dem Wasser zu sein oder es einfach nur zu betrachten oder ihm zuzuhören, dem Rauschen, Tosen, Plätschern oder Schäumen. Kein Wunder, wenn der menschliche Körper zu großen Teilen aus Wasser besteht, dachte sie. Das Blau machte alles einfacher und beruhigte ihre Seele. Wie trüb Wasser allerdings sein konnte, wie schnell es sich rot färben konnte, das hatte sie erst erlebt, als ihre Kindheit vorüber war. Seitdem hatte sie nie wieder einen Fuß ins Meerwasser gesetzt. So nah sie an der Ostsee wohnte, keine zehn Pferde brachten sie hinein.

»Mami, es ist einfach herrlich hier! Es erinnert mich irgendwie an zu Hause, der See, die Hügel, die alten Häuser am Marktplatz, sogar diese Blume hier.« Becki sprang auf, um die Knospe einer Pfingstrose bestaunen. »Wie schön die ist«, sagte sie. »Wenn die aufgeht, sieht sie aus wie ein Pompon.«

Olga nickte. »Das waren die Lieblingsblumen deines Großvaters«, sagte sie, entschlossen, endlich ein paar ihrer Erinnerungen zu teilen. »Mehr als für die Blüte begeisterte er sich für das Vergängliche an ihr, wenn sie welkte und vom Wind davongetragen wurde.«

»Als wenn man einen besonders schönen Sonnenaufgang betrachtet und weiß, dass er nur ein paar Minuten dauert«, sagte Becki.

Olga nickte nachdenklich. Pa war in seiner Fähigkeit, zu staunen und sich zu begeistern, wie ein Kind gewesen, das ein intuitives Verständnis hatte für die Verbundenheit und Flüchtigkeit allen Lebens. Becki besaß ebenso das Talent, das Schöne am

Leben zu sehen, aber anders als er fühlte sie den Schmerz mehr als die Freude, eine melancholische Sehnsucht nach Dingen, die zerbrachen, verloren gingen, sich nicht erfüllten. In ihrem Beruf jedoch konnte sie das Zerbrochene wieder ganz machen. Als hätte sie sich ihn deshalb ausgesucht, weil er ihr zumindest ein bisschen Kontrolle über die Vergänglichkeit des Lebens gab. Aber galt das nicht auch für Olga selbst, als Ärztin?

»Die Japaner haben übrigens ein Wort dafür.« Becki trat wieder vor die Bank und zog Olga an der Hand mit sich. »Sie nennen es *mono no aware*. Was bedeutet, dass die wesentliche Schönheit gerade darin liegt, dass sie flüchtig und zerbrechlich ist.«

»Ob das auch auf die Vergänglichkeit der Mauer zutrifft?«, fragte Olga schmunzelnd, als sie ein Schild passierten. *Die DDR ist tot, lang lebe die DDR!*

Becki lachte. »Vermutlich haben sich nicht wenige die Mauer schöngeredet, in der Gewissheit, dass sie irgendwann zu Staub zerfällt. Und vermutlich wünschen sich einige von ihnen inzwischen, dass sie das nicht getan hätte und sie unvergänglich gewesen wäre.«

»Wie diese Brücke?«, fragte Olga und blieb stehen. *Benutzung auf eigene Gefahr!*, warnte ein Schild. Die Brücke führte über die Ucker, die hier in den See mündete und an anderer Stelle wieder austrat. Das Geländer war morsch und der Abgrund unter ihnen tief. Becki zeigte auf eine der herausgebrochenen Schwellen. »Wenig vertrauenswürdig. Trauen wir uns trotzdem?«, raunte sie und reichte Olga die Hand.

»Du traust dich für uns«, erwiderte Olga und kniff die Augen zu, während Becki sie sicher hinübergeleitete. Als sie schließlich auf der anderen Seite angelangt waren, drückte Olga fest die Hand ihrer Tochter. »Der Wasserspiegel war früher so hoch, dass meine Freunde und ich sogar Köpper von der Brücke gemacht haben. Bis mein Großvater dahinterkam und uns die Hölle heißgemacht hat, weil es so gefährlich war.« Wie unerschrocken sie damals gewesen waren, besonders Annemie, die mit ihrem Mut alle Jungs in die Tasche gesteckt hatte. Jetzt hingegen fürchtete Olga, schon beim Hinuntergucken zu fallen.

»Warum erzählst du eigentlich so wenig von deinem Vater und Großvater, von diesem paradiesischen Ort? Wie war es, hier aufzuwachsen, so abgelegen?«

»Mystisch. Im Winter, wenn es nicht gerade schneite und der See zugefroren war, dann war es eine ziemlich triste grau-braune Angelegenheit. Aber kaum kam der Frühling, blühten wir wieder auf.«

Olga hatte alle Jahreszeiten geliebt. Den Frühling, wenn der Schnee geschmolzen war, die Lerchen am Himmel tirilierten und der übersüße Duft des Ginsters die Luft erfüllte. Den Sommer, wenn der Raps die Felder gelb färbte und der Mohn rot mittenrein klatschte, wenn sie bis spätabends badeten, paddelten oder segelten und am Lagerfeuer im blumschen Garten hockten, Pa von früher erzählte und alle zum Lachen brachte. Den Herbst mit seinen feurigen Farben, wenn Pa sie, weil der See zu kalt zum gemütlichen Anregen wurde, zum Waldbaden mitnahm für eine Erfrischung in der Natur. Wenn er sie ermunterte, sich so lange im Meer der Gefühle und herbstlichen Farben treiben zu lassen, bis sich das ganze Grau im Kopf verzogen hatte. Keine Gedanken, nur Gefühle. Und dann den Winter, wenn der Wind feine Kristalle über den Schwanensee pustete, der Wald zu Eis erstarrte, wenn sie mit Pa auf dem Schlitten durch endloses Weiß zu den Patienten fuhr und er sie, weil die Kälte überall biss, einen Schluck Grog trinken ließ, der ein so wohlig warmes Gefühl im Magen machte. Die Bilder standen ihr lebhaft vor Augen, als wäre keine Zeit vergangen.

»Stell dir vor, gerade habe ich doch wirklich gedacht, meinen Großvater vor mir zu sehen. Alles wird plötzlich so … lebendig hier.«

»Vielleicht sind wir dafür hier«, sagte Becki. »Um unsere

Schatten zu treffen. Und um sie loszuwerden.« Sie lachte verlegen, und ein unsicherer Zug, den Olga nicht von ihr kannte, legte sich über ihr Gesicht. »Wie war Gero eigentlich? Wie sah er aus?«

»Ach, Becki, er ist schon so lange tot.«

Olga vermied es, seinen Namen auszusprechen, aus Sorge, was Becki in ihrer Stimme hören würde.

»Du hast doch gerade selbst gesagt, dass alles lebendig wird hier.«

»Aber nicht dein Vater!«

Becki sah sie flehend an. »Vor meinem inneren Auge wird er vielleicht doch lebendig. Wenn du mir von ihm erzählst, wenn ich hier bin und sehe, wo und wie er aufgewachsen ist, wenn ich die Luft atme, die er geatmet hat, und fühle, was er gefühlt hat.« Sie brach ab, suchte nach Worten. »Was, wenn ich so viel Zeit an so vielen Orten damit zugebracht habe, mich zu finden, ohne zu merken, dass ich eigentlich immer nur ihn gesucht habe?«

Was war dann? Olga holte tief Luft. »Selbst wenn du zu wissen glaubst, was du verloren hast: Manchmal ist das, was wir suchen, nicht das, was wir finden. Komm, lass uns die Sachen packen und nach Hause fahren«, schlug sie vorsichtig vor.

Doch Becki entzog ihr die Hand und drehte sich zum See.

Olga bekam ein schlechtes Gewissen. Womöglich fühlte ihre Tochter sich deshalb überall fehl am Platz, weil sie ihren noch nicht gefunden hatte. Konnte es sein, dass dieser Platz mehr mit Olgas Geschichte zu tun hatte, als sie es sich eingestehen wollte?

Es ließ sie nicht unberührt, dass Becki sich so verlassen fühlte. Von einer Patientin, sie erinnerte sich nicht mehr genau von welcher, hatte sie mal den Satz gehört, dass man immer nur so glücklich war wie sein unglücklichstes Kind. Schon als junge Mutter hatte sie sich geschworen, sich niemals anmerken zu lassen, wie sehr ihr Wohlbefinden vom Glück ihres Mädchens abhing, aber so war es, seit sie Becki hatte, und es wurde schlimmer noch mit

Sara. Je mehr sie sich um sie sorgte, desto größer war ihr Bedürfnis, sie fernzuhalten von unangenehmen Menschen, Dingen und Wahrheiten. Was ihre Tochter nun ausgerechnet mit der schlimmsten aller Wahrheiten anfangen würde, überstieg ihre Vorstellungskraft.

Doch Olga wusste, wie sinnlos es war, Becki weiter auszuweichen. Und auch wenn sie Gefahr lief, die Kontrolle über ihre Version der Geschichte zu verlieren, rang sie ihren alten Fluchtimpuls nieder und sagte widerstrebend:

»Ich werde dir deine Fragen beantworten. Aber gib mir noch ein wenig Zeit.«

Sie merkte, wie ihre Hände zitterten, und versteckte sie in den Manteltaschen. Als Ärztin brauchte sie ruhige Hände und klare Gedanken. Aber wo sollten die jetzt herkommen?

Mit einem Mal strahlte Becki und nahm sie in den Arm.

»Danke, Mami«, sagte sie und gab ihr einen Kuss auf die Wange. »Das Gute an einem toten Vater ist doch, dass ein Wiedersehen nicht eilt.« Sie lachte. »Vorher möchte ich mir aber noch ein Bild von ihm machen. Damit ich ihn auch erkenne, wenn er an der Himmelspforte vor mir steht. Zeigst du mir bitte endlich das Meiers?«

Olga wurde heiß und kalt. Himmel und Hölle lagen manchmal dicht beieinander.

25. April 1943

Ginsterburg

Das Osterfest hat mit dem Schweigemorgen einen neuen Höhepunkt, und Olga und Lotte laufen vor Sonnenaufgang an der Ucker entlang zum Schwanensee. Es ist Ostersonntag. Alles liegt noch im Dunkeln, aber die Lerchen singen bereits, als sich die jungen Mädchen mit gefüllten Wasserkrügen in den Händen dem See nähern. Der Mond steht im Wasser, spiegelt sich darin, und in seinem silbernen Schein sehen sie die Umrisse des wild bewachsenen Ufers der gegenüberliegenden Mohninsel. Normalerweise würden sie bei diesem Anblick in entzückten Jubel ausbrechen, würden von der Poesie des Augenblicks schwärmen und schnattern und kichern, wie es achtzehnjährige Fräulein so tun. Sie würden sich laut darüber wundern, wo Annemie abgeblieben ist, die eigentlich an der Quelle mit ihnen verabredet war, und sich darüber lustig machen, dass der Kelch der Schönheit in diesem Jahr wohl an ihrer Freundin vorübergehen würde. Aber die jungen Frauen geben keinen Pieps von sich, denn der leiseste Mucks würde alle Mühen zunichtemachen. Nur wer es schafft, ohne ein Wort zu sprechen, das Wasser aus einer fließenden Quelle zu schöpfen und es genauso schweigsam nach Hause zu tragen, ohne es zu verschütten, erblüht in Anmut und Frische. So prophezeit es der Osterbrauch. Und an dieses Heilsversprechen klammern sich die Ginsterburger in diesen gottverlassenen Zeiten noch mehr als sonst. Denn auch wenn der Winter lang und hart war, Goebbels den totalen Krieg ausgerufen hat, Stalingrad gefallen ist und viele Ginsterburger im inzwischen vierten Kriegsjahr um ihre Söhne und Männer trauern, bleibt die Stadt von den Auswirkungen weitgehend verschont.

Den Anfang vom Ende wollen sie hier ebenso wenig wahrhaben wie das Ende vom Anfang jeglicher Zivilisation, meint Pa, der schon lange nicht mehr daran glaubt, dass der Krieg zu gewinnen ist.

Noch aber sind sie weit genug entfernt von den Kampfhandlungen und nah genug an der Kornkammer des Deutschen Reichs. Die Teller sind trotz der Rationierung von Lebensmitteln gut gefüllt, und auch die kriegsunwichtigen Geschäfte und Gaststätten wie das Meiers sind entgegen der Ankündigungen in der Zeitung noch immer geöffnet.

Buchstäblich weit ab vom Schuss, wie Pa mit seinem typischen Sarkasmus meint. Und so lassen sich die schlechten Nachrichten von Front und Heimatfront halbwegs ausblenden.

Wer in diesen Tagen dennoch allmächtigen Beistand zu brauchen glaubt, muss nur auf das Osterfest warten.

Den Anfang macht das heilkräftige Osterwasser. Weiter geht es mit dem traditionellen Osterapfel, der, vor dem Frühstück verspeist, das Jahr über vor Zahnschmerzen und anderem Unbill schützen soll. Beim Eiertrünneln am Mittag werden die gefärbten Ostereier die Anhöhe beim See hinabgerollt und mit ihnen alle Sorgen und Sünden. Und wer noch immer nicht allen Kummer losgeworden ist, schüttet sie am Nachmittag mit einem Spezial Hell runter, dem Ginsterburger Sorgenbrecher, der zum Ostertanz im Meiers serviert wird.

Die blumsche Blüte ist der feierliche Verzehr des Osterlamms, das Pa trotz der knappen Lebensmittelkarten noch jedes Jahr von irgendeinem seiner Patienten organisiert. Das ist natürlich strengstens verboten, zuletzt sind die Fleisch- und Fettrationen sogar um die Hälfte gesunken. Darum schweigt er über seine geheime Lämmerquelle so beharrlich wie Olga über die letzte Nacht. Sie fühlt sich matt und elendig.

Als Lotte sich jetzt bei ihr einhakt und den Kopf an ihre Schulter lehnt, ist sie froh über das Schweigegelübde. Sie ist nicht gut im Lügen, ihre Stimme verrät alles, erst recht den Treuebruch. Niemals würde Lotte ihr verzeihen, wenn sie Geheimnisse mit jemand anderem als ihr teilt. Dass es sich bei dem anderen ausgerechnet um Fritz handelt, macht es nur noch schlimmer.

Seit dem Streich, den die fünf ihrer Lehrerin gespielt haben – welche kurz darauf die Schule und Ginsterburg verließ –, halten sie zusammen wie Pech und Schwefel: Annemie, Gero, Fritz, Lotte und sie. Das Geheimnis und das schlechte Gewissen wie auch das Gefühl, der Welt die Stirn bieten zu können, hat sie auf ewig zusammengeschweißt. Der Feierlichkeit halber hatte Gero nach dem Kräuterattentat darauf bestanden, das Schweigegelübde noch mit einem Blutschwur zu besiegeln, und so hatten sie in einer kleinen Zeremonie nach einem Schnitt in den Zeigefinger die Fingerspitzen gegeneinandergepresst und die Fotos, die die Witte in ihrem Rausch zeigen, in einer kleinen Kiste unter der Ulme vergraben. »Auf dass uns kein Geheimnis je zu trennen vermag!«

Es war wie ein Initiationsritus, dem zwangsläufig etwas Erwachsenes folgen musste. Auf Lottes Vorschlag holte Fritz sie von da an jeden Morgen von zu Hause ab und trug ihre Schultasche, und dasselbe tat Gero mit Olga, wenngleich sie sich keine Illusionen darüber machte, dass er lieber Lottes Tasche getragen hätte. Erst die Schultasche, später dann, als sie an unterschiedlichen Orten lernten, sie auf dem Mädchengymnasium, er weiter an der Volksschule, die Ruderklamotten zum Gilu-Training. Mehr von Bedeutung war dem bis heute jedoch nicht gefolgt, keine Liebesschwüre und Küsse, nicht mal ein Händchenhalten. Irgendwann war es einfach so hingenommen worden, eine stillschweigende Abmachung zwischen ihnen, eine Absichtserklärung, unverhandelbar wie das Versprechen, keine Geheimnisse voreinander zu haben. Zwei Paare, die eigentlich gar keine sind. Was sich, so hat Olga den Eindruck, demnächst ändern könnte. Sie ist alt genug, findet Gero, für den nächsten Schritt. So gern sie ihn hat, er macht ihr mit seinen festen Grundsätzen und Absichten Angst. Seine kindliche Schwärmerei für Lotte gehört der Vergangenheit an, jetzt hat er Olga im Visier, und sie weiß nicht, was sie davon halten soll. Sie mag ihn ja, aber für romantische Liebe hat sie gerade keinen Kopf. Denn sie verwendet jede freie Minute darauf zu lernen, erst für ihr Abitur, das sie im März mit Bestnote abgeschlossen hat, und jetzt für die Aufnahmeprüfung der medizinischen Fakultät in Rostock. Ihr steht der Sinn nicht nach seinem Liebeswerben. Sie hat nur diesen einen Wunsch: Medizin zu studieren, aber das versteht Gero nicht.

Solange sie noch Schülerin gewesen ist, behandelte er sie wie eine zarte Blume, warf ihr bewundernde Blicke zu, wenn sie von der Schule sprach, tänzelte um sie herum, wenn sie aus dem Gilu stieg, kam ihr nahe, ohne sie je zu berühren. Nach seiner Rückkehr vom Reichsarbeitsdienst hat sich etwas verändert.

»Du bist wie eine Blume«, hat er ihr beim Muttermahl zu ihrem achtzehnten Geburtstag zugeflüstert, stolz darauf, ein Gedicht von Heinrich Heine mit ihrem Namen darauf gefunden zu haben. *»so hold und schön und rein. Ich schau dich an, und Wehmut schleicht mir ins Herz hinein.«* Dann hat er sie unsicher angelächelt und gesagt, dass er sich ihrer würdig erweisen wolle. Offenbar hat sie seiner Meinung nach mit dem Abitur die nötige Reife erlangt, um alsbald gepflückt zu werden. Sein angestrengtes Liebeswerben erinnert sie an Goethes Werther. Nur befürchtet sie, dass sie seinen neuen Ernst nicht ernst nehmen kann, solange sie ihn mit denselben Augen betrachtet, wie sie es schon als Kind tat.

Wenn sie zurückblickt, fing der Ernst bereits mit dem Schnäuzer an. Den ließ er sich nach seinem Stellungsbefehl zur Wehrmacht wachsen, wie ein doppeltes Symbol für den Eintritt ins Erwachsenendasein und seinen hohen Ehrbegriff, der Olga miteinschließt. Er absolviert gerade seine Rekrutenausbildung in der Nähe von Berlin, bevor er zur Fronttruppe abkommandiert wird. Um nichts in der Welt ist er von seinem Bart abzubringen, obwohl sie ihm gesagt hat, dass er ihr ohne besser gefällt. »Das wäre ja, als würde man mir meine Uniform wegnehmen«, meint er trocken.

Wenn er zu Hause ist, gibt er sich größte Mühe, sie wie eine Dame zu behandeln, wirbt um sie, überhäuft sie mit Komplimenten für ihre bernsteinfarbenen Augen, steckt ihr Blumen ans Fahrrad. Will sie sich aber ohne Hintergedanken bei ihm einhaken, macht er sich jedes Mal räuspernd los. Und konnte er früher über ihre Albernheiten lachen, schüttelt er inzwischen väterlich streng den Kopf darüber. Sein Erwachsenspielen ermüdet sie. Die unbefangene Vertrautheit fehlt ihr. Neulich hatte sie eine Blase am Fuß und konnte nicht weiterlaufen. »Dein Schmerz ist auch mein Schmerz«, sagte er da mit so viel Pathos in der Stimme, dass sie losprusten musste. Bis sie auf einmal den Schmerz in seinen Augen sah und verstand, wie ernst er es meinte, mit ihr und dem Leben. Und ja, da ist etwas, das ihr das Gefühl gibt, ihn vielleicht irgendwann mehr als mögen zu können. Irgendwann, wenn sie bereit ist für diese Art Zweisamkeit. Es ist nicht sein gutes Aussehen, es ist diese verräterische Unsicherheit, die er mit neu gewonnener soldatischer Steifheit zu kompensieren versucht. Legt er diese für einen Moment ab, blitzt dahinter der freundliche, feinfühlige Junge hervor, der er einmal gewesen ist, und sie erinnert sich daran, wie er ihr früher mit einer Engelsgeduld das Fahrradfahren beigebracht hat oder wie er einmal im Meiers heimlich ein Bier für sie gezapft hat, als sie ein gutes Zeugnis zu feiern hatte und ihr Pa wie so oft zu einem wichtigen Hausbesuch unterwegs war.

Das sanfte Trillern eines Waldkauzes reißt sie aus den Gedanken. Sie wirft Lotte einen beschämten Blick zu. Mit ihrer romantischen Ader würde sie viel besser zu Gero passen. Warum tun sich eigentlich nicht die beiden zusammen? Und warum hat sich ihre Freundin nur so auf Fritz versteift, der so gar nicht auf ihr

Werben reagiert? Er hat den Kopf voller Flausen statt das Herz voll all der weichen Gefühle, nach denen sich Lotte so sehnt. Er gehört nur sich selbst.

Außerdem hat er gerade anderes im Sinn.

Sie muss unaufhörlich daran denken, wie er gestern mitten in der Nacht an ihr Fenster geklopft hat, von der meierschen Kronenterrasse aus. Es habe einen Unfall gegeben, hatte er erklärt, und dass sie schnell mitkommen müsse. Ohne lange nachzudenken, war sie in die Praxisräume geschlichen, um Verbandszeug zu holen, und ihm dann zur Werft gefolgt.

Kaum betrat sie das Büro von Fritz' Onkel, bot sich ihr ein ungewohnter Anblick. Der polnische Zwangsarbeiter Adam kniete über Heinrich Schneider und tupfte sanft seine blutende Stirn. Als sie die beiden so eng beieinander sah, kam ihr wie aus Reflex die Bekanntmachung in den Sinn, die überall angeschlagen ist: *Bewahrt Abstand gegenüber volksfremden Arbeitskräften.*

Als Adam sich aufrichtete, streckte sie ihm demonstrativ die Hand hin, wie um ihr Zögern ungeschehen zu machen.

»In seinem Kopf gewittert es«, sagte er in fließendem Deutsch. »Erst hatte er Schaum vor dem Mund, dann zuckte er an Armen und Beinen, und schließlich ist er umgekippt, mit dem Kopf gegen die Nähmaschine.«

Von Fritz weiß sie, dass Adam wie sie beide achtzehn ist und einen deutschen Großvater hat. Vor zwei Jahren noch ist er in Warschau aufs Gymnasium gegangen, doch dann wurde er von der SS festgesetzt und ins Deutsche Reich zum Arbeitseinsatz verschleppt. Adam ist einer von dreißig Fremdarbeitern der Werft. Sie ersetzen die Deutschen, die an die Front abkommandiert worden sind. Statt Boote zu bauen, nähen die Männer Wehrmachtsmäntel. Er hat Glück im Unglück, weil er zum Schneider kam und nicht in die alte Textilfabrik am Stadtrand, wo die Verschleppten in der neuen Röste zwölf Stunden am Tag

Flachs verarbeiten müssen und offensichtlich nicht mal ausreichend zu essen bekommen, so dünn und dreckig sind sie.

Da Adam als »slawischer Untermensch« gilt, dürfte er eigentlich zu so später Stunde gar nicht hier sein. Überhaupt dürfte er nicht bei den Schneiders am Tisch sitzen und mit ihnen essen, dürfte nicht mit Fritz nach Dienstschluss an einem Faltboot bauen und dabei Spezial Hell trinken, und er müsste stets ein »P« auf dem Hemd tragen, als Ausweis seiner Herkunft.

Obwohl sie es an Fritz schätzt, dass jeder Mensch für ihn gleich ist, nimmt er ihrer Meinung nach die Verbote doch zu sehr auf die leichte Schulter. Als hätte er vergessen, was mit ihrer früheren Klassenkameradin Elsa Brehm passiert ist. Im Ginsterburger Anzeiger stand damals: *Sühne für ehrvergessenes Tun. Der Reichsführer SS und Chef der deutschen Polizei teilt mit: Im Oktober 1941 wurde Elsa Brehm aus Ginsterburg auf längere Zeit in ein Konzentrationslager überführt. Sie hat sich in ehrvergessener Weise mit einem Polen eingelassen.*

Letzten Sommer war das, während Olga mit ihrem Vater und Karl für ein paar Tage in Kolberg war. Annemie hat ihr erzählt, wie Elsa erst auf dem Marktplatz die Haare geschoren wurden und wie sie dann mit einem Schild um den Hals, auf dem *Polenliebchen* stand, durch die Stadt marschieren musste, bevor sie ins Jugendschutzlager Uckermark kam. Was mit dem Polen passiert ist, wusste Annemie nicht so genau. Vermutlich hat er die Liebe zu Elsa nicht überlebt. Hinter vorgehaltener Hand hört man die Leute munkeln, dass Fremdarbeiter, die Deutsche lieben oder die Arbeit verweigern, öffentlich gehängt oder erschossen werden – zur Abschreckung.

Heinrich Schneider und Fritz interessieren die Vorschriften und Beschränkungen nicht. Adam ist längst Teil ihrer kleinen Familie. Darum hat auch niemand außer ihm gesehen, dass Fritz' Onkel gekrampft hat. Dreimal in der letzten Woche, sagte Adam. Da wurde Olga klar, dass er unter Epilepsie litt.

Ihr blieb keine Wahl, sie holte Pa, der ihm gleich Luminal gab, ein Antiepileptikum, das kaum noch zu bekommen war.

»Weil es kaum noch Epileptiker gibt«, erklärte er.

Fritz sah ihn fragend an.

»Meinen Sie das Erbgesundheitsgesetz? Weil keine mehr geboren werden dürfen?«

»Wenn es nur das wäre«, sagte Pa und legte eine Hand an die Stirn. »Begreifen Sie eigentlich, was da draußen los ist?«

Niemand reagierte, alle sahen Pa gebannt an.

»Es gibt faktisch keine Schweigepflicht mehr«, fuhr er fort »Als Arzt bin ich angehalten, Patienten schon bei Verdacht auf eine Erbkrankheit zu melden und sie zur Sterilisation oder Zwangsabtreibung anzuzeigen. Wenn Sie viel Glück haben, Herr Schneider, werden Sie nur unfruchtbar gemacht.«

Olga starrte ihn erschrocken an, und an der plötzlichen Stille erkannte sie, dass es den anderen genauso ging.

»Weit wahrscheinlicher ist«, fuhr ihr Großvater fort, »dass man entscheidet, Ihnen den sogenannten Gnadentod zu gewähren, Sie zu erlösen, verstehen Sie?« Er sog tief die Luft ein, ehe er weitersprach.

»Offiziell sind meine Patienten an einer Lungenentzündung oder an Diphterie gestorben, wie zum Beispiel die taube Frau vom Bahnhofsvorsteher Reichert oder der alkoholkranke Gutsverwalter Willi Rehbein. Inoffiziell hat man sie wohl verhungern lassen«, sagte er. »Oder sie mit einem Wundermittel wie diesem umgebracht«, fügte er hinzu und hielt das Luminal hoch. »Bis vor Kurzem wurden viele sogar noch ›desinfiziert‹, wie sie das Vergasen mit Kohlenmonoxid freundlich umschreiben.« Woher er das wusste, sagte er nicht.

Olga lief es kalt den Rücken hinunter. Sie blickte zu Adam, dessen Mund vor Abscheu zu einer schmalen Linie zusammengezogen war, zu Fritz, der wie erstarrt dastand, und zu Schneider, der in sich zusammenfiel wie ein Segel im Wind. Dass Kranke in die Heil- und Pflegeanstalt kamen, davon hatte sie gehört, aber was dort mit ihnen angestellt wurde, überstieg Olgas Fassungsvermögen. Keiner wagte auch nur ein Wort zu sagen, während sie Pa beim Kampf mit seiner Pfeife beobachteten. Es gelang ihm nicht, das Streichholz ruhig zu halten, um sich die Pfeife anzuzünden, weil seine Hände so zitterten. In diesem Moment wirkte er nicht mehr so unerschütterlich wie sonst. Als wäre der Fall Schneider die eine Erschütterung zu viel gewesen, dachte sie.

»Zwei Mark zahlt man den Hebammen«, fuhr er mit rauer Stimme fort, als er die Pfeife endlich zum Glimmen gebracht hatte, »wenn sie Meldung machen und Kinder mit Erbkrankheiten denunzieren. Ein Schweinsbraten mit Bier für ein Menschenleben.« Er stockte und zog an seiner Pfeife.

Darum also nahm er sie statt einer der ortsansässigen Hebammen mit zu den Geburten seiner Patienten. Sie hatte sich schon gewundert, mit welchem Eifer er sie in den letzten zwei Jahren angelernt hatte, und war stolz darauf gewesen, wie sehr er ihr vertraute und dass er sie die unkomplizierten Geburten inzwischen fast allein machen ließ. Nie hätte sie vermutet, dass so etwas dahintersteckte.

Sie kämpfte gegen die Tränen an.

Auf einmal verstand sie, warum dieses Thema ihn immer so aufbrachte. Vor ein paar Monaten war ihr Bruder Karl mit irgendwelchen Theorien zur Reinhaltung des deutschen Blutes aus einer Vorlesung zur Rassenhygiene zurückgekommen und hatte sich bei Tisch über die lebensunwerten, nutzlosen Esser lustig gemacht, die ihnen die Haare vom Kopf fraßen. Außer sich vor Wut hatte Pa ihm erst die Thesen und dann die einzelnen Blätter seines Eugenikbuchs um die Ohren gepfeffert. »Wunderbar, dass du dich mit Erbbiologie auskennst, aber nicht mal in der Lage bist, eine Niere von einer Leber zu unterscheiden! Was willst du bloß für ein Arzt werden, Karl? Ein Halbgott in Braun, der sich als Herr über Leben und Tod aufspielt?«

Gar keiner, hätte Karl ihm antworten sollen, hatte sie gedacht, aber das hatte ihr Bruder sich nicht getraut. Die wichtigen Dinge blieben ihm in der Kehle stecken, während er dummes Zeug einfach nachplapperte. Nicht, weil er ein Fanatiker war, sondern weil er mit dem Kopf in den Lüften war statt mit den Füßen auf dem Boden.

Fritz fand als Erster seine Sprache wieder. Unter ihrem Tränenschleier sah sie ihn auf den Boden spucken. »Diese verblondet-verblödeten Superarier«, sagte er.

Olga blickte zu ihrem Großvater. »Die bringen sie um, einfach so, nur weil sie nicht ganz gesund sind?«, fragte sie mit bebender Stimme, obwohl sie die Antwort bereits kannte.

»Am liebsten würde ich …« Fritz brach ab.

»Gar nichts tust du«, sagte Onkel Schneider bestimmt. »Das macht das Unrecht auch nicht ungeschehen.« Und fügte, an Pa gewandt, mit dankbarer Stimme hinzu: »Warum tun Sie das? Warum helfen Sie mir?«

»Ich tue nur, was getan werden muss, mehr nicht.«

Pas Taschenuhr schlug vier, als sie müde nach Hause zurückkehrten. Olga war die Lust an Ostern vergangen. Aber wie sollte sie das Lotte erklären, ohne das Geheimnis preiszugeben, das schon jetzt unaussprechlich war? Ihre Freundin würde kein Nein akzeptieren, das wusste sie.

»Geh ruhig und bring dich auf andere Gedanken«, ermunterte Pa sie. »Obwohl du das Osterwasser gar nicht nötig hättest.«

Olga lächelte schwach, sie durchschaute seine Bemühungen.

»Schönheit lässt sich auch mit faulem Zauber nicht erzwingen, mein liebes Kind. Aus einer robusten, pyramidenartigen Nordmanntanne wird kein zartes Röschen, nur weil man sie gießt.«

Als Olga die Anspielung verstand, musste sie nun wirklich lachen. Natürlich meinte er damit die grobknochige, in der Leibesmitte füllige Witwe Grote, die ihm beharrlich den Hof macht, seit er allein ist.

»Schau nur in die Natur, und du wirst sehen, wie überlebenswichtig es ist, dass die Menschen sich mit der Welt vermischen. Genau wie das Wasser der Ucker mit dem unserer Seen und Bäche, mit dem des Haffs und der Ostsee. Nur so bleibt das Wasser frisch und im wahrsten Sinne im Fluss.«

»Aber was können wir tun, Pa? Was kann ich tun?«

»Ohne dich und andere in Gefahr zu bringen?« Er schüttelte den Kopf und gab ihr einen Kuss auf das Haar. »Gar nichts, Olga, versprich mir das! Das Wenige, was du tun kannst, ist schon viel – wenn du jedes Leben gleichermaßen achtest. Merk dir das, wenn du Ärztin werden willst.«

Olga merkt sich alles, was er ihr erzählt und was er tut. Auch dass er jedem in Not geratenen Wesen hilft, egal, was es ihm abverlangt. Jetzt aber spürt sie, wie ihr die Beine vor Erschöpfung schwach werden. Sie macht Lotte ein Zeichen und setzt sich auf einen Stein. Sie horcht angestrengt. Raschelt da nicht etwas im Busch oder am Ufer? Natürlich ist sie auf der Hut, schließlich gehört es seit Generationen zur Tradition, dass die Jungen die Mädchen erschrecken und sie zu unerlaubten Geräuschen verleiten. Irgendwo, das ist so sicher wie Dreck im Fischernetz, hocken die Burschen und lauern ihnen auf, um ihnen das Spiel zu verderben.

Lotte öffnet ihre Tasche und reicht ihr eine Dose Scho-Ka-Kola, die im Nu wach macht, weil sie so viel Koffein enthält. Eigentlich gehört sie zur Luftwaffenverpflegung und ist deshalb nicht frei erhältlich, wie es überhaupt nirgendwo mehr Schokolade gibt außer in Getränken, aber Lottes Vater Pelle, der viel Geld verdient mit dem Import von Eisenerz aus seinem neutralen Heimatland Schweden, kommt an alles ran. Er pendelt ständig zwischen den beiden Ländern hin und her und schmuggelt dabei immer irgendwelche verbotenen, raren Köstlichkeiten ein. Da die Deutschen so dringend auf Erz für ihre Rüstungsproduktion angewiesen sind, genießt er so etwas wie Diplomatenstatus und bleibt als Gesandter von Kontrollen verschont. Die Rasmussens schwelgen im Luxus, sagt Annemie immer, weil sie noch richtigen Bohnenkaffee trinken. Genüsslich steckt Olga sich gerade ein Achtelstück Fliegerschokolade in den Mund, als sie eine glimmende Zigarette hinter ein paar Sträuchern entdeckt.

Sie stupst Lotte an, aber da sind Fritz, Gero und Karl schon brüllend herausgesprungen. Noch ehe die Freundinnen sich erheben können, schießen Gero und Fritz aus zwei Spritzen Wasser auf sie, während Karl Olga die Dose Scho-Ka-Kola entreißt.

»Bist du wahnsinnig?«, ruft Olga laut aus und ärgert sich sofort darüber.

»Sieh nur, wie wir jetzt aussehen, Fritz!« Lotte wirft ihm einen neckischen Blick zu.

Olga funkelt die Jungen böse an. Alle Mühe umsonst, der Zauber gebrochen.

Karl lacht aus vollem Hals und zwinkert ihr zu. »Der Flieger dankt.«

Er tut so, als wäre er bereits bei der Luftwaffe, dabei hat er lediglich die Prüfungen absolviert, was niemand außer ihr weiß. Wenn er an der Luftkriegsschule Berlin-Gatow angenommen werden sollte, käme er um die dreimonatige Feldfamulatur an der Ostfront herum. Bei den entsetzlichen Berichten von Soldaten mit abgetrennten Gliedmaßen und zerfetzten Bäuchen, die es zu verarzten gilt, würde sie es ihm wünschen. Zumal er schon früher dauernd umgekippt ist, wenn er in der Praxis assistieren sollte, weil er kein Blut sehen kann. Vielleicht will er deshalb Flieger werden. Zwischen ihm und den Verwundeten läge dann noch ein ganzer Himmel. Wie zwischen ihm und der Wut des Vaters. Denn es ist fraglich, ob der elterliche Milde walten lässt, wenn er erfährt, dass Karl das Studium hinwerfen und mit der männlich-medizinischen Tradition der Blumes brechen will. Sie hört noch den Stolz in Vaters Stimme, als er seine Kinder im letzten Urlaub in Kolberg einem alten Schulfreund vorgestellt hat: »Und das ist mein Sohn Karl, bald in fünfter Generation Arzt. Und meine Tochter Olga.«

Eine kleine Hoffnung regt sich in ihr, dass sie die blumsche Ärztelinie fortsetzen und ihren Vater stolz machen kann. Denn obwohl die Nazis die akademische Bildung von Frauen grundsätzlich missbilligen, machen sie seit Neuestem Ausnahmen. Medizin gilt jetzt als wesensgemäß weiblich. Es gibt durch den Krieg einfach zu wenig Ärzte, da brauchen sie die Frauen.

Wenn den Jungs das mal klar wäre, denkt sie leicht gereizt, als sie ein weiterer Strahl eisigen Wassers trifft. Insgeheim ist sie jedoch froh, durch diesen Überfall aus ihren trüben Gedanken gerissen worden zu sein und sich nicht länger an das Schweigegelübde halten zu müssen. Damit ist es jetzt vorbei.

»Wo ist eigentlich Annemie?«, fragt Karl und schnippt seine Zigarette zu Boden. Olga zuckt mit den Schultern. Das wüsste sie auch gern. Ihre Freundin ist nicht zu dem verabredeten Treffpunkt an der Quelle erschienen.

Gero tritt an Olga heran und legt ihr fürsorglich seine Jacke über. Er kann so steif und umständlich wirken, aber dann auch wieder so rührend aufopfernd.

»Dir tropft Wasser von der Stirn«, sagt er und wischt ihr mit einem seidenen Taschentuch, das er aus seiner Brusttasche holt, vorsichtig über die Nasenspitze.

»Wicca, Wicca«, geht Fritz dazwischen, und Gero wendet sich von ihr ab, als wäre er eingeschüchtert von Fritz' Draufgängertum. »Sieh nur, wie du wieder aussiehst«, hänselt Fritz sie. »Hast dich wohl die ganze Nacht herumgetrieben? Dagegen hilft das Osterwasser jetzt auch nicht mehr.«

Er dreht sich zu Lotte um und stößt einen bewundernden Pfiff aus. »Du dagegen: schön und frisch wie der junge Morgen. Du machst mich schon jetzt ganz blind.«

In diesem Moment tritt Fritz an den Tisch und schenkt sich ein Glas voll. »Darf ich …?«, fragt er in die Runde.

Lotte springt auf.

»Ja, du darfst«, jubelt sie, hakt sich bei ihm ein und zieht ihn auf die Tanzfläche. Zurück bleiben nur die Blumes.

»Ich habe keine Lust mehr zu warten, dass irgendetwas passiert«, versucht Karl sich zu erklären. »Mir ist furchtbar langweilig! Ich will nicht mehr nur vom Krieg hören und lesen – ich will dabei sein und spüren, wie mein Blut durch den Körper jagt wie der Jagdbomber durch den Luftraum!«

»Ich, ich, ich«, äfft Otto seinen Sohn nach. »Dumm daherreden von Abenteuer, Aufregung und Adrenalin, das ist alles, was dir einfällt, Karl! Aber das Leben ist ernst, mein Junge. Der Krieg ist ernst!«

Er hat recht. Karl interessiert der Krieg genauso wenig wie der Führer. Er weiß nicht, wohin mit sich und seiner Kraft, ist süchtig nach dem berauschenden Gefühl, lebendig zu sein, will sich spüren.

Aber vielleicht hat er damit auch gar nicht so unrecht? Vielleicht muss man ganz besonders intensiv leben, wenn man weiß, wie schnell es vorbei sein kann?

»Was ist falsch daran, nicht alles so ernst zu nehmen?«

»Dreimal darfst du raten«, brummt der Vater. »Weil das Leben ernst ist und es neben Abenteuer, Aufregung und Adrenalin noch ein viertes A gibt. Nämlich Arbeit. Der Krieg ist hart, mein Junge.«

»Ich bin härter«, erwidert Karl trotzig.

Otto schüttelt den Kopf. »Du bist nicht härter, sondern bloß ein Wichtigtuer«, widerspricht er. »Ignorant, tollkühn, waghalsig.« Er schnauft. »Du denkst, der Krieg wäre ein großes Spiel für gelangweilte Medizinstudenten. Aber was ist bitte schön der Spieleinsatz? Dein Leben?«

25. April 1943

Ginsterburg

Olgas Vater schlägt mit der Hand auf den Tisch, dass es knallt. Die halbvollen Biergläser, aus denen sie eben noch getrunken haben, wackeln. »Hast du den Verstand verloren?«, brüllt er, und das erste Mal sieht Olga so etwas wie Panik in seinen Augen. Er hat Angst, begreift sie, Angst um seinen Sohn.

Als Pa, aufgeschreckt von dem Lärm, an den Tisch tritt, berichtet Otto ihm mit bebender Stimme von den Neuigkeiten, und auch Pa wirkt bestürzt. »Der Wahn ist kurz, die Reue lang«, sagt er und stützt sich mit den Armen auf den Tisch. Auch ihm ist die Angst um Karl anzumerken.

»Seid doch froh, dass ich kein Drückeberger bin«, wehrt sich Karl. »Ich werde ein richtiger Fliegerheld, wartet's nur ab.«

»Mensch zu sein wäre schon genug, mein Junge«, sagt Pa leise und blickt zu ihm runter.

»Ich tue das doch nicht zum Spaß, sondern aus Liebe zum Vaterland!«

Olga schüttelt stumm den Kopf. Liebe zum Vaterland? Ja, vielleicht auch. Aber er tut es vor allem aus Liebe zu sich, aus Eitelkeit.

»Es ist nicht ehrenhaft, für ein Vaterland zu sterben«, flüstert Pa, »das den Rest der Welt mit Schmutz, Blut und Gewalt überzieht. Es ist dumm!«

Er kramt seine Pfeife hervor und steckt sie sich in den Mund. Langsam öffnet er den Deckel der Tabakdose, stopft den Tabak in den Kopf und drückt ihn fest. Mit einem Streichholz zündet er die Pfeife an, während Karl auf den Rest der Predigt wartet.

Pas Bewegungen sind bedächtiger als früher, als wollte er das leise Zittern kontrollieren, das sich immer häufiger seiner Finger bemächtigt. Bislang hat er es als gelegentliches Alterszittern abgetan, doch so häufig, wie er sie inzwischen nähen und Blut abnehmen lässt, glaubt sie nicht an eine sporadische Ermüdungserscheinung. Auch wenn es wohl normal ist, mit Mitte siebzig nicht mehr die Energie eines jungen Mannes zu besitzen, wundert sie sich dennoch, dass er nicht mal mehr in den Wald geht, weder zum Jagen noch zum »Leben riechen«.

»Respice finem«, fährt Pa nun fort, als er an der Pfeife gezogen hat. »Bedenke das Ende, und frage dich, ob nicht die Tapferen die Dummen und die Feigen die Klugen sind.«

»Nicht so laut, Großvater! Was du da sagst, ist Wehrkraftzersetzung, dafür kannst du erschossen werden«, ermahnt ihn Karl.

»Genug!« Ihr Vater donnert erneut mit der Faust auf den Tisch, dass selbst sein Hund zusammenzuckt. »So redest du nicht mit deinem Großvater. Willst du mir vielleicht mal verraten, wer die Praxis übernehmen soll?«, fragt er, und Olga denkt, dass sie sich nichts Schöneres vorstellen kann, als irgendwann Pas Nachfolge anzutreten.

»Die Praxis kann ich doch übernehmen«, meldet sie sich zu Wort. Wenn sie die Aufnahmeprüfung besteht, könnte sie schon im Herbst mit dem Studium beginnen. Doch sie ist selbst überrascht, wie leise ihre Stimme klingt.

Ihr Vater tut, als hätte er sie nicht gehört, er starrt noch immer Karl an. Erbittert überlegt sie nicht zum ersten Mal, warum eigentlich nicht er selbst, als Pas Sohn, dafür in Frage kommt, die Ehre der Blumes zu retten. Er ist doch schließlich auch Arzt, wenn auch nur ein pflichterfüllender Schreibtischarzt, wie sie Pa einmal in einem Streit mit ihm hat sagen hören.

Da unterbricht ein Räuspern die frostige Stille. Es ist Gero, der unbemerkt an den Tisch getreten ist. »Darf ich bitten?«, fordert er sie auf und fügt, an ihren Vater gewandt, hinzu: »Sie entschuldigen doch?« Wie stolz er aussieht in seiner Uniform.

Olga hat keine Lust zu tanzen, aber noch weniger will sie weiter dem Familienstreit beiwohnen.

»Du willst die Praxis übernehmen?«, fragt Gero amüsiert, als sie sich vom Tisch entfernt haben. »Das ist doch wohl ein Scherz.«

Olga entzieht ihm ihren Arm und fährt zu ihm herum. »Und warum sollte ich das nicht tun?« Als wüsste er nichts von ihren Plänen, Medizin zu studieren. Glaubt Gero etwa im Ernst, dass sie ihre Erfüllung als Mutter und Ehefrau finden wird? »Warum? Weil die Stärke des weiblichen Geschlechts nicht im Intellekt, sondern im Leiblich-Seelischen liegt, ja?« Sie weiß, dass das von oben herab klingt, aber sie ist wütend.

Gero sieht sie verdutzt an. »Natürlich nicht. Ich meine doch nur, weil wir irgendwann heiraten und Kinder haben wollen.«

»Wollen wir das?«, fragt sie und reckt den Hals nach Annemie, die inzwischen mit dem Wehrmachtsoffizier durch den Saal fliegt, ihre langen kastanienbraunen Haare in den Nacken wirft und dabei ihr glucksendes Lachen hören lässt.

Ihr ist nicht nach Lachen zumute.

»Natürlich, meine Blume. Wenn ich aus dem Krieg zurück bin, dann mindestens vier Kinder«, sagt Gero, und sein Blick ist so durchdringend, dass sie schnell zu Mamme blickt und beobachtet, wie sie beim Tanzen Pelles Hand nimmt und auf ihren Bauch legt, während er sie mit der anderen herumwirbelt. Sie fächelt sich Luft zu und kann den Blick nicht von ihnen lösen. Warum besitzt Gero nicht so viel Schneid wie Pelle? Aber womöglich ist das ganz gut so. Der Gedanke, Gero könnte auch leidenschaftlich sein, jagt ihr eine merkwürdige Angst ein. Vorerst genügt es, sich nahezukommen, sich von ihm berühren und führen zu lassen. Wärme breitet sich in ihrem Körper aus bis in die Fingerspitzen. Ein schönes Gefühl, das ihr besser gefällt als als seine Worte.

Gero legt den Finger unter ihr Kinn und hebt es an. »Darum stehst du so neben dir, nicht wahr?«

Sie rückt von ihm ab. Wovon redet er? »Was meinst du?«

»Ich kenne den Schmerz, wenn die Mutter stirbt und man ersetzt wird. Mir ging es nicht anders, als mein Vater meine Stiefmutter geheiratet hat.«

Olga kennt weder seinen Schmerz noch ihren eigenen. Sie kennt ja nicht mal ihre Mutter. Wenngleich sie in ihren Träumen sehr wohl lebendig ist. Bildschön, humorvoll, liebenswürdig und zugewandt – all das, was ihr Vater nicht ist.

»Ich weiß nicht, wovon du redest.«

»Wie du Frau Rasmussen anschaust, als würde es dir das Herz brechen, dass sie noch ein Kind bekommt.«

Als sie wieder zu Mamme und Pelle schaut, wird ihr mit einem Schlag klar, was er meint: die Hand, die zu ihrem Bauch geht, das Spezial Hell, das sie nicht trinkt, der selige Ausdruck auf ihrem Gesicht. Mamme trägt ein Kind unter dem Herzen! Nach so vielen Jahren, in denen sie glaubte, steril zu sein. Gero hat ihren Schmerz erfasst, noch bevor sie ihn gefühlt hat, noch bevor ihr Kopf begriffen hat, wie es ist, die andere Mutter auch noch zu verlieren. Aufgewühlt blickt sie von Mamme zu Gero, dann macht sie sich abrupt von ihm los und stürmt nach draußen.

Als sie oben auf der Kronenterrasse Platz nimmt und auf den See schaut, streicht sie über das Armband, das sie von Mamme zum dreizehnten Geburtstag bekommen hat, das Erbstück, das nicht mehr ihr zusteht, sondern dem neuen Kind in Mammes Bauch.

Gero folgt ihr nach oben.

»Bitte versteh mich nicht falsch«, sagt er. »Du wirktest auf einmal so verloren«, fügt er hinzu und setzt sich neben sie. »Ich wollte dich nicht verletzen, sondern beschützen …«

Sie nimmt seine Hand und drückt sie. Er ist die vertraute Schulter, jemand, der ihren Schmerz noch vor ihr fühlt, der sich von ihr berühren lässt, im Gegensatz zu ihrem Vater.

Drinnen spielt die Kapelle das Lied von Evelyn Künneke

an: *Haben Sie schon mal im Dunkeln geküsst.* Noch nicht einmal im Hellen, will sie Gero sagen, und plötzlich weiß sie, was sie tun muss. Sie kann nicht weiter darauf warten, dass er den ersten Schritt macht. Entschlossen hebt sie den Kopf, öffnet leicht die Lippen und blickt ihm tief in die Augen, in Erwartung eines Kusses. Doch er reagiert nicht. Also drückt sie ihre Lippen kühn auf seine. Aber der Kuss widerspricht jeder romantischen Vorstellung, die sie sich davon gemacht hat. Sein Oberlippenbart piekt, und nach Honig schmeckt der Kuss auch nicht.

Gero macht sich auf einmal ganz steif, lässt es geschehen, dann springt er auf.

»Was ist nur in dich gefahren?«, ruft er aus und schnappt nach Luft. In ihm scheint der Kuss nichts als Befremden ausgelöst zu haben. Er wirkt verlegen und gleichzeitig empört. »So eine bist du doch gar nicht!«

Geros Worte knirschen in ihren Ohren, brennen sich in ihr Hirn, in ihr Herz. Sie spürt, dass ihre Augen feucht werden, und der Zorn sie überrollt. Zorn auf Annemie, die ihr den Floh ins Ohr gesetzt hat, Zorn auf Lotte, die von nichts anderem als vom Küssen redet, Zorn auf die Erkenntnis, dass Gero allenfalls laue Gefühle für sie hegen kann, wenn er so abweisend reagiert.

»So eine«, äfft sie ihn nach. Sie zittert, vor Wut, aber auch vor Scham. »Seid sittsam, rein und anständig. Du redest wie eine Bannmädelführerin!«

»Und du benimmst dich wie ein Straßenmädchen«, entgegnet er, sichtlich erregt. In seinen Augen steht die Verzweiflung, aber es ist ihr egal. »Alles, was recht ist, Olga, aber das tut keine Frau, die auf sich hält!«

»Bist du jetzt mein Sittenwächter, nur weil du Rekrut bist und dich allen Befehlen fügst, oder wie? Ich muss dich doch nicht um Erlaubnis fragen, ob ich etwas tun darf oder nicht«, erwidert sie.

Einen Moment lang herrscht Schweigen.

»Wie du redest«, sagt er schließlich kopfschüttelnd. »Als wolltest du einen Mann aus dir machen. Du mit deinen Flausen. Weißt du denn nicht, dass es sich bei dem Wunsch nach Gleichheit um eine Erfindung der Juden handelt, die die vorbestimmte Geschlechterordnung zerstören wollen?«

Sie verzieht spöttisch den Mund. »An dem die tausendjährige Kultur des deutschen Volkes zugrunde geht, ganz genau!« Sie ist sich sicher, dass er kein Nazi ist. Wenn überhaupt, glaubt er, einer zu sein, weil sein Vater einer ist. Manchmal muss er den aufrechten Bannführer mimen, um sich zu beweisen, dass er nicht mehr der hinkende Schwächling ist, für den der Meier ihn hält. Wenn er nur wüsste, wie dumm er in diesen Momenten wirkt.

»Wozu dein Vater und du im Übrigen nicht viel beitragen, außer all dies dämliche Zeug nachzuplappern. Nimm dir mal ein Beispiel an Fritz, und denk nach, bevor du den Mund aufmachst. Oder lass ihn besser gleich zu!« Im selben Moment schämt sie sich für diesen billigen Versuch, ihn eifersüchtig zu machen. Sie weiß, dass er Fritz insgeheim als Rivalen betrachtet. Ständig misst er sich mit dem ein Jahr jüngeren Freund. Wer paddelt schneller auf dem Gilu, wer macht den eleganteren Köpper von der Brücke, und wer gewinnt beim Weitsprung? Warum hat Fritz Abitur gemacht und Gero nicht? Womöglich hat er Fritz nie verziehen, dass Lotte sich damals für ihn entschieden hat.

Tatsächlich setzt Gero jetzt diesen ängstlichen Blick auf, und sie kommt sich vor, als hätte sie einen winselnden Welpen ausgeschimpft.

»So schlecht triffst du es mit mir? Bin ich so ein Popanz?« Er fragt das auf eine so verletzliche Art, als wäre nicht sie, sondern er das Opfer. Ihr Opfer.

»Wäre dir jemand wie Fritz denn lieber, der nichts und niemanden braucht? Keine Regeln, keinen Rat, keine Anerkennung und Hilfe? So ein übertriebenes Selbstbewusstsein? Ist es das, was dir imponiert?«

In seinem Blick, in seinen Gesten liegt eine Mischung aus Neid und Verzweiflung über das, was Fritz und ihn unterscheidet.

Wieder steigt Wut in Olga hoch, doch sie kann sich nicht zügeln. Karl sagt immer, dass sie wie ein Vulkan sei. Wehe, sie gerate in Wallung, dann sollte man sich schnell in Sicherheit bringen.

»Und ob!« Ihre Stimme wird lauter. »Allemal lieber als so ein pflichtgehorsamer Strammsteher wie du.« Sie hat ohnehin keine Ahnung, warum die beiden je Freundschaft geschlossen haben, so unterschiedlich wie sie sind. Vielleicht, weil sie sich beide damals in Lotte verguckt haben und sich im Auge behalten wollten. Bis Gero den Kürzeren gezogen hat, also Olga.

Er starrt sie an, doch sein Blick weckt in ihr kein Mitgefühl, als würde alles abprallen an dem Schild, das sie vor sich trägt. Der Schmerz ist nicht mehr ihrer.

Und auch in seinem Blick ist nicht nur Trauer, auch Wut spiegelt sich darin. »Kann es sein, dass du dich für was Besseres hältst, bloß weil du aus einer vornehmen Arztfamilie kommst und ich nur der dumme Wirtssohn mit einfacher Schulbildung bin?« Er beugt sich über das Terrassengeländer und blickt zum See. »Ich dachte, du meinst es ernst mit mir, dass du etwas in mir siehst, was sonst keiner sieht.«

»Und was soll das sein?«, fragt Olga und weiß, wie gemein sie klingt.

Er wendet sich ihr wieder zu. »Mit deinem Kuss wolltest du nur ausprobieren, wie weit du gehen kannst, sonst nichts.«

Sie blickt ihn verdattert an, begreift nicht. Auch nicht, als er sie einfach stehen lässt und die Treppen nach unten nimmt.

»Welcher Kuss?«, ruft sie ihm nach. »Wenn, dann war es nur ein halber Kuss, und der hat nur nach Barthaaren geschmeckt!«

Als sie zurück in die Gaststube kommt, sitzen nur Fritz und Lotte am Tisch. Lotte plappert auf Fritz ein und gluckst in einer Tour, doch selbst ihr gekonnter Augenaufschlag scheint seine Wirkung zu verfehlen. Leicht gelangweilt schaut Fritz an ihr vorbei und hält seinen Finger unter sein linkes Auge, als sie sich zu ihnen setzt. Ihr altes Geheimzeichen aus Jugendtagen.

Olga wirft einen Blick auf die Tanzfläche und sieht, dass Annemie noch immer mit dem Soldaten schwoft. Kopfschüttelnd stürzt sie ein Spezial Hell runter. Zumindest Annemie scheint sich zu amüsieren. Da ist das Lied zu Ende, und Annemie gesellt sich mit ihrem Verehrer zu ihnen. Beide haben gerötete Wangen.

Der Soldat macht den deutschen Gruß und stellt sich vor: »Leutnant Rosenbaum!«

Fritz steht auf. »Ist mir kein Vergnügen«, sagt er und gibt ihm die Hand.

Der Leutnant ist zu verblüfft, um gleich zu antworten.

»Es ist mir eine Ehre«, setzt Fritz kraftvoll nach.

Erleichtert bricht der Leutnant in Gelächter aus. »Prächtig, ganz prächtig«, sagt er. Beim Lachen büßt er prompt sein passables Aussehen ein. Das gut geschnittene Gesicht mit den schönen braunen Augen verzieht sich zur Grimasse, er reißt den Mund so weit auf, dass er eine Reihe schiefer Zähne entblößt. Wenn Olga sich vorstellt, dass Annemie den geküsst hat, wird ihr schlecht.

»Wie war Ihr Name doch gleich? Rosenbaum?«, fragt Fritz und kratzt sich am Kopf. »Rosenbaum, Rosenbaum. Sie sind doch wohl nicht etwa mit dem Jud Ignatz Rosenbaum verwandt, der hier eine Textilfabrik besitzt?« Er hält kurz inne. »Ich korrigiere: besaß.«

Olga weiß, welches Spiel Fritz mit dem Leutnant treibt. Er läuft zu großer Form auf, und sie muss an Gero denken, was er über seinen Freund und sein Selbstbewusstsein gesagt hat: unerschütterlich und ganz und gar angstfrei. Rosenbaums Lächeln gefriert augenblicklich.

»Was erlauben Sie sich?«

Fritz hebt abwehrend die Hände. »Nichts liegt mir ferner, als Ihnen die Rassenreinheit abzusprechen«, sagt er. »Aber man wird doch noch mal denken dürfen, wenn da jemand mit einem nicht typisch deutschen Namen mit einem typisch deutschen Fräulein tanzt, Leutnant Rosenbaum!«

»Dann seien Sie sich versichert, dass die Stammbäume beider Eltern bis in den Dreißigjährigen Krieg zu Kaiser Ferdinand II. zurückverfolgt werden können. Nordischer als das Nordkap, wie mein Vater zu sagen pflegt!«

»Das ist alles, was ich hören wollte.« Fritz klopft ihm auf die Schulter. »Wie sonst ließen sich all ihre Tapferkeitsmedaillen erklären?«

Der Leutnant lächelt leicht, wenn auch etwas gezwungen.

Fritz macht ein betretenes Gesicht. »Stellen Sie sich nur vor, um unsere Soldatentauglichkeit zu ermitteln, hat mein Lehrer in Rassenkunde noch kurz vor unserem Abitur unseren Schädelindex und unsere morphologische Gesichtshöhe bestimmt. Jeden Kopf einzeln hat er mit seinem Zirkel und Metermaß vermessen. Was denken Sie wohl, ist dabei herausgekommen?«

Der Leutnant zuckt die Achseln.

»Beimengungen der schlimmsten Art.« Fritz seufzt und macht eine lange Pause. »Alle diesjährigen Abiturienten aus minderwertigem Holz geschnitzt. Bei mehr als der Hälfte war der ostische, slawische Einschlag offenkundig: abstehende Ohren, fliehende Stirn, Breitschädeligkeit, Langnasigkeit, hervorstehende Eckzähne, alles dabei.«

Olga kann gar nicht so schnell gucken, wie der Leutnant den Mund zuklappt, um seine schiefen Zähne zu verstecken. Auch Olga hält den Mund geschlossen, aber nur um ihr Lachen zu verbergen. Fritz imponiert ihr mit seinem flotten Mundwerk, wenngleich sein Mut oft in Übermut umschlägt.

»Nicht einer«, fügt Fritz hinzu, »nicht ein Einziger habe das Zeug zum tapferen deutschen Soldaten. Sagt unser Lehrer.« Fritz klopft auf das Ritterkreuz des Leutnants. »Und wissen Sie, warum?« Er macht eine Pause. »Weil keiner über einen Idealschädel arischer Vollkommenheit wie Sie verfügt. Kein Wunder, dass unsere Annemie nichts lieber täte, als sie vom Fleck weg zu heiraten.«

Olga malt sich aus, wie Fritz sich innerlich die Hände reibt, während er den Nazi mit seinen eigenen Waffen schlägt.

Annemie findet Fritz dagegen alles andere als amüsant. Sie läuft puterrot an.

Der Leutnant schluckt und blickt zu Annemie.

Ausgerechnet jetzt, wo es interessant wird, tauchen Vater Meier und Gero am Tisch auf. Olga schaut an Gero vorbei, als existiere er gar nicht. Sie kann nicht anders. Der Meier wirft Fritz, dem er den Rauswurf aus der HJ noch immer übelnimmt, einen warnenden Blick zu.

»Macht der Junge wieder Ärger?«, fragt er den Leutnant kriecherisch. Vater Meier katzbuckelt vor allem, was Uniform trägt, weil er selbst nie eine tragen durfte, meint Annemie.

»Da muss mich kurz mein Rasseninstinkt verlassen haben. Ich sehe einen Jud, wo keiner ist«, sagt Fritz und lächelt Vater und Sohn so unschuldig an, dass man ihm seine Ehrlichkeit abkaufen muss. Das Schauspiel bereitet ihm eine diebische Freude, das kann sie sehen.

»Man wird noch ganz verrückt. Aber wenn der Herr Leutnant ernste Heiratsabsichten mit dem Fräulein Annemie hegt«, legt er noch eine Schippe obendrauf, »dann kann ich Sie beruhigen, Herr Meier. Arischer als dieser Arier und soldatischer als dieser Soldat kann ein Bräutigam nicht sein. Den Segen des Führers haben sie, darauf würde ich wetten.« Zackig salutiert er in Richtung des Hitlerporträts an der Wand.

»Heiraten?« Der Leutnant wird blass.

26. April 1943

Ginsterburg

»Was machst du hier?«, fragt Olga, als sie durchs Fenster der Blume-Villa hinaus zu ihm auf die Kronenterrasse klettert.

Fritz sieht auf die Uhr. »Es ist fünf Uhr dreißig«, sagt er. »Zeit für die Eisvogelstunde.«

»Eisvogelstunde?«, wiederholt sie fragend.

»Diese erhabene Zeit, wenn sich der Eisvogel kaltblütig auf sein Fischfrühstück stürzt«, erklärt er. »Um satt und zufrieden den lieben langen Tag zu brüten, so dass du ihn dabei beobachten kannst.«

Sie hat keine Ahnung, woher er weiß, dass sie häufig am offenen Fenster sitzt, um ihren Lieblingsvogel mit Pas Fernglas zu beobachten, immer frühmorgens von April bis Mai, wenn die sonst so scheuen Tiere in ihren Nisthöhlen am Ufer brüten und in der Frühe auf Beutezug gehen.

»Wie kommt es, dass du das weißt?«

»Ich weiß alles über dich«, sagt Fritz, jetzt ernst, und klettert ganz weit hinein in das Geäst der Ulme. Von oben ruft er: »Aber nicht über den Meier. Meinst du, sein Hausverbot schließt das Baumhaus ein, Wicca, oder soll ich hier oben bleiben?«

Fritz ist von Vater Meier zur Persona non grata erklärt und mit lebenslangem Hausverbot belegt worden, weil er den Leutnant in Meiers deutschheiligen Hallen zum Jud gestempelt hat. Und nicht nur er ist schlecht auf Fritz zu sprechen. Nach der überstürzten Flucht des Leutnants hat auch Gero seinen besten Freund gemaßregelt. Fritz schlage ständig über die Stränge, was nach Geros – vor allen kundgetaner – Meinung daran liege, dass ihm ein Vater fehle, eine strenge Hand. Ein Satz, der Vater Meiers Brust vor Stolz anschwellen ließ. Alles richtig gemacht.

Jedes Mal, wenn Olga daran denkt, steigen Schuldgefühle in ihr auf. Denn sie weiß, dass Geros harsche Worte eigentlich ihr galten und die Freundschaft der Jungs ihretwegen einen Knacks bekommen hat, nicht wegen des Leutnants. Sie ist der Keil, der die beiden auseinandergetrieben hat, sie und ihre abfälligen Worte.

Fritz wird den Rausschmiss nicht auf sich beruhen lassen, da ist sie sich sicher, und das Wissen darum, wie unberechenbar er sein kann, verstärkt das mulmige Gefühl einer bösen Vorahnung noch.

»Sicher nicht«, erwidert sie nun. »Komm wieder runter. Ich habe den Meier nicht von einem Baumverbot sprechen hören.«

Das leuchtet Fritz ein, und er klettert zu ihr hinab. Da er sie nicht in die Bredouille bringen will, schlägt er sicherheitshalber vor, auf der Seite der Kronenterrasse Platz zu nehmen, die über dem Blume-Grundstück hängt.

»Falls der *Baumwart* auftaucht, schwinge ich mich wie Tarzan schnell auf einen Ast hinab zum See und tauche unter, versprochen!«

Kaum sitzen sie, entdeckt sie keine fünf Meter von ihnen entfernt auf der Trauerweide am See einen besonders hübschen Eisvogel. Er taxiert seine Beute. Es muss der sein, den sie schon vom letzten Frühjahr kennt, ihr Eisvogel, denn er sitzt auf seinem Lieblingsast und hat diese ungewöhnliche grünliche Färbung auf dem Kopf. Wie immer, wenn Olga ein Exemplar sieht, hebt sie leicht die Hand und schickt einen Gruß hinüber. Man kann schließlich nie wissen.

Grüß mir meine Mutter, denkt sie und schluckt.

Vom Nacken bis zum Schwanz leuchtet ein türkisfarbener Streifen auf dem Rückenblau auf, der einen Kontrast zum orangebraunen Unterleib bietet. Olga reicht Fritz das Fernglas. Abwechselnd beobachten sie durch die Gläser, wie das Tier minutenlang bewegungslos sein Ziel anvisiert. Dann hören sie ein scharfes gedehntes *tjii*, und jäh schießt der Vogel hinab ins Wasser. Sobald die Beute in seinem langen, dolchartigen Schnabel klemmt, kommt er zurückgeflogen und schlägt den zappelnden Fisch mehrfach gegen das Holz, ehe er ihn im Ganzen verschluckt und zur Böschung fliegt, wo sie sein Nest vermuten. Pa hat ihr erzählt, dass der Eisvogel den Fisch wieder hinaufwürgt und mit dem Erbrochenen seine Küken füttert.

Olga beschirmt die Augen mit den Händen und seufzt in gespielter Empörung: »Wie kann ein so wunderschönes, leuchtendes Wesen so brutal sein? Wie ein Wolf im diamantbesetzten Vogelpelz.«

»Eher wie *die Pracht der Seide*«, erwidert Fritz theatralisch und verdreht die Augen. »*Und glänzendes Blau, das gegen die Sonnenstrahlen wie ein Saphir spielt und den Glanz des Türkis' hat.* Nie habe ich einen schöneren Mordbuben gesehen.«

»Benebelt dir seine Schönheit jetzt vollkommen den Verstand?«, fragt sie lachend.

»Wenn, dann deine«, entgegnet er und schüttelt prompt den Kopf, ob über sich selbst oder sie, das vermag Olga nicht zu sagen.

»Stammt von Georges Louis Leclerc de Buffon, nicht von mir. Habe ich herausgesucht, um dich zu beeindrucken. Wie lange kannst du unter Wasser atmen?«, wechselt er das Thema, als vor ihnen ein Schwan abtaucht.

»Jedenfalls nicht so lange wie eine Meerjungfrau«, entgegnet sie lächelnd.

»Wusstest du, dass der Eisvogel auch eine verwandelte Göttin ist?«

Sie schüttelt den Kopf.

»Alkyone, die Tochter des Windgottes Aiolos, war so unsterblich in ihren Mann verliebt, dass sie, als er ertrank, ebenfalls sterben wollte und den gleichen Tod wählte. Sie stürzte sich ins

Wasser. Doch bevor sie unterging, wurde sie von den Göttern in einen Eisvogel verwandelt. Verzweifelt flog sie die Küsten ab, bis sie endlich die angeschwemmte Leiche ihres Mannes fand. In dem Moment, als sie auf ihn niederflatterte, verwandelte sich auch ihr Gatte in einen Eisvogel.«

»So war das also?«, sagt Olga lächelnd und lauscht dem vertrauten Rauschen des Windes. »Aber das ist doch furchtbar!«

»Furchtbar?«, fragt er. »Hat die tapfere Wicca etwa Angst vor dem Tod?«

»Sich wegen eines Mannes zu ertränken, meine ich. Wer tut denn so etwas?«

»Der, der liebt«, erwidert Fritz amüsiert. »Liebe ist ewig, und das war ihr Weg, ewig zu lieben! Seit Romeo und Julia weiß doch jedes Kind, dass Liebe und Schmerz, Liebe und Tod untrennbar zusammengehören.«

»Was verstehst du denn von der Liebe?«, entgegnet sie, plötzlich ernst. »Du hältst Lotte hin und merkst nicht einmal, wie traurig sie ist.«

Fritz bleibt stumm, sieht sie nur an, und um der Situation die Schwere zu nehmen, fügt Olga neckend hinzu: »Wenn du ein Eisvogel wärst, würdest du ihr einen Fisch bringen als Zeichen deiner ernsten Absichten. Zeit zu heiraten.«

Nach kurzem Zögern erwidert er: »Du hast recht, die Liebe ist etwas für Eisvögel … oder Turteltauben. Wir haben ja Gott sei Dank einen Verstand. Manche von uns zumindest. Und das ist wichtiger.«

»Als die Liebe?«, fragt Olga. »Als die Ehe? Aber du bist doch mit Lotte zusammen!«

Die Rasmussens werden im Juni nach Schweden ziehen, weil für Pelle die Geschäfte schlechter laufen. Deutschland ist kein guter Handelspartner, finden die Alliierten und fordern die Schweden auf, die Exporte zu drosseln und Stellung zu beziehen. Das tut Pelle, indem er ihre Ausreise plant, aber Lotte will nicht, sie will hierbleiben, bei Fritz, und die einfachste Lösung wäre eine Hochzeit. Warum versteht er das nicht?

»Jetzt gerade bin ich mit dir zusammen, oder siehst du hier noch jemanden sitzen? Soll sie sich doch einen anderen Dummen suchen für ihre Heiratspläne. Ich jedenfalls werde nicht heiraten.«

Entgeistert starrt sie ihn an. Wie kann er nur so etwas sagen!

Gerade will sie etwas erwidern – was genau, weiß sie selbst noch nicht –, als sie ein Rascheln hört. Sie sieht hinauf in die Blätterkrone. Über ihr turnt ein Eichhörnchen mit dickem Schweif auf den Zweigen herum und lässt sich nicht stören von seinen Zuschauern im ersten Stock.

Fritz folgt ihrem Blick. »Auf dem einen Auge blind, auf dem anderen taub.« Er schnaubt. »Lotte will einfach nichts hören und sehen. Sie bemerkt überhaupt nicht, was um sie herum geschieht – oder sie will es nicht bemerken. Sonst würde sie erkennen, dass für naive Jungmädchenträume in diesen Zeiten kein Platz ist. Ich bin doch keine Jagdtrophäe.«

Olga verzieht den Mund. »Jungmädchenträume?«, wiederholt sie. Von allen Seiten kriegen sie als Mädchen zu hören, dass Sinn und Ziel ihres Daseins allein in der Liebe eines Mannes und der Familiengründung zu suchen sei. Und nun dreht Fritz ihrer Freundin daraus einen Strick!

»Vielleicht ist es für sie so am einfachsten«, sagt sie. »Wir sind doch noch jung. Gibt es nicht das Recht der Jugend, auch mal wegzusehen?«

Olga beneidet Lotte um ihre Unbekümmertheit. Vermutlich ist es zuweilen besser, die Welt nicht so zu sehen, wie sie ist. Besser, als in diesen ernsten Zeiten so ernst und gewissenhaft durchs Leben zu gehen wie Gero, der selbst einen harmlosen Kuss zur undeutschen Geste erklärt.

Fritz schnaubt verächtlich. »Recht der Jugend«, äfft er sie nach. »Das hast du doch von Lotte.«

»Sei nicht gemein«, herrscht sie ihn an, doch statt sich zu entschuldigen, legt er ihr fürsorglich eine Decke über die Schultern, die vermutlich ein Gast auf einem der Stühle vergessen hat. »Es ist kalt, Olga.«

»Was ist so schlimm daran, den Kopf in den Wolken zu tragen und ein wenig zu träumen? Jeder hat doch seine eigene Überlebenstaktik«, sagt sie und blickt ihn herausfordernd an. »Du zum Beispiel! Du bist doch selbst der größte Kindskopf und brichst mit deinem Ungehorsam immerfort Regeln oder rebellierst gegen sie, als könntest du damit die Welt verändern. Lotte liebt dich!«

Seine Miene versteinert. »Bist du dir da so sicher? Zuweilen ist die Sehnsucht süßer als ihre Erfüllung.«

Nein, vollkommen sicher ist sie sich nicht, dafür kennt sie ihre Freundin zu gut. Andererseits hat Lotte noch nie so lange um jemanden gekämpft wie um Fritz.

Er seufzt schwer. »Wenn sie mich anschaut, sieht sie nur sich selbst. Und wenn ich …« Er hält inne und schaut sie einen Moment lang mit einem so seltsamen Blick an, dass ihr der Atem stockt. Sie tut, als bemerke sie es nicht.

»Doch, ich bin mir sicher«, sagt sie rasch und sieht durch die Äste nach unten. Leise fügt sie hinzu: »Und ich glaube wie sie, dass es im Leben eines Menschen nur die eine besondere Person gibt, die alle anderen aussticht. Und wenn man sie gefunden hat, dann weiß man das.« Sie sieht ihn an. »So wie ihr euch gefunden habt.«

»Du meinst, sie mich!« Abrupt steht Fritz auf. »Glaub mir, du kennst mich gar nicht richtig. Sonst wüsstest du …«

»Weil du ja auch nichts, rein gar nichts über dich erzählst«, unterbricht sie ihn.

»Ist besser so, glaub mir«, sagt er, plötzlich matt.

Und dreht sich um und verlässt die Ulme.

Ein paar Tage später klopft er wieder an ihr Fenster. Als sie Erleichterung verspürt, weiß sie, dass sie insgeheim gehofft hat, dass er wieder auftauchen würde.

»Ich hab dir die Geschichte vom Eisvogel noch nicht zu Ende erzählt«, beginnt er und reicht ihr eine kobaltblaue Eisvogelfeder. »Hab ich gefunden. Für dich.«

In der Farbe deiner Augen, denkt sie und dreht die Feder im schummrigen Licht der Kerze hin und her. Diese Aufmerksamkeit passt so gar nicht zu dem Bild, das sie sich von ihm gemacht hat. Sie kennt ihn wirklich nicht.

»Weißt du«, fährt er fort, »dass der Windgott Aiolos in der Brutzeit der Eisvögel die Winde und Wellen in Schach hält, um die Küken zu schützen? Darum gibt es nie Sturm, wenn der Eisvogel brütet.«

»Und wenn er nicht brütet, was passiert dann?«

»Dann stürmt es eben. Aber alle Stürme gehen irgendwann vorbei. Und dann strahlt der Himmel wieder so blau wie diese wunderschöne Feder.«

Ob er damit recht hat, wagt Olga zu bezweifeln. Ein Blick in die Zeitung, und sie glaubt nicht, dass jemals wieder die Sonne scheint.

»Alles hat seine Zeit. Und jegliches Vornehmen unter dem Himmel seine Stunde«, zitiert Fritz eine alte biblische Weisheit, wie um ihre Zweifel zu beseitigen.

»Seit wann schwörst du auf die Bibel?«, fragt sie. »Ich sehe dich nie in der Kirche.«

Er hebt eine Braue. »Meine Mutter ist so bibelfest wie ein Pharisäer, das ist ihre Buße für mich.«

»Was meinst du damit, ihre Buße?«

Er steht auf und lehnt sich über das Geländer.

»Für ihre größte Sünde.«

»Welche Sünde?«

Er steckt sich eine Zigarette an.

»Ich habe nachgedacht. Du wirfst mir vor, ich würde nichts über mich erzählen.« Er wirft ihr einen Blick zu. »Darum habe ich ein Angebot für dich. Quid pro quo: dein Geheimnis gegen meins.«

Olga zögert.

»Komm schon«, drängt er und nimmt einen tiefen Zug aus seiner Zigarette. »Bald liege ich im Dreck irgendeines Schützengrabens. Wenn du Glück hast, nehme ich dein Geheimnis mit ins Grab.« Er setzt sich wieder neben sie.

Erschrocken boxt sie ihn in die Seite. »Sag doch so was nicht!«

Bei der Vorstellung, ihm könne etwas passieren, wird ihr ganz elend. Am liebsten würde sie ihn niemals fortlassen, denkt sie und erschrickt. Ihn niemals fortlassen? Hat sie das wirklich gerade gedacht? Ja, das hat sie. Warum kann er nicht den Reichsarbeitsdienst verlängern und weiter in Ginsterburg Baracken für die Fremdarbeiter bauen, in die hoffentlich niemals jemand einzieht?

Sie spürt, wie ihr das Blut in den Kopf steigt. Um sich ihr Gefühlswirrwarr nicht anmerken zu lassen, sagt sie schnell:

»Nachdem ich meine Mutter umgebracht habe, ist sie zum Eisvogel geworden. Ich bin ein weiblicher Aiolos, nur gelingt es mir leider nicht, Stürme aufzuhalten.«

Was redet sie da bloß? Unsicher sieht sie ihn an, gespannt, wie er darauf reagieren wird. Hält er sie jetzt für vollkommen durchgedreht?

Doch er knufft sie liebevoll in die Seite. »Darum stehe ich also in aller Herrgottsfrühe auf, um für dich nach Eisvogelfedern zu suchen.« Ein weicher, sanfter Ausdruck tritt in seine Augen, und sie spürt, wie sich ein warmes Gefühl in ihrem Körper ausbreitet.

Da fasst sie sich ein Herz und erzählt ihm die die ganze Geschichte, die Geschichte ihrer Geburt. Sie redet gegen die Enge in ihrer Kehle an, berichtet ihm von ihrer Mutter, die unter den Händen des Vaters gestorben ist, von der stummen Anklage, die seitdem in seinem Blick liegt, von Pas Behauptung, er habe die Seele ihrer Mutter als Eisvogel aus dem Zimmer flattern sehen. Davon, dass er sie von klein auf gelehrt hat, jedes Lebewesen zu achten, als ob es ein Teil der engsten Familie wäre. Davon, wie sie die Vorstellung tröstet, dass ihre Mutter irgendwo da oben ist und sie regelmäßig in Gestalt eines Eisvogels besuchen kommt.

»Vielleicht kann Vater mir ja eines Tages verzeihen und …« Ein unerwarteter Schmerz schießt in ihren Hals. Sie räuspert sich laut, um das Brennen loszuwerden. »… und stolz auf mich sein, wenn ich Ärztin bin.«

Kraftlos lehnt sie sich gegen den Stamm. Sie zieht die Beine bis unters Kinn und umschlingt die Knie mit den Armen. Erstaunt darüber, dass ihr diese Sätze, die sie noch nie laut ausgesprochen hat, so unerwartet über die Lippen gekommen sind. Sie schaut ihn verlegen an, aber seine Miene verrät nicht, was er denkt.

»Wicca, wenn es tatsächlich einer von uns fünfen schaffen sollte, seinen Traum zu verwirklichen, dann bist das du. Du hast alles, was es braucht, um eine fabelhafte Ärztin zu werden. Du musst dich nur an deine Zauberkräfte erinnern.«

Er hebt den Kopf und mustert sie stumm. »Es klingt paradox, aber wenn du damals bei deiner Geburt Ärztin gewesen wärst, hättest du sie retten können, nicht wahr?«

Sie schließt die Augen und atmet tief durch. Behutsam streicht sie über die Feder. So leicht und weich. Ein ungewöhnlicher, aber nicht ganz abwegiger Gedanke. Will sie Ärztin werden, damit sie Frauen wie ihre Mutter retten kann?

Sie blinzelt verwirrt.

Was, wenn keiner der Gründe – der Wunsch, der Familientradition zu folgen und Pa stolz zu machen, das Interesse ihres Vaters zu wecken, ihre Faszination für die Medizin – an das eigentliche Motiv heranreicht? An das Motiv der Schuld, ihrer Erbschuld. Wie stark das Gefühl in ihr wirkt, etwas wiedergutmachen, Opfer erbringen zu müssen, spürt sie jedes Mal, wenn sie in die freudlosen Augen ihres Vaters blickt.

»Hast du je in Erwägung gezogen, dass nicht du die Schuld trägst, sondern er? Oder keiner von euch?«

Olga schüttelt den Kopf. Auch diesen Gedanken hat sie nie zuvor gedacht, und die Erkenntnis trifft sie wie ein Schlag. Sie denkt daran, was Karl ihr gesagt hatte, als er wutschnaubend aufbrach, nach Berlin, zur Luftkriegsschule. »Du denkst, Vater ist unfehlbar. Glaub mir, er ist das größte Arschloch von allen«, hatte er ihr zum Abschied gesagt, und dass er keinen Fuß mehr in dieses Haus setzen würde. Irgendetwas musste zwischen ihnen nach dem Streit im Meiers noch vorgefallen sein, irgendetwas Schlimmes, sonst wäre Karl nicht so außer sich gewesen.

Ihre Augen füllen sich mit den Tränen, die sie während ihres Geständnisses so erfolgreich zurückgehalten hat.

Fritz streicht ihr sanft über die Wange, wischt die Tränen weg. Die Geste eines guten Freundes, denkt sie, und doch durchrieselt sie ein leichter Schauer.

Wie angenehm sich seine Nähe anfühlt. Wie mühelos sie mit ihm über all das sprechen kann, wie gut er sie versteht. Verlegen rückt sie von ihm ab. Warum kann sie mit Gero nicht so reden oder mit ihren Freundinnen?

Sie räuspert sich.

»Und was ist dein dunkelstes Geheimnis?«, fragt sie mit belegter Stimme.

Er zögert. »Ich bin ein sozialschädlicher Bastard«, sagt er schließlich mit bitterem Unterton, in dem doch seine Verletzlichkeit mitschwingt.

Dann erzählt er. Von seinem Vater, der ein wohlhabender Fabrikant ist und verheiratet, aber nicht mit seiner Mutter. Davon, dass sie das Kindermädchen seiner Halbschwestern war, ehe sie schwanger und des Hauses verwiesen wurde. Dass sein Vater ihn als seinen einzigen Sohn zwar anerkannt hat, ihn aber nicht in seiner Nähe haben will, und dass er der Mutter zum Trost ein eigenes Tabakgeschäft eingerichtet hat, ein paar hundert Kilometer entfernt von ihm, wo er sie zweimal im Jahr besucht.

»Er ist die große, einzige Liebe meiner Mutter und kommt und geht, wie es ihm beliebt. Sie glaubt immer noch daran, dass der vornehme Herr sie eines Tages heiraten wird.« Er stockt. »Weißt du, wovor ich am meisten Angst habe?«

Stumm schüttelt sie den Kopf.

»Dass ich nach diesem Lügner komme, dem es egal ist, dass er aus meiner Mutter eine ehrlose Frau und aus mir einen Bastard gemacht hat.«

Seine Worte berühren sie tief, und einen Moment lang weiß sie nichts darauf zu sagen. Sie nimmt kurz seine Hand und spürt seinen Schmerz, so als würde er von seiner Hand in ihre übergehen. Dann sagt sie, bevor sie schnell wieder loslässt: »Du kommst nicht nach ihm, ausgeschlossen. Wenn du etwas nicht tust, dann falsche Versprechungen machen.« Sie lächelt. »Du machst nämlich erst gar keine.«

Doch er lässt sich davon nicht beruhigen. Mit flatterigen Fingern zündet er sich eine Zigarette an. »Ich war der Bankert, der die Läuse und Flöhe mit in die Klasse brachte, verstehst du? Ständig haben sie mich gehänselt. Spielen, das durfte man ja nicht mit so einem wie mir!«

Sie kann den kleinen gedemütigten Jungen förmlich vor sich sehen. Auch wenn sie ihn jetzt betrachtet, den jungen Mann, dessen Charme und Witz heute alle erliegen, meint sie den gut getarnten Schmerz in ihm zu fühlen, aber auch die Fähigkeit, aus jeder Niederlage etwas zu lernen. Nach so vielen Jahren zu hören wer er ist, verunsichert sie dennoch, weil es sich anfühlt, als würde sie ihn gerade erst kennenlernen. Olga schluckt.

»Weißt du, was mein Pa immer sagt?«, flüstert sie. »Das Problem ist nicht ihr Spott, sondern dass man ihnen glaubt.«

Fritz saugt heftig an seiner Zigarette. »Sag das mal dem

kleinen Jungen! Ich habe mir jeden Abend ausgemalt, was mein Vater mit denen machen würde, wenn er davon wüsste … Wie er sie an den Ohren rauszerren und jeden Einzelnen windelweich prügeln würde.« Er bricht ab. »Klingt das blöd?«

Sie steckt sich die Feder hinters Ohr.

»Ich überlege mir jeden Abend vor dem Einschlafen, wie meine Mutter auf der Fensterbank landet, sich in diese wunderschöne Frau von den Fotos zurückverwandelt und mir ein Einschlaflied vorsingt, während sie mir über den Kopf streichelt. Sag du mir: Ist das blöd?«

»Nichts, was du sagst, ist blöd.«

Sie sieht ihn dankbar an.

»Weißt du …« Er räuspert sich. »Irgendwann gingen die Läuse um, und da hieß es, die müssten von mir stammen, dem« – er malt mit gekrümmten Fingern Anführungszeichen in die Luft – »Asozialen. Als der Lehrer vor der gesamten Klasse meinen Kopf untersuchte und keine fand, meinte er: ›Nicht mal die wollen zu ihm!‹ Was mir das spöttische Gejohle aller Schüler eintrug und die frühe Erkenntnis, dass man als Außenseiter keinen Schutz genießt und sich auf seine Weise wehren muss.«

»Und wie sah die aus?« Olga ist beeindruckt, wie er den Makel zur Stärke gewendet hat.

Mit angewiderter Miene stößt er Zigarettenrauch aus.

»Blutig! Ich habe meinen Hosenboden mit einer Schweineblase ausgelegt, die mit Schlachttierblut gefüllt war. Eine kleine Respektlosigkeit meinerseits, und schon schlug der Lehrer mir so kräftig auf den Hintern, dass die Blase platzte und sich das Blut über ihn ergoss.«

Sie muss lachen. »Was nützt dir Ungehorsam in Gedanken, oder?«

Daher rührt also sein Kampfgeist, denkt sie, und sein Verlangen, es der Witte und allen, die ihm dumm kommen, zu zeigen.

»Na ja, die haben mich sofort von der Schule geschmissen. Da bin ich zu meinem Onkel gezogen. Und was glaubst du, wem ich da begegnet bin?« Ein Lächeln stielt sich in sein Gesicht, und Olga wird es ganz warm ums Herz.

»Einer Wicca, so trotzig und unbezähmbar wie ihre Haare.« Er streicht ihr eine Strähne hinters Ohr, und ein Lächeln spielt um seine Lippen. »Als sie mich anlachte, wusste ich, dass ich hier richtig bin. Du siehst also, alles ist zu irgendetwas nütze.«

Obwohl sie sich bei ihm nie sicher ist, ob er sich nicht vielleicht doch über sie lustig macht, bekommt sie bei seiner Berührung am ganzen Körper Gänsehaut. Sie spürt ihr Herz schlagen. Was soll es auch sonst tun, versucht sie sich zu beruhigen. Es ist schließlich ein Muskel.

Mai 1943

Ginsterburg

Olga verbirgt sich hinter der Gardine des gekippten Fensters, linst durch einen Spalt hinaus und lauscht in den anbrechenden Morgen.

Noch bevor sie ihn sieht, hört sie seine Schritte und ihren Herzschlag. Dann tritt sie einen Schritt zurück und wartet, bis er klopft. Auch am nächsten Tag klopft er pünktlich an ihr Fenster, wie auch am übernächsten Tag und am überübernächsten. In nervöser Vorfreude stellt sie sich den Wecker jede Nacht ein bisschen früher. Die hinzugewonnene Zeit verwendet sie darauf, ihr zerzaustes Haar zu bändigen und abzuwägen, ob sie das grüne Kleid anziehen soll oder das hellbraune, das besser zu ihren Augen passt.

Sobald der Eisvogel seine Frühstücksrunde erledigt hat, beginnen sie zu reden, ohne Unterlass, bis die Sonne aufgeht. Seit Fritz ihr gesagt hat, dass sie über die seltene Gabe verfügt, lebendig zu erzählen, überlegt sie pausenlos, mit welchen Anekdoten sie ihn zum Lachen bringen kann.

Sie erzählt ihm von Bauer Behrens, der Pa auf seinen Hof bestellt hat, um ihm seine Assistenz als Wunderheiler anzubieten, kaum dass er beim Melken den »göttlichen Heilstromschlag« bekommen hatte. Von der Amöbenruhr von Frau Köhler, die, statt es mit Pas Brechwurzelrezept zu versuchen, lieber auf Hitlers Zauberwaffe wartet, die angeblich alle äußeren und inneren Feinde vernichten kann, mit etwas Glück sogar die Maulwürfe in ihrem Garten. Fritz wiederum erzählt ihr von seinem Traum, auf einer Pritsche aus Palmblättern irgendwo im Pazifik zu überwintern, als Handlungsreisender für Onkel Schneider Faltboote in Kanada zu verkaufen, wenn der Krieg erst vorbei ist, und von Vater Meier, dem er eine solche Lektion erteilen wird, dass ihm das gesamte Bier bitter wird.

»Spezial Hell! Schon der Name ist bitter: arische Plörre aus der Hölle.«

»Gebraut nach dem arischen Reinheitsgebot«, sagt sie schmunzelnd. »Dann würde Hitlers Hell fast besser passen, wenn man überlegt, wie sich die Herren der NSDAP-Ortsgruppe und die Damen der NS-Frauenschaft im Meiers mit diesem Höllengetränk lautstark Hitlers Höllenkrieg schöntrinken.«

Sein Gesicht hellt sich auf, und er tippt ihr auf die Nase. »Hitlers Hölle«, sagt er. »Das ist richtig gut!«

Sie liebt sein verstecktes, verschmitztes Lachen, wenn ihn ihre Worte amüsieren, und wird, beflügelt von seiner Ausgelassenheit, immer leichter, wird ganz sie selbst, in ihrer unbekümmertsten Version. Anders als bei Gero, unter dessen ernstem Blick sie das Gefühl hat zu versteinern. Vielleicht weil sie mit Fritz wie ein Eisvogel über den Bäumen schwebt, frei und sorglos. Zwei verirrte flatternde Seelen im Einklang mit dem Universum.

Was in der Eisvogelstunde hoch oben in der Ulme zählt, sind nur sie beide. Es ist, als säßen sie auf ihrem eigenen kleinen Ast, der aus dem höchsten Baum übers Wasser ragt und alles unter ihnen winzig klein und bedeutungslos erscheinen lässt.

Einmal, als es kräftig geregnet hat, hat Fritz sie in seiner ungestümen Art plötzlich gepackt und herumgewirbelt, bis sie vollkommen durchnässt waren. Dann hat er, in dem Wissen, dass der Regen seine Worte verschlucken würde, laut über den See gerufen:

»Freiheit ist da, wo wir sind!«

So fühlt es sich tatsächlich an mit ihm, und das jeden Tag mehr.

Die Angst und das schlechte Gewissen kommen erst, wenn

die Füße wieder den Boden berühren, wenn ihrer beider Ungezwungenheit einer gewissen Steifheit weichen muss, um die Nähe zueinander zu verbergen. Und wenn Olga Zeit mit Lotte verbringt, die noch immer über nichts anderes als Fritz reden will und seinen Rückzug von ihr. Sie versteht nicht, warum er sich nicht mehr bei ihr blicken lässt, und vermutet, dass es ihr nahender Abschied ist, den er nicht erträgt. Warum sie immer noch an eine gemeinsame Zukunft mit ihm glaubt, bleibt Olga ein Rätsel. Wie soll sie Lotte bloß beibringen, dass Fritz sie nicht liebt?

Einmal steht Fritz abends vor der Tür mit einem seltsam gequälten Ausdruck auf dem Gesicht. Die Sonne senkt sich bereits, und die Luft riecht nach Tabak. Er fährt sich übers Gesicht, dreht die Zigarette mit seinen Fingern und bringt zunächst kein Wort heraus. »Wo warst du?«, fragt er schließlich und zieht nervös an seiner Zigarette. »Hast du unsere Eisvogelstunde vergessen?«

Sie sieht ihn erschrocken an. »Ich habe heute Nacht geholfen, den kleinen Jochen auf die Welt zu holen, den Enkel vom Bäcker Zapfen«, antwortet sie stotternd, noch ganz müde von der anstrengenden Geburt, die sie unter den Augen von Pa ganz alleine begleitet hat.

Fritz, Gesicht hellt sich augenblicklich auf.

»Und ich dachte schon, du willst nicht mehr«, sagt er leise.

»Ich konnte nicht!«, erwidert sie und lächelt ihn entschuldigend an. »Jochen war die Eisvogelstunde egal.«

Sie verspricht ihm, von da an das Fenster auf Kipp zu stellen, wenn sie ihn erwartet.

Als er einmal nicht kommt, wird sie ganz unruhig. Sie wartet auf der Ulme, dann wieder im Zimmer, wandert dort auf und ab und stellt sich hinter ihr gekipptes Fenster, während sie ihn in Gedanken anfleht, ihr alles zu verzeihen, womit sie ihn verärgert haben mochte.

Dann, endlich, hört sie seine festen Schritte auf der Holztreppe, die sich von allen anderen Schritten unterscheiden, allein, weil es seine sind, und das Herz klopft ihr bis zum Hals. Er lächelt sie an, tippt mit dem Finger unter sein linkes Auge, und sie verspürt ein leises Kribbeln.

»Ich dachte schon, du willst nicht«, sagt sie hastig. Ihre Stimme ist nur noch ein Krächzen.

Fritz blickt sie überrascht an. »Ich will nicht?«, fragt er ungläubig. »Ich konnte nicht!«

Sie stößt einen Seufzer der Erleichterung aus. Dann erzählt Fritz ihr von den Fremdarbeitern der Röste.

»Adam hat mir berichtet, dass der Zustand der Leute sich immer mehr verschlimmert. Wir haben sie auf dem Weg in die Fabrik abgepasst und ihnen ein paar Brote, Äpfel und Eier zugesteckt.« Die Wut steigt in ihm auf, Olga kann sie spüren. »Die arbeiten noch nicht mal für 'n Appel und 'n Ei«, fährt er fort, »kriegen nur wässrige Suppe oder Russenbrot aus Roggenschrot und Laub, aus Strohmehl, Rübenschnitzeln. Die gehen schon in die Kirche, nur um sich an einer Oblate satt zu essen.«

Sonntag ist der einzige Tag, an dem sie nicht arbeiten müssen.

Übelkeit wallt in Olga auf. Jetzt, wo *»das deutsche Volk verzweifelt um seine Existenz ringt und seine eigene Ernährung sichergestellt werden muss«*, so stand es kürzlich im Anzeiger, ist es strengstens verboten, Fremdarbeitern zu essen zu geben. Olga ist in Sorge um ihn, um Adam. Schließlich droht ihnen Gefängnis, oder schlimmer noch: Lager, sollten sie erwischt werden.

»Aber ist das nicht gefährlich? Für euch, für sie?«, fragt sie.

Fritz hebt die Schultern. »Willst du sie verhungern lassen?«

Natürlich hat er recht. Sie zwingt ihre Angst nieder. »Ich könnte dir helfen«, bringt sie hervor.

»Das wäre schön«, sagt er und sieht sie wieder so seltsam an. Sie spürt, wie ihr das Blut ins Gesicht schießt.

Einen Moment lang schweigen sie.

»Mamme und Pelle sind so kurz vor der Abreise nicht mehr in ihrem Gemüsegarten«, überlegt Olga laut. »Wäre die dichte Hecke dort nicht ideal für ein Nahrungsmittelversteck?«

»Wicca, Wicca«, sagt er lächelnd. »Du bist großartig.«

Sein Blick, sein Lächeln, seine Worte bewirken, dass sie ihn küssen will. Doch als er sich zu ihr herüberbeugt und die Hand nach ihrem Gesicht ausstreckt, weicht sie erschrocken zurück. Der Mut verlässt sie.

Verunsichert schaut er sie an. »Entschuldige, ich wollte dir nicht zu nahetreten, nur wissen, ob ich richtig gesehen habe.« Er macht eine Pause. »Die neue Sommersprosse zwischen deinen Augen. Sie sieht hübsch aus«, fügt er hinzu. »Ein Gesicht ohne Sommersprossen ist wie ein Himmel ohne Sterne, sagt meine Mutter, und ich finde, sie hat recht.«

Ihre Kehle ist wie zugeschnürt. Wie anders sich das anfühlt als mit Gero, bei dem ein solcher Satz immer etwas von einer ärztlichen Diagnose hat. Einmal hat er mit sachlich interessierter Miene die Sommersprossen in Olgas Gesicht gezählt. »Siebenundzwanzig, Olga, das ist stattlich!«

Überhaupt, es ist hoffnungslos mit Gero. Seit Ostern hat sie ihn nicht mehr gesehen, und es ist gut so. Er schreibt ihr beinahe täglich Briefe, die sie ungeöffnet dem Mülleimer überantwortet. Zum Glück ist er weit weg, bei seinen Soldaten, und bereitet sich auf den anderen Kampf vor. Der Kampf um sie ist jedenfalls verloren. Es interessiert sie nicht mehr, wie er zu ihr steht – er interessiert sie nicht mehr. Nicht aus gekränkter Enttäuschung, sondern weil sie ihre Zeit und Gedanken lieber mit Fritz verbringen will. Gemeinsam mit ihm träumen und Eisvögel beobachten will und ihn auf der geheimen Mission unterstützen, die allemal wichtiger ist als Geros verletzte Gefühle.

Adam, Fritz und sie verstecken alles, was sie auftreiben können, in der Hecke. Mal sind es Milch, Eier, Käse oder Butter, Dinge, die die Arbeiter nicht zu essen bekommen, mal Kartoffeln oder ein Laib Brot, selten Schinken oder Hühnerfleisch. Und dennoch ist es viel zu wenig, nur ein Tropfen auf den heißen Stein. Aber mehr kann sie bei der Mamsell oder bei Mamme nicht abzweigen, ohne dass es auffallen würde. Lottes Mutter wird schon misstrauisch. Vor ein paar Tagen hat sie Olga gefragt, warum sie Kartoffeln in ihrer Tasche verschwinden ließ, als ob sie jemanden verstecken würde. Olga weiß nicht, wie ernst gemeint die Frage war, aber sie muss vorsichtiger werden, auch mit Fritz. Lotte sieht sie in letzter Zeit so seltsam an.

»Erst Fritz, jetzt du«, hat sie neulich beim Gilu-Training geklagt und angefangen zu weinen. »Warum geht ihr mir beide aus dem Weg? Wir sind doch bald weg! Sollten wir da nicht jede Minute nutzen?«

Und obwohl Lotte zum Drama neigt, versteht Olga ihre Verzweiflung. Die Trauer übermannt Olga ja selbst jedes Mal, wenn sie an den Abschied denkt.

Sie waren mitten auf dem Schwanensee, auf dem sie für die Gilu-Regatta im Juni trainierten, als Lotte das Paddel ins Boot zog. Offenbar wollte sie Olga jede Möglichkeit zur Flucht nehmen. Sie drehte sich zu ihr um und verschränkte die Arme. »Ich sehe dich in letzter Zeit fast nur noch beim Training, und dann mit so einem entrückten Lächeln, als würdest du mir etwas verschweigen. Und Fritz sehe ich gar nicht mehr. Weißt du etwas, was ich nicht weiß?«

Olga spürte, wie ihr die Röte ins Gesicht stieg.

»Was verheimlichst du mir?«, fuhr Lotte fort. »Sag mir nicht, dass Fritz und du, dass ihr beide …« Sie brachte den Satz nicht zu Ende, als spürte sie, dass sie zu weit gegangen war.

Olgas Puls beschleunigte sich spürbar.

»Wie kommst du denn darauf?«, wehrte sie verlegen ab. »Jungen sind das Letzte, wonach mir der Sinn steht. Vor allem jetzt, wo mich alle in meiner Familie verlassen haben. Erst Karl und jetzt auch noch Pa und Vater«, setzte sie hinzu. Vor ein paar Tagen ist ihr Vater als Sanitätsoffizier nach Frankreich geschickt worden. Und nur ein paar Tage später ist auch noch ihr Großvater nach Kühlungsborn aufgebrochen, um seiner erkrankten Schwägerin Margarete beizustehen, der Witwe seines Bruders. »Und Fritz meidet dich bestimmt nur, weil er keine Abschiede mag. Er muss doch bald an die Front«, sagte sie, obwohl sie wusste, dass das eine Lüge war. Sie wollte nicht mit Lotte über Fritz reden, die Gedanken an ihn gehörten ihr allein.

Lotte sah Olga unglücklich an. »Du hast dich verändert, weißt du das? Du bist nicht mehr ehrlich zu mir. Macht es dir denn gar nichts aus, dass ich wegziehe?«, sagte sie weinend.

Olga wusste nicht, was sie darauf erwidern sollte. Sicher macht es ihr etwas aus. Doch sosehr ihr die alte Vertrautheit fehlt, für den Moment würde es die Dinge vereinfachen, Lotte nicht mehr dauernd über den Weg zu laufen. Dann müsste sie ihr nicht länger in die Augen schauen, nur um sich selbst zu sehen, ihre Lügen, Ausflüchte, Heimlichkeiten, die sich längst zu einem riesenhaften Knäuel verheddert haben. Es schmerzt sie, dass sie ihr Vertrauen in Olga verloren hat und sie für herzlos hält, aber möglicherweise kennt Lotte sie besser als sie sich selbst.

Denn etwas ist anders in letzter Zeit. Sie selbst ist anders, und Fritz auch. Die Art, wie er sie eine Idee zu lange ansieht, ihr Gesicht studiert, wenn sie etwas erzählt, die Art, mit der er vermeidet, sie anzusehen, wenn sie sein Gesicht betrachtet, und wie sie beide zusammenzucken, wenn sie sich aus Versehen flüchtig berühren. Sosehr sie sich gegen das Gefühl wehrt: Ihr Körper gibt ihr andere Signale. Sobald sie tiefer in seine blitzenden Augen blickt, vergisst sie beinahe zu atmen. Und Lotte, die vergisst sie auch. Obwohl Olga seit Wochen kaum mehr als vier Stunden die Nacht schläft, hat sie sich noch nie so munter und wach gefühlt. Sie riecht den Waldsalbei, noch bevor sie ihn sieht, sie hört das erhabene Trompeten der Kraniche, lange bevor sie am Himmel ihre Kreise ziehen, und sie schmeckt in Mammes Wrukeneintopf endlich heraus, was ihr daran wortwörtlich immer bitter aufgestoßen ist: Lorbeer.

Die Gewissheit streift sie, dass sie sich verliebt hat. Bleibt die Frage, ob Liebe eine Medizin oder eine Krankheit ist. Denn wenn sie Fritz nicht sieht, sehnt sie sich nach ihm und nach dem Blau seiner Augen. Sie bekommt kaum einen Bissen herunter, kann nicht klar denken und wird immer wieder überschwemmt von einem lähmenden Gefühl der Traurigkeit. Das Einzige, was sie dann tun kann, um sich Erleichterung zu verschaffen, ist, die Feder, die er ihr geschenkt hat, zu betrachten, sich damit sanft über die Lippen zu streichen und sich jede einzelne Begegnung mit Fritz zurück ins Gedächtnis zu rufen, bis zu ihrem Wiedersehen.

Eines Nachts stehen Adam und Fritz gemeinsam auf der Kronenterrasse. Es ist Mitte Mai und ungewöhnlich kalt.

»Wir haben einen Notfall, Olga«, sagt Adam, und der Atem vor seinem Mund bildet weiße Wolken. Im Licht aus ihrem Zimmer schimmern seine Haare rot, nicht ganz so leuchtend wie ihre, aber rot, was ihn ihr noch sympathischer macht.

»Tadeusz von der Flachsröste, ein Freund meiner Familie aus Lodz, hat sich vorgestern einen rostigen Nagel in den Fuß getreten. Die Stelle hat sich stark entzündet.«

Er blickt sie aus Augen an, so schwarz wie die Nacht.

»Gibt es dort keinen Arzt?«, fragt Olga.

»Doch, den gibt es, vom Gesundheitsamt, aber den kriegen sie kaum zu Gesicht.«

Vom Gesundheitsamt? Sie sieht ihn erstaunt an. Sie wusste nicht, dass die Kollegen ihres Vaters die Fremdarbeiter versorgen.

»Und wenn der Herr Doktor dann mal kommt«, reißt Fritz sie aus ihren Gedanken und sieht Olga mit einer Mischung aus Wut und Mitleid an, »diagnostiziert er Bummelei und Arbeitsunwilligkeit und verordnet sogenannten geschärften Arrest in der rösteigenen Zelle: Nahrungsentzug und Gewahrsam.« Er macht eine kurze Pause, ehe er fortfährt. »Zu dem traut sich keiner mehr hin, obwohl fast alle unter schlimmen Magen- und Darmkrankheiten und Hungerödemen leiden. Wen wundert's bei diesem verwässerten Fraß?«

Sie ahnt, was er denkt: dass ihr Vater als Leiter des Gesundheitsamts mitverantwortlich dafür ist, Kranken ärztliche Hilfe zu verweigern.

Ist er das? Eigentlich kümmert Otto sich doch um die Seuchenbekämpfung im Gau und nicht um Zwangsarbeiter.

Soll sie ihn ansprechen, wenn er auf Fronturlaub ist, und ihn auf die Missstände hinweisen, ihn bitten, sich bei seinen Kollegen für die Arbeiter einzusetzen?

»Meinst du, dein Großvater könnte sich die Wunde mal anschauen?«, unterbricht Adam ihre Gedanken. »Viel Geld hat Tadeusz allerdings nicht, mehr als ein bisschen Taschengeld verdienen die da nicht.«

Bedauernd schüttelt sie den Kopf. »Mein Großvater ist in Kühlungsborn. Seiner Schwägerin geht es schlecht. Er ist hingefahren, um sie zu pflegen.«

»Was sollen wir jetzt machen?«, wendet sich Adam verzweifelt Fritz zu. »Tadeusz darf nicht in Gewahrsam.«

Fritz legt ihm eine Hand auf die Schulter und blickt Olga in die Augen.

»Es ist nämlich so«, sagt er. »Eigentlich geht's um seine Frau Anna, sie ist im sechsten Monat schwanger. Spätestens bei der nächsten Kontrollvisite wird sie ihren Zustand nicht mehr verbergen können. Was, wenn sie ihr dann das Kind abtreiben, während Tadeusz wegen Drückebergerei in Arrest ist. Mit dem Arzt ist nicht zu spaßen. Und mit dem Lagerführer auch nicht.«

Olga erschaudert und drückt sich die Fingerspitzen an die Schläfen. »Die treiben die Kinder im sechsten Monat ab?«

»Auch noch später. Wer züchtet sich schon freiwillig den biologischen Feind heran?« Adams resignierter, sachlicher Ton erschreckt sie beinahe noch mehr als das eben Gehörte.

»Oder verzichtet auf die Arbeitskraft?«, ergänzt Fritz verächtlich. »Zum Kinderkriegen sind die ja nicht geholt worden.«

Es tritt eine angespannte Stille ein. Olga begreift, dass sie viel mehr tun muss. Dass sie diesen Menschen helfen muss, wenn es in ihrer Macht steht. Und sie erkennt, dass Pa ihr alles von seiner Heilkunst mitgegeben hat, ihrer Seele und ihrem Kopf, und sie auf diesen Tag vorbereitet hat, an dem sie ihr Wissen auch ohne ihn anwenden wird. Es steht in ihrer Macht.

»Also gut, ich schaue mir den Kranken an. In einer halben Stunde in der Datsche der Rasmussens.«

30. März 1991

Ginsterburg

Die Luft am Schwanensee roch nach Sonne und Moos. Olga sog sie noch einmal tief ein und schielte auf ihr Geburtshaus. Es stand da wie immer. Hohe schlanke Fenster, ein halbrunder Erker im Erdgeschoss, in dem Pas Sprechzimmer untergebracht war, darüber die ehemalige Wohnung der Blumes, ebenso mit einem Erker versehen. Von außen unverändert bis auf den Wein, der inzwischen die gesamte vordere Hauswand hochrankte. Das Fenster – ihr Fenster – stand auf Kipp. Fritz und ihr Zeichen, dass die Eisvogelstunde geschlagen hatte. Bei dem Gedanken an die gemeinsamen Morgenstunden zog sich ihr Herz zusammen. Schnell wandte sie den Blick ab und drehte sich zum See. Sie würde Becki später ihr Haus zeigen, jetzt ging es darum, ihr das andere auszureden.

»Da kann die Welt einstürzen, aber der See verändert seine Farbe nicht«, sagte Olga nach kurzem Schweigen.

»Wie eine Flasche guter Rotwein«, bekräftigte Becki und wandte sich zum Meiers. »Wollen wir schauen, ob wir da drinnen noch eine finden?«

»Wenn, dann gibt's höchstens noch schal gewordenes Bier.« Olga musste schmunzeln, auch wenn ihr eigentlich gar nicht danach war. »Besser, wir gönnen dem seine letzte Ruhe, wie auch dem Gebäude. Da ist doch eh nichts mehr zu retten.«

In Beckis Augen blitzte Pioniergeist auf. »Nichts zu retten?«, sagte sie empört. »Mit ein bisschen Arbeit kann ich hier etwas Großes schaffen! Eine kleine Pension in Traumlage mit ein paar Zimmern im Obergeschoss, nordöstlich von Berlin, unten ein Restaurant mit Hausbrauerei.«

Olga schüttelte den Kopf. Hatte sie es doch geahnt: Die Gaststätte, und alles was mit ihr zusammenhing, verhieß nichts als Ärger.

»Heimkehr der verlorenen Tochter«, fuhr Becki fort. »Wie klingt das?«

Wie das klang? Wie ein Albtraum. Als wäre die Rückkehr an diesen Ort nicht schon schrecklich genug, zog Becki, die jahrelang nicht sesshaft werden wollte, auch noch in Erwägung zu bleiben, ausgerechnet hier. Olga ging mit festen Schritten auf das Gebäude zu, als müsste sie die Gefühle an sich heranlassen, die das Meiers in ihr auslöste. Reinlassen, um sie schnellstmöglich loszuwerden.

So wunderbar die Hülle einmal gewesen sein mochte und unter Beckis Händen wohl auch wieder werden konnte, sein Inneres war kontaminiert, ein kalter, kühler, inzwischen vollkommen verwaister Ort, an dem die gesamte Familie Meiers unglücklich geworden war. Annemie hatte ihre Kindheit einmal als Gefängnisstrafe bezeichnet und war aus diesem Haus geflohen, wann immer sie konnte. Gero hingegen war geblieben, hatte sich dem Willen seines Vaters unterworfen. Doch was hatte es ihm genutzt, was Annemie?

Olga hielt inne. Becki brauchte nicht zu wissen, wie sehr sie alles verabscheute, was mit diesem Ort zusammenhing. Vielleicht konnte sie ihr das Vorhaben auch auf andere Weise austreiben.

»Denkst du auch an die Kosten? Warum lässt du dem Meiers nicht seinen wohlverdienten Ruhestand?«, sagte sie.

»Ach, Mami.« Becki machte eine wegwerfende Handbewegung, als würde sie alle Zweifel beiseiteschieben wollen. »Ich habe schon Patienten gehabt, die viel schlimmer dran waren. Du hast doch vorhin selbst gesagt, dass Schönheit im Vergänglichen liegt.«

Lächelnd ging Becki an ihr vorbei und stapfte durch das hohe Gras zum kleinen Fenster des Seitengebäudes. Dahinter lag die Brauküche. Olga und folgte ihr, warf mit Becki zusammen einen

Blick hinein. Auf dem Boden standen vergammelte Holzfässer. Vor der einen Wand war eine große Feuerstelle. Darüber hing ein verblichenes Schild. *Unser flüssig Brot gib uns heute*, stand da, wenn Olga sich recht erinnerte. Wie oft hatte sie sich als kleines Mädchen mit Annemie und Lotte in die Brauküche geschlichen, um dort mit selbstgebastelten Besen aus Birkenreisig Hexen zu spielen und um den brodelnden, dampfenden und zischenden Kessel zu tanzen.

Wie herrlich es gerochen hatte, dieser würzig süße Geruch von Hopfen und Malz!

Kesselhaken lugten aus dem Rauchfang heraus. Es gab sogar noch den kupfernen Braukessel, wie ein Bote aus dem Jenseits. Sie wusste blind, an welcher Stelle er verbeult war. Gero und Annemie hatten jeden Winter aus dem See Eisblöcke geschlagen und in den Keller verfrachten müssen, wo den ganzen Sommer hindurch das Bier kühlte. Hin und wieder mussten dort auch Annemie und Gero abkühlen, ihre Strafe absitzen, wenn sie etwas ausgefressen hatten oder zumindest Vater Meier davon überzeugt war. Einmal, da waren sie noch klein, hatte er seinen Sohn dort eingeschlossen und dann vergessen. Auf der Suche nach Annemie, mit der sie gerade Verstecken spielte, hatte Olga zufällig sein Wimmern gehört und ihn befreit. Vor Kälte grün und blau war er gewesen, und bald auch rot vor Zorn, als er mit einer Eisenstange den Kessel traktierte, dabei Schreie ausstieß wie ein sterbendes Tier, bevor er schließlich zitternd zusammenbrach.

»Wollen wir rein?«, fragte Becki und ging voran. Ihre langen rotblonden Haare leuchteten unter der schwarzen Baskenmütze, als sie einen großen Schritt über das Absperrband setzte, das vor der Tür angebracht war. Rötlich wie ihr eigenes, dachte Olga. Und dennoch so anders.

Becki stellte einen Fuß auf das Band, um ihre Mutter durchzulassen, und öffnete dann die schwere Holztür. Als sie den ehemaligen Gastraum betraten, in den durch die teils kaputte Glasfront viel Licht fiel, flog eine Taube hinaus. Modriger Geruch stieg Olga in die Nase. An einer Stelle sammelte sich Wasser zu einer Pfütze. Es hatte durchs Glasdach reingeregnet. Auch die Wände sahen nicht viel besser aus. Als hätte jemand mit Absicht Löcher in den grauen Putz geschlagen.

»Ein bisschen wie zwischen Leben und Tod«, stellte Becki fest.

»Meinst du mich?«, fragte Olga und bückte sich ächzend, um mit einer Hand einen alten Teller aufzuheben und mit der anderen ihren Rücken zu stützen. Es war der goldverzierte Jubiläumsteller mit dem Motiv des Gebäudes vor dem Schwanensee, den die Stadt den Meiers zum zweihundertjährigen Bestehen ihrer Gastwirtschaft geschenkt hatte.

Becki ging hinter die Theke und drehte den Zapfhahn bis zum Anschlag auf. Aber es tröpfelte nichts heraus. Ein Werbeschild hing an einem Holzbalken. *Nur mit Spezial Hell brechen die Sorgen schnell.* Wo war das Bier, wenn man es brauchte?

Becki blickte sich um und deutete auf die Flügeltür. »Was ist dahinter?«, fragte sie.

»Der alte Tanzsaal. Jeden Sonntag um drei wurde zum Tanz gebeten.« Olga zögerte. »Dein Vater hat mir hier den Walzer beigebracht.«

»Wie lange wart ihr denn zusammen?«

»Seit meine Freundin Lotte beschlossen hat, dass wir einen Freund brauchen. Da war ich dreizehn.«

»Genau das meine ich. Hier habe ich das Gefühl, dass das Haus noch atmet. Weil die Seele noch da ist, deine, seine, eure gemeinsame«, fügte Becki mit glänzenden Augen hinzu und kletterte auf die Theke, um den Deckenbalken über ihr zu inspizieren.

Wie sie da oben stand, voller Energie, und den Raum in Besitz nahm, das hatte etwas Erhabenes. Dieser Ort rührte etwas in ihr an, das sah Olga jetzt deutlich.

»Hab ich es mir doch gedacht. Der Hausbock«, sagte Becki

seufzend und stieg von der Theke herunter, um die Wand dahinter zu betrachten, die mit alten Fotografien geschmückt war. »Aber keine Sorge, dem kleinen Freund hat bald die letzte Stunde geschlagen.«

Sie zog ein scharfes Messer aus ihrem Handwerksgurt und ließ ganz vorsichtig kleine Farbstückchen vom Putz abplatzen. »Sieh mal, Mami«, sagte sie und nahm eine Lupe hinzu. »In der Barockepoche haben sie mit der Schwamm- und Pinseltechnik kleine Ornamente aufgetragen. Mit ein bisschen Geduld sind da sicher auch Schriftzüge zu entdecken.« Sie ging in die Knie und klopfte auf das Parkett. Als sie wieder hochkam, wedelte sie mit einem Bierdeckel. »Da steht ›Meier‹ drauf! Den nehme ich für Sara mit.« Sie ließ ihn in ihrer Tasche verschwinden. Wie typisch das für sie war! Sie hatte ihrer Tochter schon immer von all den Orten, die sie bereiste, kleine Andenken mitgebracht, einen Eiffelturm aus Paris, eine Ledertasche aus Florenz, eine Tanuki-Figur aus Japan. »Damit sie weiß, dass ich immer zurückkomme«, hatte sie einmal zu Olga gesagt. Hoffnung regte sich in Olga, dass Ginsterburg für Becki einmal nicht mehr sein würde als eines ihrer vielen, vergessenen Reiseziele.

Sie trat neben ihre Tochter und sah sich zusammen mit ihr die Fotos an der Wand an. Vater Meier in der Bierkutsche, der See, Gilu-Regatten, die alten Barockhäuser am Marktplatz.

Plötzlich glitt Olga der Teller aus der Hand und zerbrach klirrend auf dem Fußboden. Der Klang der Vergangenheit, dachte sie und starrte auf die kleine verblichene Schwarzweißaufnahme neben der Stelle, die Becki freigekratzt hatte. Da waren sie, die fünf Freunde. Gemeinsam im Meiers, am dreizehnten Geburtstag von Olga und Lotte. Jenem Tag, an dem sie beinahe die Witte um die Ecke gebracht hatten, aufgenommen mit Selbstauslöser. Wie fröhlich und ohne jede Vorahnung sie alle in die Kamera schauten.

25. Mai 1943

Ginsterburg

Als Olga am Sonntagmorgen vor die Haustür tritt, ist es noch still, beinahe andächtig still, so wie die Menschen, wenn sie in der Dreifaltigkeitskirche niederknien oder auf dem Friedhof ein Grab besuchen, bevor sie zum Frühschoppen ins Meiers einkehren. Etwas liegt in der Luft, denkt Olga.

Es ist früh, viele schlafen noch oder lesen beim Frühstück im Anzeiger die Todesanzeigen der im Krieg gefallenen Ginsterburger.

Aus Sorge, Lotte zu begegnen, die womöglich auf dem Weg zum Gilu-Training ist, umrundet sie in einem großen Bogen den Markt und das Bootshaus. Bei der Vorstellung, gleich Fritz zu treffen, schlägt ihr Herz ein wenig schneller, und die Müdigkeit verfliegt.

An der Ecke der Gilu-Werft vom Schneider entdeckt sie ihn. Sie lächelt, als sie auf ihn zugeht, aber gleichzeitig fühlt sie einen kleinen Stich im Herzen. Was, wenn er nicht zurücklächelt?

Doch ihre Sorge ist unbegründet. »Wicca«, sagt er und verzieht den Mund zu einem Grinsen. »Schön, dass du gekommen bist.« Es klingt, als sei er erleichtert.

Dicht nebeneinander, aber ohne sich zu berühren, laufen sie am See entlang, vorbei an zwei älteren Frauen, Patientinnen von Pa, die vor ihrem Haus im Schatten der Bäume Kartoffeln schälen. Am liebsten wäre sie mit einem kurzen Gruß einfach vorbeigelaufen, aber für eine Blume gehört sich das nicht. Pa hat ihr schon früh eingetrichtert, dass der Hausarzt ein Mitbewohner seiner Patienten ist. Und dass es zu deren Hausrechten gehört, allzeit Verfügbarkeit einzufordern. Ihr Großvater kann nicht über den Marktplatz laufen, ohne immer wieder anzuhalten und sich auf den neuesten Stand bringen zu lassen, darüber, was der rumorende Darm, die schmerzende Hüfte oder der eitrige Furunkel so machen.

»Guten Morgen, Fräulein Blume«, grüßt Frau Schnappe, die Jüngere der beiden, ohne Fritz eines Blickes zu würdigen.

»So früh schon auf den Beinen?«, fällt Witwe Grothe ihr ins Wort. »Wie geht's dem werten Herrn Doktor in Kühlungsborn? Ist seine Schwägerin wieder wohlauf?«

Olga grüßt freundlich zurück, gibt Auskunft über Pas und Großtante Margaretes Befinden und erkundet sich pflichtschuldig nach dem trockenen Husten der Witwe und der Gicht von Frau Schnappe.

Als sie nach wenigen Minuten endlich weitergehen können, bemerkt Fritz verärgert: »Es gibt auch nichts, was in diesem Kaff verborgen bleibt.«

Olga stupst ihn die Seite. »Die sind doch harmlos.«

»Neugierde ist nie harmlos.« Fritz schnaubt verächtlich. »Man sollte diesen Tratschen allen die Zunge abschneiden.«

Sie wundert sich über seine Empörung. »Hast du Sorge, dass wir auffliegen?«, fragt sie und kämpft plötzlich wieder mit ihrer Angst. Wenn Fritz sich Sorgen um Ginsterburgs berühmte tausend Augen und noch mehr Ohren macht, dann sind sie vielleicht wirklich in Gefahr? Sie will nicht daran glauben, aber seit Mamme sie neulich abgefangen und sie nach den Broten und den Äpfeln, die sie in der Hecke gefunden habe, ausgefragt hat, weiß Olga, dass es keine Sicherheit mehr gibt. Sie hat sich Mamme gegenüber gar nicht erst die Mühe gemacht, ihre Tat zu leugnen, ohne ihr allerdings von den nächtlichen Aktivitäten in der Datsche zu erzählen. Doch ihre Ziehmutter hat nicht so verständnisvoll reagiert wie erhofft. Sie kümmert sich nicht so sehr um das Wohl der Zwangsarbeiter, sondern um Olgas, und hat sie deshalb eindringlich gebeten, damit aufzuhören. Und mit ihnen nach Schweden zu kommen. Mamme meint, dass Olga dort besser aufgehoben wäre, solange weder Pa noch Karl noch Otto in Ginsterburg ist. Sie schlägt damit in die gleiche Kerbe wie Pa, der sie am Telefon immer wieder inständig bittet, wenigstens den Sommer bei den Rasmussens zu verbringen. Olga kann es nicht mehr hören.

»Sorge? Kein Stück«, sagt Fritz und lacht, und das beruhigt sie sofort. »Wenn ich mir über alles, was ich tue oder lasse, immer gleich Gedanken machen würde … Da folge ich lieber meinen Instinkten und Impulsen und meinem Herzen.« Er lässt sich zurückfallen und trabt hinter ihr her, pfeift dabei bewundernd.

Olga lacht ihn aus. »Dann musst du aber früher aufstehen.« Sie wirft die Haare zurück und rennt ihm davon. Eher flirtet er mit ihr, als über Dinge nachzudenken, die ihm die Aussichten trüben könnten. Olga mag das.

Als sie völlig aus der Puste die Datsche erreichen, setzen sie sich, gut geschützt vor fremden Blicken, auf die Steine am See, die im Licht der Sonne glänzen, und schauen aufs Wasser. Sie warten auf Adam.

Die drei Freunde haben sich eingespielt, die Datschenpraxis läuft gut. Während Adam die Patienten für den Abend organisiert und für diejenigen übersetzt, die kein Russisch oder Deutsch sprechen, assistiert Fritz Olga. Er bereitet Tee zu, mischt unter ihrer Anleitung Kräuter oder hilft beim Einrenken, wenn sie allein nicht genügend Kraft aufbringt.

»Mein Onkel hat bei der Flachshölle nachgefragt, ob er ein paar der Arbeiter übernehmen kann. Er hat einen Großauftrag für Wehrmachtsmäntel bekommen und braucht mehr Näher für seine Schneiderei. Nun hofft er, dass der Herr Direktor ihm die schwächsten Glieder seiner Flachse abtritt, um bei Ortsgruppenleiter Tezlaff um frischen, arbeitsfähigen Nachschub bitten zu können.«

Olga sieht ihn erstaunt an. »Das ist eine wirklich gute Idee.«

»Nicht wahr?« Er wirft einen Stein ins Wasser, aber statt zu hüpfen, sinkt er sofort. »Er kann die Schwachen aufpäppeln, bevor sie auch noch verrecken – oder sich im See ertränken wie die beiden Polinnen letzte Woche.«

Olga nickt traurig. Den von Hunger und Hoffnungslosigkeit geplagten Arbeitern geht es wirklich schlecht, viele sind mehr tot als lebendig. In die Datschenpraxis kommen die meisten mit Mangelerscheinungen wie Erbrechen, Durchfall und Hungerödemen, bei denen sich Wasser unter der Haut einlagert.

Sie kann ihren Schmerz förmlich riechen und fühlen, wenn sie sie untersucht. Nur weiß sie nicht, wie sie ihn behandeln soll, außer vielleicht damit, ihnen literweise Lebensmut einzuflößen und sie wie Gänse zu stopfen – wenn sie nur wüsste, woher sie diese Medizin nehmen sollte. Zehn Pflaster auf einer Wunde heilen nicht, heißt es. Aber eines eben auch nicht, und besonders dann nicht, wenn es sich um eine innere Wunde handelt. Alles, was sie für sie tun kann, ist, ihre äußeren Blessuren zu versorgen und den Schmerz des Ausgestoßenseins ein wenig zu lindern, indem sie sie hereinlässt, in die Datsche und in ihr Herz.

Erst ist es nur Tadeusz aus Lodz gewesen, dem sie eine eitrige Entzündung aus dem Fuß schnitt. Doch als er sie bat, einen Blick auf den grünlichen Hustenauswurf eines Freundes zu werfen, konnte sie nicht Nein sagen. Auch nicht, als der jemanden ankündigte, dessen Schulter seit Tagen schmerzte. Inzwischen strömen jeden Tag mehr Patienten zu ihrer geheimen Sprechstunde, obwohl sie dabei ihr Leben riskieren. Zwar werden sie nicht wie die russischen Zwangsarbeiter in den Rüstungsbetrieben hinter Stacheldraht gehalten, aber nach dem Appell um siebzehn Uhr dürfen sie offiziell nicht mehr die Baracke verlassen. Werden sie erwischt, droht ihnen das Lager oder der Tod. Deshalb wagen sie sich auch nur im Schutz der Dunkelheit hinaus, kurz nach Mitternacht, wenn die Kerze im Fenster leuchtet und die Datschenpraxis geöffnet hat.

Trotz allem, was sie hinter sich und noch vor sich haben, sind manche der Patienten voll Dankbarkeit für das kleine bisschen Menschlichkeit, das ihnen hier widerfährt. Einige sind jedoch wie erstarrt und vom Schmerz gebrochen und andere wiederum zum Davonlaufen unfreundlich, als wären Fritz und Olga mitverantwortlich für ihre Misere. Sie versteht auch diesen Schmerz, begreift, dass er sie verwandelt und das Innere verhärtet, abstumpft und sich gegen alles und jeden wendet, der zu den Feinden gezählt wird. Und dass diese Art der Schmerzresistenz überlebensnotwendig ist. Auch wenn man das nicht Leben nennen kann. Diese Leute haben keine Familie, die ihnen Trost spendet, keine Zuversicht, jemals wieder nach Hause zurückzukehren. Und immerzu dieser Hunger, der sie um den Verstand und ums Leben bringen kann.

Vor ein paar Tagen hat Dimitri aus Krakau vor ihr gestanden, ein Hüne von einem Mann, kaum älter als sie. Sein Russisch war gut, und Olga verstand ihn dank der Russischstunden mit Babuschka. Er erklärte mit sanften Augen, die im auffallenden Kontrast zum Rest seiner Statur standen, dass er sich die Schulter ausgekugelt habe.

Mit einer schnellen Bewegung drehte sie das Schulterblatt, was normalerweise große Schmerzen bereitet. Doch er ballte nur eine Hand zur Faust und gab keinen Laut von sich, auch nicht, als sie die Schulter mit einer Salbe ausrieb und ein Tuch darum wickelte.

Erst als die Prozedur vorüber war, fing er an zu weinen, so als hätte sie nicht nur die Schulter befreit, sondern auch seine Tränen. Vorsichtig griff sie nach seiner Hand und hielt sie. Dann begann er leise zu erzählen. Er sprach mit vielen Pausen, und in seiner Stimme lag Verzweiflung, als er mit starrem Blick von der Menschenjagd in Krakaus Straßen berichtete, davon, wie die Deutschen ganze Häuserblocks umstellten, wahllos in die Mengen schossen und die Leichen liegen ließen, wie sie Wohnung für Wohnung nach Arbeitssklaven absuchten, die sich nicht freiwillig gemeldet hatten, wie er sich im Schrank versteckt hatte, bis sie auch an ihre Tür hämmerten und statt ihm seine Mutter mitnahmen. Aus dem Schrank hatte er noch ihre Schreie gehört, und als er aus dem Fenster blickte, sah er, wie sie im Schlafhemd an den Haaren über die Straße geschleift und auf einen Laster verladen wurde.

»Ich bin nach unten gerannt, um mich gegen sie einzutauschen«, flüsterte er. Dabei bebte sein massiger Körper, und er schluchzte so leise und heftig, als könnte er niemals wieder aufhören.

»Alles umsonst. Am Ende sah ich meine sechsjährige Schwester, wie sie mutterseelenallein auf der Straße stand und weinend dem Laster hinterherblickte, auf dem meine Mutter und ich davonfuhren. Sie trug das gelbe Kleid, das meine Mutter ihr erst am Morgen genäht hatte. Ich weiß nicht, ob sie noch lebt.«

Ein trostloses Schweigen senkte sich auf die Datsche herab, und Olga rang um Fassung. Sie fühlte sich bleischwer vor Traurigkeit. Dimitri bangte seit drei Jahren um seine Familie und war felsenfest davon überzeugt, Schuld am Unglück seiner Mutter und seiner kleinen Schwester zu haben. Dabei war er selbst fast noch ein Kind.

»Verflucht«, ruft Fritz sie aus ihren Gedanken. »Was ist nur los mit dieser Welt, dass nicht mal mehr die Steine übers Wasser springen wollen?« Er nimmt sich einen weiteren flachen Stein und lässt ihn übers Wasser flippen. Diesmal hüpft er fünfmal, bevor er untergeht, aber Fritz kommentiert es nicht, er scheint mit seinen Gedanken weit weg zu sein.

Schließlich sagt er: »Mein Onkel hat eine Vorladung bei der Gestapo in Schwedt bekommen. Irgendjemand hat ihn gemeldet, weil er angeblich mit unseren Arbeitern fraternisiert. Wem kann man in diesem Kaff eigentlich noch vertrauen?«

Olga spürt, wie ihr der Kopf rauscht. »Wer tut bloß so etwas?«

Er rümpft die Nase. »Irgendwelche Irren.«

Olga denkt, dass Fritz wahrscheinlich darum so aufgebracht gewesen ist, als die Schnappe und die Grothe sie nach Pa ausgefragt haben.

»Mein Onkel ist furchtbar nervös. Auch wenn er meint, dass man ihm nichts beweisen kann und die Gestapo andere Sorgen hat, als jeden festzusetzen, der denunziert wird.«

Sie hofft, dass der Schneider recht hat. »Vielleicht sollte er in diesem Fall erst mal Abstand von der Idee nehmen, Arbeiter von der Röste abzuwerben«, sagt sie, obwohl sie schon weiß, dass er es nicht tun wird. In seiner Sturheit ist er seinem Neffen sehr ähnlich.

Fritz wirkt überrascht. »Das wird er ganz bestimmt nicht tun«, erwidert er. »Dazu ist die Idee viel zu gut.«

In dem Moment kommt Adam auf sie zu. Zu Olgas Überraschung ist Annemie bei ihm. »Was macht sie hier?«, flüstert Olga beunruhigt. Sie wollten mit Adam eigentlich die Patientenliste für heute Abend durchgehen.

»Sie weiß Bescheid«, sagt Fritz nur.

Olga spürt, wie der Stachel der Eifersucht in sie dringt. »Warum?«, fragt sie entgeistert. Schließlich waren sie sich einig gewesen, niemandem davon zu erzählen.

Und da versteht sie es. Adam und Annemie halten Händchen. Olga schnürt sich die Kehle zu. Adam? *Er* ist der geheimnisvolle Unbekannte?

Olga kennt und mag Annemie schon ihr Leben lang, und dennoch hat sie manchmal das Gefühl, noch immer nicht zu wissen, wer ihre Freundin im Inneren wirklich ist. Trotz all der Jahre ihrer Freundschaft kommt sie ihr manchmal so undurchsichtig vor wie getrübtes Glas. Schon in ihrer Kindheit hat Annemie, anders als Lotte oder Olga selbst, ihre Schätze wie Kostbarkeiten gehütet und aus allem ein Geheimnis gemacht. Von ihr stammt der Satz: *Ein Schatz ist nur ein Schatz, wenn er versteckt ist.* Und das gilt offenbar auch für Adam.

Als Annemie ihnen an Ostern von ihrem ersten Kuss berichtet hat, hatten Olga und Lotte geglaubt, es ginge um den Leutnant. Jetzt versteht Olga, dass der Rosenbaum nur ein Ablenkungsmanöver war. *Die beste Tarnung ist die, die man nicht sieht.* Auch dieser Satz von Annemie ist ihr im Gedächtnis geblieben.

Als sie sich zu Fritz umdreht, zuckt der nur die Achseln. Er weiß also auch darüber Bescheid.

Es fällt Olga nicht schwer zu verstehen, dass Annemie Adam mag. Er ist ein ganz wunderbarer Mensch. Vermutlich sind sie sich hinter der Theke vom Meiers nähergekommen, bei ihrer gemeinsamen sonntäglichen Arbeit. Doch dass sich die beiden einer solchen Gefahr aussetzen, vermag Olga nicht zu begreifen. Wenn das herauskäme, hinge Adam am nächsten Strick, und Annemie würde ins KZ wandern. Jeder kennt doch die Gesetze für die Zwangsarbeiter, sie werden überall verkündet, an Litfaßsäulen, in Zeitungen, bei jeder Rede, in der es um die Reinhaltung des deutschen Blutes geht: *Wer mit einer deutschen Frau oder einem deutschen Mann geschlechtlich verkehrt oder sich ihnen auf andere Weise unsittlich nähert, wird mit dem Tode bestraft.*

»Jetzt weißt du es endlich«, sagt Annemie zur Begrüßung. Sie streckt ihr die Hand hin. »Verzeihst du mir meine Heimlichkeiten?«

Olga erhebt sich und nimmt sie in die Arme.

Sie hat doch selbst so viele Geheimnisse. Und angesichts all des Dunkels in der Welt, in ihrer Welt, wäre es schön, wenn das gemeinsame Geheimnis eine neue Verbindung zwischen ihnen stiften könnte. Eine Vertraute mehr bedeutet zwar ein höheres Risiko, aber auch mehr Beistand und weniger Lügen. Nur um Lotte, die mal wieder außen vor bleibt, tut es Olga leid.

»Ich habe zwar nicht euren Mut«, setzt Annemie nun an, »aber vielleicht eine Idee. Und ich wäre froh, helfen zu können. Irgendwie.«

Olga fragt sich, wie viel Mut ein Mensch braucht, wenn er sich der Liebe wegen in eine solche Gefahr begibt, und lächelt ihr aufmunternd zu. »Erzähl.«

»Ich weiß, dass es den Arbeitern an allem fehlt. Und da fiel mir ein, dass Bier flüssig' Brot ist.«

»Willst du sie etwa mit Spezial Hell abfüllen?«, fragt Olga.

Annemie grinst. »Das nicht. Aber unser Keller ist voll mit Gerste.«

Natürlich, warum ist sie nicht selbst darauf gekommen? Aus Pas Heilkundebüchern weiß Olga, dass Gerste gut gegen sämtliche durch Hunger ausgelöste Mangelerscheinungen ist. Etwas Besseres als Gerste, ob als Grütze, aufgekocht oder als Brot, gibt es kaum.

Auf dem Weg nach Hause läuft sie beim Meiers direkt in Lottes Arme.

»Zu euch will ich gerade«, schwindelt Olga und will ihr einen Kuss auf die Wange geben. Doch Lotte, noch in Ruderklamotten, verschränkt die Arme vor der Brust.

»Wo warst du vorhin? Ich habe auf dich gewartet. Ich dachte, wir trainieren heute.«

»Ich weiß«, versucht Olga sie zu beschwichtigen. »Aber ich komme gerade von einem dringenden Hausbesuch bei Frau Schnappe. Sie kann keinen Meter mehr laufen. Wegen der Gicht schmerzen ihr die Knie wie Hölle.«

Als sie Lottes skeptisches Gesicht sieht, setzt sie noch einen drauf. »Hoffentlich hilft ihr die Gierschsalbe, die ich heute Morgen für sie angerührt habe. Zum Glück wächst das Zeug am See gerade wie Unkraut.«

»Es ist Unkraut«, erwidert Lotte knapp. »Warum geht die Schnappe nicht zu Pas Vertretung?« Sie wirkt schon weniger ärgerlich und hakt sich bei Olga ein.

»Weil er nicht Blume heißt.«

Sie passieren Olgas Zuhause und biegen in den Weg zum Marktplatz ein.

»Aber du bist keine Ärztin«, sagt Lotte, doch Olga ärgert sich nicht darüber. Selbst wenn sie keine ist, kann sie etwas bewirken, zumindest in der Datsche. Das anfangs bedrückende Gefühl, eine Hochstaplerin zu sein, die ohne formale Ausbildung und ohne Pas kontrollierenden Blick zu Werke geht, hat sich angesichts der Ausweglosigkeit der Menschen schnell verflüchtigt. Pa hat ihr selbst erzählt, dass sogar der große Hippokrates während der Perserkriege Fremde in die Heilkunst einweihte, weil es zu viele Kranke und zu wenig Ärzte gab. Bis auf Weiteres kann sie sich nur auf ihre Intuition verlassen und auf das, was er ihr beigebracht hat. Ja, er hat ihr das Versprechen abgenommen, nichts zu tun, was sie in Gefahr bringen könnte – aber predigt er nicht selbst immer wieder, dass man den hippokratischen Eid nicht Gott, dem Führer oder irgendeiner Rasse leistet, sondern den Menschen? Vielleicht wäre er sogar stolz auf sie, auch wenn sie keine Ärztin ist.

»Ich weiß, aber um eine Salbe anzurühren, muss ich auch nicht Medizin studieren«, erwidert sie lachend und gibt Lotte einen Knuff in die Seite.

Lotte zieht eine Flunsch. »Nicht mal Annemie war da, um mir zu helfen«, erwidert sie verschnupft. »Dabei wollte sie doch unsere Zeit nehmen. Zum Glück habe ich Gero am Bootshaus getroffen, der wollte dich abpassen und ist dann mit mir aufs Wasser. Zum Dank dafür hat er mir allerdings die Ohren vollgeheult.«

»Ist er in Ginsterburg?« Olga merkt, wie sie sich anspannt.

»Nur bis morgen, dann muss er zurück zu seiner Truppe. Warum redest du nicht einfach mit ihm? Er sagt, du antwortest ihm nicht auf seine Briefe. Er weiß gar nicht mehr, was er machen soll, um sich mit dir zu versöhnen. Du kannst ihm das mit dem verpatzten Kuss nicht ewig nachtragen.«

Olga zögert. »Das tat aber weh«, erwidert sie, weil sie nicht weiß, was sie sonst sagen soll. »Ich brauche noch Zeit.«

»Nur dass er die nicht hat. Du weißt, er muss bald an die Front.«

Olga löst sich aus Lottes Arm und tritt einen Schritt von ihr weg. Doch Lotte fasst nach ihrer Hand. »Stell dir vor, du sagst ihm nicht Lebewohl, und dann fällt er. Das würdest du dir nie verzeihen!«

An Lottes unglücklichem Gesichtsausdruck merkt Olga, dass ihre Freundin an Fritz denkt. Sie liebt das Drama und stellt sich vermutlich jetzt schon vor, wie sie mit Fritz am Bahngleis steht und ihm, als schluchzende Verlobte, Lebewohl sagt und ihm mit seinem tränennassen Taschentuch hinterherwinkt. Und Olga versteht sie, wenngleich ihr schleierhaft ist, wie sie die Beziehung mit Fritz noch immer beschönigen kann. Am Ende war es wie bei Gero und ihr eine Kinderei. Er hat ihr ein paar Jahre lang die Tasche getragen, mehr nicht. Was sie jedoch nicht versteht, ist, warum Fritz nicht endlich mit Lotte redet und sie bittet, sich einen anderen Taschenträger zu suchen.

16. Juni 1943

Ginsterburg

Kurz nach Mitternacht knarrt die Holztür der Datschenpraxis, und Tadeusz tritt mit seiner Frau Anna hindurch. Adam schließt schnell die Tür hinter ihnen, und Fritz gibt den beiden erst einmal ein großes Glas Gerstenwasser zu trinken. Seit ein paar Wochen haben sie dank Annemie Gerste satt, und das ist ein Segen. Dem Meier fällt glücklicherweise nicht auf, dass seine Tochter das Zeug seit zwei Wochen taschenweise aus dem Keller schleppt.

Olga reicht Anna die Hand und stellt sich vor. Ganz dürr und eingefallen sieht die Frau aus, fast noch selbst ein Kind. Sie ist im selben Monat wie Mamme, doch ihre Augen, die Wangen, die Haut, nichts an ihr strahlt, wohingegen Mamme das reinste Leuchten ist. Dass Anna bei ihrem Untergewicht überhaupt schwanger geworden ist, grenzt an ein Wunder.

Adam hat berichtet, dass den Fremdarbeiterinnen, die nach Hygieneartikeln fragen, das Essen rationiert wird, damit der geschwächte Körper den Zyklus ein für alle Mal aussetzt. »So sparen sie sich die Abtreibung«, werde ihnen zynisch erklärt. Auf die Frage, warum sie dann nicht gleich jegliche Intimitäten verbieten würden, hatte Adam eine ebenso zynische Antwort parat: weil der Akt die Moral steigere, sprich die männliche Arbeitskraft.

So zerbrechlich Anna auch wirkt, von ihnen als Paar geht etwas Unzerstörbares aus. Wie sie vor ihr stehen, Anna mit ihrem kleinen Bauch und ihr Mann stolz an ihrer Seite, wirken sie fast wie eine glückliche werdende Familie. Olga ist berührt von der Art, wie Tadeusz Anna liebevoll ansieht, als wären sie die einzigen Menschen auf der Welt. Aber wie soll das Paar standhalten, wenn Fritz' Onkel es nicht rechtzeitig schafft, sie von der Röste weg in die »Schneiderei« zu holen, bevor die Schwangerschaft entdeckt wird?

Anna lächelt sie an und überreicht ihr einen Strauß Gänseblümchen. »Für Sie, liebe Frau Olga«, sagt sie.

Tadeusz bittet Olga, etwas gegen Annas Wadenkrämpfe zu tun. Wegen des hohen Magnesiumanteils verabreicht sie ihr Gerstengrütze und erklärt ihr mit Adams Hilfe die heilende Bedeutung des Korns.

Anna deutet auf ihren Bauch. »Davon habe ich in meinem Geschichtsstudium gehört«, übersetzt Adam. »Im alten Ägypten hat man die ersten geschnittenen Gerstenähren der Fruchtbarkeitsgöttin Isis geopfert. Möge es Glück bringen.«

»Das wird es«, sagt Olga zuversichtlich.

Anna greift nach ihrer Hand und dreht die Handfläche nach oben. Während sie die ineinanderlaufenden Linien studiert, bekommt Olga plötzlich Angst. Am liebsten würde sie ihr die Hand entreißen, aber sie hält still.

»Du bist ein guter Mensch, Frau Olga.« Anna schließt die Augen. »Ich sehe deinen Schicksalsvogel. Er weiß über Geburt und Tod Bescheid, über Abschied und Liebe. Und wenn er irgendwann zu dir zurückfliegt, dann bleibt er.« Hat Adam das richtig verstanden?

»Ein Eisvogel?«, fragt Olga. Anna öffnet die Augen, ihr Blick wandert zu Fritz.

In diesem Moment sieht Olga draußen einen grünen Lichtblitz. Für eine Sekunde glaubt sie, dass jemand mit einer Taschenlampe aufblendet, und die Angst packt sie noch fester und will sie von hier fortziehen. Aber dann fällt ihr ein, dass um diese Zeit im Jahr die Wiesen voller Glühwürmchen sind.

Wer sollte auch um diese Zeit vor der Datsche herumlungern?

Später, als Adam, Anna und Tadeusz gegangen sind, räumt sie wie jede Nacht noch mit Fritz auf. Sie schielt zu ihm hinüber,

Annas Worte gehen ihr nicht aus dem Kopf, und sie verspürt ein flaues Gefühl im Magen. Wie ist es möglich, dass Anna von ihrem Eisvogel weiß, von Fritz? Eigentlich müsste sie los, morgen ist die große Regatta, und sie will ausgeschlafen sein.

Trotzdem versucht sie, die Minuten zu genießen, die sie nach getaner Arbeit mit ihm allein hat, diese wunderbaren Momente nach einer anstrengenden Schicht, wenn sie wie zwei Agenten Spuren verwischen und sich gemeinsam in die Nacht hinausschleichen. Doch als sie sich heute zum Gehen wendet, greift er plötzlich nach ihrem Arm.

»Irgendwo habe ich mal den Satz gelesen, dass man das Glück an dem Geräusch erkennt, das es macht, wenn es geht.«

Verblüfft dreht sie sich zu ihm. Sie versucht, an seiner Miene abzulesen, was er ihr damit sagen will.

»Geh noch nicht, Olga.« Seine Stimme ist nurmehr ein Flüstern.

»Und wie klingt es, wenn es kommt, das Glück?«, fragt sie ebenso leise zurück. Das Geräusch seiner Schritte, wenn er die Ulmentreppen hinaufsteigt, das laute Pochen ihres eigenen Herzens, wenn er sie ansieht wie jetzt …

Für einen Moment scheint die Welt stillzustehen.

»Wenn du beim Grübeln die Luft durch die Zähne ziehst«, antwortet er. »Oder wenn du leise seufzt, als würden Blätter im Wind rascheln.«

Etwas wogt durch ihren ganzen Körper. Eine Empfindung, die sie nicht kennt und die sie heiß und kalt durchläuft. Sie lauscht in die Stille und rückt zitternd von ihm ab.

Wie lange hat Lotte auf solche Worte aus seinem Mund gewartet? So lange wie sie selbst, denkt sie. Seit sie ihn das erste Mal richtig gesehen hat, damals, als er an Pas Horch lehnte. Sie fühlte sich sofort zu ihm hingezogen, vom ersten Moment an. Sogar noch vor Lotte, die, ehe sie das erste Wort mit ihm wechselte, schon lebenslangen Anspruch auf ihn erhoben hatte.

»Lotte liebt dich«, entgegnet sie schwach.

»Und ich dich«, sagt Fritz.

»Und … du mich?«, fragt Olga unsicher.

»Nur dich, immer nur dich«, bekräftigt er und tippt mit der Hand unter sein linkes Auge, als wäre ihr geheimes Zeichen immer schon das Zeichen ihrer Liebe gewesen.

Alles, was sie tief im Innern berührt, was sie liebt, nimmt Gestalt an in seinem Gesicht, in seinen Augen.

Sie fühlt, wie ihr Blut zu pulsieren beginnt, und geht einen Schritt auf ihn zu. »So wie ich … dich!«

Er nickt und lächelt, fasst sie an den Schultern, zögert. Sie spürt, wie die Luft zwischen ihnen knistert, wie das, was kurz bevorsteht, sie beide verunsichert und gleichzeitig berauscht. Wie lang hat sie schon von diesem Moment geträumt, ohne es zu wissen.

Scheu zieht er sie an sich und presst sein Gesicht in ihr Haar. »Was hat Anna gesagt?«, flüstert er. »Ein Eisvogel, der zu dir zurückfliegt? Der bin ich.«

Sie riecht den Duft seiner Haut, spürt die Wärme seines Körpers, seinen Atem. Sanft legt er beide Hände an ihr Gesicht, betrachtet sie, küsst mit wachsender Sicherheit ihre Stirn, die neue Sommersprosse zwischen den Augen, die Wangen und schließlich ihren Mund, so süß und stürmisch, dass ihr schwindelig wird. Sie schließt die Augen und erwidert den Kuss mit einer Hingabe, die die Welt verändert.

Schon im nächsten Moment weiß sie, dass das Glück irgendwann enden und der Rausch verfliegen wird. Doch sie schiebt den Gedanken resolut beiseite. Denn jetzt, in diesem Moment, soll es keinen Raum mehr geben für Gedanken und Zweifel, nur noch für ihre Berührungen. Liebe ist eine Urgewalt, ein Sturm, den nicht einmal Aiolos aufhalten kann. Und erst recht kein schlechtes Gewissen. Sie ist seine.

30. März 1991

Ginsterburg

Frisch geduscht und in einer bequemen Jeans mit Blazer betrat Olga an der Seite von Becki und Sara den schmucklosen Tagungsraum der Pension. Es roch nach Zigarettendunst. Olga hatte angenommen, sie würden mit dem Anwalt allein sein. Aber um den Konferenztisch herum saßen mehrere Dutzend Männer und Frauen und starrten sie an. Wollten die alle ihre Vergangenheit zurück?

Sie ließ den Blick über die Gesichter streifen. Als Enkelin von Albert Blume hatte sie früher jeden mit Namen gekannt und jeder den ihren, aber die Erinnerungen waren mit den Jahren ebenso verblasst wie das Foto ihrer Freunde an der Tresenwand. War der glatzköpfige Mann da nicht der Sohn vom Uhrmacher? Henning oder Gustav? Auch die kleine Brünette, die ihr zulächelte, kam ihr bekannt vor. Ihr gegenüber saß ein mittelalter Mann im Dreireiher, der dasselbe Profil, aber den zweifachen Umfang besaß wie der alte Baron von Hettersdorf. Vom Alter her könnte es Rudolf sein, der ersehnte Erbe, bei dessen Geburt sie in Ohnmacht gefallen war.

Ein Mann an der Tischspitze erhob sich und kam beschwingten Schrittes auf sie zu. »Wie schön, dass Sie kommen konnten«, sagte er mit jovialem Augenzwinkern, bevor er sich als Joseph Weinert, Anwalt und Spezialist für Eigentumsrecht Ost, vorstellte. Menschen wie ihn, die hinter einer glitzernden Fassade ihre Unfähigkeit zu verbergen suchten, kannte sie zur Genüge. In seinem Fall bestand die Fassade aus getönten Brillengläsern, einem bordeauxroten Zweireiher mit goldenen Knöpfen und einer Krawatte in optimistischem Gelb. Für ihn war der Mauerfall vermutlich ein unverhoffter Glücksfall, weil dieser Männern wie ihm eine zweite Chance gab. Goldgräberzeiten für schnelle Geschäftemacher und Gescheiterte, das las man überall.

Als sie sich gesetzt hatten, nahm Advokat Weinert einen Schwung Unterlagen aus seinem Diplomatenkoffer aus feinstem Leder und schob einen dicken Packen Fotografien und Zeitungsartikel quer über den Tisch. Auf den Bildern waren alte Backsteingehöfte, verfallene Häuser, Villen am See und Bebauungspläne zu sehen.

»Armut ist immer noch der beste Denkmalpfleger«, hörte sie jemanden seufzen. »Wahrscheinlich sollten wir uns freuen, dass unsere Häuser noch stehen.«

Becki flüsterte ihrer Tochter etwas zu, woraufhin die zu kichern begann. Olga warf den beiden einen mahnenden Blick zu.

Während viele Hände gleichzeitig in die Mitte griffen und Bilder herauszogen, berichtete Weinert, dass er einige Monate im Dresdner Amt zur Regelung offener Vermögensfragen gearbeitet habe, um die komplizierten Eigentumsverhältnisse auseinanderzudividieren. »Da konnte ich mir ein Bild davon machen, wie langsam die Mühlen mahlen. Zurzeit liegen bei den Ämtern massenhaft Anträge auf Rückübertragung. Wie viele von ihnen auf Jahre im bürokratischen Getriebe steckenbleiben werden, weiß kein Mensch.« Er machte eine bedeutungsvolle Pause, um dann enthusiastisch fortzufahren: »Glück für Sie, dass ich die richtigen Abkürzungen und Leute kenne und weiß, wie gut Ihre Chancen stehen.«

Becki verzog den Mund zu einem ironischen Grinsen, sie hielt wenig von solchen Angebern, das wusste Olga. Vermutlich wäre sie jetzt lieber im Meiers gewesen, um ihre Bestandsaufnahme fortzusetzen. Nur dass es hier um etwas ging, auch und gerade für sie.

Sara stupste Olga an. »Hätte ich doch in Erdkunde mal besser aufgepasst«, sagte sie leise, als der Anwalt sich mit einem Zeigestock vorne an die Tafel stellte, über der eine Flurkarte mit roten und blauen Markierungen aufgehängt war. »Was bedeutet das?«

Olga grinste. »Dass der Bär erlegt ist und Weinert das Fell verteilt«, flüsterte sie.

»Welches ist dir lieber, das blaue oder das rote?«

»Gar keins«, gab sie lächelnd zurück. »Ich mochte es noch nie, wenn Unschuldigen das Fell über die Ohren gezogen wird.«

Eine Wolke schob sich vor die Sonne und verdunkelte den Raum.

»Ich war im Grundbuchamt«, fuhr Weinert fort, »habe Einträge über Einträge, Auszüge, Besitzwechsel, Dokumente von Enteignungen eingesehen und musste feststellen, dass hier auf zwei von drei Häusern Restitutionsansprüche liegen.« Er deutete auf die blaue Übermacht. »Alle blauen Grundstücke gehören faktisch Ihnen.«

Wieder machte er eine längere Pause, ließ den Blick schweifen und schenkte jedem einzelnen Gesicht ein paar Sekunden Augenkontakt.

Rasch wandte Olga sich ab und schaute aus dem Fenster. Der Blick auf die sanft geschwungenen Hügel und Wiesen in zartem Grün, durchbrochen von einer platanenumsäumten Chaussee, unter deren Baumdächern angeblich schon Fontane gewandert war, beruhigte sie. In den Blättern der Silberpappel vor dem Fenster sammelte sich das Licht der Mittagssonne, das ihnen einen unwirklichen Glanz verlieh. Wie gerne würde sie jetzt draußen sitzen und sich wärmen lassen, statt diesem Sermon weiter zuzuhören.

»Ich muss Ihnen nicht sagen, dass Ginsterburg inmitten dieser herrlichen Endmoränenlandschaft touristisches Tafelsilber ist«, sagte er und stieß ein kehliges Lachen aus. »Faktisch ist Berlin wieder Hauptstadt, und wenn erst Parlament und Regierung ihren Sitz zurückverlegen, dann wird das Berliner Umland boomen, und die Grundstückspreise hier werden in ungeahnte Höhen schießen. Ein Sommerhäuschen am See, keine Stunde von Berlin, am Rand der Schorfheide, wo nicht nur Honecker gejagt hat?« Aus Daumen und Zeigefinger formte er einen runden Kreis und küsste die Fingerspitzen.

Becki kopierte seine Geste und sagte zu Sara und Olga: »Da hört ihr es, das Meiers wird eine Goldgrube.«

Sara lächelte, während sie sich durch einen Schwung Unterlagen wühlte und die Kopie eines alten Zeitungsartikels herausgriff. *»Ginsterburger Helles wird 200 Jahre«*, las sie laut vor und gab den Artikel an Becki weiter. Unter der Überschrift war ein Foto, das Gero und Vater Meier zeigte, die Bierkisten in den Wagen verluden. Becki musterte es fasziniert. »Das da ist also mein Vater«, flüsterte sie. »Sieh nur, Sara, er hat dasselbe Grübchen in den Wangen wie ich.« Es war nur ein Bild, dachte Olga erleichtert. Es war in Ordnung.

»Und wie ich«, fügte Sara laut hinzu, woraufhin der Weinert ihr einen strengen Blick zuwarf.

»Lassen Sie mich Ihnen helfen, Ihre Restitutionsansprüche nach dem Vermögensgesetz geltend zu machen und die bockigen Hausbesetzer, die nicht einsehen wollen, dass die DDR und ihre lächerlichen Mieten Geschichte sind, hinauszuklagen. Schnell und unbürokratisch.«

Schnell und unbürokratisch. Willkommen im Westen. Die meisten der Geflohenen waren in den Wohlstand aufgebrochen, während die Zurückgebliebenen auch jetzt noch die Zeche zahlen sollten. Olga schüttelte angewidert den Kopf. Selbst wenn an ihrem Anspruch auf die Blume-Villa nicht zu rütteln war, hatte sie kein Recht, den neuen Bewohnern noch mehr Leid zuzufügen und sie zu vertreiben. Das schaffte nur neues Unrecht. Sie wusste, wie es sich anfühlte, vertrieben zu werden, wenn die eigene Welt von einem auf den anderen Moment unterging. Einen Teufel würde sie tun, sich als Gutsherrin aufzuspielen! Vielleicht war es ja doch gut, an den Ort zurückzukehren, wo alles angefangen hat – aber nicht, um zu bleiben, sondern um die Geister ein für alle Mal loszuwerden.

Sie widerstand nur widerstrebend dem Impuls, aufzuspringen und hinauszulaufen.

Aber warum eigentlich? Was hielt sie hier? Für ihren Geschmack hatte sie genug gehört.

Entschuldigend blickte sie zu Becki und Sara und flüsterte ihnen zu, sie müsse kurz austreten. Schnell und unbürokratisch, dachte sie grinsend.

Sie öffnete die Tür und wäre beinahe mit einer Frau zusammengeprallt.

»Olga! Du bist es wirklich!«

17. Juni 1943

Ginsterburg

Es ist einer dieser heißen Nachmittage im Juni, an denen die dunkle Jahreszeit so unvorstellbar weit weg erscheint. Hier kommt der Sommer oft nicht vor Ende Juli, und nun ist er nicht nur zu früh gekommen, sondern sogar über Nacht. Nicht auszudenken, dass Olga noch vor zwei Monaten geglaubt hat, er würde nie kommen. Als hätten die Nazis es sogar geschafft, die Sonne zu verdunkeln.

Aber nach der Nacht mit Fritz leuchtet ihr Leben selbst ohne Sonne wie am hellsten Tag.

Der Himmel ist weiter und klarer, und die Wiesen sind grüner als während der übrigen Monate, und der Mohn blüht wie der Ginster üppig und verschwenderisch. Wäre da nur nicht die schrille Stimme des Gauleiters Emil Stürz, die über den See dröhnt und die Idylle zu zerreißen droht.

Statt auf seine Worte versucht Olga sich auf den Wind und das Rauschen der Blätter in den Bäumen zu konzentrieren, aber das Gefühl einer bösen Vorahnung lässt sie nicht los. Lotte und sie sitzen, wie ihre Konkurrentinnen, bereits im Gilu und warten auf das Ende der Rede.

Heute finden die Gebietsmeisterschaften der Mark Brandenburg auf dem Schwanensee statt. Eine große Sache für Ginsterburg, überall haben die Leute die Nazifahnen aus den Fenstern gehängt. Wer in seiner Rennbootklasse gewinnt, darf im August bei den deutschen Jugendmeisterschaften in Berlin-Grünau teilnehmen. Was ein Leichtes sein sollte für Olga und Lotte, die im »Zweier ohne« antreten und, weil sie synchron denken, handeln und paddeln können wie Zwillinge, fast unschlagbar sind.

Aber egal, ob sie heute den ersten Platz erpaddeln, dieses Rennen wird ihr letztes sein, denn die Rasmussens verlassen schon morgen Ginsterburg. Noch immer drängen sie Olga, sie nach Schweden zu begleiten, und haben sogar bereits Papiere für sie besorgt. Aber sie wird es nicht tun. Warum auch? Das sind drei Monate, im Zweifel mehr. Ihre Heimat ist hier, und nur hier wird sie gebraucht. Daran kann auch Pas Flehen nichts ändern.

Am Ufer stehen in kleinen und großen Grüppchen Einheimische, Würdenträger, Uniformierte, Hitlerjungen und BDM-Mädchen, die Fahnen schwenken. Außerdem wartet der Spielmannszug auf den Marschbefehl, um die Sieger nach dem Rennen zur Ehrung auf den Marktplatz zu eskortieren.

Von ihren Leuten hat Olga niemanden gesehen, weder Lottes Eltern, die bestimmt die letzten Kisten für den Umzug packen, noch Fritz oder Gero. Fritz. Sie hat sich erst vor ein paar Stunden von ihm verabschiedet und vermisst ihn schon, seine Berührung, seine Worte.

Nur Annemie ist da, in einem neuen, eleganten Leinenkleid herausgeputzt wie zu einem Debütantenball, mit einem Schal, der ihr wie eine Girlande um den Hals hängt, und einem großen Sonnenhut. Sie macht Fotos mit Olgas Leica. Nach dem Rennen werden die Granden des Gaus zu Sonderbier und Würzfleisch im Meiers einkehren. Sogar der Gauleiter gibt sich die Ehre. »Dafür schmückt Vater mich ebenso heraus wie sein Lokal«, hat Annemie vorhin mit leisem Spott gesagt. »Festlich mit Fahnen, Girlanden und Gretchenzopf.« Und für die giftige Galle vom Tezlaff gibt es sogar mageres Kalbsfleisch. Der Meier wäre imstande, ein Bier ohne Alkohol zu erfinden, nur um sich weiter in der Gunst des Ortsgruppenleiters zu sonnen.

Olga blickt zu Lotte, die im Gegensatz zu ihr dem leeren Geschwafel des Gauleiters lauscht, und seufzt erleichtert auf, als der Stürz endlich fertig ist.

Offenbar braucht es gerade viel Kampfgeist, denn der Gauleiter hat das Wort gleich dreimal so laut herausgeschrien, dass es über den ganzen See hallte. Der Krieg rückt unaufhörlich näher, nach den zahllosen Opfern der Luftangriffe vor allem in den deutschen Großstädten ist die Moral überall im Land geschwächt. Selbst in dem weltabgeschiedenen Ginsterburg mehren sich die Toten und Vermissten, und der Unmut über die fortwährenden Kampfhandlungen wächst.

Annemie gibt ihnen ein Zeichen, dass es Zeit ist, zur Startposition zu paddeln. An der Mohninsel angelangt, machen sie sich mit sechs anderen Gilus bereit. Die Sonne brennt ihnen auf den Kopf, und Olga reicht Lotte ihren Strohhut. Ihre Freundin wirkt so traurig und abwesend; vielleicht ist sie mit den Gedanken schon beim bevorstehenden Abschied. »Komm, Lotte, wir schaffen das!«, versucht Olga sie aufzumuntern.

Kaum wird der Startschuss abgefeuert, tauchen sie ihre Paddel ins Wasser und versuchen, sie gleichermaßen harmonisch wie kräftig hindurchzuziehen. Schnell nehmen sie Fahrt auf und setzen sich an die Spitze. Sie haben mindestens eine Bootslänge Vorsprung. Das Boot beginnt dahinzufließen, und Olga versucht, sich in die gewohnte Trance hineinzupaddeln. Ihr Körper ist wie eine Maschine, die die Arbeit macht, doch ihr Geist will diesmal nicht zur Ruhe kommen. Je mehr sie es versucht, desto weniger kann sie das Denken abschalten. Sie weiß, ein einziger fehlerhafter Paddelschlag würde sämtliche Mühen zunichtemachen. Es fühlt sich an, als würden glühende Messer durch ihre Sehnen fahren, als seien ihre Muskeln in Brand gesetzt worden. Und statt der Stille, die eigentlich nur vom Klang der eintauchenden Blätter gestört wird, hat sie plötzlich Fritz' Worte im Ohr, *Wicca, meine Wicca*, so laut, dass sie meint, auch Lotte müsse sie gehört haben.

Es will ihr nicht gelingen, die Gedanken an die letzte Nacht zu verscheuchen.

Sie starrt auf Lottes Rücken, sieht, wie ihre Freundin sich bemüht, Olgas fehlerhaften Schlag auszugleichen. Es bricht Olga fast das Herz. Krampfhaft versucht sie, sich Lottes Schlagrhythmus anzupassen, sich auf ihr Paddel zu konzentrieren. Doch auf dem Wasser zerfließen Zeit und Raum, und statt der Ziellinie hat Olga nur den nächsten Moment mit Fritz vor Augen.

»Verdammt, was machst du?«, ruft Lotte nach hinten. »Das harmoniert nicht!«

Wie auch, wenn Fritz zwischen ihnen steht? Die Zeiten, in denen Olga und Lotte sich an Land und im Wasser in völligem Gleichklang bewegten, sind für immer vorbei. Gerade wäre es Olga lieber, keine beste Freundin zu haben; dann müsste sie nicht mitansehen, wie alles im wahrsten Sinne des Wortes aus dem Ruder läuft, würde nicht merken, wie sie sich selbst und andere betrügt, und könnte an Fritz denken, ohne sich vor sich selbst zu schämen. Ihre Freundschaft hat ihre Unschuld verloren, wie sie.

Hilflos bemerkt Olga, wie sie immer weiter zurückfallen, und kämpft gegen eine plötzliche Übelkeit an. Von wegen im Krieg und in der Liebe ist alles erlaubt.

Von den tausend Metern haben sie gerade die Hälfte hinter sich. Sie spürt, wie Lotte versucht, die Schlagzahl zu erhöhen, aber je mehr Olga sich bemüht, gegen ihre Gewissensbisse anzupaddeln und das Tempo mitzugehen, desto mehr verliert sie an Kraft. Ihr Herz hämmert, als würde es gleich zerspringen. Sie nähern sich der Ziellinie, und Annemies rhythmisches Anfeuern dringt in ihr Ohr.

»Kommt, Mädchen, kommt!«, ruft sie, die Leica auf sie gerichtet, und Olga strengt sich noch einmal tüchtig an. Aber es nützt nichts, sie gehen als Vorletzte ins Ziel.

Olga lässt stöhnend das Paddel fallen. Erschöpft lehnt sie sich zurück und ringt nach Luft. Gleich darauf schüttelt ein Hustenanfall ihren Körper. Sie fühlt, wie sich ihr Brustkorb hebt und senkt und dabei einen unangenehmen Pfeifton macht. Wie der Klang eines sterbenden Motors. Eigentlich mag Olga am Paddeln, dass Qual und Glück so dicht beieinanderliegen, doch im normalen Leben kann sie dem nichts abgewinnen. Wie kann sie sich so unbeschreiblich glücklich fühlen und gleichzeitig so sicher sein, dass sich der Kummerknoten in ihrem Herzen niemals lösen wird?

Weil mein Glück auf Lottes Unglück aufbaut, denkt sie.

»Was war denn nur los mit euch?«, fragt Annemie und hilft Lotte und Olga aus dem Boot. Gemeinsam ziehen sie es an Land. Tränen schießen Olga in die Augen, als sie sich Luft zufächelt. Sie braucht eine Weile, bis es ihr gelingt zu antworten. »Das ist alles meine Schuld«, keucht sie. »Ich habe einfach keine Kraft mehr.«

Lotte sieht sie an, und bei der Sorge in ihrem Blick nimmt die Übelkeit noch zu.

»Du zitterst ja vor Kälte!« Lotte berührt sanft ihre Schulter. »Annemie«, wendet sie sich an die Freundin, »könntest du Olga ein Handtuch holen?«

Annemie nickt und läuft in Richtung Meiers.

»Wofür hast du keine Kraft mehr?«, fragt Lotte, jetzt, wo sie allein sind. In ihrer Stimme liegt keine Anklage, und Olga kommt auf einmal alles falsch vor. Nichts ist so schwer, wie Lottes Vertrauen zu verraten, ihre Freundschaft. So ist Olga nicht, und so will sie nicht sein.

»Ich komme mir vor, als würde ich auf einer Eisscholle treiben, auf die die warme Sonne knallt. Alles löst sich auf.«

Sie reißt sich zusammen, um nicht loszuheulen. »Es tut mir leid, dass wir nicht gewonnen haben!«

»Vergiss doch das Rennen, Olga«, sagt Lotte und nimmt sie fest in den Arm. »Du bist viel wichtiger, und um dich mache ich mir Sorgen.«

Olga erträgt kaum die Zärtlichkeit in ihrer Stimme.

»Du sonderst dich ab«, fährt Lotte fort, »redest kaum mehr mit uns. Und jetzt das. Ist es wegen Schweden?«

Fieberhaft überlegt Olga, was sie ihr antworten soll, und

schon laufen ihr die Tränen über die Wangen. Sie hebt die Hände vors Gesicht, als könnte sie sie verbergen. »Gero.« Plötzlich ist es raus. »Es ist wegen Gero!«

Die anderen Rennteilnehmer brechen bereits zur Siegerehrung auf. Olga spürt ihre Blicke auf sich, verächtliche und hämische Blicke, als schmecke die Niederlage der Favoriten süßer als der eigene Sieg.

»Gero?« Lotte klingt ungläubig. »Ist das alles?«

Olga nickt.

Warum hat sie das gesagt? Hätte sie Lotte nicht vielmehr längst von ihren erkalteten Gefühlen ihm gegenüber erzählen müssen? Und jetzt das. Es kommt Olga nicht richtig vor. Aber so kann sie von Fritz ablenken. Soll Lotte ruhig weiter glauben, dass Olga noch immer unter Geros Zurückweisung leidet.

»Nun gut, wenn das das Einzige ist, was dich quält …« Lotte streicht ihr tröstend übers Haar. »Ich hatte schon befürchtet, Pas Entscheidung hätte dich so aus der Bahn geworfen.«

»Welche Entscheidung?« Olga denkt fieberhaft nach. Die Mamsell hatte ihr zwar gesagt, dass er angerufen habe, aber als sie ihn in Kühlungsborn zurückrufen wollte, ist die Leitung mal wieder tot gewesen.

»Ach, Olga.« Lotte seufzt. »Ich fürchte, du hast keine Wahl. Du kommst mit uns.«

Keine Wahl? Olga hört das Blut in ihren Ohren rauschen.

Als Olga den Ausdruck auf Lottes Gesicht sieht, weiß sie, dass es beschlossene Sache ist. Bisher klang das Ganze noch nach einem Vorschlag, einer Idee, die sie entschieden abgelehnt hatte. Was war passiert?

»Deiner Tante geht es schlechter, hat Pa zu Mamme gesagt. Sie liegt im Sterben, deshalb wird er erst mal nicht zurückkommen.«

»Und wenn doch? Du weißt doch, dass Pa mich braucht, die Patienten«, stößt Olga hervor. Sie denkt an sein Zittern, seine

Unruhe in letzter Zeit. Nicht mal Autofahren oder die Kutsche lenken, wenn mal wieder kein Benzin da ist, mag er mehr ohne sie.

Und nicht nur er braucht sie. Auch Fritz, solange er noch hier ist. Pa und Fritz, sie sind ihre Heimat, und wenn sie jetzt fortmuss, dann verliert sie doppelt an Boden. Und Adam, die Arbeiter aus der Röste, auch sie brauchen sie. Olga kann sie nicht, das spürt sie in schmerzhafter Deutlichkeit, im Stich lassen, und sie will es auch nicht. Wer soll sich denn sonst um die Menschen kümmern? Auch das sieht sie nun nur allzu klar: Die Heimlichtuerei ist zu einem Strudel geworden, der sie zu verschlingen droht. Daher der Druck in ihrem Magen, den sie seit Tagen spürt.

»Sie denken, dass du bei uns in Sicherheit bist.«

Und auf einmal fällt der Groschen. Natürlich: Mamme hat Pa davon erzählt, von den Dingen, die sie in der Hecke deponiert hat. Darum will man sie wegschaffen von hier.

»Das geht nicht!«, flüstert sie. Und würde es am liebsten laut herausschreien.

»Der Krieg fordert von uns allen Opfer«, sagt Lotte sanft und fügt hinzu: »Die Frage ist nur, ob er jedes Opfer wert ist.«

So ähnlich hatte Olga es gestern selbst zu Fritz gesagt. Sie hatten nebeneinander in der Datsche unter einer kratzigen, gelben Wolldecke gelegen. Sanft strich er über Olgas nackten Oberarm, während er sich jedes Detail an ihr einzuprägen schien.

»Ich liebe dich, Olga, mehr als alles andere. Ich will dich nicht verlassen, ich will nicht in diesen verdammten Krieg.«

»Aber was bleibt dir anderes übrig?«

»Am liebsten würde ich abhauen. Aber dann würde ich dich nicht wiedersehen. Andererseits: Wir könnten zusammen abhauen. Oder?«

»Das meinst du nicht ernst. Wo sollen wir denn hin? Du weißt doch, was passiert, wenn sie dich erwischen.« Aus Angst vor dem, was er sagen könnte, hütete sie sich, weiter in ihn zu dringen.

»Dann werde ich erschossen, ja. Aber werde ich das nicht so oder so? Jeder Krieg fordert Opfer, ob an der Front oder an der Heimatfront.«

Sie spürte, wie ihr ganz flau wurde. »Aber die Frage ist doch, ob er dieses Opfer wert ist. Ein Soldat kann sterben, ein Deserteur dagegen muss sterben, heißt es nicht so?« Sie nahm seine Hand und hielt sie fest umschlossen. »Du versprichst mir jetzt, dass du keine Dummheiten machst. Du wirst nicht fliehen, und du kommst wieder, hierher, zurück zu mir«, fügte sie leise hinzu.

»Du weißt doch, was Anna gesagt hat. Wenn der Eisvogel ruft nach mir, dann fliege ich stehenden Fußes zurück zu dir.« Er lächelte. »Das verspreche ich dir«, sagte er und drückte ihre Hand, wie um sein Versprechen zu bekräftigen.

»Du wirst also nicht desertieren?«

Er hielt ihren Blick lange fest und lächelte wieder, und in diesem Moment wusste sie, dass sie dieses Lächeln lieben würde, solange sie lebte.

»Ich verstehe dich nicht«, reißt Lotte sie aus ihren Gedanken. »Ich will auch, dass du mitkommst. Zählt das denn gar nicht?« Sie wartet, als würde sie auf eine ehrliche Antwort hoffen. Doch Olga bringt nichts über die Lippen. »Aber wenn du das partout nicht willst, dann gibt es schon noch eine Möglichkeit hierzubleiben.«

Vorsichtige Hoffnung keimt in Olga. Kann es wirklich einen Ausweg geben?

»Und welche?«

Auf Lottes Gesicht erscheint ein seltsames Lächeln. »Du könntest Gero heiraten. Er würde dir lieber heute als morgen einen Ring über den Finger streifen. Das hat er mir gesagt und auch, wie sehr er bereut, dich abgewiesen zu haben. Ihr habt euch seit Ostern nicht gesehen. Du musst ihm endlich verzeihen. Er hat deinetwegen Sonderurlaub beantragt und ist zum Rennen gekommen, um dich zu sehen.«

»Er ist hier?«, fragt sie.

Soll das etwa ihr Rettungsring sein? Eine goldene Schraubzwinge, die Gero ihr um den Ringfinger dreht wie um ihren Hals? Sie denkt wieder an Fritz und die Nacht, in der sie sich ihm mit Herz und Körper versprochen hat. Ihr Jawort hat sie bereits gegeben, Liebe über Verstand, Fritz über Gero.

Eine Vernunftehe mit Gero – das darf nicht die Lösung sein.

»Um mich zu fragen?« Doch da entdeckt sie ihn auch schon. Mit Annemie läuft Gero auf sie zu.

»Wenn du ihn doch liebst«, flüstert Lotte ihr zu. Ihr Blick ist unergründlich, als sie fortfährt: »Oder etwa nicht?«

»Muss ich ihn deshalb gleich heiraten?«

»Es gibt keine andere Lösung, um hierzubleiben«, erwidert sie und hat immer noch diesen unerklärlich gequälten Ausdruck auf dem Gesicht. »Du weißt, ich hätte Fritz vom Fleck weg geheiratet.«

Olga spürt, wie ihr der Schweiß von der Stirn perlt. Schnell schließt sie die Augen, versucht, ihre Atmung zu beruhigen, ihren Muskeln, Organen und Zellen frischen Sauerstoff zuzuführen. Sie stöhnt.

»Wer noch Kraft hat zu stöhnen, der hat auch noch Kraft, ein Helles zu trinken«, sagt Gero schmunzelnd, als er vor ihr zum Stehen kommt. »Hallo, Olga«, sagt er. »Es ist schön, dich zu sehen.«

Dabei zupft er nervös an seiner Oberlippe und versucht ein Lachen. Erst jetzt fällt ihr auf, dass er sich den Schnauzbart abrasiert hat. Er weiß, dass er ihr ohne besser gefällt.

Hat er das nur gemacht, um ihr zu zeigen, wie wichtig sie ihm ist, wie er sich ihren Wünschen anzupassen bereit ist? Und – bei diesem Gedanken schaudert sie – um das Küssen mit ihm angenehmer zu machen?

Immer wieder versucht er, Olgas Blick aufzufangen, während sie ihre Wasserflasche leert und auf den Boden starrt. Aber sie kann ihm nicht in die Augen blicken, ohne die von Fritz zu sehen, und auch in Lottes nicht, ohne daran zu denken, dass sie schon am Wochenende mit ihr in Schweden sein soll. Auf einmal hat sie ganz schreckliche Sehnsucht nach Fritz. Wo bleibt er nur? Er hat versprochen, sie beide anzufeuern. Ihn in ihrer Nähe zu wissen würde sie das alles durchstehen lassen.

Gero zieht an seiner Zigarette und sieht den Rauchringen hinterher, die er in den Himmel pustet.

»Ein Helles«, wiederholt er. »Ich möchte euch zur Feier des Tages ins Meiers einladen, zu einem Glas Hitlers Hell«, sagt er feierlich.

»Einem Glas was?«, fragt Olga und muss husten vor Schreck. Hitlers Hell?

»Stellt euch vor, aus dem Reichshauptquartier kam ein Brief. Die Meiers wurden auf Hitlers expliziten Wunsch hin aufgefordert, ein Sonderbier zu brauen. Hitlers Hell! *Gebraut nach dem arischen Reinheitsgebot von 1933*. Ist das nicht großartig?«

Seine Stimme kippt fast über vor Aufregung. »Ein echtes Führerbier, um die Moral im Land zu stärken, und darüber hinaus das erste Bier im Reich, das seinen Namen tragen darf! Vater tüftelt seit Tagen an der Rezeptur. Um sechzehn Uhr ist feierlicher Anstich, in Gegenwart des Gauleiters und anderen Größen aus der Partei. Die werden Augen machen, wenn wir den Namen enthüllen! Ich fände es schön, wenn ihr dabei seid.«

Das kann doch kein Zufall sein. Fritz! Hitlers Hell, sie haben bei der Eisvogelstunde darüber gesprochen.

Gero wirft Olga einen schmachtenden Blick zu, und sie fragt sich, wie ihn ein Satz, in dem Hitler und Meier gleichzeitig vorkommen, nur so stolz machen kann. »Kommst du, Olga?«

Sie meidet seinen Blick.

»Bitte, Olga, es würde mir so viel bedeuten«, fleht er.

Ihr Mund fühlt sich trocken an. Jeder, der ein bisschen Englisch spricht, wird dieses Bier als Führerbeleidigung verstehen. Was tut Fritz da bloß? Warum hat er keine Scheu, seinen ehemals besten Freund so vorzuführen, ja, zu gefährden? Fritz hat, sobald er sich ungerecht behandelt fühlt, etwas Kompromissloses, das Olga Angst macht. Vor ihrem inneren Auge sieht sie sein lachendes Gesicht und errät seine Antwort: »Wer sich zu den Hunden legt, Wicca, bekommt die Flöhe.«

»Natürlich kommt sie«, antwortet Lotte an ihrer statt und fragt verwundert: »Und woher kennt der Führer euer Bier?«

»Aus Carinhall natürlich«, antwortet Gero mit unverhohlenem Stolz in der Stimme.

Keine Stunde von hier in der Schorfheide am Großdöllner See besitzt Hermann Göring den imposanten Herrschaftssitz Carinhall. Dort empfängt der Reichsmarschall Staatsgäste und hält rauschende Jagdgesellschaften ab, für die der Meier häufig sein Spezial Hell liefert.

»Und ich dachte immer, der Führer lebt abstinent«, murmelt Lotte.

»So wie der Krieg für ihn läuft, wundert es mich nicht, dass er zu saufen beginnt.« Lächelnd wendet sich Annemie zum Gehen. »Hitlers Hölle. Passt doch. Da landen wir ja alle bald.«

»Annemie, verdammt, wie redest du?«, herrscht Gero sie an. »Und was meinst du mit ›Hölle‹?«

Olga staunt. Ihm müsste doch eigentlich klar sein, dass das Ganze eher nach satirischer Feindpropaganda als nach Bier klingt.

»Na, denk mal scharf nach«, sagt Annemie und verabschiedet sich ohne ein weiteres Wort.

Gero schaut Annemie fassungslos hinterher, als sie schnellen Schritts davongeht, in die dem Meiers entgegengesetzte Richtung.

»Wo will sie denn hin?«, fragt Gero. »Sie soll mir helfen, den Polen zu suchen!«

»Jeder hat so seine Geheimnisse«, sagt Lotte nachdenklich und wirft Olga einen Blick von der Seite zu.

»Welcher Pole?«, fragt Olga.

»Adam. Vater will, dass dieser dahergelaufene Polacke beim Zapfen hilft.«

»Na, dann helfe ich dir mal beim Suchen«, sagt Lotte und zwinkert ihrer Freundin zu.

Olga zittert vor Kälte und merkt erst jetzt, dass Annemie vergessen hat, ihr das Handtuch zu geben. »Dahergelaufen ist er wohl kaum«, sagt sie leise. »Vielmehr gegen seinen Willen daherverschleppt.«

Beklommen sieht sie den Freunden nach. Was soll sie bloß tun? Wenn sie Gero warnt, ist Fritz in Hitlers Hölle, wenn nicht, dann auch. Sie kann sich die Laune vom alten Meier lebhaft vorstellen, wenn er realisiert, dass er auf einen üblen Streich hereingefallen ist. Ganz zu schweigen von den braunen Herrschaften, die einen Witz auf Führers Kosten sicher nicht komisch finden werden. Ein ungutes Gefühl ergreift wieder Besitz von ihr.

Fritz ist zu weit gegangen.

30. März 1991

Ginsterburg

Olga erhob sich und richtete ihren Mantel. Sie hatte lange genug versucht zu verstehen, warum sie sich ohne ein Wort an Lotte vorbeigeschoben hatte. Gleich nach ihrem überstürzten Aufbruch war sie in den Wald geflüchtet, an die Ucker, wo sie so viele Male mit ihrem Großvater gewesen war, um in der friedlichen Stille Fische und Erkenntnisse zu angeln. Was sie nun nach einer guten Stunde geangelt hatte, war lediglich eine kleine Fliege aus ihrem Auge und die Einsicht, dass ihr kalt wurde und sie Hunger bekam. Ihre Kraftreserven waren aufgebraucht. Lotte zu sehen hatte ihr den Rest gegeben. Bei ihrer letzten Begegnung war Olga noch verheiratet gewesen und hatte in Freiburg gelebt. Wie ein Geist aus der Vergangenheit war Lotte damals überraschend in ihr Leben getreten und genauso überraschend wieder verschwunden, nicht ohne dabei ihre gesamte Zukunft ordentlich durcheinanderzuwirbeln. Allein ihr Anblick vorhin hatte in Olga Angst vor einer Wiederholung geschürt. Wo sollten sie nach all den Jahren überhaupt ansetzen? Noch fühlte sie sich jedenfalls nicht imstande, mit ihr zu reden. Sie verließ den Pfad und schob sich westwärts durch ein Dickicht aus alten Buchen, Kiefern, Eichen und Schlehenbüschen, dessen Früchte sie früher eimerweise gesammelt haben, um sie als Medizin und für Schnaps zu verarbeiten. Die Luft war erfüllt vom Duft des Waldes.

Was machte Lotte überhaupt hier? Dasselbe wie sie vermutlich, dachte Olga: ihr Erbe inspizieren. Am Markt 3. Das mehrstöckige Gebäude gehörte ihrer Familie, genauso wie der große Garten am See, auf dem jetzt statt der alten Datsche ein hübsches

Häuschen stand. Der Ort, an dem Olga Himmel und Hölle gesehen hatte, unmittelbar nacheinander.

Kaum kam Olga die Erinnerung in den Sinn, stolperte sie über eine Wurzel. Sie konnte sich gerade noch an einem Schlehenbusch auffangen, blieb aber mit dem Arm an einem pieksigen Zweig hängen. Sie schrie auf und zog den Mantel aus. Ein Dorn hatte sich durch ihren Pullover gebohrt, bis auf die Haut. Vorsichtig zog sie den Ärmel hoch und begutachtete ihren Unterarm. Ein fieser Ratscher. Sie sah sich nach Spitzwegerich um; das desinfizierende Waldpflaster könnte sie jetzt gut gebrauchen.

Der kleine Nachbarsjunge aus Kühlungsborn fiel ihr plötzlich ein. Eines Tages war er weinend angelaufen gekommen, weil er sich das Knie aufgeschürft hatte. So kurz vor Kriegsende gab es keine Medizin mehr, kein Verbandszeug, keine Salben, kein Penicillin. Um sie herum starben die Menschen wie die Fliegen an Typhus, Tuberkulose, Entzündungen und Entkräftung. Selbst eine kleine, harmlose Wunde konnte, wenn sie sich erst mal entzündet hatte, zum Tod führen. Das hatte sie viel zu oft erlebt. Mit abgekochtem Tee aus Salbei, Ackerschachtelhalm und Kamille wusch sie die Wunde aus, dann quetschte sie das Blatt des Spitzwegerichs aus, das sie vom Wegrand gepflückt hatte, und ließ den Saft auf die verletzte Stelle tröpfeln, bevor sie dem Jungen ein weiteres Blatt als Wiesenpflaster um das Knie band. Um auf Nummer sicher zu gehen, stellte sie für ihn aus Ringelblumen noch eine Salbe gegen Entzündungen her. Dafür erhitzte sie Sonnenblumenöl zusammen mit etwas Bienenwachs und warf die abgezupften Blütenblätter der Ringelblume dazu. Seine Mutter war so dankbar, dass sie ihr ein paar Handschuhe strickte.

Bei der Erinnerung spürte sie, wie taub sich ihre Hände anfühlten. Sie hauchte ein paar Mal die Finger an, nachdem sie sich ihren Mantel wieder angezogen hatte. Am liebsten hätte sie sie an einer heißen Tasse Hagebuttentee gewärmt. Der Waldboden unter ihr federte. Als sie auf die Straße trat, die es früher nicht gegeben hatte, und auf Häuser zuging, die nicht älter als dreißig Jahre sein konnten, sog sie ein letztes Mal den Geruch von feuchter Erde ein. Sie sah sich um. Sie könnte überall sein. Nichts erinnerte an früher, selbst der verlässlichste aller Orientierungspunkte, der hohe Kirchturm, war irgendwo hinter engstehenden Plattenbauten des realen Sozialismus verschwunden, die sich an triste, schlammfarbene Einfamilienhäuser reihten und ihr die Sicht nach Westen versperrten. Vermutlich war das die Siedlung, von der sie Rudolf von Hettersdorf vorhin sprechen gehört hatte. Sie war auf den ehemaligen Weiden der Familie am Waldrand gebaut worden, und als Erbe forderte er nun eine Entschädigung. Was sie bei all den neuen Eindrücken jedoch wiederzuerkennen meinte, war der kleine Teich gegenüber. Eine Schar Enten marschierte an Olga vorüber zum Wasser.

Vor einem der Häuser polierte ein Mann die Felgen seines Golfs. Den fragte sie nach dem Weg zum Marktplatz.

»Immer die Straße runter. Wo lang sonst?«

Vor den Häusern, das fiel ihr auf, stand kein einziger Trabi, nur alte verrostete Westautos. Die Siedlung hätte überall stehen können.

Kaum war sie ein paar Schritte gegangen, hörte sie die vertrauten Kirchenglocken. Als sie schließlich die alte Zündholzfabrik passiert hatte, zur Dreifaltigkeitskirche gelangte und auf dem kopfsteingepflasterten Marktplatz mit dem alten Brunnen und den umliegenden kleinen Geschäften stand, war ihr, als würde Melancholie wie ein dünner Nebel über dem Platz liegen. Obwohl Markttag war und buntes Treiben herrschte. Auf der anderen Seite entdeckte sie das barocke Rathaus, an dessen linker Seite ein Gässchen zum See hinabging.

Hier war sie aufgewachsen, in dieser einst so hübschen kleinen Stadt. Doch die Welt ihrer Kindheit hatte ihr vertrautes Aussehen verloren. Nichts erinnerte sie an früher, und doch hatte sich kaum etwas verändert. Als würden sich zwei Welten flüchtig berühren. Kein einziges Haus war der Abrissbirne zum Opfer gefallen, nicht mal das älteste Haus aus dem 16. Jahrhundert, in dem noch heute die Bäckerei Zapfen untergebracht war. Vor der Tür bildete sich eine Schlange, und sie überlegte, ob sie dem Sohn des alten Bäckers einen Besuch abstatten sollte. Ob er sich noch daran erinnerte, dass sie den kleinen Jochen auf die Welt geholt hatte? Vielleicht später, dachte sie, als sie den jetzt großen Jochen aus der Tür treten sah. Schnell verbarg sie sich in einem Hauseingang und wartete, bis er in einer Gasse verschwunden war. Ihr Puls begann zu rasen, als würde schon sein Anblick die Nostalgia in ihr wecken.

Viele der Häuser standen leer, die Türen waren zugemauert, die Fenster mit Brettern vernagelt. Der Platz wirkte, als hätte man am Farbregler eines Fernsehers gedreht. Alle Gebäude waren von einem trostlosen Steingrau, und der brüchige, teilweise ausgebesserte Putz ließ einige Hauswände aussehen, als hätten sie einen großflächigen Ausschlag. Alle Materie ist erloschenes Licht, dachte sie und fragte sich, warum die Alteigentümer aus dem Westen wieder ins Dunkle zurückkehren wollten.

In der Mitte des Platzes lag der barocke Neptunbrunnen. Der römische Wassergott guckte noch genauso mürrisch drein wie früher. Kein Wunder, dachte sie, ihm fehlte noch immer die Nase. Damals hieß es, dass ein paar SA-Leute sie in der Reichspogromnacht abgeschlagen hätten, weil sie zu jüdisch aussah. Bis heute hatte sie niemand ersetzt. Sie schaute zu dem Haus der Heimanns. Wo vor der Arisierung ihr Schuhgeschäft gewesen war, wurde heute Parfum verkauft, als könnte man den Geruch des Todes damit übertünchen. Zu wissen, dass auch ihre Nachfahren, wie die der Liebermanns und Rosenbaums, ihre Grundstücke zurückbekamen, erfüllte sie mit Genugtuung. Denn sie hatten viel mehr als Olga ein Recht auf Wiedergutmachung, nach dem, was sie erlitten hatten. Wobei ihr dieses Wort schon beim Denken im Kopf steckenblieb. Was am Holocaust war denn bitte wiedergutzumachen? Was konnte für die Überlebenden jemals wieder gut werden?

Auf einmal spürte sie einen Windhauch im Nacken. Instinktiv drehte sie sich um. Mitten im Marktgewühl sah sie von hinten einen Mann, dessen Gang ihr eigenartig vertraut vorkam. Größe, Statur, selbst der Hut passte. Für einen Moment setzte ihr Herz aus – war das Fritz? Doch bevor sie ihn sich näher ansehen konnte, war er hinter einer Häuserecke verschwunden. Seltsam, dachte sie, tat den Gedanken aber sofort als Hirngespinst ab. Nicht Tote wurden lebendig, sondern Olgas Einbildung. Vielleicht war es ja doch heilsam, an Orte zurückzukehren. Allein, um die Nostalgia auszukurieren. Nur was hatte sie davon, wenn sie sich dabei eine Paranoia einsackte?

Und wenn nicht? Wenn er es wirklich gewesen war?

Sie beschloss, dem Mann zu folgen.

Doch da tippte ihr jemand von hinten auf die Schulter.

17. Juni 1943

Ginsterburg

Olga übergießt mehrere Löffel getrocknete Scharfgarbe, Hirtentäschel und Frauenmantel mit kochendem Wasser, als die Türglocke ertönt, wie immer begleitet von Kralles Gebell. Seit ihr Vater fort ist, kläfft der Hund unentwegt, beißt jeden weg, der ihm in die Quere kommt. Am liebsten würde sie dasselbe tun mit diesen Untieren, die der armen Anna das Kind aus dem Leib gerissen haben. Stattdessen nimmt sie einen Schluck Baldriantee gegen das wütende Zittern in ihrem Inneren.

Auf dem Weg nach Hause hatte Fritz sie abgepasst und in eine Ecke gezogen.

»Sie haben es getan«, berichtete er atemlos. »Diese Monster haben Anna im Lagerkrankenzimmer heute Morgen tatsächlich das Kind weggemacht! Gegen ihren Willen, und hinterher, als sie zu bluten begann, haben sie sie einfach liegenlassen wie ein abgeschossenes Reh.«

Ihre Brust zog sich zusammen, und sie brachte kein Wort heraus. Erst gestern hat sie Anna gesehen, ihr versichert, dass alles gut werden würde. Was war für diese Bestien schon ein Leben – oder zwei?

»Annemie und Adam haben sie in die Datsche gebracht.«

Bestürzt versprach Olga ihm, so schnell wie möglich nachzukommen, sobald sie ein paar Arzneien zusammengepackt hatte. Ausgerechnet Anna. Sie hat diese zarte Seele auf Anhieb gemocht und inständig gehofft, dass Fritz' Onkel sie mit seinem Plan vor größerem Übel beschützen kann. Doch dafür ist es jetzt zu spät. Sie können froh sein, wenn Anna den gewaltsamen Eingriff überlebt.

Gröber als nötig packt sie den Hund und bugsiert ihn aus dem Zimmer, doch er hört nicht auf zu bellen.

Den Besucher scheint das nicht zu schrecken, er läutet jetzt Sturm, obwohl er das große Schild an der Haustür nicht übersehen haben kann: *Praxis wegen Krankheit geschlossen.* Offenbar ist das für viele ein Widerspruch in sich – oder warum ignorieren etliche Patienten die Aufforderung, Pas Vertretung aufzusuchen oder ins Krankenhaus nach Schwedt zu fahren? Olga hofft, dass wenn schon nicht der Hund, dann zumindest die Mamsell den ungebetenen Gast verscheucht.

Rasch füllt sie den blutstillenden Tee in eine Feldflasche und packt sie zu den Handtüchern und den Salben aus Kamillenblüten und Melissenkraut in ihre Tasche. Sie überlegt, ob sie sich zutraut, im Notfall auch Mutterkorn einzusetzen. Wenn die Blutung stark ist, ist es das Beste, was es gibt. Kein anderes natürliches Mittel hilft so gut, die Gebärmuttermuskulatur zusammenzuziehen und die Blutungen zu stoppen. Aber sie zögert, weil ihr Pas Warnung nicht aus dem Kopf will, es nur im äußersten Notfall anzuwenden.

Olga schaut zur Sicherheit noch einmal in seinen Aufzeichnungen nach und wiegt das Mutterkornpulver im Labor penibel ab, bevor sie es in einer kleinen Dose zu den anderen Utensilien in die Tasche legt. Ein bis zwei Gramm, mehr dürfen es auf keinen Fall sein, sonst entfaltet das Pulver toxische Wirkung. Der zermahlene schwarze Pilz, der auf Roggen wächst, verengt in zu hoher Dosierung die Gefäße, lässt Föten, Finger und Zehen absterben oder führt zu Atemlähmung und Kreislaufversagen und schließlich zum Tod.

Alle Dinge sind Gift, und nichts ist ohne Gift; allein die Dosis macht's, dass ein Ding kein Gift sei. Der Satz von Paracelsus steht wie eine Mahnung an der Wand. Vereinfacht ausgedrückt: Viel hilft nicht viel. Immer wieder sterben Frauen, die mit diesem Kraut eine unliebsame Schwangerschaft beenden wollen.

Bei einer Witwe aus einem Nachbardorf hat Olga sich vor nicht einmal einem Jahr mit eigenen Augen überzeugen können, welche Folgen zu hoch dosiertes Mutterkorn hat. Als die Frau nach dem Tod ihres Mannes festgestellt hatte, dass sie schwanger von ihm war, hatte sie beschlossen, das Kind illegal mit Mutterkorn abzutreiben. Es war ein schrecklicher Anblick, wie sie im Beisein der fünf Kinder ihren letzten Atemzug machte, ohne dass Pa noch etwas für sie tun konnte.

»Die Gesetze der Menschen sind nicht die der Natur«, sagte er auf dem Nachhauseweg zu Olga, »und doch teilen sie dieselbe Unerbittlichkeit. Beide haben der armen Frau keinen anderen Ausweg gelassen, als sich das Recht zu nehmen, gegen das Gesetz zu handeln.«

Daran muss sie jetzt denken, und auch an das, was Pa damals noch in den Raum gestellt hatte. »Sollte man diesen zermürbten Frauen mit der halbwegs sicheren Curettage nicht aus der Not helfen«, hatte er zu ihr gesagt, »bevor sie eine ungewollte Schwangerschaft und im Zweifel auch ihr Leben mit zu viel Mutterkorn, Gänseblümchen, Arnika und Muskatnuss beenden? Bevor sie sich Seifenlauge in die Gebärmutter pumpen, mit Ästen, Stricknadeln oder abgekochten Hühnerfedern in sich herumstochern, allein oder mit Hilfe eines Kurpfuschers?«

Sie hatte mit einem Mal Angst um ihn bekommen, denn sie wusste, was das bedeutete.

»Nicht wenn dir, als Abtreiber, die Todesstrafe droht«, hatte sie ihm zur Antwort gegeben, obwohl sie ahnte, dass er seiner Patientin, hätte er von ihrer Verzweiflung gewusst, trotzdem geholfen hätte.

In der Not fragt der Arzt nicht nach Schuld oder nach Gesetzen, sagt er schließlich immer. Er hält sich einzig an sein Gewissen, seine Erfahrung. Letztlich ist er kein Richter.

Sie verstaut die rote Karbolseife in der Tasche, nachdem sie sich zum wiederholten Mal die Hände gewaschen und desinfiziert hat. Pa dringt vehement darauf, sich vor jeder Untersuchung mit keimtötender Seife die Hände zu säubern, insbesondere, wenn sie Frauen bei Geburten vaginal untersuchen. Erst ausreichende hygienische Maßnahmen haben schließlich das Kindbettfieber ausgerottet, an dem auch Pas Mutter verstorben ist.

Der stechende Geruch von Chlor und der der Kräuter kleben an ihren Fingern, als sie erst Schritte und dann die Stimme von der Mamsell hört, die durch die geschlossene Tür ruft. »Du hast Besuch, Olga. Es ist Gero.«

Gero? Nicht jetzt, flucht sie in Gedanken.

Als sie vor die Tür der Blume-Villa tritt, sieht sie auf der Seepromenade keinen Menschen außer ihm.

Nervös streicht sie sich eine Strähne hinters Ohr.

»Was tust du hier?«, fragt sie mit aufgesetzter Ruhe, während sie überlegt, wie sie ihn schnell wieder loswerden kann.

»Meinen Fehler ausbügeln«, erklärt Gero und neigt sich vor. Seine Stirn glänzt wie sein pomadisiertes Haar. »Lotte hat mir gesagt, dass du mit ihnen nach Schweden ziehen sollst.« Er schluckt. »Und wie viel es dir bedeuten würde hierzubleiben.«

Er lächelt sie unsicher an. Sie lächelt nicht zurück.

»Ich weiß genau, wie du dich fühlst, mir geht es ganz genauso.« Er legt einen Arm um sie. »Ich will doch auch, dass du bei mir bleibst.«

Sie wird ganz steif, lässt es aber geschehen.

»Ich hätte unsere Liebe niemals so auf die Probe stellen dürfen«, sagt er und rückt wieder ein bisschen von ihr ab, wischt sich den Schweiß von der Stirn. »Ich hatte Angst vor dem Kuss, Angst, dich zu enttäuschen, nicht die richtigen Worte zu finden, nicht witzig genug zu sein. Angst, dass du jemanden wie Fritz vorziehst. Ich würde alles tun, damit du mir verzeihst.«

Mitleidig betrachtet Olga ihn. Seine Unterwürfigkeit stößt sie ab. Spürt er nicht die Fremdheit zwischen ihnen?

Als sie weiter schweigt, steht die Unsicherheit ihm ins Gesicht geschrieben.

»Verzeihst du mir?«, fragt er und klingt beinahe ängstlich.

»Ich verzeihe dir«, sagt sie und bemüht sich dabei um eine freundliche Miene. »Aber lass uns später darüber reden, ich habe zu tun.«

»Zu tun? Kann das nicht warten?«, fragt er, als sie sich abwendet.

Sie deutet auf ihre Tasche. »Eine von Pas Patientinnen braucht dringend Medikamente«, lügt sie.

Er hält sie am Arm fest. »Lass mich dir zeigen, dass ich der Mann sein kann, den du verdienst. Wenn ich weiß, dass du auf mich wartest, habe ich einen Grund aus dem Krieg zurückzukommen.« In seinen Augen liegt etwas Flehendes und Besorgtes zugleich. Seine Wangen sind gerötet.

Langsam dämmert ihr, was er vorhat.

»Lass uns heiraten, Olga. Ich habe mich erkundigt. Bei einer Kriegstrauung brauchen wir kein Aufgebot, nur die amtsärztlichen Zeugnisse des Gesundheitsamtes – und die Zustimmung deines Vaters, weil du noch nicht mündig bist.« Er redet so schnell, wie er atmet. »Für unsere Hochzeit kann ich Fronturlaub beantragen, und dann bin ich wieder bei dir, bevor du überhaupt gemerkt hast, dass ich fort war. In der Zwischenzeit kannst du bei meinen Eltern und bei Annemie wohnen.«

Niemals, will sie ihm ins Gesicht schreien, und sie ahnt, wem sie seinen spontanen Heiratsantrag zu verdanken hat: Lotte.

Sie will ihn nicht heiraten, hat es nie gewollt. Was für eine Idee, den Bund der Ehe aus Mitleid oder Kalkül einzugehen! Außerdem: Was nützt es ihr, in Ginsterburg zu bleiben, wenn sie dafür auf Fritz verzichten muss?

Warum muss denn alles so kompliziert sein? Warum kann

sie nicht einfach noch mal neu anfangen – mit Fritz, aber sicher nicht mit Gero?

Sie bringt kein Wort heraus und tastet nach der Eisvogelfeder in ihrer Tasche, die sie wie ein kostbares Gut hütet. Fritz' Geschenk.

Ihr Schweigen nimmt Gero offenbar als stummes Einverständnis, denn plötzlich drückt er sie an sich und küsst sie, einfach so, wie um ihr die Möglichkeit zu nehmen Nein zu sagen.

Olga spürt noch Fritz' Hände auf ihrem Körper, und sie kommt sich wie eine Verräterin vor. Es fühlt sich nicht nur falsch an, ihr wird dabei auch übel. Energisch macht sie sich von ihm los und unterdrückt nur mühsam den Impuls, ihm eine Ohrfeige zu geben. Das würde alles nur noch schlimmer machen. Sie ballt die Hände zu Fäusten. »Was tust du da?«

»Dir beweisen, wie ernst ich es mit dir meine«, sagt Gero. »Bitte gib mir ein Zeichen, dass ich hoffen darf, Olga. Jetzt, wo ich den sicheren Tod vor Augen habe.« Seine Augen füllen sich mit Tränen. »Ich hätte keine Angst vor dem Sterben, wenn ich wüsste, dass du meine Frau wirst.«

Etwas an seinem Ton gibt ihr zu verstehen, dass er sie nicht eher gehen lassen wird, bis sie ihm zumindest ein wenig Hoffnung geschenkt hat.

»Ich denke darüber nach.« Sie zwingt sich zu einem Lächeln.

»Ist das ein Ja?«, fragt er hoffnungsvoll.

»Ich denke darüber nach«, wiederholt sie und weiß doch ganz genau, dass sie ihn niemals heiraten wird. »Aber jetzt muss ich los, der Gesundheitszustand der Patientin ist wirklich sehr beunruhigend.« Was vermutlich nicht mal gelogen ist.

Offensichtlich hat er nicht mehr damit gerechnet und die Bestätigung bekommen, die er haben wollte. Denn plötzlich hebt er sie hoch und wirbelt sie herum.

»Sieh nur, was für einen Draufgänger du aus mir machst«, sagt er lachend und versucht, sie noch einmal zu küssen. Aber dieses

Mal ist sie schneller und dreht den Kopf so, dass seine Lippen nur ihre Wange treffen.

»Nicht so ungestüm«, sagt sie und hebt drohend den Zeigefinger. »Ich bin ein anständiges Mädchen.«

»Natürlich! Entschuldige, liebste Olga. Ich dachte nur, weil wir doch jetzt so gut wie verlobt sind.«

Kurz darauf steht sie in der Datsche. Eben noch der schönste Ort der Welt, strahlt die Hütte nun eine Schwere aus, die alle Lebendigkeit der letzten Nacht verschluckt. Auf einmal steigt ihr der leicht säuerliche Geruch von Blut in die Nase. Sie schaut sich um, doch bevor sie Anna entdeckt, hört sie ihr Stöhnen, ganz schwach. Als Olga ihren Blick schweifen lässt, sieht sie Anna unter dem Fenster auf einer Matratze liegen. Über ihr die gelbe Decke, die Fritz und sie noch letzte Nacht warmgehalten hat. Neben ihr hockt Tadeusz, in sich zusammengesunken wie eine leere Hülle. Er hat gerötete Augen und hält Annas Finger umklammert wie ein Ertrinkender ein Stück Treibholz. Seine Verzweiflung ist mit Händen zu greifen.

»Moje dziecko, moja biedna zona«, hört sie ihn klagen.

Olgas Herz krampft sich vor Mitleid zusammen. Nur mühsam gelingt es ihr, die Tränen zurückzuhalten. Diese armen Menschen! Was würde sie dafür geben, ihnen den Schmerz zu nehmen. Doch sie hat quälende Angst, Annas Zustand noch zu verschlimmern. Alle erwarten ein Wunder von ihr, dabei ist Pa der Einzige, der Wunder vollbringen kann. Warum ist er nicht bei ihr? Immerhin ist er der Arzt, nicht sie. Wenn er auch das Kind nicht zurückbringen könnte, so wäre er doch zumindest imstande, Anna zu retten.

Zögernd geht sie auf die beiden zu. Schweiß tritt ihr auf die Stirn, und sie spürt, wie sie innerlich ins Trudeln gerät, wie Ängste ihr den Geist vernebeln. Dabei will sie sich überhaupt nicht vor der Verantwortung drücken. Ihr kommt einzig zu Bewusstsein, an welch dünnem Faden das Schicksal hängt. Zwischen Leben und Tod liegt oft nur ein Wimpernschlag und, ebenso maßgebend, eine Entscheidung, und zwar die richtige. Woher soll sie wissen, was richtig oder falsch ist?

Auf einmal hört sie die Stimme von Fritz. »Wicca!« Das Wort hallt in ihrem Kopf wider. Sie blickt auf und sieht ihn neben dem Waschbecken stehen. Sie hat das Gefühl, dass er trotz seines Lächelns mitgenommen wirkt. »Du kannst es«, formt er mit den Lippen. Plötzlich schämt sie sich ihrer Zweifel. Was ist nur los mit ihr? Sie allein muss entscheiden. Und sie wird entscheiden.

Mit neuem Mut tritt sie an Annas Behelfsbett auf dem Boden. Wenn sie sich auf ihr Bauchgefühl und ihren persönlichen Wissensschatz, auf ihre Einschätzung der Gerüche, der Stimme, des Gesichtsausdrucks verlässt, dann wird alles gut werden. In ihrem Kopf herrscht wieder Klarheit, und in Gedanken geht sie durch, was jetzt zu tun ist.

Anna hat nicht nur ihr Kind verloren, sondern auch den Lebensmut, das sieht Olga sofort. Der Schmerz über den Verlust des Kindes raubt ihr die Kraft, die sie braucht, um für sich und Tadeusz zu kämpfen. Wie gerne würde Olga mit ihr kämpfen, für sie. Aber wie? Zur Angst, dass Anna es nicht schaffen könnte, kommt die Sorge, dass die junge Frau es gar nicht will.

»Sie haben unser Kind einfach weggemacht« sagt Tadeusz tonlos, und ihm rollen Tränen über die eingefallenen Wangen. »Ich würde alles hingeben für unser Kind, für Anna, für eine Hoffnung.«

Er greift nach Olga und blickt ihr in die Augen, während sich seine Finger fest in ihren Arm krallen. »Du musst sie retten. Anna ist alles, was ich habe!«

Der Kummer der beiden zerreißt Olga schier das Herz. Sie verspricht es ihm, allein, damit er nicht aufgibt, und auch sie selbst nicht. »Das werde ich.«

Dann wendet sie sich an Anna und drückt ihre Hand.

»Ich hätte dich so gerne unter anderen Umständen wiedergesehen«, sagt sie. »Es tut mir so leid.« Anna starrt ins Nichts, als würde sie Olga gar nicht hören, dennoch beginnt Tadeusz, Olgas Worte für sie zu übersetzen.

»Ich werde dich gesund machen, das verspreche ich dir.«

Woher sie diese vermeintliche Gewissheit nimmt, sagt sie nicht, aber jetzt lächelt Anna schwach, und Olga denkt, dass der Glaube manchmal Berge versetzen kann. In der Medizin gibt es keine Gewissheiten, nur ein Gewissen. Und das sagt ihr, dass auch sie Zuversicht ausstrahlen muss.

Olga greift nach Annas Handgelenk und fühlt ihren Puls. Konzentriert zählt sie die Schläge. Er rast, der Kreislauf ist schwach und die Atmung schnell und flach. Auch ein Blick unter die Decke zeigt, wie ernst die Lage ist. Ein Schwall roter Flüssigkeit hat sich auf der Matratze ergossen. Olga muss bei dem Anblick Übelkeit unterdrücken. Hauptsache, Anna verliert nicht noch mehr Blut. Nichts schwächt den Organismus mehr.

In den Lehrbüchern steht, dass im Körper einer Frau rund vier Liter Blut zirkulieren. Bei Annas Leichtgewicht sicher noch weniger. Geht mehr als ein Liter verloren, beschleunigen sich der Atem und der Puls, Schwindel setzt sein. Werden es mehr, verliert man langsam das Bewusstsein, und es kommt zu einem hämorrhagischen Schock. Die Menge des geronnenen Blutes verrät Olga, dass die Zeit drängt.

Rasch gibt sie Anna das Mutterkorn unter die Zunge und flößt ihr den blutstillenden Tee mit einem Löffel ein.

Vorsichtig schiebt sie dann ihr Hemd hoch und tastet nach dem Uterus. Er hat die Größe einer Melone und liegt leicht über dem Bauchnabel. Hoffnung keimt in Olga auf, denn er fühlt sich ganz schlaff und weich an. Wenn sie nur kräftig genug komprimiert, kann sie die Blutung möglicherweise stoppen.

Aus dem Augenwinkel sieht sie, wie die Tür aufgeht. Sie erschrickt, doch es sind nur Adam und Annemie, die Eis in einem

Beutel bringen. Sie nickt ihnen zu und legt die Eisblase sofort auf die Stelle, unter der der Uterus liegt. Dann wartet sie darauf, dass der Kältereiz die Austrittsmenge an Blut verringert.

Als sie sich schließlich hinkniet und den Uterus sanft ins Becken schiebt, erklärt sie Anna, was sie tut. »Die Gebärmutter ist ein großer Muskel. Wenn wir ihn von außen anregen, hört die Blutung auf.«

Kreisförmig und kräftig beginnt sie, den Uterus durch die Bauchdecke zu reiben. Das wird dauern, sicher mehr als eine halbe Stunde. So lange, bis das Blut nicht mehr hinausstürzt, sondern nur noch hinaussickert. Zwischendurch muss sie den Uterus mit einem zangenartigen Handgriff immer wieder ausdrücken, denn nur wenn er leer ist, kann er sich zusammenziehen.

Irgendwann verliert Olga das Zeitgefühl, vollzieht den Ablauf wie in Trance, als hätte sie diesen Eingriff schon hunderte Male gemacht. Aus der Ferne ertönt das Kirchenläuten. Fünf Mal. Sie spürt, wie ihre Lider zittern. Hat Fritz nicht gesagt, dass Anna und Tadeusz um fünf zurück in der Baracke sein müssen für den Appell? Angsterfüllt blickt sie zu Tadeusz. Doch der zuckt nur die Achseln, als könnten keine schlimmeren Zeiten kommen als die, die schon hinter ihnen liegen.

Olga wird schwarz vor Augen, ihr schwindelt. Doch das darf nicht passieren. Nicht jetzt, wo Annas Schicksal allein in und zwischen ihren Händen liegt. Und mit einem Mal, ohne dass sie sich dessen bewusst ist, setzt Olgas Verstand wieder ein.

Abwechselnd drückt und reibt sie Annas Bauch, bis es nach endlosen Minuten endlich passiert. Das Mutterkorn wirkt.

»Du hast es geschafft«, hört sie Fritz sagen. »Es hat aufgehört zu bluten!«

Olga starrt Anna an, starrt Tadeusz an, starrt Fritz an und sagt dann mit Tränen der Erleichterung in den Augen: »Wir haben es geschafft.«

Nach Stunden fieberhafter Anspannung spürt sie das erste

Mal, wie ihr Körper loslässt. Sie ist erschöpft bis auf die Knochen. Sie schließt die Augen, richtet sich auf und streckt sich. Als sie sie wieder öffnet, sieht sie, wie Tadeusz Annas Haar küsst und mit ihr spricht, ganz leise und sanft.

Wie groß muss ihre Liebe sein, schießt es Olga durch den Kopf, wenn sie dafür alles riskieren? Die Wahrheit ist, dass sie genauso handeln würde. In dem Augenblick, wo die Liebe über einen hereinbricht, verändert sich alles. Sie muss Fritz nur anschauen, um zu wissen, dass es ihr egal wäre, wie teuer sie die Liebe zu ihm zu stehen käme, solange sie nur noch etwas mehr Zeit mit ihm verbringen könnte.

Morgen schon wird sie weit weg sein, für Monate, vielleicht für länger. Der Gedanke schnürt ihr den Hals zu. Als sie spürt, wie ihr die Tränen kommen, wendet sie sich rasch ab. Wie soll sie Fritz bloß beibringen, dass sie heute Abschied nehmen müssen?

In diesem Moment sieht sie, wie die Tür aufgerissen wird.

Und erstarrt.

17. Juni 1943

Ginsterburg

In der Tür steht Lotte, mit kreideweißem Gesicht. Ihr Blick wandert zum Boden, auf dem Anna liegt. Zum Blut. Dann weiter zu Olga, bleibt an ihr haften. In ihren Augen liegt eine Feindschaft, die Olga bei ihr noch nie gesehen hat. Als könnte sie ihren Anblick nicht ertragen, als wolle sie sie auslöschen.

»Warum?«, ruft sie. »Warum?« Tränen laufen ihr über die Wangen.

In der Stille, die nun folgt, fragt Olga sich, ob das der Moment ist, vor dem sie sich all die Monate gefürchtet hat. Der Moment, in dem ihre Freundschaft endgültig in Scherben zerfällt.

»Warum habt ihr mir nichts erzählt?«, schluchzt Lotte. »Warum nur?«

»Ist doch klar, dass wir dir nichts sagen konnten. Jeder Mitwisser ist einer zu viel.« Fritz versucht, die Lage zu entspannen, und macht es nur noch schlimmer.

Olga sieht, wie sich zwischen Lottes Augen eine steile Zornesfalte bildet. »Aber Annemie konntest du es sagen, ja? Adam, ja? Und Olga, natürlich. Olga kannst du alles sagen, nicht wahr? Aber mir, deiner Freundin, sagst du nichts; nicht mal, was in meiner eigenen Datsche vor sich geht?«

Olga spürt Hitze in ihren Wangen aufsteigen. »So versteh doch, Lotte«, fleht sie, »dass wir dich nicht auch noch in Gefahr bringen wollten. Anna, sie arbeitet in der Röste. Stell dir vor, sie haben ihr das Kind abgetrieben, gegen ihren Willen, sie war fast im siebten Monat, so weit wie Mamme. Ich musste ihre Blutungen stoppen, sonst wäre sie gestorben.«

Lotte macht eine wegwerfende Handbewegung. »Und dafür

gibt es keine Ärzte in einem sterilen Krankenhaus?«, zischt sie. »Sondern nur eine frisch gebackene Abiturientin ohne ärztliches Examen, die in einer verdreckten Gartendatsche das Fräulein Doktor spielt?«

»Herrgott, Lotte!«, ruft Fritz dazwischen und wird vor Ärger rot. »Begreifst du denn nicht, was Olga meint. Sie lassen ›fremdvölkische‹ Frauen wie Anna verrecken, wenn sie die Produktionsbedürfnisse nicht erfüllen. Für sie gibt es kein steriles Krankenhaus. Wann kapierst du das endlich?«

Olga sieht, wie Lotte zusammenzuckt. »Das reicht jetzt, Fritz«, sagt sie sanft.

»Ach ja?« Er wendet sich erneut an Lotte. »Wenn wir dir nichts erzählt haben, dann weil Anna nicht irgendein Spielzeug ist, das du aus der Ecke hervorkramst, um dich kurz damit zu beschäftigen, ehe du es wieder achtlos fallenlässt.«

Lotte blinzelt vor Schreck oder Entsetzen.

»So wie dich?«, erwidert sie leise. Ihr Blick geht zu Anna, und weitere Tränen kullern ihre Wangen hinab. Sie setzt sich zu ihr auf den Boden und streichelt ihr mütterlich die Wange, wie einem Kind. Mit einer schnellen Bewegung nimmt sie ihren Schal ab und legt ihn behutsam über Anna und das Blut auf ihrem Körper. Olga ist gerührt von der Geste ihrer Freundin und fragt sich, warum sie selbst nicht darauf gekommen ist, Anna ein bisschen Würde zurückzugeben.

»Es tut mir schrecklich leid, was dir widerfahren ist«, sagt Lotte und erhebt sich rasch, tritt hinaus. Olga sieht ihr hilflos nach.

Sie weiß, dass Lotte nicht so ichbezogen und ignorant ist, wie Fritz denkt. Lotte hat durchaus ein feines Gespür für andere Menschen und ihre Gefühle. Oft schon hat Olga versucht, Fritz das begreiflich zu machen. Doch wenn er sich erst mal auf eine Sache versteift, lässt er nicht mehr davon ab.

Sie wirft ihm einen strengen Blick zu und folgt Lotte nach

draußen. Ihre Freundin steht am Ufer des Sees. Der Mond leuchtet hell und taucht sie in silberfarbenes Licht.

Olga stellt sich neben sie. »Auch wenn du dich ausgeschlossen fühlst, wir sind deine Freunde.«

Auf einmal stehen auch Fritz, Annemie und Adam neben ihnen.

»Meine Freunde? Seid ihr das, ja?«, fragt Lotte mit tränenerstickter Stimme und wendet sich Olga zu. »Auf dass uns kein Geheimnis je trennt? Erinnert ihr euch an unseren Blutsschwur?«

Annemie schnaubt. »Jeder Mensch hat so seine Geheimnisse«, sagt sie. »Daran ändert ein kindlicher Schwur auch nichts.«

»Wenn es denn Geheimnisse blieben.« Lotte wischt sich mit dem Handrücken die Tränen weg. »Dass mit Adam und dir zum Beispiel. Wer Augen im Kopf hat und sich für seine Freunde interessiert, für den ist es kein Geheimnis, dass ihr euch liebt und zusammen seid.«

Olga blickt überrascht auf. Woher wusste sie das?

»Oder du.« Lotte sieht sie an. »Meinst du, ich habe nicht bemerkt, dass du uns Essen entwendet hast? Dass du Dinge in unserer Datsche versteckst und gemeinsame Sache mit Fritz machst?«

Olga zuckt zusammen.

»Schweundin.« Lotte lacht, doch es klingt unfroh. »Wenn du mit uns nach Schweden kommst, dann nur, um dich und andere nicht länger in Gefahr zu bringen.«

»Schweden?«, fragt Fritz entgeistert.

»Schweden«, erwidert Lotte, und Olga hat den Eindruck, es bereitet ihr Genuss. »Du musst dir jemand anderen suchen für deine gefährlichen Eskapaden, Fritz.«

In Olgas Kopf springt ein Alarm an: Es geht nicht um einen Sommer. Sie soll von hier weggebracht werden, um für immer fortzubleiben.

»Wie oft habe ich dich gebeten, mir die Wahrheit zu sagen«,

fährt Lotte mit leiser Stimme fort. »Aber stattdessen hast du mich wieder und wieder angelogen. Eine schöne Freundin bist du!«

Die Worte schmerzen. Es schmerzt, dass Lotte so über sie denkt und nicht einmal unrecht hat damit. Olga pochen die Schläfen.

Bevor sie antworten kann, setzt Lotte nach. »Du hast genug gelogen.«

Die Freunde starren Lotte nur an.

»Wisst ihr eigentlich, was da draußen los ist?«, fragt Lotte nach einem Moment des Schweigens. Ihr Blick wandert von einem zum anderen. »Eine Horde Uniformierter ist auf den Beinen, um nach den beiden entlaufenen Fremdarbeitern zu suchen. Die wollen sie am nächsten Baum aufknöpfen.«

Olga schlägt die Hände vors Gesicht. Natürlich, der Appell, denkt sie, und eine Welle der Panik erfasst sie. Sobald jemand fehlt, schlagen sie Alarm und schicken die Suchtrupps los.

»Was soll mit ihnen werden, habt ihr darüber mal nachgedacht?«, fragt Lotte in die Runde. »Auf Flucht steht Tod, das müsstet ihr doch wissen!«

Offenbar ist Lotte die Einzige, die die Tragweite ihres Handelns überblickt, denkt Olga. Was hat es genützt, Anna zu retten, wenn ihr Mann und sie nun trotzdem sterben müssen? Andererseits hätte Anna in ihrem Zustand kaum den nächsten Tag überlebt. Die Frau soll leben, komme, was wolle, das hat Olga sich vor nicht einmal zwei Stunden geschworen. Aber wie? So oder so muss eine Lösung her. Fieberhaft überlegt sie, wie diese aussehen kann.

»Und von Fritz will ich gar nicht reden«, fügt Lotte hinzu und schaut ihn durchdringend an. »Dich suchen sie auch. Kannst du dir vorstellen, warum es beim Fassanstich im Meiers zum Tumult kam?«

Fritz zuckt die Achseln.

»Nach dem ersten Schluck stieß den meisten das Hitlers Hell doch reichlich bitter auf«, erklärt Lotte. »Der Gauleiter hat die Führerbitte recht schnell als Fälschung entlarvt und wollte eine Erklärung vom Meier.« Lotte blickte Annemie in die Augen. »So habe ich deinen Vater noch nie gesehen. Der hatte richtig Schaum vorm Mund. Und zwar nicht vom Hellen.«

Lotte geht einen Schritt auf Fritz zu. »Du kannst dir denken, auf wen Meiers Verdacht gefallen ist, oder? Irgendein SS-Offizier von der Gestapo will dich nun verhören.«

Olgas Magen krampft sich ängstlich zusammen. An Fritz' Gesicht kann sie erkennen, dass er erst jetzt begreift, welche Folgen sein dummer Streich haben wird, für jeden von ihnen.

»Oh Fritz!«, ruft Annemie aus. »Du lebst, als würdest du morgen sterben. Du weißt doch, was für ein harter Brocken mein Vater ist. Hättest du es nicht ein einziges Mal gut sein lassen können?«

Lotte legt Fritz eine Hand auf den Arm.

»Was tust du nur? Warum bist du nur so leichtsinnig?«, schlägt sie in die gleiche Kerbe, jetzt aber mit überraschender Zärtlichkeit in der Stimme. »Weißt du denn nicht, was auf Führerbeleidigung steht?« Sie sieht ihn an, und ihr Blick ist voller Liebe. Olga erkennt auch echte Sorge darin. Wie hat sie sich nur vormachen können, dass Fritz für Lotte nichts weiter ist als eine Kinderliebe, bei der es ihr nur um die Eroberung und ihren Stolz geht?

»Der Führer kann mich am Arsch lecken«, erwidert Fritz trotzig, doch seine Stimme zittert, als er hinterhersetzt: »Was können sie mir schon nachweisen?«

»Seit wann müssen sie einem irgendetwas nachweisen?«, fragt Annemie. »Schon der Verdacht reicht aus, um dich mit aller Härte zu bestrafen. Vor allem dich, Fritz, mit deiner Vorgeschichte! Der unrühmliche Abgang aus der HJ, die Beleidigung des Leutnants und all die anderen Sticheleien gegen Uniformträger. Du weißt, wie gerne mein Vater das bezeugen wird, oder?«

Lotte schüttelt den Kopf.

»Sei vernünftig, Fritz«, dringt sie in ihn. »Willst du am Galgen hängen und deinen Onkel gleich mit in Sippenhaft nehmen? Du musst weg, noch heute!«, sagt sie entschieden. »Wie Anna und ihr Mann.«

»Das kommt überhaupt nicht in Frage«, sagt Fritz, und sein Blick streift Olga.

Als Olga die Furcht in seinen Augen erkennt, würde sie ihn am liebsten in den Arm nehmen. Gleichzeitig ärgert sie sich über ihn, aber auch über sich selbst. Sie kommt sich so dumm vor. Es wäre ein Leichtes gewesen, Hitlers Hölle noch rechtzeitig zu entgehen, vorhin, als Gero ihnen davon erzählt hat. Aber was hätte sie ihm sagen sollen, ohne auch da schon den Verdacht auf Fritz zu lenken? Wenigstens wäre dem Meier die große Blamage vor den Nazigrößen erspart und seine Reaktion vielleicht beherrschbar geblieben.

Sie schickt ein Stoßgebet gen Himmel. Wenn wenigstens Pa da wäre. Er hätte sicher eine Idee.

»Ihr kommt mit uns nach Öland«, sagt Lotte überraschend, und Olgas Herz macht einen Satz. »Mein Vater genießt Schutz von ganz oben und pendelt unbehelligt zwischen Schweden und Deutschland hin und her. Glaubt mir, es wäre nicht das erste Mal, dass er Menschen in seinem Wagen versteckt und außer Landes schmuggelt.«

Hoffnung keimt in Olga auf. Es überrascht sie nicht besonders, dass Pelle seinen Passierschein nicht nur dafür nutzt, Kaffee und Karamellen zu schmuggeln. Seit Jahren macht er Geschäfte mit den Nazis, offizielle und inoffizielle. Was ihn in den Augen seiner Landsleute suspekt macht, im Reich macht es ihn unverdächtig. Wie es sich für einen Schweden gehört, wirkt er immer so neutral. Doch gibt es immer zwei Seiten, beim Menschen wie beim Mond. Sie wirft Lotte einen erleichterten Blick zu, traut sich jedoch nicht, sie in den Arm zu nehmen.

Annemie drückt Lottes Hand. »Du bist ihre Rettung«, sagt sie und schluckt.

Aber Fritz denkt gar nicht daran, die Chance zu nutzen.

»Weißt du eigentlich, was du damit für Anna und Tadeusz tust?«, wendet er sich beinahe zärtlich an Lotte. »Aber ich, ich werde nicht gehen. Auf keinen Fall.« Er schielt wieder zu Olga. »Ich bleibe lieber hier ... bei meinem Onkel.«

Olga kann es nicht fassen. »Aber du musst, dann bist du in Sicherheit«, fleht sie mit wachsender Verzweiflung. »Sonst stecken sie dich ins Lager oder in so ein Bewährungsbataillon! Davon hat Karl erzählt, und dass die armen Verurteilten als Kanonenfutter zum Einsatz kommen. Du sagst doch selbst immer, dass es nicht dein Krieg ist.«

Adam, der bisher geschwiegen hat, räuspert sich laut. »Olga hat recht. Du musst Vernunft annehmen«, sagt er. »Gerade jetzt werden sie dir noch ganz andere Dinge anlasten ...«

Fritz runzelt die Stirn. »Aber doch nicht das mit Anna und Tadeusz?«, fragt er ungläubig.

Adam fasst Fritz am Arm. »Ihr habt doch längst den Ruf weg, viel zu freundlich mit uns umzugehen. Seitdem ihr auch noch die Arbeiter von der Röste abwerben wollt, gucken sie ganz genau hin. Dein Onkel war deswegen doch schon bei der Gestapo. Sie werden sagen, dass du den Tumult um das Bier eingefädelt hast, um von Annas und Tadeusz' Flucht abzulenken.«

»Das ist doch Unsinn«, erwidert Fritz.

»Erklär das denen mal«, sagt Annemie. »Irgendjemand müssen sie ja zur Rechenschaft ziehen, schon um ein Exempel zu statuieren.«

Der Gedanke ist Olga unerträglich. Sie blinzelt, aber sie kann die Tränen nicht zurückhalten. Sie fühlt sich wie betäubt. »Und was sollen wir jetzt tun?«, fragt sie.

»Was du tun wirst, kann ich dir sagen«, antwortet Lotte unterkühlt. »Gero heiraten.«

Olga wird stockstarr. Ist Lotte jetzt völlig von Sinnen? Wie kann sie ihr in dieser Lage nur einen solchen Vorschlag unterbreiten? Es geht um die Leben von Fritz und der beiden anderen und nicht um Olgas vermeintliches Glück mit Gero.

»Aber das hast du Gero vorhin ja ohnehin versprochen«, setzt Lotte nach.

Olga sinkt in sich zusammen. »Das habe ich nicht.«

»Habt ihr euch nicht geküsst?«, fragt Lotte verwundert und sieht sie an.

»Doch, doch«, antwortetet Olga schwach und lässt ihren Finger unter ihr linkes Auge wandern. Mit ihrer geheimen Geste will sie Fritz zu verstehen geben, dass es sich um ein Missverständnis handelt. »Aber …« Fritz' Anblick bringt sie zum Verstummen.

Wie vom Donner gerührt steht er da und starrt sie an, während sein Blick sich immer weiter verdunkelt. Sie sieht ihm an, wie es in ihm brodelt. Sein Gesichtsausdruck lässt keine andere Interpretation zu.

Er wird doch nicht ernsthaft glauben, dass zwischen ihr und Gero etwas läuft? Nicht nach ihrer gemeinsamen Nacht.

»Gratulation«, murmelt er.

Lotte umklammert seinen Arm, als fürchte sie, dass er ihr davonlaufen könnte. »Gero sagt, es fehle nur noch Dr. Blumes Einwilligung, aber daran wird es sicher nicht scheitern, stimmt's, Olga?« Lotte wendet sich an Fritz. »Viel wichtiger ist, dass Anna mit Olgas Papieren ausreisen kann. Sie kann in ihrem Zustand unmöglich zusammengekauert hinten im Wagen transportiert werden. Im Gegensatz zu ihrem Mann und dir, Fritz. Da ist genug Platz für ein sicheres Versteck.«

Fritz nickt. »Wenn du meinst«, sagt er tonlos.

Olgas Körper fühlt sich steif an. So hoffnungslos in ihre Lügen verstrickt, hat sie keine andere Wahl, als zu schweigen. Jedes Wort der Erklärung würde das mit ihr und Fritz offensichtlich machen. Falls es das nicht sowieso schon ist. Lotte ist doch sonst immer eine so gute Beobachterin.

Ihre Freundin sieht sie mit großen Augen an. »Wir werden dich vermissen, Olga. Aber zumindest bleiben dir Annemie und vor allem Gero. Das willst du doch, oder?«

In diesem Augenblick weiß Olga, dass sie keine Wahl hat. Dass ihr Schicksal untrennbar mit dem der anderen verbunden ist. Mit dem von Lotte, Anna, Tadeusz und Fritz, die, wenn Pelle es schafft, sie sicher außer Landes zu bringen, ein neues Leben in Schweden beginnen werden. Lotte hat es so eingefädelt, dass Olga aus dem Weg ist, wenn sie mit Fritz ihre zweite Chance nutzen will. Das sieht Olga nun so klar wie ihre Machtlosigkeit. Sie weiß nicht, was sie mehr trifft. Es gilt, dass Leben von Anna und Tadeuz zu retten, und auch das von Fritz.

Sie wird nichts unternehmen, um die Dinge aufzuhalten. Will sie die anderen retten, muss sie ihre Zukunft mit Fritz opfern.

Mit einem einzigen Streich hat Lotte sich ihn zurückgeholt, denkt sie, und den Status quo ante wieder hergestellt. Wie ein Ablasshandel. Vergessen nicht nur das schlechte Gewissen, sondern auch die Heimlichkeiten und Lügen. Der Preis, den Olga dafür zahlen muss? Ein Leben mit Gero.

Die Vorstellung flößt ihr Widerwillen, fast Angst ein. Ihr wird übel. Sie schluckt die Tränen herunter, die ihr in den Augen brennen, und räuspert sich.

Lotte starrt sie erwartungsvoll an, und Olga holt tief Luft.

»Natürlich«, presst sie hervor. »Nichts wünsche ich mir mehr.«

30. März 1991

Ginsterburg

»Wer war diese Frau, die dir so hinterhergestarrt hat, als du raus bist?«, fragte Sara, als sie an einem Marktstand standen und einen Wrukeneintopf aßen. Er schmeckte köstlich, fast so gut wie bei Mamme damals.

Olga tunkte ein Stück Brot in die dicke Suppe und belegte es mit einem Streifen Karotte.

»Das war meine alte Freundin Lotte.«

»Die mit dem Brief, den du nicht lesen wolltest?«, fragte Sara verblüfft. »Sie hatte Tränen in den Augen, als sie sich zu uns an den Tisch gesetzt hat. Warum bist du einfach weggerannt?«

Olga seufzte und hielt den Blick unverwandt auf eine Marktfrau am Stand gegenüber gerichtet, die gerade eine Handvoll Tomaten abwog.

Was konnte, was wollte sie Sara erzählen?

»Weißt du, mein Herz, so ist das mit Geistern aus der Vergangenheit«, sagte sie schließlich. »Lotte ist irgendwann während des Krieges nach Schweden gezogen, und wir haben uns aus den Augen verloren.«

Sie stocherte in ihrer Suppe herum. »In unserer Kindheit waren wir wie Pech und Schwefel. Nichts vermochte uns zu trennen, und dann … Dann haben wir uns vor langer Zeit sehr wehgetan. Ich habe einfach nicht damit gerechnet, sie noch einmal wiederzusehen, schon gar nicht hier.«

Sara runzelte die Stirn. »Was ist denn passiert zwischen euch?«

Olga versuchte, ein Stück Fleisch herauszufischen.

»Das Leben vermutlich«, stieß sie schließlich hervor und tupfte sich mit der Serviette den Mund sauber.

»Das Leben oder ein Mann?«, fragte Sara und stupste sie mit dem Ellbogen an.

»Beides.« Gegen ihren Willen musste Olga schmunzeln. Ihre Enkeltochter war manchmal so erfrischend vorlaut.

Sara nahm ihr die leere Plastikschale aus der Hand und warf das Geschirr in den Mülleimer neben sich. »Habt ihr euch um meinen Großvater gestritten?«

Sie lachte, aber als Olga nichts erwiderte, fügte sie leise hinzu: »Ach, Omama, entschuldige, dass ich so direkt bin. Du kennst mich doch und weißt, wie neugierig ich bin.«

Und ob Olga das wusste. Sara war klug, lebhaft und wissbegierig. Schon als Kleinkind hatte sie die Welt mit all ihren Sinnen erfahren wollen und Finger, Zehen, Zunge und Nase in alles gesteckt, was ihr Interesse weckte. Sie wollte immer alles, und das am liebsten auf einmal: rutschen, springen, einen Handstand machen und gleichzeitig wissen, warum die Füße nur so kurz in der Luft blieben und die Hände ihrem Kopf gehorchten, ihre Haare aber nicht.

Wie ein Wiesel flitzte sie durch die Gegend, und wenn sie sich mal verletzte, was bei ihrem Überschwang oft vorkam, machte sie meist weiter, als wäre nichts gewesen. Erst wenn sie das Blut sah, begann sie zu weinen. Aber ihre Tränen waren noch nicht getrocknet, da strahlte sie schon wieder angesichts eines Vögelchens, das sie auf dem Fensterbrett entdeckt hatte und dessen Trillern sie schöner fand als die Bachkantate, die aus dem Radio kam. »Omama, mach das Klavier aus«, befahl sie dann gerne.

Olga empfand Saras Kindheit als eine Zeit vollkommener Freiheit und sah mit Staunen zu, wie ihre Enkelin alles in sich aufsog, was die Welt draußen ihr zu bieten hatte.

Nicht nur einmal hatte sie sich gefragt, ob diese furchtlose Hinwendung zum Leben, die sie von Becki und sich nicht kannte, damit zu tun hatte, dass ihre Enkelin im Frieden geboren und aufgewachsen war.

»Erzähl mal, Omama«, sagte sie jetzt. »Ihr wart also beide in Gero verliebt, du und Lotte? Und er, wie ging es ihm?«

Olga wich dem Blick ihrer Enkelin aus. »Es ist kompliziert«, sagte sie leise.

»Ach bitte, erzähl doch! Ich würde so gerne mehr von dir erfahren. Und so eine Dreiecksgeschichte – unglaublich! Bitte, Omama, komm schon!«, bettelte Sara.

Olga verspürte einen Anflug von Ärger. Warum konnte ihre Enkelin es nicht einfach einmal gut sein lassen? Sosehr ihr sonst Saras Neugierde gefiel, beim Thema Vergangenheit machte Olga dicht, und das wusste ihre Lütte auch.

Ach, Sara, dachte Olga und seufzte. Immerzu stellte sie Fragen, zu allem, was Olga sagte, tat oder unterließ. Sie hörten erst auf, wenn Olga ihr die Dinge zu ihrer Zufriedenheit erklärt und gedeutet hatte. Sara von etwas zu überzeugen, was ihrer Logik widersprach, war schon früher unmöglich gewesen. Einmal, da war sie vier Jahre alt, ging sie mit ihr in den Wald. Nach einer Weile stießen sie auf eine Erle, bei der sich im Gegensatz zu allen anderen bereits die Rinde löste, und entdeckten an ihr eine rote Markierung. Das Zeichen, dass die letzte Stunde geschlagen hatte und die Baumfäller schon im Anmarsch waren. Jeder Baum und jede Pflanze war ein lebendiges Wesen mit eigenen Gedanken und Gefühlen, das wollte sie Sara vermitteln und legte darum behutsam eine Hand auf den Stamm der Erle. »Na, bist du traurig, dass du gefällt wirst?«, fragte Olga und schielte zu ihrer Enkelin. Doch diese nahm ihre Hand und zog sie kopfschüttelnd fort. »Omama, Bäume können nicht weinen, die haben keine Augen. Aber kranke Wurzeln«

Ja, dachte Olga nun, für eine angehende Ärztin war diese Angewohnheit von Vorteil. Ihre Enkelin liebte es, Dinge zu erkunden, rationale Vorgänge zu lösen, mit einem Blick Gefahren zu analysieren, ohne sich dabei besonders von Gefühlen leiten zu lassen.

»Habt ihr in der Kirche dahinten geheiratet?«, fragte Sara, als klar war, dass Olga nicht auf ihre Frage antworten würde. Sie deutete auf die Dreifaltigkeitskirche am anderen Ende des Marktplatzes, aus der in diesem Moment ein Brautpaar heraustrat. Vor der Kirche jubelten die Leute und warfen Reis in die Luft.

Olga spürte ein diffuses Unwohlsein in sich aufsteigen.

»Wollen wir ein Stück gehen?«, fragte sie, ohne auf die Frage einzugehen.

Saras Lächeln fiel in sich zusammen.

»Ach, Omama«, sagte sie. »Immer wenn es dir zu kompliziert wird, wiegelst du ab. Lass dir doch nicht immer alles aus der Nase ziehen.« Sie hakte sich bei ihr ein. »Mich interessiert das wirklich!«

Olga seufzte. Ja, das wusste sie. Und es gefiel ihr ja selbst nicht, dass sie Sara immer so abwies, sobald es um die Vergangenheit ging. Hatte sie sich nicht als Kind geschworen, niemals so zu werden wie ihr Vater, so verhärtet und abwehrend?

»Weißt du«, sagte Sara, »mein Leben ist so vorhersehbar und einfach, im Vergleich zu deinem. Du bist mitten im Krieg aufgewachsen, das war bestimmt nicht leicht.«

Olga nickte nachdenklich.

»Und dann bist du auch noch so früh Mutter geworden. Wenn ich mir vorstelle, dass ich jetzt schon eine zweijährige Tochter hätte und Hendrik im Krieg wäre!« Saras Stimme bekam diesen besonderen Eifer, wie immer, wenn sie sich in etwas hineinsteigerte. Olga wappnete sich innerlich gegen das, was bestimmt gleich kam. »Und dann bist du plötzlich Witwe und musst fliehen«, rief Sara aus. »Weg von zu Hause, ohne zu wissen, was werden soll!«

In ihrem Blick lag so viel ehrliches Mitgefühl, dass Olga einen Moment lang selbst Mitleid hatte mit ihrem achtzehnjährigen Ich, das so rasch hatte erwachsen werden müssen. Lass das, schalt sie sich, dazu hast du kein Recht. Wobei …

»Ach, mein Herz, anderen ging es viel schlechter. Glaub mir, es ging mir für die Umstände damals noch recht gut.«

»Wie meinst du das, Omama?«, erwiderte Sara, und sie hörte ihr an, dass sie ihr nicht glaubte. »Erzähl doch bitte!«

Olga faltete die Hände und sah zu Boden. Sollte sie ihrer Enkelin wirklich von damals erzählen? Was, wenn die Büchse der Pandora erst geöffnet war und das ganze Übel entwich?

»Das ist alles sehr lange her, und es tut weh, sich daran zu erinnern.«

Sie spürte Saras abwartenden Blick.

Wie sollte sie ihr das erklären? Dass Erinnerungen wehtun können, die schlimmen wie die guten? Vor allem aber die guten, weil man sich vergegenwärtigte, was man verloren hatte. Das Angenehme an den schlimmen Erlebnissen war wenigstens, dass sie vorbei waren. Wozu also daran denken und sich doppelt bestrafen? Natürlich dachte sie an Trude, die Frau ohne Schatten und Freundin in Oldenburg, die ihr diese pragmatische Sichtweise aufs Erinnern nahegebracht hatte.

Ein lautes Dröhnen ließ sie aufschauen. Sie sah, wie sich ein älterer Mann in der Mitte des Platzes in ein Megafon räusperte. Eine Frau mit einer russischen Militärjacke, die ihr viel zu groß war, stand neben ihm und hielt ein Plakat hoch: *Das ist unser Land! Wir gehen hier nicht weg*, las Olga darauf. Um sie herum eine Handvoll Leute, die ebenfalls Plakate in die Luft hielten.

»Die kenne ich. Die haben uns vorhin vor der Pension mit einem Pfeifkonzert empfangen, als wir beim Anwalt raus sind. Der Weinert meinte, dass im ganzen Land kleine Demonstrationen stattfinden gegen den angeblichen Ausverkauf. Und dass dies nur der verzweifelte Aufschrei sei, wenn Verlierer auf Gewinner treffen. Der Typ ist wirklich ein Arschloch.«

Olga nickte grimmig. Wie sollten Ossis und Wessis die Unterschiede überwinden, wenn sie sich im eigenen Land wie Gegner gegenüberstanden? Wenn die Heimat gleichzeitig Feindesland war?

Sie musste wieder an die Jahre in Oldenburg denken, an die Antipathie, die Flüchtlingen wie ihr entgegengeschlagen war. Sie war sich wie eine Aussätzige vorgekommen unter all diesen Einheimischen, die sie hassten, weil sie Angst hatten, teilen zu müssen, die knappen Lebensmittel, ihre Zimmer und Arbeitsplätze. Und genauso war es heute wieder. Nur dass diesmal die Zurückgebliebenen wie Aussätzige behandelt wurden. DDR – »Der Doofe Rest«, nahmen sich die Ossis selbst auf die Schippe.

Sie stupste Sara an.

»Da siehst du es, jede Generation hat ihre eigenen Sorgen«, sagte sie und wies auf die Demonstrierenden. »Und ich verstehe sie. Als ihr Land kollabiert ist, wurde ihnen der Boden unter den Füßen weggezogen. Die fühlen sich um ihr Leben betrogen.«

Sara nickte. »Die haben Angst um die Zukunft.«

»Fremd im eigenen Land!«, brüllte plötzlich der Mann am Mikrofon. Applaus brandete auf, so laut, dass Olga ihrer Enkelin ein Zeichen zum Gehen machte.

Als sie neben dem Rathaus links in den schmalen Gang hinunter zum See einbogen, sagte Sara: »Fremd im eigenen Land? So ein Quatsch. Die gehören doch hierher.«

So jung und so streng in ihren Urteilen, dachte Olga. »Ich kenne das Gefühl sehr gut, sich fremd im eigenen Land und wie ein Mensch zweiter Klasse zu fühlen.« Sie räusperte sich. »Glaub mir, es ist schwierig, eine neue Heimat zu finden. Für die, die ihre Welt verlassen haben, und für die, die sich von ihrer Welt verlassen fühlen. Sich einzufinden in eine neue Welt, das dauert Jahre. Manchmal auch ein Leben.«

War es möglich, dass viele von denen, die heute bei dem Treffen gewesen waren, gar nicht gekommen waren, weil sie ihren Besitz zurückwollten? Sondern weil sie entschädigt werden wollten für das Leben, das sie geführt oder eben nicht geführt hatten? Suchten sie nach dem verlorenen Paradies ihrer Kindheit?

»Du und ein Mensch zweiter Klasse?« Sara setzte sich auf eine Bank am Seeufer und musterte sie. »Das kann ich mir so gar nicht vorstellen.«

Olga ließ den Blick über die Wasseroberfläche gleiten, als könnten sich die Bilder der Vergangenheit dort zeigen. »Nach dem Krieg lebte ich mit Becki eineinhalb Jahre in Oldenburg«, sagte sie schließlich.

Und begann zu erzählen.

1. April 1947

Oldenburg

Die erste Begegnung mit Oldenburg endet damit, dass man Becki und ihr die Tür vor der Nase zuschlägt. Zu dumm nur, dass sie davon ausgegangen ist, Cousine Magda, die mit ihrem inzwischen verstorbenen Mann zahlreiche Urlaube auf Pas Kosten bei ihnen in der Uckermark verbracht hat, würde sich an das Versprechen gebunden fühlen, der Familie aus dem Osten im Notfall Unterschlupf zu gewähren. Offenbar war ihr das Hemd näher als der schlechtsitzende Rock um ihre breiten Hüften.

Ein Festmahl hat Olga sicher nicht erwartet, auch wenn es ihr zweiundzwanzigster und Beckis dritter Geburtstag war, aber nach einer viertägigen Reise im übervollen Zug ohne Fensterscheiben, Schlaf und feste Nahrung hatte sie schon gehofft, wenigstens eine Scheibe Brot zu ergattern, wenn nicht für sie, dann zumindest doch für ihre Tochter. Dass Magda ihr an diesem Tag weder etwas zu essen noch ein Dach über dem Kopf bietet, ist zu viel für Olga. Als sie sich bewusst macht, dass sie nicht ihr rettender Hafen ist, zerreißt etwas in ihr. Kaum in der vermeintlichen Sicherheit der britischen Besatzungszone angelangt, hat sie gleich drei neue Probleme. Erstens braucht sie dringend eine Adresse, um eine Zuzugsgenehmigung zu bekommen und nicht als Schwarzgängerin zu gelten. Andernfalls müsste sie nachweisen, dass sie von den Russen politisch verfolgt wird – und die Gründe dafür offenlegen. Undenkbar!

Zweitens ist ihr schleierhaft, wie ihr Vater und Karl, über deren Verbleib sie nichts weiß, sie jemals finden sollen, jetzt, wo sich der vereinbarte Fluchtpunkt im Westen verflüchtigt hat. Drittens, und das ist das drängendste Problem im Moment, weiß sie nicht, wohin mit ihrer fiebrigen Tochter. Sie war schon einmal sehr krank. Seitdem ist Becki anfälliger für Infekte und Olga für Sorgen um sie. Die Angst schwebt über ihr wie eine dunkle schwere Wolke. Sie will in ihrer Hosentasche nach Fritz' Feder tasten, zur Beruhigung, doch als ihr klar wird, dass sie sie auf Helenes Tisch zurückgelassen hat, einfach vergessen in der Eile des Aufbruchs, brüllt sie laut los. Wie sie hier so im dunklen Flur steht, den Koffer neben sich, Becki schwer in ihren Armen, entlädt sich die Wolke, und sie lässt wüste Beschimpfungen gegen die geschlossene Tür prasseln. Ihr Tochter beginnt verängstigt zu wimmern, doch auch das bringt Olga nicht zur Räson. Es muss alles raus!

Da öffnet sich die Tür der Nachbarwohnung, und ein stämmiger älterer Mann tritt heraus. Für eine Sekunde schöpft Olga neuen Mut, vielleicht nimmt er sie bei sich auf, wenn auch nur für eine Nacht. Doch ehe sie sichs versieht, packt er sie fest am Arm und eskortiert sie unsanft auf die Straße. Sie versucht sich loszumachen, aber seine Finger graben sich so fest in ihr Fleisch, dass sie sich vor Schmerzen die Lippen blutig beißt. Sie hat Angst, Becki fallen zu lassen.

»Macht, dass ihr verschwindet, ihr elendes Polenpack!«, zischt er, und Beckis Wimmern geht in lautes Weinen über, was Olga noch mehr aufbringt. »Ist der Herr Blockwart endlich wieder im Dienst?«, tobt sie und tritt ihm so kräftig gegen das Schienbein, dass er einen jämmerlichen Schrei ausstößt und sie loslässt. Der Tumult erregt die Aufmerksamkeit einer Patrouille, und aus einem Jeep springen zwei junge Männer in der khakibraunen Uniform der Briten heraus. Jetzt auch noch das. Die Angst lässt Olga erstarren. Doch während der eine den Blockwart am Revers packt und festsetzt, tritt der andere, ein gutaussehender, großer Mann an sie und Becki heran und lächelt. Er hat gütige Augen.

»Geht's Ihnen gut?«, fragt er mit Kölner Dialekt.

Olga nickt verdattert und drückt Becki an ihre Brust. Sie blickt an dem Soldaten vorbei zu einem älteren Paar im Park, das auf einer Bank sitzt. Die beiden wirken empört, wie sie sie aus schmalen Augen ansehen und gleichzeitig den Kopf schütteln.

In ihrer schmutzigen, ausgefransten Jacke über einer viel zu weiten russischen Armeehose, die nur notdürftig kaschiert, wie dürr ihr Körper geworden ist, macht sie offenbar nicht nur auf die alten Leute einen jämmerlichen Eindruck. Der Mann bittet sie mit einem Handzeichen zu warten, marschiert zum Jeep und kehrt dann zu ihnen zurück, mit einem Stoffhasen und einer Brottüte in der Hand. Er geht in die Hocke und blickt Becki an.

»Du siehst aus, als könntest du einen Freund gebrauchen.« Er streckt ihr das Stofftier hin. »Wie wäre es mit diesem hier?«

Olga sieht ihn misstrauisch an und atmet tief ein. Nicht dass er irgendwelche Hintergedanken hat. So viel Freundlichkeit ist ihr suspekt.

»Er heißt Bu und kann Tränen schlucken«, fügt er hinzu.

Was Bu sofort unter Beweis stellt. Denn Becki strahlt angesichts ihres überraschenden Geburtstagsgeschenks mit einem Mal übers ganze Gesicht. Für einen Moment wird Olga warm ums Herz. Es ist, als würde nach Monaten der Dunkelheit die Sonne hervorblitzen.

Sie denkt an Juri, der ihr vor vier Tagen einen Interzonenpass in die Hand gedrückt hat mit den Worten: »Ein vorgezogenes Geburtstagsgeschenk«, und sie zum Grenzübergang gefahren hat. Sie habe schließlich nicht alles aufgegeben, um Becki zu beschützen, meinte er, nur damit sie auf den letzten Metern im wahrsten Sinne leichtsinnig werden würde.

Man darf die sowjetische Zone nicht ohne Sondererlaubnis verlassen. Ein illegaler Grenzübertritt, noch dazu mit einem Kleinkind, birgt zu viele Risiken.

»Darf ich?«, fragt Becki und deutet auf den Park.

»Ich bin da, wenn du kommst«, ruft sie ihr hinterher und fragt sich gleichzeitig, ob es eine gute Idee ist. Immerhin ist sie krank.

Trotz des Fiebers schreit sie freudig aus und rennt durch den kleinen Park, als hätte Bu nicht nur Beckis Tränen, sondern auch zwei Grad ihrer Körpertemperatur geschluckt. Mit einem Juchzen lässt sie ihren neuen Spielgefährten einen Salto in der Luft machen. Soll sie doch unbeschwert sein, zumindest für einen Moment, denkt Olga. Es ist schön, Becki nach diesen Strapazen so glücklich zu sehen.

Derweil fragt Colonel Bloch, wie er sich vorstellt, nach ihren Papieren. Beklommen reicht sie sie ihm. Was, wenn er sie nach der Zuzugsgenehmigung fragt?

»Na so was«, sagt er auf einmal mit erregter Stimme und starrt auf die Dokumente in seinen Händen. »Aus Kühlungsborn kommen Sie! Bis ich Deutschland verlassen habe, habe ich mit meiner Familie jeden Sommerurlaub dort verbracht. Im Hotel Waldkrone in der Tannenstraße.« Ungläubig schüttelt er den Kopf und gibt ihr die Papiere zurück. »Bei Helene Ahlsen, kennen Sie sie?«

Olgas Herz schlägt schneller.

»Nie gehört«, lügt sie und blickt rasch zu Becki, die sich glücklicherweise außer Hörweite befindet und mit dem Stofftier ihr Brot teilt. Nicht auszudenken, wie Becki auf den Namen von Helene reagiert hätte, ihre geliebte »Tante Lene«. Der Schwester von Pas Schwägerin und damit ihrer Quasi-Großtante. In deren Strandhaus sie bis zuletzt gelebt haben und von der sie sich nicht verabschieden konnten, als sie so überstürzt fliehen mussten.

»Doch, Sie müssen das Hotel kennen«, sagt er bestimmt. »Sie waren doch dort.«

Sofort kriecht Angst durch Olgas Magen hoch in ihre Kehle. Von ihren schwitzenden Handflächen werden ihre Papiere ganz feucht.

Er deutet auf den Interzonenpass in ihrer Hand. »Ihre Reisedokumente, sie sind dort ausgestellt worden! Im Waldhotel ist jetzt die russische Kommandantur untergebracht.«

Sie sieht ihn verwirrt an, als würde sie nicht verstehen.

»Im Krieg war es noch ein Lazarett. Vielleicht erinnern Sie sich jetzt?« Er sieht sie fragend an.

»Oh ja, natürlich!«, sagt sie, als würde sie plötzlich verstehen, und hört selbst das Zittern in ihrer Stimme.

Er schüttelt den Kopf. »Wie klein die Welt doch ist. Können wir Sie irgendwohin mitnehmen?«

Sie lächelt gezwungen. »Wenn Sie mir sagen, wohin«, sagt sie, nun mit fester Stimme. »Mein Onkel, der mich aufnehmen wollte, ist verstorben.«

»Aber Sie wissen schon, dass ihr Interzonenpass nur dreißig Tage gültig ist, oder?«, erwidert er. »Geht es nach Ihren Landsleuten, müssten Sie danach umgehend zurück.«

»Dreißig Tage?«, fragt sie entgeistert.

»Noch haben wir aber das Sagen«, sagt er, und es scheint beruhigend gemeint zu sein.

Ehe Olga sichs versieht, finden sich Becki und sie auf der Ladefläche des Jeeps wieder. Colonel Bloch erzählt ihr, er sei als Jude 1938 mit einem Kindertransport nach England geflohen und nun mit der britischen Armee zurückgekommen. Sie traut sich nicht nachzufragen, was aus seiner Familie geworden ist. Sie fahren an weiß getünchten Gründerzeitvillen vorbei und passieren ein prunkvolles Schloss im Renaissancestil und einen imposanten Gebäudekomplex mit mächtigen Säulen davor, in dem, wie ihr der Colonel erklärt, die Besatzungszentrale der Briten untergebracht ist. Anders als im zerbombten Rest des Landes sieht sie weit und breit keine Zerstörung.

»Als hätte es nie einen Krieg gegeben«, staunt Olga. Becki schläft fest, sie ist vor lauter Müdigkeit in ihren Armen eingeschlafen, der Mund leicht geöffnet, die eine Hand fest um Bu.

»So können sich die Leute hier leichter einreden, dass sie mit dem Krieg nichts zu tun haben«, sagt er und schüttelt den Kopf. »Wären da nur nicht die vielen Flüchtlinge, die allein durch ihre

Präsenz die Frechheit besitzen, an den verlorenen Krieg und die Mitverantwortung zu erinnern.«

Er deutet auf eine Gruppe gespenstischer Gestalten, die auf einen Barackenkomplex zulaufen.

Wie lebende Ruinen, denkt Olga. Sie tragen die verwüsteten Städte in sich, aus denen sie geflohen sind.

»Warum ist diese Stadt denn nicht zerbombt worden?«, fragt sie, als der Jeep zum Stehen kommt.

»Die haben unsere Leute wohl absichtlich übersehen. Schon vor Ende des Krieges sagten die Offiziere uns: *Oldenburg wollen wir schonen, da wollen wir später wohnen.*«

Colonel Bloch deutet auf die niedrigen Baracken vor ihnen. Ihr neues Zuhause.

»Wir tun unser Bestes und improvisieren, um jedem ein anständiges Bett anzubieten. Aber bei ungefähr dreißigtausend Flüchtlingen platzt die Stadt inzwischen aus allen Nähten«, sagt er, fast in entschuldigendem Ton, als wäre es seine Schuld.

Prompt kommt ihr der Artikel aus der *Neuen Illustrierten* in den Sinn, den ihr ein Flüchtling im Zug hingehalten hat: *Geht nach Oldenburg. Da fließt noch Milch und Honig!*, hieß es da.

Vielleicht in den noblen Villen, an denen sie vorbeigefahren sind, aber sicher nicht hier. Hier fließt nur Unverständnis seitens der unfreundlichen Lagerleiterin, mit der sie Bekanntschaft macht, kaum dass sie sich dankend vom Colonel verabschiedet hat. Als Olga angesichts des Drecks und Gestanks nur verhaltene Begeisterung zeigt, erklärt diese ihr mit niederdeutschem Dialekt, dass Leute wie sie, die aus dem Osten kämen, sich in den ehemaligen Zwangsarbeiterbaracken doch eigentlich zu Hause fühlen müssten. Olga schluckt den Ärger herunter. Nicht dass die Frau ihr noch mehr Probleme einbringt. Davon hat sie heute schon genug gehabt.

Niedergeschlagen lässt sie sich am Abend zusammen mit Becki auf der Pritsche nieder, die ihr zugewiesen wurde. Sie teilen sich den Raum mit vier anderen Flüchtlingen. Der muffige Geruch von feuchter Erde und modrigem Holz steigt ihr in die Nase. Sie hat keine Ahnung, was schlimmer ist: das leise Scharren der Wanzen, die die Holzwände hochkriechen, oder das erstickte, rasselnde Husten der mageren Frau, die zwei Pritschen weiter neben ihnen liegt. Olga zieht sich die kratzige Wolldecke über den Kopf, doch es nützt nichts. Das Röcheln ist nicht zu überhören. Es ist, als würde die Kranke in ihrem verzweifelten Kampf um Luft auch ihnen jeglichen Sauerstoff nehmen. Vermutlich würden Kamille und Thymian helfen. Wenn sie die jetzt hätte, könnte sie ihr einen schleimlösenden, antientzündlichen Tee zubereiten. Aber die hat sie nicht, und überhaupt, was geht sie diese fremde Frau an? Was hat es ihr in den letzten Jahren genutzt, sich immer für andere einzusetzen?

Als sie es gar nicht mehr aushält, weit nach Mitternacht, schnappt sie sich Becki und setzt sich, in zwei Decken eingehüllt, auf einen Holzstuhl vor der Stubentür, ihre Tochter dicht an sich gepresst. Sie denkt an ihren Geburtstag, der kein Festtag ist. Sie denkt an all ihre Lieben, die nicht mit ihr feiern konnten, die ihr fehlen. Und daran, wie traurig sie Helene gemacht haben müssen, als sie so sang- und klanglos verschwunden sind. Irgendwann wird sie ihr alles erklären, und bestimmt wird sie sie verstehen. Denn Helene hat Becki geliebt, als wäre sie ihre eigene Tochter. Olga spürt, wie das Bedauern ihr die Brust eng werden lässt. *Gänseblümchen*, hört sie Pa sagen. *Es ist Frühling. Wer lässt denn da den Kopf so hängen?* Und sie überlegt, dass der Tag auch etwas Gutes hatte. Sie sind in Sicherheit, haben ein Dach überm Kopf. Und Beckis Fieber ist wie von Zauberhand verschwunden. Vielleicht, denkt sie schmunzelnd, war es aber auch die Hand von Colonel Bloch, die ihre Tochter so glücklich gemacht hat, die mit dem Stoffhasen.

April/Mai 1947

Oldenburg

Sosehr sie in den nächsten Tagen auch versucht, Becki zuliebe so etwas wie Fröhlichkeit auszustrahlen, beschleicht sie doch das Gefühl, als sei ihr Körper bereits angekommen, während ihre Seele noch nach dem richtigen Weg sucht. Wenn sie ihr nicht irgendwo zwischen Ginsterburg, Kühlungsborn und Oldenburg ganz abhandengekommen ist. Sie bewegt sich wie in Trance.

Doch hat all das auch sein Gutes. So bemerkt sie nur mit halbem Verstand, was um sie herum passiert. Die meiste Zeit fühlt sie gar nichts. Nichts außer Verlassenheit und die Liebe zu Becki, die den Abschied von Kühlungsborn und Helene genauso gleichmütig hinzunehmen scheint wie die Angriffe der anderen Stubenfrauen, die dem blondgelockten, pausbackigen Mädchen ungefragt in die Wange kneifen, ihre Sommersprossen reiben oder ihre Haare zerstrubbeln.

Nur als eine von ihnen, Gräfin von Flemming aus Breslau, ihr einmal einen Klaps gibt, weil sie nicht ordentlich Guten Morgen gesagt hat, heult Becki auf.

»Wenn es meine Tochter wäre«, sagt die Gräfin daraufhin, »würde ich ihr jetzt erst recht den Hintern versohlen. Sonst wird sie noch ganz zimperlich und wehleidig.«

Am liebsten würde Olga der Gräfin einen Tritt in den adligen Hintern geben, aber Becki zuliebe bleibt sie ruhig. »Ein Glück für meine Tochter, dass Sie es nicht sind. Also fassen Sie sie nie wieder an«, gibt sie so freundlich wie möglich zurück.

»Und so etwas nennt sich Mutter!«, giftet die Alte, woraufhin Olga mit Becki hinter den ausrangierten Nazifahnen verschwindet, mit denen sie ihre Pritsche abgetrennt hat.

Obwohl es schon Anfang April ist, sind die Nächte noch klirrend kalt, und wenn Olga vor dem Schlafengehen in Beckis gerötetes Gesicht schaut, auf ihre bläulich verfärbten Lippen, zwischen denen weiße Wolken entweichen, dann durchfährt sie die Angst, dass das Fieber zurückkehren wird. Jede Nacht legt sie ihr heiße, in Tücher eingewickelte Ziegelsteine ins Bett, umwickelt sie mit einem alten Wehrmachtsmantel und flößt ihr vorsorglich Tee aus Kamille und Weidenrinde ein.

In der Baracke neben ihnen erkranken ein Dutzend Bewohner an Fieber und Durchfall. Nachdem Olga gehört hat, dass sie alle rötliche Flecken am Bauch und grau-weißlich belegte Zungen haben, ist ihr sofort klar, dass es sich um Typhus handelt. Für Fleckfieber, Ruhr, Tuberkulose, Typhus und Diphtherie kann es keinen besseren Brutkasten geben als diese engen, feuchten Baracken.

Olga macht die Lagerleiterin darauf aufmerksam, und auch auf den Mangel an Hygiene, an Seife und sauberem Wasser. Aber die lacht sie nur aus.

»Gehen Sie doch nach Sibirien zurück, da wachsen noch Pralinen auf den Bäumen – und wenn Sie Glück haben auch Impfungen!«

Also bleibt ihr nichts anderes, als Becki und sich so gut wie möglich zu schützen. Sie hält Abstand zu den anderen, desinfiziert regelmäßig ihre Hände, sucht Becki täglich nach Läusen ab, weil die das Fleckfieber übertragen, und marschiert mit ihrer Tochter auf dem Rücken teilweise kilometerweit, um sauberes Trinkwasser zu besorgen. Doch hilft das wenig, wenn die anderen Bewohner sich nicht genauso sehr davor hüten zu erkranken.

In Kühlungsborn hat Olga viele Typhusfälle erlebt, die meist durch Verunreinigung von Milch oder Wasser oder durch den Verzehr von Enteneiern ausgelöst worden waren. Nebenan sind die beiden Dobbenteiche. Vielleicht haben die Barackenbewohner sich ja dort den Virus geholt? Sie machen nicht nur auf die Enten Jagd, sondern auch auf ihre Eier.

Auch Olga muss für sie beide etwas zu essen beschaffen, das weiß sie. Becki braucht dringend Eiweiß. Ihre Mundwinkel sind eingerissen, und unter der Haut an den Knöcheln lagert sich bereits Wasser ein. Die ersten Anzeichen für ein Hungerödem, dessen ist sich Olga sicher. An einer flachen Stelle am Dobben hat sie zwischen Blättern von Seerosen und Wasserhyazinthen neulich Frösche quaken hören, und dort geht sie mit Becki hin. Sie steigt mit hochgekrempelten Hosen ins Wasser und tastet mit den Händen blind am Boden herum. Nie hat sie sich vorstellen können, einmal auf Froschfang zu gehen. Früher hat sie mit Lotte und Annemie manchmal auf der Lauer gelegen und eine Bande Jungen dabei beobachtet, wie sie am Schwanensee Frösche fingen, um sie unter dem Gelächter der anderen aufzublasen und zum Platzen zu bringen. Sie fanden das so grausam, dass sie sich auf den vollen Eimer stürzten, wo die Frösche ihrem Schicksal entgegenquakten, und ihn umschmissen, damit die kleinen Kreaturen fliehen konnten. Doch jetzt geht es um das Leben ihrer Tochter. »Hilf mir«, fordert Olga sie auf. »Hilf mir, einen zu fangen.«

»Will ich nicht«, entgegnet Becki und hüpft übermütig hin und her, wirbelt das Wasser auf, so dass Olga kaum noch den Grund erkennen kann.

Irgendwann schnappt sie einen, doch während sie versucht, ihren Fang mit den Händen festzuhalten, kitzelt Becki sie so lange, bis sie vor Lachen locker lässt und der Frosch ihr entschlüpft. Becki strahlt vor Glück, und Olga kommen die Tränen, ihre Tochter so vergnügt zu sehen. Das Ganze wiederholt sich allerdings so oft, dass sie am Ende für drei Frösche einen halben Tag brauchen.

Obwohl es Olga zutiefst zuwider ist, häutet sie die eiweißreichen Schenkel ab und brät sie für Becki in einer Pfanne.

Beckis Lachen hat ihr Kraft gegeben. Während ein Teil von ihr immer noch alles wie durch einen Nebel wahrnimmt, funktioniert der andere wie eine gut geölte Maschine.

Tag für Tag fragt Olga beim Suchdienst des Roten Kreuzes nach Neuigkeiten von Otto und Karl, doch bislang ohne Erfolg. Bald nach ihrer Ankunft im Lager steht sie vor dem Arbeitsamt an, doch als sie nach stundenlangem Warten endlich an die Reihe kommt, schickt die junge Frau am Schalter sie direkt weiter zur Meldestelle. »Für Grenzgänger haben wir nichts«, sagt sie schroff, wobei sie das Wort ausspuckt, als sei es eine ansteckende Krankheit.

Im Meldeamt erfährt sie dann von einem älteren grauhaarigen Mitarbeiter, dass sie das Pech hat, ein B-Flüchtling zu sein, von der anderen Seite Deutschlands. Die bekommen keinen eigenen Wohnraum, keine Arbeit und auch sonst keine Unterstützung, anders als die A-Flüchtlinge aus Pommern, Schlesien oder Ostpreußen.

Die Heimatlosen werden herabgestuft wie vor gar nicht langer Zeit die Zwangsarbeiter, denkt Olga. Als hätte man nach Kriegsende einfach nur den einen gegen den anderen Feind ausgetauscht. »Als Nächstes muss ich mir wohl ein B für B-Flüchtling auf die Brust nähen«, entgegnet sie dem Mann, doch der zuckt nur die Achseln. Es gelingt ihr nicht, ihren Zorn zu unterdrücken. Wie oft muss sie an die vielen Zwangsarbeiter in Ginsterburg denken. Daran, was aus ihnen geworden ist, nachdem es die Datschenpraxis nicht mehr gab. Sie knallt die Tür hinter sich zu und läuft mit Becki auf dem Rücken zum nahegelegenen Schloss. »So sieht eine echte Schlossherrin aus«, sagt sie zu Becki, als sie sie auf den Stufen unter dem herrschaftlichen Portal absetzt. »Ein Stück Süßes für meine hochwohlgeborene Prinzessin?«, fragt sie und gibt ihr etwas von dem Zucker, den sie zusammen mit zwei Sack Kartoffeln, etwas Schinken, zwei Paar Schuhen und einem Mantel für Becki gegen den wertvollen Ring ihrer Babuschka eingetauscht hat. Ein Erbstück aus der russischen Heimat und der ganze aristokratische Stolz ihrer Großmutter. Wenn Pa das wüsste, würde er sich im Grabe umdrehen. *Und dafür bist du an deinem dreizehnten Geburtstag fast erstickt, Gänseblümchen*, hört sie ihn sagen. Aber was nützt ihr der aristokratische Stolz, wenn die Leute sie wie eine Bettlerin behandeln?

Im Krieg, heißt es, sei alles erlaubt, aber warum erlauben sich die Leute dann im Frieden ein Benehmen, das dem im Krieg in kaum etwas nachsteht? Schon wie die Einheimischen die Augen verdrehen und sich die Nase zuhalten, wenn sie ihnen im Amt, beim Bäcker oder auf der Straße begegnet! Als wären sie eine Plage, die neuen Untermenschen, in denen sich wegen der unguten Völkermischung mit slawischem Einschlag alles Schlechte dieser Welt vereinigt.

Wäre ihre Tochter nicht, sie würde am Leben verzweifeln. Becki, denkt Olga und setzt sich neben sie auf die Schlosstreppe, zwingt sich, tief zu atmen.

Immerhin, es gibt auch Positives. Ein paar Wochen später sind Beckis Fußknöchel abgeschwollen und die Typhusbaracke isoliert. Außerdem droht ihnen keine Abschiebung mehr, weil die Briten ein Bleiberecht für Menschen wie sie eingeführt haben. Und erst vor wenigen Tagen hat sie Arbeit im Moor gefunden. Es ist eine körperlich sehr anstrengende Tätigkeit, aber zumindest verdient sie so wieder ein wenig Geld. Gemeinsam mit Leuten aus der Baracke fährt sie sieben Tage die Woche mit einem Bus aufs Land nach Jeddeloh und legt mit anderen Frauen die Soden zum Trocknen aus. Becki jauchzt, wenn sie ihr nacktes Füßchen in den Modder stecken darf und ihn dunkelbraun wieder herauszieht. Ansonsten muss sie immer dicht bei Olga bleiben, weil ihrer Mutter das Moor unheimlich ist. Zum einen, weil sie fürchtet, Becki würde dort verschwinden. Denn das Mädchen rennt, klettert und stolpert jeder Biene, jedem Vogel oder Hasen hinterher, so dass Olga sie keine Sekunde aus den Augen lassen mag. Zum anderen aber, weil man im Moor früher die Toten bestattet hat, und Olga fürchtet, dass die im Torf konservierten Mumien gegen ihr Vergessen herumspuken wie auf einem Geisterfriedhof. Sie ist schon von genügend Geistern umgeben, die nicht zur Ruhe kommen.

Die sie nachts heimsuchen.

Als die Schreie der Kinder, die mit ihren Müttern ins Meer gegangen sind. Als die Schreie der Babys, die ihretwegen nie das Licht der Welt erblickt haben. Als die Schreie der Toten, die das Meer rot färbten mit ihrem Blut.

Sie spürt noch den salzigen, metallischen Geschmack des Ostseewassers auf der Zunge.

»Das Meer ist Blut, und das Blut ist Meer«, hat ihr russischer Aufpasser Juri einmal gesagt. Beides hätte die gleiche mineralische Zusammensetzung aus Natrium, Kalium, Kalzium und Chlorid. Vielleicht erklärt das ja, warum so viele Menschen im Meer ihr Leben lassen? Sie gehen dorthin zurück, wo sie hergekommen sind, einer Welle gleich. Des nachts schreckt Olga oft schweißgebadet auf und spürt die wunden Stellen an ihrem Körper, die sie sich im Schlaf aufgerieben hat, weil sie davon träumte, sich die Todesgerüche vom Körper schrubben zu müssen. Nie mehr, das weiß sie, wird sie wieder einen Fuß in Meerwasser setzen können. Egal wie sie sich bemüht, die Erinnerungen sind wie unter ihre Haut genäht und lassen sich nicht abschütteln. Weder im Moor, während der Arbeit, noch nachts auf ihrer Pritsche.

Der Glaube an das Gute hatte sich in dem Moment verflüchtigt, als sie nach Kühlungsborn kam und erkannte, dass es selbst im beschaulichsten Seebad die Hölle gab, aber nicht den Himmel.

Dass ihr der Himmel auch in Oldenburg fernbleibt, macht das Erwachen nicht leichter.

Sosehr sie sich auch freut, dass Becki anzukommen scheint in dieser neuen Stadt, so bleiben ihr selbst Oldenburg und seine

Bewohner auf eine Weise fremd, die sie sich von ihr selbst distanzieren lässt. Als fehle ihr der Bezugspunkt, an dem sie sich orientieren und festhalten kann. Sie hat ihren Platz in der Welt verloren und steht nun vor einem riesengroßen Nichts. Sie kommt aus dem Nichts, gilt nichts, besitzt nichts, kann nichts und gehört nirgendwohin. Sie fühlt sich wie ein Fisch an Land. Und es gibt weit und breit niemanden, dem Olga ihre Gedanken und Sorgen mitteilen kann.

Bis zu dem Tag, als Trudi Kleinschmidt aus Leipzig in ihre Stube zieht.

Juni 1947

Oldenburg

Nachdem sie Becki zum Mittagsschlaf hingelegt hat, setzt Olga sich auf eine Bank vor der Baracke und beobachtet ihre neue Stubennachbarin dabei, wie sie ein Kleid und einen Rock zum Trocknen aufhängt. Es ist sonnig und sehr heiß für Juni. Olga versucht, nicht zu weinen. Genau vor vier Jahren hat sie sich von Fritz und den anderen verabschieden müssen. Und an jedem einzelnen Tag, der seitdem vergangen ist, hat sie an sie gedacht und Fritz vermisst, wie sie ihr gesamtes Leben vor Kühlungsborn vermisst. Sie hat keine Ahnung, wie es ihm und Lotte ergangen ist, ob sie es gemeinsam mit Anna, Tadeusz, Mamme und Pelle unversehrt nach Schweden geschafft haben. Auf die unzähligen Briefe, die sie an die Adresse von Mamme und Pelle nach Öland geschrieben hat, hat sie nie eine Antwort erhalten. Anfangs schob sie es noch auf die Kriegswirren, in denen die Post häufig verloren ging. Doch mittlerweile hat sie es aufgegeben, auf ein Lebenszeichen von ihnen zu warten.

Sie blickt durch die Bäume hinüber zum Wasser. Über dem großen Dobbenteich flattert ein Vogel auf, und wie eine Flutwelle schwappen weitere Erinnerungen in ihr hoch und nehmen sie mit zurück in eine Zeit, in der es nur sie, Fritz und ihren Eisvogel gab.

»Es ist ja so, Olga«, hatte er ihr in jener letzten Nacht zugeflüstert. »Bevor wir geboren wurden, hat sich irgendwo eine Seele in zwei Hälften geteilt.«

Sie sind eine Seele in zwei Leibern oder zwei Hälften derselben Seele, und weil das so ist, kann ihre halbe Seele nicht eher zur Ruhe kommen, als bis sie die andere Hälfte wiedergefunden hat. Das weiß sie so sicher, wie sie Fritz' Namen kennt.

Und wenn der Eisvogel ruft nach dir, dann fliege ich stehenden Fußes zurück zu dir.

Nur glaubt Olga nicht mehr daran, dass er sein Versprechen halten wird. Was sie nicht stören würde, wenn sie nur die Tochter des Windgottes Aiolos wäre. Dann würde sie sich einfach in einen Eisvogel verwandeln und ihn in Schweden suchen, statt noch länger auf ihn zu warten. Der Gedanke ist so grotesk, dass die Traurigkeit verfliegt und sie über sich selbst lachen muss.

»Worüber lachst du?«, reißt eine helle, warme Stimme sie aus ihren Gedanken. Ihre neue Stubennachbarin setzt sich neben sie.

»Über einen komischen Vogel«, wehrt Olga ab und nimmt dankend die Zigarette, die die Neue ihr anbietet.

Sie ist sicher gut zehn Jahre älter als Olga, auch wenn sie die Statur eines Kindes hat – mindestens einen Kopf kleiner als sie und schmal wie eine Gerte. Mit ihren grünen, schrägstehenden Augen, der fast dursichtigen Haut und den weißblonden Haaren hat sie das Aussehen einer wunderschönen Elfe, und genauso zart ist sie auch.

»Ich bin Trude Kleinschmidt«, stellt die kleine Frau sich vor und erzählt ihr, dass sie gestern aus dem Durchgangslager Friedberg im britischen Sektor gekommen ist.

Und ehe es sich Olga versieht, plaudert sie mit Trude, als wären sie alte Bekannte.

Als Trude sie nun fragt, ob sie ihr nicht die Stadt zeigen könne, von der sie bisher noch nichts als den Bahnhof gesehen habe, sagt Olga spontan ja. Sobald Becki wach ist, marschieren sie los, zuerst an die Hunte, wo Olga und Becki ausgelassen im Wasser planschen, während ihnen Trude zusieht, danach zum Schloss und zum Waffenplatz. Sie erklimmen die Stufen des Turms der Lambertikirche und sammeln Zigarettenstummel, aus deren Papierhülle sie später die Tabakreste herauspulen können, um sie gegen Milch und Eier zu tauschen.

Immer wieder schreit Trude begeistert auf, wenn sie ein hübsches Haus oder einen besonders schön blühenden Baum entdeckt. »Oh, wie entzückend!« und »Ach, so lieblich!«.

Und sie hat recht, stellt Olga erstaunt fest. Sie versucht, die Stadt mit Trudes Augen zu sehen, und ihr gefällt, was sie sieht.

Als sie Hunger bekommen, holen sie sich an der Quäkerzentrale einen Erbseneintopf. Hier am Theaterwall bekommt man, wenn man Glück hat, einen Teller Suppe und eine Scheibe Schwarzbrot, ohne Schlange, ohne Kosten, ohne böse Blicke. Anders als in der Volksküche des Roten Kreuzes in der Ritterstraße, wo Olga häufig stundenlang ansteht für eine wässrige Suppe. Die Quäker organisieren die Schulspeisung und verteilen das, was übrigbleibt, an hungrige Mäuler. Den Tipp hat ihr Hanni, eine Greifswalderin aus Baracke C gegeben, als Dankeschön dafür, dass Olga ihr einen schmerzenden Zahn gezogen hat. Es hat sich herumgesprochen, dass Olga Meier sich gut auskennt mit Krankheiten, und immer, wenn es die Flüchtlinge von der Dobbenwiese irgendwo zwickt und zwackt, wird erst einmal Olga konsultiert. Seitdem genießt sie die Dankbarkeit der anderen für ihren Rat und ihre Kräuter, die beinahe gegen jedes Wehwehchen gewachsen sind.

Mit dem Blechpott, den Olga für sie drei mitgenommen hat, setzen sie sich vor das imposante weiße Staatstheater. Und als sie so dasitzen, das Gesicht der Sonne zugewandt, und die Suppe löffeln, hat Olga das erste Mal seit Langem den Eindruck, dass zwar nicht alles gut ist, aber eben auch nicht alles nur schlecht.

»Was meinst du, soll ich mich hier als Schauspielerin bewerben?«, fragt Trude und sieht zum Eingang des Theaters hinüber. »Ich könnte meine Lieblingsrolle spielen, die Medea.« Sie deutet auf ihren linken Arm. »Einarmig.«

Olga ist überrascht, als sie sieht, dass Trudes Arm ganz schlaff herunterbaumelt. Wie gut hat sie das unter ihrer langen Bluse verborgen gehalten! Ob sie deshalb nicht mit baden gegangen ist?

»Ist das nicht die Zauberin, die ihre Kinder getötet hat?«, fragt Olga. »Damit sie nicht bei dem Mann bleiben muss, der sie verlassen hat?«

»Fürwahr, das ist sie«, erwidert Trude grinsend. Dann steht sie auf und verbeugt sich theatralisch.

»So eil ich fort, von meiner teuren Kinder Mord.

Hinweg, vom Lande, das mich zwang zur Greueltat«, beginnt sie mit einer solchen Inbrunst zu zitieren, dass Olga der Mund offen stehen bleibt.

»Fahr hin! Was frommt das Leben mir? Kein Vaterland,

Kein Obdach hab ich, keine Zuflucht aus der Not.

Weißt du nicht, dass du,

Verbannt und flüchtig, wenig Freunde finden wirst?«

Nur ganz langsam tröpfeln die Worte in Olgas Bewusstsein.

So eil ich fort, von meiner teuren Kinder Mord. Hinweg, vom Lande, das mich zwang zur Gräueltat.

Entsetzt starrt sie Trude an, die ihr soeben, ohne es zu wissen, mit zweitausend Jahre alten Sätzen ihre tiefe Schuld und deren Folgen vor Augen geführt hat. Verbannt und flüchtig, das würde sie bleiben. Denn ist es überhaupt möglich, seinen Fehlern zu entkommen?

Olga ist noch ganz benommen, als Trude in Gelächter ausbricht und sich abermals verbeugt. »Wie war ich?«

»Als hättest du nie etwas anderes gemacht«, bringt Olga stockend hervor, und Becki klatscht so laut, dass sich die Leute nach ihnen umdrehen.

Als der Bus sie spätabends zurückbringt und Becki auf Olgas Schoß eingeschlafen ist, fragt sie Trude nach ihrer Verwundung.

»Ist beim Feuersturm auf Leipzig passiert«, erwidert diese knapp, und als Olga nachfragen will, wiegelt sie ab:

»Belassen wir es doch dabei. Ich will mit den alten Geschichten nichts mehr zu tun haben. Warum sollte ich mich erinnern und mich damit doppelt bestrafen für eine Sache, die schon so kaum zu ertragen ist?« Freundlich, aber resolut legt sie Olga eine Hand auf den Arm. Dabei rutscht ihr Ärmel ein wenig hoch, und Olga sieht, dass die ganze Haut auf Trudes Unterarm verbrannt ist.

»Wir sind die Frauen ohne Schatten, einverstanden?«

Sie nickt, auch wenn sie weiß, dass Trudes und ihre Schatten niemals verschwinden werden. Und die Schreie erst recht nicht.

August 1945

Kühlungsborn

Olga ist zu spät. Vor ihr im roten Wasser treibt der Körper einer jungen Frau. In einem zitronengelben Kleid mit schwarzen Tupfen; es kommt ihr bekannt vor.

Olga tritt näher, und Grauen erfüllt ihr Herz. Die Frau vor ihr ist Sophie, die junge Küchenhilfe aus dem Krankenhaus. Um sie herum schwimmen, wie zum letzten Geleit, weiße Schwäne, die nicht wissen, warum schon wieder ein lebloser Körper ihr schönes Revier in einen roten Friedhof verwandelt.

Olga atmet heftig. Vor weniger als einer Stunde hat das junge Mädchen noch vor ihr gestanden, innerlich mehr tot als lebendig, und sie angefleht, ihr zu helfen.

Olga läuft es kalt den Rücken herunter. Sie ruft mit gellender Stimme Sophies Namen. Ohne nachzudenken, stürzt sie sich ins Wasser und zieht sie hastig heraus. Sophie atmet nur noch schwach, das gelbe Kleid über der Brust bewegt sich kaum. Olga zieht sich ihren nassen Schal vom Hals und reißt ihn entzwei. Damit verbindet sie Sophies blutige Handgelenke, an denen sie sich die Pulsadern aufgeschnitten hat.

»Sophie, gib nicht auf! Wir schaffen das«, fleht sie sie an und dreht sie schnell auf die Seite, um das Wasser aus ihrem Mund fließen zu lassen. Sie tastet am Hals und spürt keinen Puls. Eben hat sie doch noch geatmet?

Abwechselnd presst sie ihren Mund auf den der jungen Frau und beatmet sie, dann legt sie beide Handballen übereinander auf die Mitte ihrer Brust, streckt die Arme durch und drückt schnell und kräftig mehrere Dutzend Mal.

Olga hat keine Ahnung, wie viel Zeit vergangen ist, als ihr

jemand auf die Schulter tippt. Sie fährt herum. Hinter ihr steht Juri, ihr russischer Aufpasser, und legt seine Hand auf ihre Schulter.

»Sie ist tot, Olga.«

Olga braucht einen Moment, um zu verstehen, und blickt die Frau vor sich an. Aus offenen, erloschenen Augen blickt Sophie zurück, vorwurfsvoll, denkt Olga und sinkt schluchzend zu Boden. Sie will nicht schreien, weil schon Sophies Gesicht ein einziger entsetzlicher Schrei ist. Aber sie schreit. Krämpfe schütteln ihren Körper. Sie würgt, übergibt sich, als wolle sie sich selbst nicht mehr bei sich haben.

Warum habe ich ihr nicht geholfen?, denkt sie und wünscht sich, die Uhr zurückdrehen zu können.

In den ersten Nachkriegswochen, als die Russen kamen, herrschte ein gewaltiges Durcheinander und zugleich lähmende Stille. Nur ein paar traurige Hunde streunten umher, auf der Suche nach etwas Essbarem. Die Angst vor Übergriffen lag wie eine dunkle Wolke über Kühlungsborn. Die Straßen, der Strand waren fast menschenleer, jeder versuchte auf seine Weise, sich unsichtbar zu machen. Wer sich nicht in Kellern oder auf Dachböden versteckte, beschmierte sein Gesicht mit Blut und Ruß, schminkte sich Röteln oder hustete demonstrativ tuberkulös, wenn die Soldaten auf Beutezug waren. Doch die schrillen, schmerzerfüllten Schreie der Frauen und Mädchen, die den Besatzern nicht entkamen, hallten wie ein Echo durch die Straßen und Dünen, und niemand konnte helfen. Olga sieht ihnen das Grauen noch immer an, ihren Gesichtern, die zu Masken geworden sind, ihrem Gang, der etwas Geisterhaftes hat. Manche, die die Kraft nicht haben, all das durchzustehen, kapitulieren auf ihre Weise. Immer wieder werden voll bekleidete Leichen angeschwemmt, von Frauen und ihren Kindern, die nach Vergewaltigungen oder aus Angst davor ins Wasser gegangen sind. Das Meer spuckt sie alle wieder aus, tot, nass, selbst die, die einen Rucksack voller Steine um sich und ihre Kinder gebunden haben. Manche sehen aus, als würde sie nur schlafen, andere sind bis zur Unkenntlichkeit entstellt und aufgeschwemmt.

Obwohl der Krieg zu Ende ist, kommt es Olga vor, als wären alle Lichter auf einmal ausgegangen. Nicht einmal die Natur scheint aufblühen zu wollen. Es ist der schlimmste Frühling, den sie je erlebt hat. Als hätte sich der Himmel selbst an einem wolkenlosen Tag für ein mattes Grau entschieden, die Wiesen, obwohl es Anfang Mai ist, für ein welkes Braungrün, und selbst die Krokusse und Levkojen lassen die Köpfe hängen, obwohl sie in voller Blüte stehen müssten.

Am Anfang versteckten sie sich in Helenes Hotel, in dem seit dem Krieg das Hilfskrankenhaus untergebracht ist und in dem Helene und sie, seit sie vor fast zwei Jahren gemeinsam einen Rotkreuzkurs zur Schwesternhelferin gemacht hatten, arbeiteten. Es war der einzige Ort, an dem sie sich sicher fühlten und unbehelligt blieben; sie hatten gleich nach dem russischen Einmarsch im Mai Rotkreuzfahnen aufgestellt und Schilder, auf denen auf Russisch *Achtung, Fleckfieber* stand.

Der neue Stadtkommandant Oberstleutnant Popow missbilligt die Gräuel, wenn er sie auch als »unmoralische Vorkommnisse« verharmlost. Jedenfalls ist das erste Wüten vorüber, und seit die Zahl der Morde und Übergriffe abnimmt, trauen sie sich wieder vor die Tür. Bald nach Popows Ankunft wurde das Hilfskrankenhaus aufgelöst, um im Hotel Waldkrone die russische Kommandantur einzurichten. Seitdem wohnen Pa, Becki und sie wieder in Helenes Strandhaus, und Helene und sie arbeiten im Krankenhaus am Bülow Weg, dort, wo früher das Hotel Union gewesen ist. Um mangelnde Arbeit müssen sie sich nicht sorgen, die Stadt ist voller Flüchtlinge, viele davon ohne Dach über dem Kopf, krank, ausgehungert und allzu oft leichte Beute.

Der Kommandant sorgt halbwegs für Ordnung. Er ist zwar nicht in der Lage, seine Soldaten, haben sie erst mal zu viel Wodka getrunken, zur Räson zu bringen, doch immerhin kann man Vergewaltigungen nun zur Anzeige bringen. Den Frauen, die vor seiner Ankunft geschändet worden sind, nützt das allerdings nichts mehr.

Frauen wie Sophie. Mit versteinertem Gesicht stand sie vor dem Strandhaus. Seit einigen Wochen schon hatte Olga sie nicht mehr im Krankenhaus gesehen, in dem sie gemeinsam arbeiteten. Sie war nicht weiter besorgt gewesen, weil viele über Nacht in den Westen gingen und Sophie ständig von Verwandten in Detmold erzählt hatte. Doch jetzt war sie wieder da.

»Du musst mir helfen, das Russenkind wegzumachen.«

Fragend sah Olga sie an. »Ich?« Abtreibungen waren nach Paragraph 218 verboten und wurden mit Gefängnis und Lager bestraft.

Sicher waren ihr die Handgriffe bekannt, sie hatte eine Menge Ausschabungen nach Fehlgeburten vorgenommen, damals in Ginsterburg, aber noch nie einen Abbruch auf Wunsch. Und vor allem war sie keine Ärztin. Wie kam Sophie da ausgerechnet auf sie?

Olga versuchte, die richtigen Worte zu finden – und fand keine. Stattdessen schüttelte sie nur bedauernd den Kopf.

»Bitte, Olga, du weißt doch, wie das geht«, flehte Sophie. Sie war ganz außer sich. »Man erzählt sich, dass du sogar die Tochter vom Kommandanten auf die Welt gebracht hast.«

Ja, das stimmte. Der Kommandant hatte, als bei seiner hochschwangeren Frau die Wehen einsetzten, Pa holen lassen, weil er der einzige Geburtshelfer weit und breit gewesen war. Olga hatte als Assistentin mitkommen müssen. Mit einer gezogenen Waffe am Hinterkopf zwang man ihn, die Kommandantenfrau zu untersuchen. Als er zu zittern begann, nicht aus Angst, sondern aufgrund seiner fortgeschrittenen Parkinsonerkrankung, fasste Olga sich ein Herz und erklärte, dass sie die Zangengeburt übernehmen werde, unter Pas fachmännischer Anleitung. Vorsichtig hatte sie den Kopf des Kindes zwischen die Zangenblätter genommen und das kleine Mädchen gesund herausgezogen. Seitdem stand sie unter dem persönlichen Schutz des Kommandanten, in Gestalt von Juri, einem jungen russischen Major.

»Es geht trotzdem nicht«, erwiderte Olga.

»Du musst«, beschwor Sophie sie verzweifelt. »Ich will dieses Kind nicht. Jeder wird wissen, woher es kommt. Weißt du überhaupt, wie es ist, so etwas in sich zu tragen?«

Nein, Olga weiß es nicht. Schließlich genießt sie den Schutz ihres »Unterleibswächters«. Dank Juri hat nie jemand gewagt, sich ihr zu nähern, geschweige denn, sie anzurühren. Sie hat keine Vergewaltigung über sich ergehen lassen, keine Anfeindungen erdulden müssen. Selbst die furchterregendsten Gestalten tippen sich bei ihrem Anblick auf die Mütze. Sosehr sie froh ist über diese Sonderbehandlung, so sehr verabscheut sie sie auch gleichzeitig. Sie reißt einen Graben auf zwischen sich und denen, die sich nicht wehren können. Der Begriff des »Unterleibwächters« stammt von ihnen, den anderen Frauen.

»Hast du denn keinen Antrag beim Gesundheitsamt gestellt?«, fragte sie und legte ihr die Hand auf den Arm. Selbst wenn Abtreibungen verboten sind, es gibt durchaus die Möglichkeit, Kinder aus Vergewaltigungen wegmachen zu lassen. Dann, wenn ein Ausschuss aus Ärzten und Richtern nach einer gründlichen Untersuchung eine Bewilligung erteilt.

Sophie nickte.

»Mit der Begründung verwehrt, ich hätte mich nicht ausreichend gegen die Vergewaltigung gewehrt und sie billigend in Kauf genommen, als ich in der Dämmerung allein am Strand spazieren gegangen bin. Dass ich mit einem Gewehrkolben verprügelt wurde, als ich gefleht habe, mich zu verschonen, haben sie mir nicht geglaubt.«

»Was sind das nur für Tiere?«, fragte Olga entsetzt.

»Wer? Die Ärzte oder die Soldaten?«, erwiderte Sophie, vor Wut kalkweiß im Gesicht. »Die Deutschen haben mit dem Morden und Vergewaltigen begonnen. Was erwartest du?«

Olga konnte sich vorstellen, wie demütigend es gewesen sein musste, vor einer Horde von Männern darüber auszusagen, wie man über sie hergefallen war. Sophie hatte nicht nur ihre Unschuld verloren, sondern auch ihre Würde, und das gleich zweimal.

Olga überlegte, ob sie etwas über den Kommandanten erreichen könnte, eine Art Sondergenehmigung. Nur müsste sie dafür wissen, wer der Täter war, der Kommandant würde ihn bestrafen lassen wollen.

»Vielleicht gibt es eine andere Möglichkeit, Sophie«, begann sie. »Wer ist der Vater? Könnte man ihn zur Rechenschaft ziehen?«

Sophie sah sie mit leerem Blick an.

»Es waren elf besoffene Soldaten«, sagte sie schließlich. »Gleichzeitig. Hintereinander. Aufeinander. Die ganze Nacht lang.« Sie lachte hysterisch auf. »Such dir einen Vater aus für das Kind!«

Olga spürte einen Anflug von Übelkeit, und als Sophies Worte zu Bildern in ihrem Kopf wurden, widerliche, entsetzliche Bilder von betrunkenen Bestien, schüttelte sie sich, wie um sie zu verscheuchen. Doch es gelang ihr nicht. Wie hatte sie es bisher bloß vermocht, das Leid der Menschen nicht an sich herankommen zu lassen? Indem sie wie ein Soldat auf dem Feld die nötigen Handgriffe verrichtete. Für sie zählte nur Becki, alles andere war nur noch Pflicht, pures Handwerk. Jetzt aber spürte sie, wie ihr Schutzschild aus Gleichgültigkeit brach und ihr die Tränen kamen. Diese Gräueltaten geschahen tatsächlich, hier, direkt vor ihrer Nase.

Sie überlegte noch, wie sie Sophie helfen konnte, ohne sich

und Becki zu gefährden, als diese den Kopf schüttelte und davonrannte.

Und jetzt ist sie tot, weil Olga ihr nicht geholfen hat. Weil sie zu lange gezögert hat.

Olga erinnert sich an das, was Pa gesagt hat, dass man in der Not nicht nach Gesetzen fragen darf oder nach einer Schuld, sondern einzig seinem Gewissen folgen soll. Das hat sie nicht getan. Sie weiß nicht, woher sie die Kraft zum Weitermachen nehmen soll.

Kaum ein Tag vergeht, an dem sie nicht ein gelbes Kleid mit schwarzen Tupfen im Wasser treiben sieht, an dem sie nicht daran denkt, dass es ein Leichtes gewesen wäre, Sophies Tod zu verhindern. Kaum eine Nacht, in der in ihrem Kopf nicht die Schreie der Frauen widerhallen. Wenn sie aus ihren Träumen hochschreckt, steht sie auf und wandert die halbe Nacht durchs Haus, unfähig, wieder in den Schlaf zu finden. Oft hört Helene sie herumstromern und macht ihr nachts um drei Uhr noch einen Tee.

Was zunächst einfach nur die naheliegendste Lösung war – mit ihr ins Strandhaus zu ziehen, weil sie nach dem Tod von Pas Schwägerin Margarete nicht in deren Wohnung bleiben konnten –, hat sich als Glücksfall herausgestellt. Helene ist als Schwester von Margarete mehr mütterliche Freundin als Großtante. Äußerlich ist sie nicht älter als vierzig. Nach Jahren allerdings bald sechzig. Sie hat kaum ein graues Haar und die Haut und Figur einer jungen Frau. »Das kommt davon, meine Liebe, wenn man auf eigene Kinder verzichtet und sich stattdessen seine Herzenskinder aussucht. Solche wie dich und Becki.«

Und es stimmt: Helene hat ihr in allen Lagen unerschütterlich Beistand geleistet, hat mit ihr die Hochzeit mit Gero durchgestanden, Beckis Geburt und alles, was danach kam, vor allem den Einmarsch der Russen. Ohne sie, das weiß Olga, würde sie die vielen dunklen Tage nicht überleben.

Mit einer Engelsgeduld hört sie Olga Nacht für Nacht zu und hält dabei ihre Hand. Indem sie Olga daran erinnert, was sie alles auf sich genommen hat, um die kleine Becki zu schützen, versucht sie, ihr das schlechte Gewissen zu nehmen. Doch das Gefühl, Wiedergutmachung leisten zu müssen, ist stärker. Gerade weil Olga jetzt eine Tochter hat und diese niemals in einer ähnlich ausweglosen Lage sehen will, schwört sie sich: Nie mehr wieder wird sie jemanden abweisen. Wenn sie etwas daraus gelernt hat, dann dass es keine Entschuldigung fürs Wegschauen gibt, fürs Nichtstun.

Es fängt mit einer fünfundzwanzigjährigen Frau aus Stettin an, die mit grippeartigen Symptomen und einem Ausschlag ins Krankenhaus eingeliefert wird. Als der Arzt ihr nach der Untersuchung mitteilt, dass sie schwanger ist und sich mit der Syphilis infiziert hat, bricht sie zusammen und fleht Olga auf Knien an, sie von dem »Ding« zu befreien. Sie war erst ein Jahr verheiratet, ihr Mann irgendwo in Kriegsgefangenschaft. Nie, davon ist sie überzeugt, würde er sie berühren, wüsste er, dass ihr jemand anders so nahe gekommen war und ihr Gewalt angetan hat. Gleich nach ihrer Entlassung nimmt Olga in Helenes Zimmer, das sie zum sterilen OP-Saal umfunktioniert haben, die Kürettage vor. Die Instrumente für die Ausschabung hat sie von Pa bekommen. Ein paar Tage darauf kommt Olgas fünfzehnjährige Nachbarin zu ihr, die unter großer Übelkeit leidet. Als sie ihr auf den Kopf zusagt, dass sie in anderen Umständen ist, bleibt das Mädchen gleich da. Genauso wie ihre Mutter, die in derselben Nacht wie ihre Tochter im Keller ihres Hauses geschändet worden ist. Es spricht sich herum, jeden Tag werden es mehr Frauen.

Ihren Schmerz zu sehen und zu lindern hilft ihr, den eigenen Schmerz zu verstehen und dem Schicksal etwas von seiner Wucht zu nehmen. Die Frauen kennen die Abgründe besser als sie und wissen, dass sie nur diese eine Chance haben, wieder daraus emporzuklettern. Doch obwohl man ihren Körpern nach dem Abort nichts mehr ansieht: ein Blick in die toten Augen, und Olga weiß, dass sie in den meisten Fällen eine leere Hülle operiert hat. Sie stillt das Blut, den Heilungsprozess müssen die Körper und Seelen der Frauen übernehmen. Doch zumindest, so tröstet sie sich, kann sie dem Grauen ein wenig entgegentreten, indem sie es gemeinsam mit ihnen aushält. Es ist neben Becki die einzige Sache, die sie halbwegs bei Verstand hält. Trotzdem raubt das Leid um sie herum ihr alle Kraft. Manchmal nimmt sie Fritz' Feder in die Hand, dreht sie, streicht sich damit übers Gesicht. Aber sie fühlt nichts. Nicht einmal darin, dass Becki inzwischen laufen und Mami sagen kann, findet sie Trost. Halt ja, aber keinen Trost. Es ist, als vermöge die Sonne die Dunkelheit in ihr nicht mehr zu lichten, so wie sie es früher tat. Im Gegenteil, sie macht sie blind. Auch dafür, was ihr droht, wenn sie auffliegt.

Juri, ihr Wachmann und inzwischen guter Freund, warnt sie immer wieder: »Wenn dich nur eine der Frauen verrät, dann bist du in Gefahr. Und mit dir auch Becki.«

Aber ihre Tochter nicht die Frauen Gefahr gebracht, sondern Beckis Großvater.

Juni 1947

Oldenburg

Als beim Gedanken an Kühlungsborn Übelkeit in Olga hochsteigt, denkt sie, dass Trude recht hat. Wer sich erinnert, wird doppelt bestraft für eine Erschütterung, die, als sie eintrat, schon schlimm genug gewesen ist. Noch nie hat Olga ein Argument fürs Vergessen gehört, das ihr mehr einleuchtet, und sie entscheidet sich, sich nicht dafür zu interessieren, ob ihre neue Freundin Leichen im Keller hat, nicht einmal, wie sie zu den Nazis steht. So wie sich Trude auch nicht dafür zu interessieren scheint, was und wen Olga und Becki hinter sich gelassen haben. Die Zwangsarbeiter nach ihrer Flucht aus Ginsterburg, Sophie, Lotte, Annemie, Gero, Beckis Großvater. Wer keine Geschichte hat, der kann auch nicht auf der falschen Seite stehen. Und am Ende irren sie schließlich alle durch die Zeiten und beißen sich irgendwie durch.

Mit Trude gelingt Olga das Vergessen von Tag und Tag ein bisschen besser, schon weil die Gegenwart in ihrer Gegenwart nicht mehr ganz so trostlos ist.

Als sie ihr einmal von der Arbeit mit Pa erzählen will, unterbricht Trude sie mitten im Satz. »Schon vergessen, wir sind die Frauen ohne Schatten. Und das sage ich nicht, weil ich als zierliche Person kaum einen habe«, sagt sie und lacht.

Sie lacht, selbst wenn es nichts zu lachen gibt, und sie besitzt die Gabe, das Leben zu genießen, egal wie abscheulich es sie bisher behandelt haben mag. Mit ihrer Unbekümmertheit erinnert sie Olga schmerzlich an Lotte, schon deshalb mag sie sie. Trude lebt ausschließlich im Hier und Jetzt, ist klug, vielseitig und amüsant. Und doch bleibt sie Olga seltsam fremd. Der Preis des Schweigens, denkt Olga bedauernd.

Mehr noch als Olgas hängt Beckis Herz an Trude, und auch Trude hat einen Narren an Becki gefressen. Bald weicht das Mädchen ihr nicht mehr von der Seite, und wenn sie ihr breitestes Sächsisch herausholt, ihr das Pfeifen beibringt und rückwärts mit ihr um die Wette rennt, dann leuchten Beckis grüne Augen auf. Sie prägt sich alles an ihr ein, und es dauert nicht lange, da hat ihre Sprache ebenfalls eine sächsische Klangfärbung angenommen. Schon beim Aufwachen dreht sie hastig den Kopf, ob Tru, wie sie sie nennt, noch in der Pritsche neben ihnen schläft, und abends, wenn ihr die Augen zufallen, soll Tru, nicht Olga, sich neben sie legen und ihr etwas vorlesen, bis sie mit Bu an der Hand eingeschlafen ist. Nur eines trübt Beckis Glück: Trus kaputter Arm. Sie kann sie nicht tragen. Will sie Zeit mit ihr verbringen, muss sie laufen, und das fordert Becki, deren linker Arm aus Solidarität oder Ehrfurcht ebenfalls zu hängen begonnen hat, nun auch von Bu. Ihr Stofftier habe schließlich vier gesunde Beine, befindet sie streng und erntet damit Trus lachende Zustimmung. Im Nu zaubert sie eine Leine für Bu aus einem Stück Stoff.

»Richtig so, kleine Dame. Es gibt drei Dinge, die dir beim Überleben helfen: Humor, Höflichkeit und Fortuna.«

»Jawohl, Mama Tru«, sagt Becki, nimmt Trudes rechte Hand und schleift Bu hinter sich her.

Olga ist nicht zum Lachen zumute. Bei dem Wort »Mama« spürt sie einen leichten Stich im Herzen. Sie lässt es sich nicht anmerken, aber ihre Tochter trifft einen wunden Punkt und schürt in ihr die tiefe Angst, sie selbst könne sich gleich in nichts auflösen. Nicht dass sie eifersüchtig ist. Oder doch? Sie fühlt sich auf einmal austauschbar. Ist das die Strafe dafür, dass sie Gott gespielt hat? Nicht zum ersten Mal fragt sich Olga, was sie nach alldem, was sie getan hat, überhaupt dazu berechtigt, Mutter zu sein. Ob sie nicht bereits in dem Moment das Recht verwirkt hat, als sie ihre eigene Mutter ins Grab brachte.

Doch solche Gedanken verschwinden angesichts des Hungers, den sie leiden, meist genauso schnell, wie sie gekommen sind. Muttersein bedeutet in diesen Tagen vor allem eins: dafür zu sorgen, dass das Kind keine existentielle Not leidet.

»Weißt du, mit welchen Ratschlägen sie uns in Leipzig gefüttert haben?«, fragt Trude sie eines Abends, als sie sich wieder einmal darüber unterhalten, wie es sein kann, dass sich immer noch Leute aus Sorge um das täglich Brot das Leben nehmen. »Früher schlafen gehen, besser kauen und nicht aufregen.«

Überrascht blickt Olga auf. Trude redet tatsächlich über ihre Vergangenheit. Wird diese sie, jetzt, da sie sich so nahegekommen sind, bald auch einen Blick auf ihre Schatten werfen lassen, die, die sich in ihren linken Arm eingebrannt haben?

Am Morgen ist ein Schmied aus Königsberg gefunden worden, der vom Ast einer Kastanie am Dobbenteich baumelte, die Füße knapp über dem Boden, keine fünfzig Meter von ihnen entfernt.

»Meinst du, er hätte es sich anders überlegt, wenn er besser gekaut hätte?«, fragt Trude spöttisch. »Wie sollen wir nur jemals aus dieser Lage kommen?«

»Not kennt kein Gebot«, sagt Olga gähnend und überlegt schon, sich schlafen zu legen, als Trude mit einem Mal aufspringt.

»Du hast recht! Mein Hunger ist größer, als es meine Skrupel sind. Wie heißt es so schön: *Wer 1946 nicht erfriert, 1947 nicht verhungert, isst 1948 das erste Schnitzel.* Ich verspreche dir hoch und heilig: Du bekommst noch '47 dein erstes Schnitzel, dazu noch in Butter ersoffene Bratkartoffeln.«

Schon zieht sie sich ihren Mantel über und macht sich zum Pferdemarkt auf, um herauszufinden, wie der Schwarzmarkthandel funktioniert. Zurück kommt sie mit der Erkenntnis, dass die wichtigste Währung noch immer Zigaretten und Alkohol sind.

»Lass uns Schnaps brennen«, schlägt sie vor. »Wer in der Falle sitzt, muss rennen oder brennen«, fügt sie zynisch hinzu, in Anspielung auf ihren Arm. »Und wenn der Krieg zu etwas gut war, dann mich alles übers Leben zu lehren, was ich wissen muss.«

Olga ist einverstanden, auch wenn es verboten ist. Wo kein Kläger, da kein Richter. Das hat die Mamsell immer gesagt, wenn sie auf der Ofenbank in der blumschen Küche flaschenweise illegal Schlehenschnaps gebrannt hat, den Pa seinen Patienten dann als Vitaltonikum verschrieben hat – gegen schwache Nerven und schwaches Herz. Davon gab es in Kriegszeiten ja genug.

Der passende Ort ist schnell gefunden. Die Baracke nebenan, die seit dem Typhusausbruch leer steht, gibt die ideale Schnapsbrennerei ab. Um der Sache einen Anstrich von Legalität zu geben, holt Trude die Lagerleiterin ins Boot, die verspricht, gegen ein paar Flaschen Schnaps beide Augen zuzudrücken und die Baracke so lange wie möglich »unter Quarantäne« zu stellen.

»Nun brauchen wir nur noch einen Waschkessel und Auffangbehälter, ein paar Kupferrohre und ein Alkoholmessgerät«, verkündet Trude triumphierend. »Und natürlich eine Handvoll Leute.«

Schneller als gedacht haben sie zusammen, was sie benötigen. Und jubeln, als ein ehemaliger Chemiker aus Königsberg ihnen seine Hilfe anbietet. Er kann nicht nur brennen, sondern versteht sich auch aufs Veredeln. Während die Helfer Zwetschgen, Birnen, Äpfel, Zuckerrüben und Kartoffeln für die Maische heranschaffen und kleinschnitzeln, tüftelt er so lange an der richtigen Rezeptur, bis sie einen wohlschmeckenden Tropfen herstellen, aromatisiert mit Wacholderbeeren. Wegen des außergewöhnlich guten Geschmacks findet der Schnaps bald selbst bei den Tommys so verbotenen wie reißenden Absatz. Eine Flasche bringt ihnen immerhin dreihundert Mark, so viel, wie ein Pfund Butter wert ist. Ohne Trude, das ist Olga klar, wäre das alles nicht möglich gewesen. Denn ihrem Charme kann niemand widerstehen. Ihr leichter Gang, wiegend, weiblich und stolz, ihr wissendes

Lächeln und diese stille Dominanz – die Männer liegen ihr zu Füßen. Olgas abweisende, verschlossene Art scheint sie eher auf Abstand zu halten, worüber sie insgeheim dankbar ist. Und so gilt Trude schnell als alleinige Chefin der Schwarzbrennerei, und Olga tritt bereitwillig in die zweite Reihe.

Wenn Olga daran denkt, was sie selbst früher alles auf die Beine gestellt hat, wundert sie sich, wie schnell sie ihrer Freundin das Kommando überlässt. Ich habe, denkt sie, meinen Schneid verloren. Aber es ist ihr egal, denn sie wird das erste Mal wieder richtig satt, und auch Becki gedeiht prächtig. Und dann, eines Abends im September 1947, bereitet ihnen Trude feierlich ein Schnitzel mit Bratkartoffeln zu.

»Auf dass wir nie wieder Hunger leiden!«

September 1947

Oldenburg

Seit die Brennerei läuft und sie nicht mehr so viel arbeiten muss, kann Olga wieder mehr Zeit mit ihrer Tochter verbringen und sie die Geheimnisse der Natur lehren, wie Pa es damals bei ihr gemacht hat. Wann immer es ihr möglich ist, geht sie mit Becki in den Wald und erklärt ihr alles, was sie weiß. Auf den gemeinsamen Streifzügen sammeln sie Kräuter, Heidelbeeren, Brombeeren und Preiselbeeren, betrachten den Wuchs unterschiedlicher Baumarten, und Olga zeigt Becki, wie sie einen Mäusebussard von einem Habicht und den Bau eines Fuchses von dem eines Dachses unterscheiden kann. Becki liebt alles, was fliegt, und als ihre Tochter beim Anblick einer schillernden Libelle einmal vor Staunen den Mund nicht zubekommt, erinnert Olga sich an Pa und wiederholt seine Worte: »Rauf, runter, vor und rückwärts. Und das bis zum Nordpol. Das kann nur die Libelle.« Sie erinnert sich an noch etwas anderes, was er gesagt hat: »Unsere Welt ist voller Wunder, voller Leben. Halte inne, staune und beobachte, was um dich herum geschieht.«

Und das tut Becki mindestens genauso gerne, wie Olga es getan hat, als sie in ihrem Alter war. Ihre Fragen sind gewitzt, ihr Blick forsch und scharf, als suche sie in allem den Kern der Dinge. Seit den gemeinsamen Stunden in der Natur hat Olga wieder zu sich zurückgefunden.

Ende September verkündet auch Trude, dass es Zeit sei für ein neues Leben. »Was habe ich zu verlieren, wo ich schon alles verloren habe. Komm, lass uns tanzen gehen!« Wie jeden Sonntag geben die Tommys in der Stadt ein Platzkonzert, und genau da will Trude hin. »Mit über dreißig werden meine Heiratschancen nicht besser, Olga, wenn ich hier nur herumhocke, während draußen die leichtlebigen Seidenstrümpfe zu balzen beginnen. Also lass uns das Leben genießen! Ich will einen Mann und Kinder, wie andere Leute auch.«

Olga glaubt nicht, dass sie diesen immerwährenden Schmerz jemals loswird, selbst dann nicht, wenn sie sich in ein neues Leben stürzt, mit Musik, Tanz und einem neuen Mann. Auch nicht mit noch mehr Kindern. Doch Schatten hin oder her, sie will keine Spielverderberin sein, und zumindest Becki wird es guttun.

Auf dem Cäcilienplatz gleich hinter dem Staatstheater stehen viele Menschen in Grüppchen zusammen, die meisten von ihnen Frauen. Mit Staunen beobachtet Olga, wie manche in körperbetonten Kleidern an den Soldaten vorbeidefilieren wie bei einer Brautschau. Ein paar von ihnen werden herangewunken und zu einer Zigarette eingeladen. Auch die Kinder suchen die Nähe zu den Tommys, die von der Ladefläche eines Lastwagens herunter Schokolade verteilen.

Olga hat Becki auf die Schultern genommen, damit sie die Dudelsackspieler besser sehen kann, und Trude macht es ihr mit Bu nach. Plötzlich zeigt Becki aufgeregt in die Menge, und Olga folgt ihrem Blick. Da steht der Colonel, der ihnen bei ihrer Ankunft so nett geholfen hat, wie hieß er noch mal? Olga würde sich am liebsten unsichtbar machen, aber Becki hat mit ihrem Winken bereits auf sich aufmerksam gemacht. Als er sie entdeckt, geht ein Strahlen über sein Gesicht, und er kommt auf sie zu.

Bloch, erinnert sie sich, genau.

»Wie schön, Sie hier zu sehen!«, sagt er und sieht erst Olga, dann Becki an.

Olga nickt ihm zu, unsicher, wie sie reagieren soll, doch da rettet Trude die Situation, indem sie einen Schritt nach vorne macht und ihm die Hand hinhält.

»Ich bin Trude und der Mann auf meinen Schultern ist …«

»Bu, ich weiß«, sagt er und sieht aus, als hätte ihn der Schlag getroffen. »Wir kommen aus demselben Stall!«

Ob er Bu oder Trude meint, vermag Olga nicht zu sagen. Nur dass es offenbar auch um ihre Freundin geschehen ist. Sie hat diesen besonderen Glanz in den Augen, als wäre alles in der Welt mit einem Mal ganz und gar wunderbar.

Colonel Bloch lädt sie zum Mittagessen in das Rote Haus ein, in der Nähe der britischen Kasernen. Und bevor Olga ablehnen kann, willigt Trude schon mit einem strahlenden Lächeln ein. »Natürlich kommen wir.«

Ein paar Stunden später sitzen sie mit ihm am Tisch und trinken Bier, während Becki am Nebentisch malt. Der Colonel ist aufmerksam und nett, ohne jede Spur von Aufdringlichkeit, und Trude hängt an seinen Lippen. Olga wundert sich, wie höflich und aufgeräumt er wirkt, trotz der Gräueltaten, die die Deutschen seiner Familie angetan haben. Anders als Olga scheint er keinen tiefen Groll gegen irgendjemanden zu verspüren.

Später setzt sich ein weiterer Besatzungsoffizier zu ihnen, der sich als Sergeant Smith vorstellt und ebenfalls sehr gut Deutsch spricht. »Wie amüsant, so zusammenzusitzen, als wären wir nie Feinde gewesen«, begrüßt er Trude und Olga und mustert sie von oben bis unten. »So hübsch sieht sie also aus, die Wunderwaffe, vor der uns euer Führer gewarnt hat«, fährt er ohne jeden Anflug von Charme fort und bedient sich vom Bier des Colonels.

»Sind sie von hier?«, fragt er Olga.

»Aus der Uckermark«, antwortet sie knapp und sieht zu Becki hinüber, die noch immer gedankenverloren malt.

»Ich dachte aus Kühlungsborn?«, mischt sich der Colonel ein.

Olga erschrickt. »Dahin hat es mich erst nach dem Krieg verschlagen«, verteidigt sie sich.

»Kühlungsborn?«, sagt Trude. »Da habe ich mal Urlaub gemacht, in der ehemaligen Villa Kaufmann. Ein wunderschönes

Schloss. Es war …« Sie beißt sich auf die Zunge, als bereute sie, das gesagt zu haben.

Olga weiß, was es war. Es war das Schloss der Goebbels-Stiftung für Bühnenschaffende in der Reichskammer und im Krieg ein Gästehaus für besonders treue Nazischauspieler. Helene hat sie einmal zu einer Aufführung mitgeschleppt, zu der eigens Goebbels angereist kam und Hitler unter großem Beifall als ersten Künstler der Nation bezeichnete. Olga sah Parteibonzen und Schauspieler Champagner schlürfen, als gäbe es kein Morgen, keinen Krieg und keine Not. Was hatte Trude dort zu suchen gehabt? Sie denkt an ihre Medea-Darbietung, und ein ungeheuerlicher Gedanke blitzt auf, unterbrochen vom Colonel, der laut seufzt.

»Ich würde zu gerne wieder einmal hin«, sagt er. »Sehen, wie es meinen Freunden dort ergangen ist, ob ich irgendwie helfen kann.«

»Das verstehe ich gut«, sagt Trude und legt eine Hand auf seine.

Olga wird bei der Vorstellung heiß und kalt zugleich. Was, wenn der Colonel dort tatsächlich auf Helene träfe. Sie sind sich doch so nah gewesen; Helene war die Einzige, die ihre Geheimnisse kannte, und weiß jetzt nicht, was aus Becki und ihr geworden ist. Sang- und klanglos sind sie verschwunden, als Helene im Krankenhaus war. Natürlich würde das Gespräch auf Olga kommen. Und sie kann sich bildhaft Helenes überraschte Reaktion vorstellen. So unmöglich es damals war, ihr einen erklärenden Brief zu hinterlassen, so unmöglich war es später, ist es noch heute, ihr zu schreiben, ohne sie alle zu gefährden. Was, wenn der Colonel durch einen unbedachten Satz erfährt, was sie getan hat? Es ist und bleibt ein Verbrechen, und die Strafe, die darauf steht, ist drüben wie hüben die gleiche. Schon das mit den illegalen Abtreibungen könnte ihr Gefängnis einbringen. Aber das andere? Sie würde Becki verlieren.

Der Sergeant gibt einen ächzenden Laut von sich. »Ob du helfen kannst, Max?«, fragt er. »In der russischen Zone willst du nicht mal die Jerrys verrecken lassen. Oder was meinen Sie, Frau Meier? Sie kommen doch gerade da her?« Er blinzelt Olga zu.

Sie reagiert erst, als er mit den Fingern vor ihrem Gesicht schnipst. Meier. Wie lange würde sie noch brauchen, um sich an ihren neuen Nachnamen zu gewöhnen? Er bedeutet ihr so wenig wie die Ehe mit Gero, auch wenn sie kraft Gesetz rechtmäßig geschlossen wurde.

»Ach, den Menschen dort geht es gar nicht so schlecht«, wehrt sie ab und blickt zu Becki, die unruhig auf dem Stuhl herumrutscht. »Sie haben zwar nicht viel, aber auch nicht viel weniger als in Oldenburg.«

»Und warum sind Sie dann da weg, wenn es beim Russen genauso geschmeidig zugeht wie hier?«, fragt er leicht beleidigt.

»Weil in Oldenburg der vereinbarte Treffpunkt für die Familie war. Mein Bruder und mein Vater gelten als vermisst. Wenn sie noch leben, dann kommen sie hierher.«

Wieder sieht sie zu Becki, die jetzt nicht mehr malt, sondern den Kopf auf den Tisch hat sinken lassen. Olga steht auf und rutscht neben sie. »Müde, mein Herz?«, fragt sie und drückt ihre Tochter an sich, die kein Wort mehr herausbringt.

»Ich muss nach Hause«, entschuldigt Olga sich, erleichtert über einen Grund, gehen zu können.

»Hättest du etwas dagegen, wenn ich die Herren noch in die Grüne Eiche zum Tanzen begleite?«, fragt Trude.

Natürlich hat Olga etwas dagegen. Am liebsten wäre es ihr, sie und Trude würden nie wieder etwas mit Colonel Bloch zu tun haben; jeglicher weiterer Kontakt birgt ungeahnte Gefahren. Doch wie soll sie das ihrer Freundin sagen? Also schüttelt sie nur den Kopf und macht sich mit Becki auf dem Arm auf den Heimweg.

Während sich Trude in den kommenden Tagen mit dem Colonel zum Tanzen trifft, mit ihm ins Kapitolkino in die Heiligengeiststraße geht und sogar in seiner Offizierswohnung übernachtet, geht Olga ein Gedanke nicht aus dem Kopf. Was, wenn sie eine dieser Künstlerinnen ist, die es sich auf Goebbels Kosten im Schloss am Meer hat gutgehen lassen? Und sich nun ausgerechnet mit einem Juden einlässt, der seine ganze Familie wegen der Nazis verloren hat und nichts von ihrer Vergangenheit ahnt. Helene hat ihr einmal erzählt, dass die Villa im Volksmund früher »Judenschloss am Meer« hieß, als sie noch der Hausmann-Stiftung gehörte und ein Erholungsheim für jüdische Akademiker und ihre Angehörigen war. Bevor sie Ende 1935 enteignet und den Goebbels-Mimen zur Sommerfrische überlassen wurde.

Olga versucht wegzusehen, aber sie spürt, wie ihr der Gedanke, dass Trude etwas mit den Nazis zu tun gehabt haben könnte, immer unerträglicher wird. Warum schweigt ihre Freundin so beharrlich, wenn sie nichts zu verbergen hat?

Allein die Möglichkeit bewirkt, dass sie sie in einem neuen Licht sieht, als würde die neue Wahrheit die alte überlagern – die, dass Trude zu ihrer Herzensgemeinschaft gehört und immer nur Gutes für Becki und sie getan hat.

Pa sagte immer, dass man den Menschen nur vor den Kopf gucken könnte, aber nicht hinein. Die Gesinnung sähe man ihnen nicht an. Auch nicht das, was sie getan hätten.

Selbst wenn wir Hitler los sind, denkt Olga, lebt sein Geist fort. Wie auch nicht? Die Menschen sind ja dieselben geblieben. Was, wenn Trude zu jenen Schauspielerinnen gehörte, die der Staat als »arisch« protegiert und gefördert hat? Welche Kompromisse ist sie eingegangen, um ihren Erfolg nicht zu gefährden? Oder verbirgt sie sogar Schlimmeres? Welche Schatten hat Trude so dringlich ablegen wollen? Das Misstrauen nagt an Olga, so sehr, dass sie es bald kaum mehr in einem Raum mit ihr aushält.

Zwei Wochen später erzählt Trude ihr, dass der Colonel versucht, für sie beide einen Interzonenpass zu organisieren, um ein paar Tage nach Kühlungsborn zu fahren.

»Wir wollen ein bisschen Urlaub machen. Die Tommys mögen es nicht besonders, wenn ihre Jungs mit Frauen wie mir fraternisieren. Ach, drück mir die Daumen, Olga! In Kühlungsborn hätten wir endlich ein wenig Zeit für uns. Wir würden natürlich auch bei seiner Helene vorbeischauen – vielleicht hat ihr Hotel ja wieder geöffnet?«

Zum Glück hört Trude nicht, wie Olga das Herz stockt und dann zu rasen beginnt. Sie weiß, dass ihr nur eine Möglichkeit bleibt. Sie muss die Brücken hochziehen und einen Plan fassen, wenn sie Becki schützen will.

Ein paar Tage später findet sie einen Brief von Trude auf ihrem Kopfkissen. Ihr Bett ist leer, wie ihr Spind. Olga liest, womit sie nicht gerechnet hat, aber es ist ihr recht. Auch wenn es ohne Trude unwahrscheinlich ist, dass es mit dem Schnapsbrennen weitergeht. Vielleicht ist es sogar besser so, für alle. Trude ist mit ihrem Colonel nach London gegangen, um ihn zu heiraten. Sie schreibt, der Militärkommandant habe Wind von ihnen beiden bekommen und wolle Bloch nun schnellstmöglich versetzen.

Es gab eine anonyme Anzeige gegen uns. Britische Soldaten, die sich mit deutschen Fräuleins einlassen, werden schnellstmöglich aus dem Verkehr gezogen, was ich angesichts der Doppeldeutigkeit doch sehr drollig finde. Aber ich fahre einfach mit. Denn Liebe ist Liebe, Olga, und Schnaps ist Schnaps. Was wichtiger ist, ist keine Frage, und darum hoffe ich, dass du mir nicht böse bist, dass die Schnapsquelle nun versiegt, und wünsche Dir Liebe, Liebe, Liebe. Du verdienst es wie keine andere. Bitte verzeih, dass ich mich nicht persönlich von Dir und Becki verabschiedet habe, aber das hätte nur zu Tränen geführt. Besser, Du behältst Deine Augen trocken, damit Du den Mann, der für Dich bestimmt ist, besser erkennen kannst, wenn er vor Dir steht.

Sie würde Fritz auch blind erkennen, an den Geräuschen, die er macht, wenn er mit den Zähnen klappert, an dem Klang seines Gangs, an dem Geruch seines Rasierwassers. Aber davon weiß ihre Freundin nichts. Wie auch? Ja, Trude, denkt sie mit einem warmen Lächeln an sie, wir sind Frauen ohne Schatten.

Sie hat kein schlechtes Gewissen, schon weil sie weiß, dass sie sich um Trude keine Sorgen machen muss, sie wird sie aus dem Gedächtnis streichen, sobald der Colonel ihr den Ring über den Finger gestreift hat. Nicht, weil sie nicht an ihnen beiden hängt, sondern weil sie ein Mensch ist, der vergessen muss, Schlimmes wie Gutes, um nach vorne blicken zu können.

Oktober 1947

Oldenburg

Ein paar Tage nach Trudes Abschied setzt Olga sich auf eine Bank an den Dobbenteich und sieht Becki beim Kastaniensammeln zu. Im Schatten des Baumes zu dösen und nachzudenken ist alles, wozu sie sich gerade imstande sieht. Sie kann sich nicht helfen: Die Frage plagt sie, wie sie ihre Freundin so gewissenlos hat opfern können. Im Grunde hält Olga sich für einen guten Menschen und meint, immer in bester Absicht zu handeln. Doch dass sie die Beziehung von Bloch und Trude anonym gemeldet hat, um die beiden loszuwerden, will in dieses Bild nicht passen. Genauso wenig wie das, was sie den Meiers angetan hat. Wozu, fragt sie sich, ist sie noch in der Lage, wenn es darum geht, ihre Tochter zu schützen?

In den letzten Jahren hat sie gelogen und betrogen, und sie fragt sich, wo und wann sie ihren inneren Kompass verloren hat.

Bei diesem Gedanken öffnet sie die Augen und erschrickt.

Becki ist nirgendwo zu sehen. Olgas Herz klopft sofort schneller. Das Schilfrohr am Ufer ist ganz dicht, und Becki kann nicht schwimmen. Olga springt auf und rennt nach links, bleibt ruckartig stehen, läuft nach rechts, sieht wieder zum Wasser – bewegt sich da nicht die Wasseroberfläche? –, ruft Beckis Namen, immer verzweifelter. Aus dem Schilf flattern ein paar Enten laut schimpfend auf. Becki bleibt unauffindbar. Die Panik macht Olga blind. Das ist die Strafe für Trude, denkt sie, die Strafe für alles, was sie getan hat.

Da hört sie plötzlich Beckis glockenhelles Lachen und sieht sie auf dem Arm einer älteren Frau von der Wiese kommen. Hat sie den Verstand verloren? Sie spürt unbändige Wut in sich aufsteigen und würde am liebsten auf die Frau losgehen, als sie der Gedanke streift, dass alles schlechte Handeln aus Angst entsteht. Angst vor anderen Menschen, Angst vor dem Leben oder dem Tod, Angst davor, dem Menschen, den man liebt, zu schaden oder ihn zu verlieren. Für Becki würde sie alles tun. Als die Frau mit einem freundlichen Lächeln auf sie zuläuft, spürt sie, wie die Wut umschlägt und sie ihre Fassung wiedergewinnt.

»Ihre Tochter wollte in den Himmel klettern, um die Sterne zu klauen«, sagt die Dame lächelnd. »Gestatten Sie, Borjahn. Ich habe das süße Mädchen hier vom Baum runtergeholt.«

Wie groß die Erleichterung ist, als sie Becki in den Armen hält und ihren blonden Lockenschopf mit Küssen bedeckt! Olga lässt sich mit ihr auf eine Bank fallen und beginnt zu schluchzen. Die fremde Frau setzt sich neben sie und zieht sie fest an sich. Ihre Haut ist weich und duftet nach Rosenwasser, und Olga denkt, dass ihre Mutter so gerochen hätte, wenn sie noch am Leben wäre. Die Fremde ist keine Fremde mehr, sie tröstet Olga, wie Helene es zuvor in Kühlungsborn getan hat, als sie dachten, Becki würde sterben.

»Ist schon gut, mein Mädchen, ist schon gut.« Die Frau streicht ihr beruhigend übers Haar, und Olga ist es, als würde sich ihr Körper aus einer Angststarre befreien, in der er sich seit so vielen Jahren befindet. Nun beginnt sie zu fühlen, alles zu fühlen – den Schmerz über ihren Verlust, über all ihre Verluste.

»Was für eine Mutter bin ich bloß?«, schluchzt sie, während Becki auf ihrem Schoß sie mit großen Augen anstarrt. Sie kennt Olga nicht so aufgelöst.

Frau Borjahn legt Olga eine Hand unters Kinn und zwingt sie, sie anzusehen. »Offenbar eine sehr gute, wenn die Kleine Ihnen die Sterne vom Himmel klauen will. Das ist doch etwas ganz Wunderbares!« Schmunzelnd setzt sie nach: »Wenngleich der Wunsch leider unerfüllbar ist, den Himmel auf Erden zu erlangen. Aber wer weiß, was alles noch für Sie kommt.«

Olga schluchzt weiter, während Becki sich fester an sie kuschelt.

»Sie sind ja ganz blass, mein Mädchen«, sagt Frau Borjahn. »Jetzt kommen Sie erst mal mit und trinken einen kräftigen Kaffee mit mir.«

Kurz darauf hocken Becki und sie in einer kleinen Küche, und Frau Borjahn setzt eine Kanne auf. Auf dem Weg in das Dachgeschoss der wunderschönen Gründerzeitvilla sind sie an der Praxis ihres Sohnes vorbeigekommen: *Prof. Erwin Borjahn. Praktischer Arzt und Geburtshelfer.*

»Ist das echter Mokka?«, fragt Olga erstaunt, als ihr der anregende Duft in die Nase steigt. Sie atmet tief ein, und schon sieht sie sich in Mammes Küche sitzen, dort, wo sie das letzte Mal einen echten Bohnenkaffee getrunken hat, vor vier Jahren. Dank Pelles guter Verbindungen hatte Mamme immer eine frisch gebrühte Kanne Kaffee auf dem Herd. Olga spürt, wie sie der Duft der Erinnerungen beruhigt.

Frau Borjahn lacht. »Es könnte uns schlechter gehen, nicht wahr?«, sagt sie, während sie aus der Glasvitrine über dem Herd zwei kleine Mokkatassen und passende Untertassen holt und sie auf dem Tisch abstellt. Vorsichtig nimmt sie die Kanne vom Feuer und schenkt ihnen ein.

»Und wenn Anlass dazu besteht, dann gibt's auch noch was Süßes.« Lächelnd serviert sie ein Stück Buttercremetorte. Becki sieht kaum hin, sie hat nur Augen für Giesbert, den kleinen gelben Kater, und jagt mit ihm bald durchs offene Treppenhaus.

Derweil trinkt Olga ihren Mokka aus und beginnt zu erzählen, von ihrer Kindheit in Ginsterburg, von Pa, der erfüllenden Arbeit mit ihm in seiner Praxis, von ihrer Arbeit als Schwester in Kühlungsborn und der Ankunft ohne Pa in Oldenburg. Frau Borjahn hört aufmerksam zu und nickt hin und wieder. Sie strahlt eine derartige Güte und Ruhe aus und ein so umfängliches Wissen um das menschliche Leid, dass Olga, die sich nirgends richtig zu Hause und aufgehoben fühlt, in ihrer Gegenwart das erste Mal befreit durchatmen kann.

Dann ergreift sie Olgas Hände. »Alles hat auch etwas Gutes, mein Mädchen. Denn Sie, liebe Olga, Sie hat uns der Himmel geschickt! Mein Sohn braucht ganz dringend jemanden wie Sie in seiner Praxis. Kommen Sie, ich stelle Sie ihm gleich vor, und wenn Sie mögen, dann zeige ich Ihnen danach das Zimmer, hier bei mir.«

Oktober 1947 - April 1948

Oldenburg

Um kurz vor acht Uhr morgens am darauffolgenden Tag schließt Olga die Praxistür auf. Es ist ein schöner Herbsttag, die Sonne steht tief, und das orangene Licht, das durch die großen Fenster des hübschen Empfangsbereichs fällt, scheint auf sie. Der Geruch nach Desinfektionsmitteln und frischen Dahlien erinnert sie an Pa, an die Behandlungsräume in der Blume-Villa. Es ist ein Gefühl, als würde sie nach Hause kommen, als würden sie die lichtdurchfluteten Räume und vertrauten Düfte umarmen und festhalten. Und ihr scheint es, als wären ihre Sinne neu erwacht.

Sie kann es nicht erwarten, dass sich die Praxis gleich mit Leben füllt.

Becki schläft noch in dem Zimmer, das Frau Borjahn ihnen hergerichtet hat. Später wird sie mit ihrer Tochter ins Eversten Holz gehen, den Stadtwald gleich um die Ecke. Aber erst einmal soll sie sich gründlich ausruhen. Die Kleine wird müde sein, nachdem sie vor Aufregung lange nicht einschlafen konnte.

Immer wieder knipste sie das Licht an, legte sich bäuchlings auf das Laken, den Kopf auf die Arme gestützt, und schaute sich im Zimmer um. »Es ist schön, Mami, oder?«

»Und wie, mein Herz«, gab sie zurück. Nicht zu fassen, dass sie endlich einmal allein waren, nur sie beide! Keine anderen Frauen im Raum, kein Mensch, der hustete, niemand, der laut fluchte, weil jemand anderes zu laut raschelte.

Als Frau Borjahn ihnen das Zimmer gezeigt hatte, fühlte sich Becki gleich wie im Himmel. Ein Klappbett an der Wand mit geblümtem Vorhang davor, ein kleiner Tisch und ein brauner Sessel stehen in ihrem Zimmer, mehr nicht, und trotzdem wirkt der Raum gemütlich. Unermüdlich klappte Becki das Bett hoch, zog den Vorhang auf und wieder zu und versteckte sich dahinter. »Weg bin ich.« Es war wunderbar, sie so glücklich zu sehen.

Als Olga beim Blick hinaus in den schönen Garten gleich mehrere Vögel entdeckte, die nah heran ans kleine Dachfenster kamen, wusste auch sie, dass sie richtig sind hier.

Es dauert eine Zeit, bis sie bemerkt, dass die Wanduhr läutet. Ihr erster Arbeitstag hat offiziell begonnen. Sie stößt einen tiefen Seufzer aus und drückt die Klinke herunter. Vor der Tür stehen an die zwanzig Patienten und sehen sie erstaunt an.

»Guten Morgen«, sagt sie freundlich »Ich bin Olga Meier, die neue Sprechstundenhilfe.«

Dann bittet sie darum, ihr an den Empfangstisch zu folgen. Die langjährige Hilfe des Professors ist vor ein paar Wochen in den Ruhestand gegangen, und Erwin Borjahn ist dankbar, so unverhofft Ersatz zu bekommen. Zumal nicht nur die Stadt, sondern auch die Praxis aus allen Nähten platzt. Es gibt zwar viele Ärzte, auch unter den Flüchtlingen, aber viel zu wenige, die eine Praxiszulassung erhalten.

Zusammen mit den Patienten strömen die Erinnerungen hinein. Sie denkt an Pas volles Wartezimmer, in dem die Kranken klagten, weinten und den neusten Klatsch austauschten, während sie darauf warteten, an die Reihe zu kommen. Daran, wie Olga in einem Raum die Fäden und Pa in einem anderen einen Zahn zog, wie erst sie ihm assistierte, später er ihr, als er seine zittrigen Finger nicht mehr ruhig führen konnte. Und sie denkt an die halbe Stunde nach der Sprechstunde, wenn sie beide einen Kräutertee tranken und sich über die interessantesten Fälle und kuriosesten Anekdoten des Tages unterhielten.

»Warum lächeln Sie so?«, fragt eine junge Frau, die ihr an den Tresen gefolgt ist.

»Weil es ein guter Tag werden wird!«

In den ersten Wochen versucht Olga erst einmal, Herrin über die schier endlosen Patientenströme zu werden. Sie erfüllt die Aufgabe mit großem Eifer, dirigiert diejenigen mit Termin in den einen Warteraum und die Notfälle in den anderen. Alle anderen Patienten bestellt sie zur freien Sprechstunde am Nachmittag. Um die Massen weiter zu entzerren, nimmt sie während der Mittagspause Rezept- und Terminwünsche entgegen. Und als hätte sie das Praxisrad neu erfunden, lichtet sich im Nu das Chaos, und als der Professor eines Tages aus seinem Sprechzimmer späht, schaut er sie verdutzt an.

»Wo sind nur all die Patienten abgeblieben? Sie haben sie doch nicht etwa verjagt?«, fragt er mit einem Augenzwinkern. Von da an sagt er ihr mindestens einmal am Tag: »Sie hat mir der Himmel geschickt!«

Dasselbe denkt sie über Oma Borjahn, die sie seit ihrem Einzug so nennen und duzen dürfen. Sie kümmert sich um Becki, bekocht sie alle und hat immer ein offenes Ohr und ein Lächeln für sie. Es ist ein schönes Gefühl, ein Teil ihrer Familie zu sein. Wie Mamme immer sagte: »Man begegnet in seinem Leben vielen Leuten, aber nur wenigen Menschen.«

Oma Borjahn und ihr Sohn sind solche Menschen.

Schon nach wenigen Wochen nimmt ihr Leben eine gewisse Routine an. Erwin Borjahn ist sehr beliebt bei den Patienten, sie kommen in Scharen, und sein Wort ist Gesetz. Auch in Oldenburg ist ein Arzt also ein Halbgott, denkt Olga, und wenn er Professor ist, dann vielleicht noch ein bisschen mehr. Sie kann die Patienten verstehen: Er nimmt sich Zeit für sie, geht auf ihre Beschwerden ein, hört ihnen aufmerksam zu, handelt mit Bedacht, aber auch mit Strenge, wo immer es nötig ist.

Und er macht keinen Unterschied zwischen Besatzungssoldaten, Flüchtlingen und Alteingesessenen. Als habilitierter Mediziner besitzt er eine derartige Autorität, dass es keiner wagt, seinen Glaubenssatz der Gleichbehandlung offen in Frage zu stellen. »Wer *Gleicherbehandlung* erwartet, bekommt gar keine Behandlung«, sagt er immer wieder. »Der kann einfach wieder gehen. Punkt!«

Mit seinem Anstand erinnert er Olga an Pa, und sie fragt sich, warum Erwin Borjahn mit über vierzig noch immer allein durchs Leben läuft. Er ist, wenngleich zu alt für sie, doch immerhin im besten Mannesalter, dazu noch zugewandt, interessiert und in Lohn und Brot. Nach dem Krieg gibt es viel mehr Frauen als Männer, es dürfte unzählige geben, die nach jemandem wie ihm suchen. Als sie bei Oma Borjahn einmal vorsichtig nachfragt, erzählt diese ihr, dass Erwins schwangere Frau vor fünf Jahren an einer Grippe gestorben sei, in Tübingen, wo sie damals gelebt hätten, nur dass er in Russland an der Front gewesen war und ihr nicht hatte helfen können. »Seit Jahren hat er keine Frau mehr angeschaut.«

Davon zu hören versetzte ihr einen Schock. Nur wer jemanden verloren hat, kann verstehen, was das bedeutet. Obwohl Fritz nicht gestorben ist, kann sie sich nicht vorstellen, jemand anderen zu lieben als ihn. Jedenfalls nicht so.

Dass nicht mal der Professor das Schicksal bezwingen kann, macht sie betroffen. Er tut ihr leid, denn er ist allein und wahrscheinlich voller Schuldgefühle. Wenn er bei seiner Frau gewesen wäre, hätte er sie beschützen können, heilen können. Vielleicht, möglicherweise. Das Gefühl ist ihr bekannt.

Sie denkt, dass die allergrößte Bürde eines Arztes die sein muss, nicht retten zu können, wer zu retten ist, egal wie vertraut man mit dem Tod ist.

Obwohl Erwin Borjahn ihr sämtliche Freiheiten lässt und sogar ihre Befugnisse erweitert, nachdem er auf ihr Drängen eine zweite Hilfe eingestellt hat, die hübsche Witwe Petersen aus Konstanz, beginnt Olga sich bald zu langweilen. Jetzt, wo sie wieder umgeben ist von Patienten und Medizin, würde sie am liebsten wieder wie eine Ärztin arbeiten. Ihr fehlt die Anwendung ihres Wissens, die Anamnesen, das Herumrätseln, das Behandeln. Es reicht ihr nicht, die Praxis zu organisieren und dem Professor den Tupfer zu reichen. Doch sie ist nun mal keine Ärztin, und in Friedenzeiten geht es wieder ums Prinzip. Was im Krieg gut und richtig war, wenn dadurch Leiden gelindert werden konnten, stimmt heute so nicht mehr. Es ist falsch, mahnt sie sich immer wieder, auf eigene Faust Diagnosen zu stellen, falsch, Patienten, die mit eindeutiger Symptomatik stundenlang im Wartezimmer ausharren, Linderung zu verschaffen. Dem Professor stumm über die Schulter zu schauen und zu lernen ist alles, was sie sich gestatten darf, und so fasst sie sich ein Herz und fragt ihn beim gemeinsamen Abendessen mit Oma Borjahn und Becki, ob er sie mitnimmt auf seine Hausbesuche.

Gemeinsam fahren sie zu den verschiedenen Lagern und Kasernen, und überall grassieren Seuchen. Olga ist erschüttert, wie viele Fälle von Tuberkulose, Rachitis, Fleckfieber und Krätze der Professor behandelt, aber auch Geschlechtskrankheiten wie Tripper oder Syphilis, von denen auch die britischen Soldaten nicht verschont bleiben.

»Wir haben einfach zu wenig Ärzte, die sich kümmern«, meint er, als sie ihn darauf anspricht.

»Aber unter den Flüchtlingen sind doch etliche Mediziner, die die Situation entspannen könnten und händeringend nach Arbeit suchen«, erwidert sie.

Erwin Bohjan seufzt. »Die Militärregierung entnazifiziert gerade die Ärzteschaft. Ich gehöre dem Ausschuss der Kammer an, die die Zulassungsanträge auf sogenannte Naziverstrickung prüft. Wer kompromittiert ist, bekommt keine Niederlassungserlaubnis.«

»Das wusste ich nicht.« Wie gut, denkt sie, dass zumindest die Engländer dafür sorgen, die Nazis unter den Ärzten unschädlich zu machen …

Er legt die Stirn in Falten. »Es geht nicht allein um diejenigen, die aktiv gemordet, an diesen entsetzlichen Menschenversuchen teilgenommen oder in KZs gearbeitet haben«, führt er weiter aus. »Es geht vor allem um die vielen unauffälligen Fische. Ich habe ehemalige Kollegen, die nicht mehr praktizieren, weil sie an Erbgesundheitsverfahren teilgenommen und über Zwangssterilisationen entschieden haben. Und auch solche, die in den Gesundheitsämtern die gutachtliche Vorauswahl von Euthanasie-Opfern getroffen haben. Kollegen, die Patienten aufgrund ihrer Rasse oder Religion nicht behandelt, sondern angezeigt und den Wölfen zum Fraß vorgeworfen haben.«

Olga weiß, wovon er spricht. »Wie zwei Seiten einer Medaille. Heilen und Töten«, sagt sie leise.

Er nickt. »Bis jetzt wurden über dreihundert Ärzte in Oldenburg entlassen, einige von ihnen wurden auch verhaftet.«

»Was sind das nur für Menschen?«, sagt Olga. »Die glauben, einfach weitermachen zu können, als wäre nichts geschehen.«

Von Oma Borjahn weiß Olga, dass ihr Sohn während des Krieges als Dozent an der Universität Tübingen gearbeitet hat, bevor er in ein Lazarett nach Russland abkommandiert wurde. Weil er dort auch die lokale Bevölkerung behandelte, wurde er wegen »missverstandener Menschlichkeit« vor Gericht gestellt, letztlich aber wegen »Mangel an Ärzten« freigesprochen.

»Menschen wie Sie und ich«, sagt er nun. »Man sieht es ihnen nicht an. Im letzten Jahr hat sich ein Flüchtling bei uns um eine Zulassung beworben. Sympathischer Kerl, beeindruckende Ausbildung. Doch kurz bevor wir uns seinen Antrag vorgenommen haben, wurde er festgenommen. Er gehörte zu den dreiundzwanzig Angeklagten, die beim Nürnberger Ärzteprozess im letzten Jahr wegen Medizinverbrechen vor Gericht standen. Dr. Helmut Poppendick«, fügt er verächtlich hinzu. »Ausgewiesener Experte a. D. für Rassenhygiene und Rassenfragen. Ich will gar nicht genau wissen, was für entsetzliche Dinge er auf dem Kerbholz hat.«

Bei der Vorstellung, dass Menschen wie er sich um die in den Lagern lebenden Juden und ehemaligen Zwangsarbeiter kümmern wollen, wird ihr ganz anders. Und sie findet es unerträglich, dass ausgerechnet die, die so viel Leid durch die Deutschen erfahren haben, heute unter solch schrecklichen Bedingungen leben müssen.

»Warum leben irgendwelche Nazis noch immer in schönen Wohnungen, und diese armen Menschen hausen wie Aussätzige außerhalb der Stadt, als wären sie niemals befreit worden?«, klagt sie, nachdem sie einen ehemaligen Zwangsarbeiter quasi vom Fußboden weg mit einer schlimmen Lungenentzündung ins Krankenhaus überwiesen haben. Hunderte schlafen auf den nackten Dielen, viele zu mehreren in einem Bett.

Frustriert zuckt Erwin Bojahn die Achseln. »Was man nicht sieht, existiert auch nicht«, antwortet er. »Im Grunde wollen alle nur vergessen. Die dunkle Zeit hinter sich lassen.«

Wie sie diese Leute überhat! All jene, die wahlweise die Bekehrten, Unschuldigen oder die bitter Enttäuschten mimen, je nachdem, mit wem sie es gerade zu tun haben. Unbelehrbare, die früher aus jeder Mücke einen Elefanten machten und heute aus jedem Elefanten eine Mücke. »So viele Juden waren es doch gar nicht« – wie oft hat sie diesen Satz gehört.

Einmal fahren sie gemeinsam nach Dietrichsfeld, wo die Verwaltung vor Kurzem ein Auffangheim für »wandernde Mädchen« errichtet hat.

Glaubt man dem Wartezimmertratsch in der Praxis, handelt es sich um der Unzucht verfallene Mädchen, die auf Suche nach Vergnügungen von der russischen in die westliche Besatzungszone gekommen sind und nicht nur ansteckende Geschlechtskrankheiten mitgebracht haben, sondern auch den Drang zu strafbaren Handlungen. Was müssen diese Mädchen Schreckliches erlitten haben, bevor sie hierhergekommen sind? Keine von ihnen wird sich freiwillig für dieses Leben entschieden haben. Die Empörung über den Sittenverfall in ihrer Mitte ist so groß, dass manche Oldenburger inzwischen lautstark die Schließung des Heims oder gar die Sterilisierung der gefallenen Mädchen fordern.

Olga ist fassungslos. Haben diese Unmenschen denn gar nichts verstanden oder gelernt?

Auf der Pritsche des Behandlungszimmers liegt ein dürres Mädchen aus Schlesien, keine achtzehn, und krümmt sich vor Schmerzen. Im Raum riecht es nach Erbrochenem, und tatsächlich steht ein Eimer neben ihr.

Professor Borjahn will sie untersuchen, doch sobald er sie berührt, fängt sie an zu zittern, die Augen vor Entsetzen geweitet. Olga kennt diesen Blick und weiß, wovor sie Angst hat. Vor ihm, weil er ein Mann ist. Wie oft hat sie in Kühlungsborn in solche Augen geblickt!

»Offenbar ist meine Hilfe nicht erwünscht«, sagt der Professor und tritt zurück. »Ich kann hier nichts tun.«

Sie fasst ihn sanft am Arm. »Vielleicht, wenn ich es einmal versuche?«

Er zuckt die Achseln. »Nur zu.«

»Ich bin Olga«, sagt sie sanft und nimmt die Hand des Mädchens. »Darf ich?« Sie fühlt ihren Puls, ihre Stirn. »Wann hast du das letzte Mal gegessen?«

»Ich habe keinen Appetit«, antwortet das Mädchen und sieht sie ängstlich an.

Behutsam tastet Olga ihren Bauch ab. Sofort spannt er sich an. Sobald sie den rechten Unterbauch drückt, schreit das Mädchen auf.

»Druckschmerz rechts unten, Abwehrspannung, Fieber, schneller Puls«, gibt Olga dem Professor zu Protokoll, der ihr einen überraschten Blick zuwirft.

»Chapeau, Frau Doktor.« Er lächelt. »Das klingt nach einem akuten Blinddarm, oder was meinen Sie?«

Olga schüttelt den Kopf. »Einen Moment noch.« Sie wendet sich erneut an das Mädchen. »Wann hattest du zuletzt deine Regel?«

Sie schluckt. »Vor zwei Monaten.« Und fügt flüsternd, so dass der Professor sie nicht hört, hinzu: »Aber ich habe seit ein paar Tagen Schmierblutungen.«

Olga hat so eine Ahnung, was die Ursache sein könnte. »Darf ich einen Augenblick mit ihr allein sprechen?«, wendet sie sich an den Professor.

Nach einem kurzen Zögern nickt er ihr zu. »Ich gehe eine Zigarette rauchen.«

Zeit genug, um dem Mädchen behutsam auf den Zahn zu fühlen und sich den Verdacht bestätigen zu lassen.

»Ich denke, es handelt sich um eine Eileiterruptur infolge einer Eileiterschwangerschaft«, sagt Olga, als sie sich nach dem Gespräch zu Erwin Borjahn gesellt. »Der Bauchraum ist voller Blut, sie muss so schnell wie möglich in die Klinik.«

Der Professor sieht sie von der Seite an, dann nickt er und geht ins Haus, um einen Krankenwagen zu rufen.

Auf dem Weg zurück in die Praxis fragt er Olga, woher sie ihre fundierten Kenntnisse der Medizin, insbesondere der Gynäkologie hat.

Olga zögert.

Wie sollte sie ihm erzählen von den Frauen, die bei ihr Schlange standen, weil sie kein Mann war, von den Kindern, die sie abgetrieben hat, weil die Mütter Opfer von Gewalt waren. Von den verzweifelten Mädchen und Frauen, die sie nicht retten konnte, die sich nachts am Strand verabredet und gemeinsam ins Meer gingen, weil sie nicht vergessen konnten, was die russischen Soldaten ihnen angetan hatten, oder panische Angst vor dem hatten, was in Zukunft mit ihnen geschehen könnte.

Aber es gibt noch eine andere Wahrheit, und die erzählt sie:

»Ich komme aus einer Ärztefamilie. Um mich herum waren

immer nur Kranke und Patienten, die mein Großvater zusammengeflickt hat.« Sie sagt das bewusst in einem lockeren Tonfall, doch dann wird sie doch ernst. »Für mich gab es nichts Wunderbareres, als ihn zu begleiten und von ihm zu lernen.«

»Was genau fasziniert Sie so daran?«

»Mehr kann man doch für einen anderen Menschen nicht tun, als ihn zu heilen und dafür zu sorgen, dass er weiterleben und -lieben kann. Für mich gibt es keinen schöneren Beruf«, gesteht sie und lächelt.

Er erwidert ihr Lächeln.

»Sie bringen es auf den Punkt«, sagt er, und aus seinem Blick spricht Bewunderung, was sie mit Stolz erfüllt. »So viel Leidenschaft für den Beruf wünschte ich mir auch von meinen ehemaligen Studenten in Tübingen.«

»Mein Vater fand immer, dass ich zu viel Leidenschaft für die Medizin besitze«, erwidert Olga achselzuckend.

»Wollen Sie nicht irgendwann selbst Medizin studieren?«

Sie blickt ihn perplex an. Weiß er nicht, wie schwierig es ist, als Frau einen Studienplatz zu bekommen? Das steht doch in jeder Zeitung!

Sie schüttelt den Kopf. »In einem anderen Leben wollte ich das einmal.«

»Was hindert Sie daran?«

»Meine Tochter. Geld. Und Zulassungsbeschränkungen.«

April 1948 - August 1948

Oldenburg

Als Becki ihren vierten Geburtstag feiert und Olga ihren dreiundzwanzigsten, steht plötzlich ihr Vater vor der Tür. Sie erschrickt fast zu Tode und weiß gar nicht, wohin mit ihren Händen. Fünf Jahre hat sie auf diesen Augenblick gewartet und sich wieder und wieder in Gedanken ausgemalt, was sie machen würde, wenn er oder ihr Bruder plötzlich vor ihr stünden. Und jetzt, wo der Moment endlich gekommen ist, bringt sie, starr vor Überraschung, kein Wort heraus.

Soll sie ihn umarmen oder ihm die Hand geben? Sie tut nichts von beidem und betrachtet ihn nur. Seine Augen weichen ihrem Blick aus, und er dreht unruhig den Kopf hin und her.

Wie ein Bettler sieht er aus, ganz zerlumpt und verdreckt in seinem verschlissenen Mantel, und der Bart, der früher immer akkurat gepflegt war, ist schlohweiß und zerrupft. Wenigstens lebt er, was sie von ihrem Bruder nicht zu sagen weiß.

»Herzlichen Glückwunsch zum Geburtstag«, sagt er, und es klingt, als würde er sie siezen.

»Wer ist das?«, fragt Becki, die lautlos wie ein Schatten neben ihr aufgetaucht ist und mit großen Augen zu dem Fremden hochsieht.

Olga braucht einen Moment, bis sie die Sprache wiederfindet. »Sag deinem Großvater Guten Tag, Becki.«

Ihre Stimme zittert, als sie sich an ihren Vater wendet. »Darf ich dir vorstellen: deine Enkelin Becki!«

Becki macht eine Verbeugung und reicht ihm die Hand.

Ihr Vater lächelt müde, das erste Mal, seit sie die Tür geöffnet hat.

Er bückt sich zu Becki herunter und nimmt sie hoch. Sie wundert sich, dass ihre Tochter sich das gefallen lässt, immerhin ist er ein Fremder für sie. »Ich habe eine Enkelin?«

»Und ich Geburtstag!«, erwidert sie stolz.

»Wie alt bist du denn geworden?«, fragt er, doch Olga kann kein echtes Gefühl in seiner Stimme erkennen.

»Vier«, piepst sie und zeigt ihre Finger dazu. »Und du? Wie alt bist du?«

»Uralt«, sagt er.

Vorzeitig vergreist, in der Tat, denkt Olga.

»Darum hast du so einen weißen Bart«, sagt Becki und zwirbelt daran. Der Moment rührt Olga wider Willen.

»Wo kommst du her?«, fragt sie und spürt im selben Moment, wie vor ihren Augen alles verschwimmt. Er lässt Becki hinunter und hält sich den Rücken, als wäre selbst das Leichtgewicht zu schwer für ihn.

»Aus einem amerikanischen Kriegsgefangenenlager in der Oberpfalz«, antwortet er, und Becki sieht Olga fragend an.

»Ich komme gleich zurück, ja, Mami?«

»Ich bin da, wenn du kommst«, erwidert sie automatisch.

Becki dreht sich um und rennt in die Küche, vermutlich, um Oma Borjahn von ihrem Großvater zu erzählen.

Will sie wirklich wissen, was ihm in Gefangenschaft widerfahren ist?, denkt Olga. Sie hört so viele schreckliche Geschichten von Hunger, Krankheiten und Bestrafungen aus den Lagern, aber die Amerikaner, das sagen jedenfalls heimgekehrte Patienten vom Professor, behandeln ihre Gefangenen noch halbwegs anständig.

Um sich das Unwohlsein, das sich ihrer bemächtigt, nicht anmerken zu lassen, bittet sie ihn mit einer hastigen Armbewegung herein.

»Darf ich dir einen Kaffee machen und ein Brot schmieren?«, fragt sie ihn.

Er zögert einen Moment, bevor er ihr in die Küche folgt. Oma Borjahn, die gerade dabei ist, eine Torte zu backen, stellt sich ihm vor. Er wirkt unsicher, bemerkt Olga und versteht. Dass jemand, der stets so viel Wert auf sein untadeliges Äußeres gelegt hat, einen so ramponierten Eindruck macht, muss entsetzlich für ihn sein. Sein Blick wandert durch den Raum, als würde er nach Worten suchen. Stattdessen findet er eine Schere auf der Anrichte und nimmt sie an sich. »Darf ich?«, fragt er und deutet auf seinen Bart. »Es wäre schön, endlich wieder wie ein zivilisierter Mensch auszusehen.«

»Selbstverständlich«, sagt Oma Borjahn und sucht auch gleich frische Kleidung für ihn heraus, vom Professor. Als Otto eine Stunde später bartlos in die Küche tritt, stellt die alte Frau ein Stück Buttercremetorte für ihn auf den Tisch. »Ihr habt euch sicher viel zu erzählen«, sagt sie freundlich und verlässt mit Becki an der Hand die Küche.

Olga schenkt ihrem Vater eine Tasse Bohnenkaffee dazu ein.

»Danke«, murmelt er und isst vorsichtig einen Bissen. Er starrt auf die Tischdecke, meidet ihren Blick. Wie schmal er aussieht, denkt Olga.

»So eine Torte, Vater, ist etwas ganz Besonderes.« Sie zwingt sich zu einem Lächeln.

Er nickt, schaut ihr aber weiter nicht in die Augen, klaubt die letzten Kuchenkrümel mit den Fingern auf.

»Vom Roten Kreuz weiß ich, dass Karl noch vermisst wird. Aber wo ist dein Mann?«, fragt er plötzlich.

Olga stutzt. Mein Mann? Ist das alles, was ihn interessiert? Und überhaupt, Gero ist doch schon so lange tot. Aber woher soll ihr Vater das auch wissen? Seinen Segen zur Hochzeit hat er ihnen noch telegrafiert. Dann, einen Tag vor dem Termin, kam die Nachricht, dass ihr Vater als vermisst gemeldet worden war. Die Erinnerung daran schnürt Olga noch heute den Hals zu.

»Gero ist gefallen«, sagt sie.

Er sieht ihr das erste Mal in die Augen, aber sie kann kein Mitgefühl in seinem Blick erkennen. »Wann?«

»Im Oktober '43.«

»So schnell nach der Hochzeit?«, fragt er und schüttelt den Kopf. »Die Ängstlichen und Übermütigen fallen als Erste.« Er hält inne. »Was von beidem war er?«

Sie findet die Frage grausam und zögert.

»Er war zu weich für dieses Grauen.« Im Grunde war er sogar zu weich für das Leben, denkt sie und sieht Geros gerührte, feuchte Augen vor sich, als er sie um ihre Hand bat, und die Tränen der Trauer darin einige Wochen später, als sie seine Hand wieder ausschlug.

»Grauen?«, spuckt ihr Vater mit erstarrtem Gesicht aus. »Das ist Krieg! Menschen werden aufeinander losgelassen, um sich abzuschlachten. Glaub mir, ich habe mehr vom Leben und Sterben gesehen, als ich sehen wollte.«

Sie merkt, wie ihr die Tränen kommen. Weiß man durch den Krieg auch mehr vom Leben, als man Worte dafür findet? Was ihren Vater angeht, glaubt sie das sofort. Natürlich will sie wissen, was er gesehen hat, was der Krieg mit ihm gemacht hat. Aber er kommt ihr noch distanzierter vor denn je. Als habe er nur überlebt, weil er jedes Gefühl in sich abgetötet hat und erstarrt ist, wie ein grauer, lebloser Stein. War er früher schon ernst und schweigsam, ist er jetzt von einer Verschlossenheit, die ihn vollkommen einhüllt.

In den folgenden Wochen fährt doch etwas Leben in ihn. Aber genießbarer wird er deshalb noch lange nicht, seine Gemütslage pendelt unaufhörlich zwischen Niedergeschlagenheit und Missmut und verbessert sich auch nicht, als Oma Borjahn ihm ihr Zimmer anbietet und endgültig zu ihrem Sohn eine Etage tiefer zieht. Statt dankbar zu sein für die freundliche Aufnahme bei den Borjahns, hat er an allem etwas auszusetzen. Das Zimmer sei zu zugig, die Stadt zu voll, das Wetter zu diesig, die Kartoffeln zu klein und das Pferdefleisch ungenießbar. Am liebsten würde sie auf den Tisch hauen oder ihn wieder wegschicken – es war so viel schöner gewesen ohne ihn –, doch das traut sie sich dann doch nicht. Er ist schließlich ihr Vater, so schlecht ihr Verhältnis auch immer gewesen sein mag. Trotzdem tut es weh. Umso mehr, als ihr seine Rückkehr vor Augen führt, dass ihr Bruder noch immer vermisst wird. Vom Roten Kreuz hat sie nur erfahren, dass Karl, nachdem er eine Zeitlang in Mainz im Lazarett gelegen hatte, nach Tunis in Nordafrika versetzt worden war. Von dort sind viele in amerikanische Kriegsgefangenschaft geraten. Sie hofft, dass er noch lebt. Wie gern hätte sie ihn jetzt an ihrer Seite.

Olga fürchtet, die Borjahns könnten ihr das undankbare Verhalten ihres Vaters übelnehmen, doch der Professor nimmt es gelassen.

»Wer weiß, was für ein mürrischer Kauz aus mir geworden wäre nach so vielen Verlusten.«

Olga muss schmunzeln. Sie kann sich Erwin Borjahn beileibe nicht als mürrischen Kauz vorstellen, schon gar nicht, seitdem er sich nun doch endlich verliebt hat – in die hübsche Witwe Petersen, die er als zweite Arzthelferin eingestellt hat. Seitdem kommt er aus dem Strahlen gar nicht mehr raus. Sie freut sich aufrichtig für ihn. Ruth, die vom Bodensee stammt, ist ein wahrer Schatz und genau die Richtige für den Professor. Aufgewachsen zwischen vier Ländern bringt sie eine Weltgewandtheit und Offenheit mit, die ganz im Gegensatz zu der ihres Vaters steht.

»Gib ihm Zeit«, versucht auch Oma Borjahn Olga zu beschwichtigen, wenn sie unten bei ihr eine Tasse Tee trinkt und sich ausheult, kostbare Momente, in denen sie sich geborgen fühlt und Kraft tankt. »Er hat viel durchgemacht. Vielleicht würde es ihm helfen, wieder zu arbeiten.«

»Und gebraucht zu werden, natürlich«, führt sie den Gedanken fort und gibt ihr einen Kuss auf die Wange. »Wie recht du mal wieder hast!«

Das Arbeiten hat ihr geholfen, in dem neuen Leben, in der neuen Heimat anzukommen. Sie überlegt, welche Aufgabe es sein könnte, die ihm das Gefühl zurückgibt, jemand zu sein. Vom Professor erfährt sie ein paar Tage später, dass sieben der elf Amtsärzte wegen Hochverrats am hippokratischen Eid entlassen wurden.

»Die haben Vakanzen im Gesundheitsamt«, erzählt sie ihrem Vater mit leuchtenden Augen. »Das hast du doch jahrelang gemacht. Warum bewirbst du dich nicht! Wir könnten das Geld gut gebrauchen.«

Doch er winkt nur ab, so wie er es ablehnt, Erwerbslosenunterstützung zu beantragen. »Ich bin doch kein Almosenempfänger!«

Was mach ich nur mit ihm?, denkt Olga. Sie erträgt es kaum, dass er dort oben in der Mansarde rumhockt, während sie selbst sich den ganzen Tag um die Patienten kümmert. Und fürchtet sich abends vor dem Moment, mit ihm zusammensitzen zu müssen. Wie viel lieber hätte sie ihren geliebten Pa bei sich oder ihren Bruder Karl. Oder Fritz … Warum musste ausgerechnet ihr Vater zu ihr zurückkehren, der entweder stumm gegen die Wand starrt oder sich über alles und jeden beschwert?

Den Griesgram bei Laune zu halten gelingt nur Becki. Sie muss ihn nur anlächeln, und seine schlechte Laune ist verflogen. Bei ihr taut er auf, vielleicht weil sie ihn nimmt, wie er ist, oder weil sie alles ist, was er nicht ist. Wenn sie mit ihrem hellen Lachen ungefragt auf seinen Schoß springt und seine Haare zerzaust, seine Hand nimmt und ihn mitschleift, um ihm einen Vogel zu zeigen oder sich mit ihm über einen Dackel auf der Straße kaputtlachen will, der seinem eigenen Schwanz hinterherjagt, dann verwandelt sich seine Grantigkeit fast in so etwas wie Vergnügtheit.

»Komm, Großvater, ich verrate dir, wo wir Pilze finden«, hört Olga ihre Tochter sagen. »Aber nur, wenn ich auf deinen Schultern dahin reiten kann.« Sie lässt keine Widerrede gelten und er sich nicht lange bitten. Trotz seines steifen Beins nimmt er sie auf die Schultern und trabt mit ihr davon.

Einmal, auf einem ihrer Beutezüge, kommen sie mit einem Fahrrad für Becki zurück. Otto hat es in der Tauschzentrale im Kaufhaus Leffers gegen seine kaputte Uhr getauscht. Durchs Fenster sieht Olga ihnen dabei zu, wie er mit Becki auf der Auffahrt Aufsteigen, Fahren, Bremsen und Absteigen übt. Es ist rührend und schmerzhaft zugleich, ihnen dabei zuzusehen. Als sie klein war, war allein ihr Pa für Vaterdinge zuständig. Otto hingegen, der einer der wichtigsten Menschen in ihrem Leben hätte sein sollen, ist ihr bis heute fremd geblieben. Dabei hätte sie ihn geliebt, wenn er es nur erlaubt hätte. Wie es wohl gewesen wäre, mit dieser Großvaterversion von ihm aufzuwachsen? Er zeigt Becki so viel Zuneigung und Interesse! Wie auch immer, es ist ja nicht mehr zu ändern, und für ihre Tochter freut es sie.

Plötzlich hört sie einen Schrei. Becki liegt auf dem Boden, das Fahrrad neben ihr, und schreit wie am Spieß. Selbst vom Fenster aus sieht Olga, dass mit ihrem rechten Arm etwas nicht stimmt, er steht in einem merkwürdigen Winkel vom Körper ab.

Olga rennt wie von Sinnen die Treppe hinunter. Seit Becki in Kühlungsborn an Diphterie erkrankt war, gerät sie jedes Mal in blinde Panik, sobald sie ihre Tochter so schreien hört. Sie stürmt aus der Tür, zu Becki, die auf dem Boden liegt, als sei sie ein Schatten, den ihr regungsloser Vater über sie wirft. Der Gedanke jagt ihr einen Schauder über den Rücken. Ohne weiter auf ihn zu achten, hebt sie sie vorsichtig hoch und trägt sie in den Vorgarten, zu einem Tisch mit gusseisernem Gestell und Holzplatte. Sie setzt sich auf die Seite des verletzten Arms und untersucht ihn. Wie vermutet ist der Oberarmkopf aus der Schultergelenkpfanne gesprungen. »Alles wird gut«, flüstert sie mehrmals hintereinander, stemmt einen Fuß gegen den Rand der Tischplatte und fasst die Hand ihrer Tochter. Mit kontinuierlich steigendem Druck zieht sie an Beckis gestrecktem Arm, bis sich der Oberarmkopf mit einem leisen Knacken aus seiner Verklemmung löst.

Und mit einem Mal löst sich auch ihr Vater aus seiner Lähmung und kommt ihnen hinterher in den Garten gelaufen.

Als er Becki später eine Schlinge aus einem Küchenhandtuch faltet und sie ihr »als Beweis der Tapferkeit« umlegt wie einen Orden, strahlt Becki ihn stolz an. Olga beißt sich auf die Lippe, um ihm nicht vor seiner Enkelin Vorwürfe zu machen. Was hätte er getan, wenn sie nicht zufällig zur Hilfe gekommen wäre? Würde Becki dann immer noch neben ihrem neuen Fahrrad liegen und vor Schmerzen brüllen? Was ist nur mit ihm, dass er so erstarrt ist?

Erst abends, als Olga an Beckis Bett sitzt und ihr aus *Alice im Wunderland* vorliest, kommen ihrer Tochter erneut die Tränen, diesmal nicht vor Schmerz, sondern aus Angst.

»Wer passt auf mich auf, wenn Großvater, Oma Borjahn und du einmal nicht mehr da seid?«, fragt sie, als hätte ihr der Unfall das erste Mal die Zerbrechlichkeit des Lebens vor Augen geführt.

August 1948

Oldenburg

Am nächsten Tag nimmt Olga ihre Tochter mit ins Eversten Holz. Sie liebt diesen kleinen lichtdurchfluteten Wald inmitten der Stadt, wo sie fast nie einer Menschenseele begegnet, als gehöre ihr das Fleckchen Natur allein, die Stimmen der Vögel, der Duft des Harzes und der Kiefern und die Fußabrücke der Füchse und Hasen.

Olga setzt sich vor einer majestätischen Ulme auf einen Baumstamm und nimmt Becki auf den Schoß, in der Hand das alte Fernglas vom Professor. Dann, endlich, entdeckt Olga auf dem Ast einer Kastanie einen Stieglitz. Aufgeregt gibt sie ihr das Fernglas. »Siehst du den Vogel da?«, fragt sie. »Das, Becki, ist dein Aufpassvogel.« Sie überlegt, wie sie das Versprechen, die Worte, die sie seit mehr als vier Jahren im Herzen trägt, richtig rüberbringen soll. Schließlich fährt sie fort:

»Wann immer du einen Stieglitz entdeckst oder hörst, weißt du, dass es da oben jemand ganz Besonderen gibt, der dein Leben lang an dich denkt und auf dich achtgibt. Und das Wunderbarste an ihm ist, dass er deine Sorgen aufpickt, mit ihnen wegfliegt zu einer alten Ulme, wo er sie in einem Sorgennest versteckt, bevor er zu dir zurückkehrt.«

Becki wirkt ganz ergriffen und kann den Blick nicht losreißen von dem Vogel. Erst als er wegflattert, nimmt sie das Fernglas runter und dreht den Kopf zu ihr.

»Aber woran erkenne ich meinen Aufpassvogel?« Sie schaut erwartungsvoll. Olga spürt, wie ihr das Herz weit wird.

»An seinem schwarz-weiß-roten Kopf und der leuchtend gelben Fahne auf dem Flügel.«

Einen Augenblick schweigen sie, dann lehnt Becki sich an sie. »Hast du denn auch einen Aufpassvogel?«

»Jeder hat einen«, erwidert Olga und hofft, dass ihr die Zweifel nicht anzumerken sind, denn sie spürt, wie tröstlich Becki diesen Gedanken findet. »Meiner ist ein Eisvogel!«

Als der Professor sie ein paar Tage später zur Seite nimmt und ihr erklärt, dass er sie ohne ihr Wissen für die Aufnahmeprüfung in einem Monat angemeldet hat, wächst so etwas wie Hoffnung in ihr. Vielleicht gibt es ihn doch, den Aufpassvogel. Erwin Borjahn bedrängt sie zwar schon seit einiger Zeit, Medizin zu studieren, aber dass er so große Stücke auf sie hält, überrascht sie doch.

»Ich habe Sie aus dem Fenster beobachtet. Phänomenal, mit welcher Ruhe und Klarheit Sie Beckis Schulter eingerenkt haben. Glauben Sie mir, Sie haben es im Blut, Ärztin zu werden.«

Seitdem darf sie ihm auch in der Praxis assistieren. Ruth, seit ein paar Wochen nicht nur seine erste Sprechstundenhilfe, sondern auch seine Verlobte, ist so flink, dass sie Olga am Empfang nicht mehr braucht. Also darf sie im Beisein des Professors nun Erstgespräche führen, untersuchen und kleine Eingriffe vornehmen. Meist schickt er die Patienten dann kurz hinaus und lässt sich von ihr eine Einschätzung zur Diagnose, Therapie und Prognose geben. Wenn sie richtigliegt, was sie meist tut, leuchten seine Augen, und er schwärmt: »Sie stellen jeden meiner Assistenzärzte in den Schatten! Wenn Sie die Prüfung nicht schaffen, wer dann?«

Aber selbst, wenn er recht hat – wie soll sie ein Studium denn bewerkstelligen, als Frau und dazu noch als Mutter?

Doch er lässt ihre Einwände nicht gelten und besteht darauf, sich beim Dekan der Tübinger Universität, einem alten Freund von ihm, für sie zu verwenden.

»Es ist keine Gefälligkeit Ihnen gegenüber«, beharrt er. »Eher im Gegenteil, ich schulde ihm etwas. Eine so kluge Studentin, was kann er mehr von mir verlangen, dafür, dass er meine verlorene Habilitation im Biergarten wiedergefunden hat? Selbstverständlich übernehme ich die Studiengebühren.«

In ihren Ohren saust es. Sosehr sie sein Vertrauen und seine Großzügigkeit zu schätzen weiß, versucht sie seine Begeisterung nichtsdestotrotz zu dämpfen. Sie hätte nicht mal genug Geld, um ein Zimmer für Becki und sich zu bezahlen, abgesehen davon, dass sie die Kosten für ein Kindermädchen nicht würde aufbringen können.

»Ich hege nicht den leisesten Zweifel an Ihren Fähigkeiten, und wozu gibt es meine Cousine Geli?«, gibt er zurück, als wäre auch dieses Problem bereits gelöst. »Sie vermietet ein Zimmer gleich um die Ecke der Universität, und sie wird Becki mindestens genauso lieben wie meine Mutter.«

Auch Oma Borjahn drängt. »Es wird Zeit, dass Sie Ihre Träume in die Realität umzusetzen. In diesen neuen Zeiten braucht es mutige Frauen wie Sie, meine liebe Olga. Zeigen Sie ihnen, wer Sie sind.«

Aber wer ist sie?

»Und was ist mit meinem Vater?«, fragt sie. So undenkbar der Gedanke auch ist, weit weg von ihm Medizin zu studieren, er hat dennoch etwas Elektrisierendes, Befreiendes. Sie spürt, wie sich seit Beckis Unfall etwas in ihr verschoben hat. »Wie soll ich ihn allein lassen?«, fragt sie. Er kann ja nicht einmal für sich einkaufen oder kochen.

»Um den kümmere ich mich, wenn ihr weg seid«, sagt Oma Borjahn.

»Warum steht das Abendbrot noch nicht auf dem Tisch? Bitte räum dein Zeug weg«, begrüßt ihr Vater sie eines Abends, als er die Küche betritt, wo sie, nachdem sie mit Becki zu Abend gegessen und sie ins Bett gebracht, ihre eine Gutenachtgeschichte vorgelesen hat, erschöpft vor ihren Büchern sitzt.

Doch sie denkt gar nicht daran, der Aufforderung nachzukommen, sondern stapelt die Bücher erst recht zu einem Turm mitten auf dem Küchentisch, als wolle sie seinem Starrsinn etwas entgegensetzen. In einer Woche ist Aufnahmeprüfung. Was denkt er sich nur?

»Merkst du nicht, wie albern das ist?«, setzt ihr Vater nach, der seit Wochen versucht, ihr *die Flausen* auszureden. »Du bist Sprechstundenhilfe, keine Medizinstudentin.«

Noch nicht, würde sie ihm am liebsten erwidern, doch sie schweigt weiter, während er die Bücher nimmt und vor die Tür legt. »Egal, was Pa dir eingeredet hat. Du wirst niemals Ärztin, Olga. Schlag dir diesen Unsinn endlich aus dem Kopf.«

Das werden wir ja sehen, denkt sie, als sie sich erhebt, die Bücher aufhebt und in ihrem Zimmer verschwindet. Sie hat keine Lust, sich mit ihm auseinanderzusetzen. Sie ist erwachsen und trifft ihre eigenen Entscheidungen. Und er braucht nicht zu wissen, dass sie sich manchmal durchaus selbst fragt, welchen Sinn das Ganze hat, besonders dann, wenn sie mitten in der Nacht mit dem Kopf auf den Büchern aufwacht und am nächsten Tag kaum die Augen offen halten kann. Doch sobald sie der Professor wieder Dinge machen lässt, die sie in Theorie und Praxis bereits beherrscht wie das kleine Einmaleins, wagt sie es, von einer Zukunft als Ärztin zu träumen.

Zwei Wochen später hat sie nicht nur die Aufnahmeprüfung bestanden und einen Studienplatz in Tübingen bekommen, sondern auch die erlösende Nachricht, dass Karl am Leben ist und offenbar wohlauf. Das Rote Kreuz hat sie benachrichtigt, dass er in den USA in einem Gefangenencamp eingesessen hat, aus dem er bereits vor zwei Jahren entlassen wurde. Die Adresse, die sie bekommen, liegt in Austin, im Bundestaat Texas. Umgehend setzt sie sich hin und schreibt ihm einen Brief, zerknüllt ihn und verfasst einen neuen. Sie findet einfach nicht die richtigen Worte.

Nach mehreren Anläufen werden aus zehn Seiten zwei, in denen sie ihm knapp von Becki, von den Borjahns, von Pa und ihrem Vater berichtet. Erst mal will sie wissen, ob er ihren Brief auch bekommt.

Einige Wochen später erhält sie ein Carepaket von ihm aus den USA, mit Spielzeug und Kleidern für Becki, mit Kaffee für sie und sogar mit Pfeifentabak für ihren Vater. Dazu hat er eine Postkarte gelegt, auf der nicht mehr steht, als dass es ihm gut gehe und er sich bald ausführlich melden würde.

An dieses Versprechen klammert sie sich, so fest sie kann.

Oktober 1948

Oldenburg

Eines Sonntagsmorgens – ihr Vater macht seinen täglichen Spaziergang durch die Innenstadt und Becki einen Tagesausflug mit Oma Borjahn an die Küste nach Dangast – kehrt Olga gerade von einem Hausbesuch mit dem Professor zurück, als sie es in der Küche klappern hört. Da steht Karl am Herd, als wäre es das Normalste der Welt, und brüht sich einen Kaffee auf. Ruth Borjahn, wie sie jetzt heißt, muss ihn hereingelassen haben. Für einen Moment hält sie sich nur die Hände vor den Mund. Dann lässt sie ohne ein Wort ihre Tasche fallen und fällt in seine Arme.

Nach einer zeitlosen Weile wischt sie sich die Augen.

»Mein Gott, Karl. Ich habe dich so vermisst.«

Er drückt sie an sich, und sie durchströmt ein Gefühl von Glück.

»Und ich dich erst, kleine Schwester!«, erwidert er.

Nie wieder will sie ihn loslassen.

»Lass dich ansehen«, sagt er schließlich und schiebt sie sanft von sich weg. »Junge, Junge. Du bist ja eine richtige Dame geworden.«

Und du ein Mann, denkt sie. So lässig, in Hemd und in einer echten Blue Jeans, die sie bisher nur an amerikanischen Soldaten gesehen hat.

»Warum hast du nicht geschrieben, dass du kommst?«, fragt sie und ergreift seine Hände.

»Glaubst du, ich wollte mir dein überraschtes Gesicht entgehen lassen und deine neue Sommersprosse zwischen den Augen?« Schon zu Kindertagen behauptete er, dass ihr jedes Mal, wenn sie sich erschrecken würde, eine neue wuchs.

Brüderlich streicht er mit dem Zeigefinger über ihre Nasenspitze, über die Wangen und die Stirn, wie früher, wenn er ihre Sommersprossen mit einem Stift miteinander verbunden hatte, um »ein Bild des Schreckens« zu erschaffen.

Er schenkt ihnen beiden eine Tasse Kaffee ein und setzt sich an den Tisch. »Du tust es tatsächlich, Olgachen«, sagt er, nachdem er sich eines ihrer Fachbücher gegriffen hat. »Du hältst die Familienehre hoch. Warum hast du mir nicht geschrieben, dass du Medizin studierst?«

Sie trinkt einen Schluck. »Wie soll das gehen?«, fragt sie ihn. »Ich muss für Becki und Vater sorgen, außerdem habe ich kein Geld für ein Studium.«

Sie traut sich nicht, von Tübingen zu erzählen. Denn dann müsste sie ihm auch erzählen, dass sie nicht vorhat, den Studienplatz anzunehmen, obwohl Erwin Borjahn bei seiner Cousine bereits ein Zimmer für Becki und sie besorgt hat. Sie hat Angst davor, noch einmal neu anzufangen. Am meisten aber hat sie Angst davor, wie ihr Vater reagiert. So gerne ihr seine Zustimmung egal wäre, sie ist es nicht. Sie will ihn nicht enttäuschen, nicht schon wieder.

Karl schaut sie einen Moment prüfend an, dann leert er seine Tasse.

»Und was ist mit der Witwenversorgung?«

»Die fasse ich nicht an«, entgegnet sie und spürt ihre Knie weich werden. Natürlich hat sie darüber nachgedacht. Das Geld würde sie frei machen. Aber das sind reine Gedankenspiele. Rasch erhebt sie sich und schüttelt ihre Beine aus. »Lass uns eine Runde um den Dobben drehen«, schlägt sie vor. »Das ist so was wie der Oldenburger Schwanensee, nur in kleiner.«

Sie will ihn eine Weile für sich haben, bevor Vater zurückkommt.

Sie laufen um den halben See, bis sie einen schönen Platz unter einer Kastanie finden und sich auf einer Bank niederlassen.

Sie plaudern drauflos, als hätten sie sich erst gestern zuletzt gesehen, und erzählen sich von den letzten Jahren, wer wann, wo und wie was erlebt hat. So wie früher, als der eine den anderen fortwährend unterbrach, und sie necken sich unbeschwert, wie die Kinder, die sie einst gewesen sind. Erst als sie ernst werden und sie ihm von Pa erzählt, von seinen letzten Monaten in Kühlungsborn, merkt sie, wie sehr Karl ihr gefehlt hat. Er ist der Einzige, der ihren Schmerz versteht und teilt.

»Mit Pa hat unsere Welt ihre Seele verloren«, sagt er nach einer Weile und erzählt ohne Übergang von seinem Mädchen, das für die Fliegerei so brennt wie Olga für die Medizin. Seine Augen leuchten, und ihr wird klar, dass er die alte Welt längst hinter sich gelassen hat und nicht zurückkehren wird. Ihre Freude schlägt in Enttäuschung um.

Sie atmet scharf ein. »Du bleibst dort, nicht wahr?«, fragt sie, als er ihre Hand nimmt und sie hochzieht.

Er nickt. »Kommt doch mit mir nach Amerika! Du und Becki! Ich besorge euch ein Visum.«

»Was soll ich da?«, sagt sie mit belegter Stimme und macht sich los.

»Du kannst dort machen, was du willst«, versucht er sie zu überzeugen. »Medizin studieren. Denn das ist es, was du tun musst, Olga. Es ist dir in die Wiege gelegt! Hast du denn hier eine Zukunft?«

Sie seufzt. »Und was ist mit Vater? Wie stellst du dir das vor?«

Er sieht sie lange an. Seine Miene verrät nicht, was er denkt.

»Wovor hast du eigentlich Angst?«, fragt er schließlich. In ihr staut sich der Ärger, dass die Verantwortung weiterhin einzig bei ihr liegt, während Karl die Entscheidung für sein Leben allein nach seinen Bedürfnissen auszurichten scheint. Doch sie bleibt stumm.

»Er hält dich nur von deinen Träumen ab«, insistiert Karl und hakt sich bei ihr ein. »Warum richtet sich bloß alles nach ihm? Hat er denn jemals irgendetwas für dich getan? Für uns?«

Karl und ihr Vater sind im Streit auseinandergegangen, als ihr Bruder damals das Studium hingeworfen und zur Flugschule gegangen ist; es sind böse Worte gefallen, so viel hat Olga mitbekommen. Direkt danach hat Karl das Haus verlassen und ist niemals mehr zurückgekehrt. Den genauen Grund ihres Zerwürfnisses hat sie nie erfahren.

»Kann ich ihn denn so einfach im Stich lassen?«

Sie verschweigt ihm den anderen Grund für ihr Zögern. Wenn sie mit ihm fortgeht in die USA, würde sie sich auch um die Möglichkeit bringen, Fritz jemals wiederzusehen – so unrealistisch das auch sein mag.

Karl bleibt stehen und blickt ihr in die Augen. »So wie er dich? Oder Mutter?« Er kann die Enttäuschung in seiner Stimme nicht verbergen.

»Du bist verärgert«, stellt sie fest und grüßt eine Patientin, die mit ihrem Dackel an ihnen vorbeiläuft und Karl einen neugierigen Blick zuwirft.

Für den Rest des Heimwegs schweigen sie.

Oktober 1948

Oldenburg

»Wie geht es deinen Freundinnen von früher? Lotte, Annemie?«, knüpft er wieder an ihr Gespräch an, als sie vor dem Haus stehen bleiben. »Von ihnen hast du mir bisher nichts erzählt.«

»Zu Lotte habe ich keinen Kontakt mehr. Und Annemie … Sie ist gestorben. An den Folgen des Krieges.« Olga denkt nicht gerne an die Freundin, weil die Trauer sie dann jedes Mal zu überwältigen droht, aber manchmal muss sie es tun.

»Was ist passiert?«, fragt Karl. Doch gerade als sie antworten will, steht ihr Vater vor ihnen und starrt Karl überrascht an.

»Mein Sohn!«, sagt Otto mit tränenerstickter Stimme und umarmt ihn wie jemand, der es nicht gewohnt ist zu umarmen. »Du bist zurück!«

Karl räuspert sich und macht sich los. Olga sieht, wie unangenehm ihm der unerwartete Gefühlsausbruch ist.

»Ich bin nur auf der Durchreise und muss morgen schon wieder weg«, erwidert er kühl. »Ich studiere in Austin Flugzeugbau und bin wegen einer Konferenz in Paris in Europa.«

»Flugzeugbau?«, sagt ihr Vater und wischt sich die Tränen weg. »In Amerika? Aber du wirst doch nicht dort bleiben wollen!«

Olga sausen die Ohren, sie versucht zu verarbeiten, was sie gerade gehört hat, will aber um nichts in der Welt das Gespräch verpassen.

»Warum sollte ich das nicht wollen?«, fragt Karl und gibt sich dabei betont gleichgültig.

»Weil du zu uns gehörst«, flüstert ihr Vater, und sie kann den Schmerz in seiner Stimme hören. So hätte er um sie nicht getrauert, denkt sie. Karl hat ihm schon immer mehr bedeutet.

»Ich gehöre nur mir selbst«, erwidert Karl knapp. Ihr Vater tut Olga beinahe leid. Es wirkt nicht so, als hätten die Schrecken des Krieges Vater und Sohn einander nähergebracht. Im Gegenteil. Sie kennt ihren Bruder gut genug, um zu wissen, dass der Ozean der Abstand ist, den er zwischen sich und ihrem Vater braucht, und dass er nicht beabsichtigt, ihn jemals wieder zu verringern. Rasch schließt sie die Tür auf und steigt, ihnen voran, die Treppen zur Mansarde hoch.

Als sie die Küche betreten, geht ihr Vater zum Kühlschrank und gießt sich ein Bier ein.

»Amerika. Sonst noch was?«, schnaubt er und fegt Olgas Medizinbücher runter auf einen Stuhl, offenbar zutiefst verärgert darüber, dass keines seiner Kinder so will wie er.

»Je höher die Taube fliegt, desto sicherer fängt sie der Habicht«, fährt er mit schneidender Stimme fort.

Olga bleibt am Standherd stehen, um auf der Platte Brote für alle zu schmieren, kann den Blick aber nicht von Karl und Otto lösen. Ihr Bruder zieht an seinen Fingern und lässt sie knacken, wie früher, wenn er seine Anspannung lockern wollte. Was nimmt er dem Vater nur so furchtbar übel, fragt sie sich, dass er trotz all der entsetzlichen Kriegsjahre so unversöhnlich wirkt?

»Und der Habicht bist du?«, erwidert Karl und setzt sich. »Oder warum zerstörst du alles, was gut ist, und jeden, der es gut mit dir meint? Jetzt auch noch Olga?«

Sie hält die Luft an. Natürlich erkennt sie, woher Karls Vorwurf kommt. Sie hat sich selbst schon oft darüber geärgert, dass ihr Vater alles miesmacht, was ihr Freude bereitet, ob es ihre Arbeit für den Professor ist oder ihr Interesse an der Medizin. Doch muss Karl ihn deshalb so hart angehen? Es ist ja nun nicht so, dass er sie zerstört. Zurückhält, ja, abhält vom Träumen vielleicht, aber …

»Reicht dir nicht, was du Mutter angetan hast?«, setzt er nach.

Für einen Moment ist es still. Bis Olga das leise Schlürfen hört, als ihr Vater sein Bierglas leert. Sie rührt sich nicht, als wäre sie nicht da, drückt sich gegen die Spüle. Beklommen sieht sie, wie ihr Vater rot anläuft und mit Schwung das Glas absetzt. Sein Blick ist leer, das Gesicht erstarrt.

»Wie kannst du es wagen?« Seine Hände zittern, als er sich ein zweites Bier einschenkt. In letzter Zeit trinkt er viel.

»Wie viele Leben willst du noch verpfuschen, Vater?«, fragt Karl. »Meinst du, ich habe die Bilder vergessen von Mutter, wie sie blutüberströmt dalag und dich anflehte, die Zange zu nehmen?«

Olga braucht einen Augenblick, bis sie begreift, was ihr Bruder da gerade gesagt hat. Hat er etwa mit angesehen, wie ihre Mutter gestorben ist? Und kann Vater schuld an ihrem Tod gewesen sein? Die Bilder von Becki kommen zurück, als sie schreiend neben ihrem Fahrrad lag und Otto nicht imstande gewesen war, ihr zu helfen, als hätte ihr Schreien, ihr Schmerz ihn in eine Art Schockstarre versetzt.

Der Gesichtsausdruck ihres Vaters wechselt von Unglauben zu Entrüstung. »Karl, du hattest schon immer eine lebhafte Fantasie. Hör auf, mir irgendwelche Märchen aufzutischen! Du warst gerade vier Jahre alt …«

So alt wie Becki, denkt sie und erschaudert.

»Alt genug, um mich Tag für Tag an Mutters Flehen zu erinnern«, unterbricht Karl ihn. »Auch wenn ich nur ein paar Semester studiert habe, weiß ich, dass du die einzige Möglichkeit, sie zu retten, nicht genutzt hast. Die Zange.« Er hält inne, bevor er hinzufügt: »Ich habe mich lange gefragt, warum. Bis ich einen ehemaligen Kommilitonen von dir getroffen habe.«

Olga sieht, wie ein Schatten über das Gesicht ihres Vaters gleitet.

»Im Lazarett in Mainz hat mich ein Dr. Wiegelmann behandelt. Als er meinen Nachnamen erfuhr, hat er mir etwas Interessantes erzählt.« Karl stockt, als müsse er sich erst sammeln. Dann erhebt er sich. »Er sagt, ihr hättet zusammen in Rostock Examen gemacht. Nur seist du später aus der Frauenklinik ausgeschlossen worden, weil du einem Kind mit der Zange den Kopf zerquetscht hast.«

Olga starrt entsetzt ihren Vater an. Der hält sein Glas so fest umklammert, als wollte er es zerspringen lassen.

Doch Karl ist noch nicht fertig. Er stützt die Hände auf die Tischplatte und holt tief Luft. »Als Gynäkologe durftest du von da an nicht mehr praktizieren. Was mich zu der Frage führt, ob du Olga und mich überhaupt hättest auf die Welt bringen dürfen?«

Olga hält den Atem an, in Erwartung der Antwort ihres Vaters.

Jetzt erhebt sich auch Otto von seinem Stuhl. »Was für eine bodenlose Lüge«, schreit er. »Wenn du wüsstest, wie es damals war, würdest du so etwas nicht behaupten! Das Kind ist schon vor der Geburt nicht lebensfähig gewesen!«

Olga holt das Brot aus dem Kasten, doch ihre Hand zittert zu sehr, um gleichmäßige Scheiben abzuschneiden.

»Nicht lebensfähig oder nicht lebenswürdig?«, fragt Karl bedrohlich ruhig. Bei diesen Worten sackt ihr Vater in sich zusammen, und auch seine Hand, die eben noch das Bierglas umklammert hat, wird schlaff. Das Glas fällt klirrend zu Boden, zerspringt, und eine klebrige Bierlache breitet sich über die Fliesen aus.

»Willst du mir etwa sagen«, schluchzt Otto auf, »dass ich es nicht wert bin, ein Arzt zu sein, ein Ehemann und Vater?« Er zeigt mit dem Finger zur Decke. »Der liebe Gott wird dir sicher recht geben«, sagt er weinerlich. »Welchen Grund soll er sonst gehabt haben, mir meine Elli zu nehmen?« Seine Stimme wird zu einem Brüllen. »Meinst du, ich höre sie nicht auch, die Schreie? Jede einzelne Nacht?«

Olga fürchtet, die Beine könnten ihr den Dienst verweigern, und geht vorsichtshalber in die Knie. Sie beginnt, wo sie nun schon hier unten hockt, die Scherben aufzusammeln. Die scharfe Kante eines Splitters ritzt die Haut ihres Handballens, doch erst als das Blut auf den Boden tropft, sieht sie den Schnitt. Rasch drückt sie mit der anderen Hand dagegen.

»Herrje, jetzt ist auch noch Gott schuld?«, erwidert Karl. »Erbarmungslos gegen andere und wehleidig mit sich selbst.«

Da weiß Olga, dass ihr Bruder keine Minute länger als nötig bleiben wird. Dass er einen Schlusspunkt gesetzt hat unter die Beziehung zu seinem Vater.

Karl steht auf und geht zu Olga, zieht sie hoch. Da sieht er das Blut auf dem Boden. »Himmel, warum sagst du denn nichts?«

Während ihr Vater nur unbeholfen dasteht, in seinem alten Kummer verloren, führt Karl sie zum Spülbecken und wäscht vorsichtig die Wunde aus – obwohl er doch früher nie hat Blut sehen können. Dann holt er ein weißes Stofftaschentuch aus seiner Tasche und wickelte es um Olgas Hand.

»Ich warte vor der Tür auf dich«, flüstert er, bevor er sich wieder zum Vater umdreht, ein letztes Mal.

»Weißt du noch, als du gesagt hast, meine Fliegerei sei der reine Selbstmord? Ich glaube, du hattest recht. Den letzten Schrei meiner Mutter zu hören, ohne ihr helfen zu können, das hat etwas mit mir gemacht.« Er schultert seine Tasche. »Aber wie sah dein Weg aus, Vater, wie bist du mit deiner Schuld umgegangen?«

Ohne eine Antwort abzuwarten, verlässt er die Küche. Einen Augenblick später hört sie das Zufallen der Haustür.

Es ist, als hätte der Knall die Erinnerungen in ihr gelöst. Dinge, vor denen sie bisher die Ohren und Augen verschlossen hat, verschaffen sich Gehör und formen sich zu einem Bild, das erst verschwommen und farblos, dann in gestochener Schärfe vor ihr erscheint.

Sie hört Vaters Streitigkeiten mit Pa, dessen Worte über Vaters Irrwege, spätabends, wenn Olga sich in ihrem Bett schlafend stellte. Die seltsame Reaktion des Professors, als sie ihm erzählte, dass ihr Vater Obermedizinalrat im Gesundheitsamt gewesen ist. Ottos leitende Stelle, die Erbgesundheitszeugnisse, Sippenfragebögen, Abstammungsnachweise und Schulzeugnisse fremder Kinder auf seinem Schreibtisch, die sie in dem Wunsch, ihm näherzukommen, beim Herumstöbern in seinen Unterlagen entdeckte und die ihr so harmlos und unbedeutend vorkamen. Nichts davon war unbedeutend. Olga drückt fest auf ihre verletzte Hand, als wollte sie sich einen Schmerz zufügen, der schlimmer ist als der, den sie in diesem Moment verspürt.

Die Arbeit ihres Vaters hatte rein gar nichts mit Seuchenbekämpfung zu tun, wie sie damals dachte. Nichts mit Cholera, Tuberkulose, Typhus. Er hat mit seinen Gutachten und seiner Unterschrift darüber entschieden, wer zur Zwangssterilisation, zur Abtreibung geschickt wurde, wer leben durfte und wer nicht. So ist er mit seiner Schuld umgegangen, Karl, und du weißt es, denkt sie.

Wie konnte sie nur so blind sein, so dumm?

Sie sieht ihren Vater mit einer Mischung aus Ekel und Unglauben an und hofft, in seinem Gesicht auf etwas zu stoßen, das ihn entlasten würde, einen Widerspruch oder eine Verwechslung. Aber da ist nichts. Natürlich ist da nichts.

Auf einmal dringen Karls Worte zu ihr durch. *Ja, Olgachen, so ist er mit seiner Schuld umgegangen.*

Sie ist nicht schuld am Tod ihrer Mutter. Das ist allein ihr Vater. So wie er schuld ist am Tod und Verderben vieler anderer.

Ohne ihn eines weiteren Blickes zu würdigen, rennt sie Karl hinterher auf die Straße. Sie begleitet ihn zu einer kleinen Pension eine Straße weiter und verspricht, später mit Becki nachzukommen. Ein gemeinsamer Abend, bevor er zurück in die USA geht. Sie wird ihn dort besuchen, irgendwann, aber jetzt muss sie ihr Leben selbst in die Hand nehmen. Das ist sie Becki und sich schuldig.

Als Olga eine Stunde später in die Küche zurückkehrt, sitzt ihr Vater mit einem neuen Glas Bier am Tisch und stiert stumm vor sich hin.

»Vater …«, setzt sie an.

»Lass mich in Ruhe«, murrt er, ohne aufzusehen. »Musst du mich immer an das verfluchte Elend erinnern?«

Als sie seine finstere Stimme hört, fällt ihr etwas ein, an das sie seit Jahren nicht mehr gedacht hat. Früher, als kleines Mädchen, hatte sie ihren Vater immer begleiten wollen, wenn er sonntags durch Ginsterburg spazierte und sich danach ein Spezial Hell beim Dämmerfrühschoppen im Meiers genehmigte. Er hatte darüber nicht erfreut gewirkt, aber es zumindest zugelassen. »Wie ein Hündchen«, hatte der Meier oft gespottet, wenn sie in der Gaststube ankamen. Doch einmal, da war sie noch keine sechs Jahre alt, hatte ihr Vater sich bereits nach wenigen Metern abrupt umgedreht und sie wütend angezischt: »Lauf mir nicht ständig nach!«

Plötzlich versteht sie, warum. Für ihn war sie wie ein böser Geist aus der Vergangenheit, ein dunkler Schatten, der ihn daran erinnerte, dass er seine eigene Frau auf dem Gewissen hatte. Und nicht nur sie, sondern auch dieses Baby im Krankenhaus. Seitdem hatten viele unschuldige Babys und Erwachsene sterben müssen, nur damit er nicht an seine Schuld erinnert wurde. Aus den Augen, aus dem Sinn.

»Du hast keine Ahnung, wie viele Menschen ich gerettet habe«, sagt er plötzlich, als würde er ihre Gedanken lesen. Olga fehlt mit einem Mal die Kraft, mit ihm zu diskutieren. Was würde es bringen, ihm all seine Untaten vorzuwerfen, wenn er sich doch nur hinter irgendwelchen Lügen, Gesetzen und Ausflüchten versteckt? Sie denkt an Pa, der ihr nicht nur ein sehr viel besserer Vater gewesen ist, sondern auch ein besserer Arzt. *Man muss einen Blick haben für die Nöte und Bedürfnisse anderer*, hört sie ihn sagen. So wie bei den Frauen, denen sie in Kühlungsborn geholfen hat. Im Sinne des Gesetzes war und ist es Unrecht, was die Schwangeren und Olga getan haben. Trotzdem würde sie es immer wieder tun. Denn wie können die abgewendeten Folgen eines Verbrechens ein Verbrechen sein?

Pa hat ihr sein Wissen um die tieferen Zusammenhänge des Lebens weiterzugeben versucht. Dabei war die Natur seine beste Lehrmeisterin. Und auf einmal kommt ihr ein Gedanke: Könnte sie nicht, gerade weil sie das Leben in seinen elendsten Ausprägungen kennt, eine gute Ärztin werden? Und hat sie nicht eine Verantwortung, Ärztin zu werden, obwohl sie Mutter ist, oder gerade deshalb?

Als ihr Vater sieht, dass sie mit den Gedanken längst nicht mehr bei ihm ist, greift er nach ihrer Hand, ohne auf ihre Wunde zu achten. Der Schmerz fährt ihr durch den Arm, und jäh begreift sie: Es ist sein Schmerz, der seit Kindertagen in ihr wütet. Doch damit ist es jetzt vorbei. Sie wird nicht zulassen, dass seine Wunden länger in ihr weiterleben, sie wird sich befreien, schon um Beckis willen. Seine Seele mag verloren sein, aber ihre nicht. Noch spürt sie ihn, den Lebensmut, und immer wieder auch einen Anflug von Freude. Er wird ihr das nicht nehmen können. Sie wird nach Tübingen gehen und Medizin studieren.

Und zum ersten Mal fragt sie sich, ob sie nicht vielleicht stärker ist als er.

30. März 1991

Ginsterburg

Schon nach ihren ersten Worten hatte sie gemerkt, dass es richtig war, Sara von Oldenburg zu erzählen. Es war für Olga ein befreiendes Gefühl, als hätten ihre eigenen Worte bewirkt, endlich zu begreifen, wie viel Schmerz sie in sich hatte, als sie nach Oldenburg gekommen war, und wie sich nach und nach die Lebendigkeit in ihr gerührt hatte. Als sie das Ufer entlang stumm nebeneinander hergingen und sie ihren Gedanken nachhing, fragte sie sich, ob sie ohne Trude, ohne die Borjahns je den Mut gefunden hätte, Medizin zu studieren und ihrem Vater den Rücken zu kehren.

»Ich habe dann meine Sachen gepackt, mich von den Borjahns verabschiedet und bin zu Karl in die Pension geflüchtet«, sagte sie, als sie, nach einem langen Marsch, plötzlich vor dem eisernen Rolltor der Schneider-Werft standen. Olga brach ab und sah, dass es geschlossen war. Ihr Mund war trocken, sie spürte die Tränen aufsteigen.

»Am nächsten Tag hat Karl mich nach Tübingen begleitet«, fuhr sie mit zitternder Stimme fort. »Die Borjahns sind ein paar Tage später hinterhergereist und zusammen mit Karl geblieben, bis sie sich alle vergewissert haben, dass ich die Schritte in mein neues Leben tatsächlich gehen würde.«

Sekundenlang starrte Sara sie mit ernstem Gesicht an, ohne ein Wort zu sagen, und Olga dachte an Erwin und Ruth, die, inzwischen Mitte achtzig, wie Großeltern für Sara und Becki waren. Wenn sie nicht gerade um die Welt reisten, sahen sie sich häufig, zu Weihnachten in Oldenburg, zu den Geburtstagen in Plön oder in ihrer Ferienwohnung am Bodensee. Das letzte Mal hatten sie mit Oma Borjahn dort zusammen Urlaub gemacht, als Sara ein Jahr alt war. Kurz danach war sie mit weit über neunzig eingeschlafen. Ein warmes Gefühl breitete sich in ihr aus, sobald sie an sie dachte.

»Ach Omama, du liebe Omama.« Sara schlang die Arme um sie und drückte sie so fest, als wollte sie alles Leid aus ihr hinauspressen. So hatte sie es auch als Kind getan, wenn sie selbst traurig gewesen war. »Da siehst du, wie wir dich alle lieben.«

Olga schluckte schwer und löste sich aus ihrer Umarmung. »Und ich euch!«, sagte sie und gab ihr einen Kuss auf die Wange.

Sara ergriff ihre Hände und sah sie an.

Wie viel Unsicherheit nur in diesem Blick liegt, dachte Olga. Das passte so gar nicht zu ihrer Enkelin.

»Und dein Vater?«, fragte Sara schließlich. »Wie kann jemand, der so viel Schlimmes erlebt und verloren hat, nur so viel Leid über andere bringen?«

»Vielleicht genau darum«, erwiderte Olga. »So wie es ja auch Leute gibt, die ihrem Überleben Sinn verleihen, indem sie andere retten.«

»So wie du?«, meinte Sara.

Olga stutzte. »Vielleicht … womöglich. Ich weiß es nicht.«

»Hast du ihn jemals wiedergesehen?«

»Nein«, seufzte Olga. »Ich bin gegangen, für immer.«

Im normalen Leben machte man das nicht mit seinen Eltern, weggehen für immer. Und man wäre vermutlich auch traurig über die Endgültigkeit des Abschieds. Aber was an ihrem Leben war normal gewesen? Als er drei Tage vor ihrem Physikum an einem Herzinfarkt gestorben war, hatte sie keine Träne vergossen.

Trotzdem spürte sie ganz tief in ihrem Inneren einen Schmerz, den die Zeit nicht heilen konnte. Auch kein Salbei, kein Lebertran, keine Kräutertinktur.

»Es ging mir besser ohne ihn.« So einfach war das, und vielleicht war das Wissen, sich nicht mehr mit ihm befassen zu müssen, weder im wahren Leben noch in Gedanken, die einzige Therapie, die den Schmerz wenigstens gelindert hatte. Aus den Augen, aus dem Sinn. Auch bei ihr funktionierte es.

Sie lächelte unsicher, als hätte sie zu viel gesagt. »Lass uns ein andermal über ihn reden, ja?«

Sara drückte ihre Hand. »Das machen wir, Omama.«

Plötzlich sah Olga den Schriftzug, der in großen Lettern auf der Holzwand der alten Halle prangte. *Schneider*. Ihr blieb fast die Luft weg.

Warum trug die Werft noch immer Fritz' Familiennamen?

Auf einem Bootstrailer lagerten mehrere zusammengebaute Gilus, und auf einem Slipwagen entdeckte sie eine wunderschöne Jolle aus Mahagoni.

»Was ist eigentlich aus Trude geworden?«, riss Sara sie aus ihren Gedanken.

Olga fuhr sich übers Gesicht.

»Erinnerst du dich, wie wir Becki in Colchester besucht haben?«

Sara nickte und schmiegte sich an sie. »Na klar! Da sind mir die beiden vorderen Milchzähne an einem Tag herausgefallen.«

»Oh ja, du warst kaum zu trösten.« Olga lächelte.

»Was hast du erwartet? Ich konnte ja nicht mehr durch die Zähne pfeifen.«

»Was Balsam für meine Ohren war«, erwiderte Olga amüsiert und strich Sara über die Wange. »Aber ich will auf etwas ganz anderes hinaus, mein Schatz. Ich habe dort in einem Zeitungsladen ein Magazin gesehen, von dessen Cover mir Trude entgegenlächelte. Verwundert habe ich den Verkäufer gefragt, ob er mir sagen könnte, wer das sei. Der lachte nur, als würde ich nicht wissen, wer die Queen ist. Die Frau auf dem Cover sei einer der größten Stars am Royal National Theatre, erklärte er. Natürlich habe ich mir gleich die Zeitschrift gekauft …«

»Hast du die noch?«, unterbrach Sara sie.

»Ja, schon … bestimmt. Ich suche sie dir raus, wenn wir wieder zu Hause sind. Jedenfalls war dort ein Interview mit Trude abgedruckt. Sie erzählt darin, dass sie als Einzige aus ihrer Familie Theresienstadt überlebt und sich den Arm absichtlich verbrüht hat, um die eintätowierte Häftlingsnummer loszuwerden. Sie wollte den Deutschen nicht noch den Gefallen tun, jeden Tag an ihr Leid erinnert zu werden.«

Olga stockte. Noch immer schmerzte es, wie falsch sie Trude damals eingeschätzt hatte. Beim Gedanken daran, was sie ihr angetan hatte, überkam sie erneut ein schlechtes Gewissen.

»Ach, Omama«, sagte Sara. »Ich kann mir schon vorstellen, wie es dir geht. Aber vielleicht ist Trude im Nachhinein ja ganz froh über ihren Umzug nach England? So erfolgreich, wie sie jetzt ist.«

»Zumindest war sie zum Zeitpunkt des Interviews noch mit Colonel Bloch verheiratet und Mutter von vier Töchtern.«

»Du solltest ihr mal schreiben, meinst du nicht?«, schlug Sara vor.

»Ach weißt du, es ist so lange her. Ich bin nicht mehr dieselbe, und sie auch nicht. Wozu an alten Wunden rühren?«

»Keine Ahnung, vielleicht um sie zu heilen.«

»Ihre Wunden oder meine?« Sie nahm ihre Hand. »Weißt du, manchmal muss man einfach Abschied nehmen.«

»Wie du von deinem Vater?«

»Wie ich von meinem Vater«, bekräftigte sie, nicht länger überzeugt davon, ob das wirklich der einzige Weg war.

Ihr ging Saras Vorschlag, so naiv er auch sein mochte, nicht so leicht wieder aus dem Kopf. In irgendeiner Form musste sie sich mit ihrer Vergangenheit auseinandersetzen, bevor noch mehr Schatten auf ihre Mädchen fielen, dachte sie.

Olga wandte sich kurz von Sara ab und rüttelte an dem Tor.

»Was tust du da? Ist das nicht Hausfriedensbruch?«, fragte sie in ihrer unbekümmerten Art.

»Solange ich nicht über das Tor klettere …«, erwiderte sie und seufzte.

Sie hätte gerne einen Blick in das alte Gebäude geworfen. Ob Fritz wusste, dass das Unternehmen noch existierte und unter dem Familiennamen weiter Boote baute?

»Omama, du bist ja ganz blass«, riss Sara sie aus ihren Gedanken. »Wollen wir zurück in die Pension?«

»Nein, nein«, wehrte Olga ab. »Ganz im Gegenteil. Was hältst du davon, wenn ich dir jetzt mein Geburtshaus zeige?«

»Na dann los«, sagte Sara und hakte sich bei ihr ein.

»Und hier bist du aufgewachsen?«, fragte Sara staunend, als sie ein paar Minuten später vor dem Gartentor standen. »Mit diesem Wahnsinnsblick auf den See? Kein Wunder, dass die alle Angst um ihre Grundstücke haben. Aber Geld für Farbe hatten die in der DDR nicht, oder?«

Bevor Olga etwas sagen konnte, drückte Sara das Gatter, dessen grüne Farbe durch Rostflecken abgeblättert war, unter lautem Quietschen auf. Früher hatte Olga darauf Reiten geübt. Sie hatte rittlings auf der Stange gesessen, und Lotte oder Annemie hatten sie hin und her geschwungen. Sehnsucht nach damals stieg in ihr auf. Doch dann beeilte sie sich, Sara einzuholen, die bereits die Einfahrt hochlief.

Als sie vor ihrem alten Haus stehen blieben, sahen sie jemand auf Knien in einem Gemüsebeet Unkraut zupfen.

»Entschuldigen Sie, wenn wir hier so hereinplatzen«, rief Sara.

Die alte Frau drehte sich um und musterte sie durch ihre große Brille hindurch. Ein Ausdruck des Erstaunens legte sich auf ihr Gesicht, und auch Olga erstarrte. Ihre Mamsell, der gute Geist der Blumes.

»Olgachen, mein Olgachen, bist du es wirklich?«

Langsam stemmte sie sich aus der Hocke hoch. Tränen liefen ihr über die knittrigen Wangen, als sie Olga an sich presste. Sie roch nach Erde und zu Hause, und Olga fühlte sich augenblicklich geborgen. Rosie, ihre Mamsell! Sie war als Fünfzehnjährige zu ihnen gekommen, kurz nach Olgas Geburt, und hatte in der Kammer unter dem Dach gewohnt, gleich gegenüber von Olgas Zimmer, bis sie mit dreiundzwanzig geheiratet und zu ihrem Mann Freddy gezogen war. Aber auch dann noch war sie mehr bei ihnen gewesen als in ihrem eigenen Heim, um die Böden zu bohnern, zu kochen und um Olga eine warme Schokolade zu machen, wenn sie sich das Knie aufgeschlagen hatte.

»Lass dich anschauen, liebe Rosie.« Olga trat ein Stück zurück. »Dass du immer noch hier arbeitest und Gemüse aus dem schlechten Boden holst. Aber es hält dich jung, keine Frage.«

Die Mamsell lachte, weil der Boden schon damals nicht viel mehr hergegeben hatte als Verkrüppeltes und darum im Hause Blume eine unerschöpfliche Quelle des Spotts gewesen war. »Es gibt nichts, was in der Uckermark nicht wächst …«, begann sie.

»Nur auf dieser unfruchtbaren Scholle nicht, da wächst nicht mal Unkraut«, brachte Olga Pas Satz zu Ende und dachte bitter: Wie sehr sich das für mich bewahrheitet hat.

»Wer ist denn dieses hübsche Mädchen?«, fragte Rosie.

»Das ist meine Enkelin Sara.«

»Sie sieht aus wie ein waschechtes meiersches Mädchen.«

»Gero Meier ist mein Großvater«, sagte Sara.

»Dein Großvater?« Rosie schob die Brille hoch und unterzog Olga einem zweifelnden Blick. »Das kann nicht sein, Olga. Da musst du dich irren.«

Olga lachte.

»Doch, doch Rosie, wir haben doch noch geheiratet.«

»Ich versteh die Welt nicht mehr«, erwiderte die alte Frau. »Und wie geht es deinem Pa?«

»Ach, Rosie, der wäre jetzt hundertdreißig, würde er noch leben.«

»Ein so feiner Mann.«

»Das war er!«

»Wäre ein guter sozialistischer Arzt gewesen. Nie hat er jemanden abgewiesen. Jeder hat seine Behandlung bekommen, egal wie arm er war.« Rosie stützte sich an einer Bank ab.

»So wie bei Omama«, sagt Sara mit Stolz in der Stimme. »Sie ist die beste Gynäkologin weit und breit und würde niemals irgendwen nicht behandeln.«

»Du hast es wirklich getan, mein Olgachen, und bist Ärztin geworden! Also, wenn es jemand in die Wiege gelegt wurde, dann dir. Mehr als deinem Vater und deinem Bruder.« Sie stockte. »Leben sie noch?«

»Mein Vater nicht«, sagte sie, und Rosie drehte die Augen zum Himmel. »Und Karl?«

Olga beschirmte ihre Augen, weil die Sonne gerade hinter dem Baum hervorkam. »Der lebt in den USA, hat da ein Vermögen gemacht mit Flugzeugteilen.«

»Mit dem Fräulein Annemie?«

Sie musste schlucken. »Nein«, sagte sie. »Mein Bruder hat eine Amerikanerin geheiratet und drei Jungen bekommen.«

»Ach, mein Olgachen.« Wieder drückte die Mamsell sie fest an sich und gab ihr einen Kuss auf die Stirn. Möchtest du deiner Enkelin nicht einmal euer Haus zeigen? Elisabeth wird sicher nichts dagegen haben.«

»Elisabeth?«, fragte Olga.

Rosie lächelte sanft. »Meine Tochter«, sagte sie. »Erinnerst du dich nicht?«

Natürlich, jetzt fiel es ihr wieder ein. Sie musste gut zehn Jahre jünger als sie sein. Manchmal hatte Rosie sie mit zu ihnen genommen, wenn sie krank war, und sie hatte dann immer gerne mit Olgas Puppen gespielt. Schließlich hatte Olga sie ihr alle vermacht, bei ihr hatten sie eh nur herumgelegen. Denn warum sollte sie sich mit etwas beschäftigen, das nicht lebendig war?

»Wir wohnen hier alle zusammen, sie, ihr Sohn und seine Frau mit meinen drei kleinen Urenkeln.«

Olga legte den Kopf schief und lächelte. Ihr gefiel der Gedanke, dass die Mamsell hier wohnte und nun vier Generationen unter ihrem alten Dach wohnten.

»Das wusste ich nicht. Wie schön! Es war schon immer genauso dein Heim wie meins.«

Obwohl es mittlerweile Nachmittag geworden war, stieg die Hitze in Olga auf, und sie zog rasch ihre Jacke aus. Eine blaugrüne Libelle stand in der Luft, ehe sie in die Hecke verschwand. Die fünf Apfelbäume, so knorrig und alt wie Rosie, standen in voller Blüte. Die kleinen rosafarbenen Blätter verteilten sich auf dem Boden wie ein Teppich.

»Wie schön es hier ist«, sagte Sara, als sie hineingingen. Der wilde Wein an der Hauswand verdeckte die Balkontür von Pas altem Zimmer. Wie hoch und dicht er in den letzten Jahren gewachsen war. Sie erinnerte sich noch an den Tag, als Pa ihn gepflanzt hatte, gleich nach den Eisheiligen, im Frühjahr 1942. »Natürliches Wandgrün«, nannte er das, weil es im Krieg keine Hausfarbe mehr zu kaufen gab. Fast so wie in der DDR, dachte sie.

Als sie durch die schwere Eingangstür gingen, die genauso aussah wie früher, blieb Olga für einen Augenblick stehen.

»Erst mal einen Schlehenschnaps in der Küche, nicht wahr?«, sagte Rosie. Olga machte Sara ein Zeichen, der Mamsell zu folgen. »Ich komme gleich nach«, sagte sie, froh, einen Moment für sich zu haben.

Ihr war, als hinge noch schwach der Duft ihres Großvaters in dem Haus, und sie schloss die Augen. Da kam er auch schon die Treppe hinunter, eine Pfeife in der Hand. *Auch schon wach, mein Gänseblümchen?* Er ließ eine Münze hinter ihrem Ohr verschwinden.

Sie öffnete die Augen und sah sich um.

Der Eingang war so, wie sie ihn in Erinnerung hatte. Das meiste stammte noch von den Blumes, die Garderobe, das kleine Schränkchen mit dem goldenen Spiegel davor, selbst der alte bunte Teppich über dem Parkett. Sogar die alte Wanduhr tickte noch. Eine Minute vor drei. Sie hielt die Luft an wie früher. Wenn sie es schaffte, bis zum Läuten nicht zu atmen, würde sie sich etwas wünschen. Geschafft, dachte sie und lächelte. Von dem breiten Flur ging rechts Pas Sprechzimmer und das Wartezimmer ab, links das alte Arbeitszimmer ihres Vaters. Sie öffnete die Tür und blieb im Eingang stehen. Es war bis auf seinen alten Schreibtisch, auf dem ein Telefon stand, leer. Sie spürte sofort einen Druck auf der Brust, als hätte jemand ein Seil fest um ihren Oberkörper gezurrt. So musste sich Angina pectoris anfühlen, wenn die Blutgefäße den Herzmuskel nicht mehr ausreichend mit Blut und Sauerstoff versorgten. Orte hatten ein Gedächtnis und speicherten jede Emotion, das wusste sie. Aber auf diese Emotion war sie nicht vorbereitet. Rasch verließ sie das Zimmer wieder.

Von der Küche her hörte sie Rosie sagen:

»Vom vielen Schlehensammeln war mein Olgachen so dreckig und abgerissen und voller Dornen, dass ich sie erst mal entdornen musste, als sie nach Hause kam. Dann habe ich sie in die Wanne gesteckt und von oben bis unten abgeschrubbt, bis sie wieder weiß und das Wasser schwarz war. Ich habe mich immer gefragt, was der alte Herr Doktor nur so an der Natur fand.«

Im Spätherbst, nach dem ersten Frost, gingen Pa und sie auf Schlehen, wie er die Jagd auf die kugeligen blauen Beeren nannte. Eimerweise sammelten sie das Zeug, das er, weil es so reich an Gerbstoffen und Vitaminen war, gegen alles Mögliche verschrieb. Als Aufguss zum Gurgeln bei Entzündungen im Mund und Rachenraum und als Schlehenblütentee gegen Magenschmerzen und Verstopfung sowie bei Harnwegsinfekten. Aus den übrigen Beeren brannte die Mamsell Schlehenschnaps.

»Pa dachte, wenn er mir in der Natur beibringt, meine Sinne zu schärfen, dass ich auch der menschlichen Natur gegenüber scharfsinnig bleibe«, erwiderte Olga, als sie in die Küche kam und zu ihnen trat. »Was momentan unmöglich ist, wenn ich schon von dem scharfen Geruch deines Schlehenschnapses ganz benommen werde.«

Der Anblick der beiden an dem Tisch jagte ihr einen Schauder über den Rücken. Die Mamsell schälte einen Apfel. Schon früher musste sie immerzu ihre Hände in Bewegung halten. Einfach nur sitzen und reden konnte sie nicht. Wie oft hatte sie hier mit ihr gesessen und die Schlehen aus dem Garten sortiert. Gerührt von der Erinnerung lächelte sie ihr zu und nahm sich ein Glas vom Tisch. Sie führte es zum Mund und roch mit geschlossenen Augen daran. Der würzige scharfe Geruch mit dieser Note aus Nelken, Anis und Zimt kam ihr sofort vertraut vor. Sie nahm einen Schluck und begutachtete die Küche. Sie hatte eine andere Tapete bekommen, die an einigen Stellen abblätterte. Darunter blitzen Reste des vertrauten floralen Musters hervor.

»Ach, darum bin ich so scharfsinnig!« Sara lachte. »Ich musste auch ständig mit Omama in den Wald pilgern und das Leben riechen.« Plötzlich quietschte sie auf. »Mein Gott! Ich dachte, du bist die Einzige, die Schlangen aus Obst schält, Omama!«

Rosie drehte gekonnt den Apfel, ohne das Messer einmal abzusetzen, und hielt Sara schließlich die dünne Apfelschlange hin.

»Sonst wird es ja nicht gegessen«, antworteten die Mamsell und Olga wie aus einem Mund, und Olga fügte lächelnd hinzu: »Aus dem eigenen Garten.«

Wie früher ließ Sara sich die Schlange langsam in den Mund gleiten, bevor sie sie im Ganzen herunterschluckte.

»Meinen Sie, ich dürfte mal Ihr Telefon benutzen? Ich würde gerne meinen Freund anrufen.«

»Natürlich, mein Mädchen. Komm mit in das alte Arbeitszimmer deines Großvaters. Da bist du ungestört.«

Als Rosie zurückkam, setzte sie sich neben Olga und legte den Arm um sie. »Bist du also wirklich Ärztin geworden. Dein Pa wäre furchtbar stolz auf dich, das weißt du, oder?«

»Leider hat er es nicht mehr erlebt.«

»Aber dein Vater, nicht?«

»Ob er sich darüber gefreut hat, wage ich zu bezweifeln. Darum bin ich nach Tübingen gegangen, weit weg von ihm.«

»Nach Tübingen? Das ist ja schon fast Italien.«

»Nicht ganz«, erwiderte Olga lachend.

Oktober 1948

Tübingen

Olga steckt sich den Herbst in die Manteltasche, drei Kastanien sowie eine Handvoll gelbgrüner, ockerfarbener und weinroter Ahornblätter, die sie im Botanischen Garten auf dem Weg zur Universität aufgelesen hat. Das wird ihr Glück bringen. Pa sagte immer, Herbst sei ein uraltes Wort für Ernte, und die müsste man einfahren, wenn die Zeit reif dafür sei.

Ja, Pa, die Zeit ist reif, mehr als das. Olga steht vor der Alten Anatomie mitten in Tübingen und betrachtet voller Demut das zweigeschossige, mit Efeu bewachsene Gebäude, das von zwei Türmen eingerahmt ist. Mit einem Mal ist sie so gerührt, dass sie einen Kloß im Hals spürt. Und glücklich, wie sie es nicht für möglich gehalten hat. Wie lange hat sie auf diesen Tag gewartet, auf die einzigartige Chance, an einer deutschen Universität Medizin zu studieren? Sie ist dreiundzwanzig Jahre alt und endlich dort angelangt, wohin sie schon immer wollte. Sie hebt den Blick in den Himmel, als sie bemerkt, dass auch noch die Sonne durch die Wolkendecke bricht, und sieht es als ein Zeichen. Natürlich ist es ein Zeichen. Es wird alles gut werden.

Sie schlägt den Mantelkragen hoch und schreitet durch das Portal.

Als sie wenig später den Großen Hörsaal betritt, erfährt ihre Euphorie schnell einen Dämpfer.

Kaum geht sie mit weiten, dunklen Hosen und gestärktem Hemd die Treppen des Hörsaals herunter, flüstert hinter ihr jemand: »Ist das ein Mann oder eine Frau?«

Sie hat geahnt, dass es als Frau unter Männern nicht einfach werden würde, also hat sie sich optisch etwas angepasst, um jeden Anflug von Weiblichkeit zu vermeiden und weniger Aufmerksamkeit zu erregen. Von Annemie wusste sie, wie nützlich es sein konnte, unterschätzt und übersehen zu werden. Die ersten Opfer, die sie brachte, waren ihre langen roten Locken, die Röcke und, wichtiger noch, ihre spitze Zunge. Aber jetzt scheint es, als sei ihr Plan nicht aufgegangen.

»Ein Frann, nehme ich an«, feixt ein anderer, als sie sich zwischen zwei leere Plätze setzt. »Etwas dazwischen halt.« Es kommt ihr vor, als würde die ganze Bank hinter ihr in Gelächter ausbrechen. Sie läuft rot an und will schon parieren, als ihr die Worte von Professor Borjahn in den Sinn kommen.

»In Tübingen können die Winter ausgesprochen kalt sein«, hat er sie zweideutig gewarnt und ihr ein dickes Fell aus Schafswolle zum Abschied geschenkt. »Damit wickeln Sie sich ein, wenn der kalte Berg-Tal-Wind von vorne bläst. Sie sind eine Naturbegabung, Olga, und das wird den Herren Angst machen. Also lassen sie das dumme Gerede an sich abprallen, und vor allem, stellen Sie niemals Ihre Fähigkeiten infrage, nur die der anderen.« An diesem Rat würde sie sich festhalten.

Also dreht sie sich resolut um. »Mein Name ist Olga Meier, erstes Semester Humanmedizin«, stellt sie sich vor. »Und mit wem habe ich das Vergnügen?«

So veraltet das Innere des Gebäudes anmutet, so antiquiert sind tatsächlich auch die Ansichten mancher Professoren. Sie scheinen zu glauben, dass das weibliche Geschlecht weniger wert ist, weniger klug, weniger belastbar, weniger fähig. Schon nach ein paar Wochen hat die Hälfte ihrer weiblichen Mitstreiter das Studium aufgegeben, während Olga dieses törichte Verhalten weiter an sich abperlen lässt und sich jeden Tag aufs Neue vornimmt, heimlich, still und weise mehr zu geben als alle anderen. Den Männern werden ihre herablassenden Kommentare schon noch vergehen.

Die Vorlesungen sind viel zu interessant, um auf solche Nebensächlichkeiten zu achten. Wenngleich die Fächer im ersten Semester nicht viel mit Medizin zu tun haben, gibt es doch Schwerpunkte, für die sie sich besonders begeistert: Botanik und Zoologie. Sie erinnern sie an Pa und sein Verständnis des Lebens und der Natur, auch der menschlichen.

Das erste Mal fällt ihr Hans in einer Vorlesung zu Wirbeltieren auf. Nicht weil er so gut aussieht mit seinen langen dichten Wimpern, den wunderbaren dunkelbraunen Augen und der Sanftheit seiner Züge, sondern weil er die wenigen Frauen, die es in ihrem Semester gibt, nicht so behandelt, als hätten sie hier nichts verloren. Für ihn scheint es keinen Unterschied zu machen, ob jemand weiblicher oder männlicher Natur ist, solange man gut zusammen lernen kann.

Deswegen ist sie froh, als er im Präp-Kurs dem gleichen Seziertisch zugewiesen wird wie sie. In dem kühlen Saal sind fast zwei Dutzend Metalltische aufgestellt, an dem jeweils acht Studenten ein ganzes Jahr lang eine Leiche präparieren sollen. In der Luft hängt der süßlich beißende Geruch von Formalin. Olga sieht, wie die meisten ihrer Tischnachbarn ihr Präparierbesteck umklammern wie die Hand einer Mutter. So großspurig sie sich sonst geben, die Gesellschaft der Verblichenen verschlägt ihnen die Sprache. Olga selbst jagt der Anblick zwar einen unangenehmen Erinnerungsschauer über den Rücken, aber keine Angst. Mit ihren dreiundzwanzig Jahren ist sie nicht nur älter als viele ihrer Kommilitonen, sie hat auch schon genug Tote gesehen.

Zum Glück gab ihr Professor Borjahn sein altes Besteck mit: Skalpellhalter, Sonde, Schere, zwei Pinzetten, eine spitze und eine stumpfe. Denn das sollte jeder selbst mitbringen. Wenigstens nur das, denkt sie, als sie sich daran erinnert, was ihr ein junger Assistenzarzt berichtet hat, der gleich nach dem Krieg mit dem Studium begann. In Würzburg hätte er, um dort einen Studienplatz zu bekommen, eine eigene Leiche mitbringen müssen. Woher er die denn so schnell hernehmen sollte, hatte er den Dekan entsetzt gefragt. Aus irgendeinem Straßengraben, hatte er zur Antwort bekommen. Da lägen schließlich nach dem Krieg genug herum.

Aufmunternd nickt Hans ihr zu und macht Platz für sie, als sie etwas verspätet an den Tisch kommt und eine Hilfskraft bereits dabei ist, das Tuch von der Leiche zu nehmen. Sie sieht, wie die Herumstehenden alle einen Schritt zurückweichen. Auch Hans wird mit einem Mal ganz blass. Olga glaubt zunächst, es sei vom beißenden Geruch des Formalins oder vom Anblick des nackten Körpers, aber dann flüstert er ihr zu: »Den kenne ich. Das ist der Fuchs.«

Olga kann nicht umhin zu grinsen. »Ein Fuchs?«, fragt sie leise, aber doch so, dass die Umstehenden sie hören können, und zieht eine Augenbraue hoch. »Sieht eher aus wie ein ganz normaler Mann.« Sein Gesichtsausdruck ist friedlich, mit leicht nach oben gezogenen Mundwinkeln. Fast als schmunzle er im Schlaf, denkt sie. Und dennoch sieht er nicht aus wie ein Mensch, mehr wie eine Puppe aus Wachs mit gelblich grauer Haut. »Tot zwar, aber angesichts der Umstände doch wie ein voll ausgestatteter, nackter Mann«, fährt sie fort.

Alle starren sie an. Es entsteht eine peinliche Stille, die sie ihrer wenig damenhaften Äußerung zuschreibt.

»Morbider Humor«, sagt schließlich einer der Umstehenden grinsend. Sie erwidert das Lächeln und streicht mit der Hand über den Arm des Toten. Die Haut fühlt sich ganz fremd an, kalt und zäh wie Leder.

Ein ovalgesichtiger Mann mit schütterem Haar, dessen weißer Laborkittel gelbbefleckt ist, geht kopfschüttelnd dazwischen. »Pietätlos, wenn Sie mich fragen«, sagt er. »Und ungeheuerlich dazu. Dass eine Frau einen nackten Mann seziert«, fügt er hinzu und verzieht angewidert das Gesicht.

Olga setzt bereits zu einer gepfefferten Antwort an, als Hans ihr zuvorkommt und in freundlichem Ton sagt: »Prof. Dr. Fuchs, wenn ich bitten darf, ein alter Freund meiner Familie. Und ziehen Sie sich gefälligst einen sauberen Kittel an, wenn Sie dem ehemaligen Dekan zu Leibe rücken.«

Obwohl sie eigentlich für sich selbst sprechen kann, ist Olga dankbar für seinen Beistand. Und erleichtert, als der Mann mit dem fleckigen Kittel sich erbost trollt und an einem reinen Männertisch Platz nimmt.

Hans wendet seine Aufmerksamkeit wieder dem Leichnam zu.

»Professor Fuchs«, sagt er nachdenklich. »Was machen Sie bloß hier?«

»Darauf warten, dass wir ihm auch noch das letzte Hemd ausziehen«, erwidert Olga trocken.

Als sie nach der Stunde den Präparationssaal verlässt, steht Hans bereits rauchend davor. Ohne ein Wort streckt er ihr das Päckchen entgegen und stellt sich als Hans Bley vor.

Olga dankt ihm und nimmt sich eine Zigarette. »Kein Wunder, dass Sie so zartbesaitet sind. Sie tragen das Schwere ja schon im Namen.«

»Dafür nehmen Sie die Arbeit mit den Toten ja erstaunlich leicht – und die dummen Kommentare der Kommilitonen«, erwidert er und gibt ihr Feuer.

»Was bleibt mir anderes übrig?«

Er sieht sie mitfühlend an. »Sie halten sich wirklich gut! Besser als der Fuchs, muss ich sagen.« Er seufzt. »Es war für mich nicht leicht, ihn so zu sehen, kalt und nackt.«

Zwei Semester hintereinander präparieren sie den Fuchs. Sie ist selbst erstaunt darüber, wie schnell es ihr gelingt, den Menschen hinter dem Körper beiseitezuschieben, so unwohl sie sich zunächst auch dabei gefühlt hat.

Es ist, als würde sie die Essenz des menschlichen Daseins in der Tiefe freilegen, wenn sie mit Pinzette und Skalpell eigenhändig Haut, Fett und Muskelgewebe abträgt und die Sehnen, Muskeln und Blutgefäße präpariert. Der Mensch, das lernt sie, ist ein hochkomplexes Wesen aus Fleisch und Blut, und je tiefer sie in die untersten Schichten seiner Zellen vordringt, umso mehr begreift sie den Körper des Einzelnen als Sinnbild seiner Menschlichkeit und Endlichkeit. Und sie schwört sich: Solange das Leben währt, will sie es leben, nicht obwohl, sondern weil es irgendwann endet. Denn wer kann sich schon der Notwendigkeit der Natur entziehen?, fragt sie sich, während sie Hans dabei beobachtet, wie er sich durch die Haare fährt.

Über diese und andere Themen spricht sie mit ihm beim Leichenschmaus, wie er die gemeinsame Zigarette nach dem Sezieren inzwischen nennt. Er erzählt ihr, dass er lange gebraucht hat, den Tod seiner beiden im Krieg gefallenen Brüder und seines Vaters, der bis zuletzt Chefarzt an der Freiburger Uniklinik war, zu verstehen. Dass er mit seiner Mutter der letzte lebende Bley ist und nun Medizin studiert, um die Familientradition fortzusetzen. Nicht weil es ihn besonders interessiert, sondern weil es naheliegt. Sie wiederum erzählt ihm, dass sie als Witwe, Frau und Mutter studiert, weil es sie ganz besonders interessiert und obwohl es eben nicht naheliegt.

Was es Becki und ihr abverlangt, verschweigt sie ihm, sie will nicht jammern. Ist es schon schwer, als studierende Frau für voll genommen zu werden, so ist es geradezu ein Ding der Unmöglichkeit, als alleinerziehende Mutter zu studieren. Zum Glück hat sie ein Stipendium und eine Hinterbliebenenrente, die sie inzwischen doch in Anspruch nimmt. Und sie hat die wunderbare Geli, die fünfzigjährige Cousine von Erwin Borjahn, die ihnen anderthalb Zimmer ihrer hübschen Wohnung in der Silcherstraße zwischen Botanischem Garten und der Uni-Klinik abgetreten hat. In dem kleineren Zimmer ist gerade mal Platz für Beckis Bett, doch in dem anderen steht zudem noch ein alter Sekretär, und hinter einer gelben Tapete verbirgt sich ein großer

Einbauschrank für alle ihre Sachen. Olga darf die Küche und das Wohnzimmer mitbenutzen, was sie vor allem dann in Anspruch nimmt, wenn Geli am Wochenende bei ihrem Verlobten in Ulm ist. Nettigkeit liegt scheinbar in der Familie, und wenn Geli mit Becki zu Hause bleibt und singt, malt und mit ihr lacht, während Olga in den Vorlesungen ist, weiß sie ihre Tochter in den besten Händen.

Obwohl Geli ihr hilft, hat sie dennoch keine freie Minute, hetzt zwischen Universität und ihrem Zuhause hin und her, lernt abends, wenn Becki im Bett liegt, noch für ihre Kurse und legt sich erst gegen Mitternacht todmüde zum Schlafen. Für Freunde hat sie schon gar keine Zeit. Wenn ihre Kommilitonen am Wochenende in den Park oder ins Kino gehen, verbringt sie ihre Zeit mit Becki. Am liebsten marschieren sie durch den Schönbuch, um das »Leben zu riechen«, Vögel zu beobachten oder nach Spuren zu suchen. Sie liebt den Forschergeist ihrer kleinen Detektivin. Wenn sie auf dem sandigen Waldboden einen Pfotenabdruck entdeckt, leuchten ihre Augen wie bei einer Jägerin, die Witterung aufnimmt. Olga lässt sie machen. Kaum spürt Becki den verlassenen Bau eines Fuchses oder Dachses auf, folgen sie beide rückwärts den Spuren, bis sie an den Ort gelangen, an denen er seine Beute erlegt hat. Erst dann ist Becki zufrieden, und sie können nach Hause gehen.

Juni 1949

Tübingen

Eines Tages, kurz vor Ende des zweiten Semesters, lernt sie in der Bibliothek für die Anatomieprüfung. Von allen Plätzen an der Universität liebt sie diesen am meisten. Jedes Mal, wenn sie den Lesesaal betritt, hält sie vor Ehrfurcht inne. Die gedämpften Geräusche, die Leselampen, die schummriges Licht auf die dunklen Holztische werfen, die Bücher in den Regalen, der Geruch nach Staub, Politur und altem Papier – in so einer Atmosphäre, findet sie, ist man sogar verpflichtet, kurz die Luft anzuhalten. Es ist ein magischer Ort, und sie versteht nicht, wie es möglich ist, hier nicht in die tiefsten Schichten der medizinischen Seele vordringen zu wollen. Und wie man nicht pausenlos in den vielen hohen Regalen stöbern möchte, in denen man alles findet, was man wissen muss, um diese Seele zu verstehen und zu ergründen.

Als sie gerade dabei ist, ihren Füller, das Tintenfass und die Papiere zusammenzupacken, fällt ihr Blick auf einen Aufsatz über Lippen-Kiefer-Gaumenspalten, den jemand auf dem Nebentisch liegengelassen hat. Sie zieht ihn zu sich herüber und beginnt, gespannt zu lesen, als ihr jemand auf die Schulter tippt. Erschrocken fährt sie herum.

»Olga?«, flüstert Hans und zieht leicht die Augenbrauen hoch. »Darf ich dich etwas fragen?«

Olga lächelt ihn an und heißt ihn Platz zu nehmen. Was will er von ihr? Hoffentlich nicht sie zum Tanzen ausführen oder ins Restaurant einladen? Er weiß doch, dass sie eine Tochter hat und keine Zeit für studentische Vergnügungen erübrigen kann.

»Ich habe mir den Kopf zerbrochen, glaub mir. Aber ich verstehe einfach nicht, warum der Sehnerv von Hirnhäuten umgeben ist. Kannst du mir das erklären?«

Und ob sie das kann, denkt sie erleichtert. Erst letzte Woche haben sie das Fettgewebe, hinter dem der Sehnerv liegt, weggeschnitten, um endlich mit dem Aufsägen der Augenhöhle zu beginnen. Das Auge fasziniert sie, weil es neben der Nase das wichtigste Sinnesorgan ist. Es kann unendlich viele Farbtöne und, davon war jedenfalls Pa überzeugt, noch mehr Zwischentöne unterscheiden. Vorausgesetzt natürlich, man sieht richtig hin. Wie kein anderer beherrschte er das »Augendenken«, wie er es nannte: die Kunst, Menschen, Situationen und Krankheiten mit einem einzigen Blick zu erfassen und zu begreifen, ohne dass irgendwelche Worte vonnöten waren. Eine unermessliche Qualität für jemanden, der Kleinkinder, verwirrte und bewusstlose Patienten behandelt, die nicht sagen können, wo sie der Schuh drückt. So wie er will sie auch werden, sagt sie sich oft und freut sich, dass ihre Tochter diese Art des Denkens ebenfalls begeistert übt, wenn sie gemeinsam im Wald nach den Spuren des Lebens suchen.

Sie blickt Hans in die Augen, deren tiefes Braun mit gelben Sprenkeln wie kleine Sonnen versetzt ist.

»Weil das Sehen im Gehirn stattfindet«, erklärt sie. »Der Nervus opticus, der Sehnerv, ist kein peripherer Nerv, sondern eine zentrale Nervenbahn, die sich vom Augapfel ganz bis zum Thalamus zieht, wo die optischen Eindrücke verarbeitet werden.«

»Verstehe.« Er nickt ihr beeindruckt zu. »Und kannst du mir auch erklären, was Axone sind?«

Sie schaut auf die Uhr. Es ist kurz vor drei. »Ich muss eigentlich längst los, aber eine Viertelstunde habe ich noch.« Wenigstens ein bisschen will sie ihm helfen, er scheint sich wirklich schwerzutun.

Also beginnt sie, ihm den Aufbau des Auges zu erklären. Irgendwo muss sie ja anfangen. Er sitzt da, den Kopf auf die Hand gestützt, und blickt sie bewundernd an, während sie nicht eher aufhört, ihm alles zu erklären, bis er es begriffen hat. So schaut er sie auch am nächsten und übernächsten Tag an und an all den anderen Tagen, wenn er sich neben sie in die Bibliothek setzt, um sich von ihr die Grundlagen der Anatomie erklären zu lassen, die sie für die Prüfung benötigen.

Als er dank ihrer Hilfe bestanden hat, lädt er sie zur Feier des Tages in die Mensa ein. Und auch am nächsten und übernächsten Tag, nur dass sie von da an ihr Mittagessen abwechselnd bezahlen. Die irritierten Blicke der anderen scheinen ihm egal zu sein, denn wenn er in einer Gruppe von männlichen Mitstudenten steht und sie entdeckt, winkt er sie herbei, als wäre es das Selbstverständlichste der Welt. Sie weiß, was die anderen denken, und sie sieht Hans' Blick an, dass er es auch weiß und ihren Kampf wahrnimmt, den sie jeden Tag an der Universität ausfechten muss, die zotigen Sprüche, die unanständigen Blicke und Unterstellungen, sie sei zu dumm oder nur da, um sich einen Mann, also Hans, zu angeln. Sie will weder ihn noch irgendeinen anderen heiraten. Und das sagt sie auch Hans aufgebracht, als ein Kommilitone ihr in einer solchen Männerrunde offen unterstellt, Hans mit weiblicher List und Tücke an die Kandare nehmen zu wollen, weil sie als Witwe keinen anderen mehr findet.

»Soll ich ihm etwa schwören, dass ich nicht studiere, um zu heiraten, sondern studiere, um eben nicht zu heiraten?« Sie schnauft. »Für wie blöd hält der mich, dass ich mir freiwillig Fesseln anlege?«

Hans sieht sie nur verwirrt an und sagt nichts dazu.

Wenn er nicht da ist, meiden sie die anderen, als wollten sie nicht mit ihr gesehen werden. Hans meint, es läge an ihren Auszeichnungen und überragenden Noten, die diese Hornochsen einschüchtern. Nur was nützen ihr die besten Noten, wenn sie nicht bekommt, was ihr zusteht? Und damit meint sie nicht nur die Anerkennung der Kommilitonen, sondern auch die der Professoren.

Ein paar Wochen vor dem Physikum lobt der Physiologieprofessor eine Stelle als wissenschaftliche Hilfskraft bei ihm aus; der Student mit der besten Prüfung soll sie erhalten. Es ist auch die Aussicht, dem Professor bei seinen Forschungen zu helfen und Praktika für die jüngeren Semester zu leiten, die sie veranlasst, sich noch mehr anzustrengen als sonst. Als sie einen Monat später erfährt, dass jemand anderer das Rennen gemacht hat, macht sie ihrer Empörung während der Sprechstunde Luft. »Aber Sie sagten, dass derjenige mit dem besten Physikum die Stelle …«

»Wie sieht das denn aus, Frau Meier«, unterbricht er sie. »Eine Frau, die den Männern das Nervensystem erklärt.«

Als sie protestieren will, verdreht er die Augen, als habe er keine Zeit für diesen Unfug. »Lassen Sie es gut sein.«

Wie viele Kämpfe muss ich noch austragen, bis man mich endlich für voll nimmt, denkt sie sich. Unendlich viele, beantwortet sie sich desillusioniert selbst die Frage. Während ihrer Studienzeit wird sich an den Zuständen nichts mehr ändern. Aber vielleicht brechen ja bessere Zeiten an, sobald sie nicht mehr Frau Meier heißt, sondern Frau Dr. Meier. Dann wird sie diesem Ort endlich den Rücken zukehren.

Irgendwann im dritten Jahr beginnt Hans, unter der Woche zu Besuch zu kommen. Zuerst unter dem Vorwand, ihr ein Lehrbuch vorbeizubringen, noch eine Frage zu haben oder um sich nach einem Prüfungstermin zu erkundigen. Dann, um Becki und ihr eine Kleinigkeit vom Markt vorbeizubringen oder etwas in der Wohnung zu reparieren. Auch wenn er selten länger als eine halbe Stunde bleibt, ist doch offensichtlich, dass sein Interesse nicht mehr rein wissenschaftlicher Natur ist und knotige Leberveränderungen, Gefäßverschlüsse und verfettete Bauchspeicheldrüsen nicht mehr der alleinige Grund sind, bei ihr zu klingeln.

Sie hat schon öfter darüber nachgedacht, ob er sich nun zu ihr hingezogen fühlt oder einfach nur einsam ist. Und was es mit ihren eigenen Gefühlen auf sich hat.

Es ist nicht so, dass ihr Herz klopft und ihre Hände feucht werden, wenn sie ihn anblickt. Sie will ihn auch nicht küssen. Und trotzdem wäre es eine Lüge zu behaupten, er wäre ihr egal. Sie mag es, wenn er um sie herum ist, und vermisst ihn, wenn er es nicht ist, so wie Becki. Aber sie will ihm keine falschen Hoffnungen machen und hat mehr als einmal beiläufig in ihre Unterhaltungen einfließen lassen, dass sie seit dem Tod ihres Mannes nicht mehr an einer Beziehung interessiert sei.

Immer häufiger besucht er sie an den Samstagen, an denen Geli sich in Ulm aufhält. Wenn er mit ihrer Tochter einen Stall für den Hasen errichtet oder mit ihr die alte Holzeisenbahn aufbaut, die er aus seinem alten Kinderzimmer in Freiburg mitgebracht hat, und sie stundelang die Züge kreisen lassen, dann wird Olga ganz warm ums Herz.

»Du kannst ruhig zum Essen bleiben, oder Mami?«, schlägt Becki ihm einmal vor, als Olga den Kopf durch die Küchentür steckt. »Ja, es ist genug für drei da«, ermuntert auch sie ihn zu bleiben. Sie hat dicke Bohnen gekocht, das einzige Rezept, das ihr gelingt, und Hans ist begeistert. »Was für ein Freudenschmaus!«

Und von da an isst er jeden Samstag mit ihnen, und ohne es zu merken, haben sie den Leichenschmaus durch den Freudenschmaus ersetzt.

Zu Beckis siebten Geburtstag am 1. April 1951 lädt Hans sie beide in den Tierpark ein, in die einstündig entfernte Wilhelma nach Stuttgart. Becki ist ganz außer sich vor Freude, und insgeheim Olga auch, als sie im Zoo stehen, umringt von abenteuerlichen Tieren. Weder ihre Tochter noch sie haben jemals Löwen, Tiger, Zebras, Elefanten gesehen, und als Hans Becki auf die Schulter nimmt, ruft diese glücklich: »Ich bin eine Giraffe!«

Hans blickt zu Olga und zieht an seiner Pfeife. »Und du?«

»Eine Löwin«, erklärt sie, ohne lange nachzudenken.

»Was auch sonst«, sagt er lachend.

»Immer noch besser einen Tag ein Löwe sein als hundert Jahre ein Schaf, hat mein Großvater immer gesagt.«

Behutsam lässt er Becki wieder von seinen Schultern. »Ich kenne jedenfalls keinen in unserem Semester, dem du noch nicht die Krallen gezeigt hast.«

Von da an fahren sie fast jeden Samstag in den Zoo, machen Wanderungen auf der Schwäbischen Alb oder Radtouren am Neckar. Den Sonntag hat er für seine Mutter in Freiburg reserviert. Becki mag Onkel Hans und freut sich die ganze Woche auf die gemeinsamen Ausflüge. Wenn sie sie in ihre Mitte nehmen, streckt sie die Brust heraus, als wolle sie sagen: »Seht her, das ist meine Familie.«

Ja, denkt Olga, so ist es ihr früher ergangen, wenn sie mit Mamme, Pelle und Lotte durch Schwedt lief und so tat, als gehörte sie dazu.

Und mit einem Mal bekommt sie Sehnsucht nach den Rasmussens, vor allem nach Lotte, die Schwester und Freundin zugleich für sie war. »Meine Schweundin«, sagt sie leise vor sich hin und lächelt unwillkürlich.

Sie fehlt ihr, sehr sogar, zumal sie hier in Tübingen keine richtige Freundin hat. Es gibt Studentinnen, mit denen sie sich unterhält, aber zu keiner hat sie engeren Kontakt. Neben ihr gibt es noch vier andere Frauen in ihrem Semester, drei von ihnen sind verheiratet, eine ist ganz sonderbar, huscht blass und unauffällig wie ein Geist durch die Flure und würdigt niemanden auch nur eines Blickes. Es ist, wie es ist. Woher soll sie auch die Zeit dafür nehmen, neben dem Studium und Becki? Sie hat nur Hans. Und der, was ist der für sie? Ein Studienkollege, ein Freund oder doch mehr als das? Es ist das erste Mal, dass ein anderer Mann als Fritz sie überhaupt interessiert. Wenngleich sie immer noch an ihn denkt, zerreißt sie die Sehnsucht nach ihm nicht mehr.

Hans ist da, und sie kann sich gar nicht vorstellen, wie es ohne ihn sein würde. Sie kann sich nicht einmal mehr erinnern, wie es ohne ihn war. Würde er weggehen, würde ihr etwas fehlen. Auch wenn er ihr nicht den Boden unter den Füßen wegzieht, so wie damals Fritz, gibt er ihr Halt, und sie mag es, wenn er auf ihrem Sessel sitzt und ein Buch liest oder wenn sie lange Spaziergänge unternehmen. Das ist ihre Vorstellung von Familie.

Am Abend von Beckis Einschulung, zu dem auch alle Borjahns angereist sind, fragt sie ihn, ob er nicht noch ein Glas Wein mit ihr trinken wolle. Becki schläft, und ihre Freunde sind wieder auf dem Weg zurück nach Oldenburg. Er legt den Arm um sie und lächelt sie an, und in diesem Moment ist es, als würde sie sich zum ersten Mal bewusst machen, dass er ein Mann ist und sie eine Frau. Doch er gibt ihr nur einen Kuss auf die Wange und sagt:

»Es war ein wunderbarer Tag mit dir und deiner Familie. Aber ich bin müde.« Sie spürt seine Körperwärme und einen Hauch von Enttäuschung darüber, dass er offenbar einen Vorwand gesucht hat, um schnell zu verschwinden. Aber wie soll sie es ihm verdenken? Er kennt ja ihren Standpunkt.

Jahreswende 1951/52

Tübingen

Ein halbes Jahr nach Beckis Einschulung begreift sie auf einmal, dass sich die Natur ihrer Gefühle geändert hat. Die Weihnachtsferien verbringt sie mit den Borjahns am Bodensee, als Oma Borjahn ihr am letzten Tag auf den Zahn fühlt. Sie gehen eingehakt am See spazieren. Es ist bitterkalt.

»Kein Mann, mein Kind, wird so viel Zeit mit einer Frau verbringen, wenn er nicht ernsthaftes Interesse hegt. Hans ist ein sehr attraktiver Mann und will sicher nicht ewig ein eingefleischter Junggeselle bleiben. Wenn du ihm nicht bald ein Zeichen gibst, ist er weg, und ich bin mir sicher, das würdest du bereuen.«

Als Olga sich gegen den frostigen Wind lehnt, spürt sie, wie das vertraute Gefühl von Stärke und Verlassenheit in ihr emporsteigt, und sie erwidert:

»Aber ich will nicht noch einmal heiraten.«

»Vielleicht solltest du aufhören, dich in alten Erinnerungen zu vergraben, und stattdessen nach vorne blicken, mein Engel. Sieh nur, wie glücklich mein Sohn wieder geworden ist, weil er sich mit Ruth eine neue Chance gegeben hat.«

»Und wenn ich Ärztin werden will und nicht Ehefrau?« Sie blickt auf die verschneite Eisdecke des Sees und überlegt, ob sie sich überhaupt vorstellen kann, mit Hans eine Familie zu gründen. Sicher nicht, wenn sie ihre Träume dafür aufgeben müsste.

»Dann solltest du ihn fragen, ob beides möglich ist.« Oma Borjahn drückt ihre Hand.

Am ersten Sonntagabend im Jahr kehrt sie mit Becki nach Tübingen zurück, und zu ihrer großen Überraschung steht Hans am Bahnsteig.

»Frohes neues Jahr, ihr beiden«, begrüßt er sie freudestrahlend und lässt sich von Olga die Koffer durch die offene Tür hinausreichen. »Ihr wollt mich doch wohl bei diesem Sauwetter nicht allein durch die halbe Stadt laufen lassen. Es ist spiegelglatt.«

»Onkel Hans«, ruft Becki überrascht und quetscht sich an Olga vorbei, um ihm direkt in die Arme zu hüpfen. Als er ihre Tochter herunterlässt, blickt er Olga tief in die Augen und reicht ihr die Hand. »Es ist schön, dass ihr wieder da seid.«

Ja, das ist es, denkt sie und umarmt ihn. »Neues Jahr, neues Glück!«, flüstert sie vielsagend in sein Ohr.

»Ich ahne schon, 1952 wird ein gutes Jahr«, gibt er lächelnd zurück.

Es hat heftig geschneit, und über die Straßen hat sich ein dicker weißer Schneefilm gelegt. Während Becki vor Vergnügen quietscht und kleine Schneebälle knetet, wird auch Olgas Welt mit einem Mal heller. Hans. Er ist da, weil er sich um sie sorgt.

»Darf ich noch etwas bleiben?«, fragt er, nachdem er Becki ins Bett gebracht hat. »Meine Mutter hat mir eine Flasche Sekt zum Anstoßen auf das neue Jahr mitgegeben.« Sie spürt ein Kribbeln im Bauch. Natürlich darf er bleiben. Sie merkt doch, wie sie sich nach Nähe sehnt, nach einem Zeichen von ihm.

Später, als sie im Wohnzimmer sitzen, streicht er ihr eine Strähne aus dem Gesicht. Sie atmet tief durch und hofft, dass er seine Zurückhaltung endlich ablegt.

»Weißt du eigentlich, wie schön du bist?« Er greift nach ihrer Hand, führt sie zu seinem Mund, und sie spürt seinen warmen Atem. Als er sich vorbeugt und seine Lippen ihr Ohr streifen, kribbelt ihr ganzer Körper.

»Was tust du?«, flüstert sie mit bebender Stimme.

»Als angehender Arzt«, haucht er und lässt dabei seine Finger über ihren Hals hinab zum Schlüsselbein wandern, öffnet den obersten Knopf ihrer Bluse, »muss ich doch sehen, ob alles am rechten Platz ist.«

Und als er sie langsam zu entkleiden beginnt, lässt sie ihn gewähren, und auch wenn sie nicht verheiratet sind, fühlt es sich gut und richtig an. Weil es Hans ist.

Seitdem verbringen sie nicht nur die Tage miteinander, sondern am Wochenende auch die Nächte. Kaum schläft Becki, schlafen sie miteinander. Sie genießt die körperliche Nähe, genießt es, das Erwachen ihres Körpers zu spüren, als wäre er all die Jahre im Winterschlaf gewesen, und mit der Energie, die er freisetzt, stürzt sie sich ins Lernen. Die nächsten Monate vergehen wie im Flug. Hans und sie leben wie ein Paar, ohne offiziell eins zu sein, und bei all der Nähe kommt es ihr nicht in den Sinn, Zukunftspläne zu machen. Sie will Ärztin werden. Was danach kommt, werden sie sehen.

Aber Hans will offenbar sehen, was kommt, und bedrängt sie.

»Ich möchte, dass ihr endlich meine Mutter kennenlernt, du und Becki.«

Sie begreift die Frage als Ausdruck seiner ernsten Absichten und spürt, wie ihr die Luft eng wird. Sie weiß, dass er nicht altmodisch denkt und der Letzte ist, der von einer Frau verlangt, die vorgeschriebenen Pflichten zu erfüllen.

»Warum lassen wir es nicht erst mal so, wie es ist. Ohne Druck. Es ist doch wunderbar so, und deine Mutter kann ich immer noch kennenlernen, nur nicht jetzt.«

»Wann dann? Was ist mit der Zukunft?«

»Über die Zukunft reden bringt Unglück. Das Jetzt ist wichtiger.«

Er mustert sie einen Augenblick lang, doch sie hält seinem Blick stand. »Bitte, Hans, lass uns das Examen machen, und dann sehen wir weiter.«

Er schüttelt seufzend den Kopf. »Andere Frauen sind dazu erzogen worden, zu tun und zu sagen, was ihre Männer wollen. Sie würden es nie wagen, gegen ihren natürlichen Platz aufzubegehren«, sagt er augenzwinkernd und küsst sie. »Du dagegen bist so eigensinnig, störrisch und kompromisslos. So stark. Ich glaube, du brauchst niemanden.«

Es stimmt nicht, aber das sagt sie ihm nicht. Mit ihm fühlt sie sich stärker, es ist, als könne ihr niemand mehr etwas anhaben, weil er da ist und auf sie aufpasst.

»Willst du so eine andere Frau?«, fragt sie ihn und spürt die Angst, ihn zu verlieren.

Er sieht sie seltsam an.

»Glaub mir, ich weiß, dass du anders bist. Aber du bist meine Frau fürs Leben«, sagt er »Ich will keine andere, nur Becki und dich. Aber du, was willst du?«

Sie ist gerührt von seinen Worten und spürt, wie ihr Herz aufgeht für ihn. Könnte er ihr Mann fürs Leben werden?

»Eine Aufgabe und einen Mann, die mich befriedigen«, sagt sie und sieht ihn verführerisch an, um das Thema zu beenden.

»Was kann man von einer privilegierten, verwöhnten Arzttochter auch anderes erwarten?«, sagt er und küsst sie.

Am nächsten Morgen im gynäkologischen Seminar schiebt der Assistent eine zugedeckte Patientin im Krankenstuhl in den Saal. Als Professor Thoben mit seinem grauschwarzen, pomadisierten Haar wenig später erscheint, wandert sein Blick durch die Stuhlreihen und bleibt an Hans und ihr hängen. »Junge Dame«, sagt er mit einem strahlenden Lächeln. »Wollen wir es einmal mit Ihnen probieren.«

Als sie sich die Hände ausreichend gewaschen und desinfiziert hat, nimmt er die Decke der Patientin ab. Die Beine sind gespreizt, die Hüfte gebeugt, und die Unterschenkel liegen in den dafür vorgesehenen Beinschalen.

Professor Thoben wartet, bis das Kichern der Studenten verebbt. »Dann beginnen Sie doch mal mit der Untersuchung und erläutern sie uns, was Sie sehen und fühlen.«

Bei dem Wort »fühlen« grinsen ihre Kommilitonen wieder dämlich.

Sie empfindet die Situation für die Frau als äußerst demütigend und fragt sich, was sie wohl veranlasst haben mag, sich dieser Intimbeschau auszusetzen. Vielleicht ist es Gleichgültigkeit oder nur die Aussicht auf ein warmes Mittagessen. Sie sieht aus, als habe ihr das Leben ordentlich zugesetzt. Die aschblonden schütteren Haare sind ganz verklebt, und als sie den Mund öffnet, entblößt sie eine Reihe fauler Zähne. Als Olga einen Schritt herantritt, um sich ihr vorzustellen, schlägt ihr beißender Atem entgegen. »Wie ist ihr Name?«, fragt sie freundlich.

»Martha Klipp«, sagt sie mit leiser Stimme.

Olga blickt zu Hans, der ihr ermutigend zulächelt.

Privilegierte, verwöhnte Arzttochter hat er sie gestern genannt, und auch wenn er einen Spaß gemacht hat, hat er doch den Nagel auf den Kopf getroffen. Wie viel Glück sie hatte, im Vergleich zu Martha Klipp, in die Familie Blume hineingeboren zu werden, mit Pa aufzuwachsen, der keinen Unterschied zwischen Karl und ihr gemacht hat. Es ist ungerecht, aber genau diese Bedingungen haben ihr geholfen, durchs Leben zu kommen, die herausfordernden Hürden zu nehmen. Auf einmal denkt sie an die armen Frauen in Oldenburg, die in diesem entsetzlichen Heim für gefallene Mädchen untergebracht gewesen waren und beschimpft und gedemütigt wurden. Sie denkt an die vergewaltigten Frauen in Kühlungsborn, die nicht über ihren eigenen Körper bestimmen durften und Kinder austragen mussten, die sie mit Gewalt empfangen haben, sie denkt an ihre Kommilitoninnen, die allesamt für dumm gehalten und, wenn sie Glück haben, nur anzüglichen Bemerkungen ausgesetzt werden. Und an all die anderen Frauen, die benachteiligt werden, nicht frei sind und nicht für sich entscheiden dürfen. Noch etwas geht ihr durch den Kopf: dass sie sich all diesen Frauen seltsam nah fühlt, als würden sie ihr eine Ahnung von dem vermitteln, was der Kern von Olgas Geschichte ist. Was ihre Aufgabe ist.

Olga legt ihrer Patientin eine Hand auf den Arm, während sie ihr freundlich in die Augen blickt. »Haben Sie etwas dagegen, Frau Klipp, wenn ich Sie jetzt untersuche?«

Als sie erstaunt aufblickt und gehorsam nickt – offenbar ist sie es nicht gewohnt, um Erlaubnis gefragt zu werden – geht Olga auf, dass es ihre Pflicht ist, ihr Privileg zu nutzen. Dass sie Ärztin werden will, um Frauen wie Martha Klipp zu unterstützen, statt sie irgendwelchen groben Medizinern auszusetzen, die sie nur ein weiteres Mal um ihre Würde bringen.

Olga nickt ihr dankbar zu. »Manchmal, Frau Klipp, sehen Sachen schlimmer aus, als sie sind«, sagt sie und greift nach der Hand, sie fühlt den Puls, nimmt das Stethoskop und horcht die Herztöne ab. Dann befühlt sie mit der einen Hand die Vulva von außen, bevor sie sie in die Vagina einführt. Als sie ihre Untersuchung abgeschlossen hat, fasst sie zusammen: »Ich sehe einen fleckigen, roten Hautauschlag am Bauch und ertaste ein münzgroßes, hartes Geschwür mit wallartigem Rand und nässender Oberfläche an der Vulva.« Sie wartet einen Moment und betastet die Lymphknoten in der Leistengegend. »Tut das weh, Frau Klipp?«, fragt sie. Als die Patientin den Kopf schüttelt, schaut Olga zu Professor Thoben und sagt: »Erheblich angeschwollen, aber nicht schmerzhaft.«

»Sehr gut beschrieben!«, gibt er beeindruckt zurück und wendet sich dann an die Kommilitonen. »Hat einer der Herren eine Idee dazu?«

Er wartet, und als sich nach einer Minute noch immer niemand zu Wort meldet, stellt Olga mit Genugtuung fest, dass der Horizont ihrer Kommilitonen nicht mal bis unter den Bauchnabel reicht. »Wie wäre es mit einer der Damen?«, fragt sie den Professor lächelnd. »Ich hätte nämlich eine Idee.«

»Nur zu«, sagt er. »Ich habe viel übrig für Ideen und besonders für … Damen …«

»Das Geschwür ist da entstanden«, fällt sie ihm brüsk ins Wort, »wo der Spirochaeta pallida in die Schleimhäute eingedrungen ist. Ich bin mir sicher, dass es sich um Lues handelt. Syphilis.« Sie wendet sich an Martha Klipp und legt ihr beruhigend eine Hand auf den Arm. »Eine bakterielle Infektion, die wir mit Penicillin gut in den Griff bekommen werden.«

»Bist du glücklich, Frau Dr. Meier?«, fragt Hans sie am Abend ihres bestandenen Staatsexamens, noch ganz erhitzt und glühend, als sie nackt nebeneinanderliegen. Nach fünf Jahren sind sie endlich mit dem Studium fertig. Als sie nicht antwortet, schließt sich sein Arm enger um sie, und sie denkt daran, was sie alles geschafft und erreicht hat, seit sie aus Oldenburg weggegangen ist, und da auf einmal kommen ihr die Tränen. Dr. Olga Meier, Ärztin – mit dem besten Examen des Jahrgangs. Was Pa wohl dazu gesagt hätte?

»Ja«, sagt sie schließlich »Ich bin glücklich.«

»Wie glücklich?«

»Glücklich.«

»Nur glücklich?«

»Sehr glücklich«, erwidert sie und denkt, dass die Vorstellung, glücklich zu sein, sie zumindest ungemein zufrieden macht.

Er setzt sich auf und blickt sie zärtlich an. »Wenn ich dir verspreche, keinerlei Einwände dagegen zu erheben, dass du arbeitest, Auto fährst und dich weigerst, mir einen Martini zu bringen, könntest du mir dann versprechen, ohne Druck versteht sich, mich … zu heiraten?«

Sie sieht ihn an wie vom Donner gerührt. »Aber …«

»Die Zukunft ist jetzt, Olga. Ich liebe dich. Lass uns heiraten.«

Heiraten? Liebe? Sie muss schlucken.

»Was ist Liebe?«, hatte sie Juri einmal gefragt, als er mit diesen glühenden Augen von seiner Frau Mascha sprach. Er hatte sie angesehen und gesagt: »Ein Funken in einem Meer aus Asche.«

Natürlich hatte sie sofort an Fritz gedacht und erkannt, dass es dieser Funken gewesen war, der sie am Leben erhielt. Das Bild von ihm, das sie in den dunkelsten Momenten heraufbeschwor.

Aber warum fällt ihr das ausgerechnet jetzt ein?

Sie holt tief Luft. Weil es ihr auf einmal so vorkommt, als befände sie sich auf einem Weg, der sie längst fortgeführt hat von diesem Funken, von Fritz. Auch wenn sie Hans nicht mit derselben Leidenschaft liebt, wie sie einst ihn geliebt hat, vielleicht muss sie nur in die Glut blasen, um einen neuen Funken zu entzünden. Für Hans. Sie empfindet etwas Besonderes für ihn, etwas Zärtliches und Sanftes, das sich richtig anfühlt. Sie mag ihn, sehr sogar, sie mag, dass er Becki und ihr Sicherheit gibt, dass er ihr vertraut und sie gemeinsame Ziele haben. Und kommt es nicht genau darauf an? Sie hat sich viel Zeit gelassen, das herauszufinden, aber vielleicht brauchen große Gefühle Zeit. Zeit zu kommen und zu gehen.

Natürlich will sie Hans heiraten. Ihn glücklich machen, diesen warmherzigen Mann, der so viel Geduld mit ihr beweist.

Als sie bei diesem Gedanken nichts weiter als ein schluchzendes Nicken herausbrachte, zieht er sie an sich für einen langen, zärtlichen Kuss, als wolle er, dass sie die Erinnerung an diesen Moment nie vergisst.

»Ich möchte, dass wir eine richtige Familie sind. Becki, du und ich und unsere gemeinsamen Kinder«, sagt er und stupst ihr auf die Nase.

Gemeinsame Kinder? Als sie Ja gesagt hat, hat sie nicht Ja dazu gesagt, ihr Leben auf den Kopf zu stellen. Bis eben wusste sie noch nicht einmal, dass sie heiraten wollte. Woher soll sie dann wissen, ob sie noch ein Kind möchte?

»Darüber will ich mir doch jetzt noch keine Gedanken machen«, sagt sie und schmiegt sich an ihn.

»Willst du denn keine gemeinsamen Kinder?«, fragt er und richtet sich auf.

»Doch, schon«, druckst sie herum. »Aber ein Mädchen genügt vorerst«, sagt sie neckend, »und alles weitere verhandeln wir nach unserer Assistentenzeit.«

»Du hast recht, warten wir ab, bis ich genügend Geld verdiene.«

Sie sieht ihn verwundert an.

»Oder ich«, erwidert sie und lacht, froh über den Aufschub.

Nachts träumt sie das erste Mal nach langer Zeit wieder von den Kindern, die nicht leben durften. Sie treiben neben ihr im Wasser, schwerelos wie sie selbst. Panisch sieht sie sich um, und sie erkennt den leblosen Körper ihres Vaters, dann taucht Sophies Körper im gelben Kleid auf und nach und nach all die Frauen, denen sie geholfen hat, die Kinder abzutreiben, und auch die, denen sie nicht geholfen hat. Das Meer färbt sich rot. Blut, überall Blut!

Sie schreckt hoch und keucht.

Panisch fasst sie neben sich und fühlt die Kuhle, die Hans hinterlassen hat. Wenn sie erst verheiratet sind, wird er jede Nacht bleiben, dann ist sie nicht mehr allein. Eilig steht sie auf und sieht nach Becki, die tief und fest schläft, wie ein Engel. Sie streicht ihr mit der Hand über die Wange und begreift, dass sie sich auf das Schöne konzentrieren muss, das vor ihr liegt.

30. März 1991

Ginsterburg

»Noch mehr davon, und ich bekomme *Kopfschleh*«, sagte Olga amüsiert, als Rosie ihr das dritte Glas Schlehenschnaps hingestellt hat. Sie spürte, wie der Alkohol bereits in ihr arbeitete oder auch die Erinnerungen an die ersten Jahre mit Hans.

»Das hat dein Pa immer gesagt, wenn ich ihm nachschenken wollte.« Die Mamsell verzog den Mund und ahmte Pas sonore Stimme nach. »Nach dem dritten Glas ist Schluss, sonst gibt das *Kopfschleh.*«

Olga lachte. »Hat er behauptet und dann munter weitergetrunken! Aber ich muss leider passen.« Sie langte nach einem Glas Wasser und betrachtete es nachdenklich, dann trank sie es in einem Zug aus.

»Ach, mein Olgachen. Ich hatte nie einen Zweifel daran, dass du in seine Fußstapfen trittst.«

»Und jetzt auch meine Enkelin«, sagte Olga, als Sara hereinkam und sich an sie lehnte.

»Liebe Grüße von Hendrik, Omama. Stell dir vor, er hat ein WG-Zimmer gefunden und zieht doch nicht ein bei mir.«

»Enttäuscht?«, fragte Olga und sah zu ihr hoch.

Sara nahm das Glas Schlehenschnaps, das Olga gerade abgelehnt hatte, und kippte es herunter.

»Er will mich nicht einengen«, erwiderte sie und lachte kurz auf. »Oder sich selbst nicht. Becki wird sich jedenfalls freuen über meine neugewonnene Freiheit.«

Meine Lütte wird erwachsen, dachte Olga und nahm Saras Hand. Sie sah ihr an, dass sie verletzt war. Sara schien nicht zu ahnen, was so offensichtlich für alle anderen war: Hendrik zog sich nicht zurück, weil er frei sein wollte, sondern um davon abzulenken, dass er sie mehr liebte als andersherum. Es würde nicht gutgehen, das wusste sie von Hans und sich selbst. So oder so trieb er sie weg von sich, in die Freiheit. Und damit auch leider weg von sich.

Sara drückte den Rücken durch. »Dürfte ich mir vielleicht einmal Omamas Zimmer ansehen?«, wechselte sie das Thema.

»Nur zu«, sagte die Mamsell. »Du kennst dich ja aus, Olgachen. Geht doch schon einmal vor.«

Olga und Sara setzten ihre Tour im ersten Stock fort. In den Regalen des Kaminzimmers, die früher mit Pas Büchern gefüllt gewesen waren, klafften Lücken. Bei näherem Hinsehen entdeckte sie einen Roman von Tolstoi. *Anna Karenina.* Wie oft hatte Karl ihnen daraus vorlesen müssen, wenn sie mit Pa und der Babuschka die russische Teestunde begangen hatten. Sie zog das Buch heraus und schlug es auf. Dabei segelte ein vergilbtes Papier heraus. Rasch hob sie es auf und erkannte die Handschrift ihrer Großmutter. Und da stand dieser Satz:

Der Zauberstab ist mir gegeben. Ich muss ihn nur zu gebrauchen wissen.

Leo Tolstoi

Pa hatte ihre Babuschka in Sotschi kennengelernt. *An dem einzigen Ort, Gänseblümchen, wo die Sonne immer scheint.* Irgendwann Ende des letzten Jahrhunderts war er dort auf seiner Reise von Tiflis nach Odessa gestrandet, während sie mit ihren Eltern an der kaukasischen Riviera Urlaub gemacht hatte. Als er sah, dass sie Tolstoi auf Französisch las, zitierte er den einzigen Satz, den er von ihm kannte. Das reichte, um ihr Herz zu gewinnen. Drei Monate später waren sie verheiratet.

Sara schaute über ihre Schulter. »So ähnlich sagst du es immer, Omama. Dass ich mich an meine Zauberkräfte erinnern soll.«

»Ja, Sara, wenn du erst mal …« Ein Räuspern brachte sie zum Verstummen. Sie drehten sich um, und da stand eine Frau, Rosie wie aus dem Gesicht geschnitten. »Was tun Sie in meiner Bibliothek?«, fragte sie mit scharfer Stimme.

Olga kam sich plötzlich vor wie ein Eindringling. »Ihre Mutter hat mich hereingelassen. Ich habe hier früher einmal gewohnt.« Sie zögerte und trat schließlich einen Schritt zurück. »Das Buch, das ist von meiner Großmutter.«

»Und jetzt kommen sie, um es zurückzufordern?«, fragte die Frau und sah sie unverwandt an. »Das Buch, das Haus, alles?«

Olga schüttelte stumm den Kopf, sie wusste nicht, was sie darauf erwidern sollte. Die Frau hatte Angst um ihr Zuhause, das sah sie ihr an. Dennoch, auch sie selbst verband viel mit diesem Ort.

»Es ist vielleicht Ihr Haus«, sagte sie schließlich, »und trotzdem stecken auch meine Erinnerungen, meine ganze Kindheit und Jugend hier drin.«

Sara legte ihr beruhigend die Hand auf die Schulter. »Natürlich fühlen Sie sich von uns bedroht«, sagte sie, an die Frau gewandt. »Und Sie haben jedes Recht, aufgebracht zu sein. Aber Ihre Mutter hat uns erlaubt, uns umzusehen, um mir zu zeigen, wo meine Oma aufgewachsen ist.«

Wie dankbar war Olga Sara in diesem Moment für ihre Fähigkeit, einen Streit schon im Keim zu ersticken. Ihre Enkelin besaß dieses naturgegebene Talent zur Diplomatie, was Becki und ihr völlig abging. Während Becki schnell aufbrauste, bereit zum Kampf, hatte es in Olgas Leben schon so viele Kämpfe gegeben, dass sie sich inzwischen lieber in sich zurückzog, bis der Sturm vorübergezogen war.

»Kein Mensch will Sie von hier vertreiben«, pflichtete sie Sara bei.

In der Zwischenzeit war die Mamsell hereingekommen und legte jetzt den Arm um ihre Tochter. »Lisi, da hörst du es, niemand will uns von hier verjagen. Das ist doch mein Olgachen.«

Elisabeth sah sie überrascht an.

»Von der ich die verarzteten Puppen geerbt habe, ich erinnere mich«, sagte sie, und die Erleichterung war ihr anzuhören.

Sie wandte sich mit einem Lächeln an Olga. »Entschuldigen Sie, aber meine Freundin hat erst letzte Woche einen Brief vom Anwalt bekommen, der sie im Namen des Westeigentümers aufgefordert hat, Haus und Grundstück bis zum 1.Juni zu räumen. Wir sind alle etwas nervös.«

»Ja, das verstehe ich. Wir wollen uns wirklich nur umschauen. Ich war so lange nicht mehr hier.«

Die Mamsell räusperte sich. »Sieh nur, was ich für dich habe«, sagte sie und griff ins Regal hinter sich. Olga musste ihre Brille aufsetzen, um es erkennen zu können.

»Ist das …?«

Rosie nickte lächelnd. »Die alte Leica deiner Mutter mit Film drin«, beendete sie ihren Satz. »Die habe ich all die Jahre für dich aufbewahrt.«

Olgas Hände zitterten, als sie die Kamera entgegennahm. Sie erinnerte sich. Auf dem Film waren Aufnahmen von Pa beim Angeln, von Annemie, wie sie mit Fritz von der Brücke in den See gesprungen war, und von Lotte und ihr auf der letzten Regatta. Sie zwinkerte, um die Tränen zurückzuhalten.

»Alles in Ordnung, Omama?«, fragte Sara und legte eine Hand auf Olgas Arm.

»Es ist nur …« Sie drehte die Kamera um und strich mit den Fingern über das Gehäuse. »Ich frage mich, ob der Film nach so vielen Jahren noch in Ordnung ist? Ob man die Bilder entwickeln kann?«

»Warum nicht?«, meinte Elisabeth. »Solange die Kamera nicht geöffnet und der Film nicht belichtet wurde.«

Gedankenverloren sah sie aus dem Fenster, wie früher, als sie viel Zeit damit verbracht hatte, die Vögel auf der Ulme zu beobachten. Sie wusste nicht, ob sie die Kraft hatte, sich die alten

Bilder anzusehen. Alles ging so schnell. Doch noch weniger wollte sie weiter so tun, als gäbe es ihre Vergangenheit nicht. Jetzt hatte sie es schon in ihr altes Zuhause geschafft, da würde sie sich doch wohl nicht von ein paar Schwarz-Weiß-Aufnahmen ausbremsen lassen.

»Ist das ein Gilu?«, fragte sie überrascht, als sie im Garten einen Lumpenkreuzer erspähte.

Elisabeth nickte. »Die Schneider-Werft produziert sie seit letztem Jahr wieder. Wenn Sie wollen, können Sie sich das gerne ausleihen.«

Olga lächelte ihr zu. »Vielleicht mache ich das sogar. Ich bin früher mit so einem Regatten gefahren.« Sie zögerte kurz. »Dürfte ich vielleicht noch einen Blick in mein altes Zimmer werfen?«, fragte sie schließlich. »Danach gehen wir, versprochen.«

Auf dem Weg ins Dachgeschoss kamen sie am Bild vom Stolzen Hirschen vorbei. Das Bild hatte der Baron von Hettersdorf ihnen ein paar Wochen nach der Geburt seines Sohnes Rudolf geschenkt.

Olga blieb davor stehen und richtete den Rahmen. Als sie Saras strengen Blick erhaschte, sagte sie erklärend in die Runde: »Dieses Bild hatte schon früher die schlechte Angewohnheit, auf Wanderschaft zu gehen. Mein Großvater sagte immer, der Hirsch hätte Angst, dass man ihn am Ende doch noch erwischen würde.«

Elisabeth lachte und tätschelte ihren Arm. »Wollen sie es zurück?«

In Olgas Ohren hörte es sich an wie: Wollen Sie das Gestern zurück?

Sie schüttelte den Kopf. Es war vorbei, wie ein guter Teil ihres Lebens. Sie musste nicht hierherkommen, in ihr altes Heim, um zu erfahren, dass es verschwunden war. Und sie bezweifelte sehr, dass es überhaupt einen Weg gab, die verlorene Zeit zurückzubekommen. Sicher nicht durch ein Bild oder ein Haus. Doch es gab etwas, das sie tatsächlich gerne mitnehmen würde, weil es für sie noch genauso aktuell war wie damals. »Das Bild nicht, nein. Aber wenn ich *die Leica* haben dürfte?«

»Aber natürlich«, sagte Elisabeth »die hat doch all die Jahre auf Sie gewartet.«

»Wie ich, Olgachen, wie ich«, meinte die Mamsell und hakte sich bei ihr ein.

Sie stieg zusammen mit Rosi, hinter Elisabeth und Sara das Treppenhaus hoch bis ganz nach oben. Vor ihrer alten Zimmertür blieb sie stehen.

»Das ist inzwischen die Rumpelkammer«, sagte Elisabeth und öffnete die Tür.

Olga ging an Kartons und einem Bügelbrett vorbei zum Fenster spähte hinunter zum See, während Rosie Sara erklärte: »Da oben, auf dem Baum, saß deine Oma jeden Morgen mit diesem Jungen. Ich sah sie und dachte, so schön muss die erste Liebe sein.«

Olga durchzuckte es. Sie hatte immer geglaubt, niemand hätte ihre Treffen zur Eisvogelstunde bemerkt.

»Mit Gero?«, fragte Sara.

»Als hätte ihr dieser Junge das Wasser reichen können! Nein, mit dem jungen Schneider, dem Fritz natürlich.«

»Fritz?« Sara wandte sich erstaunt zu Olga um.

»Fritz Schneider?«, fragte Elisabeth. »Der von der Gilu-Werft?«

Rosie nickte. »Natürlich der.« Sie wandte sich Olga zu. »Als du von deiner Hochzeit weggerannt bist, wusste ich sofort, warum. Wie hättest du ihn heiraten können, wenn du in den Fritz verliebt warst?«

Saras Blick geht ihr durch Mark und Bein. »Wie, du bist von der Hochzeit weggerannt?«, fragte sie. »Du hast meinen Großvater gar nicht geheiratet?«

Olgas Körper fühlt sich an wie taub. Ein Leben mit der Lüge, dachte sie, und nun stehe ich hier und habe keine Antworten.

Olga fasste Sara am Arm. »Natürlich habe ich ihn geheiratet, aber erst später«, antwortete sie. »Fritz wurde der Mann meiner Freundin Lotte«, fügte sie hinzu, als sie plötzlich durch das offene Fenster von unten ihre Stimme hörte.

Lotte!

Olga sah aus dem Fenster, und tatsächlich, da, neben Becki stand sie, ihre alte Freundin! Wie früher, wenn sie sie zum Spielen abholen wollte. Ihre Schweundin, die sie einmal besser gekannt hatte als jeder andere Mensch. Bis sie sich verraten hatten, sie Lotte und andersrum. Da stand sie und rief zum Fenster hoch, als wäre es nichts: »Olga, komm doch runter!«

2. April 1955

Freiburg

Als Lotte aus dem Zug steigt, elegant in Pelzmantel und Hut, erkennt Olga sie fast nicht, erst auf den letzten Metern. Lotte kommt ihr mit einem strahlenden Lächeln entgegen, doch Olga blickt mit klopfendem Herzen an ihr vorbei. Nur der Gepäckträger folgt mit zwei schweren Koffern. Fritz ist nicht zu sehen. Erleichtert atmet Olga aus und drückt Beckis Hand.

Unter Lottes Arm klemmt ein riesiger Strauß aus Mohn, Anemonen und Mutterkraut, und Olga denkt unwillkürlich, dass diese Blumen nicht in die Vase gehören, sondern in den Tee. Könnte sie die Blüten des Mutterkrauts jetzt mit heißem Wasser aufgießen, würden sie vielleicht die Kopfschmerzen verschwinden lassen, die Olga plagen, seit Lotte ihr gestern ihre Ankunft telegrafierte.

Seit fast zwölf Jahren haben sie nichts voneinander gehört, und nun kommt Lotte auf sie zu, als wäre nichts gewesen. Als Fritz' Ehefrau. Bis eben wusste Olga nicht einmal, ob Lotte ihn mitbringen würde, das Telegramm war uneindeutig. *Bin morgen in Freiburg. Stop. Wollen dich sehen. Stop. Lotte Schneider.*

»Siehst du sie?«, fragt Hans, als er sich streckt und der Richtung ihres Blicks folgt, ohne genau zu wissen, nach wem er Ausschau halten soll.

Sie braucht einen Moment, dann nickt sie. »Die Frau mit dem Hut«, sagt sie und lehnt sich an ihn. Ohne Auftritt geht es bei Lotte nicht, denkt sie.

»Mami, ist die Frau schön!« Ihre elfjährige Tochter staunt mit offenem Mund angesichts der Grandezza, die Lotte ausstrahlt.

Einen Moment später bleibt sie vor ihnen stehen, und Olga

kann Becki verstehen. Alles an Lotte wirkt makellos: die vollen Lippen, das blonde Haar in Locken gelegt, dazu die großen blauen Augen, die jetzt feucht werden. Das Frausein steht ihr.

»Wie wunderbar, dich wiederzusehen«, sagt Lotte und umarmt sie so heftig, dass Olga fast das Gleichgewicht verliert. Sie riecht den Duft der Blumen in Lottes Hand und den zarten Lavendelduft, der Lotte schon in ihrer Kindheit umhüllt hat. »Die sind für dich. Alles Gute nachträglich zum Geburtstag!«

Olga nickt stumm, während sie fieberhaft überlegt, wie sie sich revanchieren kann. An ein Geburtstagsgeschenk für Lotte hat sie gar nicht gedacht!

»Darf ich vorstellen, meine Tochter Becki und mein Mann Hans«, stellt sie rasch ihre Familie vor. »Medizinalassistent im zweiten Jahr, so wie ich.«

Das ist wirklich das Erste, was sie nach all den Jahren der Funkstille über die Lippen bringt? Olga!, flucht sie stumm.

Lotte nimmt Becki ins Visier und mustert sie eingehend. Schließlich beugt sie sich hinunter und gibt ihr einen Kuss auf die Wange. »Sehr erfreut, kleines Fräulein«, sagt sie und wendet sich dann an Hans. »Ein Arzt, was sonst.« Sie lächelt ihn an. »Und ein so stattlicher noch dazu.«

Hans gibt ihr die Hand, und Olga bemerkt, dass er rot anläuft.

»Zu unserer Hochzeit kommen Sie leider zu spät, ein halbes Jahr, um genau zu sein.« Hans legt den Arm um Olga und drückt sie an sich.

»Und zu meinem Geburtstag einen Tag zu spät«, geht Becki dazwischen. »Ich habe am selben Tag wie Mami Geburtstag.«

Lotte klatscht in die Hände. »Ich auch.« Sie lacht und lässt sich vom Gepäckträger einen Tortenkarton geben. »Dann habe ich ja genau das Richtige zum Nachfeiern.«

Olga öffnet ihn und ist für einen Moment sprachlos. »Eine Eisvogeltorte«, flüstert sie schließlich und hält den Karton niedriger, damit Becki sie sich auch anschauen kann.

»Von Mamme mit den herzlichsten Grüßen zum dreißigsten Geburtstag«, erwidert Lotte.

»Kannst du dir vorstellen, dass wir schon dreißig sind?«, fragt Lotte, als sie zwei Stunden und ein Tortenstück später zu zweit den Schlossberg hinaufsteigen und die Stadt hinter sich lassen.

Olga hat Mühe, mit ihr Schritt zu halten. Das Wetter ist, wie so häufig in Freiburg, von einer auf die andere Minute umgeschlagen, und Olga fragt sich, warum sie Lotte bloß den Vorschlag mit dem Dattler gemacht hat. Eben noch hat die Sonne geschienen, nun ist es nassnebelig. Bei dieser Witterung hat man dort oben kaum eine Aussicht, und das ist der einzige Grund, der ihr einfällt, diese Mühsal auf sich zu nehmen.

Doch ihre alte Freundin wollte mit ihr allein sein, und das versteht Olga ja auch, schließlich haben sie sich lange nicht gesehen. Ein Ausflug auf den Berg erschien ihr als eine gute Ausrede, denn Hans hat sich erst vor wenigen Tagen den Fuß verknackst, und Becki muss noch für die Schule lernen. Doch jetzt bereut sie diese Entscheidung, nicht nur weil der Aufstieg so beschwerlich ist, sondern weil sie sich auch vor den Themen fürchtet, die allein mit der Freundin aufkommen könnten, vor den Schatten der Vergangenheit.

»Ob ich mir das vorstellen kann?«, keucht sie lachend. »Daran erinnern mich meine alten Knochen jeden Tag.«

»Ach was«, sagt Lotte. »Schau dich doch an! Du bist schön, du bist jung, du bist fehlerlos.« Sie bleibt stehen und sieht Olga prüfend an. »Aber bist du auch glücklich?«

»Ja, schon. Ich habe alles, was ich brauche. Hans, Becki, die Arbeit im Krankenhaus«, antwortet Olga und meint es auch so.

»Du hast wirklich eine wunderbare Familie, Olga. Ich hoffe, du weißt, was für ein Glück das ist.« Lotte beugt sich vornüber und stemmt die Hände in die Hüften. »Entschuldige, ich bin völlig außer Atem.«

»Dreißig, ich sage es doch«, erwidert Olga grinsend. Sie deutet auf eine Bank mit Ausblick auf das Freiburger Münster, das jetzt jedoch in Nebel gehüllt ist. »Komm, gönnen wir uns eine Pause.«

Sie geht voran, setzt sich, und Lotte folgt ihr mit etwas Abstand.

»Lass mich dir einen Rat geben«, sagt Lotte, als sie neben Olga sitzt und sich mit beiden Händen die verschwitzten Haare zurückstreicht. »Männer wollen keine Frau, die schlauer ist als sie selbst, die immer recht hat. Sie wollen eine Frau, die sie braucht, die unkompliziert ist.«

Olga runzelt die Stirn und wirft Lotte einen Seitenblick zu. »Du meinst eine Frau, die schlicht gestrickt ist?«

»Ich meine eine Frau, die sie umsorgt.« Prüfend blickt Lotte sie an. »Deren Blick in den Kochtopf hineingeht statt über ihn hinausragt.«

Olga versucht ein Lachen. »Tolle Weisheit. Wer hat dir das denn beigebracht?«

»Jahrelange Erfahrung als Ehefrau«, erwidert sie. »Fritz spricht es zwar so nicht aus, aber er denkt es, das sehe ich ihm an.«

Die Worte geben Olga einen Stich, der ihr durch den ganzen Körper fährt. Bisher ist die Sprache noch nicht auf ihn gekommen, und das war gut. Denn sie spürt, dass, wenngleich er nicht hier ist, er allein durch seine Verbundenheit mit Lotte wider Erwarten Gestalt annimmt, als stünde er höchstselbst vor ihr. *Wicca*, hört sie ihn flüstern, und sieht seinen Finger unter sein linkes Auge wandern, das Zeichen für ihre geheime Verbundenheit. *Ich bin zurück.* Sie wischt sich übers Gesicht, um die Bilder, die Worte zu verscheuchen. Zu allem Überfluss fängt es auch noch an zu nieseln. Olga zieht fluchend den Mantelkragen hoch, während Lotte sich mit den Fingern die Tropfen von der Wange wischt.

»Du glaubst also, ich müsste mich ausschließlich um Hans

kümmern?« Olgas Ton klingt scharf, sie hört es selbst. »Ich weiß, dass viele Männer so ticken, aber glaub mir, mein Mann ist anders. Er liebt mich so, wie ich bin.«

Aber das ist nur die halbe Wahrheit. Sie saß gestern nach dem Geburtstagskaffee noch gemeinsam mit ihrer Schwiegermutter auf der weitläufigen Terrasse der bleyschen Familienvilla, während Becki auf ihrem neuen Fahrrad eine Runde durch das Herdernviertel drehte, begleitet von Hans. Als sie sich noch ein kleines Stück Kuchen auftat – mehr aus Langeweile denn aus Appetit –, säuselte Herta: »Herrlich, so ein gesunder Appetit! Wenn man dich so schlingen sieht, könnte man meinen, du äßest für zwei …«

Olga lächelte und schloss die Augen. Sie wollte sich den Tag nicht verderben lassen und dachte lieber an die Eisvogeltorte, die Bäcker Zapfen immer für ihren Geburtstag vorbereitet hatte und von der sie damals vier große Stücke verdrücken konnte, ohne sich den Magen zu verstimmen, sie dachte an die vielen Geburtstagsfeiern ihrer Kindheit, die sie immer »Muttermahle« genannt hatten, daran, wie just an diesem Tag häufig die Sonne aus ihrem Winterschlaf erwacht war und Pa meinte: *Siehst du, du bist mein Sonnenkind.* Auch heute war es der erste warme Tag des Jahres, und nichts, auch nicht Herta, hätte sie davon abhalten können, diese ersten Frühlingsstrahlen zu genießen.

»Warum hältst du nur immerzu dein Gesicht in die Sonne?«, riss ihre Schwiegermutter sie aus den Gedanken.

Olga öffnete die Augen und lächelte. »Mein Großvater hätte gesagt: Damit die Schatten hinter mich fallen.«

Herta spitzte die Lippen. »Nun, und ich würde sagen, das ist töricht. Du bekommst nur alte Haut davon, und ehe du dich versiehst …«

Olga zuckte ob der Schärfe in Hertas Stimme zusammen.

Wie sehr hatte sie gehofft, mit dem Einzug in die bleysche Familienvilla auch ihren Nachholbedarf in Sachen mütterlicher

Wärme stillen zu können! Von Hans wusste sie, dass Herta sich immer eine Tochter gewünscht hatte, ein weibliches Wesen mit weiblichen Interessen, dem sie alles beibringen konnte, was sie von ihrer Mutter gelernt hatte. Und sie war in den ersten Wochen nach ihrer Verlobung auch ganz entzückend zu Becki und ihr gewesen. Wenn Hans von seinen sonntäglichen Besuchen bei seiner Mutter zurückgekommen war, hatte er immer eine Kleinigkeit für Becki und sie dabei, mal Pralinen, mal ein schickes Tuch für sie und eine Puppe für ihre Tochter. Doch jetzt, da Hans und sie verheiratet waren und mit Herta unter einem Dach lebten, wusste sie nicht, wie sie mehr Nähe herstellen sollte. Hertas Vorstellungen darüber, wie eine Frau leben sollte, besonders wenn es die ihres Sohnes war, deckten sich nicht mit den ihren.

»Du bist jetzt dreißig. Ich bin davon ausgegangen«, fuhr Herta fort, ohne den vorherigen Satz zu beenden, »dass du deinen Beruf aufgibst, sobald ihr verheiratet seid. Und nun sind Monate vergangen, und …«

Das war's mit dem schönen ruhigen Moment, dachte Olga. »Hans und ich sind uns einig, dass wir beide unsere Ausbildung beenden«, unterbrach sie sie. »Warum sollte ich also aufhören?«

Aber waren Hans und sie sich noch einig? Am Abend, als sie ihm davon erzählte, meinte er: »Mutter macht sich nur Sorgen. Sie bekommt doch mit, dass es manchmal zu viel für dich wird, die Arbeit, der Haushalt, Becki. Ich verdiene jedenfalls genug für uns beide!« Selbst wenn er ihr vor der Hochzeit versichert hat, dass sie nicht aufgeben sollte, was sie am meisten liebte, wünscht ihr Mann sich insgeheim doch, dass sie ihn an erste Stelle setzt und willens ist, ihr Leben für ihn zu ändern.

Schon um ihm zu beweisen, dass sie beiden Rollen gewachsen ist, kümmert sie sich um den vollen Kühlschrank, um Beckis Schulangelegenheiten und ihre Familienausflüge, sie tippt seine Doktorarbeit ab, liest mit verbissenem Ernst jeden Fachartikel, übernimmt mehr Dienste als ihre Kollegen und erledigt häufig auch noch deren Papierkram.

Und ist immerzu erschöpft. Das Gleichgewicht hat sich unmerklich verschoben, allein zu seinen Gunsten.

Lotte drückt sanft Olgas Arm, und die Wärme fließt durch ihn hindurch. »Nein, ich muss mich entschuldigen. Ich weiß doch, wie wichtig dir dein Beruf ist. Du wolltest immer Ärztin werden.« Sie seufzt. »Nur seid ihr jetzt verheiratet, und ich weiß nicht, wie du es hinkriegen willst, Arbeit und Familie. Hans will doch sicher schnell ein gemeinsames Kind mit dir. Vielleicht musst du vorerst deine privaten Interessen mal hintanstellen.«

»Private Interessen?«, schnaubt Olga. Doch sie will ihre alte Freundin nicht vor den Kopf stoßen, weil sie sich so lange nicht gesehen haben. Sie versucht ein Lächeln.

Lottes Gesichtsausdruck verändert sich. »Glaub mir, ich weiß, dass es ein Fehler ist, alles zu wollen«, sagt sie traurig. »Erinnerst du dich noch, wie sehr ich mir einen Traumprinzen gewünscht habe? Und jetzt lebe ich mit einem Frosch zusammen.«

Olga mustert sie. Worauf will Lotte hinaus? Ist sie nicht glücklich mit ihm?

»Weiß Fritz, dass du hier bist?«, bringt sie piepsend heraus und räuspert sich. Sie kann seinen Namen nicht aussprechen, ohne dass ihre Stimme verrutscht.

Lotte nimmt einen Schluck aus ihrer Wasserflasche. »Nein«, erwidert sie bedrückt. »Also, ich will dich etwas fragen … Es ist so.« Sie räuspert sich, atmet tief durch. »Ich bin schwanger.«

Olga verspürt einen Stich. Ein Kind. Mit Fritz. So ist das also. Jetzt habe ich ihn endgültig verloren, denkt sie. »Sind das keine guten Nachrichten?«, fragt sie leise und wundert sich, dass ihr die Frage nach all den Jahren noch so wehtut.

»Ich weiß nicht, was werden soll, wenn du mir nicht hilfst.«

Olga sieht sie ungläubig an. »Was meinst du? Wobei?«

»Das Kind wegzumachen.« In Lottes Augen stehen plötzlich Tränen.

Doch Olga kann sie nicht trösten. *Das Kind wegmachen?* Wie kann sie so etwas von ihr verlangen? Weiß sie denn nicht, wie sehr Fritz darunter gelitten hat, von seinem Vater nicht gewollt gewesen zu sein? Sie stutzt. Nein, vielleicht weiß sie es nicht. Vielleicht weiß sie gar nichts über ihn und seine Gefühle. Sonst würde sie ihm das nicht antun. Wie soll sie da …?

In ihr sträubt sich alles gegen Lottes Bitte.

»Warum, um Himmels willen, willst du euer Kind nicht?« Als Lotte nicht antwortet, fährt sie fort: »Ich kann dir nicht helfen«, sagt sie schließlich und steht auf. Sie will nur weg. »Es tut mir leid.«

Lotte springt ebenfalls auf und fasst sie an den Schultern. »Du musst!«, hält sie sie zurück.

Sieht Lotte nicht, was sie sich und ihm damit antut?

»Du wirst ihn verlieren, wenn du euer Kind nicht willst«, sagt Olga.

Wenn sie irgendetwas mit Bestimmtheit weiß, dann das. Und sie weiß noch etwas: Er würde auch ihr niemals verzeihen, wenn sie sein Kind wegmachen würde. Lotte zu enttäuschen fällt ihr schwer, aber sie kann ihr nicht helfen. Sie löst sich aus der Umklammerung und trabt langsam davon.

»Du liebe Güte, nein, Olga, es ist nicht von ihm«, bricht es aus Lotte heraus.

Olga bleibt kurz die Luft weg. »Wie bitte?« Sie dreht sich zu Lotte um.

»Es ist von Mads Gustavson, einem Geschäftsfreund meines Vaters. Bitte! Ich liebe Mads, und ich will ihn nicht verlieren«, fleht Lotte sie an. »Wenn ich das Kind behalten würde, wäre Fritz niemals mit einer Trennung einverstanden! Er würde niemals zulassen, dass dieses Kind als Bastard aufwächst.«

Lotte ist schwanger. Aber nicht von Fritz.

Sie betrügt ihn und hält ihr dann auch noch Vorträge darüber, wie sie mit Hans umzugehen hat, denkt Olga fassungslos und schüttelt den Kopf.

»Du bist es mir schuldig«, sagt Lotte. »Bitte, Olga, du musst mir helfen! Deinetwegen bin ich unglücklich, deinetwegen fühlt sich meine Ehe vom ersten Moment an falsch an.«

»Was habe ich mit deiner Ehe zu tun?«, fragt Olga und rutscht beinahe auf einem nassen Stein aus. Die Sicht wird immer schlechter, und der Weg ist bei diesem Wetter eine einzige Rutschpartie. Warum nur, flucht sie stumm, warum hat sie Lottes Drängen nachgegeben, als sie diesen Spaziergang vorschlug! Jetzt weiß sie, warum Lotte unbedingt mit ihr allein sein wollte.

Wie soll sie sich je verzeihen, wenn Lotte in diesem Zustand etwas passiert?

»Was du damit zu tun hast?« Lotte lacht bitter auf. »Das weißt du genau! Der Schmerz in Fritz' Blick, wenn er in meinen Augen nach dir sucht. Wenn er mir aufs Brot schmiert, dass Olga dies und jenes aber ganz anders gemacht oder gesehen hätte. Seine verklärten Augen, wenn Mamme etwas von früher erzählt und dabei dein Name fällt. Meinst du, das fühlt sich gut an?«

Ihre Stimme ist hart geworden, härter, als Olga sie je gehört hat.

Lotte wendet sich ab, und Olga versteht sie sogar.

»Er hat mich geheiratet, um in Schweden bleiben zu können, nicht weil er mich geliebt hat. Das weißt du«, fügt Lotte hinzu, und in ihrer Stimme liegt tiefe Verzweiflung.

»Nein, das weiß ich nicht«, sagt Olga.

Lottes Augen füllen sich mit Tränen, aber sie erwidert nichts darauf, und auch Olga ist nicht erpicht darauf, das Thema zu vertiefen. Stattdessen hakt sie sich bei Lotte ein.

»Darf ich?«, fragt sie vorsichtig. »Zu zweit ist es sicherer.«

Doch Lotte macht sich schluchzend los. »Dann lass mich doch stürzen, dann bin ich das Kind endlich los!«, schreit sie und gerät tatsächlich ins Rutschen. Olga kann sie gerade noch auffangen und fasst ihre Hand.

»Bitte, Lotte, der Weg ist gefährlich, auch für dich …«

Widerstrebend lässt Lotte es geschehen. Sie klammern sich aneinander fest und konzentrieren sich auf den rutschigen Abstieg. Mehrmals müssen sie nach den Ästen greifen, um den Halt auf den steilen Abschnitten nicht zu verlieren. Hin und wieder wirft Olga ihrer Freundin einen Blick zu und sieht, dass sie noch immer weint, ohne einen Ton von sich zu geben, ohne ihr Gesicht zu bewegen. Sie spürt, wie ihr Herz weit wird für Lotte, für ihre Not, und gleichzeitig ist sie erfüllt von diesem einen Satz: Fritz hat Lotte nie geliebt? Ihr Kopf schwirrt, ihr Körper fühlt sich wie betäubt an. Jahrelang hat sie sich eingeredet, dass er sie vergessen hat.

Als sie endlich wohlbehalten im Tal ankommen, atmet Olga erleichtert auf.

Doch Lotte wendet sich wieder zu ihr um, und ein Blick genügt Olga, um zu begreifen, dass Lotte noch lange nicht fertig ist.

»Und du?« Lotte hält inne und wischt sich über die Augen. »Ich muss nur seinen Namen erwähnen, und deine Augen fangen an zu leuchten. Du liebst ihn noch immer, oder?«

Olga schluckt. Tut sie das? Aber zum Glück erwartet Lotte gar keine Antwort, sondern redet schon weiter.

»Und weißt du was? Ich verstehe dich sogar. Seit ich Mads kenne, weiß ich, wie es ist, zu lieben und zurückgeliebt zu werden«, sagt sie, und ihr Tonfall ist auf einmal voller Zärtlichkeit. »Darum will ich auch kein falsches Leben mehr führen und bei einem Mann bleiben, den ich nicht liebe.«

Olga zuckt unwillkürlich zusammen. Lotte hat es nicht ausgesprochen, aber meint sie vielleicht nicht nur sich selbst, sondern auch sie, Olga?

Führt sie ein falsches Leben, weil sie Hans nicht so liebt, wie sie Fritz geliebt hat?

Inzwischen sind sie am Stadtgarten angelangt. Von hier ist es nur ein Steinwurf bis nach Hause, in die Mozartstraße. Sie bleibt stehen und blickt nach oben. Der Nebel hat sich gelichtet, doch der graue Himmel hängt immer noch tief über ihnen. Wenigstens regnet es nicht mehr.

»Was weißt du denn von meiner Ehe?«, entgegnet sie schwach. »Ich liebe Hans.« Doch sie wendet den Blick ab, sie kann ihrer Freundin nicht in die Augen sehen.

»Das bezweifle ich, Olga. Du hältst dir die Welt vom Leib«, fährt Lotte fort, »und das, seit ich dich kenne. Im Grunde warst du immer nur glücklich, wenn du mit Pa zusammen warst. Oder mit Fritz.«

»Nein, Lotte«, widerspricht Olga und presst sich die Finger an die Schläfen, als würde sie versuchen, den Druck zu lösen. »Das ist doch nicht wahr. Du, Mamme und Pelle, ihr wart meine zweite Familie. Ich habe euch geliebt, und das weißt du!«

Eine Weile bleibt Lotte reglos stehen, ohne ein Wort zu sagen. Sie sieht nicht mehr wütend aus, eher traurig.

»Ich hätte alles für dich getan, Olga. Ich hätte dir sogar Fritz überlassen, wenn du mir nur ein einziges Mal offen und ehrlich gesagt hättest, dass du ihn liebst. Aber das hast du ja gar nicht bemerkt«, bringt sie erstickt hervor. »Und du, was tust du für mich?«

Olga sieht sie verwirrt an, sie versteht gar nichts mehr. Und sie spürt, wie in ihr jetzt langsam die Wut aufsteigt. »Wie kommst du dazu, so etwas zu sagen? Du wolltest mich zwingen, Gero zu heiraten, schon vergessen? Ist das in deinen Augen etwa Freundschaft? Obwohl du geahnt hast, wie ich für Fritz empfand? Das alles mit Kühlungsborn, das wäre nie passiert, wenn du nicht …« Sie hält inne. »Wenn du wüsstest, was ich getan habe für andere, dann würdest du so nicht reden.«

Sie macht eine Pause, weil sie spürt, dass sie gleich weinen wird.

»Es ist nicht wahr, was du sagst«, bringt sie schließlich hervor.

»Ach nein?« Lotte schüttelt den Kopf. »Und überhaupt, was weißt du schon, was wahr ist und was falsch? Schließlich hast du sogar einem Toten ein Kind untergeschoben.«

Olga senkt den Kopf, sie spürt, wie die Scham ihr brennend in die Wangen steigt.

»Ich weiß, dass Gero nicht Beckis Vater sein kann«, fährt Lotte fort. »Geros letzter Brief, ein paar Wochen bevor er gefallen ist. Darin schreibt er Fritz, dass du ihm das Herz gebrochen hast, weil du nicht ihn, sondern Fritz geliebt hast. Dass du nur in Ginsterburg geblieben bist, damit Fritz fliehen konnte. Ich bin nicht stolz darauf, dass ich den Brief geöffnet habe, glaub mir, aber Gero war auch mein Freund … Fritz kennt den Brief nicht, ich habe ihn zerrissen, aus Angst, er könnte seine Sachen packen und dich suchen.«

Olgas Knie werden weich. Halt suchend lehnt sie sich an eine Buche.

»Becki ist nicht Geros Tochter. Sie ist von Fritz«, sagt Lotte leise. »Von meinem Mann.« Olga kann den alten Schmerz in Lottes Worten fühlen. »Keine Sorge, von mir erfährt er nichts. Aber meinst du nicht, dass du mir etwas schuldest?«

Olga fühlt sich wie betäubt. Das Blut rauscht ihr in den Ohren, sie sieht Lotte und die Welt um sie herum nur noch wie durch einen Schleier. Sie will nicht mehr diskutieren, soll Lotte doch denken, dass alles so gewesen ist. Sie muss das Thema von ihrer Tochter weglenken, muss tun, was Lotte sagt. Denn sonst läuft sie Gefahr, Becki zu verlieren.

Ja, sie könnte ihre Tochter verlieren. Und das darf nicht geschehen. Sie würde alles tun, wirklich alles, um das zu verhindern.

»Na schön«, willigt Olga ein. »Wenn du es wirklich willst.«

April 1946

Kühlungsborn

Am Morgen schreckt Olga ein Traum aus dem Schlaf. Ihr Herz pocht. Immer wieder dieser Traum. Als sie den Kopf dreht und Becki neben sich erblickt, atmet sie erleichtert auf. Vorsichtig gibt sie ihr einen Kuss auf die Wange, doch ihre Tochter bekommt davon nichts mit. Ihr Atem ist gleichmäßig, wenn auch schnell, er pfeift durch den Kehlkopf wie eine überhitzte Maschine. Normalerweise ist Becki um diese Zeit schon auf den Beinen. Wenn sie wach wird, klettert sie als Erstes auf Olga und verteilt so lange Küsse auf ihrem Gesicht, bis Olga die Augen aufschlägt. Und dann strahlt sie sie an. »Wach, Mami«, sagt sie jedes Mal mit ihrer piepsigen Stimme, und Olga geht das Herz auf. Das sind die schönsten Momente des Tages.

Doch seit Tagen liegt sie da wie ihr kleiner Stoffbär, schlaff und bewegungslos.

Sie muss ihr gar nicht die Stirn fühlen, um zu wissen, dass Becki immer noch Fieber hat. Sie glänzt, die blondroten Locken hängen ihr wie ein klebriger, krisseliger Vorhang über die Augen, während sie sich unruhig hin und her wälzt.

»Du hast nur einen Fiebertraum, mein Engelchen«, sagt Olga und liftet sie bäuchlings auf ihren Oberkörper. Eine Weile liegen sie so da. Und je länger sie Beckis Herzschlag so nah an ihrem eigenen hört, desto ruhiger wird sie.

Olga träumt wieder vom Tod. Er ist um sie, egal ob sie wach ist oder schläft. Neulich erklärte ihr Pa völlig aus dem Nichts, nachdem sie ihm einen Gutenachtkuss gegeben und seine Fenster geschlossen hatte: »Ich habe vor, im Schlaf zu sterben, Gänseblümchen. Lass bitte meine Fenster geöffnet.«

Damit seine Seele hinausflattern kann?

Entsetzt blickte sie ihn an und packte ihn an den Schultern. »Vorerst stirbst du weder im Schlaf noch im Wachzustand. Ich brauche dich doch!«

Er legte seine zittrige, welke Hand auf ihre Wange: »Mehr Zutrauen in dich, das ist das Einzige, was du brauchst.«

Am darauffolgenden Tag war es Olga selbst, die starb. Zumindest wenn es nach Leutnant Smirnov gegangen wäre, der seit einem halben Jahr mit einer Kopfverletzung bei ihnen lag und nicht immer ganz bei Sinnen war. Helene und Olga hatten während eines Stationsrundgangs das Zimmer betreten und sein Bett leer vorgefunden. Die beiden sahen sich verwundert an, da hörten sie unter dem Nachbarbett seltsame Geräusche. Im selben Moment blickte Olga in den Lauf zweier Hände, die zu einem Gewehr geformt waren, und hörte einen Schuss aus Smirnovs Mund. *»On mörtw«*, brüllte er auf Russisch, was so viel hieß wie »Der ist tot«. Rasch brach sie theatralisch zusammen. Mit geschlossenen Augen blieb sie liegen, denn er würde – das wusste sie von den vergangenen Malen – erst wieder hervorkommen, wenn sie tot war. Helene zog den sichtlich erleichterten Soldaten heraus und brachte ihn zitternd zurück in sein Bett. »Feind erledigt«, sagte sie auf Russisch und klopfte ihm auf die Schultern. Mehr konnte sie nicht für ihn tun.

Olga versteht ihn. Sie würde sich manchmal auch gerne unter dem Bett verstecken, die Hände an die Ohren pressen und erst wieder hervorkommen, wenn ihre Welt wieder in Ordnung ist. Eigentlich bräuchte er richtige Medizin, aber die gibt es nicht.

Nicht hier und auch nicht in dem größeren Krankenhaus in Bad Doberan. Kaum Morphium, kaum Penicillin, kaum Chloroform. Im abgeschlossenen Medikamentenschrank lagern vor allem die Wodkaflaschen des Krankenhausdirektors. Die Patienten, besonders die Kinder, sterben noch immer wie die Fliegen, an Seuchen, an Hunger, an einfachen Infekten.

»Wer Abwechslung liebt, ist hier richtig«, sagte Helene einmal zynisch und fügte noch hinzu: »Mal sind wir Schwestern, mal Ärztinnen, mal Beichtschwestern, mal Leichenbestatter. Und manchmal«, witzelte sie, »wie bei Smirnov eben auch Leichen.«

Seit zwei Nächten plagen Olga zu guter Letzt die alten Träume wieder: Sie ist auf dem Wasser, um sie herum all die Toten und Halbtoten, die Kinder und Mütter, die mit letzter Kraft nach ihr schreien, als wäre ausgerechnet Olga diejenige, die sie retten könnte. Diesmal jedoch war auch Becki unter den Ertrinkenden und trieb mit offenen Augen auf den weiten Ozean hinaus, weg von ihr.

Auch wenn es nur ein Traum ist, so macht er ihr doch Angst.

Ein heftiger Hustenanfall rüttelt Beckis kleinen Körper durch. Die Kleine macht die Augen auf und sieht sie glasig an, als hätte sie sie nie zuvor gesehen.

Schnell richtet Olga sich auf, trägt sie durch den Raum und klopft ihr dabei leicht auf den Rücken. Als der Anfall vorüber ist, fängt Becki an zu wimmern. Das Weinen klingt noch heiserer als an den Tagen zuvor. Zuzusehen, wie ihre Tochter leidet, und nichts dagegen tun zu können ist das schlimmste Gefühl, das sie je empfunden hat.

Am liebsten würde sie mitweinen. Stattdessen hustet sie kräftig, um Becki zu zeigen, dass sie nicht alleine ist. Als Becki sie verwundert anblickt, streicht sie ihr das verklebte Haar aus dem Gesicht. »Ach, meine Süße, was machst du bloß für Sachen?«

Es klopft an der Tür. Einen Moment später steht Helene im Raum, in der Hand ein paar nasse Lappen.

»Na, wie geht es unserer Kleinen heute?«, fragt sie, nachdem sie die nassen Lappen auf dem Nachttisch abgelegt hat.

»Sie glüht noch immer«, erwidert Olga und reicht ihr das Mädchen. »Dazu kommt jetzt noch dieser schlimme Husten. Sie hat die halbe Nacht geweint.«

Helene setzt sich auf die Bettkante, Becki auf dem Arm. »Das war nicht zu überhören«, sagt sie und mustert die Kleine bestürzt. Routiniert legt sie ihr die Wickel um die kleinen Beinchen und auf die Stirn, wie schon die letzten Tage.

»Du siehst aber auch ganz elend aus.« Helene streicht Olga, die neben ihr auf dem Bett Platz genommen hat, mit der Hand über die Wange. »Wie war deine Nacht?«

»Schrecklich, ich hatte wieder diesen Traum. Diesmal war Becki dabei.« Plötzlich schluchzt sie laut auf. »Was, wenn das ein schlimmes Omen ist?«

»Träume sind nur verdrängte Ängste, Olga. Becki wird wieder gesund«, versichert Helene ihr und richtet ihre Aufmerksamkeit erneut auf das kranke Mädchen.

»Hast du sie schon abgehört?«

Olga schüttelt den Kopf und nimmt sie hoch. Beckis Blick geht ins Nichts. Mit ausgestreckten Armen hält sie sie vor sich und legt dann das Ohr an ihre Brust. Aufmerksam achtet sie auf die Geräusche.

Sie muss an die Worte denken, die Helene einmal zu ihr sagte: Olga sei es so gewohnt, andere abzuhorchen, dass sie vergesse, auch mal in sich selbst hineinzuhorchen. »Warum sorgst du dich nur um die Befindlichkeiten anderer, aber nie um deine eigenen?«, hatte sie gefragt.

Weil sie nichts im Vergleich zu den Qualen sind, die andere durchlebt haben, hätte sie damals am liebsten geantwortet. Stattdessen hatte sie nur eine Gegenfrage gestellt: »Ist es nicht das, was wir als Krankenschwestern tun sollten?«

Doch jetzt fühlt sie sich nicht wie eine Schwester, sondern wie eine besorgte Mutter, die Angst hat, etwas zu überhören oder zu übersehen. Ihre Liebe zu Becki schaltet alles andere ab.

»Das Rasseln ist nicht schlimmer geworden, glaube ich«, sagt sie unsicher. Als sie Becki in den Mund schaut, fallen ihr die gelb belegten Mandeln auf. »Ich sehe eine Beschichtung. Vermutlich eine bakterielle Angina. Vielleicht könntest du ihr noch eine Tasse Tee aus Thymian und Spitzwegerich bringen? Gegen die Entzündung.«

Ein paar Minuten später flößt Helene dem kleinen Mädchen ein wenig Tee ein, Löffel für Löffel. Die Hälfte spuckt Becki wieder aus, als sie von einem erneuten Hustenanfall durchgeschüttelt wird.

»Oje, oje«, sagt Helene. In ihre Stirn haben sich tiefe Sorgenfalten gegraben. »Meine Kleine, du wirst rasch wieder gesund, verstanden?«

»Wenn doch Pa nur helfen könnte«, sagte Olga. Doch daran ist nicht zu denken. Seine Parkinsonerkrankung schwächt ihn. Er ist bettlägerig, kann kaum eine Mahlzeit bei sich behalten. Sein Immunsystem ist so schwach, dass ihre kranke Tochter ihm nicht zu nahe kommen sollte.

Sie steht auf und geht zur Tür.

»Ich schicke Juri vorbei, vielleicht kann er Medikamente für Becki organisieren.«

Als Juri gegen Mittag kommt, bringt er ihr ein russisches Hausmittel mit. Beckis Zustand hat sich weiter verschlechtert. Das Fieber ist gestiegen, ihre Lippen sind lila angelaufen, aber das Schlimmste ist dieses Röcheln, als würde sie keine Luft mehr bekommen. Olga hat Angst, dass sie erstickt.

»Einen Esslöffel Meerrettich, einen Teelöffel Honig, einen Teelöffel Nelken in ein Glas warmes Wasser. Damit hat meine Großmutter jede Mandelentzündung kuriert.«

Juris Deutsch ist fast fehlerlos. Seine Mutter stammt ursprünglich aus Rostock, war jedoch als junge Frau zu ihrem Mann nach Sankt Petersburg gezogen.

»Und wenn das nicht hilft?«, fragt Olga besorgt.

»Dann treibe ich irgendwo Penicillin auf«, sagt er und holt ein gerupftes Huhn aus der Tasche. »Vorerst hilft vielleicht eine ordentliche Brühe.«

Seit sich die Russen zivilisierter benehmen und kaum noch Übergriffe gemeldet werden, ist Juri zum Chauffeur des Kommandanten aufgestiegen. Aber sein Beschützerinstinkt ist ungebrochen. Wenn Olga spät aus dem Krankenhaus kommt, besteht er darauf, sie abzuholen, und wenn sie im Wald Kräuter für die Klinik sammeln will, begleitet er sie wie ein Schatten. Er sorgt dafür, dass ihr Tisch immer gedeckt ist. Allein aus dem, was er im Sommer und Herbst anschleppte, konnten sie und Helene sich einen Vorrat für den ganzen Winter anlegen.

Manchmal ist er tagelang verschwunden, und wenn er wiederkommt, dann nie, ohne etwas für Pa, Helene, Becki und sie mitzubringen. »Wenn ich abkommandiert werde, braucht ihr etwas zum Tauschen«, sagt er, wenn sie ablehnen will. »Glaubt mir, nichts davon wurde Unschuldigen weggenommen.« Manchmal denkt sie, dass er ihnen hilft, weil er in Gedanken damit seine Frau und seine Tochter im fernen Sankt Petersburg retten will. Die Kleine ist im selben Alter wie Becki.

Olga kann sich gar nicht vorstellen, wie es ohne ihn sein wird. Er gehört zu ihnen wie Helene und Pa. Wenn er abends vorbeikommt und sie zusammen essen, dann fühlt es sich ein bisschen an wie eine richtige Familie. Für Pa sind es die wenigen Momente, in denen er die Müdigkeit nicht spürt. »Auch wenn ich meine sieben Sinne nicht mehr zusammenhabe – der Hörsinn funktioniert noch einwandfrei«, sagt er manchmal lachend und ermuntert Juri, etwas für sie auf Helenes Klavier zu spielen. Am liebsten aus dem 2. Klavierkonzert von Rachmaninoff. Wenn dann erst Juri und er über Tolstoi und die russische Kultur sprechen, beginnen Pas Augen zu leuchten. Dann scheint seine alte Welt aufzuerstehen, in der seine geliebte Frau Irina noch lebt und mit ihm durch die Bibliothek tanzt.

»Wo hast du das nun wieder her?«, fragt Olga Juri, als er mit dem Huhn vor ihrer Nase wedelt.

»Ich verrate meine Quellen nicht, das müsstest du doch inzwischen wissen«, erwidert er schmunzelnd und beginnt, Gemüse zu schnippeln.

Währenddessen geht sie noch einmal nach ihrer Tochter schauen, und erneut überfällt sie dieses seltsame Gefühl der Vorahnung. Was, wenn sie etwas übersieht? Olga bleibt nichts anderes übrig: Sie muss Pa um Hilfe bitten, es muss sein. Sie stopft ihm ein Kissen hinter den Rücken und bittet ihn, einen Blick auf Becki zu werfen.

Pa nimmt das Mädchen nur kurz in Augenschein.

»Hast du an Diphterie gedacht?«, fragt er mit sorgenvoller Miene.

Olga trifft es wie ein Schlag. Sie umklammert die Bettlehne so fest, dass ihre Finger schmerzen.

»Warum bin ich darauf bloß nicht gekommen?«

Sie hat in Ginsterburg nicht nur ein Kind mit Diphterie gesehen.

Pa schüttelt den Kopf, voller Verständnis.

»Die Liebe trübt den Blick, Gänseblümchen.«

Auf einmal wird ihr ganz kalt vor Angst. Sie spürt, wie das Blut aus ihrem Gesicht weicht. Langsam lässt sie sich auf den Stuhl an Pas Bett fallen.

»Nein, das darf nicht sein.« Sie weiß, was eine Diphterie für Becki bedeuten würde. Die Krankheit verläuft allzu oft tödlich, gerade bei kleineren Kindern, deren Luftröhre noch so eng ist.

Ihr wird schwarz vor Augen. Am liebsten würde sie Becki schnappen und ganz weit weglaufen. Doch es hat ja keinen Sinn. Sie kann die Augen nicht verschließen: Es ist ernst.

Lange steht Olga am Ufer, Becki auf dem Arm, und sieht aufs Meer. Die frische Meeresluft wird ihre Lunge etwas entlasten, hofft sie. Becki atmet so schwer, als würde man ihr die Luft abdrücken.

Was soll sie bloß tun?

Es ist so nebelig, sie sieht kaum die eigene Hand. Ganz schwach ist der Leuchtturm sichtbar, wie ein Stamm auf ebener Fläche. Aber nicht einmal der kann ihr diesmal den Weg weisen. Sie geht ein paar Schritte auf und ab.

Sie hört die Vögel zwitschern, sie singen lauter als sonst, als würden sie den Frühling ankündigen. Wie kann jetzt, wo die Luft vor lauter Leben pulsiert, das Leben aus ihrer Tochter weichen?

Was, wenn es zu spät für Becki ist?, denkt sie und spürt wieder Angst in sich aufsteigen. Sie bedeckt den kleinen Kopf mit Küssen und betet zu Gott, ihr dieses Kind nicht zu nehmen, ruft nach dem Eisvogel, nach ihrer Mutter, nach dem Stieglitz, nach Annemie, ruft lauter, immer lauter in den Nebel hinein. Aber er gibt ihr keine Antwort. Sie lässt sich auf den Boden gleiten, hält Becki fest an sich gedrückt.

Ohne Becki verliert Olgas Dasein seinen Sinn. Wenn ihre Tochter stirbt, wird auch sie sterben. Und alles Sühnen war vergebens.

»Olga«, hört sie leise Helenes Stimme hinter sich. Sie dreht sich um, und da steht ihre Großtante, zusammen mit Juri.

Juri ergreift ihre Hand und hilft ihr hoch. »Inzwischen gibt es noch vier weitere Kinder, die erkrankt sind. Die Kommandantur tut alles, um Antioxin zu beschaffen. Ich versuche, etwas davon für Becki abzuzweigen.«

Olga starrt ihn an. Sieht er denn nicht, dass ihr Mädchen im Begriff ist, in ihren Armen zu sterben?

Selbst wenn er das Antioxin schon in den Händen hielte, es würde Becki nichts nützen. Die Zeit, die ihr bleibt, reicht nicht aus für die Immunisierung, sie reicht nicht mal mehr aus, um die nächste Nacht zu überstehen. Becki erstickt, wenn sie nicht sofort etwas unternimmt.

»Was soll ich bloß tun?«, schluchzt sie.

»Hör zu, Olga«, sagt Helene und nimmt ihr das schlaffe Kind ab, »du weißt, dass es noch eine andere Möglichkeit gibt.«

»Wenn die Bakterien erst mal Nieren, Herz und Lunge angegriffen haben, dann nützt auch der Schnitt nichts mehr«, erwidert sie.

In Wahrheit ergreift sie Panik. In all den Jahren mit Pa, während denen sie ihm bei allem zur Hand ging, hat sie diese eine Sache nie gemacht: den Luftröhrenschnitt. Pa hat immer gesagt, eine kunstgerechte Tracheotomie sei die hausärztliche Königsdisziplin. Ein unachtsamer Moment, ein kurzes Niesen oder ein leichtes Zittern, ein unsauberer Schnitt und der Patient stirbt.

»Es ist Beckis einzige Chance«, beharrt Helene.

Doch Pa ist dazu nicht mehr in der Lage, hat ihre Tante das vergessen? Seine Hände zittern. Er kann nicht mal mehr seine Gabel zum Mund führen, ohne dass alles herunterfällt.

»Wie soll Pa das mit seinem Parkinson machen?«

»Nicht dein Großvater, Olga – du selbst musst es machen«, sagt Helene bestimmt. »Du schaffst das, davon bin ich überzeugt.«

Aber was, wenn sie es nicht schafft? Sie ist schließlich keine Ärztin. Olga zögert. Wenn sie es tut, stirbt Becki vielleicht dabei. Aber wenn sie nichts tut, stirbt sie auch.

»Einen größeren Liebesdienst gibt es nicht«, insistiert Helene.

»Ich soll ihr die Kehle durchschneiden, meinst du das?«, sagt Olga mit brüchiger Stimme.

Helenes Brustkorb hebt und senkt sich, als würde sie jeden Moment in Tränen ausbrechen oder losschreien. Auch sie liebt Becki wie ihr eigenes Kind, das weiß Olga.

»Ich fürchte, das musst du«, sagt sie sanft.

»Ich kann das nicht, niemals.«

Olga schließt die Augen. Die Angst lähmt sie.

Helene legt ihr eine Hand auf die Schulter und sieht ihr fest in die Augen.

»Olga, ich verstehe dich. Wenn Gott es so will, dann wird er

Becki zu sich …« Helenes Stimme stockt. Dann fährt sie fort. »Du bist jung und gesund. Du kannst noch viele Kinder haben.«

Olga will schreien. Helenes Worte sind wie ein Schlag ins Gesicht. Wie kann sie nur so brutal und herzlos sein? Sie will keine anderen Kinder haben, sie will dieses Kind und nur dieses Kind! Sie blickt auf ihre schlafende Tochter in Helenes Armen. Als hätte Becki ihren Blick gespürt, öffnet sie in diesem Moment die Augen und sieht sie durchdringend an. In ihrem Blick liegt Zuversicht. *Mach es!*, liest Olga darin, und augenblicklich fühlt sie sich ruhiger und weniger ängstlich.

Sie nimmt Becki wieder zu sich.

»Ich mache es.« Und begreift in diesem Moment, dass Helene ihr nur den Schubs gegeben hat, den sie brauchte.

Keine Viertelstunde später, nachdem sie Messer und Schilfrohr in Brennspiritus abgeglüht und bereitgelegt hat, setzt Helene sich mit Becki auf einen Stuhl neben Pas Bett. Sie muss ihn in ihrer Nähe wissen. Er lächelt sie vertrauensvoll an. Aus seinem Lächeln holt Olga den Mut, den sie jetzt braucht. Es gibt ihr das Gefühl, dass sie alles schafft.

Dennoch spürt sie die Anspannung. Sie hat nicht gewusst, wie heftig ihr Herz klopfen kann, und versucht, sich zur Ruhe zu zwingen, indem sie mit geschlossenen Augen ein paar Mal tief ein- und ausatmet.

Wicca, denkt sie und hört die Brandung hinter den Dünen.

Dann beugt sie Beckis Kopf nach hinten, hält ihn fest.

Mit Tinte zieht sie eine gerade Linie vom unteren Rand des Schildknorpels runter bis zum oberen Rand des Brustbeins. Helene reicht ihr Pas scharfes Messer.

»Du schafft es«, ermuntert er sie.

Mit der linken Hand macht sie eine Hautfalte, dann setzt sie mit der rechten das Messer an und schneidet. Eine kurze Bewegung wie ein Peitschenhieb.

März 1956

Freiburg

»Feierabend, Frau Dr. Bley«, sagt Mona Licht, die Hebamme, zu ihr und lächelt. »Es ist bereits zehn nach acht.«

Die Sonne knallt an diesem Sonntagmorgen bereits erbarmungslos durch die Fenster, als Olga den Kittel auszieht.

»Wohl eher Feiermorgen«, gähnt Olga müde und denkt, dass ihr nach einem erschöpfenden 48-Stunden-Dienst auf der Frauenstation nicht nach Feiern, sondern nur noch nach Schlaf zumute ist. Trotzdem will sie noch kurz nach ihrer Lieblingspatientin Rita Braune sehen, die erst mit einer besonderen Beifußtherapie schwanger geworden war, nachdem sie zuvor jahrelang vergeblich darauf gehofft hatte. Nie hat Olga ein so strahlendes Paar gesehen, als der Chefarzt ihnen in ihrem Beisein eröffnete, dass sie guter Hoffnung waren.

Inzwischen steht die Fünfunddreißigjährige kurz vor der Geburt, doch weil in ihrem Alter eine Schwangerschaft nicht ohne Risiko ist, hat sie nach vorzeitigen Wehen die letzten zwei Monate auf der Gynäkologie verbracht. Manchmal nach dem Dienst sitzt Olga noch an ihrem Bett, und wenn Rita Braune mit Händen und Füßen von ihrer Arbeit als Architektin erzählt, von den vielen Reisen nach Italien und Spanien, dann leuchten ihre Augen wie die eines Kindes. Olga kann sich keine leidenschaftlichere Mutter als Frau Braune vorstellen.

Als sie nun ihr Zimmer betritt, steht gerade Professor Schimmer an ihrem Bett, hinter ihm ein Tross von Assistenten und Oberärzten. Routiniert betastet er den Bauch der Hochschwangeren:

»Na, Frau Braune, was gibt's Neues?«

»Die Fruchtblase ist eben geplatzt«, erklärt Mona Licht.

»Dann wird es wohl nicht mehr lange dauern.« Er zwinkert ihr zu und verlässt mit seinem Gefolge den Raum. Sie fragt sich einmal mehr, wem die Chefarztrunden dienen, dem Wohl der Patienten oder dem Ego des Professors.

Als Olga sich ein paar Minuten später von Olga Braune verabschiedet, fragt diese sie, wie jeden Tag: »Wird denn wirklich alles gut?«

Olga drückt ihre Hand.

»Ganz sicher wird es das«, versichert sie ihr. »Prof. Schimmer ist eine Koryphäe in seinem Fach, bei ihm sind Sie gut aufgehoben. Sie werden sehen, in ein paar Stunden halten Sie bereits Ihr Kleines in den Armen.«

Als sie nach Hause kommt, sitzt Hans mit Becki am Esstisch und frühstückt. Sie spürt ihren Magen knurren. Ihre Arme und Beine sind bleiern vor Erschöpfung, und auch das Denken fällt ihr schwer. Dennoch erkennt sie mit einem Blick, dass Hans im Begriff ist, das letzte Stück Brot zu essen.

»Könntest du mir rasch etwas zum Frühstück machen, Liebling?«, fragt sie Hans. »Ich bin vollkommen erledigt.«

»Tut mir leid, aber es ist nichts mehr da«, sagt er. »Du hättest mehr einkaufen sollen. Außerdem, du weißt doch, was Mutter sagt«, fügt er mit einem Lächeln hinzu. »Wenn das Hausmädchen frei hat, ist die Küche dein Revier.«

Soll das ein Witz sein? Wann hätte sie einkaufen sollen? Sie ist seit Freitagmorgen in der Klinik gewesen. Eigentlich weiß sie, dass er sie für gleichberechtigt hält, auch wenn er sich selbst bisweilen für gleichberechtigter hält. Dann, wenn er seiner Gewohnheit treu bleibt, sich das größte Stück Fleisch von der Servierplatte zu nehmen, den letzten Joghurt zu essen, oder auch in Momenten wie diesem.

»Du willst also eine Hausfrau?«, erwidert sie und versucht ein

Lachen, woraufhin er aufsteht, sie von hinten umarmt und säuselt: »Und eine Mutter, die mir eine ganze Horde kleiner Beckis schenkt, die du mit deinem wunderbaren Bohneneintopf glücklich machst.« Er wendet sich an ihre Tochter, als bräuchte er eine Verbündete. »Oder was meinst du?«

Becki strahlt übers ganze Gesicht. »Oh ja, Papi, bitte!«

Olga spürt, dass etwas in ihr zumacht.

»Ach, Süße, Hans macht doch nur Spaß!« Sie bemüht sich, fröhlich zu klingen. »Mit dem Kinderkriegen wollen wir noch warten, bis wir wissen, wie es beruflich mit uns weitergeht. Außerdem, meine Patientinnen brauchen mich.«

Hans zieht leicht verärgert die Brauen zusammen.

»Wir auch.«

Seit drei Monaten sind sie nun endlich approbierte Ärzte und arbeiten beide nach Ende der Assistenzarztzeit auf der Gynäkologie. Nach der Pflichtzeit auf der Kinderstation, Inneren und Chirurgie ist ihr die Frauenstation die liebste.

Besonders wohltuend empfindet sie, dass es dort meist um Leben geht und nur selten um Tod. Die freudigen Ereignisse überwiegen. Es gibt nichts Erfüllenderes für sie, als das dankbare, selige Lächeln einer jungen Mutter, die nach einer anstrengenden Geburt ihr gesundes Kind in den Armen hält. Erst heute Nacht hat sie das Baby einer Patientin, das quer lag, von außen her gewendet und ihr so doch noch zu einer natürlichen Geburt verholfen. Es ist, als würde sie in diesen Momenten einen Blick auf den Menschen erhaschen, der sie sein will. Der Kindsvater hat Olga, gerade als sie gehen wollte, einen großen Blumenstrauß überreicht und ihr gesagt, sie sei die beste Ärztin, die er je getroffen habe. Nicht ein einziges Mal hat sie auf der Frauenstation erlebt, dass eine Patientin nach einem männlichen Arzt verlangte, wenn sie mit der Untersuchung beginnen wollte, so wie in der Inneren und besonders auf der Chirurgie, wo sie mitunter behandelt wurde, als verstünde sie als Frau ihr Handwerk nicht.

Das Glück berührt sie sehr, mehr als sie vermutet hätte. Sie verspürt eine Erfüllung, die nahe herankommt an das, was sie in den Augen von Pa gesehen hat.

»Wann denn dann?«, fragt Becki schmollend.

»Ich weiß nicht. Irgendwann halt.« Sie weiß selbst, wie abweisend das klingt, aber sie kann nicht anders.

Doch Hans gibt sich damit nicht zufrieden. Als Becki nach unten zu Herta verschwindet, legt sie sich ins Bett, noch immer hungrig, aber froh darüber, endlich die Augen zumachen zu können. Doch keine zwei Minuten später steht er in der Tür und flötet: »Na, mein Liebling, soll ich dir Gesellschaft leisten?«

Ehe sie Nein sagen kann, liegt er bereits neben ihr und schiebt ihr vielsagend das Nachthemd hoch.

Olga wehrt müde ab. »Nicht. Es sind gerade meine fruchtbaren Tage.«

»Na und? Was wäre denn so schlimm daran, wenn unsere kleine Familie ein wenig größer wird? Du weißt doch, wie sehr ich mir ein Kind mit dir wünsche.«

Ungehalten sieht sie ihn an. »Wir waren uns doch einig, dass wir erst einmal abwarten wollen, wie sich das entwickelt mit der Arbeit und allem!« Wieso kann er sich nicht an ihre Vereinbarung halten?

Hans rückt wieder näher an sie heran. »Komm schon, Olga. Du bist doch jetzt Ärztin, was willst du denn noch?«, sagt er und legt sich keuchend auf sie.

Er hört ihr nicht zu! »Aber du arbeitest doch gerne, oder?«, erwidert sie, um Geduld bemüht, und als er nickt, fährt sie fort: »Und bei mir ist es dasselbe, ich arbeite auch für mein Leben gern.« Hat er etwa vergessen, was ihr der Beruf bedeutet?

Er streicht ihr mit den Fingern die Innenseite der Oberschenkel entlang. »Auf was sollen wir denn warten?«

Die Wut in ihr brennt immer heißer. »Wir haben doch darüber gesprochen, Hans.« Sie versucht, ihn von sich herunterzuschieben, doch er lacht nur und küsst ihren Hals.

Warum fühlt sie sich mit Hans manchmal einsamer als ohne ihn? Sie mag Hans, und sie liebt es, mit ihm und Becki zusammen zu sein. Doch seit sie beide in der Klinik arbeiten, will die Leidenschaft bei ihr nicht mehr so richtig zünden. Hat sie noch vor ihrer Hochzeit geglaubt, dass die großen Gefühle Zeit brauchen, begnügt sie sich inzwischen mit den kleinen. Etwas hat sich in ihr verändert, ohne dass sie genau benennen könnte, was. Alles kommt ihr auf einmal so unwirklich vor, und sie fühlt eine unerklärliche Traurigkeit. Lottes Andeutung, sie würde ein falsches Leben führen, hat sich wie Gift in ihr ausgebreitet.

Vielleicht hat Lotte ja recht, denkt sie, zumindest damit, dass ich in einem falschen Leben feststecke. Als wäre ich Gast in meinem eigenen Leben, als wäre ich am falschen Ort, weil es den richtigen nicht gibt. Oder zumindest nicht mehr gibt. Seit ihrer Flucht aus Ginsterburg ist sie immer eine Außenseiterin gewesen. In Kühlungsborn, in Oldenburg als Flüchtling, an der Universität als eine der wenigen Studentinnen. Und auch jetzt, im Krankenhaus, wird sie von Patienten, Schwestern und Ärzten bisweilen wie ein Kuriosum mit Doktortitel behandelt, als wüssten sie nicht, ob Olga ihnen eher Angst machen oder Achtung abringen sollte. Selbst in ihrem eigenen Zuhause, in ihrer Ehe fühlt sie sich wie ein Sonderling. »Eine Frau, die arbeitet, Auto fährt und sich wie ein Mann kleidet, Olga, natürlich tuscheln die Leute«, meinte Hans neulich, als sie sich über die abweisenden Blicke der Nachbarn beklagt hat.

»Solange ich noch im Krankenhaus arbeite, wird das nicht gehen. Wie soll ich denn die vielen Nachtdienste und langen Wochenenden durchstehen, wenn ich erst mal schwanger bin?«, sagt sie, während Hans ihr die Unterhose abstreift.

»Dann hörst du eben auf«, flüstert er und dringt stöhnend in sie ein. Bevor sein Verlangen die Entscheidung für sie trifft, drückt sie ihn von sich und rollt sich schnell unter ihm weg. Schwanger, das sind ihre Patientinnen, nicht sie.

Als er das Zimmer verlässt, findet sie nicht in den Schlaf, obwohl sie todmüde ist. Ihre Gedanken kreisen um Hans, der nicht aufhören kann, sie zu bedrängen. Warum hat sie ihm nicht klar und deutlich gesagt, dass sie jetzt, wo sie endlich am Ziel ihre Träume ist und als Ärztin arbeitet, nicht sofort ein Kind möchte. Wie soll sie ihm da erst sagen, dass sie lieber einen Facharzt in Geburtshilfe machen möchte, als sich mit ihm gemeinsam als praktische Ärztin niederzulassen? Sie hat schlicht Angst, wie er auf ihre Pläne reagieren könnte. Darauf, dass der Professor ihr eine Weiterbildungsstelle angeboten hat und sie gerne zusagen möchte. Sie will Hans nicht vor den Kopf stoßen. Immerhin hatten sie sich vor ihrer Hochzeit ausgemalt, wie schön es wäre, als Mann und Frau in einer gemeinsamen Praxis zu arbeiten. Sieht er das immer noch so? Sie haben lange nicht mehr darüber gesprochen, und manchmal kommt es ihr fast vor, als würde er mit einem Mal davon ausgehen, sie würde als Mutter seiner Kinder den Beruf ganz an den Nagel hängen.

Schließlich kreisen ihre Gedanken auch immer wieder um Rita Braune, bei deren Geburt sie gerne dabei gewesen wäre. Warum kommt das Kind ausgerechnet, wo sie gehen musste? Hat sie ihr nicht versprochen, für sie da zu sein, wenn es ernst wird? Sie schaut auf die Uhr und spürt eine Unruhe in den Beinen und im Kopf, ein Kribbeln, das sie ganz benommen macht, wie eine Vorahnung.

Ohne eine Minute geschlafen zu haben, steht sie wieder auf und kleidet sich an.

»Wo willst du denn hin, Mami?«, fragt Becki, als sie sich den Autoschlüssel von der Kommode schnappt. »Ich dachte, wir wollen gleich alle zusammen auf den Dattler wandern und Kuchen essen, wenn du ausgeschlafen bist?«

»Entschuldige, aber ich muss noch mal ganz kurz in die Klinik«, sagt sie. »Ein Notfall.«

»Natürlich, ein Notfall«, hört sie Becki flüstern und spürt ihren Blick im Rücken. Sie weiß, ihre Tochter ist frustriert, weil sie so wenig Zeit für sie hat, doch das kann warten. Sie muss in die Klinik, jetzt sofort.

Als sie das Zimmer von Rita Braune betritt, steht ein fremder junger Mann im Kittel am Patientenbett und versperrt ihr die Sicht.

»Holen Sie mir ein Spasmolytikum … und einen Kaffee!«, bedeutet er Olga und nickt ihr kurz zu.

Vermutlich ist das der neue Medizinalassistent, der aus der Chirurgie zu ihnen gewechselt ist. Sie sind einander noch nicht vorgestellt worden.

»Tatsächlich? Das soll ich Ihnen holen?«

»Hören Sie, Schwester, ich will jetzt nicht mit Ihnen diskutieren.« Er schließt die Augen, nur um sie langsam wieder zu öffnen, als wolle er, dass der Albtraum vorübergeht. »Holen Sie mir einfach bitte, worum ich Sie gebeten habe.«

Er ist lauter geworden, betont jedes Wort einzeln.

»Und jetzt hören Sie mir mal gut zu, junger Mann. Was erlauben Sie sich eigentlich für einen Ton? Selbst wenn ich eine Schwester wäre und nicht eine der Ärztinnen hier – so reden Sie bitte nicht mit Ihren Kollegen!«

Er stammelt eine Entschuldigung, während sie sich vorbei an ihm ans Bett schiebt. Doch Olga hat nur noch Augen für Frau Braune. Sie sieht den dicken Bauch, ihr bleiches Gesicht und erschrickt. Ihre Patientin hat die Augen fest zusammengekniffen, die Stirn ist vom Schweiß mit ihren dunklen Haaren verklebt, und sie wimmert vor sich hin. »Herrgott, die Geburt ist ja noch in vollem Gange! Ich dachte, das Kind sei längst da.«

»Die Wehen kommen immer schneller, und darum habe ich

ja auch gedacht, dass wir ein Spasmolytikum brauchen, damit sie nicht …«

Mit einer resoluten Handbewegung schneidet sie ihm das Wort ab. »Wo sind die Hebamme und Prof. Schimmer?«

»Sectio bei Querlage. Wir sind schlecht besetzt heute.«

»Haben Sie die kindlichen Herztöne überprüft?« Sie krempelt ihre Ärmel hoch und streift sich sterile Handschuhe über. Die Luft im Raum ist stickig. Sie kann kaum atmen.

Er zuckt die Achseln. »Ja, vor einer halben Stunde erst.«

»Vor einer halben Stunde?«, schreit sie nun fast und tastet mit beiden Händen den Bauch von Frau Braune ab. Herrgott, schon im vierten Semester lernt man, dass man in der Eröffnungsphase bei starken und häufigen Wehen die Herztöne nach jeder einzelnen Wehe abhört.

»Aber …«, beginnt er und hebt die Hände, lässt sie aber wieder fallen wie den Rest seiner Erklärung.

»Schnell, geben Sie mir das Hörrohr. Sterile Tücher, Scheren, Klemmen«, fordert sie ihn mit einer Kopfbewegung auf, bevor sie sich wieder der Patientin zuwendet.

»Seit wann haben Sie Wehen?«, fragt sie und schiebt ihr ein Kissen unter.

»Nach dem Frühstück ging es los«, antwortet der Assistent, der sich nun auch über die Patientin beugt.

Und das ist bisher niemandem aufgefallen, nur diesem nichtsnutzigen Burschen?

Beim Abtasten fühlt Olga den Kopf des Kindes nicht mehr, er muss bereits tief ins Becken gerutscht sein.

Sie spürt, wie eine diffuse Angst ihr die Kehle zuschnürt, und holt tief Luft. Bemüht um eine normale Stimme sagt sie:

»Versuchen Sie ganz ruhig zu atmen … und pressen Sie nicht mit, wenn es geht.«

Erschrocken sieht Frau Braune sie an und will etwas erwidern, als im selben Moment eine gewaltige Kraft durch ihren

Körper geht, wie ein elektrischer Schlag, der ihren Leib nach oben wölbt.

Olga horcht mit dem Fetal-Stethoskop die kindlichen Herztöne ab. Sie sind während der Wehe auffallend verlangsamt. Möglicherweise ist die Nabelschnur zwischen Kind und Becken gefallen, auch wenn das bei Erstgebärenden nur sehr selten vorkommt.

Als, selbst nachdem die Wehe abgeklungen ist, die Herztöne nicht besser werden, ist sie sich sicher.

Sobald die nächste Wehe kommt, die Nabelschnur zusammengedrückt und die Blutzufuhr unterbrochen wird, wird das Kind sterben, wenn sie nicht sofort etwas unternimmt.

Sie sieht ihre Patientin an und hat kein Wort des Trostes oder der Beruhigung auf den Lippen. Verzweifelt greift sie nach dem Kopf des Kindes und fühlt den fingerdicken, rundlichen glatten Strang, der zwischen Beckenwand und Köpfchen liegt und viel zu langsam pulsiert. Das Kind ist im Begriff zu ersticken.

»Herrje. Lassen sie doch ein bisschen Luft herein«, herrscht sie den Assistenten an, der neben ihr steht wie eine Statue. Wäre sie nur früher gekommen, dann hätte das Kind eine realistische Überlebenschance gehabt.

»Und ziehen Sie mir 2 ccm Cardiazol auf.« Schon im selben Moment weiß sie, dass es dafür zu spät ist. Das Kind muss sofort raus. Noch vor der nächsten Wehe.

»Kein Cadizol«, ruft sie. »Die Zange, und zwar schnell!«

Wenige Sekunden später legt sie die Zange an und zieht das Kind heraus. Aber es ist zu spät. Als sie das Kind hochhebt, hört sie kein Pulsieren, keinen Herzschlag, keinen Schrei. Nur ihren eigenen Atem.

April 1956

Freiburg

Olga ist noch Wochen später wie benommen. Sie wird nie vergessen, wie diese lebensfrohe Frau mit leerem Blick an die karge Krankenzimmerwand gestarrt hat, als wäre sie mitgestorben. Wie sie das blaugraue Gesichtchen an ihre Brust gepresst und das Kind gar nicht mehr hat hergeben wollen, als wollte sie lieber ein totes Kind als gar kein Kind haben. Alles, was Rita Braune bleibt, ist die Erinnerung daran, was hätte werden können.

Obwohl sie keine Schuld trifft, fühlt Olga sich schuldig. Sie hat ihr versprochen, dass alles gut werden würde, und ihr Versprechen gebrochen. Das Kind ist gestorben – aus reiner Schluderei und nicht, weil der Uterus die Frucht nicht hielt. Wie gerne würde Olga weinen, doch ähnlich wie auch Rita Braune kann sie es nicht. Ihre Augen bleiben trocken.

Als sie Hans an einem Abend beim Wein mit schmerzendem Kopf von ihren Schuldgefühlen berichtet, zuckt er nur die Achseln.

»In ihrem Alter musste sie damit rechnen, dass etwas schiefläuft. Warum gibst du dir die Schuld?«

Er sieht sie eindringlich an. »Das, Olga, ist das Risiko, wenn man allzu lange wartet.«

Olga unterdrückt ein Stöhnen. Er lenkt jedes Gespräch in Richtung Kinder, als würde es in ihrer Ehe nur noch dieses eine Thema geben.

»Ich bin mir sicher, sie wäre nicht durch die halbe Welt gereist, hätte immerzu nur gearbeitet und die Kinderfrage vor sich her geschoben«, fährt er fort, »hätte sie gewusst, welche Folgen ihre Entscheidung haben kann.« Damit scheint die Sache für ihn klar zu sein.

»Hörst du mir nicht zu?«, erwidert Olga und bemüht sich um eine ruhige Stimme. »Sie hat das Kind nicht verloren, weil sie zu alt ist und zu lange gewartet hat, sondern weil dieser Dilettant von Assistent nicht rechtzeitig Hilfe geholt hat.« Sie schnaubt. »Und überhaupt«, sagt sie gereizt und schwenkt ihr Weinglas. »Was weißt du schon vom weiblichen Körper?«

Er lächelt traurig. Sie kennt dieses Lächeln und mag es nicht. Er setzt es immer dann auf, wenn sie ihn verletzt, und das tut sie, zumindest seinem traurigen Lächeln nach zu urteilen, pausenlos.

»Genug, um zu wissen, dass er zur Ruhe kommen muss, wenn er ein Kind austragen soll. Besonders wenn man die dreißig überschritten hat.«

So wie sie, die, wäre sie schwanger, mit einunddreißig schon als Spätgebärende gelten würde? Sie weicht seinem gekränkten Blick aus.

»Auf was willst du eigentlich hinaus?«, geht sie in die Offensive.

Er holt tief Luft. »Dass dir alles andere wichtiger ist, als ein Kind zu bekommen, aus uns eine richtige Familie zu machen.«

Sie spürt, wie sie vor Ärger rot anläuft. »Weil ich arbeiten möchte, solange ich noch nicht schwanger bin?«

»Solange du nicht schwanger bist?« Er hält inne. »Mal ehrlich: Wie soll das eigentlich werden, wenn das Kind erst mal da ist?«

»Was meinst du damit?«, fragt sie, obwohl sie genau weiß, worauf er hinauswill.

Er seufzt. »Was ist dann? Wirst du dann weiterarbeiten? Oder dich um unser Kind kümmern?«

»Wie meinst du das? Außerdem, wir könnten ein Kindermädchen anstellen und …«

»Soll unser Kind etwa bei irgendwelchen Fremden aufwachsen, die kommen und gehen«, unterbricht er sie rau. »So wie Becki?«

Sie holt tief Luft. »Du weißt, dass ich keine Wahl hatte.«

»Aber jetzt hast du die Wahl, dich für oder gegen unsere Familie zu entscheiden.« Er sieht sie scharf an. »Ich frage mich, wozu man Kinder möchte, wenn man dann keine Zeit mit ihnen verbringen will? Schon jetzt sehe ich Becki öfter als du.«

Ihr stockt der Atem. Das sitzt. Betroffen sieht sie ihn an und merkt an seinem geschlagenen Blick, wie schwer es ihm gefallen sein muss, sie so zu verletzen.

»Ach, Olga«, sagt er müde. »Manchmal habe ich das Gefühl, dass du dich nur für die Kranken interessierst, aber nicht für die Gesunden. Becki und mich eingeschlossen.« Er reibt sich die Augen. »Was willst du eigentlich von mir?«, fragt er, und als sie nichts erwidert, fährt er fort: »Im Gegensatz zu vielen Frauen hast du bei mir alle Freiheiten. Andere Männer hätten dir schon längst verboten zu arbeiten.«

»Ach ja?« Sie lacht freudlos. »Soll ich dir etwa dafür dankbar sein, dass wir gleich sind?«

»Nein, aber vielleicht ein wenig kompromissbereiter«, erwidert er und stellt sein Glas weg. Kraftlos lässt er sich auf den Sessel sinken. »Und ein wenig mehr für uns da.«

Ist es wirklich so, dass sie ihre Tochter vernachlässigt und sich nur für ihre Patienten aufopfert? Wie sehr hat sie darunter gelitten, dass ihr Vater sich allein für die Toten interessierte, wenn er stundenlang am Grab ihrer Mutter verweilte. Als hätte sein Leben auf dem Friedhof stattgefunden, nicht bei seiner Familie. Was, wenn sie genauso ist? Wenn sie auf eine Familie mit Hans verzichtet, weil sie lieber bei den Kranken ist als bei Becki und ihm? Warum hat sie nur die dumme Angewohnheit, alles so unnötig zu verkomplizieren? Was stimmt nicht mit ihr?

Sie hat keine Kraft mehr zu streiten und setzt sich auf seinen Schoß. Hans breitet die Arme aus, und sie schmiegt sich an seine Brust, vergräbt ihr Gesicht an seiner Schulter. Sie denkt daran, wie diese arme Frau das tote Kind an sich gedrückt hat. Natürlich würde Rita Braune alles hergeben, ihre Jahre, die Reisen, den Beruf, wenn es nur ihr Baby wieder lebendig machen würde. Olga reibt sich die Augen und fragt sich, ob ihre Arbeit das alles wert ist. Warum macht sie ihren Mann und ihre Tochter unglücklich, nur weil sie alles auf einmal will? Warum ist sie zu keinem Verzicht bereit? Nein, sie will nicht enden wie Rita Braune, so voller Reue. Sie kann auch später noch Gynäkologin werden, genauso gut wie jetzt.

»Also schön«, murmelt sie, weil es einfacher so ist. »Dann probieren wir es halt.«

Er nimmt sie an den Schultern. »Du willst ein Baby?«

Sie sieht, wie er sich kaum traut, das Glück zuzulassen, das da in ihm aufsteigt, und ist gerührt.

»Ja, ich will ein Baby«, sagt sie und weiß nicht, ob das wahr ist.

»Ach, mein Olgachen«, sagt er und presst ihren Kopf an sich. »Ein Kind wird uns alle verbinden und uns glücklich machen, du wirst sehen.«

Warum ist sie dann nicht glücklich, denkt sie. Warum fühlt sie diese Verbundenheit nicht? Sie hat zunehmend das Gefühl, dass ihre Sinne abstumpfen. Nicht mal der Gedanke an einen glucksenden Säugling hebt ihre Stimmung. Was, wenn ihre Welt die Farben verloren hat, wie die ihres Vaters?

Und obwohl ihr nicht danach ist, schläft sie mit ihm, ohne zu wissen, ob sie ihre fruchtbaren Tage hat. Sie ist so müde.

Während sie ihren Patientinnen mit Kinderwunsch diverse Teemischungen zubereitet, um ihre Fruchtbarkeit zu steigern, tut sie nichts dergleichen. Kein Frauenmantel, kein Rosmarin und keine Himbeerblätter, um den Eisprung zu begünstigen, und auch kein Mönchspfeffer, um die Einnistung zu fördern. Ihre Menstruation kommt nur unregelmäßig, schon seit Kühlungsborn, als sie körperlich und seelisch aus dem Takt geraten war. Sie schlafen so oft miteinander wie in den ersten Monaten ihrer Beziehung, nur dass sie die Berührungen und die zärtlichen Worte in ihrem Ohr kaum noch erträgt. Immerzu kommen ihr die Tränen, was Hans als erstes Anzeichen ihrer beginnenden Schwangerschaft zu erkennen glaubt.

»Und?«, fragt er ein paar Monate später, als sie in der Krankenhauskantine sitzen und Hühnerfrikassee essen.

Hastig nimmt sie den Löffel und steckt ihn in den Mund. Sie merkt, wie ihr Appetit wächst, sobald sie ihre Monatsblutung bekommt, fast so als wäre sie schwanger.

Sie schüttelt traurig den Kopf. Dabei ist sie insgeheim froh, dass der Kelch wieder einmal an ihr vorbeigegangen ist.

»Schon wieder nicht?« Drei Zyklen, drei Fehlschläge, als wäre sie nicht in der Lage, schwanger zu werden.

»Es ist noch kein Kind vom Himmel gefallen«, erwidert sie gereizt. »Wir versuchen es doch noch gar nicht lange.«

»Wenn du aufhören würdest zu arbeiten, dann ginge es bestimmt schneller«, meint er.

»Unterstellst du mir wieder, dass ich nicht schwanger werden möchte?«, fragt sie mürrisch.

Er holt tief Luft, während er lustlos den Teller wegschiebt. »Ich unterstelle dir, dass du nicht alles dafür tust, ein Kind zu bekommen.«

»Ich muss arbeiten«, sagt sie kopfschüttelnd und erhebt sich.

»Quod erat demonstrandum«, ruft er ihr aufgebracht hinterher.

»Ihr seid jetzt zwei Jahre verheiratet«, sagt Herta eines Tages, als sie seufzend die welken Blätter einer Petunie abschneidet.

Es ist ein drückender, bewölkter Sommertag, und die Sonne will nicht recht durchkommen.

Olga sitzt mit Becki am Gartentisch und schneidet aus weißem Papier Vögel aus, die sie beide vorher gezeichnet und ausgemalt haben.

»Da hatte ich bereits zwei Söhne«, fährt Herta fort.

Olga legt sich unwillkürlich eine Hand auf den Bauch. Jetzt fängt ihre Schwiegermutter auch noch an.

»Weißt du, dass die Petunie auch Blaue Lobelie heißt?«

Herta dreht sich um und mustert sie eingehend, bevor sie fortfährt. »Sie liebt die Sonne, wie du, und hat nur einen kurzen Lebenszyklus, weil sie keinen Frost verträgt.«

»Worauf willst du hinaus, Schwiegermama?«, fragt sie und zwingt sich zu einem freundlichen Ton.

»Dass Einjährige ein Unfall der Natur sind. Ich habe entschieden, sie nicht noch mal anzupflanzen, sondern nur noch solchen Pflanzen einen Platz in meinem Garten zu geben, die es auf mehr als einen Frühling bringen. Sieh nur, wie vertrocknet die Blume ist.«

»Ist das so?«, sagt Olga und streicht Becki über das Haar. »Vertrocknete«, so werden Frauen gerne genannt, die vergeblich versuchen, schwanger zu werden. Vermutlich will Herta darauf hinaus, denkt sie. Dass Olga ein Unfall der Natur ist, mit nur einem Kind, nur einem Zyklus. Was für eine Unverschämtheit! Doch sie schweigt, sie will sich vor Becki nicht schon wieder streiten.

Als sie Hans am Abend von Hertas Petunienvergleich erzählt, zuckt er nur die Achseln.

»Was unterstellst du ihr? Sie hat von Blumen gesprochen, nicht von dir.«

Sie mustert ihn und fragt sich, ob er nicht recht hat und sie tatsächlich alles fälschlicherweise auf sich bezieht, nur weil der Gedanke an eine Schwangerschaft ihr den Verstand vernebelt.

»Es tut mir leid, dass du keine Mutter hast«, fährt er fort, »und dein Vater gestorben ist, ohne dass du dich mit ihm ausgesprochen hast, aber bitte lass meine Mutter nicht dafür büßen.«

Olga zuckt zusammen. Wie kann er sich nur anmaßen, so über ihre Gefühle zu sprechen? Als er vor sechs Jahren starb, hat sie Hans gegenüber kein einziges Wort über ihre Beziehung zu ihrem Vater verloren. Hans sagt das doch nur, um wieder ein Argument gegen sie in der Hand zu haben und seine Mutter zu verteidigen. Nur weil Herta ein Enkelkind will. Er ein Kind. Und Becki ein Geschwisterchen. Alle wollen sie etwas. Nur was sie will, scheint niemanden zu interessieren.

Olga unterdrückt ein Stöhnen und verlässt die Wohnung, bevor sie noch erstickt an all den Erwartungen.

Umso glücklicher ist sie, als Hans und sie zu einem Ärztekongress nach Rom eingeladen werden, auf Empfehlung von Erwin Borjahn. Sie hat ihn, seine Frau Ruth und Oma Borjahn das letzte Mal im Mai gesehen, als sie zusammen ein Wochenende in ihrer Ferienwohnung am Bodensee verbrachten. Während eines Spaziergangs hatte sie ihrem alten Mentor und inzwischen guten Freund von ihrer geplatzten Hochzeitsreise nach Italien erzählt; Hans war kurz vorher krank geworden, und so hatten sie sie nicht antreten können. Der gute Erwin muss sich daran erinnert haben. Und eine Woche Ischia hat er als nachträgliches Geburtstagsgeschenk noch obendrauf gelegt! Sie kann es kaum fassen.

Noch nie sind sie im Urlaub gewesen! Die Vorstellung, ein paar Tage unter der Sonne Italiens zu verbringen, versetzt Olga in vorsichtige Euphorie. Vielleicht ist es genau das, was sie brauchen, um ihre Ehe zu retten. Sie läuft zu Hans und zeigt ihm die Einladung. »Denk doch nur: Wir beide, Rom, Neapel und dann Ischia!«, ruft sie aus. »Die Borjahns nehmen Becki in der Zeit mit an den Bodensee.«

Doch er bleibt seltsam unberührt.

»Italien im Hochsommer?«, fragt er wenig begeistert.

»Die Zeit zu zweit wird uns guttun«, beharrt sie und schmiegt sich an ihn.

Sie plant, packt für sie beide, bis er ihr am Tag der Abreise offenbart, dass er sie nicht begleiten wird.

»Es geht einfach nicht, Olga. Nächste Woche habe ich einen Termin bei der Bank für die Finanzierung der Praxis, da kann ich nicht weg.« Er tätschelt ihre Schulter. »Fahr du nur, mein Schatz. Und erhol dich ein wenig.«

Obwohl sie ihm noch nicht gebeichtet hat, dass sie lieber einen Facharzt in Geburtshilfe machen möchte, ist sie doch einigermaßen überrascht, wie wenig er sie in seine Pläne einbezieht. Als ginge es allein um seine Praxis. Olga atmet tief durch und setzt ein Lächeln auf. Es ist nicht der richtige Moment, um ihm zu sagen, dass sie in der Klinik bleibt.

Sie will nur noch eins: von hier weg.

Juli 1956

Unterwegs

Olga schnallt den Lederkoffer auf die Ablage unter der Heckscheibe ihres blauen Käfers mit Faltdach. Ihr erstes eigenes Auto, das sie sich von ihrem selbstverdienten Geld – 4000 DM – gekauft hat. Hans hat nicht schlecht gestaunt, als sie ihn zusammen mit Becki vor der Klinik damit überrascht hat.

Es ist noch nicht mal neun Uhr morgens und dennoch schon drückend warm. Wenn sich das Kesselklima in Freiburg erst einmal festgesetzt hat, dann bleibt es über Tage schwül und unerträglich heiß. Keine frische Brise, kein Durchatmen, es herrscht dicke Luft, nicht nur zu Hause, und sie ist froh, dem allen eine Weile entfliehen zu können.

Bevor Becki zur Schule musste, hat sie bitterlich geweint. Olga versucht, den Gedanken daran zu verdrängen, und doch sieht sie ihre Tochter vor sich, wie sie sich mit tränennassem Gesicht an sie geklammert und ängstlich gefragt hat, ob sie auch wiederkäme. Auch sie selbst findet die Vorstellung schrecklich, dass bald ein ganzes Land zwischen ihnen liegen wird. So lange und so weit entfernt voneinander waren sie noch nie. Sie kommt ja wieder, versucht Olga sich zu trösten, so wie sie es auch vorhin bei Becki versuchte. Doch nicht einmal der Gedanke, dass die Borjahns das Mädchen mit in den Familienurlaub am Bodensee nehmen, vermochte sie zu trösten. Erst als Olga ihr versprochen hat, ihr ein Stück Italien mitzubringen, hat sie sich beruhigt.

»Etwas, das mit Strand zu tun hat, mit Wellen und Sonne. Nur für dich.«

Das war Becki endlich Beweis genug dafür, dass ihre Mutter wirklich zurückkehren wird.

Olga streicht über das glatte Metall ihres Autos. Es fühlt sich ganz heiß an, als würde es sich schon warmlaufen für die vierzehnstündige Fahrt. Wenn sie gut durchkommt, wird sie noch vor Mitternacht in Rom sein. Zu spät, um Becki anzurufen, aber früh genug, um ihr erstes italienisches Glas Wein auf der Piazza Navona zu trinken.

Italien. Wie es wohl sein wird? Sie war noch nie im Ausland, schon gar nicht allein. Verunsichert und begeistert von diesem Abenteuer fühlt sie sich ganz flatterig.

Jemand tippt ihr auf die Schulter. Sie fährt herum. Und erstarrt.

Er ist es. Fritz.

Sie schlägt sich die Hand vor den Mund, schnappt nach Luft und hält sich schließlich am Auto fest, um nicht das Gleichgewicht zu verlieren. Es ist, als hätte jemand die Welt für eine Sekunde angehalten, eine Sekunde, die sich wie die Ewigkeit anfühlt.

Hatte sie je geglaubt, ein Wiedersehen würde sie unberührt lassen, dann erzählt ihr Puls ihr nun etwas anderes.

»Wicca!« Seine Stimme ist so jung und hell, wie sie sie in Erinnerung hat. »Deine Haare leuchten ja noch immer so rot wie eine Pfefferschote.«

Sie spürt das Hämmern ihres Herzens, als sie ihn betrachtet. Alles an ihm scheint wie früher, die schönen blauen Augen, das gebräunte schmale Gesicht, der Leberfleck auf seiner Oberlippe. Nur das Weiche ist verschwunden. Die Züge sind kantiger geworden, an ihm ist nichts Jugendliches mehr.

»Was machst du hier?« Olga stockt. »Und Lotte, wo ist sie?«

Er geht einen weiteren Schritt auf sie zu und steht dann so dicht vor ihr, dass sie seine Körperwärme spürt und sein Rasierwasser riecht. Eine Mischung aus Zedernholz und Tabak. Wie kann er nach dreizehn Jahren einfach so auftauchen und so vertraut riechen, denkt sie.

»Wir müssen reden«, sagt er knapp und nimmt ihr den Autoschlüssel aus der Hand. Die kurze Berührung reicht aus. Sie spürt, wie ihre Hand pulsiert. Lotte wird ihm doch nichts von Becki gesagt haben. Das hatte sie ihr versprochen, als sie im Frühling vor einem Jahr in Freiburg war. Seitdem hat sie nichts mehr von ihr gehört. Warum ist sie nicht bei ihm? Haben sie sich getrennt? Hat sie das Kind bekommen?

»Das geht nicht.« Sie kann kaum klar denken. »Ich muss morgen Vormittag in Rom sein.«

»Bis Rom haben wir genug Zeit.« Er setzt sich mit ihrem Schlüssel auf den Beifahrersitz.

Bitte?

Was immer seine Beweggründe sein mögen, zu ihr ins Auto zu steigen: Augenscheinlich lässt er sich davon nicht abbringen. Durchs Fenster winkt er sie mit dem Schlüssel heran, und ihre Entschlossenheit beginnt zu bröckeln. Sie hat Angst, dass Herta herauskommen könnte oder sie von Nachbarn beobachtet werden. Was soll's, denkt sie. Rasch setzt sie sich ans Steuer, nimmt den Schlüssel, den er ihr hinhält, und startet ohne ein weiteres Wort des Protestes den Motor.

Eine Weile sagen sie nichts, während sie im Rückspiegel die Häuser hinter sich verschwinden sieht. Olga versucht, tief durchzuatmen, um sich zu beruhigen und ihre Gefühle und Gedanken zu sortieren. Vergebens. Sie ist viel zu durcheinander.

Wie kann er sich ohne ein Wort der Erklärung neben sie setzen, als wäre es das Normalste der Welt, mit ihr nach Italien zu reisen? Und warum lässt sie ihn einfach gewähren?

Blickt sie einfach starr geradeaus, könnte sie sich langsam an den Gedanken gewöhnen, dass er da ist. Und sich überlegen, was sie ihm erzählen will. Doch wie soll sie ihm all die Dinge sagen, die sie ihm nie gesagt hat? Die Fragen stellen, die sie seit dreizehn Jahren im Kopf formuliert? Es geht nicht, denkt sie. Ich kann es nicht.

»Ich war noch nie in Italien«, sagt er, und plötzlich fällt ihr etwas ein, ihre zweite Begegnung, als er am Auto von Pa gelehnt hatte. Jetzt sieht sie ihn doch an und spürt, wie sie ruhiger wird. »Dabei wolltest du mit einem Horch 830 dorthin und nicht mit einem Käfer.«

Fritz lacht, und wieder erinnert sie sich. Dieses Lachen ist wie die Sonne, denkt sie, und plötzlich schießt ihr ein wohlbekannter Schmerz den Hals hoch.

Dörfer mit roten Dächern, Weinberge und Flussufer ziehen an ihnen vorbei wie ein Film. Als hätten sie die Wirklichkeit in Freiburg gelassen. Ja, wie in einem Film, so fühlt sie sich hier mit ihm im Auto.

Er blickt sie von der Seite an.

»Falsch«, sagt er. »Mir war es einerlei, mit welchem Auto ich dorthin komme. Ich wollte nur mit dir dorthin. Und dein Pa hatte nun mal einen Horch.«

»Aha.« Sie lächelt. »Du wusstest also schon vor zwanzig Jahren, dass wir zusammen nach Italien reisen werden.«

»Vom ersten Moment an«, erklärt er und sieht sie ernst an.

Ein seltsames Gefühl erfasst sie, eine Mischung aus Ergriffenheit und Wehmut.

Nach zwei Stunden erreichen sie den Bodensee. Die Uferstraße schlängelt sich wie ein dunkelgraues Band den See entlang, auf dem es vor Tretbooten nur so wimmelt. Warum ist sie noch nie Tretboot gefahren, obwohl sie schon Dutzende Male mit den Borjahns hier war?, denkt sie unwillkürlich.

Nach einem Moment vertrauten Schweigens fragt er: »Was ist aus Pa geworden?«

Sie weiß, wie sehr Fritz ihn mochte, nur ungern erzählt sie ihm, was auch sie bis heute noch schmerzt.

»Er starb an Parkinson ... in Kühlungsborn ein Jahr nach dem Krieg.« Sie tastet in der Mittelkonsole nach einer Zigarette, um Zeit zu gewinnen. Fritz kommt ihr zuvor und zündet ihr eine an.

»Die zappeligen Glieder, die gebeugte Haltung, das Zittern, der Verlust seines Geruchssinns«, fährt sie fort, nachdem sie einen tiefen Zug genommen hat. »Es war furchtbar, ihn so leiden zu sehen.«

Fritz streckt den Arm nach ihr aus, legt ihr eine Hand auf die Schulter. »Und nichts für ihn tun zu können«, ergänzt er.

Sie senkt unwillkürlich die Schulter, sie möchte jetzt nicht berührt werden, noch nicht mal von ihm. »Dagegen ist leider kein Kraut gewachsen.« Sie schnippt die Zigarette fast ungeraucht aus dem offenen Fenster. »Das, was ihm immer so viel bedeutet hat – sich mit seinen Sinnen in der Natur zu bewegen und sich zurechtfinden –, hat ihm diese Krankheit genommen. Ich habe ihn gefragt, wie es sich anfühlt, nichts riechen zu können, und da meinte er, es sei, als wären Himmel, Blumen, Bäume und Frühlingswiesen mit einem Mal schwarz-weiß.«

»Eine Welt ohne Farben«, murmelt Fritz, und sie nickt.

Schlagartig kommt die Erinnerung an Pas letzten Tag zurück.

Es war Anfang Mai, kurz nach Beckis Genesung. Pa wollte mit ihr in den Wald gehen und »das Leben riechen«, wie er sagte. Den Duft des Frühlings, obwohl sein Geruchssinn längst eingeschlafen war. Mit kleinen Trippelschritten und seltsam schwingenden Armen lief er voran, bis er sich erschöpft auf einem Baumstamm niederließ. Die Monate zuvor hatte er kaum noch das Bett verlassen.

»Bring mir ein verwelktes Blütenblatt von der Kirsche, Gänseblümchen«, forderte er sie auf. Er sprach langsam, ganz abgehackt, sie konnte ihn nur mit Mühe verstehen.

Also ging sie los und kam mit einer Handvoll Blätter zurück. Er nahm sie in seine welke, wie durchsichtig scheinende Hand und strich mit wackligen Fingern darüber. »Sag mir, wie sie riechen …«

Sie hielt sich die kleinen rosafarbenen Blätter unter die Nase und antwortete: »Süßlich pudrig.«

Zufrieden bat er sie, nach Flieder zu suchen. Als sie ihm einen kleinen Zweig mit üppiger lilafarbener Blütenrispe in die Hand drückte, ließ er ihn fallen. Schnell hob sie ihn auf, schloss die Augen und roch daran. »Zitronig fruchtig, mit einem Hauch von Zimt!«

Schließlich trabte sie auf seine Anweisung hin los, um Bärlauch zu pflücken. Da lachte er auf einmal wieder sein verschmitztes Lachen, das sie so vermisst hatte. »Das rieche sogar ich, anosmisch, wie ich bin. Es riecht nach Knoblauch.«

Gerührt fiel sie ihm um den Hals, wie früher, und wie früher strich er ihr über die Haare. »Ist schon gut, Gänseblümchen«, sagte er leise, »ist schon gut.«

In diesem kurzen Moment spontaner Zuneigung glaubte sie tatsächlich, dass alles gut werden könnte. Dass das unaufhaltsame Drängen der Natur auch seine Lebensgeister neu entfacht hatte.

Doch als sie ihn anblickte, sah sie Tränen in seinen Augen und wusste, dass sie nur hergekommen waren, damit er Abschied nehmen konnte. Von seinem geliebten Wald, von ihr, von seinem Leben.

»Als Arzt muss man wissen«, sagte er und küsste sie auf die Stirn, »wann es vorbei ist, wann man sich geschlagen geben muss. Vor dem Feind, vor dem Schicksal und der Krankheit.«

Als sie sich abends voneinander verabschiedeten, bat er sie, sein Fenster weit zu öffnen, und sagte dann mit schwachem Lächeln: »In dir brennt ein Licht, seit die Sonne dich angeknipst hat, mein Gänseblümchen. Versprich mir, dass du es nie ausgehen lässt.«

Am nächsten Morgen lag er tot im Bett und sah ganz friedlich aus. So wollte er immer sterben, dachte sie. Im Schlaf.

Als sie ihren Bericht beendet hat, schielt sie zu Fritz und mustert ihn verstohlen. Er hat sich verändert, wirkt nicht mehr so hitzig, denkt sie, viel nachdenklicher.

Er lächelt sie traurig an, und sie weiß, er teilt ihren Schmerz.

Es bedarf keiner Worte, stumm gedenken sie des wunderbaren Mannes, der ihr Pa gewesen war. Olga hat vergessen, wie gut man mit Fritz schweigen kann.

Sie haben gerade die Schweizer Grenze passiert, als sie ihn schließlich fragt: »Über was müssen wir reden, Fritz? Warum bist du hier?« Eigentlich müsste sie fragen, was mit Lotte ist. Aber sie zieht die Ungewissheit vor.

Er zögert. »Wir haben noch Zeit, Wicca. Erzähl mir doch erst noch ein bisschen von dir. Es liegt so viel Zeit zwischen uns.«

Ja, denkt sie, er hat recht. Uns trennt nur die Zeit. Mehr nicht. Ihr Atem lässt das Autofenster beschlagen.

Sie kurbelt die Scheibe tief herunter. Der Fahrtwind ist frisch, es riecht nach Staub und Sonne. Dann erzählt sie. Von Helene, vom Krankenhaus und dem Moment, als die Russen kamen. Was sie allerdings auslässt, ist die Sache mit den Frauen. Diese Dinge hält sie fest verschlossen in sich. Auch verliert sie kein Wort über Becki. Nicht, dass er wie damals Lotte auf falsche Gedanken kommt.

Als sie Zürich hinter sich gelassen haben, hält sie die Spannung nicht länger aus. Warum ist er gekommen? Wenngleich sie Angst vor seiner Antwort hat – vielleicht wird ihr der Grund seiner Reise ja nicht gefallen – fragt sie erneut nach. Doch er wehrt ab.

»Wir haben noch mindestens zwölf Stunden bis Rom«, sagt er ernst. »Du wirst deine Antwort schon noch bekommen, Olga.«

Es gibt so viel Ungesagtes, und er weiß wie sie, dass er den Moment der Wahrheit hinauszögert. Vielleicht hat das auch etwas Gutes, denkt sie. Ihre Fahrt ist wie ein Traum, eine unwirkliche Reise, die nicht so rasch enden soll.

Juli 1956

Unterwegs

Während sie an Seen in den unterschiedlichsten Blau- und Grüntönen vorbeifahren, links und rechts Kühe auf saftigen Wiesen, hinter ihnen ein Meer aus gewaltigen, schneebedeckten Bergen, treffen sich immer wieder ihre Blicke. Dann lächelt er, und sie lächelt kurz zurück, oder andersherum. Sie erzählt ihm von der ersten Zeit in Oldenburg mit Trude und gibt ein paar lustige Geschichten aus dem Leben einer Schnapsbrennerin zum Besten. Von der Arbeit beim Professor, von Vaters Rückkehr. Von Karl. Und wieder lässt sie etwas weg. Becki den Grund, warum sie Trude nach England geschickt hat. Weil sie dann auch erzählen müsste, was ihr so viel Angst bereitet hat.

Schließlich kämpft sich der Käfer die holprige Straße den Gotthardpass hinauf. Vorbei an kahlen grünen Steilwänden, Almen und Bergseen. Sie vertreten sich kurz die Beine, und dann übernimmt Fritz das Steuer und endlich auch das Reden, damit sie die Aussicht genießen kann. Denn bisher hat er alle Fragen in Gegenfragen verwandelt.

Von der Felswand neben ihr läuft Quellwasser herunter. Kleine Pflanzen wachsen aus dem Geröll am Rand. Im Schritttempo schieben sie sich in einer Autoreihe die Passstraße hoch, die sich den Berg entlangschlängelt, und je höher sie steigen, desto leichter werden ihre Gespräche. Unter ihnen glitzert ein See mit kristallklarem Wasser, und Olga erfährt, dass Fritz in der Nähe von Göteborg auf der Insel Orust in einer kleinen, neugegründeten Werft Bootsbauer gelernt hat. Dass sein Chef Harry Hallberg ihm alles beigebracht hat, was man übers Bootsbauen wissen muss. Dass Hallberg, als er gesehen hat, wie unglücklich

Lotte Stunden entfernt von Mamme, Pelle und ihrem kleinen Bruder war, Fritz ermutigte, auf Öland seine eigene Werft zu-gründen. Dass er dort angefangen hat, Segelboote zu bauen, aber auch Boote nach dem Vorbild des Lumpenkreuzers.

»Und jetzt rate mal, wen ich mir im wahrsten Sinne mit ins Boot geholt habe?«

Sie zuckt die Achseln.

»Tadeusz und die kleine Olga.«

Sie hebt den Kopf. Tadeusz' Namen zu hören versetzt ihr einen Stich. Und wer ist …

»Die kleine Olga?«, fragt sie benommen.

»Die älteste Tochter von Tadeusz und Anna«, erklärt er. »Sie ist die süßeste Assistentin, die man sich vorstellen kann.«

Plötzlich laufen Olga Tränen über die Wangen. Warum hat Lotte ihr davon nichts erzählt? Sie hat von der Geburt ihres kleinen Bruders Johann geredet, davon, wie gut es Mamme und Pelle ging, aber über Anna und Tadeusz hat sie kein Wort verloren.

»Wie viele Kinder haben sie?«, fragt sie und wischt sich die Tränen fort.

Er blickt sie an, und sie weiß, vor ihm kann sie ihre Gefühle nicht verbergen. »Drei wunderbare Mädchen«, sagt er schließlich.

Olga denkt an Annas und Tadeusz' Schmerz, an ihre Hoffnungslosigkeit in der Datsche, an ihren Aufbruch. Sie ist glücklich, dass die beiden eine zweite Chance bekommen haben. Anders als Annemie und Adam.

»Und Adam? Hast du etwas über seinen Verbleib gehört?«, fragt sie in die Stille hinein.

Fritz hebt den Blick und nickt. »Mein Onkel hat Adam noch am Abend meiner Flucht in die Nähe von Krakau gebracht, wo er sich den Partisanen anschließen wollte. Nach dem Krieg habe ich beim Roten Kreuz einen Suchantrag gestellt, und tatsächlich hat mir Adam dann im Herbst '49, kurz nach dem Tod meines

Onkels, einen Brief aus Vancouver geschickt. Da ist er nach einer langen Odyssee über Warschau, New York und Montreal gelandet. Er hat inzwischen geheiratet, Jessy, und mit ihr zwei Kinder. Er ist glücklich, denke ich.«

Er lebt und hat eine eigene Familie. Erleichtert atmet sie auf. Gleichzeitig ist sie auch merkwürdig traurig. Ob Adam irgendwann wohl einmal an Annemie gedacht hat?

Bevor es den Pass wieder hinuntergeht, legen sie an einem Aussichtspunkt eine Frühstückspause ein. Olga hat belegte Brote, Äpfel, eine Thermoskanne mit Kaffee und hartgekochte Eier eingepackt, genug für eine ganze Fußballmannschaft. Seit den Hungerjahren sorgt sie immer für eine doppelte Reserve. Sie setzen sich auf eine verwitterte Holzbank mit Blick ins grüne Tal. In der Ferne erkennt Olga eine Kirchturmspitze, die Häuser drum herum sind kaum auszumachen.

Es ist kalt, obwohl die Sonne scheint, und sie zieht sich ihre Jacke über, bevor sie den Proviant aus der Tasche holt und ihn auf der Bank zwischen Fritz und sich ausbreitet. Schon bald werden sie endgültig Abschied voneinander nehmen müssen. Sie versucht, das Gefühl der Trauer, das in ihr aufkommt, zu unterdrücken, und trotzdem spürt sie einen Kloß im Hals. Während sie einen Kaffee aus der Thermoskanne einschenkt, schlägt Fritz das Papier auseinander, wickelt ein Wurstbrot aus und verschlingt es mit drei Bissen. »Reisen macht hungrig«, erklärt er und grinst. Sie reicht ihm den Becher. Dabei berühren sich ihre Hände, und es kommt ihr vor, als zöge er seine Hand nicht gleich zurück.

Nach dem Essen schauen sie ins Tal hinunter auf das dahinterliegende Bergmassiv. Olga nimmt die Stille zwischen ihnen wahr und denkt, dass sich all die Kümmernisse zu Hause mit einem Mal belanglos anfühlen, hier, inmitten dieses gewaltigen Panoramas.

Fritz' Raunen durchbricht den Gedanken. Er deutet zum Himmel, und in diesem Moment sieht sie sie auch: zwei Adler, die mit ausgebreiteten Schwingen über ihnen kreisen. Ihr bleibt die Luft weg, und sie fühlt, wie sich in ihr eine Kraft zu regen beginnt, die sich in ihr ausbreitet wie die Sonnenstrahlen. Normalerweise ist sie nicht die Sorte Mensch, die leicht zu beeindrucken ist, aber jetzt bringt sie kein Wort heraus. Auch Fritz schweigt.

Irgendwann hört sie ihn beinahe zärtlich flüstern, als wollte er die Stille nicht stören: »Nur in solchen Momenten des Friedens, in dieser Abgeschiedenheit, hörst du deine eigene innere Stimme, und wenn sie noch so leise ist. Und siehst die überraschendsten Orte, Wicca … und Vögel.« Er macht eine Pause. »Erinnerst du dich?«

An die Eisvogelstunde? Wie sollte sie nicht? Wie oft hatte sie die Ruhe gesucht, um Fritz zu finden, ihre Gedanken an ihn und sie, an den Eisvogel. Die Erinnerung flutet ihren Körper mit Wärme. Es fühlt sich an, als hätte es die Jahre danach nicht gegeben, als gäbe es Hans nicht. Am liebsten würde sie Fritz' Hand nehmen, so ergriffen ist sie, und sie spürt, wie sehr sie sich diese Art von Eintracht mit ihm herbeigesehnt hat.

»Meine innere Stimme sagt mir«, sagt sie nun viel zu laut, »dass wir weitermüssen, um nicht zu spät zu kommen.«

Natürlich kann sie die Jahre nicht einfach vergessen machen und den Vorhang zuziehen. Sie ist verheiratet und hat ein Kind. Becki.

»Vor diesen schroffen, rauen Felswänden kommt mir dieser sachliche Aufruf nicht ganz würdig vor«, entgegnet er verschmitzt.

»Ich glaube, du musst dir deinen Kopf mal kräftig durchpusten lassen«, lächelt sie und öffnet das Faltdach, bevor sie wieder ins Auto steigen.

Als sie das Tessin und seine wunderbaren Seen hinter sich gelassen haben, sind sie nach einer weiteren Kurve plötzlich in Italien.

Fritz bringt das Auto am Straßenrand zum Stehen und öffnet seine Tür.

»Hier fängt das Leben an«, sagt er und atmet tief ein.

Sie blickt ihn verblüfft an. Hatten sie denn vorher kein Leben? Doch sie tut es ihm nach und steigt ebenfalls aus.

Kaum dass Olga ein paar Schritte gegangen ist, zieht sie ihre Schuhe aus und fühlt sich gelöst, fast befreit. In der Luft hängt der Duft von Oleander und Thymian, der Boden fühlt sich warm an.

Fritz mustert sie nachdenklich und entledigt sich ebenfalls seiner Schuhe, und als sie die warme italienische Erde unter ihren Füßen spüren, lachen sie sich an. Er hat recht, das fühlt sich nach Leben an.

Hinter Como fragt er, gerade als eine Staubwolke, aufgewirbelt von einem Lastwagen vor ihnen, sich über sie senkt: »Wie ist es für dich, nun endlich Dr. Olga Blume zu sein?«

Sie muss husten. Vielleicht sollte sie das Faltdach schließen.

Dr. Olga Blume. In seiner Vorstellung ist sie das vielleicht, aber faktisch ist und war sie das nie. Sie heißt jetzt Bley und hieß davor Meier, aber davon will er offenbar nichts wissen, genauso wenig, wie sie wissen will, ob er Lotte geliebt hat oder noch immer liebt. Was sie dagegen wissen will, ist, ob er sie, Olga, vergessen hat, ob er ihre gemeinsame Nacht vergessen hat. Aber das kommt ihr nicht über die Lippen.

Lächelnd geht sie über seine Frage hinweg und erzählt stattdessen vom Studium und der Ausbildung zur Gynäkologin. Allerdings hütet sie sich davor, auch nur ein Wort über Hans zu verlieren. Es würde sich wie ein Verrat anfühlen, aber an wem? Stattdessen erzählt sie von Rita Braune und wie schnell aus Glück Unglück wird. Ihr gefällt, wie Fritz immer wieder kluge Fragen stellt und auch an ihren Antworten interessiert ist, etwas, das ihr bei Hans fehlt.

»Du hast deinen Traum verwirklicht, Wicca, und bist sicher eine fantastische Ärztin. Jedenfalls hast du alles, was es dazu braucht, das habe ich dir schon immer gesagt. Ich bin stolz auf dich.«

Ein Glücksgefühl breitet sich in ihr aus. Das sind sie, die Worte, auf die sie schon so lange gewartet hat, das ist der besondere Blick, den sie spüren muss, um sich zu vergewissern, dass sie das Richtige getan hat und tut. Bei Fritz, das war schon immer so, verstellt sie sich nicht, sie ist ganz sie selbst. Und es ist noch mehr: Unter seinem Blick wächst sie.

»Wie lange willst du in Italien bleiben?«, fragt sie ihn kurz hinter Mailand. Kaum hat sie die Frage gestellt, wird ihr bewusst, wie sehr sie die Stunden mit ihm genießt und wie wenig sie an Hans denkt.

»Bis ich die Antwort habe, die ich brauche«, erwidert er und holt tief Luft, und für einen Moment hofft sie, dass er seine Frage dabei verschluckt. Damit er länger bleiben kann. Tatsächlich stellt er stattdessen eine andere Frage, eine, nach der sie sich sehnt, seit sie das erste Mal darüber gelesen hat.

»Espresso?« Er deutet nach draußen.

Am Straßenrand steht eine mattgraue Hütte, die die Sonne aufleuchten lässt.

»Oh ja«, jubelt sie. »Darauf freue ich mich schon mein halbes Leben lang.«

»Dann wollen wir dich nicht länger warten lassen.« Er grinst und parkt.

Als sie Fritz bei seinem unbeholfenen Versuch beobachtet, ihr einen Espresso zu bestellen, wird ihr warm ums Herz. Sie dreht sich der Sonne zu, deren Strahlen sie zusätzlich erwärmen. Sie fluten ihren Körper bis in die Fingerspitzen, und sie hört Pa sagen: *Na, mein Sonnenkind, endlich aufgewacht?*

Fritz' Italienisch ist lausig, und bis der Mann hinter der beeindruckenden Maschine aus Chrom erraten hat, was Fritz will, vergehen Minuten.

»Du musst noch ein bisschen an deinem Italienisch arbeiten«, sagt sie lachend, als Fritz sich zu ihr an das wackelige Tischchen setzt.

»Non capisco, signorina«, erwidert er grinsend und zuckt die Achseln.

Der Espresso schmeckt ungewohnt stark und bitter, aber auch göttlich, und ehe sie sichs versieht, hat Fritz ihr mit Händen und Füßen einen zweiten bestellt, dazu ein Teilchen aus süßem, luftigem Blätterteig, das auf der Zunge zergeht.

»Das Bezahlen musst leider du übernehmen, Wicca. Ich habe keine einzige Lira dabei. Schließlich wusste ich bis heute Morgen nicht, dass ich nach Italien reise.«

Sie atmet den warmen Sommerwind ein. »Eine Frau, die zahlt, wo gibt's denn so was?«

»In Italien, wo sonst? Hier leben die Männer der Zukunft«, erwidert er grinsend.

»Na gut«, willigt sie ein, und knufft ihn sanft. »Wenn du mir schon meine allergrößte Sehnsucht erfüllst, dann zahl ich mit dem größten Vergnügen.«

Sie weiß, dass es sich anhört, als wolle sie flirten, aber sie freut sich einfach über die unerwartete Leichtigkeit in ihr. Alles fühlt sich auf einmal anders an, als wäre sie von einer in die andere Welt gewechselt.

Juli 1956

Rom

Die Sonne ist bereits untergegangen, eine leichte Brise bringt kühlere Luft herbei. Fritz und sie sitzen auf der Terrasse eines kleinen Restaurants auf der Piazza Navona, und er erzählt ihr bei Weißwein und Makkaroni Carbonara von seinem erneuten Versuch, einen Espresso zu bestellen – nachdem er zuvor aufmerksam den Bestellungen der Italiener an der Bar gelauscht hat.

»*Un caffè ristretto, per favore*«, ahmt er mit ausladender Geste nach. »Wie klingt das?«

Sie nickt anerkennend und sieht aus dem Augenwinkel eine hübsche, elegant gekleidete dunkelhaarige Frau, wie sie im Schein der Laternen mitten auf dem prächtigen Platz in dem größten der drei Brunnen ein Tuch auswäscht. Sie sieht aus, als gehörte sie zu einem der wunderschönen bunt getünchten Palazzi um sie herum. »Eigentlich einwandfrei.«

»Aber was tut der Ober?«, fragt er empört. »Ruft im perfektesten Kölsch in die Küche: »Uschi, machste dem Kerl 'n Käffchen?« Und dann zu mir: »Zucker und Sahne?«

Bei der Vorstellung muss sie so laut lachen, dass alle Köpfe sich zu ihr umdrehen.

Während sie den Tag damit verbrachte, in einem stickigen Raum den Vortragenden zu lauschen, hat sie zugleich mit klopfendem Herzen an Fritz gedacht und sich vorzustellen versucht, was er auf seinen Spaziergängen durch die Gassen Roms wohl alles getan hat. Ob er das Pantheon besichtigt hat, ob er wie Audrey Hepburn in *Ein Herz und eine Krone* in die Sonne geblinzelt und ein Eis auf der Spanischen Treppe gegessen hat und ob er Geld in den Trevi-Brunnen geworfen hat, als Versprechen wiederzukommen. Mit ihr? Und erneut hat sie dieses flaue Gefühl im Magen verspürt, von dem sie nicht weiß, ob es von ihrer Angst herrührt, dass Fritz es sich anders überlegt hat und abgereist ist, oder von der Angst, dass er es sich gerade nicht anders überlegt hat und auf sie wartet. Beides barg bei genauerer Betrachtung ein Risiko, wenngleich ihr, fragte sie ihr Herz, die zweite Variante lieber war. Und nun sitzen sie hier wie ein verliebtes Paar auf Hochzeitsreise.

Ein Kellner kommt, und sie bestellen noch eine Flasche Wein. Obwohl es schon abends ist, vibriert diese quirlige, fiebrige Stadt, und Olga spürt die Lebendigkeit auf sie überspringen. Hände gestikulieren an den Tischen, Gläser klirren, und das Knattern der Motorroller ist manchmal so nah, dass sie kaum ihr eigenes Wort versteht. Vergessen sind die Ehesorgen, die vielen Nachtdienste vor der Abreise, die lange Fahrt gestern, der anstrengende Tag im stickigen Tagungssaal. Sie sitzt Fritz gegenüber und fühlt sich wie ein Blatt im Wind, lebendig und leicht. Der Gedanke beschleicht sie, dass er daran nicht unschuldig ist, dass er etwas in ihrem Innersten in Bewegung gesetzt hat, von dem sie nicht weiß, ob es noch immer Liebe ist oder längst Sentimentalität.

Fritz nimmt einen großen Schluck Wein und lässt, nachdem er das Glas wieder abgestellt hat, die Fingerspitze über den Rand kreisen.

»Warum hast du mich damals gehen lassen?«, fragt er mit einem Mal. In seinen Zügen liegt … ja, was? Verletzlichkeit?

Ihr schnürt sich die Kehle zu. »Ist sie das, deine Frage?«

Er schüttelt den Kopf. »Warum, Olga?«

Sie spürt ein Ziehen im Bauch. »Um dich zu retten, Fritz. Damit du außer Gefahr bist.« Sie sieht wieder auf, sie muss es wissen. »Erinnerst du dich etwa nicht? Hast du wirklich geglaubt, dass es mir mit dir nicht ernst war?«

Er lässt die Gabel sinken. »Ich weiß nicht, was ich in diesem Moment gedacht habe. Vielleicht, dass ich nicht gut genug für dich war, im Gegensatz zu Gero, dass ich dir keine Zukunft bieten konnte. Ich stand unter Schock. Ein Teil von mir wusste vielleicht, dass mein Leichtsinn dich gezwungen hat, diese Entscheidung zu treffen. Dass du es für mich getan hast. Der skeptische Teil aber war unsicher …« Er stockt. »Und ist es immer noch.«

Sie spürt, wie weh ihm dieser Gedanke tut. Das Erbe eines Vaters, der ihn verlassen hat.

»Weißt du denn gar nicht, wie sehr ich dich geliebt habe?«, fragt sie, ohne zu zögern. »Ich hätte alles für dich getan. Alles.«

Vielleicht liegt es am Wein, ihr ist auf einmal ganz schwindelig.

Fritz wirkt erleichtert. Er nimmt ihre Hand, und sie lässt es geschehen. »Weißt du, was Anna mir einmal gesagt hat, ein paar Jahre nachdem wir nach Öland gezogen sind? Dass du und ich etwas gemeinsam hätten.« Sie sieht ihn fragend an. »Wir beide hätten etwas von einem Vogel. Dieses Freie auf der einen Seite und diese Verwundbarkeit auf der anderen. Dass ein Vogel sich nur einen Flügel brechen müsse, um …«

»Jetzt bist du verheiratet«, fällt sie ihm hastig ins Wort, weil allein der Gedanke, ihn verwundbar zu sehen, wehtut.

»Geschieden, Wicca. Lotte hat mich verlassen für einen Freund ihres Vaters«, sagt er. »Sie ist neu verheiratet und hat ein Kind von ihm bekommen. Anouk, ein kleines Mädchen.«

Lotte hat das Kind bekommen. Und Fritz hat sie gehen lassen. Der Gedanke, dass ihre Freundin glücklich ist, erleichtert sie.

»Aber wie könnte ich es ihr verdenken?«, fährt er fort. »Ich habe sie vom ersten Tag an unglücklich gemacht. Weil ich dich wollte und nicht sie.«

Zurück im Hotel begleitet er sie schweigend bis vor ihre Zimmertür. Sie blickt ihm in die Augen, erfüllt von dem Wunsch, er möge sie jetzt küssen. Doch er streicht ihr nur über die Wange.

»Es ist schön, dich wiederzusehen, Wicca. Schlaf gut.«

Doch Olga kann nicht schlafen, sie wälzt sich hin und her und fragt sich, ob Fritz am Morgen verschwunden sein wird. Schließlich steht sie wieder auf, wandert unruhig im Zimmer auf und ab. Sie zieht sich sogar den Morgenmantel über, um an seine Tür zu klopfen. Ein kurzes Ja, mehr will sie nicht hören.

Was für eine alberne Idee, schilt sie sich. Und sitzt ratlos in ihrem Bett, weiß nicht, was sie tun soll. Doch irgendwann gewinnt die Müdigkeit Oberhand, und sie schläft ein.

Beim Frühstück entdeckt sie ihn nicht, und als sie sich am Empfang nach ihm erkundigt, hört sie, dass er bereits abgereist ist. Ohne seine Frage zu stellen. Tränen schießen ihr in die Augen. Sie schluckt mehrmals, um das Weinen zu unterdrücken. Aus dem Nichts gekommen und ins Nichts verschwunden – wieso ist sie überhaupt überrascht? Ein Vogel, hat Anna gesagt. So war er doch schon immer, so impulsiv und flatterhaft. Jemand, bei dem sie sich, anders als bei Hans, nie sicher fühlen konnte. Hat sie wirklich geglaubt, sie könnten da anknüpfen, wo sie damals aufgehört haben? Als gäbe es Hans, Becki und ihr Leben in Freiburg nicht?

Als sie sich wieder einigermaßen gefangen und ihre Taschen gepackt hat, spaziert sie gedankenverloren zum Parkplatz hinter dem Hotel. Sie bemerkt Fritz erst, als sie den Kopf hebt und fast am Auto steht. Lässig lehnt er am Käfer wie damals am Horch. Er fasst sich unters linke Auge, und Olgas Herz klopft bis zum Hals.

»Fahren Sie nach Ischia, Signorina?«, fragt er mit diesem besonderen Lächeln und hält seinen Daumen raus.

Augenblicklich werden ihre Knie weich.

»Würden Sie mich mitnehmen?«

Er blickt sie an, und jetzt sieht sie es, sieht es am Strahlen seiner Augen, an seinem Lächeln, in der Anspannung seines Körpers. Er liebt sie auch. Ihr wird ganz flau im Magen, und als er die Arme ausbreitet, fällt sie hinein. Es ist keine Sentimentalität und auch nicht der Beginn einer Liebe. Es ist der Lauf ihrer Liebe, der die Zeit besiegt hat.

Juli 1956

Ischia

Olga fährt aus dem Schlaf hoch. Irgendwo draußen läuten die Kirchenglocken, einmal, zweimal, dreimal, viermal, fünfmal. Fritz atmet tief neben ihr. Wie friedlich er aussieht! Wie schön …

Leise schlüpft sie aus dem Bett und zieht den Morgenmantel über. Seit dem Krieg ist der Sonnenaufgang ihr die liebste Zeit des Tages, weil er ihr immer wieder aus Neue versichert, dass die Dunkelheit vergeht.

Ihre nackten Füße spüren den kalten Terracottaboden, als sie in die kleine Küche schleicht. Zu ihrem Morgenritual gehört in diesem Urlaub die Zubereitung eines echten italienischen Espressos. Sie gibt eine Handvoll Bohnen in eine Mahlmaschine aus Holz und beginnt die Kurbel zu drehen. Dann schraubt sie die Edelstahlkanne auseinander, füllt Wasser hinein, löffelt das Pulver in das Sieb und stellt sie fest zugedreht auf den Herd. Vergnügt starrt sie auf die Kanne und wartet, bis sie in der Stille das Brodeln, Blubbern, Zischen hört. Als vor ihr der Dampf hochsteigt und das kleine Fenster beschlägt, nimmt sie die Kanne vom Herd und schenkt sich die goldbraune Flüssigkeit ein. Bei ihrem ersten Versuch vor ein paar Tagen war sie bei dem lauten Zischen noch aus der Küche geflüchtet, jetzt weiß sie, es droht keine Explosion.

Mit der kleinen Tasse in der Hand dreht Olga eine Runde durch den Garten und saugt die würzige Luft tief in sich ein. Alles blüht, die Oleanderbäume, der Holunder und die weißen Blumen, die wie Trompeten aussehen.

Unter einem alten Olivenbaum bleibt sie stehen und legt die freie Hand an den Stamm. Die silbrige Borke fühlt sich rau, rissig und schuppig an. Sie hat einmal gelesen, dass der Olivenstamm so knorrig ist, weil er sich im Laufe der Jahre immer wieder um sich selbst dreht. Sie leert die Tasse und muss bei dem Gedanken lächeln, dass auch sie sich eine Runde um sich selbst gedreht hat, nur um dank Fritz endlich wieder bei sich anzukommen. Kurz denkt sie an Becki, daran, dass sie sie Fritz verschweigt. Auch über ihre Ehe, über Hans redet sie nicht mit ihm, als hätten sie eine unausgesprochene Vereinbarung, dass in dieser einen Woche nur ihre gemeinsame Gegenwart existiert. Mit einem Seufzer erstickt sie das aufkommende Schuldgefühl. Sie hat ihrer Tochter versprochen, sie anzurufen, und das wird sie tun.

Die weitläufige Terrasse erstreckt sich bis zur Kante der Klippe. Sie geht ein paar Schritte und lehnt sich über die Brüstung, lässt den Blick schweifen.

Vor ihr liegt das Tyrrhenische Meer und schimmert golden in der aufgehenden Sonne. Links von ihr ragt steil ein Fels aus dem Meer empor.

Sie genießt die Morgenstille, als gehöre sie ihr allein. Ganz weit am Horizont sieht sie einen Fischer seine Netze auswerfen. Es ist, als betrachte sie eine Postkarte, die jeden Morgen ihr Motiv ändert. Mal sind vereinzelte Segelboote darauf zu sehen, dann wieder Korallenmöwen, die noch auf den leichten Wellen schlummern, im Gegensatz zu ihr, die keine Minute des Tages missen möchte. Die Stimmung ändert sich wie die Farbe des Meeres. Bei dichtem Nebel wirkt das Wasser grau. Doch so schnell wie der Nebel kommt, so schnell lichtet er sich auch, genau wie Olgas manchmal trübe Gedanken. Einfach nicht darüber nachdenken, sagt sie sich dann, einfach vergessen, dass dieser schöne Zauber bald endet. Heute schimmert das Meer azurblau, und sie ist glücklich. Denn noch ist Fritz da.

Schon die Überfahrt mit der rostigen Fähre durch den Golf von Neapel war magisch. Der Vesuv im Rücken, links die kleine Insel Procida, weiter hinten Capri, und dann der Blick auf die von Pinienhainen überzogenen Hügel und Weingärten, auf die Zypressen, Palmen und Zitronenbäume, als sie sich Ischia Porto näherten. Als sie zur Musik einer kleinen Kapelle in den Hafen einliefen, schlug Fritz vor, doch gleich einen Espresso zu trinken. Auf der Piazza war Markt, Gemüse und Früchte wurden in großer Menge feilgeboten, Artischocken, Pfirsiche und üppige Tomaten, Berge von Melonen und frische Fische.

Als sie das Haus erblickte, in dem sie sieben Tage wohnen sollten, verschlug es ihr die Sprache. Hoch oben auf einem Hügel lag einsam die kleine gelbgestrichene Villa mit einem atemberaubenden Blick in die Bucht von Forio.

Vor der Tür erwartete sie bereits der Gastgeber mit dem Schlüssel und begrüßte sie als Dottore Bley und Dottoressa Bley, und sie nickten nur, blinzelten sich verschwörerisch zu. Eine Woche in diesem Paradies, nur mit Fritz, nichts sollte ihre Laune trüben.

Die Tage vergehen wie in einem Rausch, in dem kein Platz für ein schlechtes Gewissen ist. Oder für diese eine Frage, die er immer noch nicht gestellt hat.

In den Vormittagsstunden erkunden sie auf einem Motorroller die Insel und gehen Hand in Hand am Meer entlang. Am Nachmittag schlendern sie durch die engen verwinkelten Gassen von Forio, ohne Ziel. Sie bewundern den Ausblick von der hochgelegenen weißen Kirche und grüßen die Fischer, die ihre Netze am kleinen Hafen flicken. Mittags, wenn es zu heiß wird, schwimmt Fritz ein paar Runden im Meer und neckt Olga, die an dem kleinen Sandstrand unterhalb ihrer Unterkunft auf ihn wartet, weil sie nicht einmal ihren Fuß ins Wasser tunkt. Den Grund dafür verschweigt sie ihm. Abends, nachdem sie in einer der netten kleinen Trattorien gegessen haben, kehren sie müde in die gelbe Villa zurück und lassen den Tag mit einem Glas Weißwein auf der Terrasse ausklingen. Für Olga könnte es ewig so weitergehen. Nur manchmal, da verstummen sie, und beide wissen, dass der andere an die Rückkehr und *die Frage* denkt. Aber solange Fritz sie ihr nicht stellt, gibt es beides nicht für Olga.

Sie nimmt glücklich alles in sich auf: Fritz, der die Fischer in Hand-Fuß-Gespräche über die Konstruktion der Holzboote verwickelt. Die Wäsche, die zum Trocknen hoch in der Luft an Leinen hängt, quer über die Gassen hinweg. Die Rufe in der ihr fremden Sprache, das Lachen der Menschen auf der Piazza. Die vielen pastellfarbenen Häuschen.

Fritz sagt, dass mit ihr selbst die Pastelltöne in den kräftigsten Farben leuchten. Er weiß es nicht, denkt sie, aber es ist er, der die Schönheit der Dinge erst zum Vorschein bringt, weil sie jetzt erst sieht, wie farblos ihre letzten Jahre verlaufen sind. Wenn sie geglaubt hat, dass ihre Sinne verkümmert sind, dann wird sie auf Ischia eines Besseren belehrt.

»Schmeckst du das, Fritz?«, fragt sie, als sie das erste Mal im Leben Zitronenrisotto mit Safran isst.

»Riechst du das, Fritz?«, als es aus einem Restaurant nach Meeresfrüchten und Tomaten duftet, und sie stößt einen Seufzer des Entzückens aus.

»Hörst du das, Fritz?«, als sie mit einem Glas Wein auf der Terrasse sitzen und die Grillen ihr Zirpen anstimmen.

So wie gestern Abend. Da blickte er sie an und nahm sie fest in die Arme.

»Eine Welt voller Farben. Das ist meine Wicca.«

Sie schmiegte sich an ihn. »Als Kind dachte ich wirklich, dass früher alles schwarz-weiß gewesen ist, weil alle Fotografien schwarz-weiß waren.«

Er lächelte. »Und dass die Menschen darauf nur so ernst und unglücklich aussahen«, stimmte er ihr zu, »weil ihre Welt so trist und grau war. Ich habe das Gleiche gedacht.«

Er berührt sie mit seinen Worten und Blicken, und sie vertraut ihm, und darum will sie ihn auch berühren, immerzu. Jede Nacht wacht sie auf und tastet nach seiner Hand. Ihn zu küssen, seinen Körper zu spüren, das ist, als sei sie nach einem langen Schlaf in einem anderen Leben aufgewacht, in einem anderen Körper, den sie jetzt mit Fritz gemeinsam Stück für Stück entdeckt. Sie hatte vergessen, wie es ist, mitgerissen zu werden, und nun vibriert sie. Vor Leben und vor Liebe. Vor Liebe zum Leben.

Das laute Hupen eines Rollers durchbricht die Stille und ihre Gedanken. Sie geht zurück ins Haus und sieht nach, ob Fritz noch schläft. Dann schleicht sie ins Wohnzimmer und wählt die Nummer ihres Zuhauses. Becki ist zurück aus den Ferien mit den Borjahns.

Als sie die süße, schlaftrunkene Stimme ihrer Tochter hört, gelingt es ihr nur mit Mühe, die Tränen zu unterdrücken.

»Mami?« Becki wirkt mit einem Mal hellwach. »Wann kommst du, Mami? Ich vermisse dich so!«

»Ich vermisse dich auch, mein Schatz«, flüstert sie in den Hörer. »Ich komme morgen.«

»Was bringst du mir mit?«

Olga hat eine Schneekugel aus Glas gekauft, die, wenn man sie schüttelt, nicht Schnee, sondern goldenen Sand aufwirbelt. In der Mitte schwimmen zwei Mädchen im Meer. Sie versucht, sich Beckis Gesicht vorzustellen, wenn sie den Sandsturm entfacht und gespannt darauf wartet, dass er sich legt, damit die beiden Figuren wieder auftauchen.

»Das ist eine Überraschung.«

»Papi und ich haben auch eine Überraschung für dich.«

Hat Hans vergessen, dass sie keine Überraschungen mag?

Als sie den Hörer aufgelegt hat, wird sie von einer lähmenden Traurigkeit erfasst, weil sie weiß, dass Fritz und sie nur noch eine gemeinsame Nacht haben, bevor sie nach Deutschland zurückkehren. Sie atmet tief ein und geht eilig zurück ins Schlafzimmer. Vor dem Bett bleibt sie für einen Moment bewegungslos stehen.

Sie lauscht seinem gleichmäßigen Atem und studiert sein schlafendes Gesicht, den kleinen Leberfleck auf der Oberlippe, die dichten Wimpern, die Narbe über der rechten Augenbraue, von der sie nicht weiß, wo er sie sich zugezogen hat. Es gibt noch viel zu viele Dinge, von denen sie nichts weiß. Ihr kommen die Tränen, als sie seine rauen Hände betrachtet, in denen seine ganze Widersprüchlichkeit zu liegen scheint. Es sind die kräftigen Hände eines Arbeiters, schwielig, rissig und zernarbt, die so zärtlich sein können und mehr fühlen und tasten als ihre eigenen. In ihrem Innern regt sich das Verlangen, und sie unterdrückt den Impuls, ihn zu küssen. Sie will ihn nicht aufwecken, sie haben die ganze Nacht auf der Terrasse gesessen und geredet.

Warum hat sie ihn nicht nach der Narbe gefragt?

Während ihr Verstand über die Leidenschaft siegt, ist es bei ihm andersherum. Als hätten ihre unanständigen Gedanken ihn aufgeweckt, streckt er die Arme aus, zieht sie zu sich herunter und küsst sie.

Sie lässt ihn nur zu gerne gewähren.

Kaum findet ihr Atem langsam wieder in seinen stetigen Rhythmus zurück, legt sie ihren Kopf auf Fritz' Brust und hört dem Meeresrauschen zu, das sich mit seinem Herzschlag verbindet. Nie hat sie etwas Wunderbareres gehört. Wenn sie bei ihm ist, ist sie zu Hause.

»Was hörst du?«, fragt er nach einer Weile.

Sie beugt sich über ihn und nickt ihn ernst an: »Hundert Schläge pro Minute. Im Ruhezustand.«

»Ist das viel?«

»Ob das viel ist?«, fragt sie ihn in gespieltem Ernst und fasst sein Handgelenk, um seinen Puls zu überprüfen. »Normalerweise liegt der Puls zwischen sechzig und achtzig Schlägen pro Minute.«

Er richtet sich auf. »Wie kann das sein?«

»Typischer Fall von Tachykardie«, erwidert sie nüchtern. »Herzrasen im Endstadium. Du brauchst unbedingt einen Arzt, damit …«

»Sag ich doch, Wicca, du gehörst zu mir, für immer, o du meine Unverlierbare«, sagt er und schlingt seine Arme fester um sie.

Lachend versucht sie sich zu befreien.

Sie kann sich nicht erinnern, jemals so glücklich gewesen zu sein und zugleich so traurig.

»Woher hast du die Narbe?«, fragt sie, als die Traurigkeit Oberhand gewinnt. Zärtlich streicht sie darüber.

»Ein wütender Schwede kurz vor Kriegsende in einer Kneipe, der genug von den Deutschen hatte«, sagt er trocken. »Und woher hast du deine?« Er berührt das verwachsene Mal auf ihrer Stirn.

Wie soll sie ihm diese Frage beantworten? »Eine Schranktür«, lügt sie und denkt daran, wie Gero sie am Tag ihrer Hochzeit aufhalten wollte und sie dabei versehentlich die Treppe heruntergestoßen hat. Wie sie mit der klaffenden Wunde in das Auto ihres Vaters gesprungen ist und ohne ihr Jawort davongefahren ist. Nach Kühlungsborn.

Er legt seine Hand auf ihre Wange. Ihr Herz klopft.

»Ich liebe dich«, flüstert er. »Warum bleiben wir nicht einfach hier?«

Sie will lachen, sie will weinen, sie will bei ihm bleiben, und weil sie weiß, dass es nicht geht, küsst sie ihn.

Nachdem sie sich ein zweites Mal an diesem Morgen geliebt haben, liegen sie nebeneinander. Als er anfängt, ihre Hand zu streicheln, und sich räuspert, spürt sie das Unheil kommen. Sie will aufstehen, doch er hält sie fest.

»Warte, ich bin dir noch meine Frage schuldig.«

Sie kann nicht verhindern, dass die Leichtigkeit zwischen ihnen in Ernst umschlägt.

Nach einem Moment des Schweigens sagt er leise: »Ich weiß, dass du eine Tochter hast. Und ich weiß, dass sie Becki heißt. Ist sie mein Kind?«

Sie zuckt zusammen. Da war sie, die Frage, vor der sie sich gefürchtet hat, seit sie gemeinsam ins Auto gestiegen sind. Lotte hat es ihm also doch gesagt, trotz ihres Versprechens, es nicht zu tun. In der ganzen Woche hat sie kein Wort über Becki verloren, so getan, als gäbe es ihre Tochter gar nicht, aus Angst davor, wie er reagieren, welche Schlüsse er daraus ziehen würde. Dabei weiß er längst Bescheid. Sie drückt sich beide Hände auf den Mund, als könnte sie so die Verzweiflung zurückhalten, die aus den Tiefen ihres Körpers nach außen drängt.

Wenn er nur wüsste, was er mit dieser Frage ausgelöst hat.

»Olga …«, hebt er erneut an, verstummt dann aber. Sie sehen sich in die Augen, doch sie schweigt; was soll sie auch sonst tun? Er hat Olga gesagt. Nicht Wicca.

»Beantworte mir nur diese eine Frage«, beharrt er. »Nur diese einfache Frage.«

Was an dieser Frage ist einfach, denkt sie und sagt: »Was willst du von mir?«

»Wissen, ob Becki mein Kind ist.« Seine Nasenflügel beben. »Das schuldest du mir. Lotte hat es mir gesagt. Und auch, dass du Gero nicht geheiratet hast.« Geros Brief, denkt sie, der für ihn bestimmt war.

Nicht Gero oder Lotte sind zwischen sie getreten, sondern ihre Tochter. Olga sucht nach Worten. »Wenn ich jemandem etwas schulde, dann Becki. Ich schulde meiner Tochter eine heile Kindheit, Fritz.«

Sein trauriger Blick trifft sie ins Herz. Sie weiß, wie weh sie ihm tut, ausgerechnet ihm.

»In zwei Wochen geht mein Schiff nach Vancouver«, sagt er mit ernster Stimme. »Adam will mich in seinem Bauunternehmen haben. Ist das nicht verrückt? Warum kommt ihr nicht beide mit?«, fügt er atemlos hinzu, als wäre das die Lösung aller Probleme.

Olga zuckt zusammen. Mit ihm nach Kanada, zu Adam? Niemals. Wie soll sie ihm nur erklären, dass sie Becki ihre Geschichte nehmen würde? Dass sie ihre Tochter verlieren könnte.

»Ich kann nicht«, sagt sie und schüttelt langsam den Kopf. Tränen laufen ihr über die Wangen.

Als könnte sie Becki das antun. Oder sich selbst.

Fritz' Gesicht verschließt sich. »Wenn du mir die Antwort nicht geben willst, dann gehe ich.« Steif erhebt er sich.

Wieder schweigt sie. Sie muss, denn sie findet nicht die richtigen Worte. Sie zittert am ganzen Körper.

Als Fritz erkennt, dass sie ihm keine Antwort geben wird, wendet er sich von ihr ab und beginnt, sich anzukleiden.

»Ich verstehe dich, Wicca.« Seine Stimme bricht. »Becki hat jetzt eine richtige Familie. Du möchtest nicht, dass sie so aufwachsen muss wie ich, nicht wahr? Als uneheliches Kind.«

Falsch, denkt sie und nickt, als er seine Sachen achtlos in die Tasche wirft.

Becki soll nicht aufwachsen müssen wie ich, würde sie ihm am liebsten sagen. Als Außenseiterin. Aber wenn sie ihm das sagte, müsste sie ihm auch alles andere erzählen. Und das bringt sie nicht übers Herz.

Am liebsten würde sie ihn aufhalten. Aber wem oder was würde das nützen? Nichts nützt mehr etwas. Nicht mal ihre Tränen.

»Becki ist nicht deine Tochter«, sagt sie leise. »Das ist die einzige Antwort, die ich dir geben kann.«

Fritz sieht sie lange an. »Ich verstehe«, sagt er und verschwindet aus ihrem Leben, ohne sich noch einmal nach ihr umzudrehen.

August 1956

Freiburg

Das Erste, was Olga sieht, als sie aus dem Auto steigt, ist ein großes flatterndes Plakat an der Haustür. *Willkommen zurück!*, liest sie aus der Ferne. Eine Böe zerrt an dem Papier, die Farbe ist zerlaufen. Freiburg empfängt sie, ungewöhnlich für Anfang August, mit Regen und scharfem Wind. Mit einem Mal spürt sie, wie ihr die Tränen die Wangen herunterlaufen. Das schlechte Gewissen tropft aus ihr heraus, und mit ihm der Wunsch, dass die Unterbrechung mit Fritz das sein könnte, was sie gebraucht hat, um sich zu versichern, warum sie hier richtig ist, warum Hans der richtige Mann an ihrer Seite ist. *Willkommen zurück*!

Im Gegensatz zu Fritz ist er da. Außerdem kümmert er sich rührend um Becki, als wäre er ihr leiblicher Vater. Eine Familie ist alles, was zählt, und alles, was Becki braucht. Was hat der Standesbeamte bei der Hochzeit gesagt? Eine Ehe bestünde darin, dass man sich füreinander entscheide und dabei bliebe. Darauf hat sie ihr Wort gegeben.

Ja, Hans hat recht, wenn er sagt, sie sei zu wenig kompromissbereit. Wenn sie Probleme mit ihm gehabt hat, dann weil sie immer alles wollte, nur nicht verzichten. Aber das muss ein Ende haben. Eine Praxis zusammen mit ihrem Mann. Das wird sie einander näherbringen. Also wird sie verzichten, auf ihre Facharztausbildung, auf ihre Träume, auf Fritz.

Sie befiehlt sich, nicht mehr an ihn zu denken. Und sollte er sich dennoch in ihre Gedanken oder Träume schleichen, dann wird sie sich daran erinnern, dass sie Wissenschaftlerin ist und als solche dazu imstande, sich übersteigerten Gefühlen wie Liebe, Eifersucht oder Trauer zu widersetzen. Zur Not auch mittels einer einfachen Abwägung: Kind, Familie und Beruf versus irrationale Gemütsturbulenzen. Ja, sie ist fest entschlossen, ihre heftige Gefühlsaufwallung für Fritz als Sentimentalität abzutun. Ihr Bedarf an großen Gefühlen ist gedeckt.

Doch der Boden unter Olgas Füßen fühlt sich bei diesem Vorsatz nicht fester an.

Fritz. Ihr Herz läuft über vor Sehnsucht nach ihm.

Sie bleibt eine Weile stehen, um sich zu beruhigen, zu sammeln. Dann reibt sie sich die Hände übers Gesicht, beugt sich ins Auto, hupt zweimal und wartet, dass sich die Tür öffnet.

»Mami«, schreit Becki, als sie hinausstürmt. Sie schlingt die Arme um sie, als wollte sie sie nie wieder loslassen. Dabei ist es Olga, die sie nie wieder loslassen will. Sie erwidert die Umarmung und lacht. »Ich habe dich auch vermisst, mein Schatz!«

Als Olga sich von Becki löst, lächelt Hans sie zaghaft an. »Schön, dass du da bist«, sagt er und gibt ihr fast schüchtern einen Kuss auf die Wange.

Mehr hätte sie auch nicht vertragen. Es fühlt sich so falsch an, bei ihm zu sein, wie ein Verrat an Fritz, und doch gehört sie hierher.

»Ich habe eine Überraschung für dich«, sagt er, jetzt wesentlich selbstbewusster, und wippt wie ein kleiner Junge auf den Fußballen. »Lass deinen Koffer erst mal hier. Alles Weitere erzähle ich dir, wenn wir da sind.« Er wendet sich an Becki. »Gehst du so lange hoch und hilfst Großmutter beim Tischdecken?«

»Um was geht es?«, fragt Olga nervös. Was kommt denn jetzt?

»Das wirst du sehen.« Beschwingt geleitet er sie in den Hausflur, und da sieht sie das Schild an der Wand neben Hertas Wohnungstür.

Dr. Hans Bley. Praktischer Arzt und Geburtshelfer

Olga lächelt bemüht. Wo steht ihr Name? Warum in der bleyschen Villa, in der sie schon jetzt kaum Luft bekommt? Und überhaupt, warum entscheidet er das hinter ihrem Rücken?

Hans sieht sie unsicher an.

»Na, was sagst du?«, fragt er. »Mutter ist ins Dachgeschoss gezogen. Die Lage ist perfekt, ein paar Schritte nur zu dir und unseren Kindern.«

Welche Kinder? Olga gefriert das Lächeln. Sie hätte wieder weinen können – darüber, dass es immer so sein wird. Dass er sie nicht versteht. Nur für sie entscheidet. Dass sie zu Hause bleiben und sich in toto um das Glück ihrer Familie kümmern soll.

Sie wischt sich über die Stirn. »Und was ist mit mir?«, fragt sie und hört selbst, wie hohl ihre Stimme klingt.

Für einen Moment wirkt er verlegen.

»Ich habe lange darüber nachgedacht«, erklärt er. »Ich denke, dass es besser ist, wenn du erst einmal kürzertrittst. Und was später ist, sehen wir dann.«

»Tatsächlich?«, entgegnet sie spitz. »Und was genau sehen wir dann?«

»Na ja … Ob du überhaupt wieder anfangen möchtest zu arbeiten.«

Sie hat doch noch nicht mal damit aufgehört.

»Wir waren uns doch einig«, sagt er beschwörend, »dass wir eine richtige Familie sein wollen, Olgachen. Und dafür Kompromisse machen müssen.«

Wir? Oder sie? Sie sieht ihn ratlos an. Wie gut kennt er sie eigentlich? Und sie ihn?

Als er ihr Schweigen nicht mehr auszuhalten scheint, sagt er: »Mutter hat für dich dein Lieblingsessen gekocht. Einen Rehbraten mit Stampfkartoffeln und Möhren. Komm, lassen wir sie nicht länger warten.«

Jetzt erst nimmt sie den Geruch von Essen wahr, der durch den Flur zieht.

Ihr ist der Appetit vergangen.

Stumm wendet sie sich ab und holt ihren Koffer. Auf den Eingangsstufen bleibt sie stehen. Sieht sie sich überhaupt noch in der bleyschen Villa? Hans unten, Herta oben und sie dazwischen, zerrieben zwischen ihren Erwartungen?

Wenn sie ehrlich ist, sieht sie nur eins. Fritz.

In den folgenden Tagen flüchtet sie sich in ihre Arbeit und geht danach mit Becki wandern. Die Umarbeiten sind bereits in vollem Gange, in der Villa gibt es keine ruhige Minute mehr. Bereits morgens um sieben rücken die ersten Handwerker an. Wände werden herausgerissen und zimmerhohe Schränke und Regale eingebaut; der Praxistresen erhält in Hertas altem Wohnzimmer seinen Platz. Als Nächstes kommen die Maler. Transportwagen fahren vor mit Liegen, Wartezimmerstühlen und Kisten über Kisten mit Gerätschaften, Verbandsmaterial, Spritzen und Medikamenten. In vier Wochen soll die Praxis eröffnet werden. Hans hat keine Ahnung, wo ihm der Kopf steht, aber auch was in ihrem vor sich geht, weiß er nicht. Wie auch? Sie reden ja kaum, tauschen höchstens kurze Worte, schnelle Blicke, mehr nicht. Wann haben sie eigentlich das letzte Mal ein ehrliches Gespräch geführt, darüber, wie und wo sie leben und arbeiten wollen?

Sosehr sie sich ein solches mit ihm herbeisehnt, sie fürchtet sich auch davor. Es scheint, als hätte die Sprachlosigkeit zwischen ihnen Gedanken freigesetzt, die sie bisher um des lieben Friedens willen beiseitegeschoben hatte. Dass sie nicht willens ist, die Medizin jemals aufzugeben, die von klein auf alles für sie war und das Einzige ist, was ihr hilft, die Widersprüche und Ängste in ihrem Leben auszuhalten. Und dass sie sich nicht vorstellen kann, überhaupt ein Kind mit ihm zu bekommen. Nachts, wenn er sich an sie presst und sie sein Verlangen spürt, macht sie sich steif und rückt an die äußerste Bettkante. »Lass das bitte, ich bin müde.« Früher, vor ihrer Reise nach Italien, hätte er sie womöglich noch ein wenig gedrängt, hätte versucht, sie mit Küssen aus der Reserve zu locken, doch jetzt hört sie kein Wort des Protests mehr, nur sein Schnarchen, wenn er eine Minute später eingeschlafen ist, als füge er sich bereitwillig in sein Schicksal. Vielleicht irrt sie sich ja und es ist nur der Stress des Umbaus, die hohen Kosten, die auf ihn zukommen. Doch insgeheim hofft sie, er habe kapituliert, so wie sie. Nur wie soll ihre Ehe das aushalten? Sie besteht ohnehin nur noch in ihrer Erinnerung, und mit jedem Tag, der vergeht, verschwindet mehr von dem, was sie einmal verband.

Während sie seinem Schlaf lauscht, treiben die Gedanken sie noch lange um und halten sie wach. Eines Nachts hält sie es nicht mehr aus, sie verlässt das gemeinsame Bett und schleicht sich nach unten in die Praxisräume. Die Villa kommt ihr fremd vor. Wie oft hat sie Hans gebeten, sich etwas Eigenes zu suchen, für sie, Becki und ihn. Sie denkt daran, dass sie seit fast zwei Jahren in diesem Haus wohnt und sich noch immer in ihm bewegt, als wäre sie hier zu Gast.

Liegt es an Herta, die so zäh ist wie ihr Rehbraten, oder daran, dass Hans sich in seinem Elternhaus zum Muttersöhnchen zurückentwickelt hat? Sie erkennt den fortschrittlichen Mann, den sie einst so bewundert hat, nicht wieder.

Durchs Fenster hört sie den Glockenschlag des Münsters. Es ist Mitternacht. Sie öffnet leise die Tür zum geräumigen Sprechzimmer. In dünnen Socken schlappt sie über den staubigen Boden, es ist ihr egal, ob sie dreckig werden. Vor dem großen Eichenschreibtisch bleibt sie stehen. An der Wand dahinter hängt ein Porträt seines Vaters im Arztkittel, das sie zuvor noch nie gesehen hat. Vermutlich hat Herta es ihm für die Praxis malen lassen, um ihn täglich daran zu erinnern, in welche Fußstapfen er tritt. Um den Hals von Professor Rupert Bley baumelt ein Stethoskop, das Kinn hat er auf Mittelfinger und Zeigefinger abgestützt, seine Augen schauen ernst. Denkender Halbgott in Weiß, so könnte das Bild heißen. Bei längerem Hinsehen kann Olga Ähnlichkeiten zwischen Hans und seinem Vater erkennen. Dieselben grauen Stellen an den Schläfen, das lichte braune Haar über der Stirn, die eingerollte Unterlippe, die sie von Hans kennt, wenn er nicht gestört werden will. Obwohl der Raum kühl und das Fenster gekippt ist, ist Olga nassgeschwitzt. Der bohrende Blick seines Vaters, so von oben herab, verursacht Hitzewallungen in ihr, als würde er tief in sie dringen und doch nichts verstehen. Wie soll Hans unter diesem strengen Blick je ein Leben führen, das nicht den Erwartungen seiner Eltern entspricht? Vorsichtig fährt sie mit der Hand über die glatte Oberfläche des Schreibtisches und wischt dabei einen Teil der Staubschicht fort.

Sie spürt, wie etwas in ihrem Inneren ins Schlingern gerät, und hält sich an der Tischkante fest, dann wendet sie sich um und flüchtet schnellen Schrittes zurück ins Bett, zu Fritz. Sie freut sich darauf, Raum, Zeit, Hans und seinen Vater zu verlassen und die Gedanken an Fritz heraufzubeschwören, die so stark sind, dass sie sich wieder lebendig fühlt. Ein Funken in einem Meer aus Asche, hatte Juri einst gesagt. Ein Funke, der, wie sie längst weiß, nie erloschen ist. Fritz ist ihr Phantomschmerz, immer bei ihr. Und sie ist froh darüber, etwas von ihm zu haben, ihn bei sich zu fühlen, an ihrem Zufluchtsort in sich.

Am darauffolgenden Tag, als sie in einem Pulk von Ärzten stehen und sie Hans dabei beobachtet, wie er Schwester Gitte eine Zigarette hinhält und sie ihr in dem Moment, in dem sie zugreifen will, lachend wieder entzieht, weil sie doch schwanger ist, denkt Olga darüber nach, wie sie diese Ehe fortsetzen soll. Wie heiter und unbelastet Hans doch mit anderen wirkt. Nur zwischen ihnen beiden ist alles so schwer geworden. Schwer wie Bley, denkt sie, und augenblicklich spürt sie den unerbittlichen Blick seines Vaters auf ihr.

Schwester Gitte streckt stolz ihren kleinen Bauch heraus, und

Hans starrt ihn wie gebannt an. Es versetzt Olga einen Stich. Wie sehr wünscht er sich doch ein Kind! Sie weiß, er wäre überglücklich, wenn auch ihr Bauch sich so wölben würde, und gleichzeitig weiß sie, wie enttäuscht er ist, dass er es nicht tut. Für ihn ist sie nur noch eine Puppe. Alles dran, aber nicht echt. Leblos. Uninteressant. Weil sie ihre biologische Pflicht nicht erfüllt. Aber eine Frau kommt nicht als Mutter zur Welt, sie wird es. Und nur weil sie kein Kind mit ihm möchte oder haben kann, ist sie doch kein unvollständiger Mensch!

Wie hat sie in den letzten Jahren versucht, alle davon zu überzeugen, dass sie ihren Platz in der Welt verdient. Sie hat sich regelrecht angedient, gebuhlt um die Gunst und Anerkennung, als wäre sie in einer Art Bringschuld. Ob als Tochter, Mutter, Ehefrau oder als Ärztin. Sie hat genug davon! Genug von Menschen, die ihr sagen, was sie zu tun und zu lassen hat. Genug von ihren Schuldgefühlen. Ihr Körper ist nicht wichtiger als ihre Gedanken, als ihre Ideen und Wünsche.

Und im selben Moment durchzuckt es sie wie ein Blitz. Und sie weiß es. Sie wird Hans niemals richtig lieben und will es auch nicht mehr versuchen, weder mit ihrem Körper noch mit ihrem Geist. Sie wird nicht länger ein Leben führen, das sie nicht will.

Sie muss gehen.

Die Erkenntnis ist so ungeheuerlich, dass ihr schwindelig wird.

Sie hebt den Kopf und spürt, wie ein Strahlen in ihr aufsteigt, ihre Glieder, ihr Gesicht erfasst und sie körperlich mitreißt, so sehr, dass Hans sie fragend anschaut. Sie schüttelt sanft den Kopf, lächelt ihm zu. Reden konnten sie auch später noch.

»Lass das Licht in dir nicht ausgehen«, hatte Pa zu ihr gesagt, kurz vor seinem Tod, und sie hatte versprochen, darauf zu achten. Nicht nur für sich, auch für Becki.

Denn was hat ihre Tochter von einer Mutter, deren Lichter verlöschen?

Trotzdem tut es ihr leid, um Becki und die Familie, die sie ihr nimmt. Um Hans tut es ihr nicht leid. Nicht weil sie ihm die Schuld am Scheitern ihrer Ehe gibt. Sondern weil er eine Frau verdient hat, die ihn liebt, so wie er ist. Die ihn zum Leuchten bringt und ihm Kinder schenkt. Er ist ein wunderbarer Vater, und sie weiß, wie sehr es insgeheim an ihm nagt, dass hinter seinem Rücken geredet wird, dass es ihm als Schwäche ausgelegt wird, dass sie arbeitet und er kein Kind zeugt.

Aber was möchte sie für sich selbst? Sie lächelt. Das, was sie schon immer wollte. Frauenärztin werden.

Fritz hatte auf Ischia gesagt, sie sei unverlierbar. Aber das stimmt nicht. Fritz und sie haben einander verloren. Und sie hat auch sich verloren. Es ist an der Zeit, sich wiederzufinden, sich selbst und ihre Träume. Das Leben mit dem zu füllen, was sie glücklich macht. Dann wird auch die Leere in ihr verschwinden, davon ist sie überzeugt. Und wer weiß, vielleicht wird irgendwann auch die Zeit kommen, Fritz wiederzufinden.

Womöglich liegt das Beste noch vor ihr.

30. März 1991

Ginsterburg

Für einen Moment glaubte Olga, Lotte wolle sie umarmen. Sie sah Tränen in ihren Augen. Instinktiv wich Olga zurück und reichte ihr die Hand, wie einer Fremden, wenngleich sich die förmliche Begrüßung eigenartig anfühlte. Denn die Frau vor ihr war ja noch immer Lotte, ihre Freundin aus Jugendtagen. So viele Jahre auch vergangen waren, sie wirkte immer noch merkwürdig vertraut. Wie schön sie war! Etwas gealtert natürlich, aber das Haar noch blond und voll und der Blick so lebendig, frisch.

»Ich kann es kaum glauben, ihr seid tatsächlich nach Ginsterburg gekommen«, sagte Lotte nach einem Moment und machte Olga ein Zeichen, sich mit ihr auf die Bank vor der Ulme zu setzen. »Als dieser unmögliche Anwalt mich kontaktiert und mir deine Adresse gegeben hat«, sagte Lotte und hakte sich bei ihr unter, »habe ich so gehofft, dich endlich wiederzusehen. Ich wusste ja so gar nichts von dir!«

Lotte hatte oft an sie gedacht? Olga musste schlucken. Sie selbst hatte konsequent jeden Gedanken an die Freundin verscheucht, als hätte es sie nie gegeben.

»Und als du dann auf meinen Brief nicht geantwortet hast, Olga, da habe ich schon das Schlimmste befürchtet.«

Was sollte sie darauf sagen? Wie Lotte erklären, warum sie nicht zurückgeschrieben hat? Sie verstand es ja selbst nicht mehr. Hatte sie sie wirklich nie mehr wiedersehen wollen?

»Bis gestern wusste ich nicht einmal, dass ich nach Ginsterburg komme«, erwiderte Olga zögernd und schaute zu ihren Mädchen, die sich jetzt zu ihnen gesellten. »Es war eine Geburtstagsüberraschung.«

Mit einem Mal überfiel sie wieder die alte Panik, es könnte alles auffliegen. Was, wenn Lotte Becki verraten hatte, dass Gero gar nicht ihr Vater war?

Doch als sie in Beckis vergnügtes Gesicht blickte, wusste sie, dass sie sich darum keine Sorgen machen musste. Lotte hatte dichtgehalten.

»Und was das für eine Geburtstagsüberraschung war!«, sagte Becki und lachte. »Mami ist erst mal in Ohnmacht gefallen.«

Lotte berührte sanft Olgas Arm. »Das bist du früher schon, wenn dir etwas zu viel wurde.«

Das erste Mal an ihrem dreizehnten Geburtstag bei der Geburt der Baronin, dachte Olga.

Lotte seufzte. »Weißt du, Becki, es ist für uns alte Damen nicht leicht, so in die Vergangenheit zu reisen. Aber ich bin unglaublich froh, dass wir es getan haben. Schon allein, um dich wiederzusehen, Olga. Und endlich euch beide richtig kennenzulernen«, fügte sie an Becki und Sara gewandt hinzu.

»Ja, darüber freuen wir uns auch!« Becki legte einen Arm um ihre Tochter. »Weißt du, Sara, als wir Lotte damals in Freiburg abgeholt haben, da war ich völlig überwältigt. Ich glaube, ich habe nie eine elegantere Dame gesehen. Sie sah aus wie ein Filmstar.«

Lotte lachte verlegen. »Dabei war ich da bereits im vierten Monat schwanger!«

»Mit Anouk?«

Unwillkürlich muss Olga daran denken, wie Fritz ihr damals in Italien von Lottes Tochter erzählt hat. Sie muss jetzt Mitte dreißig sein.

Lotte sah sie überrascht an. »Ja, genau. Mit Anouk. Sie kommt übrigens morgen zusammen mit Svea nach. Das ist meine Enkeltochter«, erklärte sie strahlend. »Und mein Mann kommt auch. Mads. Wir wollen am Montag alle gemeinsam meinen Geburtstag hier feiern.« Sie schaute zu Olga und Becki. »Unseren Geburtstag.«

Sara runzelte die Stirn. »Ich dachte, dein Mann heißt Fritz«, sagte sie und blickte irritiert zu Olga. »Warum hat Rosie gesagt, du hättest Gero seinetwegen sitzengelassen?«

Bevor Olga etwas sagen konnte, antwortete Lotte für sie. »Weißt du, wir waren alle irgendwann mal in Fritz verliebt. Doch geheiratet habe ich ihn, da hast du recht. Wir haben uns später scheiden lassen. Aber das …«

»Schau mal«, fiel Olga ihr ins Wort, um nicht länger über Fritz reden zu müssen, und zeigte auf das Gilu, das im Gras vor der Blume-Villa lag. »Was meinst du, sollen wir eine kleine Runde drehen, schon um der alten Zeiten willen?« Sie erhob sich von der Bank. »Es gehört Rosies Tochter. Wir dürfen es benutzen.«

Es gab nichts Besseres, um ihren Kopf freizubekommen, dachte sie, und das brauchte sie jetzt. Vor allem aber wollte sie sich Saras Inquisition entziehen.

»Du bist verrückt«, erwiderte Lotte lachend. »Ich saß seit Jahren nicht mehr am Ruder. Aber warum eigentlich nicht?«

Als sie wenige Minuten später das Boot ans Ufer trugen und es zu Wasser ließen, glaubte Olga zu träumen. Lotte und sie gemeinsam in einem Gilu.

»Wollen wir?«, fragte sie Lotte zögernd.

»Und ob wir wollen!«

Gleich bei ihrem ersten Schlag fuhren die Blätter krachend aneinander. Von Weitem musste es so aussehen, als würden sie sich mit Schwertern bekämpfen.

»Touché?«, lachte Lotte, als sie sich zu ihr umdrehte. »Wir sind wohl etwas aus der der Übung.« Und Olga dachte, dass sich ihr Satz genauso auf ihre Freundschaft beziehen könnte.

Nach den ersten stockenden Bewegungen kamen sie aber rasch in Schwung und ließen das Gilu ohne Wackeln und Schlingern elegant durchs Wasser gleiten. Jeder Handgriff saß, und es lag eine Ruhe und Routiniertheit in ihren Zügen, als wären sie aus dem gemeinsamen Boot nie ausgestiegen.

Die eine wusste instinktiv, was die andere tat, und während sie sich mit langsamen, kräftigen und rhythmischen Zügen vom Ufer entfernten, kamen die Bilder und Gefühle, die Erinnerungen an gemeinsame Sommertage auf dem Schwanensee zurück. Sie beide, wie sie weit draußen im See die Paddel ins Boot zogen und sich treiben ließen. Wie sie Hand in Hand ins Wasser sprangen und unter das Boot schwammen und es umkippten. Wie sie mit drei Gilus ein Wettrennen zur Mohninsel machten, Annemie und Gero ebenfalls im Zweier und Fritz im Einer, und wie der Verlierer hinterher den Gewinner an einem Seil zurückziehen musste.

Als das Boot weit draußen über das Wasser glitt, außer Hörweite der Mädchen, zogen sie die Paddel ein, und Lotte setzte sich um, so dass sie Lotte in die Augen sehen konnte. »Deine Mädchen scheinen nicht viel über deine Vergangenheit zu wissen, stimmt's?«

Olga nickte verlegen. »Bis gestern habe ich nie darüber nachgedacht, dass mein altes Leben hier irgendwie von Interesse sein könnte.« Sie verstummte. Wie sollte sie erklären, wie verworren alles war? Sie brauchte dringend noch ein wenig Zeit, um sich genau zu überlegen, wie sie es ihnen sagen sollte – und auch was.

Lotte sah sie ernst an. »Das verstehe ich, Olga. Und ich hoffe, du kannst mir verzeihen, dass ich dich damals so unter Druck gesetzt habe. Dass ich so überstürzt aufgebrochen bin, ohne dir eine Nachricht zu hinterlassen. Aber die ganze Situation damals – mit Mads und Fritz, der Schwangerschaft –, das war alles zu viel.«

Olga erinnerte sich noch gut. Sie hatte damals die Instrumente aus dem Krankenhaus geholt und an Lottes Zimmertür im Hotel geklopft, aber da war ihre Freundin schon abgereist gewesen, ohne ein Wort. Und Olga hatte erleichtert gedacht, dass Lotte ihr damit die Entscheidung abgenommen hatte.

»Zum Glück hast du mir damals den Kopf gewaschen, bevor ich dich und mich zu einer Dummheit gezwungen habe«, sagte Lotte.

Olga nickte mitfühlend. »Ich freue mich, dass alles gut geworden ist. Du scheinst glücklich zu sein mit Mads und deiner Familie.«

»Ja, das bin ich«, erwiderte Lotte lächelnd. »Noch immer.« Sie sah Olga forschend an. »Ich habe dir Jahre später einen langen Brief geschrieben, als Versuch einer Erklärung und Entschuldigung, aber er kam ungeöffnet zurück.«

»Da wohnte ich schon nicht mehr in Freiburg«, erwiderte Olga.

»Becki sagte, du und Hans, ihr hättet euch getrennt und dass du Frauenärztin in Plön geworden bist.«

Olga nickte. »Gut zwei Jahre nach der Hochzeit. Du hattest es mir ja schon prophezeit.«

»Meine dumme Unterstellung, dass du nicht Hans, sondern Fritz liebst?«, fragte Lotte, als sie auf der Mitte des Sees waren.

»Sie war zumindest ein Anstoß, über meine Gefühle nachzudenken«, erwiderte Olga und lächelte.

Mehr wollte sie dazu nicht sagen, und das schien Lotte zu spüren. Sie drehte sich wieder um und nahm das Paddel auf. Wie gut es sich anfühlte, gemeinsam auf dem Wasser zu sein! Olga genoss den alten Rhythmus, die Leichtigkeit. Sie paddelten wie eine Einheit, ohne sich wirklich dabei anzustrengen, und in ihr keimte die Hoffnung, dass sie mit derselben Leichtigkeit vielleicht an alte Zeiten anknüpfen konnten, an die guten Zeiten. Sie blickte auf Lottes Rücken und dachte, dass sie sie vermisst hatte. Nie wieder danach hatte sie sich einer Freundin so nah gefühlt wie ihr.

»Weißt du«, knüpfte sie nun doch an das Gespräch an, »mit vielem hattest du sicher recht. Zum Beispiel damit, dass Hans eine Frau wollte, die in den Kochtopf reinschaute, aber nicht darüber hinaus. Oder wie hast du es ausgedrückt?«, fragte sie schmunzelnd.

»So ähnlich.« Lotte warf lachend den Kopf zurück. »Nicht

dass ich dir die Trennung gewünscht habe, aber du warst immer zu eigen, um das zu tun, was man von dir erwartet hat.«

»Ist das so?«

Lotte zog das Paddel wieder aus dem Wasser und drehte sich zu ihr um. »Wann hast du dich schon mal mit irgendetwas zufriedengegeben?«

Der Satz versetzte Olga einen Stich.

»Meinst du Gero?«, fragte sie traurig. »Du hast mir nicht verziehen, dass Fritz sich damals von dir abgewandt hat, oder?«

»Da gibt es nichts zu verzeihen, Olga. Ich erinnere mich genau, wie Fritz dich damals angesehen hat, als er neu in die Klasse kam. Und du ihn.« Sie hielt kurz inne. »Er war von Anfang an verliebt in dich. Und ich, ich war so eifersüchtig, dass er dich mir wegnehmen wollte. Und natürlich auch ein bisschen gekränkt, weil er mich nicht beachtet hat.«

Olga runzelte die Stirn. »Du bist mir keine Erklärung schuldig.«

»Ich möchte es dir aber erklären«, erwiderte Lotte. »Wenn überhaupt, dann musst du mir verzeihen. Erst als ich Mads kennengelernt habe, habe ich begriffen, dass ihr zusammengehört, du und Fritz, dass ihr füreinander gemacht seid. Als Anouk auf der Welt war, habe ich irgendwie versucht, es wiedergutzumachen.« Sie lächelte.

»Wie meinst du das?«, fragte Olga verblüfft.

Lotte musterte sie mit hochgezogenen Augenbrauen. »Vor Kanada, da hat er dich doch aufgesucht.«

Sie lief rot an. »Ja, das hat er«, erwiderte sie knapp.

»Ein paar Tage vorher hatte ich ihm von Becki erzählt und davon, dass Gero nicht ihr Vater sein kann.«

»Warum hast du das getan?«

Lotte schien mit sich zu ringen. Dann beugte sie sich vor:

»Irgendwie hatte ich das Gefühl, dass nicht du meine Ehe zerstört hast, sondern ich euer Glück. Weißt du, ich habe ihm gerade so viel erzählt, dass ihm nichts anderes übrigblieb, als dich aufzusuchen. Irgendwie hatte ich gehofft, dass ihr noch eine Chance bekommt.«

Olga spürte einen Anflug von Verärgerung. Es war so typisch für Lotte, sich das Leben vorzustellen wie ein Spiel und das Undenkbare nicht nur zu denken, sondern auch zu tun. Als wären Fritz und sie beide nur Figuren auf einem Brett gewesen, die sie nur hatte richtig hinstellen und bewegen müssen, damit sie am Ende doch noch gewinnen würden. Nur war das Leben kein Spiel. Sie hatten beide verloren. Sie hatten sich verloren, daran konnte auch kein Spielzug etwas ändern.

Doch bevor sie etwas erwidern konnte, drehte Lotte sich glücklicherweise wieder um und begann weiterzupaddeln. Eine Weile schwiegen sie, bis sie zur Mohninsel kamen. Olga stieg aus und reichte Lotte die Hand. Sie spürte jeden Muskel ihres Körpers, als sie das Gilu gemeinsam an Land zogen.

»Links- oder rechtsherum?«, fragte Lotte, während sie den Blick über die Insel schweifen ließ, und Olga musste lächeln. Wie viele Male hatten Lotte und sie dort festgemacht und sich die Frage gestellt. Wenn sie sich nicht einigen konnten, ging jeder seinen Weg, und irgendwann, etwa in der Mitte, wenn sie sich trafen, war ihre Unstimmigkeit vergessen, und sie setzten sich hin und vertilgten Mammes leckere Hällakakor, die sie mit Tomaten und Käse belegt hatte.

»Linksherum«, sagte Olga, und sie marschierten los. Das erste Stück des Ufers war dicht bewachsen, als wäre seit ihrer Flucht kein Gärtner mehr auf der Insel gewesen. Lotte schob ein paar Zweige für sie beiseite und ließ ihr den Vortritt. Im Grunde hatte Lotte es gut gemeint, dachte Olga, als der Ärger über ihre Einmischung verflogen war.

»Ich bin damals verheiratet gewesen, und ich musste auch für Becki sorgen«, nahm Olga den Faden wieder auf. »Kanada? Wie hätte das gehen sollen zwischen Fritz und mir?«

»Aber ist er nicht Beckis Vater?«
Olga schüttelte den Kopf.
»Um Himmels willen nein«, sagte sie und begann zu erzählen.

Juli 1944

Rostock/Kühlungborn

Nervös blickt Olga auf die Uhr. In fünf Minuten soll ihre Trauung beginnen! Gemeinsam mit Helene wartet sie auf dem Neuen Markt vor dem Rostocker Rathaus auf ihren Bräutigam. Sie tritt von einem Bein aufs andere, schaut sich suchend um. Noch immer sieht es hier so aus, als wäre eben erst eine Bombe auf dem Platz eingeschlagen. Bis auf das Rathaus liegt alles in Schutt und Asche. Die Südseite ist völlig zerstört, und auch auf der Nordseite stehen nicht einmal mehr eine Handvoll Häuser. Ihr Hochzeitskleid flattert wie eine weiße Fahne im Wind, als würde sie kapitulieren. Da hält endlich die Offizierslimousine. Es kann losgehen, denkt sie und schluckt. Der Fahrer öffnet die Beifahrertür, und aus dem Wagen steigt mit seiner Hilfe Annemie, in der Hand einen Helm. Sie sieht elend aus. Aus ihren Gliedern ist alle Kraft gewichen, jede Bewegung scheint sie Mühe zu kosten. Aber sie will es sich partout nicht nehmen lassen, bei der Hochzeit zwischen ihrem Bruder Gero und Olga dabei zu sein.

Ausgerechnet jetzt bricht der Regen los. Ihre Freundin Helene, die die fast drei Monate alte Becki und den Brautstrauß aus Klatschmohn und Kornblumen im Arm hält, verschwindet im Rathaus, während Olga auf Annemie zugeht, sie unterhakt und ihr die Stufen hochhilft.

Neben ihr taucht eine ältere Dame auf und bleibt bewundernd stehen. »Wunderbar, in diesen Zeiten eine glückliche Braut zu sehen. Wo ist denn der Herr Bräutigam?«

»Hier«, sagt Annemie und hält den Stahlhelm hoch. »Aufgeregt?«, flüstert sie dann Olga zu, ohne auf die schockierte Reaktion der Dame zu achten.

»Man heiratet ja nicht alle Tage einen Helm«, erwidert Olga und verzieht den Mund.

»Olga Blume? Zimmer vier«, hört sie eine Stimme sagen. Ihr Herz klopft etwas lauter. Jetzt ist es gleich so weit. Sie wird Geros Frau. Im zweiten Anlauf, fast genau ein Jahr nach dem ersten verpatzten Versuch.

Als sie den schönen Saal betreten, legt Annemie auf Geros Stuhl den Stahlhelm ab, seinen rechtmäßigen Vertreter. Seine menschlichen Überreste liegen seit neun Monaten in irgendeinem kalten Grab in Russland. Olga schaut sich im Raum um, bevor sie neben dem Helm Platz nimmt. Hinter dem Schreibtisch des Beamten prangt ein riesiges Bild vom Führer, und ein kleines Gefühl der Genugtuung erfüllt sie, dass seine entsetzlichen Gesetze, illegal angewandt, zur Abwechslung auch mal etwas Gutes haben.

Nach einer kurzen Begrüßungsrunde geht der Standesbeamte die Heiratspapiere durch und fragt: »Warum haben Sie nicht am 3. August 1943 geheiratet?«

Olga atmet tief durch. »Weil meine Großtante gestorben ist und ich überstürzt nach Kühlungsborn abreisen musste, um meinen erkrankten Großvater zu betreuen. Er hat Parkinson.«

Sie hofft, dass ihre zittrige Stimme sie nicht verrät, und reicht ihm das Attest und einen Brief von Pa, dass er diese Heirat befürworte, aber aus Krankheitsgründen verhindert sei.

»Und warum haben sie die Hochzeit nicht sofort nachgeholt?«

»Weil mein Bräutigam nach Russland abkommandiert wurde, wo er im letzten Oktober auf dem Feld der Ehre geblieben ist.«

Unsicher schielt sie zu Helene, von der die Idee mit der Leichentrauung stammt. Per Führererlass ist die Eheschließung post mortem seit einem Jahr erlaubt, um, wie es heißt, den »Aderlass des besten Blutes« zu kompensieren. So makaber sich dieser Gedanke für Olga zunächst anfühlte, es ist der einzige Weg, Becki zu behalten und sozial abzusichern. Würde Becki erst mal in die Mühlen der Fürsorge geraten und unter Amtsvormundschaft gestellt werden, dann bestünde durchaus die Gefahr, dass sie sie ihr ganz wegnehmen.

Helene blinzelt ihr aufmunternd zu. Wieder und wieder sind sie in den letzten Tagen mögliche Fragen durchgegangen. Sie hat für die Genehmigung alte Liebesbriefe von Gero beigebracht, seinen Verlobungsring, den er am Tag seines Todes trug, nur er weiß warum, und die Zeugenaussagen von Annemie. Eigentlich dürfte nichts schiefgehen, zumal mit seiner Schwester auch jemand aus Geros Familie die innige Beziehung und die ernsten Heiratsabsichten von ihr und dem Verstorbenen bezeugen kann.

Nun guckt der Standesbeamte durch seine Brillengläser kritisch auf Becki, die zufrieden vor Helenes Bauch gurrt, und schüttelt missbilligend den Kopf. »Und Sie konnten damit nicht warten«, wendet er sich erneut mit zusammengezogenen Augenbrauen an Olga, »bis Sie per Gesetz Mann und Frau sind?«

Olga hält seinem Blick stand. Auch auf diese Frage ist sie vorbereitet.

»Nur das Schicksal allein wusste, ob er heimkehren würde. Er hat gespürt, dass er nicht lebend zurückkehrt und …« Sie macht an der Stelle wie geprobt eine längere Pause und senkt den Blick. »… und wollte etwas hinterlassen.«

Helene tritt einen Schritt vor und setzt Olgas Satz fort:

»Ein Kind guten Blutes. Ein so außergewöhnlich hübsches Baby ist wirklich ein Hoffnungsschimmer in einer Welt, in der so viele gute Männer den ruhmreichen Heldentod für Führer, Volk und Vaterland finden. Denken Sie nicht?«

Er nickt ergriffen.

Es ist nicht so, dass ihr Geros Tod nicht nahegegangen wäre. Im Gegenteil, sie macht sich Vorwürfe, dass sie ihn an dem Tag, als sie ihm das Jawort geben wollte, sitzengelassen hat und ihn mit gebrochenem Herzen in den Krieg ziehen ließ.

Aber kurz vor der Trauung hatte sie der Mut verlassen. Sie stand vor dem Spiegel, und als sie sich anblickte, bekam sie plötzlich keine Luft mehr. Es war, als alterte mit einem Mal ihr Spiegelbild, und was sie sah, war die Witte, die ihr hämisch zulächelte, eine bittere alte Frau mit toten Augen. Diese Vision von sich selbst erschreckte sie dermaßen, dass sie ohnmächtig zusammenbrach, wie so oft, wenn ihr Kopf überlief. Als sie ein paar Minuten später die Augen wieder aufschlug, wusste sie eins mit beklemmender Gewissheit: Sie würde ihr Versprechen nicht halten können.

Stattdessen packte sie ihren Koffer, um aus Ginsterburg zu verschwinden und nach Kühlungsborn zu fliehen, zu ihrem Pa. Bis auf Annemie und die Mamsell gab es nichts mehr, was sie hier hielt. Fritz und Lotte waren ja schon seit zwei Monaten fort, und die Zwangsarbeiter wurden nach der Flucht von Anna und Tadeusz inzwischen so gut bewacht, dass sie ihnen nicht einmal mehr etwas zu essen zustecken konnte. Sie hatte gerade die Tür zu ihrem Zimmer hinter sich geschlossen und war im Begriff, die Treppe hinunterzugehen, als Gero hochgestürmt kam. Die Mamsell musste ihn hereingelassen haben.

»Wo bleibst du? Ich warte seit einer halben Stunde vor dem Rathaus.«

Er sah die Koffer und wurde blass. »Was ist los, Olga?«

Ihre Kehle war wie zugeschnürt. »Es tut mir leid, ich kann dich nicht heiraten«.

»Das sind nur die Nerven, Olga«, sagte er mit brüchiger Stimme. »Du bist nervös und traurig, weil niemand aus deiner Familie da ist.« Er packte sie an der Hand. »Jetzt komm bitte. Wir holen das große Fest mit allen nach. Wenn der Krieg vorüber ist.«

Sie machte sich los.

»Ich liebe dich nicht, Gero. Nicht so, wie eine Frau einen Mann lieben sollte.«

Schwerfällig sank er auf die Knie und vergrub das Gesicht in den Händen. Doch sie brachte es nicht über sich, ihn zu trösten. Warum musste er sich so gehen lassen? Konnte er seine Emotionen nicht im Zaum halten?

Am liebsten hätte sie ihren Koffer genommen und wäre an ihm vorbeigestürmt.

»Das wirst du schon irgendwann«, sagte er leise.

»Bitte steh auf, Gero.«

Er sprang auf die Füße, als hätte sie ihm gesagt, sie hätte sich geirrt.

Warum verstand er sie nicht?

»Ich werde dich nicht heiraten«, bekräftigte sie noch einmal. »Ich gehe.«

»Olga, bitte!«, flehte er.

»Herrgott, Gero, ich liebe dich nicht, weil … Weil ich Fritz liebe.«

»Fritz?«, stieß er hervor und lief rot an. »Natürlich.« Er fühlte sich verraten, das hörte sie seiner Stimme an. Und sie konnte es ihm nicht verdenken. Einen Moment lang taxierte er sie von oben bis unten, als würde er seine Optionen abwägen.

Sie schüttelte bedauernd den Kopf und nahm ihren Koffer.

Da klammerte er sich an ihren Arm, als könnte er sie auf ewig festhalten. »Bitte nicht, Olga! Bleib!« Es klang wie ein Schluchzen. »Ohne dich bin ich verloren.«

Doch sie riss sich los und machte einen Schritt Richtung Treppe, stolperte dabei über seinen Fuß und stürzte nach vorne, die Stufen hinunter. Ein scharfer Schmerz am Kopf durchfuhr sie, und sie spürte, wie das Blut warm über ihr Gesicht lief. Wenige Sekunden später war er bei ihr. »Das wollte ich nicht«, rief er verzweifelt aus, »Olga!« Doch sie rappelte sich wortlos auf und verließ das Haus.

Natürlich hat sie ein schlechtes Gewissen, und natürlich fragt sie sich, ob er ihretwegen leichtsinnig gewesen, den Tod vielleicht sogar gesucht hat. Wie oft hat sie ihn seitdem stumm um Vergebung gebeten.

Der Beamte blickt von Helene zu Annemie. »Wer von Ihnen ist denn Annemie Meier?«

»Das bin ich«, krächzt Annemie.

»Können Sie bezeugen, dass Ihr Bruder Olga Blume auch nach der geplatzten Hochzeit zu heiraten beabsichtigte?«

»Das schwöre ich, so wahr ich Annemie Meier heiße«, sagt sie und hustet. »Wäre mein Vater nicht an der Front, würde er Ihnen dasselbe sagen.«

Würde er zwar nicht, aber das muss der Mann ja nicht wissen. Zum Glück ist ihr zukünftiger Schwiegervater irgendwo im tiefsten Russland und bekommt davon nichts mit.

»Und er würde Ihnen sagen«, fährt sie fort »dass unsere Familie sich nichts sehnlicher wünscht, als dass meine Nichte Rebecca den Namen ihres Vaters führt und nicht den Makel der Unehelichkeit tragen muss.« Sie lächelt leicht, und in ihren Wangen bilden sich Grübchen. So gezeichnet und doch so hübsch, denkt Olga müde.

Der Beamte nickt, scheinbar zufrieden. »Sie wissen aber, Fräulein Blume, dass nur das Kind erbberechtigt ist, nicht Sie?«

»Das weiß ich«, erwidert Olga.

»Nun gut, dann schreiten wir zur Trauung!«

Als der Akt vorüber ist und sie ihre erste Unterschrift als Frau Olga Meier leistet, atmet sie befreit auf.

»Mein herzliches Beileid zum Tod ihres Mannes«, sagt der Beamte auf einmal ganz betreten, weil aus dem unverheirateten Fräulein mit Kind nun mittels Unterschrift eine ehrbare Kriegswitwe geworden ist. Zum Abschied drückt er ihr feierlich Hitlers *Mein Kampf* in die Hand.

Kaum sind sie zurück in Kühlungsborn und die Führerbibel im Straßengraben, muss Annemie sich hinlegen. Der Ausflug hat sie erschöpft.

Olga setzt sich zu ihr ans Bett und legt Becki neben sie.

»Danke, dass du das für mich machst«, sagt Annemie und richtet sich ein wenig auf.

Olga nimmt ihre Hand. »Ich tue alles für dich und Becki«, sagt sie mit einem Lächeln, obwohl ihr eher zum Heulen zumute ist.

Als Annemie vier Wochen nach Olgas Flucht plötzlich an Helenes Tür in Kühlungsborn klopfte, war sie bereits im fünften Monat schwanger und vor ihrem Vater getürmt.

Der Meier hatte Wind von ihrer Schwangerschaft bekommen und ihr gedroht, das »artfremde Balg«, das doch sicher »von diesem Polacken« stamme, im Schwanensee zu ertränken. Annemie hatte keine Ahnung, woher er von Adam und ihr wusste, aber sie vermochte es auch nicht abzustreiten.

Olga musste ihre Freundin nur anblicken, um zu sehen, dass sie nicht nur schwanger war, sondern auch krank. Ihre großen grünen Augen wirkten noch größer als sonst, als bestünde ihr Gesicht aus nichts anderem mehr. Schon bei ihrer Ankunft plagten sie Herzschmerzen und Luftnot. Sie konnte kaum einen Schritt machen, ohne vor Erschöpfung fast zusammenzubrechen. Und je mehr sich in den folgenden Wochen ihr Bauch wölbte, umso mehr verlor sie an Gewicht. Stück für Stück verschwand sie in sich selbst, als wäre alles, was am Ende von ihr übrigbleiben würde, ihr Bauch und das, was darin heranwuchs. Pa stellte eine chronische Herzmuskelentzündung bei ihr fest, ausgelöst durch eine schwere Grippe. Als Olga Pa fragte, was er dagegen zu unternehmen gedachte, erwiderte er nur: »Gegen den Tod kommt keiner an«, und nahm sie in die Arme.

Anfangs rebellierte Olga noch gegen diese niederschmetternde Diagnose. Es musste ein Irrtum sein, Annemie würde nicht sterben, jedenfalls nicht in absehbarer Zukunft. Sie war doch so viel stärker als ihr Bruder, wehrhaft und robust. Nein, Annemie würde es schaffen. Dafür würde sie sorgen.

Mit Beispielen von Pas Patienten, die trotz widrigster Umstände wieder gesund geworden waren, versuchte Olga, den Kampfesgeist in ihrer Freundin wachzurütteln. »Du musst es nur wollen, Annemie, dann schaffst du das auch. Denk doch, dein Kind braucht dich!«

Doch Annemie hatte bereits aufgegeben, vielleicht schon seit Adams Flucht. Irgendetwas in ihr war zerstört. Und auch die Geburt der kleinen Becki, benannt nach Annemies verstorbener Mutter Rebecca, gab ihr keinen Lebensmut zurück.

Annemie streicht Becki mit zittriger Hand über den Kopf. »Meinst du, sie spürt, wie sehr ich sie liebe?«

»Mit jeder Faser ihres wunderhübschen Körpers«, antwortet Olga. Mehr Tröstendes fällt ihr nicht ein. Sie weiß jetzt, dass Annemie sterben wird, und Annemie weiß es auch. Seit ein paar Tagen reden sie nicht mehr um den heißen Brei herum.

»Ich hätte sie gern aufwachsen sehen, ihr von Adam und unserer Liebe erzählt. Nun wird Becki nie erfahren, dass es uns gab«, sagt sie mit brüchiger Stimme.

Olga spürt ihre Augen feucht werden. Aus Rücksicht auf ihre Freundin dreht sie sich schnell zum Fenster um und wischt mit dem Ärmel die Tränen fort. Als sie sich gefangen hat, setzt sie sich wieder auf die Bettkante.

»Irgendwann erzähle ich ihr von euch, das verspreche ich dir. Und dann wird sie erfahren, was für ein wunderbarer, mutiger, kluger und freundlicher Mensch du warst. Und sie wird stolz auf dich sein, weil du ihr das wunderbarste Geschenk gemacht hast, was man einem Menschen nur machen kann.«

Annemie sieht sie fragend an.

»Das Leben zu schenken«, flüstert Olga mit erstickter Stimme.

Annemie blinzelt die Tränen weg und nickt schwach. »Du schenkst ihr auch ein Leben, Olga. Ich hoffe, das weißt du.«

Bei den Worten zuckt Olga zusammen. Eine undefinierbare Angst lähmt sie. Wird sie diesem Kind eine gute Mutter sein können? Wo sie doch selbst nie eine gehabt hat? Doch für diese Art Zweifel ist jetzt nicht die richtige Zeit.

Sie umfasst Annemies Hände. »Ich liebe Becki, und ich werde sie für dich mitlieben, wenn du nicht mehr da bist. Den Rest meines Lebens und darüber hinaus, das verspreche ich dir. So wahr ich Olga Meier heiße«, fügt sie mit einem Schmunzeln hinzu.

Ein zaghaftes Lächeln huscht über Annemies Gesicht. »Olga Meier. Wir sind jetzt Schwägerinnen, ist das zu fassen?«

»Ja, das sind wir. Schwägerinnen«, wiederholt Olga leise. »Weißt du, was Pa mir einmal gesagt hat?« Sie schluckt und streichelt Annemie über die Schulter. Sie hat Angst, dass ihr die Stimme versagt. »Dass sich die Seele meiner Mutter im Moment ihres Todes als Eisvogel materialisiert hat. Und dass ich, wann immer ich einen sehe, an sie denken soll, weil sie dann niemals wirklich tot für mich ist und mich beschützen kann.« Ihr Herz klopft heftig, und sie bekommt einen trockenen Mund. »Welcher Vogel, Annemie, möchtest du sein?«

Ihre Freundin überlegt und lächelt traurig, als sie ihren Kopf leicht hebt, um aus dem Fenster schauen zu können. »Ich glaube, ich möchte ein Stieglitz sein.«

»Ein Distelfink?«

Sie nickt. »Er singt das ganze Jahr hindurch … die Melodie des Lebens … Wie ein ewiges Versprechen, nicht wahr?« Ihre Stimme klingt matt. Es ist, als müsste sie jedes Wort mühevoll aus sich herauspressen. »Und weil er mich wegen seines roten Kopfes an dich erinnert.«

Olga beugt sich hinunter und küsst das Baby auf den Kopf. »Dein Aufpassvogel wird der Stieglitz sein, Becki.«

Der Gedanke lässt ihr das Herz leichter werden. Sie sitzen noch einen Augenblick da und sagen nichts, bis Olga an Annemies regelmäßigem Atem hört, dass sie eingeschlafen ist.

In den Tagen darauf verschlechtert sich Annemies Zustand weiter. Sie nimmt nichts mehr zu sich, verlässt das Bett nicht mehr und wird von Tag zu Tag schwächer. Eine Woche nach der Hochzeit spürt Olga, dass sie nur noch wenige Stunden miteinander haben.

Sie setzt sich mit Becki an Annemies Bett, es ist Zeit zum Abschiednehmen.

Annemie öffnet kurz die Augen, und Olga hat das Gefühl, als wolle ihre Freundin noch etwas sagen, doch sie lächelt nur schwach.

Vorsichtig legt Olga Annemie ihr kleines Mädchen auf die Brust, weil sie instinktiv weiß, wie gut es für Mutter und Tochter ist, wenn sie noch einmal den Herzschlag der anderen spüren, ihre Herzen noch ein letztes Mal gemeinsam im Takt schlagen, bevor Annemies endgültig aufhört. Vielleicht gibt es ihrer Freundin die Stärke zu gehen, und Becki die, zu bleiben.

Irgendwann hört sie Annemies Atem nicht mehr. Sie hebt den Blick und weiß es. Es ist vorbei.

Olga krümmt sich und schluchzt laut auf, doch als Becki erschrocken zu wimmern beginnt, reißt sie sich zusammen und unterdrückt ihren Schmerz. Sanft nimmt sie das kleine Mädchen hoch und öffnet das Fenster, damit Annemies Seele gehen kann. Eine Weile bleibt sie dort mit Becki stehen und blickt aus dem Fenster, aufs Meer hinaus, als würde sie einem Boot zusehen, das hinter dem Horizont verschwindet. Das Baby reckt sich nach ihr, befasst ihr Gesicht mit seinen Händchen, als wolle es schauen, ob noch alles dran ist. Eine Welle der Rührung steigt in ihr auf. Und Liebe, bedingungslose Liebe für dieses kleine mutterlose Geschöpf, das sie selbst einst gewesen ist. Sie drückt Becki an ihr Herz, ganz dicht, und obwohl sie sie nicht geboren hat, geht ihr

Atmen, ihr Weinen, ihr Rhythmus in sie über, und sie erkennt die Unausweichlichkeit ihres Lebens. Dieses wunderbare Kind gehört ab jetzt zu ihr, und sie schwört sich, dass sie für sie überleben wird, bis Becki selbst überleben kann. Sie schwört, dass sie alles, wirklich alles tun wird, um sie vor Kummer und Leid zu beschützen.

30. März 1991

Ginsterburg

»Du bist mit Abstand die bemerkenswerteste Person, die mir je begegnet ist, Olga. Danke, dass du mir das alles erzählt hast«, sagte Lotte, als sie mit ihrem Bericht am Ende angelangt ist. Lotte nahm sie in den Arm, und obwohl es ihr zunächst schwerfiel, ließ sie es zu. Lange blieben sie so stehen und hielten sich fest. Olga spürte Lottes Wärme und hatte das Gefühl, als wäre sie von einer langen Reise heimgekehrt. *Auf dass nichts und niemand unser Band jemals trennt*, hatte Olga Lotte an ihrem dreizehnten Geburtstag geschrieben und recht behalten. Auch wenn sich das Band so weit gedehnt hatte, bis es schmerzte. Ihr von Annemie zu erzählen war schwer, ihr von den Abtreibungen und Sophie und ihrer Schuld zu erzählen ungleich schwerer. Aber Olga hat das Gefühl, ihrer Freundin wieder alles sagen zu können, so wie früher, vor Fritz. Sie hörte die Blätter sanft im Wind rascheln, hörte das Summen der Insekten und Singen der Vögel. Jemanden so Vertrautes nach Jahren ins Vertrauen zu ziehen hatte etwas Beruhigendes, ja Befreiendes.

Sie begriff, dass sie vielleicht zum ersten Mal gemeinsam mit jemandem um Annemie und all die Frauen und Kinder trauerte. Und auch wenn es wehtat, fühlte sie ihr Herz leichter werden.

»Und das alles konntest du nie jemandem sagen, aus Angst, Becki zu verlieren?«, hakte Lotte nach, als sie weiterliefen. »Wie unbedeutend dagegen meine Nöte waren.«

Olga erwiderte nichts darauf. Sie war so oft im Begriff gewesen, Becki zu verlieren. Mit der Zeit hatte sie verdrängt, dass ihre Tochter ein Recht auf die Wahrheit hatte. Und überhaupt, wann wäre der richtige Zeitpunkt gewesen, es ihr zu sagen? In

Oldenburg, im Lager? Da war Becki noch viel zu jung. Oder bei den Borjahns, als ihr Vater kam und ihre Tochter das erste Mal so etwas wie eine Familie hatte? Oder in Tübingen, mit Hans als Ersatzvater? Und dann, als sie in Freiburg wohnten und über ein gemeinsames Kind nachdachten, wie hätte sie ihr da von Annemie erzählen sollen, ohne in Becki das Gefühl auszulösen, sie wäre in Hans und Olgas neuer Familie ein Fremdkörper. Schließlich hatte sie sich von Hans getrennt, Beckis Welt war zusammengebrochen, weil sie ihren geliebten Papi verlor. Da war es dann zu spät, da konnte sie ihr nicht noch die Mutter nehmen. Aber später, da hätte sie es sagen müssen, spätestens, als Becki selbst Mutter geworden war.

Die Vorstellung, wie enttäuscht ihre Tochter sein würde, weil sie sie so lange belogen hatte, trieb Olga die Tränen in die Augen. »Ich weiß, dass Becki das Recht darauf hat, es zu erfahren. Aber was, wenn sie nichts mehr von mir wissen will, sobald sie die Wahrheit kennt?«

Sie hatten zu Fuß einmal die ganze Insel umrundet und standen wieder am Ufer, vor dem Gilu.

Lotte schüttelte den Kopf. »Warum sollte sie das tun? Du hast doch alles für sie getan. Ach, Olga, warum hast du nur so wenig Vertrauen in dich?«

Olga wischte sich die Tränen fort. »Ich fühle mich wie in einer Sackgasse, verstehst du. Egal, was ich auch mache, ich werde Becki enttäuschen. Und das will ich nicht.«

Lotte breitete vor einem umgekippten Baumstamm ein Tuch auf dem Boden aus und lud Olga mit einer Handbewegung ein, neben ihr Platz zu nehmen. Von hier aus hatten sie einen herrlichen Blick auf die Westseite des Schwanensees zum Meiers.

Lotte sah sie nachdenklich an. »Du hast Angst, dass Becki dich danach mit anderen Augen sieht.«

»Ja. Und wenn sie wüsste, was ich alles getan habe, würde sie das auch zu recht.«

»Das ist doch nichts, was du dir freiwillig ausgesucht hast. Du hast das alles zum Wohle dieser Frauen getan, nicht, um jemanden zu schädigen. Für mich sieht es so aus, als hättest du genug gelitten.«

Olga seufzte.

»Das, was ich durchgemacht habe, ist nichts im Vergleich zu dem, was diese Frauen erlebt haben«, sagte sie und lehnte sich erschöpft zurück. In ihrem Inneren zog sich etwas schmerzhaft zusammen.

»Du glaubst, deinen Schmerz mit dem der anderen vergleichen zu müssen, dabei ist es nur das Schuldgefühl, das dich dazu bringt, diesen Unsinn zu glauben«, entgegnete Lotte sanft.

»Tief drin in mir ist ein Teil, der zweifelt, ob ich mich zur Mutter eigne, ob ich es verdient habe, überhaupt Mutter zu sein. Was, wenn ich deshalb nicht schwanger geworden bin, weil ich mich Beckis bemächtigt habe, während ich anderen Frauen ihre Kinder genommen habe?«

Sie spürte, wie ihr Körper ganz schwer wurde.

»Wolltest du denn ein eigenes Kind mit Hans?«, fragte Lotte behutsam.

Sie schüttelte den Kopf. »Nicht wirklich. Zuerst dachte ich, dass ich eine biologische Pflicht erfüllen müsste. Irgendwann habe ich begriffen, dass es nicht meine Bestimmung sein muss, ein eigenes Kind zu bekommen.«

»Na siehst du«, sagte Lotte. »Aber vielleicht war es deine Bestimmung, eines großzuziehen. Was dir wunderbar gelungen ist.«

Olga lachte bitter auf.

»Glaub mir, Muttersein heißt nicht, perfekt zu sein. Wer weiß schon, welche unserer Handlungen unsere Kinder am meisten verunsichern oder prägen. Wir sind alle unvollkommen, und Enttäuschungen gehören dazu. Anouk liebt mich, und sie bekämpft mich, noch heute, und ich muss mir immer wieder sagen, dass Nähe nun mal Reibung erzeugt.«

»Hm.« Olga zog die Beine dicht an sich heran und umklammerte die Knie mit beiden Händen.

Lotte nahm ihre Hand. »Von dem Moment an, als Annemie starb, wart ihr für immer aneinander gebunden. Du warst Becki die beste Mutter, die du sein konntest. Du bist Beckis Mutter.«

Es schien, als wollte sie noch etwas sagen, doch sie schwieg.

Gedankenverloren sah Olga einem Graureiher hinterher, der in einem großen Bogen über den See zog.

Lotte stand auf. Als sie zum Boot gingen, sagte sie schließlich: »Ohne dein Leid schmälern zu wollen: Du hast dich schon genug gestraft mit diesen unsinnigen Schuldgefühlen.«

»Ich hätte alles dafür gegeben, Annemie zu retten. Und auch Sophie«, sagte Olga düster.

»Das weiß ich«, erwiderte Lotte. »Aber waren die Schatten nicht schon immer ein Teil von dir? Schon als kleines Mädchen hast du geglaubt, du müsstest dir deinen Platz in der Welt verdienen, als stünde dir nichts zu.«

Weil ich meine Mutter auf dem Gewissen habe, wollte Olga sagen, hielt dann aber inne. Wie dumm das klang, dachte sie auf einmal.

»Erinnerst du dich, wie du dich geziert hast, als meine Mutter dir zu unserem dreizehnten Geburtstag das Armband geschenkt hat? Oder wie du dich immer entschuldigt hast, wenn du zum Essen bei uns warst, obwohl du eh schon auf das kleinste Stück Fleisch bestanden hattest?«

Olga runzelte die Stirn. »Oder später, als ich ständig die Dienste für meine Kollegen übernommen, für Hans die Doktorarbeit abgetippt habe und, und, und ...« Sie verdrehte die Augen.

»Vielleicht hast du ja versucht, etwas wiedergutzumachen, was nicht wiedergutzumachen war. Und zwar aus einem einfachen Grund, Olga.« Lotte sah ihr in die Augen. »Weil dich keine Schuld traf an dem Unglück deiner Familie.«

Olga spürte, wie ihr flau im Magen wurde.

In diesem Licht hatte sie das noch nie betrachtet. Oder doch. Nach dem Streit zwischen Karl und ihrem Vater, damals in Oldenburg. Sie erinnerte sich wieder.

»Als Anouk ein Kind war«, fuhr Lotte fort, »ließen sich die Rollläden in ihrem Zimmer nicht richtig schließen. Manchmal wachte sie nachts weinend auf und behauptete, einen Schatten in ihrem Zimmer gesehen zu haben. Weißt du, was ich dann gemacht habe? Ich habe das Licht angeknipst und ihr gezeigt, woher die Schatten kamen.«

Olga verstand. Auch wenn es ihr nicht gelingen würde, die Schatten loszuwerden, verloren sie doch in dem Moment ihre Macht, in dem die Scheinwerfer auf sie fielen.

Lotte legte den Arm um sie. »Vielleicht bist du ja deiner Mutter zu Ehren genau der Mensch geworden, der du bist. Du hast dein ganzes Leben damit verbracht, Menschen zu helfen, sie zu heilen. All das Gute, auch das ist das Resultat deiner Geschichte. Warum also siehst du nur das Schlechte? Mehr Mutter kann man nicht sein, mehr kann ein Mensch nicht für einen anderen tun, Olga«, sagte sie sanft.

Olga atmete tief durch. Das waren genau die Worte, die sie brauchte, um ihre aufgewühlte Seele zu beruhigen. Wenn Lotte ihr verzeihen konnte, vielleicht schaffte sie selbst es dann auch eines Tages.

Ein leichter Windstoß fuhr in Olgas Haar.

Lotte lächelte und zeigte auf ein Gilu der Schneider-Werft, das dicht am Ufer vorbeipaddelte. »Weißt du eigentlich, wer inzwischen die Werft betreibt?«, fragte sie betont beiläufig.

Olga starrte sie einen Augenblick fragend an, bevor sie begriff.

»Fritz?«, fragte sie vorsichtig und hielt die Luft an.

»Mensch, Olga, das will ich dir doch die ganze Zeit erzählen! Wenn du meinen Brief gelesen hättest, dann wüsstest du, dass er hier ist, hier in Ginsterburg. Er ist zurück aus Kanada, weil er Schneiders Werft wieder flottmachen will!«

Olga spürte, wie ihre Lider nervös flatterten. Es fühlte sich an, als wäre ihr Sand in die Augen geraten.

»Du hast noch Kontakt?«

»All die Jahre. Darum weiß ich auch, wie sehr er sich freut, dich wiederzusehen.«

28. März 1947

Kühlungsborn

»Olga«, hört sie eine scharfe Stimme im Rücken, die ihr bekannt vorkommt, und dreht sich ruckartig herum. Sie fährt erschrocken zusammen. Wie gelähmt starrt sie auf Vater Meier. Sie ist gerade dabei, das Boot am Steg zu vertäuen, mit dem Becki und sie zum Angeln draußen gewesen sind. Er hat kleine, rot unterlaufene Augen, die tief in ihren Höhlen stecken. Was macht er hier?

»Herr Meier?«, sagt sie und reicht ihm nach kurzem Zögern die rechte Hand. »Guten Tag.« Sie merkt, wie sie zittert, und zieht sie schnell zurück.

Er verschränkt die Arme vor der Brust. Alles an ihm wirkt feindselig, und sie weiß nicht, warum.

»Schau, was wir gefangen haben?«, unterbricht Becki sie und sieht ihn begeistert an. Sie zeigt ihm den Eimer mit den zappelnden Fischen.

Neugierig mustert Vater Meier sie von oben bis unten. »Und wer bist du, kleine Dame?«

»Becki«, antwortet sie strahlend.

»Und wie alt bist du?«

Sie zeigt mit ihren Fingern eine drei. »Noch vier Mal schlafen, dann bin ich drei.«

Es läuft ihr kalt den Rücken runter, als sie seinen abschätzigen Blick sieht.

Sie beugt sich zu Becki hinunter. »Lauf und bring den Fisch nach Hause. Ich komme gleich nach.«

»Becki?«, fragt er und verengt die Augen. »Von Rebecca?«

Olga nickt ängstlich und blickt Becki hinterher.

»Das ist der Name meiner verstorbenen Frau«, sagt er. »Ist

das …« Er hält inne, ehe er weiterspricht. »Ich bin auf der Suche nach Annemie. Ich weiß, dass sie hier ist.«

»Annemie?« Die Frage bringt sie für einen Moment durcheinander. Mit ratlosem Blick sieht sie ihn an. »Aber sie ist doch …« Sie räuspert sich. »Sie ist gestorben.«

Er sieht sie verständnislos an.

»Gestorben?«, fragt er schließlich leise und schluckt. »Das kann nicht sein.«

Er starrt vor sich hin, eine ganze Weile, dann dreht er sich weg und geht ein paar Schritte den Steg entlang. Als er wieder zurückkommt, wiederholt er die Worte. »Das kann nicht sein.«

Olga atmet tief ein und sieht erleichtert, wie Becki die Tür des Strandhauses aufmacht und dahinter verschwindet. »Doch«, sagt sie und legt ihm eine Hand auf den Unterarm. »Sie ist im Juli '44 an den Folgen einer Herzmuskelentzündung verstorben. Es tut mir sehr leid.«

Er schüttelt ihre Hand ab. »Und das erfahre ich erst jetzt?«.

Sie kann an seinem Gesicht ablesen, wie der Schock einer kalten Wut weicht, wie früher, wenn seine Stimmung aus dem Nichts umschlug und sich wie eine Donnerwolke im Zorn entlud.

»Ich habe Ihnen damals ein Telegramm geschickt, um sie über Annemies Tod zu informieren«, versucht Olga ihn zu beschwichtigen, obwohl sie nichts dergleichen getan hat. »Sie wissen ja, der Krieg. Es muss verloren gegangen sein.« Die Gefahr erschien ihr damals zu groß, dass er kommen würde und die Rechtmäßigkeit der Hochzeit anzweifeln lassen würde.

Er hebt die Brauen. »Ein Telegramm?«, fragt er, und ein Gefühl drohenden Unheils überkommt sie. »Um mir mitzuteilen, dass meine Tochter gestorben ist?« Er macht eine Pause und fährt verächtlich fort: »Oder um mir zu sagen, dass Sie das Andenken meines gefallenen Sohnes in den Dreck gezogen haben, als sie ihn geheiratet haben?«

Ihr bricht der Angstschweiß aus. Woher weiß er von der

Hochzeit? Dieses Gespräch wird kein gutes Ende nehmen, das spürt sie. Besser, sie geht. »Machen Sie es gut«, sagt sie und setzt sich in Bewegung.

Er folgt ihr.

»Verkaufen Sie mich nicht für dumm«, platzt es ungehalten aus ihm heraus. »Als Bürgermeister von Ginsterburg und Vorsitzender der SED habe ich alle meine Kollegen in der Zone um Amtshilfe gebeten, um herauszufinden, wo meine Tochter steckt. Statt Neuigkeiten von ihr hat man mir vor drei Tagen Geros Heiratsurkunde zugeschickt, auf der Annemie als Ihre Trauzeugin unterschrieben hat. Knapp ein Jahr nach seinem Tod.«

Ihre Brust wird plötzlich eng, doch sie zwingt sich stehenzubleiben.

»Was wird hier gespielt?«, fragt er und blickt sie herausfordernd an.

»Ich hatte Becki und wollte nicht, dass sie als uneheliches Kind aufwächst«, versucht sie sich zu verteidigen. Ihre Kehle brennt, sie ist kurz davor, sich zu übergeben. »Sie wissen doch, dass wir heiraten wollten.«

»Bis Sie ihn am Altar sitzengelassen haben«, sagt er verächtlich. »Mein Sohn war ein Mann von Ehre und hatte weder die Neigung zur Haltlosigkeit noch zur Leichtlebigkeit wie seine Schwester. Ich gehe also davon aus, dass er nicht der Vater des Kindes ist und sie ihn post mortem geheiratet haben, um sich die Witwenrente zu erschleichen.« Er spuckt auf den Boden. »Wie konnten Sie es wagen!«

Sie verliert jegliches Gefühl in Füßen und Händen.

Ohne sie aus den Augen zu lassen, zündet er sich eine Zigarette an.

»Das Mädchen, es sieht genauso aus wie Annemie«, sagt er, als er einen langen Zug genommen hat.

»Bitte?«, fragt sie, als hätte sie ihn nicht genau verstanden. Der Atem stockt ihr.

»Becki, sie ist meiner Tochter wie aus dem Gesicht geschnitten.«

Was soll sie darauf antworten? Sie schüttelt den Kopf.

Sein Mund wird schmal. »Es ist ihr Kind, Rebecca ist Annemies Kind.«

Olgas Kopf dröhnt. Er kennt die Wahrheit, denkt sie bestürzt. Was, wenn er ihr Becki wegnehmen will? Eine Welle der Übelkeit steigt wieder in ihr hoch.

Ihre Stimme klingt belegt, als sie sagt: »Sie irren sich, Herr Meier, Becki ist meine Tochter.«

Und das ist sie, auch wenn sie nie durch eine Nabelschnur mit ihr verbunden gewesen ist.

Er packt sie bei den Schultern, und aus seinem Mund strömt ein beißender Geruch von Tabak und Schnaps. »Annemie war schwanger von diesem Polen, als ich sie herausgeworfen habe. Und Sie wollen mir ernsthaft weismachen, dass Rebecca Ihr Kind ist?«

Rausgeworfen?, denkt sie. Doch eher geflüchtet, weil er drohte, das Slawenkind zu ertränken!

Doch noch ehe sie antworten kann, hebt er drohend die Hand und brüllt:

»Schluss damit! Rebecca ist meine Enkelin.«

In ihrer Erinnerung sieht sie seine Hand auf Annemie niedersausen, ihre Hände schützend um ihren Kopf, während er auf sie eindrischt, und sie sieht Becki in der Zukunft, ihre kleine, unschuldige Becki. Sie hat Angst, die Besinnung zu verlieren, und macht sich von ihm los.

»Wissen Sie, wie lang der Arm der Partei reicht?«, fragt er spöttisch. »Wem wird man glauben, wenn Ihr promiskuitiver Lebenswandel und die erlogene Hochzeit bekannt wird? Einem Parteifunktionär oder einer Hure?«, zischt er und tritt wieder mit fuchtelnden Händen auf sie zu. »Ich habe Briefe, die beweisen, wie Gero zu Ihnen stand.«

Sie versteht kein Wort, von dem was er vorbringt, es rauscht in ihren Ohren.

»Rebecca gehört zu mir«, sagt er entschlossen. »Jemand wie Sie wird kein Kind erziehen. Schon gar nicht meine Enkelin.«

Sie braucht einen Moment, um zu begreifen, und schnappt nach Luft. Die Minuten dehnen sich zu Stunden.

»Das können Sie nicht machen. Becki gehört zu mir«, fleht sie.

»Sie haben eine halbe Stunde, um Rebeccas Sachen zu packen und sich von ihr zu verabschieden.«

31. März 1991

Ginsterburg

Olga weiß nicht, ob es der richtige Ort und Moment für ein Geständnis ist, aber aus irgendeinem Grund hat sie das Gefühl, nicht länger warten zu können. Als sie heute Morgen aufgewacht ist, hat sie Becki mit einer Tasse Kaffee und dem Versprechen geweckt, ihr beim Sonnenaufgang am See alles über ihre Familie zu erzählen. Sara schlief noch, als sie aufbrachen.

Aber wie fängt man so eine Geschichte an? Wie macht man aus einer Lüge eine gut bekömmliche Wahrheit? Wie erzählt man seiner Tochter, dass sie nicht die Tochter ist?

Becki breitet auf dem Steg ein großes buntes Tuch mit orientalischem Muster aus, das sie aus Marrakesch mitgebracht hat, und streckt sich lang darauf aus, die Arme hinter dem Kopf verschränkt.

»Leg dich doch zu mir«, sagt sie mit einer einladenden Handbewegung, während sie in den Himmel blickt, wie früher, wenn Olga ihr Geschichten erzählte und sie in den Wolken ihre eigenen Bilder dazu finden wollte. Nur dass der Himmel momentan noch von einem tiefen, dunklen Blau ist und man an ihm allenfalls die verblassenden Sterne erkennen kann. Nicht mal die Vögel kann Olga sehen, aber sie hört ihr fröhliches Morgengezwitscher und nimmt, ermutigt davon, Beckis Hand und drückt sie fest.

»Du bist Teil meiner Geschichte«, beginnt sie.

Becki lauscht ihrem Bericht, sagt aber kein Wort, als Olga mit pochendem Herzen die Vergangenheit aufleben lässt und von Annemies Liebe zu Adam erzählt, von ihrer Liebe zu Fritz und davon, wie sie nach Kühlungsborn kam und Annemie ihr folgte. Sie lässt nichts aus, auch nicht ihre Zeit in Kühlungsborn und wie sie vor Vater Meier geflohen ist. Die ganze Zeit über schweigt Becki und bewegt sich keinen Millimeter auf ihrem Tuch, den Blick starr in den Himmel gerichtet, der sich erst grau, dann goldrosa und schließlich kräftig rot einfärbt. Und je heller der Himmel wird, desto weniger Angst verspürt Olga. Sie ist froh, dass Becki ihr zuhört, ohne sie zu unterbrechen. Dass die Weichheit nicht aus ihren Zügen verschwindet, auch nicht, als Olga ans Ende gelangt.

Mit einem Mal steht Becki auf und blickt zum Wasser statt zu ihr. Vielleicht braucht sie das Schweigen, um alles zu verdauen.

»Es tut mir so leid, dass ich dir nicht eher die Wahrheit gesagt habe«, sagt Olga vorsichtig und steht ebenfalls auf. Doch da dreht Becki sich zu ihr um, und Olga sieht ihre Tränen.

Als Kind hat sie fast nie geweint, selbst dann nicht, wenn sie sich wehgetan hat. Ihre Tochter so zu sehen und sie nicht in den Arm nehmen zu können ist schwer. Aber Becki würde es nicht wollen. Olga bleibt nichts anderes übrig, als auf eine Geste von ihr zu warten, die ihr erlaubt, einen Schritt auf sie zuzugehen, im wörtlichen Sinne. Oder zumindest darauf, dass sie etwas sagt, was die Kluft zwischen ihnen verkleinert. Irgendetwas. Olga holt tief Luft. Und trotzdem kann sie sich einem Menschen nicht näher fühlen. Sie muss ihre Tochter nur ansehen, ihre Wange berühren, ihre Stimme hören, um die Angst, den Groll, den Schmerz in ihr zu fühlen. Das war schon immer so, und so würde es immer sein, denkt sie unglücklich. Was hat Lotte gesagt? *Mehr Mutter konnte man nicht sein*. Aber will Becki das überhaupt noch?

Nach ein paar qualvollen Minuten macht Becki einen tiefen Seufzer und einen Schritt auf sie zu, die Arme vor dem Bauch verschränkt.

»Ich glaube, ich verstehe allmählich, wie das alles zusammenhängt«, sagt sie gedankenverloren. »Weißt du noch, wie ich früher immer darauf bestanden habe, dass du mir von jeder Tagung, von jeder Reise ein Souvenir mitbringst? Ich denke, ich wollte dadurch sicherstellen, dass du auch zu mir zurückkehrst, fast so, als hätte ich geahnt, dass ich schon einmal verlassen wurde und du nicht wirklich zu mir gehörst.«

Olga verkrampft es das Herz. Sie zwinkert, um die Tränen zurückzuhalten. »Aber natürlich gehörst du zu mir«, erwidert sie leise und betrachtet einen Schwan, der im Licht der roten Sonne fast wie ein Flamingo aussieht. Wie schnell sich die Rollen ändern können, denkt sie.

Ohne darauf einzugehen, fährt Becki fort: »Bei Sara mache ich dasselbe.« Sie schweigt einen Augenblick. »Nur dass ich dadurch sicherstelle, dass ich nicht sie verlasse.« Sie vergräbt ihr Gesicht in den Händen und schluchzt.

Olga atmet tief ein, um nicht die Fassung zu verlieren.

Sie richtet den Blick auf ihre Hände, während sie um Worte ringt. »Am Anfang konnte ich dir nichts sagen, später wollte ich nicht, dass dir dieser Makel anhängt, ein uneheliches Kind zu sein …«

»Und warum hast du mir meinen Vater vorenthalten? Warum sind wir nicht mit Fritz nach Kanada gegangen?«

Da war sie, die Frage, vor der sie sich am meisten fürchtete.

Olga holt kurz Luft. »Manchmal treiben einen die Ereignisse vor sich her«, sagt sie. »Adam hatte eine neue Familie, er wusste nicht, dass Annemie schwanger gewesen war. Und du warst ihr wie aus dem Gesicht geschnitten.« Sie hält inne und blickt Becki an. »Ich habe mich oft gefragt, ob ich aus Angst, dich an Adam und seine Familie zu verlieren, gehandelt habe oder aus Sorge, du würdest unter meiner Lüge und der Schmach leiden, ein uneheliches Kind zu sein, und keinen rechten Platz in der fremden Familie finden, ein Außenseiter bleiben, so wie ich. Ich bin nicht stolz darauf. Das kannst du mir glauben.«

Becki presst die Lippen zusammen. »Oder hattest du Angst, dass ich mich für den Tod meiner Mutter verantwortlich fühle und mit Selbstvorwürfen quäle, so wie du?« Sie dreht sich um. »Entschuldige, Mami, ich muss ein paar Minuten allein sein.«

Mami. Nie hätte sie gedacht, dass dieses Wort sie einmal so beruhigen würde.

Olga sieht ihr nach. »Ich bin da, wenn du kommst«, ruft sie ihr hinterher.

Abrupt dreht Becki sich um und starrt sie mit Annemies großen grünen Augen an. »Ich weiß.«

Als Becki außer Sichtweite ist, tunkt Olga ihre nackten Füße in das eiskalte Wasser. Natürlich braucht Becki Zeit, das Ganze zu verarbeiten. Ihr selbst bleibt nichts anderes übrig, als darauf zu hoffen, nun da sie die Geheimnisse ans Licht geholt hat, dass ihre Tochter ihr verzeiht.

Sie hat immer Angst gehabt, Becki zu verlieren, und darüber viele andere Menschen verloren. Fritz, Lotte, Trude, Helene. Von ihrer Großtante hat sie sich damals nicht einmal verabschiedet. Niemand, nicht einmal Helene, durfte wissen, wo sie hinwollte. Glücklicherweise reichten Meiers SED-Arme nicht so weit, dass er sie im Westen hätte aufspüren können. Das schlechte Gewissen, ihre Freunde enttäuscht und verraten zu haben, nagt bis heute an ihr. Sie hatte Helene nie geschrieben, nicht mal als Becki erwachsen war und nichts mehr zu befürchten hatte. Aber sie war nervlich nicht in der Lage gewesen, diese tiefen Wunden aufzureißen.

Olga streicht sich mit den Fingern durchs Haar. Wie hatte sie nur so lange davon ausgehen können, ihre Schatten würden keine Folgen für Becki haben. Was hat sie alles getan, um sie loszuwerden! Sie ist vor ihnen davongerannt, hat sie verleugnet und dabei nicht gemerkt, wie unterschwellig zerstörerisch das alles wirkte. Auf Becki, auf sie und am Ende auch auf Sara.

Es ist unmöglich, dieses Gefühl niederzukämpfen, das in ihr hochwill. Wäre Becki ein glücklicherer und zufriedenerer

Mensch, wenn sie Licht auf diese Schatten geworfen und früher mit ihr geredet hätte? Wenn sie ihr nicht alles verschwiegen hätte? Sie hat keine Ahnung, mit welcher Erkenntnis ihre Tochter zurückkehren wird, ob sie jemals zurückkehren wird.

Doch kaum hat sie den Gedanken formuliert, sieht sie Becki auf sich zukommen. Sie spürt, wie die Anspannung in ihr wächst. Mitten auf dem Steg bleibt ihre Tochter stehen, als wüsste sie nicht, ob es richtig ist.

Widersprüchliche Gefühle spiegeln sich auf Beckis Gesicht. Olga wird ganz flau im Magen, und auf einmal schießen ihr die Tränen in die Augen. Sie muss ein Bild des Jammers abgeben, wie sie so auf den Schuldspruch wartet.

Als Becki sie schließlich in ihre Arme schließt, ist jeder Zweifel besiegt. Olga riecht den vertrauten Duft ihres Haars und denkt, wie heilend eine einzige Umarmung sein kann. Eine Woge der Erleichterung überkommt sie. Becki spricht sie frei von allen Anklagepunkten, von jeder Schuld, und Olga empfindet so viel Liebe für sie, dass ihr wieder die Tränen in die Augen steigen.

Von Weitem sehen sie Sara auf der Terrasse der Pension stehen. Sie winkt ihnen zu.

»Auf irgendeine Art habe ich immer gespürt, dass meine Geschichte nicht stimmt«, sagt Becki, als sie den hügeligen Weg zur Pension hochgehen. »Aber ohne deine Liebe gäbe es mich nicht. Du hast Sara und mich für Annemie mit geliebt, das ist alles, was zählt. Ich weiß, was du für uns auf dich genommen hast, und das ist mehr, als man von einer Mutter erwarten darf.«

Gerührt fasst Olga nach ihrer Hand. »Es gibt keine Sekunde im Leben, in der ich meine Entscheidung für dich, und alles was damit zusammenhing, in Frage gestellt habe.« Ihre Stimme bricht. »Glaub mir, es ist die größte Ehre meines Lebens, deine Mutter und Saras Großmutter zu sein«, flüstert sie. »Um euch zu beschützen, hätte ich alles getan, wirklich alles.«

Aber jetzt ist es endlich an der Zeit, etwas für sich zu tun, etwas wiederzufinden, was sie vor langer Zeit verloren hat. Oder jemanden.

1. April 1991

Ginsterburg

Ja, må hon leva. Ja, må hon leva,
Ja, må hon leva uti hundrade år
Ja, må hon leva. Ja, må hon leva.
Ja, må hon leva uti hundrade år

Wie auch immer Sara und Svea, Lottes dreizehnjährige Enkelin, es in der Kürze der Zeit bewerkstelligt haben, alle Anwesenden kennen den Text. Unter dem Schatten ihrer Ulme, an einer wunderbar gedeckten Geburtstagstafel, lassen sie Lotte, Becki und Olga viermal hochleben. Olga schließt die Augen, atmet tief ein und genießt den Moment. Hätte sie sich vor ein paar Tagen ausgemalt, in dieser Runde zusammenzusitzen, sie hätte sich für verrückt erklärt. Doch wie so oft im Leben hat das Leben selbst sie überrascht. Was sie alle hier zusammenführt, ist nicht allein ihr Geburtstag, das Osterfest oder der Zufall der Wiedervereinigung. Es ist ihre gemeinsame Geschichte, die genau an diesem Ort begonnen hat, hier in ihrem geliebten Ginsterburg. Die Ulme selbst könnte ein Lied davon singen.

Fritz hat es gestern auf den Punkt gebracht: »Man tut, was man tun muss, und wenn man nicht weiterkommt, geht man eben an den Anfang zurück.« Das haben sie getan, und statt sich über die verpassten Jahre zu ärgern, definieren sie die Zeit einfach um. Schließlich haben sie noch viel vor sich, glaubt man dem schwedischen Versprechen, das ihre Freunde und Sara ihnen ein letztes Mal singend geben, bevor sie ihre Gläser in die Höhe recken.

»Ja, må hon leva uti hundrade år!« – Ja, möge sie hundert Jahre leben!

Hundert Jahre! Dann hätten Lotte und sie noch ein gutes Drittel ihres Lebens und womöglich sogar das Beste noch vor sich. Unauffällig schielt sie zu Fritz neben sich, der gerade Rosie ein Stück Torte auftut. Mit dir, Fritz, mit dir, denkt sie.

Die Sonne scheint, und ihre Gedanken wandern zu Pa, der ihr alles Wichtige im Leben beigebracht hat.

Gänseblümchen, spürst du, wie du lebst? Riechst du das Leben, spürst du die Liebe?

»Und ob«, antwortet sie ihm stumm. »So lange wie hundert Leben liebe ich ihn.«

Fritz sieht sie fragend an und formt lautlos mit den Lippen: »An was denkst du?«

Sie zuckt lächelnd mit den Schultern, und er lächelt zurück, und sie weiß, in diesem Lächeln steht ihre gemeinsame Zukunft geschrieben und hat dort immer gestanden, schon damals, als er an Pas Horch lehnte und ihr seine linke Hand gab wie ein Versprechen, dass sie zusammengehören.

Alle Sätze, die sie sich zurechtgelegt hat, all die Pläne, die sie gemacht hat, kommen ihr bedeutungslos vor angesichts der Heftigkeit ihrer Gefühle und der plötzlichen Klarheit ihrer Gedanken. Sie hat ihr Leben damit zugebracht, nach seinem Lächeln zu suchen. Jetzt, wo sie es wiedergefunden hat, gibt sie es nicht mehr her. Sie denkt an ihre Zauberkräfte und schmunzelt. Er weiß es, auch wenn er noch nicht weiß, dass er es weiß.

Sara klopft mit der Kuchengabel an ihre Kaffeetasse, steht auf und sagt: »Omamas Pa hat immer gesagt: *Freu dich, dass du Geburtstag hast. Wenn du dich nicht freust, hast du schließlich trotzdem Geburtstag.*« Sie macht eine Pause und schaut zu Olga und Becki, bevor sie ihren Blick Lotte zuwendet, die auf der anderen Seite der Tafel zwischen ihrem Mann Mads und ihrer Tochter Anouk sitzt.

»Selbst wenn ihr euch nicht freut, liebe Geburtstagsfrauen, freuen wir uns umso mehr, euch und mit euch euren Geburtstag und das Muttermahl zu feiern.« Sie deutet auf die große Eisvogeltorte in der Mitte des Tisches, die mit dem blauen Vogel und der schokoladenen Markierung im Nacken nach einer echten Zapfentorte aussieht. »Hier in Ginsterburg«, fährt Sara fort, »in der Wiege aller Muttermahle und natürlich mit einem standesgemäßen Muttermahl.«

Alle lachen, und als sie fortfährt, schaut sie Olga fest in die Augen.

»Was dein Pa vermutlich damit sagen wollte, ist, dass wir das Leben nehmen sollen, wie es kommt, und uns trotzdem darüber freuen sollen. Und das, liebe Omama, hast du getan, mehr, als wir alle es für möglich gehalten haben.« Sie schluckt, und Olga sieht, wie ihre Enkelin mit den Tränen ringt.

»Du hast trotz Krieg, Entbehrungen und Flucht dein Schicksal angenommen, wie es kam, und trotzdem das Beste daraus gemacht.«

Sie hält kurz inne, ehe sie weiterspricht.

»Du hast einen anderen Weg als die meisten Frauen deiner Zeit genommen, einen Weg, der dich vielleicht nicht immer glücklich gemacht hat, aber dafür frei und unabhängig. Wer ein solches Vorbild hat, braucht keinen Mann, sagt Becki immer, zumindest nicht für die Pflichten.«

Während alle lachen, wird Saras Miene plötzlich ernst. Sie nimmt einen Schluck Wasser und räuspert sich.

»Du hast Becki und mich angenommen, wie wir kamen. Aber trotzdem hast du uns immer das Gefühl gegeben, bedingungslos geliebt zu werden.«

Es herrscht betretene Stille, und Olga verspürt einen Kloß im Hals. Sara war mindestens genauso überrascht wie Becki, als sie von Annemie erfahren hat. Und wie sie alle braucht sie Zeit, um sich an die neue Situation zu gewöhnen.

Sara atmet tief ein.

»Und last but not least: Du hast mit Becki und mir diese Reise in die Vergangenheit auf dich genommen, wie sie kam, und uns wieder gezeigt, warum du die mutigste, großzügigste, leidenschaftlichste und optimistischste Person bist, die wir kennen: Weil dich hier in Ginsterburg deine schlimmsten Erinnerungen und Ängste eingeholt haben und du nun hier sitzt und dich wie kein anderer darüber freust, wie schön es ist, wieder hier zu sein!«

Jetzt laufen Olga die Tränen über die Wangen, und Fritz ergreift ihre Hand.

»Becki und ich könnten nicht stolzer, dankbarer und erfreuter sein für ›das Schicksal‹, das uns zu dir gebracht hat.«

Alle applaudieren.

»Nun lasst uns anstoßen auf die Geburtstagsfrauen, auf Omama, auf Lotte und auf dich, liebe Becki.«

Als Sara ihr Sektglas geleert hat, kommt sie zu Olga und umarmt sie von hinten. An ihrem rechten Handgelenk klimpert das Armband, das Olga vor mehr als fünf Jahrzehnten von Mamme geschenkt bekommen hat. Auch Lottes Enkelin Svea trägt es seit ihrem letzten Geburtstag, was sie sehr rührt. »Als Symbol, dass die Reise des Lebens und die Freundschaft weitergeht«, hat Mamme damals gesagt und recht behalten.

»Ich liebe dich Omama«, haucht Sara ihr ins Ohr. »Alles Gute zum Geburtstag.« Dann geht sie zu Becki und gibt ihr einen Kuss, bevor sie auch ihr etwas ins Ohr flüstert. Becki hält ihr den Zettel hin, den sie schon die ganze Zeit von einer in die andere Hand hat gleiten lassen. Es ist die Telefonnummer von Adam, die Fritz ihr überreicht hat. Sara nickt ihrer Mutter ermutigend zu und nimmt sie an der Hand. Gemeinsam verlassen sie den Tisch, vermutlich, um die nächste Telefonzelle aufzusuchen.

Wer weiß, was passieren wird. Becki ist die rechtmäßige Erbin des Meiers. Als sie gestern Abend alle zusammensaßen und sie Lotte, Fritz und Rosie von ihren Plänen mit dem Meiers erzählt hat, waren alle begeistert, aber einer ganz besonders. Zapfen Junior, der wie zufällig an der Bar des Hotels auftauchte und meinte, dass Ginsterburg eine Gaststätte mit Hotel gut vertragen könnte.

»Wicca?« Fritz beugt sich zu ihr. »Ich habe eine Frage.«

Mit einem gespielten Seufzer schaut sie ihn an. »Nicht schon wieder eine Frage.«

»Was heißt das?«, fragt er. *»Il mio destino è il tuo?«*

Sie hebt die Brauen. »Warum?«

»Ich habe ein kleines gelbgetünchtes Haus auf Ischia gekauft«, fährt er fort. »Und über der roten Tür steht dieser Satz.«

Ischia. Sie spürt ihr Herz klopfen.

»Dein Italienisch ist also immer noch nicht besser?«, sagt sie. »Es bedeutet, dass das Schicksal des Hauses auch das deinige ist.«

Er tippt mit seinem Finger unter sein linkes Auge. Ihr Geheimzeichen. Er hat es nicht vergessen.

»Nur des Hauses?«, fragt er und nimmt ihre Hand.

In diesem Moment hört sie es in der Weide vor ihnen rascheln, und Gänsehaut breitet sich auf ihren Armen aus. Sie sieht Fritz an und weiß, dass er dasselbe denkt.

Doch als der Vogel sich einen Augenblick später hinabstürzt ins Wasser, sehen sie, dass es nur ein Kormoran ist, in der Größe einer Gans, und sie lachen.

Danksagung

Dieses Buch ist meiner Familie gewidmet. Danke für euren weisen, humorigen und seelischen Beistand und die Nachsicht in langen Phasen geistiger Abwesenheit. Ohne euch gäbe es den Roman nicht. So wenig wie die meisten anderen schönen Dinge in meinem Leben. Danke, dass ihr seid, wie ihr seid.

Anders als Olga habe ich eine Mutter. Zum Glück. Danke für die Unterstützung, die unermüdliche Freude am Lesen und diesen mütterlich-kritischen Leserinnenblick, der jeden Kitsch im Keim erstickte.

Dies ist ein Buch über starke Frauen und ihre Freundschaften, und ich bin von Herzen dankbar, so viele starke Frauen zu meinen Freundinnen zählen zu dürfen. Einige von ihnen kennen das Buch von Anfang an, haben mit mir gemeinsam überlegt, mich inspiriert, mitgelesen, die richtigen Fragen gestellt und mich und den Text korrigiert, wo es sein musste: Danke Constanze Bossemeyer, Nadja Pini-Lifschitz und Ulrike Schäfer. Und Tina Storey, die am anderen Ende der Welt lebt und mir trotzdem so nah bleibt. Außerdem danke ich Kristina Dörlitz für ihre sprachliche Gewandtheit.

Ich danke meiner lieben Agentin Elisabeth Ruge und dem großartigen Team von Lübbe, besonders Stefanie Zeller für die sorgfältige Lektüre. Von Anfang an begeisterte sie sich für die Idee und machte wichtige kreative Vorschläge. Gleiches gilt für Dr. Ann-Catherine Geuder, die mit ihrem Gespür für Figuren,

Dramaturgie und ihrer Akribie ebenfalls dazu beitrug, den Roman in seine Form zu bringen.

Für ihre Mitwirkung an diesem Buch schulde ich auch den vielen unterschiedlichen Expert:innen Dank. Beim Thema Zwangsarbeiter bekam ich fachliche Unterstützung durch die Historikerin Dr. Silke Schneider sowie durch Dr. Christine Glauning und Guido Petras vom Berliner Dokumentationszentrum NS Zwangsarbeit. Guido Petras nahm sich viel Zeit, mich durch das ehemalige Zwangsarbeiterlager in Niederschönenweide zu führen und erklärte mir sehr kompetent die unwürdigen Lebensbedingungen der 26 Millionen Frauen, Männer und Kinder, die vom NS-Regime zwangsverschleppt und ausgebeutet wurden. Danke dafür.

Ich danke auch Dr. Andreas von Seggern für die tiefen Einblicke in das Schicksal der Flüchtlinge, die nach dem zweiten Weltkrieg scharenweise nach Oldenburg kamen. Die Gespräche mit ihm brachten mir nicht nur dieses Kapitel meiner Heimatstadt näher, sondern auch die Flüchtlingsgeschichte meiner Großeltern. Auch dafür bin ich ihm sehr dankbar.

Dann möchte ich unbedingt Carl Kaul danken, der mich einen Nachmittag lang in das Nachkriegsdeutschland entführte und mir so bildhaft und lebendig von seiner Flucht aus Leobschütz berichtete, dass ich fast das Gefühl hatte, dabei gewesen zu sein. Wie gern hätte ich ihm noch ein Exemplar in die Hand gedrückt.

Ganz besonderen Dank schulde ich auch Bärbel Legeler und Hapu Lehmann, die auf die ein oder andere Weise die Familiengeschichte bewahren. Die Berichte über meinen Urgroßvater und seine Kinder legten den Samen für die Idee, einen Roman über eine alteingesessene Ärztefamilie zu schreiben, die nach dem

Krieg neu anfangen musste. Danke an dieser Stelle auch an Uwe Thiel für seine Hilfsbereitschaft.

Dank schulde ich auch den Medizinern in meiner Familie: Christian, Carsten und natürlich Gert Prettin. Als Gynäkologe gab er mir mit viel Geduld einen Crashkurs in Geburtshilfe und korrigierte meine ärztlichen Behandlungsfehler gerade noch rechtzeitig, bevor das Buch das Licht der Welt erblickte. Jedenfalls kann ich jetzt ohne Probleme eine Zangengeburt durchführen. Nicht genug danken kann ich meinem Mann Tammo, der quasi rund um die Uhr Notdienst hatte und fast jeden Kranken im Buch versorgen musste.

Ach ja, und Ida möchte ich danken für das allererste Brainstorming, bei dem Olga geboren wurde. Luzie für die kluge Anmerkung, dass sie die Liebe zwischen Olga und Fritz *noch nicht fühlt*, Aenne für die Namen und die tägliche Nachfrage, ob ich das Tagespensum auch erreicht hätte, und Siebo und Lilith dafür, dass sie mich quasi »mit in ihren Präp-Saal nahmen« und mir sehr detailliert und sehr, sehr plastisch das Sezieren erläuterten.